김로아

책육에서 행복을

영원한 조연은 없다

* 이 책은 ㈜디앤씨미디어가 저작권자와의 계약에 따라 발행한 것으로 저작권법의 보호를 받는 저작물입니다. 본서의 내용을 무단 전재 및 무단 복제하는 것을 금합니다.
* 작가와의 협의에 의해 인지는 생략합니다.

차 례

1장 …… 7

2장 …… 27

3장 …… 55

4장 …… 83

5장 …… 127

6장 …… 149

7장 …… 169

8장 …… 201

9장 …… 253

10장 …… 323

11장 …… 395

12장 …… 461

1장

1장

대걸레 자루를 손에 쥔 엘레나는 어느새 까맣게 때가 탄 신관복의 소매를 접어 올리며 중얼거렸다.
"책은, 함부로 읽는 게 아니야. 책은……."
매일 계속되는 빨래와 청소에 스무 살 꽃다운 나이의 화사함은 온데간데없고 눈 밑에 진한 그늘만 남았다.
물에 젖은 대걸레가 철퍽철퍽 소리를 내며 힘없이 바닥에 부딪쳤다. 그 소리와 함께 엘레나의 넋두리도 이어졌다.
"그때 그 책을 읽는 게 아니었어. 아니지, 이건 책이 문제가 아닌가? 하긴, 캔디가 백마 탄 황제님 만나 신데렐라 되는 소설보다 더 빙의하기 좋은 소설이 어디 있겠어."
맞는 말이었다. 가난한 집안 출신이지만 올곧은 성품의 아름다운 여자주인공이 세 남자의 사랑을 받는 책이 바로『로잘린느 황후』였다.
대륙의 주인이자 전장의 신이라고 불리는 잘생긴 황제 바크란 1세

'A. 드 이페른', 그의 사촌인 '르니에 폰 베르너 후작', 그리고 최연소 제국 최강의 기사 '메이나드 폰 어네스 경'.

모두 국보급인 일등 신랑감들의 사랑을 받다가, 그중 황제와 결혼해 '행복하게 오래오래 살았답니다.'로 끝나는 소설.

빡빡한 일상에 너무 지쳐서, 쉴 때 읽는 책만큼은 단순하고 쉽게 읽을 수 있는 로맨스 소설을 읽던 버릇이 이 모든 것의 시작이었다.

"그러니까 나는 죽었다 살아나도 주인공감은 아니라 이거냐, 어? 그거냐고?!"

철퍽철퍽. 구정물이 신발을 적시며 사방으로 튀었지만 엘레나는 신경 쓰지 않았다. 어차피 해질 대로 해지고 닳을 대로 닳은 신발. 구정물 조금 스며든다고 티도 나지 않았다.

하급 신관에게 배급되는 싸구려 옷과 신발을 내려다보던 엘레나는 이를 악물었다. 그러고는 물 먹어 무거운 걸레를 있는 힘껏 이리저리 휘두르며 소리 질렀다.

"로잘린느로 떨어지면 좀 좋아? 좀 좋냐고! 근데! 왜! 왜 나는 신관 1이냐고!"

씨근거리던 엘레나는 결국 하아, 한숨을 쉬며 고개를 떨궜다. 벌써 백 번도 넘게 한 신세 한탄. 더 해서 무엇 하리. 그래 봤자 바뀌는 것은 없는데.

저쪽에서 살 때에도 그리 운이 좋다고 여겨지는 삶은 아니었는데 아무래도 그 운이 여기까지 이어진 모양이었다. 여자주인공 로잘린느가 모든 것을 가지게 되는 이 소설에서 엘레나 그녀는 소설 맨 앞에 아주 잠깐 출연했다가 사라지는 신관 1일 뿐이었다.

바람이 유독 많이 불던 겨울 밤, 강단아는 죽었다. 그리고 평소 재탕, 삼탕 해 가며 읽던 로맨스 소설 『로잘린느 황후』 속으로 들어왔다. 세 들어 살던 옥탑방 끄트머리에 위태위태하게 앉아 있던 고양이를 구하려다가 떨어져 추락사. 다시 눈을 떴을 때, 그녀는 이 은발에 옅은 갈색 눈의 여자가 되어 있었다.

이곳이, 이 요지경 같은 새로운 세상이 책 속이라는 것을 깨닫는 것만 해도 며칠이 걸렸다. 설마 책 속으로 들어와 책 속 인물이 되었을 거라고는 생각도 못했기 때문이다. 그냥 어느 병원에 실려 왔고 약에 취해 리얼하기 짝이 없는 헛것을 보고 있는 것이라고 생각했다.

하지만 헛것이라고 하기엔 침대에 깔려 있는 천 쪼가리의 꺼슬꺼슬한 느낌이, 얇은 유리창을 뚫고 들어오는 바람의 냉기가 너무나 진짜 같았다.

몸의 주인에게 무슨 일이 있었던 건지 정신을 차리자마자 온몸이 욱신거리며 아픈 것도 그 혼란에 한몫 톡톡히 했다. 진통제를 맞고 있어서 헛것을 보는 것이라면 적어도 아프지는 않아야 할 것 아닌가.

어차피 아프다고 해도 곁에서 간호해 줄 가족이 있는 것도 아니고, 혼자서 견뎌 내는 것에는 이골이 난 단아였다. 하지만 이렇게 병실에 넣어만 놓고 간호사조차 한번 와서 들여다보지도 않는 병원이 있을 거라곤 생각도 못했다.

단아는 침대에서 일어날 수 있게 되면 이 병원을 다 뒤집어 놓으리라 이를 갈았다. 마침내 첫 면회자를 맞이하기 전에는 말이다.

"그런 실수를 해 놓고 꾀병을 부리며 이렇게 누워 있다니. 너란 아이도 수치심이란 것은 있나 보구나."

이틀째 되는 날 밤, 겨우 얼굴을 비친 어떤 여자가 한 말이었다. 아직도 열이 올라 흐릿한 시야로 목소리의 출처를 올려다본 단아는 기겁했다.

'외, 외국인이다!'

아파서 오락가락하는 와중에도 외국인은 무서웠다. 그런데 그 외국인이 하는 말이 한국어처럼 귀에 쏙쏙 들어왔다. 이어지는 말은 그녀를 점점 더 혼란스럽게 했다.

"네 탓에 폐하는 젖은 의복을 갈아입으셔야 했고, 당연히 행사는 엉망이 되었다. 그 자리에 있던 황족과 귀족들에게 웃음거리가 되었지. 부모에게서 버려진 너를 길러 준 신전에 이런 식으로 은혜를 갚으니 속이 좀 시원하니?"

연신 침대에 누워 있는 자신을 흘기며 여자는 그렇게 말했다.

"저, 저기. 아무래도 병실을 착각하신 것 같은데……."

쩍쩍 갈라지는 단아의 말에 여자는 더욱 눈을 흘기며 혀를 찼다.

"확실히 제정신은 아닌 모양이군. '정화 의식'을 망친 죄인에게 언제까지고 휴일을 줄 수는 없으니, 내일부터는 그 몸뚱어리로 신께 사죄를 해야 할 것이다."

"아니, 그러니까 저는 그 사람이 아니……."

쾅.

매정하게 닫히는 문소리에 단아의 작은 항변의 목소리는 묻혀 버렸다. 혼자 남겨진 단아는 억울해서 엉엉 울었다. 죽을 뻔해서 병실에 누워 있는데 몸은 아파 죽겠고, 이상한 외국인 여자는 병실을 잘못 찾아와서는 자신을 정신이상자 취급했다.

"흐엉, 억울해. 간호사 언니! 간호사 언니 없어요? 엉어엉."

그렇게 한참을 통곡하다가 지쳐 잠이 들었던 것 같다. 일어나 보니 몸은 한결 가벼워져 있었고, 목도 마르고 배도 고팠다.

침대 옆에 언제부터 있었을지 모르는 딱딱한 빵 한 덩어리와 물 한 컵이 보였다. 평소라면 이런 벽돌 같은 빵은 바로 쓰레기통으로 직행했을 테지만, 황량하고 물건이라고는 없는 이 방 안에 먹을 것은 그것뿐이었다.

뻑뻑한 턱을 억지로 움직여 빵 하나를 겨우 삼켜 넘기고는 탱탱 부은 것 같은 눈을 비비고 있는데, 별안간 방문이 쿵 소리를 내며 열렸다.

"앗, 깜짝이야."

이 병원 사람들은 매너라고는 없나? 화가 난 단아가 불쾌한 침입자에게 따지려 고개를 들었지만 입이 다시 다물렸다.

또 외국인이었다. 이번에는 갈색 머리에 갈색 눈을 한 평범하게 생긴 여자애였다.

"엘레나! 일어나! 세이라 언니가 부르셔!"

요상하게도 단아는 그 외국인 여자애가 하는 말을 알아듣고 있었다.

'엘레나? 그것보다 한국어를 잘하네?'

어제 그 여자도 그렇게 이 애도 그렇고, 자꾸 자신을 엘레나라고 부르고 있었다.

"저 엘레나라는 사람은 여기 없어요. 잘못 찾아오신 것 같은데요."

딱 봐도 이제 갓 스물이 될락 말락 해 보이는 여자애에게 단아가 답했다. 그러자 여자애가 혀를 끌끌 차며 말했다.

"세이라 언니가 네가 정신이 나간 것 같다고는 말씀하셨지만…… 진짜구나? 나 기억 안 나?"

오늘 처음 본 사이에 기억이 나고 말고 할 것도 없었다. 단아가 고개를 가로저었다.

"그럼 네가 누군지는 기억나?"

"저는 강단아인데요. 그쪽은 누군지……."

"나야. 나. 마리. 엘레나. 너 이제 정말 큰일 났구나? 이렇게 머리까지 이상해져서야. 너 이러다가 신전에서 쫓겨난다."

엘레나라니. 신전이라니. 단아의 머릿속이 잔뜩 엉켜 버렸다. 멍하게 침대에 걸터앉아 있는 단아의 손을 억세게 잡은 마리라는 여자애가 문 앞쪽에 걸려 있는 작은 거울 앞으로 데려갔다.

"보여? 엘레나. 저 거울 안에 보이는 희멀겋게 생긴 게 바로 너라고."

"으, 으어어억?!"

고상하지 못한 비명이었지만, 그게 단아의 진솔한 심정이었다.

손바닥만 한 거울 속에는 은발에 연한 갈색 눈을 한 여자가 두 눈을 크게 뜨고 경악하는 얼굴로 단아를 바라봤다. 마리의 말대로 흰 피부에 은발이라 다소 희멀겋게 보이는 얼굴은 그나마 있던 핏기마저 점점 가시고 있었다.

"이, 이게 지금 무슨……."

환영이 아니다. 거울이다. 믿을 수가 없어서 덥석 잡은 거울의 차갑고 딱딱한 느낌까지 또렷하게 뇌로 전달됐다.

단아가 한 손으로 자신의 볼을 찰싹 내리쳤다. 따끔한 통증과 함께 거울 속 얼굴의 한쪽 뺨이 붉게 달아올랐다. 이번에는 반대쪽 손으로 더 세게 뺨을 때렸다. 역시나 더 큰 통증과 함께 반대쪽 뺨이 붉어졌다.

"엘레나, 너 정말 미쳤……."

"이게 뭐야아아!"

강단아. 얼굴도 본 적 없는 부모 대신 보육원 원장님이 지어 준 이 이름처럼 강단 있게 살아온 지난 이십 몇 년. 고아로 산다는 게 어떤 것일지 일반 사람들이 상상하는 것의 딱 백배만큼 모진 풍파를 겪으면서도 한 번도 흔들린 적이 없는 단아의 정신이 쩌적쩌적 하며 금이 갔다.

"황제 폐하의 무릎에 그렇게 포도주를 쏟을 때부터 네가 제정신이 아니라는 건 알고 있었지만……."

"잠깐, 뭐라고?"

단아기 기욜 을 내팽개치고는 미리의 이깨를 꾁 집있다.

"아, 아파! 놔! 이거 놓으라고!"

"방금 뭐라고 했어?"

"흐, 흥! 네가 이럼 내가 뭐 겁이라도 먹을 줄 알고? 놔, 이 기지배야!"

나름 억세게 잡는다고 잡았지만 원래 몸 자체가 힘이 센 편이 아닌 듯, 마리는 쉽게 단아의 손에서 벗어났다. 하지만 거기서 포기할 단아가 아니었다. 떨어지기가 무섭게 다시 달려들어서 마리를 부여잡고 물었다.

"다시 말해 보라고, 방금 했던 말!"

"뭐? 네가 '정화 의식'에서 황제 폐하의 옷에 포도주 흘린 거? 지금 네가 그걸 안 했다고 우기기라도 할 참이야?"

"아니, 그러니까 저는 그 사람이 아니…….."

쾅.

"정화 의식…… 포도주…….."

옥상에서 떨어질 때도 스치지 않았던 주마등이 단아의 머릿속에서 펼쳐졌다. 전자책과 소장용 종이책까지 사서 몇 번이고 읽었던 『로잘린느 황후』에도 비슷한 내용이 나왔었다.

소설 극초반에 매년 초라한 신전에서 이루어지는 '정화 의식'이 있없고, 거기서 어떤 모자란 신관 하나가 의식에 사용되는 포도주를 엎는다. 그 바람에 의식에 참관하고 있던 어린 귀족들이 웃음을 터뜨리고 만다.

의식이 시작되고부터 끝이 날 때까지 모든 것이 침묵 속에서 행해져야만 라한 신의 축복을 받아 그해 농사가 탈 없이 지어진다는 '정화 의식'이 깨어진 것이다. 당연히 사람들은 불길하다며 수군거렸다.

그 여파였을까. 마치 라한 신의 노여움을 산 것처럼 그해는 어마어마한 가뭄이 들었고, 많은 하위 귀족들이 귀족세를 내지 못해 평민으로 전락했다.

그 여파를 받은 것은 주인공인 로잘린느도 마찬가지. 작기는 했지만 시골 영지를 가진 프란시스 남작의 외동딸인 로잘린느는 가정교사로 일하며 돈을 벌기 위해서 황도 아발론으로 상경한다.

그리고 먼 친척인 블룸버그 백작 부인의 저택에 잠시 의탁하는데, 그녀의 우아한 기품과 박식함을 눈여겨본 백작 부인이 로잘린느를 황제의 어린 남동생 리바이 공작의 가정교사로 추천한다.

마침 리바이 공작의 유난스런 성격에 두 손 두 발 다 들고 도망간 여성 가정교사를 대신할 사람을 찾고 있던 궁정부는 로잘린느를 고용한다. 일반적으로 여성 가정교사는 사교계 데뷔를 앞둔 소녀들이 갖춰야 할 소양에만 밝기 마련이라, 남성의 소양으로 간주되는 정치, 외교학 등을 그녀만큼 잘 알고 있는 다른 귀족 여성을 찾기가 쉽지 않았던 것이다.

그렇게 시작된 황궁 생활 속에서 로잘린느는 리바이 공작의 보호자인 황제와 여러 유력한 남성들의 사랑을 받다가, 마침내 황후가 된다는 게 바로 『로잘린느 황후』의 이야기였다.

촤르륵.

오래된 무성 영화처럼 장면 장면으로 넘어가던 머릿속의 슬라이드가 끝남과 동시에 단아의 몸이 까무룩 뒤로 넘어갔다.
쿵 하고 나는 큰 소리와 땅바닥에 쓰러지면서 부딪친 아픔 속에서도 단아는 절망감을 맛봐야 했다. 이름 따위 언급되지 않을 정도로 먼지 같은 배역인 것도 모자라, 그런 중요한 의식에서 실수를 할 만큼 멍청한 신관의 몸으로 들어오게 되다니.
하필이면, 하필이면!

"그렇게 1년……."
그때부터 단아는 엘레나로서의 삶을 시작했다. 그리고 그것은 그리 녹록치 않았다.
황제의 옷에 술을 쏟은 것은 내가 아닌데. 몸의 주인은 그런 대형 사고를 치고 치사하게 어디로 도망을 간 것인지 그 실수에 대한 벌은 모두 그녀가 받아야 했다.
원래 중급 신관이었던 엘레나는 그 죄를 물어 하급 신관으로 강등 당했고, 노역으로 참회하라며 하급 신관들도 기피하는 일인 청소와 빨래를 떠안게 되었다. 만약 주어진 일을 다 하지 못하면 쥐꼬리의 끄트머리쯤 나오는 봉급이 깎이거나, 한 달에 두 번 있는 휴식일이 사라졌다.
스스로가 1년이나 버텼다는 것이 엘레나는 믿기지가 않았다. TV에서나 보던 마늘 공장 노예, 섬마을 노예는 저리 가라 할 정도로 비인도적이고 살벌한 업무량은 하루하루 살아남는다는 것 자체를 기적처럼 여기게 했다.
한 며칠은 부정도 해 보고 이 세계에서 벗어날 방법이 없을까 궁리도 해 봤다. 하지만 눈코 뜰 새 없이 바쁜 일과 속에서 살아남으려

발버둥을 치는 동안 그런 고민은 점점 사치가 되어 갔다. 일이 끝나고 숙소로 돌아와 조금 여유가 생길라 치면 기절하듯이 잠이 들기에 바빴다.

"스무 살짜리 얼굴이랑 손이 이게 뭐야……."

손은 거칠게 부르터 쩍쩍 갈라진 지 오래였고, 하는 일에 비해 먹는 것은 별로 없으니 살도 쪽쪽 빠졌다.

우물에 얼굴을 비춰 보면 한숨밖에 나오질 않았다. 눈 밑에 검은 다크서클이 짙게 내려왔고, 푸석푸석한 머리칼은 꾸밈없이 질끈 하나로 묶어 버렸다. 일하는 데 거치적거린다는 이유였다. 잠시 자신의 모습을 들여다보던 엘레나는 울컥했다.

내가 잘못한 것도 아닌데, 벌써 1년을 이렇게 고생시키다니.

그동안은 악으로 버텨 왔지만, 몸이 점점 축나고 있는 것을 느낄 수 있었다. 억울한 마음에 왈칵 눈물이 차올랐다.

"엘레나, 네가 베드로 신관의 발목을 고쳐 주어야겠다."

누군가가 우물가에 다가와 말을 걸었다. 고개를 들어 보니 상급 신관인 요한 신관과 그 제자인 중급 신관 베드로였다.

라한교의 시스템을 간단하게 설명하자면 이랬다. 하급 신관은 평민으로 이루어졌다. 곤궁한 이들이 먹고사는 걱정은 없는 신전으로 자식을 욱여넣는 경우가 보통이었다.

중급 신관과 상급 신관은 모두 귀족 출신이었다. 아니, 평민은 정말 극소수의 경우를 제외하고는 하급 신관 이상의 신분이 절대 될 수 없다는 게 조금 더 정확한 설명이었다.

그에 반해 귀족들은 하급 신관을 거치지 않고 바로 중급 신관이 되어 신관 생활을 시작한다. 시작점부터가 다른 것이다.

신관들에게도 여지없이 적용되는 숨 막히는 신분제 사회 속에서 과거의 엘레나는 정말 가뭄에 콩 나듯 드문 평민 출신의 중급 신관이었다. 그런 경우가 제국 전체에서 한 손에 꼽힐 정도로 희귀하다고 했다. 그것은 엘레나가 가진 특수한 능력 때문이었다.

그러나 모두 예전의 이야기일 뿐, 현재의 엘레나에게는 그리 상관 있는 이야기는 아니었다.

물에 젖은 손을 신관복 위에 덧입은 앞치마에 닦은 엘레나는 베드로 신관의 발목을 조심스레 살폈다.

"앗, 치가워!"

물을 만지던 엘레나의 손가락이 닿자 베드로 신관이 인상을 찌푸렸다.

"죄송합니다. 방금까지 물을 만져서."

"쯧, 어서 치유나 해라."

"네, 요한 신관님."

엘레나가 한 손을 베드로 신관의 발목에 얹고 눈을 감았다. 몇 초 뒤, 작지만 밝은 빛이 그녀의 손에서 나왔다. 그러자 붉게 부어올랐던 베드로 신관의 발목이 눈에 띄게 나아졌다. 여전히 조금 발을 절기는 하지만 전과 비교하면 큰 변화였다.

"그렇게 큰 죄를 지었는데 라한께서 아직 네 능력을 거두어 가시지는 않은 모양이구나."

자신의 제자를 치유해 준 엘레나를 대하는 요한 신관의 태도는 여전히 고까웠다. 고맙다는 말 한마디 없이 베드로 신관을 챙겨 돌아가 버리는 요한 신관의 뒷모습에 엘레나는 이를 악물었다.

그녀는 목을 쭈욱 빼서 그 둘이 건물 안으로 들어간 것을 확인하고 난 후, 있는 힘껏 바가지를 던지며 성질을 냈다. 돌바닥에 세게 부딪친 바가지가 쩍 하고 부서졌다.

"아오! 내가 진짜! 내가 무슨 잘못을 했냐고! 왜 내가 이 고생을 해야 하는 건데!"

처음에는 이 치유 능력으로 신세를 좀 펴 볼까 생각을 해 보지 않은 것도 아니었다. 비록 삔 발목도 한 번에 다 낫게 하지 못할 정도로 미약한 것이기는 했지만, 이 세계에서도 흔치 않은 치유 능력이 좋은 밑천이 될 수 있을 것 같았기 때문이다. 애초에 엘레나도 이 능력 덕분에 신분을 모르는 고아임에도 불구하고 중급 신관까지 올라갈 수 있었던 것이고.

하지만 이 지독한 신분제 사회에서는 가지고 있는 것을 무기로 운명을 바꿔 볼 환경조차 마련되지 않았다.

도망이라도 갈까 하는 생각이 수백 번도 넘게 들었지만, 매번 생각에 그쳤다. 그녀는 신전에밖에 아는 사람이 없었고, 받아 줄 가족도 없었으니. 신전을 박차고 나가도 갈 곳이 없었다.

"확 미친 척하고 귀족 남자 하나 꼬드겨 버려?"

상황을 바꿀 수 있는 방법이 없는 것은 아니었다. 무려 신이 주었다는 능력도 그다지 큰 이점이 되지 않는 상황에서 요상하게도 신세를 펼 수 있는 방법은 바로 '남자'였다.

중세에 그러했듯이 남자에게서 남자로 작위가 계승이 되고 농사지을 땅이 물려지는 사회에서 여자는 활동에 제한이 많았다. 그러니 이 세계야말로 신데렐라가 왕자님과 사랑에 빠져야지만 팔자를 고치는 그런 세계라고 할 수 있겠다.

하지만.

"이 꼴을 하고 있는 여자를 누가 좋아하겠냐고. 그렇다고 막상 누굴 꼬드기려고 해도 그럴 시간이 있는 것도 아니고."

잠자는 시간과 먹는 시간까지 쪼개 가며 일을 하는 판에 누구를 만나고 꼬드길 시간이 있을 리 없었다. 만약 빙의한 몸이 절세가인이라 눈길 한 번에 모두가 쓰러지고 모든 걸 바치면서 결혼해 달라고 한다면 또 몰라도.

애석하게도 엘레나는 그렇게 눈에 확 들어오는 미인은 아니었다. 물론 흉측하거나 못난 얼굴은 절대 아니었고 굳이 따지자면 예쁘장한 축에 속했지만, 말라서 곡선이 없는 몸매와 허름한 옷, 엉망인 머리 등 손볼 곳이 한두 군데가 아니었다.

"어휴, 됐다 됐어."

엘레나는 한숨을 푹 쉬고는 고개를 절레절레 저었다. 걸레 빤 더러운 물을 버리고 새 물과 깨끗해진 걸레를 양손에 든 그녀는 걸음을 서둘렀다.

이 오후 시간, 숙소의 주인인 추기경들은 보통 따로 마련된 집무실에서 업무를 보거나 신전의 교화 교육을 담당했다. 그러니 당연히 비어 있을 줄 알았던 마지막 네 번째 숙소였는데, 문을 살짝 열기가 무섭게 안에서 말소리가 흘러나왔다.

"……이번만 넘기면 다음부턴 아레니아 지역의 신전으로 이 일을 미룰 수 있는데 말입니다."

"그러게 말이오. 그날의 충격 때문에 남성 신관은 꺼린다고 하고, 이것 참. 은퇴한 제네비 자매가 요구하는 금액은 얼토당토않소. 우리 중앙 신전에서 그런 돈을 주면서까지 리바이 공작의 신학 교사를 조달해야 하다니. 이는 불공평한 처사요."

인상을 찌푸린 두 중년의 신관은 상당히 기분이 나쁜 듯 보였다.

"지당한 말씀이십니다. 아무래도 우리의 상황을 궁정부에 잘 설명해 보는 것은 어떨까요?"

"어제 그 깐깐한 궁정부 휴고 시종장의 이야기 못 들었나? 스무 명, 스무 명을 채우라고 하지 않소."

익숙한 이야기에 엘레나의 귀가 쫑긋했다. 리바이 공작의 교육 업무? 시종장 휴고? 『로잘린느 황후』에서 몇 번이고 나왔던 단어들에 침이 꼴깍 넘어갔다.

"그냥 하급 신관 중에 적당히 하나 골라서 보내면 어떻겠습니까?"

"황궁에 출입하려면 적어도 중급 신관 이상이 되어야 한다는 것 모르시오? 그럴 수만 있었다면 이렇게 고민하지도 않았겠지."

엘레나의 눈이 더 이상 커다래질 수 없을 만큼 커졌다. 저 안의 두 추기경은 리바이 공작의 교육 업무에 대해서 이야기하고 있었다. 그녀의 머릿속에서 가상의 책장이 좌르륵 넘어갔다.

로잘린느가 황도로 상경해 리바이 공작의 교사가 되는 것이 정확히 '정화 의식' 사고로부터 1년 후쯤. 그때, 로잘린느와 함께 어떤 나이 많은 여신관이 신학 담당으로 입궁을 하지만 채 몇 주도 가지 못해 잘린다.

'만약에 내가 그 제네비 신관 대신에 리바이 공작의 신학 교육 담당으로 입궁을 하게 된다면?'

엘레나의 심장이 빠르게 두근거리기 시작했다. 왜 진작 이 생각을 하지 못했을까! 눈떠 보니 책 속 세계의 죄인이 된 이 황당한 상황에서 그녀가 가진 단 한 가지의 이점은 이 책의 내용을 샅샅이 알고 있다는 것이다.

만약 궁에 들어갈 수만 있다면 이 지긋지긋한 청소와 빨래에서 벗어날 수 있음은 물론이요, 제네비 신관이 받기로 한 금액의 일부만 받더라도 지금보다 훨씬 더 빠르게 돈을 모을 수 있을지도 몰랐다. 신전에서 독립하기 위한 준비를 할 수 있는 것이다.

'돈이고 뭐고 다 떠나서, 손발이 부르트도록 노동을 하는 일은 없

겠지!'

손발이 덜덜 떨리기 시작했다. 지금 눈앞에 들이닥친 이 기회가 얼마나 중요한 일생일대의 사건인지 깨달았기 때문이다.

이러다 머리가 녹아 버리는 것이 아닐까 싶을 정도로 수십 가지의 생각들이 동시에 머릿속을 가득 채웠다. 어떻게 하면 저들을 설득해서 제네비 신관 대신 궁으로 들어갈 수 있을까.

그런데 그녀의 몸은 그렇게 생각하지 않았던 모양이었다. 채 어떻게 말해야지 하는 구체적인 계획이 생기기도 전에 그녀는 벌컥 문을 열고 안으로 들어가 버렸다. 이 감옥 같은 생활에서 벗어나고 싶은 절박함이 갑자기 몸을 점령해 일어난 뜻밖의 상황이었다.

그에 안에서 이야기를 나누고 있던 두 신관들만큼이나 놀란 것은 엘레나도 마찬가지였다.

"으아……."

"누, 누구냐!"

감히 황제의 남동생인 리바이 공작을 존칭도 없이 함부로 부르며 황실에 대한 불만을 쏟아 내고 있던 터라 더욱 소스라치게 놀라며 그녀를 노려보는 두 중년 남성 앞에서, 엘레나는 얼음처럼 굳어 버렸다.

'아, 아직 무슨 말을 할지 생각도 못했는데!'

점점 백짓장처럼 얼굴이 하얗게 식어 가는 그녀가 가만히 서 있기만 하자 긴 머리를 하나로 묶은 중년의 신관이 다그쳤다.

"누구냐고 물었다."

"에, 엘레나라고 합니다. 제프리 추기경님, 야윗 추기경님."

추기경들의 숙소를 청소하면서 이들 갈이 않는 경지에 다다르는 것만도 반년이 걸렸다.

그런데 정작 그녀에게 라한의 이름으로 벌을 내린 추기경들은 엘레나의 이름을 듣고도 놀라거나 안타까워하기는커녕, 아무것도 생각이 나지 않는 것 같았다. 그동안 그녀가 참회의 이름으로 죽도록 해 온 고생은 이미 잊힌 지 오래였던 것이다.

엘레나는 주먹을 꽉 쥐었다. 용서는 무슨. 벌을 내린 사람은 기억도 하지 못하는 벌 따위, 더 이상 얌전히 받고 있을 이유가 없었다. 무슨 수를 써서라도 이 걸레와 양동이를 졸업하고 말겠다 다짐했다.

"1년 전에 정화 의식에서 황제 폐하께 포도주를 흘렸다는 이유로 참회 노역을 하고 있는 하급 신관 엘레나입니다."

속에서는 천불이 나고 저 콧수염을 뜯어 버리고 싶을지언정, 이를 악물고 공손하게 말했다. 그러자 야윗 추기경이 그제야 기억이 났다는 듯 큰 목소리로 말했다.

"너로구나. 치유 능력 덕에 중급 신관이 되었다가 그 일로 인해 하급 신관이 되었다지."

"예, 야윗 신관님."

엘레나는 다시 한번 머리를 조아리면서 빠르게 제프리 추기경의 얼굴을 읽었다.

비록 제프리 추기경과 야윗 추기경이 같은 직급이기는 하나, 출신 가문이나 대외 영향력을 따져 봤을 때 엄연히 제프리 추기경이 더 높았다. 게다가 제프리 추기경은 네 명의 추기경들 중에서 서열이 제일 높았고, 어찌 보면 교황 바로 아래에서 2인자 역할을 한다고 볼 수 있었다.

새삼 제프리 추기경이 어떤 사람인지 상기한 엘레나는 침을 꼴깍 삼켰다. 제국민 모두가 섬기는 라한교의 2인자가 눈앞에 있었다.

"중급 신관이었다고?"

옳지. 엘레나는 속으로 환호성을 질렀다. 역시 들었구나.

결정권을 가지고 있는 제프리 신관이 엘레나가 한때 중급 신관이었다는 것을 깨닫는 것이 중요했다. 궁에 출입하려면 적어도 중급 신관 이상이어야 하고, 리바이 공작은 남성 신관은 꺼려 했으니 자신에게도 승산은 있었다.

2장

2장

"이곳입니다, 신관님."

하인이 깍듯하게 가리키는 방 안으로 엘레나가 들어섰다. 신전에서 사용하던 방과는 천지 차이가 날 만큼 큼직하고 예쁜 방이었다.

"아, 저기. 짐을 깜박 잊고 왔는데……."

마차에 그대로 두고 내린 짐 꾸러미가 생각난 엘레나가 말했다. 그러자 하인이 대수롭지 않게 고개를 끄덕이며 말했다.

"잠시 후에 방으로 올려 보내겠습니다. 혹시 다른 필요한 것이 있으십니까?"

그런 게 있을 리가. 그래도 혹시 몰라 엘레나는 동그란 눈으로 방 안을 둘러보았다.

제일 먼저 눈에 들어온 것은 방 한가운데를 차지하고 있는 커다란 침대였다. 방을 사용할 사람이 여자인 것을 인식한 듯 흰색과 옅은 상아색의 질 좋은 침구를 사용한 침대는 지금 당장 쓰러져 자고 싶을 정도로 포근해 보였다.

조금 더 안쪽으로 들어가 보니 방에 딸린 개인용 욕실도 보였다. 단아로 살았을 때에 딱 한 번 가 본 적이 있는 고급 호텔의 객실보다도 좋은 방이었다.

"아뇨. 괜찮습니다. 안내해 주셔서 감사해요."

안 해 본 아르바이트가 없는 그녀는 서비스직에 종사하는 것이 얼마나 힘든 줄 뼈저리게 알았다. 허리를 꾸벅하며 자신에게 인사하는 엘레나의 행동에 조금 놀란 하인의 눈이 동그래졌다. 그동안 많은 여신관이 리바이 공작의 신학 지도 교사로 이 방에 머물렀지만, 이렇게 평민인 하인에게까지 예의를 차리는 사람은 한 명도 없었기 때문이다.

시녀와 시종은 주로 귀족가 출신으로 황족의 바로 곁에서 그들을 보필한다. 일종의 비서직과 같았다. 그에 비해 청소나 빨래, 요리 같은 험한 일은 주로 평민 출신인 하인과 하녀들이 전담했다. 그래서 시종과 하인은 옷차림부터가 달랐다. 누구나 한눈에 그들을 구분할 수 있도록 마련된 방법이었다.

'아, 귀족들은 하인들한테 인사를 안 하는 건가?'

자신이 인사를 하자 놀라는 기색이 역력한 하인의 반응에 아차 싶은 엘레나였다. 하지만 다행히 하인은 그저 놀란 것뿐인 듯했다. 의심하는 기색은 없이 다시 한번 그녀에게 꾸벅 인사를 해 보이더니 방을 나갔다.

'뭐, 가끔은 예의 바른 귀족도 있는 거지.'

그녀는 깊이 생각하지 않고 아무렇지 않은 척, 방을 둘러보는 척했다. 마침내 달각하고 등 뒤에서 문 닫히는 소리가 조용히 났다. 흘끔하고 뒤를 확인해 자신이 방에 혼자 있다는 것을 확인한 엘레나는 행복에 겨워 제자리에서 빙글빙글 돌았다.

"인생 역전이다, 인생 역전!"

로또 1등에 당첨된다고 한들 이렇게 기쁠까. 그대로 폴짝폴짝 뛰어 창가로 간 엘레나가 있는 힘껏 창문을 열어젖혔다.

중앙 신전이 있는 곳과 똑같은 황도 '아발론' 안인데, 창문을 통해 들어오는 냄새부터가 달랐다. 싱그러운 풀 냄새에 아예 다른 행성에 온 듯한 느낌이었다.

"이제 남은 건 잘리지 않는 것뿐!"

주먹을 꽉 쥐어 보이며 기합을 넣는 그녀의 눈 안에서 의지가 불탔다.

원래 책의 내용은 이랬다.

큰돈을 받고 들어온 제네비 신관은 얼마 못 가 리바이 공작에게 밉보여 쫓겨난다. 그리고 더 이상 사람을 찾기가 힘들어진 궁정부의 시종장 휴고에게 주인공인 로잘린느가 본인이 신학도 가르쳐 보겠다며 제안하고, 리바이 공작의 유일한 교사가 된다.

"결국 책이 끝날 때까지 로잘린느랑 리바이 공작은 그다지 좋은 관계가 되지는 않았지만 말이지."

리바이 공작의 성격이 어찌나 깐깐하고 건방진지, 책을 읽는 내내 뒷목을 잡은 것이 한두 번이 아니었다.

'겨우 여덟 살짜리의 꼬맹이에게 너무 많은 권력이 주어지면 이렇게 됩니다.'를 보여 주는 교과서 같은 경우였다. 태어나자마자 선황과 황후가 사고사 하는 바람에 스무 살 가까이 나이 차이가 나는 형을 유일한 보호자이자 형님 폐하로 둔 리바이 공작은 안하무인에 천상천하 유아독존의 캐릭터였다.

"일단 알고 있는 게 조금 있으니까, 최대한 이용해 봐야겠어."

엘레나는 기억 속에서 『로잘린느 황후』의 이야기를 끄집어내어 고민했다.

"초반에 어떤 일이 있었더라……. 1년 동안 막노동을 해서 그런가, 왜 이렇게 기억이 희미하지?"

엘레나가 이마를 짚은 채 창가에 걸터앉았다. 하지만 그것도 잠시, 이내 그녀는 가뿐히 웃었다.

"일단 나는 제네비 신관이 했던 행동만 하지 않으면 되는 거 아냐?"

그 행동들이라 함은 사사건건 리바이 공작이 모르는 부분을 다그치고 꼬장꼬장한 태도를 일관하는 것이다. 독자 입장에서 '이 캐릭터는 너무 비호감이지 않나?' 했을 정도였으니 오히려 엘레나에겐 좋은 일이었다. 다르게 보자면 그렇게 행동하지만 않으면 잘리는 일이 없다는 것이니까.

잘리는 일, 순간적으로 축축하고 싸늘한 신전의 숙소로 돌아가는 일을 떠올린 엘레나는 몸을 부르르 떨었다.

'절대 거기로 다시 돌아갈 수 없어.'

이왕 이렇게 된 것, 엘레나는 자신이 가지고 있는 모든 것을 활용하기로 마음먹었다. 햇살이 따스하게 드는 침대에 걸터앉아 곰곰이 기억을 되짚어 보니 자신이 유용하게 쓸 수 있는 것들이 꽤 있었다.

예를 들면 리바이 공작의 트라우마 같은 것들.

이제 갓 여덟 살이 된 리바이 공작은 이보다 더 어린 시절에 침입자에게 암살을 당할 뻔했기에 남자에 대한 트라우마를 가지고 있었다. 그래서 처음 보는 성인 남성, 특히 칼을 찬 남자를 무서워한다.

그 때문에 공작은 황족의 기본 소양인 검술도 익히지 못하고, 주로 실내에서 책만 읽고 자신의 궁인 '새벽의 궁전'에만 틀어박혀서 살았다.

가장 큰 문제는 이 트라우마가 형인 황제에게까지도 적용이 된다는 것이다.

열일곱 살의 어린 나이에 선황의 사고로 황위를 이은 현 황제 바크란 1세를 사람들은 전쟁의 신 혹은 전장의 지배자라고 불렀다. 즉위와 동시에 이페른 제국 주변의 3국을 정복했기 때문인데, 책 속의 바크란 1세는 문자로도 전해질 만큼 카리스마 있고 피 냄새가 진한 군주였다.

그러니 검을 든 성인 남성을 무서워하는 리바이 공작이 황제의 옆에서 편하게 있을 리가 만무했다. 그래서 형제 사이는 살갑기는커녕 같은 공간에 있을 수도 없었다.

책에선 이길 일게 된 로잘린느가 그런 것쯤은 부딪쳐서 이겨 내야 한다면서, 리바이 공작을 억지로 궁 밖으로 데리고 나왔다가 우연히 황제와 마주치게 된다. 이때 리바이 공작이 발작을 일으키고 자신을 끌고 나갔던 로잘린느를 비난하면서 두 사람의 사이가 완전히 틀어진다.

물론 이 문제 때문에 로잘린느가 황제를 직접 알현하러 가면서 두 사람 사이에 교류가 생기고 나중에 사랑으로 발전하기도 하니, 달리 보면 만남의 씨앗이기도 했다.

"나는 로잘린느가 그렇게 할 때 뒤로 빠져 있어야지."

여주인공인 로잘린느는 주인공이니 괜찮았다. 그 일이 있고서도 멀쩡히 궁 생활을 했고, 남자주인공들과 조연들의 사랑도 받았다.

하지만 엘레나는 그건 어디까지나 주인공 보정이라는 것을 잘 알았다. 조연, 그것도 원래는 초반에 잠시 스쳐 가는 엑스트라에 가까운 엘레나는 그런 주인공 보정을 받지 못할 게 뻔했다.

"최대한 여기서 오래 붙어 있으면서 돈을 모아 교사 일이 끝나면 신전을 나오는 거야!"

엘레나가 리바이 공작의 신학 교사를 하면서 받게 된 돈은 신전에서 받은 돈의 족히 스무 배는 되는 금액이었다.

슬쩍 다른 하급 신관에게 물어보니 그동안 모아 놓은 돈에 더해 앞으로 꼬박 1년 정도 월급을 모으면 작은 집 한 채는 살 수 있을 것 같았다. 대단치는 않았지만 그래도 이곳에서 새 인생을 시작할 수 있는 기반이 될 것이다.

"1년만 버티자!"

그게 그녀의 목표였다.

"일단 리바이 공작의 눈 밖에 나는 일만 없으면 되는 거니까."

이윽고 짐을 가지러 갔던 하인이 엘레나의 조촐한 짐 꾸러미를 가져왔다. 돌아 나가려고 하는 하인을 그녀가 붙잡았다.

"저기…… 저 말고 다른 교사분이 또 계시다고 들었는데…….''

"아, 프란시스 남작 영애 말씀이시군요. 그분은 오늘 저녁에 오신다고 들었습니다."

하인의 말에 고개를 끄덕이는 엘레나의 얼굴에 홍조가 생겼다.

그녀가 『로잘린느 황후』를 몇 번이나 읽었던 것은 물론 세 명의 남자들이 멋있기 때문이기도 했지만, 무엇보다 주인공인 로잘린느가 마음에 들었기 때문이다. 좋아하던 연예인을 기다리는 팬의 마음으로 로잘린느를 실제로 볼 때가 기다려졌다.

몇 벌 되지 않는 신관복과 성서 몇 권을 꺼내니 짐 정리는 모두 끝났다. 엘레나가 전에 입었던 중급 신관복이 그대로 있어서 그나마 다행이었다. 따로 그녀가 신관이라는 것을 증명할 수 있는 신분증이 없는 상황에서 신관복은 그 역할을 대신했다.

신전에서부터 마차를 타고 오느라 조금 구겨진 신관복을 벗고 새로운 신관복으로 갈아입은 엘레나는 새벽의 궁 한쪽에 위치한 자신의 숙소를 나섰다.

"짐 정리도 다 했으니 황궁 구경을 좀 해 볼까?"

엘레나는 머릿속에 황궁의 대략적인 지도를 떠올렸다. 『로잘린느 황후』 종이책 맨 앞에 부록처럼 끼워져 있던 황궁의 지도는 주의 깊게 본 적이 없어서 자세한 내용까지는 기억에 없었지만, 적어도 이 이야기의 주 배경이 되었던 황제의 침소인 태양의 궁이나 리바이 공작의 새벽의 궁 그리고 일종의 대외적인 응접실 역할을 하는 이페른 궁 등의 위치는 생각이 났다.

"중앙 대로로 나가서 이페른 궁을 잠시 구경하고 와도 되겠지?"

신전에서 빨래를 하고 청소를 할 때는 죄수복 같았던 신관복이 이제는 일종의 자유 이용권 역할을 했나. 국교인 라한교의 신관, 그것도 궁에 출입이 가능할 만큼 신분이 증명된 신관은 황제의 침소같이 개인적인 공간을 제외하고는 통행이 비교적 자유로웠다.

엘레나는 무척이나 들뜬 마음으로 황궁의 중앙궁을 향해 발을 옮겼다. 꿈에만 그리던 유럽 여행을 온 기분이었다. 아니, 사진으로 봤던 유럽의 궁전보다도 더욱 예쁘고 눈앞에서 생생하게 움직이는 새로운 풍경이 처음으로 이 세계에 떨어진 것을 다행으로 여기게 했다.

다만 한 가지 그녀가 간과한 것이 있었는데 그건 바로 황궁의 무지막지한 크기였다.

"아, 다리야……. 이래서 다들 마차를 타고 다니는 건가."

어쩐지 길에 사람이라곤 별로 없고 죄 마차만 지나다니더라.

황궁의 동쪽 끝에 있는 새벽의 궁에서 중앙의 이페른 궁으로 가는 길은 생각보다 멀었다. 게다가 마차가 다닐 수 있는 길이라고는 하지만 돌도 밟히는 거친 길이다.

이곳에 와서 행동반경이라곤 신전 안이 전부였던 엘레나는 금세 지쳤다. 그동안의 고된 일로 체력이 바닥난 상황이기도 했고, 원래 엘레나의 몸이 약한 체질인 것도 한몫했다.

겨우 이페른 궁이 까마득하게 보일 때쯤, 엘레나는 결국 포기하고 앉을 자리를 찾았다. 다행히 길옆으로 잘 관리된 푸른 잔디밭이 넓게 펼쳐져 있었는데 커다란 나무 밑의 그늘이 잠시 쉬었다 가기 안성맞춤이었다.

"긴장이 풀려서 이래, 긴장이 풀려서."

엘레나가 허탈하게 중얼거렸다. 어제까지만 해도 그 고생을 하다가 이제 몸이 편해지니 그동안 아프지 않았던 곳들이 한꺼번에 몰아 아파 오는 듯했다.

"아이고, 좋기는 하다. 장관이네, 장관."

봄볕 같은 따스한 햇살 아래에서 하얀 이페른 궁이 더욱 빛이 났다. 그 바로 앞엔 커다란 분수가 있었고 떨어지는 물방울 하나하나가 햇빛을 받아서 보석처럼 반짝였다. 잠깐 동안 그 광경에 취해 있는데, 잠시 뒤 조금 이상한 낌새가 보였다.

날씨만큼이나 느슨한 자세로 보초를 서던 경비병들이 갑자기 옷매무새를 단정히 하더니 고개를 빳빳하게 들고 굉장히 위협적인 기세로 바뀌었다.

"무슨 일이지?"

비단 경비병들뿐만이 아니었다. 이페른 궁의 정문이 활짝 열리더니 안에서 시종들로 보이는 이들이 우르르 걸어 나왔다. 그러고는 계단과 문 앞에 길게 섰다.

곧 중앙 대로를 따라 검은색과 황금으로 화려하게 치장된 육두마차가 빠르게 궁을 향해 달려오는 것이 보였다. 여섯 마리의 말 모두 티끌 하나 묻지 않은 매끈하고 우람한 흑마들이었다. 엘레나가 있는 먼 곳까지 땅이 우두두 울려 왔다. 누구의 등장인지 몰라도 그 위압감이 엄청났다.

마차가 서서히 속도를 줄이더니 이페른 궁 앞에 섰다. 그러자 제일 앞에 서 있던 어떤 남자 시종이 재빨리 받침대 하나를 문 앞에 내려놓았다.

커다란 마차 문이 열리고 검은색 망토를 입은 어떤 남자 하나가 내렸다. 마차에서 땅에 내려왔는데도 불구하고 남자는 다른 사람들보다 머리 하나는 더 커 보였다. 꽤 멀어 얼굴 생김새는 보이지 않는 거리인데도 저절로 와아 소리가 나왔다.

시립해 있던 시종들이 하나같이 깊이 허리를 숙이고 땅만 바라봤다. 그런 것이 익숙한 듯 남자는 계단 중앙으로 걸어 올라갔다. 그때 바람이 길게 불면서 그의 망토를 활짝 펼쳤는데 그것을 본 엘레나가 작게 중얼거렸다.

"화, 황제……."

검은 망토에는 포효하는 황금색 사자가 화려하게 수놓여 있었다. 대大이페른 제국 황제의 상징이다.

그녀가 이 나무 밑에서 커다랗게 웃음을 터뜨린다고 한들 멀리 있는 황제가 들을 수 있을 리도 없는데, 엘레나는 저도 모르게 침을 꼴깍 삼켰다. 등장과 동시에 주변의 모든 것을 소유한 듯한 엄청난 기세를 뿜어내던 황제가 궁 안으로 모습을 감추자 그제야 숨통이 조금 트이는 것 같았다.

"저런 사람이랑 결혼을 하다니, 로잘린느도 정말 대단한 여자야."

엘레나가 고개를 절레절레 저으며 말했다. 태어나 한 번도 황제라는 절대적인 권력자를 본 적이 없는 그녀가 받은 충격은 상당했다.

익숙한 국회 의원이나 대통령처럼 단순한 '대표'의 자격을 가진 이가 아니다. 황제는 말 그대로 제국의 모든 것을 소유한 사람이다. 그가 하는 말이 곧 법이고 그가 걷는 길이 정도正道다.

모든 것을 아래에 두고 그 위에 군림하는 남자와 사랑을 하다니, 엘레나 같은 소시민은 꿈에도 못 꿀 일이다. 군기가 바짝 들어 주르륵 서 있던 시종들이 흩어지는 것을 보면서 엘레나는 뭉친 종아리를 통통 쳤다.

"읏차. 이 주변만 조금 더 돌아보고 새벽의 궁으로 돌아가야지."

저렇게 무시무시한 남자주인공은 엑스트라가 상관할 일이 아니었다. 이럴 때는 그녀가 주인공인 로잘린느의 몸으로 떨어지지 않아서 얼마나 다행인지 몰랐다.

+—◈—+

"오셨습니까, 전하."

메이나드 폰 어네스, 바크란 1세의 왼팔로 불리는 최연소 천재 기사가 막 이페른 궁 안으로 들어오는 황제를 웃으며 맞이했다.

엄청난 명성답지 않게 메이나드는 미소년에 가까운 외모를 자랑했다. 살짝 곱슬기가 있는 진한 갈색 머리칼이 그런 매력을 돋보이게 했다. 기사이니만큼 단정하게 손질을 하긴 했지만, 그 부드러워 보이는 머리칼 때문에 아직은 남자라기보단 청년에 가까운 모습이었다.

모난 곳이 없이 항상 웃는 쾌활함과 시종일관 누구에게나 예의 바른 성격도 한몫 톡톡히 했다. 그가 웃을 때면 초록색의 눈동자가 반짝반짝 빛이 나는 것 같았다.

하지만 보는 사람이 절로 기분이 좋아지는 그 극강의 미모에도 바크란 1세는 무표정한 얼굴로 고개를 끄덕일 뿐이었다.

"2층 응접실에서 베르너 후작이 기다리고 있습니다."

"르니에가?"

낮고 건조한 음성이었다. 하지만 그것이 익숙한 듯 메이나드는 고개를 끄덕였다.

황제의 집무 공간인 2층으로 올라서면서 망토를 벗어 건네는 바크란 1세에게 시종장인 휴고가 물었다.

"차를 준비할까요?"

사촌지간인 르니에와의 자리를 염두에 두고 한 질문이었다.

"메첸을 내어 와라."

산지인 메첸 지방의 이름을 딴 독한 술을 말했다. 그에 잠시 휴고의 얼굴이 어두워졌지만 이내 "알겠습니다." 하고 1층으로 향했다.

"휴고가 폐하에 대한 걱정이 많습니다."

"걱정 마라. 술 몇 잔 때문에 죽지는 않을 테니."

황제가 응접실로 다가서자 그 앞에 있던 기사 둘이 재빨리 문을 열었다. 문틈이 갈라지면서 드러난 넓은 응접실엔 오늘도 화려한 금발을 뽐내는 르니에가 서 있었다.

"폐하께 태양의 영광을."

다소 과장되고 극적인 인사였지만 왠지 모르게 르니에에게는 잘 어울렸다.

눈 밑의 작은 점이 매력적인 그는 사촌지간인 황제와는 혈연관계가 맞는지 의심이 들 정도로 다른 모습이었다. 검은 머리와 싸늘한 남색 눈을 가진 키 큰 무장의 모습인 바크란 1세와는 달리, 베르너 후작은 좀 더 섬세했다.

어깨까지 내려오는 금을 녹여 만든 듯한 화려한 금발과 푸른 눈은 차라리 예술품 같았다. 자칫 유약해 보일 수 있는 외모는 날카로운 턱 선과 쭉 뻗은 눈썹과 어울려 함부로 범접할 수 없게 하는 분위기를 만들어 냈다.

사교계의 사람들이 더욱 르니에에게 열광하게 하는 것은 바로 지금 보이는, 진심인지 아닌지 모를 미소였다. 그것은 좀처럼 사라지는 법이 없었는데, 은근한 색기가 돌아 보는 이를 유혹했다.

"무슨 일이지, 르니에."

"이것 참, 오랜만에 만난 사촌에게 그게 전부입니까?"

르니에가 넉살 좋게 능글거렸지만 바크란 1세는 그런 그를 무뚝뚝한 얼굴로 빤히 볼 뿐이었다.

"폐하께 이번 귀족회의 안건을 미리 귀띔해 드리려고 이렇게 친히 찾아왔지요."

"안건?"

"귀족회의 늙은이들이 어찌나 애국심이 투철한지, 이번에도 폐하께서 속히 황후를 맞이하실 것을 간청드리는 안건을 올릴 거라지 뭡니까."

말을 마친 르니에는 흥미로운 눈으로 바크란 1세를 주시했다. 무표정한 그의 얼굴에 조금이라도 감정이 스치는 것을 보고 싶었다. 하지만 그의 기대는 충족되지 못했다.

"무시하면 그만이다."

바크란 1세가 휴고가 들고 온 메첸이 담긴 유리잔을 집으며 말했다.

"하지만 폐하, 그들이 하는 말도 일리가 있지 않습니까. 더구나 성혼이 빠른 것이 황족인데. 이미 아이가 한둘 있어도 어색하지 않은 나이의 폐하께서 아직까지도 혼자시니 저러는 것이지요. 그렇다고 해서 여인과 염문을 뿌린 적도 없으시고. 그러니 폐하와 제가 부적절한 관계라는 소문이 퍼지는 것 아니겠습니까."

르니에의 말에 메이나드가 풋 하고 웃었다. 실제로 귀족가의 여인들 사이에서 심심치 않게 흘러나오는 소문이었다. 황제와 르니에가 혈연과 성별을 뛰어넘어 사랑을 하는 사이이고, 그것을 덮으려 르니에가 수많은 여인과 애정 없는 관계를 맺고 다닌다는 이야기. 특히나 르니에에게 마음을 빼앗겼지만 응답받지 못한 수많은 여인들은 그 소문이 사실이기를 간절히 바랐다.
"너도 황족이지 않나. 성혼을 하지 않은 것은 르니에 너도 마찬가지인데."
"저야 그저 폐하의 사촌일 뿐이지 않습니까. 게다가 저는 한 여자에게 묶이기에는 사랑이 지나치게 넘쳐 나서 말입니다."
그래도 바크란 1세는 붉은 메첸의 액체만 내려다볼 뿐 별다른 대답이 없었다. 어쩔 수 없다는 듯 웃은 르니에는 화제를 돌렸다.
"그래서 기사단장과의 대련은 즐거우셨습니까?"
"언제나와 마찬가지다."
무미건조했다. 바크란 1세의 목소리에서 지루함을 읽은 메이나드는 작게 한숨을 쉬었다.
사람들은 바크란 1세가 전쟁이 없는 삶을 따분해한다고 수군거렸지만 그건 르니에와의 소문만큼이나 사실이 아니었다.
어린 나이에 황위에 올라 불안한 황권을 다지기 위해 어쩔 수 없이 벌여야 했던 정복 전쟁은 3년이란 긴 시간이 흐르고 나서야 끝이 났다. 그 후 5년간 누구보다도 열정적으로 국정을 돌본 황제는 이제 공허함을 느꼈다.
즉위 이후, 신분보다는 일신의 능력을 중시한 파격적인 인사로 인재를 고루 등용한 제국의 국정 기반은 단단히 자리 잡았다.
그것을 누구보다 잘 아는 바크란 1세는 작년부터 국정에서 하나둘 손을 떼기 시작했다. 여전히 주요 업무 보고를 받고 회의에 참석하는 등의 업무는 보지만, 그 업무량은 밤을 새지 않는 날을 손에 꼽던 전과는 비교할 바가 되지 않았다.
처음에 주변의 신하들은 그런 황제의 결정을 반겼다. 누구나 재충전의 시간이 필요한 것이고, 이 와중에 여인을 찾아 황후 자리의 주인이 생기지 않을까 바라기도 했다.

그렇다고 누군가 나서서 성혼을 하시라 간청을 드리기엔 바크란 1세에 대한 두려움이 너무 컸다. 적이 아니면 검을 휘두른 적이 없는 황제였지만, 전장에서 보인 신위에 가까운 그의 무력은 누구나 두려움에 떨게 했던 것이다.

"폐하의 대련복에 주름 하나 가지 않은 것을 보니, 하인스 단장만 며칠 죽어나겠군요."

르니에가 웃으며 말했다. 검술에 매진하기 시작한 이후로 바크란 1세의 검술은 무서운 속도로 발전해 지금은 그의 검술 스승이었던 하인스 기사단장도 적수가 되지 못했다. 그렇다 보니 검술에서도 뚜렷한 재미를 느낄 수가 없어 황제의 하루하루는 퍼석퍼석한 모래와 같았다.

"그럼 쉬십시오. 귀족 회의가 끝나고 다시 찾아뵙겠습니다."

르니에가 자리에서 일어나며 말했다. 그러자 탁자 위로 다리를 올리고 눈을 감고 있던 바크란 1세가 문득 물었다.

"티토의 새 교사는 구해졌나?"

티토, 제레미야 타이투스 폰 리바이. 바크란 1세의 어린 남동생의 애칭이었다.

유일하게 황족만이 네 개의 이름을 가질 수 있었는데, 황제가 티토라고 줄여 부르는 두 번째 이름은 매우 사적인 용도로 사용하는 이름으로, 친우나 가족 혹은 배우자에게만 허락하는 이름이었다.

평소 문서에는 전부를 나열하지 않고 이니셜로 표기했다. 바크란 1세의 두 번째 이름 또한 'A'라고 간단한 이니셜로만 쓸 뿐, 그의 두 번째 이름을 아는 사람은 몇 없었다.

"네. 블룸버그 백작 부인의 추천으로 프란시스 성을 쓰는 남작 영애가 전반적인 교육을 맡을 것이고, 라한 황도 신전에서 보내온 한 중급 신관이 신학 교육을 맡기로 했습니다."

타고난 천성이 무뚝뚝하고 표현이 없는 편이기는 해도 바크란 1세가 자신의 하나뿐인 남동생을 얼마나 소중하게 여기는지를 잘 아는 휴고가 얼른 물었다.

"새로운 교사들을 한번 만나 보시겠습니까?"

"그럴 필요는 없다."

황제가 짧게 거절했다. 그에 휴고는 아쉬움을 감추지 못했다.

리바이 공작의 특이한 트리우마 때문에 바크란 1세가 유일하게 정을 준 어린 동생은 형님을 너무나 무서워했다. 형을 보면 경기를 일으키며 발작하기까지 했다.

그래서 이따금 몰래 새벽의 궁으로 찾아가 멀리서나마 동생의 모습을 훔쳐보는 바크란 1세를 시종장 휴고는 잘 알고 있었다. 누군가에게 살갑게 다가갈 줄 모르는 황제는 그렇게 거리를 둔 채 리바이 공작을 지켜보기만 했다.

"나가 봐."

황제의 명에 메이나드와 르니에가 응접실을 나섰다. 소리 없이 문이 굳게 닫힘과 동시에 감고 있던 눈을 뜬 바크란 1세는 잔에 든 메첸을 모두 입에 털어 넣었다. 꽤 독한 술로 유명한 메첸임에도 불구하고 목을 타고 내려가는 화끈함이 느껴지지 않는 사람처럼 그의 얼굴엔 변화가 없었다.

모든 것이 무료했다.

─사람들은 평민 출신의 중급 신관이 있을 것이라곤 생각하지 못할

것이다. 너만 입단속을 한다면, 아무도 네 출신을 의심하지 않겠지.
서늘한 제프리 추기경의 목소리가 귓전에 생생하게 울렸다.
―찻잔을 그따위로 내려놓지만 않는다면 말이다.
붉은빛이 도는 암갈색의 눈동자가 마치 머릿속을 태울 듯 강렬하게 그녀에게 경고했다. 그리고 소리쳤다.
―처음부터 다시!
"허억!"
엘레나가 잠에서 깨어나며 급한 숨을 들이켰다. 벌떡 일어나는 움직임에 침대가 들썩였다.
"마, 망할 아저씨! 이제 꿈에까지 나타나서 난리야!"
치가 떨렸다. 입궁하기 전, 엘레나는 단기 속성으로 지옥의 예법 교육을 밟았다. 물론 선생님은 제프리 추기경이었다.
제프리 추기경은 국물도 없을 것 같던 첫인상 그대로였다. 얼마나 혹독하고 엄하게 가르치는지 예절 교육을 받는 내내 엘레나는 밤마다 악몽에 시달렸다.
이제 입궁을 했으니 그 얼굴을 더 이상 보지 않아도 된다는 안도감에 행복했는데, 황궁 구경을 하고 돌아온 뒤, 기분 좋게 청한 낮잠에서 그 얼굴을 다시 보게 될 줄이야. 얼마나 끔찍한 꿈이었는지 아직도 가슴이 두근거리고 숨이 찼다.
"환기라도 해야겠어."
엘레나는 침실의 창문을 열어젖혔다. 그리 오래 자지는 않았는지 아직 해가 높이 떠 있었다.
"어? 마차네?"
새벽의 궁 앞에 꽤 고급스러운 외장의 이두마차가 한 대 서 있었다. 이미 사람은 내렸는지 보이지 않았고 시종들이 짐을 내리고 있었다. 자신의 짐이 겨우 가방 하나에 모두 들어갔던 것이 왠지 민망할 정도로 짐 가방이 끊임없이 마차 화물칸에서 내려졌다.

문득 마차 옆면을 보았을 때, 엘레나는 백합 무늬를 보고 눈을 동그랗게 떴다.

"방패에 새겨진 백합…… 블룸버그 백작가!"

가슴이 두근거리기 시작했다. 드디어 여자주인공인 로잘린느가 이곳에 도착을 한 것이다.

엘레니는 시둘러 넛잠을 자면 침내에서 내려와 세수를 하고 헝클어진 머리를 정리했다. 신관복이 구겨진 곳은 없는지 확인한 뒤 자신의 방문을 조심스레 열었다.

그녀가 매무새를 정리하던 사이, 궁 앞에 서 있던 사람들은 위층으로 올라온 듯했다. 한 손으로 신관복의 치마를 부여잡은 엘레나가 얼른 목소리가 들려오는 쪽으로 향했다.

"……정원이 한눈에 보여 너무 좋네요."

엘레나가 입을 손으로 팁 하고 막고 소리 없이 까악 거렸다. 분명히 로잘린느가 새벽의 궁에 들어온 직후의 첫 대사였다.

종종걸음으로 열린 문 쪽으로 걸어간 엘레나는 살며시 안쪽을 훔쳐봤다. 그녀 자신의 방과는 조금 다르게 생긴 침실 안쪽으로 사뿐사뿐 걸음을 옮기고 있는 한 여자의 뒷모습이 보였다. 걸음걸음마다 솜씨 좋게 말린 그녀의 금발 머리가 어깨 즈음에서 함께 찰랑거렸다. 등허리를 꼿꼿이 세우고 걷는 모습은 엘레나가 보기에도 참 고급스러웠다.

"여자주인공이다……."

홀린 듯 엘레나가 중얼거렸다. 이 책 속의 세계는 노골적으로 주인공 보정을 티 내려는 심산인지, 로잘린느의 주변에 후광이 보였다.

그 순간, 엘레나의 시선을 느낀 듯 줄곧 등을 보이고 서 있던 로잘린느가 뒤로 돌았다. 마침내 보인 로잘린느의 얼굴에 큰 엘레나의 눈이 더욱 커졌다. 로잘린느가 상상한 것보다도 예뻤기 때문이다.

"저어, 누구신지……."

문간에 우물쭈물 서 있는 엘레나를 보고 로잘린느가 물었다. 그녀는 목소리조차도 옥구슬 굴러가는 듯했다.

"이, 이번에 리바이 공작 전하의 신학 교육을 맡은 중급 신관 엘레나라고 합니다."

엘레나는 제프리 추기경이 가르쳐 준 대로 귀족의 예법을 따르며 무릎을 굽혀 인사를 했다.

"그러셨군요. 만나 뵙게 되어서 반갑습니다. 함께 리바이 전하를 가르칠 로잘린느 폰 프란시스예요."

맑고 푸른 눈이 웃느라 곱게 접혔다. 그 모습을 또 잠시 멍하니 보던 엘레나가 퍼뜩 정신을 차리고 로잘린느에게 웃어 보였다.

"자, 잘 부탁합니다."

평민인 엘레나는 소개할 성이 없었다. 그래서 그저 잘 부탁한다는 말로 넘겼다. 그런 그녀를 조금 갸웃거리며 보던 로잘린느는 이내 웃는 얼굴로 물었다.

"엘레나 신관께서는 어디 출신이신가요?"

"황도 아발론 중앙 신전에서 나왔어요."

"그럼 그 전에는……."

"아, 계속 아발론에 있었습니다."

무언가 엘레나에게서 원하는 답을 듣지 못한 것인지 애매하게 웃던 로잘린느는 아직 질문이 더 남은 듯했다. 그러나 막 그녀가 입술을 떼었을 때, 마차에서 내린 로잘린느의 짐을 든 시종들이 방에 도착했다.
"앗, 제가 방해를 했네요. 죄송합니다. 공작 전하의 수업은 내일부터라고 하니, 내일 아침에 뵐게요."
"짐 정리를 하려면 조금 시간이 걸릴 것 같긴 하네요. 그럼 내일 보아요, 엘레나 신관님."
서로에게 인사를 한 엘레나와 로잘린느는 각자의 방으로 돌아갔다.
복도 끝 쪽인 로잘린느의 방과 계단 바로 앞인 엘레나의 방 사이에는 거리가 조금 있었지만 그래도 지척이다. 마치 좋아하던 연예인과 이웃사촌이라도 된 것 같은 기분에 엘레나가 두근거리는 가슴을 누르며 침대에 벌러덩 누웠다.
"같은 여자가 봐도 저렇게 예쁘니 남자들이 안 넘어오고 배겨?"
불나방처럼 달려들던 세 남자의 심정이 백분 이해가 되었다. 저렇게 예쁜 여자가 성격도 좋고 심지어 머리도 좋다. 이 무슨 사기 캐릭터냐 싶지만, 주인공은 뭐가 달라도 다른 법인가 보다. 어느 순간 이렇게 인정을 하고 넘어가게 되는 것이다.
"로잘린느가 제일 먼저 만나는 게 메이나드였던가?"
앞으로 그녀에게 일어날 일을 손등 들여다보듯이 훤히 꿰고 있는 기분은 조금 묘했다. 커다란 비밀이 생긴 것처럼 누군가에게 말하고 싶어서 입이 간질거리기도 했다. 로잘린느와 친해져서 앞으로 그녀가 세 남자와 엮이며 고민이 생기면 고민 상담을 해 주는 친구가 되어 볼까, 그런 생각도 들었다.
"내가 도와주면 그래도 다들 조금이라도 마음고생 없이 교통정리가 되지 않을까?"
침대 위 천장을 바라보며 손가락을 까딱이던 엘레나가 이내 마음을 먹고 씨익 웃었다.

"그래, 까짓것 조금 도와주지 뭐."
 착하고 예쁘고 똑똑한 여자주인공의 친구 역할도 나쁘지 않을 것 같았다.

 그랬는데.
 엘레나는 자신의 눈과 귀를 믿을 수가 없어서 입이 벌어지는 것도 모르고 멍하니 로잘린느를 올려다봤다. 엘레나보다 한 뼘은 더 키가 큰 로잘린느가 싸늘한 눈으로 그녀를 내려다보고 있었다.
 아니다, 로잘린느는 그렇게 멍청하지 않았다. 주변의 눈들을 의식한 듯 아직도 엘레나를 보는 로잘린느의 얼굴은 웃고 있었다. 하지만 그녀의 눈은 완전히 별개의 일이었다.
 이 급격한 온도 변화는 조금 전 식당에서 마주친 로잘린느가 건넨 한마디의 질문에서 시작되었다.
 "어제 엘레나 신관님의 풀네임을 듣지 못했네요."
 "……네, 네?"
 엘레나는 심장이 덜컥 내려앉는 것 같았다. 아침 인사를 하자마자 풀네임을, 즉 출신 가문을 물어보다니. 그러거나 말거나 친근하게 말을 걸어온 로잘린느의 미소는 더욱 화사해졌다.
 "짐을 정리하느라 너무 경황이 없어서 서로 정식으로 인사를 하지 못했지요. 저는 로잘린느 폰 프란시스입니다. 제국 서남쪽에 위치한 프란시스 남작가의 장녀지요. 앞으로 잘 부탁드려요."
 두 사람 사이에 어색한 정적이 흘렀다. 엘레나는 웃는 얼굴로 기다리는 로잘린느를 보면서 등줄기에 땀이 솟는 것을 느꼈다.
 어떻게 하지. 엘레나는 재빨리 머리를 굴려 봤지만 뾰족한 수가 나지 않았다. 제프리 추기경은 식사 예절이나 귀족 화법 같은 것을 속성으로 가르쳐 줬을 뿐, 이런 상황에 어떻게 대처하라고는 말해 준 적이 없었다.
"그, 그게……."
제프리 추기경은 분명히 말했다. 타고난 신분보다 신관으로서의 신분을 중요시해야 하는 신관들은 자기소개를 할 때 풀네임을 말하지 않는 경우가 많다고 말이다.
"저는 황도 신전에서 나온 중급 신관 엘레나라고 합니다. 주신 라한의 뜻 이래 프린시스 님작 영애를 만나게 되어 기쁩니다."
귀족다운 인사말이었다.
'제발 그냥 넘어가라, 제발!'
몇 번을 물어봐도 그녀가 말할 수 있는 이름은 그게 다였다. 가짜 성이라도 지어낼까 싶었지만, 귀족 사칭은 중죄였다.
"배, 배가 많이 고프네요."
엘레나가 상황을 모면하려 아무 말이나 내뱉었다.
"어머나, 그러셨군요! 어서 이쪽으로 앉으세요."
로잘린느가 자신의 옆자리를 가리키며 웃었다. 젠장, 식사를 핑계로 멀리 달아나려 했는데. 그마저도 여의치 않았다.
자리에 앉자마자 하녀가 발 빠르게 음식을 가져왔고, 엘레나는 로잘린느가 말이라도 걸까 싶어 얼른 입 안에 빵 조각을 밀어 넣었다. 먹고 있는 사람을 귀찮게 하진 않겠지.
"엘레나 신관님."
"네, 네에……."
무슨 맛인지도 모를 빵을 우물거리며 엘레나가 어쩔 수 없이 로잘린느를 바라봤다.
커다란 푸른 눈이 호의를 가득 담고 반짝였고, 도자기 같은 흰 뺨에는 분홍빛 홍조가 잘 그려 넣은 그림인 양 화사함을 더했다. 이런 얼굴을 하고 말을 거는 사람을 밀어냈다간 자신만 나쁜 사람이 될 게 뻔했다.

"먼 친척인 블룸버그 백작 부인의 추천으로 리바이 공작 전하의 교사로 입궁하였지만, 솔직히 얼마나 걱정이 되었는지 몰라요."

"그, 그러셨군요······."

"그런데 신학 교사로 오신 신관님께서 이렇게 저와 비슷한 또래시니 얼마나 반가운지. 앞으로 친하게 지내요."

같은 여자도 멍하니 넋을 잃고 볼 정도로 예쁜 미소에 엘레나는 잠시 자신의 상황을 잊고 얼굴을 붉혔다.

책 속에서 로잘린느는 모두에게 상냥하고 착했다. 아름다운 데다가 성격도 좋아서 까다롭고 도도한 황도의 귀족들도 로잘린느를 좋아했고 말이다.

가슴이 두근거렸다. 어젯밤 생각해 두었던 대로, 어쩌면 로잘린느의 친구가 되어 그녀와 남자주인공들의 로맨스를 옆에서 지켜볼 수 있지 않을까.

"저, 저도 반가워요······."

엘레나가 로잘린느가 내민 손을 조심스레 잡으며 말했다.

"신관님들은 자신의 풀네임을 잘 말하지 않는다고 들었지만, 앞으로 친하게 지내자는 의미로 엘레나 신관님의 풀네임을 알 수 있을까요?"

친해지고 싶은 사람에게 나이나 직업 같은 것들을 물어보는 것과 같은 의미라 판단되었다.

"저어, 그것이······."

어쩌면 로잘린느는 이해해 주지 않을까. 엘레나는 그런 희망을 품었다. 착한 그녀라면 이 어쩔 수 없는 상황을 이해해 줄 수도 있다고.

"자꾸 망설이시니, 누가 보면 소개할 성이 없는 평민인 줄 알겠어요."

로잘린느는 그렇게 농담하며 풋 하고 웃었다. 그러나 엘레나는 따라 웃을 수 없었다.

"엘레나 신관님? 설마……."

"프, 프란시스 영애. 사실은……."

엘레나가 용기를 내어 사실을 말하려던 참이었다.

"설마설마했는데……."

방금까시 엘레나를 바라보며 진ㄴ하게 웃던 로잘린느의 얼굴이 눈앞에서 싸늘하게 식었다.

"하, 참! 성을 따로 소개하지 않아 혹시나 했지만. 정말로 소개할 이름이 없어서였을 줄이야."

말 한 마디 한 마디에 조롱이 가득했다. 엘레나는 너무 놀라 아무 말도 하지 못하고 붕어처럼 입만 뻐끔거렸다. 그녀가 아는 로잘린느는 이렇게 매정하고 못된 인물이 아니었다. 누구에게나 다정하고 사랑스런 여자였다.

"프, 프란시스 영애……."

자신이 지금 뭔가를 잘못 이해하고 있는 것인가 싶었지만, 로잘린느는 여전히 경멸 섞인 얼굴로 엘레나를 바라볼 뿐이었다.

그러다 문득 한 가지 사실을 깨달았다. 책 속에서 로잘린느와 좋은 관계를 유지한 것은 모두 귀족들이라는 것. 생각해 보면 평민인 황궁의 고용인들은 언급조차 되지 않았다. 그들은 로잘린느가 바라보는 세상에 포함조차 되지 않았던 것이다.

'하지만 너도 평민이 되기 일보 직전이잖아!'

로잘린느의 가문은 이름만 남은 남작 가문이었다. 제국 구석탱이에서 영지민이라고는 채 몇십 되지 않는 작은 마을 하나를 영지로 가지고 있었다. 하지만 그마저도 가뭄으로 인해 귀족세와 토지세를 내지 못해 작위를 잃을 위기에 처해 있었다. 그래서 맏딸인 로잘린느가 돈을 벌기 위해 아발론까지 온 것이고 말이다.

그런 사실을 샅샅이 아는 엘레나는 어이가 가출한 느낌이었다. 자기도 한 발 삐끗하면 평민이 될 처지에 이렇게 남을 차별해도 되는 건가? 어이가 없어서 웃음이 다 나려고 했다.

"평민이 어떻게 중급 신관이 되었는지 모르겠지만…… 매우 불쾌하군요."

대체 네가 왜? 엘레나는 자신이 평민이지만 중급 신관이 된 것이 로잘린느와 무슨 연관이 있는지 알 수가 없었다. 그렇게 좋아했던 로잘린느의 본모습에 엘레나는 배신감마저 느꼈다. 뭐라고 쏘아붙이기라도 하려 했지만, 그것은 오래가지 못했다.

"감히 리바이 공작 전하를 가르쳐야 하는 신학 교사 자리에 평민을 보내다니. 귀족원을 통해서 라한 신전에 공식적으로 항의하겠어요. 정말 말도 안 되는 일이군요."

공식적 항의라니. 그 한마디에 엘레나는 덜컥 겁이 났다. 생각보다 훨씬 큰 문제였다. 평민인 것을 들키면 그저 망신을 당하거나 따돌림을 당하거나 하는 수준인 줄 알았는데.

'신분이 이렇게 문제가 될 줄이야…….'

안일했다. 아직 엄격한 신분 제도에 익숙하지 않은 엘레나는 '설마 무슨 일 있겠어?' 하며 대수롭지 않게 생각했던 것을 후회했다.

만약 로잘린느가 정말로 귀족원을 통해서 라한 신전에 항의를 한다면 그녀를 다시 중급 신관으로 만들어 입궁시킨 중앙 신전의 입장이 난처해질 것은 불 보듯 뻔했다.

그런 상황에서 신전이 엘레나의 편을 들어 줄 리 만무했다. 아마

다시 신전으로 돌아가게 되거나, 그 지옥 같은 노역을 다시 하게 될지도 몰랐다.

"이 사실이 알려지면 리바이 전하부터 매우 불쾌해하시겠죠. 감히 평민이 교사로 들어오다니."

"그, 그것만은……."

엘레나가 주눅이 든 것이 보이자 로잘린느는 빠르게 머리를 굴렸다. 물론 엘레나가 평민인 줄도 모르고 깍듯하게 대했던 것이 조금 분하기는 하시만, 바르고 어닌가 허약해 보이는 싯이 그넣게 강단이 있어 보이지는 않아 어쩌면 유용하게 사용할 수 있을 것도 같았다.

"내가 항의하지 않기를 바라나요?"

"그래 주시면……."

"흐음."

로잘린느는 다시 한번 눈앞의 평민을 뜯어봤다.

긴 생머리의 은발을 허리춤까지 늘어뜨리긴 했지만 결이 영 안 좋은 것이 푸석푸석했고, 평균보다도 못 미치는 작은 몸은 굴곡이라곤 없어 보였다. 딱 하나 봐 줄 만한 것이 있다면 커다란 갈색 눈 정도 겠지만, 그마저도 겁에 질려 바르르 떨리고 있었다.

"그래요. 물론 평민이 감히 전하를 가르친다는 것이 어불성설이지만, 넓은 아량으로 눈감고 넘어갈 수는 있죠."

"그럼 아무 말 않고 넘어가 주시면 안 될까요?"

엘레나가 간절히 물었다. 다행히 이 식당 안에는 현재 로잘린느와 자신뿐이었고, 딱히 그녀의 신분을 의심하는 사람은 없는 것 같았다. 이 와중에 그나마 한 가지 다행인 일이었다.

"나도 그러고 싶지만 한 가지 문제점이 있어요."

"그, 그게 뭔가요?"

"바로 그대와 나 사이의 위계질서지요. 그대가 평민인 것을 감추어 주려면 내가 그대를 동등한 귀족으로 대해야 할 텐데, 그것만큼은 내가 용납이 되지 않거든요."

한마디로 평민에게 좋은 대접을 해 주기 싫다는 말이었다. 속이 뻔히 보이는 말에 엘레나는 분했지만 어쩔 수 없었다.

"그럼…… 제가 남작 영애를 잘 모실게요. 심부름이나 방 청소 같은 것을 도와드리면 될까요?"

의외로 이해가 빠른 눈앞의 평민을 로잘린느는 꽤 만족스런 눈으로 바라보았다.

"그리고 한 가지 더. 그대도 보면 알 수 있겠지만 내 옷들이 꽤 비싼 옷감으로 만들어진 고급품들이거든요. 그런데 이런 옷들을 하녀들에게 빨래를 맡겼다간 금방 상해서 못 입게 될까 봐 걱정이 되는데……."

하아. 결국 여기까지 와서도 빨래통 신세를 벗어나지 못하는 건가. 엘레나가 속으로 한숨을 쉬며 말했다.

"……걱정 마세요. 제가 조심스럽게 다루겠습니다."

"어머나, 그렇다면 마음이 놓이네요!"

로잘린느가 손뼉을 짝 치며 웃었다. 그 얄미운 얼굴을 확 할퀴어 주고 싶었지만, 엘레나는 대신 주먹을 꼭 쥐고 참았다.

"엘레나 신관이 그렇게까지 해 준다니 나도 사람들 앞에서 최대한 티를 내지 않도록 노력해 볼게요. 우리 앞으로 잘해 봐요."

비로소 자신이 원하는 것을 모두 얻은 다음에야 어제처럼 활짝 웃는 로잘린느였다. 분명 똑같이 예쁜 얼굴인데 엘레나는 더 이상 그녀가 아름다워 보이지 않았다.

3장

3장

 로잘린느의 개인 하녀가 되고 난 뒤 음식이 입으로 들어가는지 코로 들어가는지도 모르겠는 상태로 아침 식사가 끝났다.
 잠시 방으로 돌아온 엘레나는 라한 성서와 필기구를 챙겨 리바이 공작의 응접실로 향했다. 1층에 있는 새벽의 궁 응접실은 찾아오는 손님이 없어 리바이 공작의 공부방 정도로 사용이 되고 있었다.
 서둘러서 움직였다고 생각했는데, 엘레나가 응접실 앞에 도착했을 때는 이미 안쪽에서 로잘린느의 여성스런 목소리가 흘러나오고 있었다.
 "치사하게 진짜……."
 미리 혼자 들어가서 리바이 공작에게 좋은 인상을 심어 주려는 속셈이 분명했다. 엘레나도 서둘러 응접실로 들어갔다.
 고급스러운 소파가 응접실 한가운데에 놓여 있었고 가장 상석에는 물론 리바이 공작이 앉아 있었다. 책에서 리바이 공작의 외모에 대한 설명을 읽어서 알고 있었지만, 실제로 본 리바이 공작은 주요 캐릭터들이 다들 그랬듯이 예상을 뛰어넘었다.

"리바이 공작 전하, 중앙 신전의 중급 신관 엘레나입니다. 전하께 라한의 축복을."

신관들이 자주 사용하는 일종의 공식 인사말을 하고 난 뒤 엘레나가 고개를 들자 리바이 공작의 외모가 한눈에 들어왔다.

황가의 상징인 황금 사자를 떠올리게 하는 진한 금발을 가진 여덟 살짜리 남자아이는 제법 근엄한 얼굴로 앉아 있었다. 아버지인 선황과 현 황제 바크란 1세와 마찬가지로 남청색의 짙은 눈은 꼬리가 조금 올라가 있는 것이 리바이 공작의 성격을 보여 주는 듯했지만 그게 또 귀엽기도 했다.

엘레나의 시선이 채 땅바닥에 닿지 못하고 위에서 달랑거리는 리바이 공작의 발을 물끄러미 봤다. 아직 사춘기가 오지 않아서 동글동글하게 살이 오른 뽀얀 볼이나 짤막한 팔다리는 여느 아이들과 다를 바가 없었다.

"앉지."

리바이 공작이 로잘린느 옆자리를 가리키며 명령했다. 그에 로잘린느가 입꼬리를 움찔하며 불쾌해하는 것이 보였다. 하지만 어쩌겠나. 엘레나는 리바이 공작의 명을 따를 뿐이었다.

엘레나가 얌전히 자리에 착석하자 리바이 공작의 유모로 보이는 중년의 여성이 맑은 차를 내왔다. 그리고 리바이 공작의 앞에는 보기만 해도 입이 달아지는 케이크 한 조각이 놓였다. 점잖은 척하고 있던 리바이 공작이 들뜨는 것이 보여 엘레나는 웃지 않으려 안간힘을 써야 했다.

공작이 들고 있던 찻잔을 내려놓고 막 케이크를 한 입 뜨려는 순간, 로잘린느가 옆에서 입을 열었다.

"전하, 실례가 안 된다면 앞으로 전하의 공부 계획을 말씀드려도 되겠습니까?"

아무래도 무척이나 실례가 된 듯, 중요한 순간에 방해를 받은 리바이 공작의 인상이 구겨졌다. 하지만 공작으로서 체면을 챙기느라 차마 그것을 티 내지는 못하고 마지못해 포크를 내려놓으며 고개를 끄덕였다.

"전해 듣기로 공작께선 수학, 천체, 제국 역사, 그리고 신학을 배우고 계셨다지요?"

로잘린느의 본모습을 아는 엘레나의 팔에 오소소 소름이 돋을 정도로 사근사근한 말투였다. 그러나 이미 기분이 상한 리바이 공작은 그냥 고개를 끄덕이기만 했다.

"그렇다면 제가 간단한 문제를 몇 가지 만들어 보아도 되는지요. 앞으로 전하의 수업을 진행하려면 학업의 진행 정도를 파악해야……."

"그런 것 필요 없다. 그동안 교사들이 남긴 수업 일지가 있으니 그걸 참고해서 알아서 준비해 오도록."

단칼에 잘라 버리는 리바이 공작의 태도에 로잘린느가 어색하게 웃는 것이 보였다. 아마도 그녀에게 이런 식으로 대하는 사람은 리바이 공작이 처음이겠지. 그녀는 누구에게나 쉽게 호감을 사는 타입이었으니까 말이다.

스포츠 관전을 하듯이 로잘린느가 곤경에 빠진 것을 감상하던 엘레나에게 리바이 공작이 날카롭게 물었다.

"그대는? 그대도 나를 시험해 봐야 수업을 진행할 수 있나?"

큰 눈을 부리부리하게 뜨고 '그렇게 대답하기만 해 봐라.' 하는 리바이 공작 앞에서 '사실은 시험을 보는 게 저도 시간 낭비 안 하고 좋을 텐데요.'라고 말할 수는 없었다. 대신 엘레나는 공작의 앞에 놓인 케이크와 차를 가리키며 말했다.

"전하, 차가 식어 가는데 일단 차와 다과를 즐긴 뒤에 상세한 대화를 나누는 것은 어떨까요."

뜬금없는 엘레나의 말에 로잘린느는 고개를 돌리고 그녀를 황당하게 쳐다봤다. 단순히 단 게 조금 들어가면 리바이 공작의 기분이 조금 나아져서 편하게 이야기할 수 있지 않을까 싶어 한 말이었는데. 엘레나는 얼른 뒷말을 붙였다.

"라한의 은혜가 담긴 음식이 낭비되지 않도록 제때에 감사하는 마음으로 즐기는 것도 아주 중요한 일이지요."

대충 지어서 해 본 말이었는데 의외로 그럴 듯하게 들렸는지 유모와 리바이 공작이 고개를 끄덕였다.

"그럼 그렇게 하도록 하지."

어차피 케이크가 먹고 싶었던 리바이 공작은 엘레나의 제안을 얼른 받아들여 케이크를 먹기 시작했다.

어린아이에게 달고 맛있는 음식만큼 잘 통하는 게 또 있을까. 케이크를 한 입 한 입 먹을 때마다 공작의 기분이 풀려 가는 게 확실히 보였다. 그렇게 위에 올라가 있던 딸기 조각까지 모두 먹고 난 뒤에 아주 만족스런 표정으로 공작이 물었다.

"그래서 그대는 앞으로 어찌 날 가르치겠다고?"

"계획이랄 것은 딱히 없습니다. 일단은 같이 성서를 읽고 그 내용에 대해서 함께 대화를 나누는 것에서부터 시작하는 것은 어떨까요?"

말이 좋아 대화이지, 엘레나는 교화 교육 시간의 다른 신관들처럼 멋들어진 연설을 만들어 낼 자신이 없을 뿐이었다.

엘레나의 말을 들은 로잘린느가 옆에서 작게 코웃음 치는 것이 들렸다. 그게 다냐는 것이다. 하지만 리바이 공작은 엘레나의 제안이 꽤 마음에 드는 듯했다.

"좋은 생각이군. 그렇게 하도록 하지."

자고로 애들은 공부 말고는 다 좋아하는 법이었다. 리바이 공작도 그랬다.

똥 씹은 얼굴로 옆에 앉아 있는 로잘린느의 얼굴을 안주 삼아 엘레나는 반쯤 식어 버린 차를 호로록 들이켰다. 씁쌀한 차 맛이 제법 달콤하게 느껴졌다.

✦

승리의 달콤함도 잠시, 응접실을 나와 방으로 돌아온 엘레나는 자신의 처지를 절감해야 했다. 로잘린느가 자신을 그녀의 방으로 부른 탓이었다.

똑똑. 엘레나가 작게 노크를 했다.

"들어와요."

안에서 로잘린느의 목소리가 들려왔다.

"부르셨어요."

엘레나의 말에 창가에 놓인 책상에서 로잘린느가 손가락을 까딱까딱했다. 강아지를 부르는 것도 아니고! 순간 엘레나는 울컥했지만 반항을 할 정도로 어리석지는 않았다. 책상 근처로 다가온 엘레나에게 로잘린느가 종이 한 장을 툭 던졌다.

"이게 뭔가요?"

"엘레나가 도서관에서 빌려 와 줬으면 하는 책들의 목록이에요."

"이걸…… 다요?"

한 권, 두 권, 세 권…… 목록의 책 권수를 세던 엘레나가 눈살을 찌푸렸다. 총 열 권이나 되는 목록이었다.
"네. 보다시피 나는 오후에 있을 수업 준비로 워낙 바빠서요. 아무런 수업 계획이 없는 엘레나 신관은 시간이 아주 여유롭겠지요?"
분명 조금 전의 복수였다. 로잘린느가 얄밉게 생글거렸다.
"괜히 바쁜 도서관의 사서님들을 귀찮게 하지 말고 엘레나 신관 본인이 직접 가져오세요. 그 정도의 성의는 보일 수 있겠죠?"
'내가 너의 비밀을 지켜 주는데.'라는 부분이 생략이 된 말이었다.
엘레나는 이제 시작이구나 싶었다. 약점을 잡혔으니 앞으로 로잘린느가 시키는 일은 전부 해야 했다.
"지금 당장 써야 하는 책들이니 빨리 다녀오도록 해요."
결국 어깨를 축 늘어뜨린 엘레나가 로잘린느의 방을 나섰다.
불행 중 다행으로, 황궁 내의 도서관은 찾기 어렵지 않았다. 황궁으로 들어오는 정문과 서쪽의 기사단 건물 사이에 자리 잡은 커다란 건물이 바로 황궁 도서관이었다. 하인에게 부탁해 마차를 탄 엘레나는 제법 빠르게 도서관에 도착할 수 있었다.
"여기서 잠시만 기다려 주시겠어요?"
엘레나의 부탁에 마부는 못마땅해하며 마지못해 고개를 끄덕였다. 마부가 마음을 바꾸기 전에 얼른 책을 찾아서 나와야겠다고 생각한 엘레나는 뛰듯이 도서관으로 들어갔다. 그리고.
"와…… 뭐가 이렇게 거대해."
엄청난 도서관의 규모에 경악했다. 이페른 제국 도서관에 없는 책은 존재하지 않는 책이라더니. 미로 같은 구조의 위로 몇 층은 되는 끝없이 높은 벽에 책이 빼곡하게 꽂혀 있었고, 어떤 서가든 낭비하는 공간이 없었다.
엘레나는 직감적으로 알았다.

'로잘린느 얘가 나를 제대로 물 먹이려고 하는구나.'

이 거대한 도서관에서는 길을 잃지 않는 것만 해도 용했다. 그 자리에 서서 잠시 한숨을 쉬다가, 대형 서점에 으레 있기 마련인 도서 검색대를 찾는 버릇으로 내부를 둘러보던 엘레나의 눈에 책을 정리하고 있는 사서 하나가 들어왔다.

"한번 물어나 볼까?"

여자의 뒤로 다가간 엘레나는 조심스럽게 사서를 불렀다.

"저기……."

"네. 어떻게 도와 드릴까요, 신관님?"

다행히 매우 친절해 보이는 사서는 안경을 추켜올리며 엘레나에게 물었다.

"제가 이 목록에 있는 책을 빌려 가야 하는데요. 이 넓은 도서관에서 어떻게 찾을지 막막해서……."

"아, 그러셨군요. 그럴 때를 대비해서 저희 황궁 도서관에선 모든 책들의 정보를 정리한 목록을 가지고 있답니다. 이쪽으로 오세요."

이런 부탁이 익숙한 듯이 한쪽에 마련된 공간으로 앞장서는 여자의 뒷모습을 보니 든든하기 그지없었다.

"그 목록을 보여 주시겠어요?"

"아, 여기요!"

엘레나가 얼른 종이를 내밀었다.

"잠시만 기다려 주세요."

이런 일이라면 얼마든지! 사서가 깨알 같은 글자들의 목록을 이리저리 뒤져 보는 것을 확인한 엘레나는 그제야 마음을 놓고 주변을 둘러봤다.

텅 비어 있을 거라고 생각했던 도서관은 의외로 꽤 많은 사람들이 이용하고 있었다. 귀족으로 보이는 사람들이 원하는 책을 쌓아 놓고 무언가를 적고 있거나 여유롭게 독서를 하는 모습들이 보였다.

신전에선 찢어지지 않은 성서 한 권 찾기가 힘들었는데, 이럴 때마다 신분의 차이가 얼마나 엄청난 것인지 새삼 실감했다.

"자, 신관님. 다 되었습니다."

사서가 쑥 내미는 로잘린느의 목록을 받아 든 엘레나가 멍하게 있자, 부연 설명이 따라왔다.

"각 도서들이 있는 구역과 서가 번호를 적어 드렸어요. 그대로 찾아서 가시면 됩니다. 미리 대여 도서 목록에도 올려놓았답니다."

그러면 그렇지. 일이 그렇게 수월하게 풀릴 리가 없다.

이 넓은 도서관 안을 돌아다닐 것을 생각하니 벌써부터 발이 아파 왔지만 그래도 도와준 사서에게 고맙다고 인사를 한 엘레나는, 도서관의 약도를 보면서 최소 동선이 성립하는 계획을 세웠다.

"이래 봬도 내가 국회 도서관 경력이 몇 년인데."

리포트를 쓸 때면 항상 살다시피 했던 국회 도서관을 떠올리며 엘레나가 팔을 걷어붙였다.

그 계획은 성공적이었다. 어느 정도는. 도서관 내부를 일개미처럼 열심히 돌아다니면서 책을 모으는 것에는 성공했지만 예상치도 못한 복병이 하나 있었다.

"죄송하지만 지금 책 수레가 모두 사용 중이네요. 아무래도 들고 가셔야겠는걸요."

"드, 들고 가라고요?"

로잘린느가 마음을 먹고 고른 책들은 하나같이 두께가 백과사전 못지않았다. 장담하건대 그녀는 이 책들을 얼마나 엘레나를 힘들게 할 수 있는가의 기준으로 선별한 것이 분명했다.

"하아…… 어쩔 수 없지. 마차까지만이라도 들고 가야지."

두 번에 나눠서 들까 생각을 해 봤지만, 이미 시간을 많이 지체했다. 더 늦었다가는 로잘린느에게서 무슨 말을 들을지 몰랐다.

소매를 걷어 올려서 드러난, 근육이라곤 요만큼도 없어 보이는 자신의 팔을 보며 엘레나가 말했다.

"팔아, 좀만 고생하자."

후우, 마지막으로 심호흡을 한 엘레나가 웃차 소리와 함께 책을 들어 올렸다. 엄청난 무게를 긱오하고서. 그런데 책이 번썩 늘리는 것이 이상했다.

용을 쓰려고 질끈 감았던 눈을 뜬 엘레나의 앞에 한 남자가 서 있었다.

"도와 드리죠, 신관님."

갑옷이 아닌 약식 기사복을 입은 갈색 머리의 남자였다. 그런데 그 외모가 범상치 않았다. 주변의 많은 사람들을 순식간에 흑백으로 만들고 저 혼자만 컬러로 빛나는 듯한 존재감이었다.

로잘린느 멀리서 황제를 봤을 때나 느꼈던 진한 아우라를 느낀 엘레나가 눈을 가늘게 뜨고 남자를 살폈다. 초콜릿빛의 짙은 갈색 머리가 부드럽게 귀를 덮고 있었고, 풀잎색 눈이 웃음기를 머금고 그녀를 보고 있었다.

'기사, 갈색 머리에 진한 초록색 눈, 샤방한 외모…… 설마?'

마침내 눈앞의 남자를 알아본 엘레나가 놀라 소리쳤다.

"메, 메이나…… 헙!"

하마터면 남자의 성이 아닌 이름을 부를 뻔했다. 가까스로 스스로의 입을 턱 하고 막은 엘레나는 겨우 한마디를 뱉어 냈다.

"어, 어네스 경……."

그는 다름 아닌 로잘린느의 세 남자 중 하나인 메이나드 폰 어네스 경이었다.

"저를 아십니까?"

조금 놀라며 웃는 메이나드의 얼굴에 엘레나는 심장이 저 바닥으로 내팽개친 듯한 충격을 받았다.

'뭐가 이렇게 치명적이야.'

엘레나는 메이나드의 외모를 한 단어로 정리했다. '치명적'.

메이나드는 예쁘장한 얼굴의 소유자였다. 말 잘 듣는 순한 강아지같이 영롱하고 서글서글한 눈매에 결 좋은 곱슬머리의 조합은 두말하면 입이 아팠다.

하지만 실제로 보니 그의 진짜 매력은 반전에 있었다. 곱상한 얼굴 아래로 이어진 기사답게 떡 벌어진 어깨, 그리고 큰 키와 허리를 생략한 듯한 다리 길이. 몸 전체에 군살이라고는 없을 듯이 호리호리하고 탄탄해 보이는 몸은 시원시원하게 쭉쭉 뻗었다.

게다가 엘레나가 젖 먹던 힘까지 끌어모아 들려고 했던 산더미 같은 책을 거뜬히 들고도 힘든 기색이라곤 조금도 보이지 않는 저 짐승 같은 힘과 걷어 올린 소매 아래로 드러난 불끈불끈한 힘줄은······ 아무튼, 하나라도 치명적이지 않은 구석이 없었다.

사실 책을 읽으면서도 항상 궁금했던 것이 바로 이 메이나드의 외모였다. 냉막하고 무표정하게 그려지는 황제와 색기 있을 것 같은 베르너 후작의 외모는 대충 감이 왔지만, 메이나드의 외모만큼은 종잡기가 어려웠다.

"워, 워낙에 유명하셔서······."

엘레나가 심장이 하도 두근거리는 바람에 자꾸 메이는 목을 가다듬으며 간신히 말했다.

"제가요?"

손가락 하나로 스스로를 가리키며 눈을 동그랗게 뜨는 모습 또한 치명적이로다. 심장에 무언가가 쿵 하고 와서 박히는 덕통 사고를 당한 엘레나는 황급히 덧붙였다.

"평소에 제가 팬이라서……."

분명 메이나드는 이곳에서도 여성들에게 아주 인기가 많은 설정이었다. 아니, 로잘린느의 세 남성 모두 그랬다. 복받은 년. 엘레나는 속으로 꿍얼거렸다.

"어어…… 책이 아무래도 많이 무거워 보이는데, 제가 좀 도와드리겠습니다."

메이나드가 민망한 듯 말을 돌렸다.

"그, 그러지 않으셔도 되는데……."

"괜찮습니다. 집으로 돌아가는 길에 책이나 한 권 빌려 갈까 하고 들렀던 것뿐이라서요. 밖에 마차가 대기하고 있습니까?"

"네? 네에."

"그럼 가시죠. 아니, 이참에 그 두 권도 마저 주시겠습니까?"

메이나드가 엘레나의 품에 남은 두 권의 책을 가리키며 말했다. 놀란 엘레나가 얼른 책을 끌어안으며 몸을 돌렸다.

"아, 아니에요! 이건 제가 들 수 있어요!"

그 모습이 재밌고 신선하다는 듯이 하하 하고 또 치명적으로 웃은 메이나드가 두껍고 무거운 책을 몇 권이나 들고도 여유 있는 모습으로 문까지 열며 엘레나를 에스코트했다.

"가시죠, 신관님."

"가, 감사합니다."

황송함에 몸 둘 바를 모르겠는 엘레나는 빨개진 얼굴로 메이나드의 뒤를 종종 따라갔다. 마치 어린 여동생 같은 귀여움에 메이나드는 또 작게 웃음을 터뜨렸다.

"왜, 왜요?"

혹시 자신이 이 치명적인 남자 앞에서 뭔가를 실수했나 싶어 엘레나가 물었다.

"별일 아닙니다. 이렇게 많은 책들을 다 보시는 겁니까?"

"아, 이건 제가 아니라 다른 분의 부탁으로…… 리바이 공작 전하의 수업 참고 자료라고 해요."

정말 그렇게 쓰일지는 모르겠지만. 엘레나의 말에 메이나드가 '아!' 하며 반가워했다.

"이번에 새로 오신 선생님이시군요!"

"서, 선생님이라고 하실 것까지야……. 여러 과목을 가르치는 프란시스 영애라면 몰라도 저는 그저 신학 한 과목일 뿐인걸요."

"그래도 선생님은 선생님이시죠."

그렇게 말하며 메이나드는 새삼 엘레나를 다시 살폈다. 휴고에게 전해 듣기로 신학을 가르치러 오는 신관은 올해 스물이라고 들었다. 그런데 엘레나는 작은 몸집 때문에 그런지 그것보다 훨씬 어려 보였다. 저번 달에 스물넷이 된 메이나드는 문득 이런 여동생이 있으면 정말 귀엽고 좋겠다고 생각했다.

이야기를 나누는 와중에 어느새 두 사람은 도서관 입구에 도착했다. 이제 헤어져야 한다니 무척 아쉬워서 메이나드의 미모가 오늘 밤 꿈에 나올 것 같지만, 엘레나는 애써 웃으며 말했다.

"이제 괜찮아요. 여기에 저를 태워다 줄 마차가…… 어, 마차가?"

분명히 한쪽에서 얌전히 엘레나를 기다리고 있어야 할 마차가 보이지 않았다. 다른 사람들을 기다리고 있는 마차는 여럿 보였지만 옆면에 새벽의 궁 문양을 단 마차는 그중에 없었다.

"어, 어떻게 하지……."

한두 권이라면 모를까. 이 열 권을 전부 다 새벽의 궁까지 자신이 들어 옮기는 것은 불가능했다. 어쩐지 마부의 대답이 시원찮더라니. 그새를 못 기다리고 돌아가 버린 모양이었다.

"저기 저희 가문의 마차가 있어요. 제가 새벽의 궁까지 모셔다드리죠."

혼란에 빠진 엘레니를 다독이며 메이나드가 말했다.

"그렇게까지 폐를 끼칠 수는……."

"조금 돌아가는 것뿐인데요, 뭐."

서브 남주님께서 퇴근하는 길에 돌아가야 한다는데. 염치가 있다면 거절하는 것이 맞았지만 지금은 다른 뾰족한 수가 없었다.

"그럼 부탁드리겠습니다."

"예. 얼마든지요."

어쩌면 그녀의 몸무게만큼이나 무거울지도 모를 책들을 번쩍 들어 마차로 옮긴 메이나드는 한 손을 내밀어 엘레나가 마차에 타는 것까지 도왔다. 폭신한 방석이 깔린 마차에 앉아서 엘레나는 메이나드가 어네스 백작가의 후계자라는 사실을 떠올렸다.

제국의 검이라고 불리는 남부의 대영주 어네스 백작은 자신의 장남이 제국법에 의해 성년이 되는 열일곱 번째 생일을 맞자마자 바크란 1세에게 보냈다. 그것도 정복 전쟁의 한복판으로 자신의 아들에게 '폐하께 날아오는 검과 화살을 네가 대신 맞으라.'고 명령하면서. 그만큼 절대적인 충성을 자랑하는 것이 어네스 백작가였다.

저렇게 잘 웃고 예쁘게 생겼어도 종전이 될 때까지 바크란 1세와 함께 전장의 선두에 섰던 메이나드였다. 그리 생각하니 그가 조금 다르게 보였다.

"제 얼굴에 뭐가 묻었습니까?"

"아, 아니요. 죄송합니다. 실례를 범했어요."

초면에 이렇게 상대방의 얼굴을 빤히 보는 건 엄연한 실례다. 엘레나가 민망해하며 말하자 메이나드는 오히려 기분 좋게 웃었다.

"농담입니다. 이렇게 마주 보고 앉아 있는데 오히려 저를 보지 않으시면 어색하죠."

메이나드는 함께 있는 사람을 편안하게 해 주는 매력을 가졌다. 엘레나는 그렇게 생각하면서 무심코 메이나드의 손을 내려다봤다. 그의 검지 끝에 작게 피가 맺혀 있는 것이 보였다.

"아, 책장에 베었나 봅니다."

작은 상처에 불과했지만 엘레나는 기겁했다. 소중하게 보존해서 후대에 길이길이 남겨도 모자랄 메이나드의 손에 감히 자신이 빌린 책 따위가 상처를 냈다. 울상이 된 엘레나는 이내 결심을 하고 메이나드에게 말했다.

"잠시 손 좀 주세요."

"예?"

"다친 손, 이리 주세요."

안 주면 혼이라도 낼 것 같은 엘레나의 표정에 메이나드가 마지못해 손을 내밀었다. 곧 엘레나의 작고 하얀 두 손이 메이나드의 손을 마주 잡았고, 짧지만 화려한 빛이 터졌다.

"이게……."

메이나드는 놀라 말을 잇지 못했다. 아주 가끔 특별한 능력을 타고 태어나는 신관이 있다고는 들었지만 직접 겪은 느낌은 묘했다.

황제 폐하의 측근인 그는 전에 한번 주군이 전장에서 다쳤을 때에 교황이 와서 치유하는 장면을 본 적이 있었다. 그러나 중급 신관에 불과한 엘레나가 같은 능력을 가지고 있을 줄이야. 메이나드가 엘레나를 빤히 바라봤다.

한편 엘레나는 치유의 빛이 전에 없이 밝고 강렬한 것에 놀랐다. 낫게 하고 싶다는 마음에 치유의 효과가 비례하는 것일지도 모른다는 생각이 들었다.

"제가 해 드릴 수 있는 게 이런 것밖에 없어요."

엘레나의 말에 메이나드기 펄쩍 뛰었다.

"이런 것밖에라니요. 정말 놀랐습니다. 치유의 능력을 가지고 계셨군요."

"능력이라고 하기에도 부족해요. 만약 상처가 조금이라도 더 컸다면 애먹었을 거예요."

"그래도 대단합니다. 정말 이건……."

상처가 감쪽같이 사라진 자신의 손을 살피며 놀라 중얼거리는 메이나드의 말에 엘레나는 고개를 저었다. 겸손을 떠는 것이 아니었다.

그녀는 메이나드에게 능력을 사용하고 난 즉시 머리가 핑 하고 울리면서 현기증이 나는 것을 느꼈다. 평소보다 강한 빛을 사용해서 그런 것이라고 이해는 할 수 있었지만, 그래도 겨우 종이에 베인 상처 하나를 치료했다고 이 정도의 후유증이 있어서야 곤란했다.

어느새 마차는 새벽의 궁 앞에 도착했다. 마차가 정지하자, 부지런하게 마차에서 내려 엘레나의 책을 모두 내려 준 메이나드가 말했다.

"제가 안쪽까지 들어다 드리겠습니다."

"아니에요. 다른 분께 부탁드리면 됩니다. 어서 가서 쉬세요. 오늘 감사했습니다."

마차에서 내리며 엘레나가 꾸벅 인사를 해 보였다. 이유를 알 수 없지만 조금 아쉬운 마음에 메이나드가 아랫입술을 씹었다. 그는 막 계단을 오르려는 엘레나를 급하게 불렀다.

"신관님!"

"네?"

"성함을 알려 주실 수 있습니까?"

사실 메이나드가 그녀의 이름을 알 필요는 없었다. 용건이 있다면 그저 리바이 공작의 신학 교사를 찾으면 될 일이었다. 엘레나가 머리 위에 물음표를 달고 자신을 보는 것을 깨달은 메이나드는 조금 귓불을 붉히며 얼른 둘러댔다.

"호, 혹시 다쳐서 치유를 받을 일이 있으면 성함을 아는 편이……."

조잡한 이유였다. 하지만 엘레나는 별다른 이상한 점을 찾지 못한 듯 고개를 끄덕이며 대답했다.

"엘레나입니다."

"엘레나 님……."

메이나드는 작게 입 안에서 그녀의 이름을 굴려 보며 웃었다.

"그럼 나중에 뵙겠습니다, 엘레나 님."

우리가 또 볼 일이 있을까. 잠시 의아해한 엘레나였으나 일단 고개를 끄덕였다. 앞으로 로잘린느와 엮일 메이나드였다. 만약 내가 잘리지 않고 계속 궁 생활을 한다면 어쨌든 오다가다 얼굴은 마주치겠네.

끼익, 하는 소리와 함께 마차 문이 닫히고 이내 말이 천천히 움직이기 시작했다. 그 자리에 서서 마차가 멀어지는 모습을 지켜보던 엘레나는 옆에서 책을 들어 올리는 하인의 소리에 돌아서며 웃었다.

"너무 무겁죠. 몇 권 더 주세요. 제가 들게요."

하지만 오늘 아침 엘레나의 짐 가방을 들었던 하인은 웃으며 괜찮다고 말했다. 평민에게도 예의 바르고 깍듯한 신관님을 얼마든 도와주고 싶은 마음이었다.

궁에 들어온 지 이틀째.
어제는 로잘린느의 수업이 길어져서 신학 수업을 건너뛰어야 했다. 그 덧에 이틀째인 오늘, 첫 수입을 위해 내려온 엘레나는 아무도 없는 응접실에 홀로 앉아 있었다.
리바이 공작의 유모 일리야가 타 준 차는 이미 싸늘하게 식어 버렸다. 혹시나 싶어 손끝으로 찻잔을 만져 보았지만 역시나 온기 없이 싸늘한 자기의 촉감에 얼른 손을 떼었다. 자신의 숨소리밖에 나지 않는 조용한 응접실에서 엘레나가 눈을 가늘게 뜨고 말했다.
"흥, 수업 거부다 이거지?"
그녀가 알기로 리바이 공작은 로잘린느의 수업에는 분명 참석했다. 그게 바로 2시간 전의 일이니 그사이에 공작이 땅으로 꺼질 리도 없고 하늘로 솟았을 리도 없다.
"어쩐지 순순한 게 이상하더라니……."
어제 케이크를 먹을 때는 그 짧은 다리를 잘도 달랑거리면서 그녀의 신학 수업에 대해 '좋은 생각이군.'이라고 말한 주제에, 리바이 공작은 오늘 첫 수업을 땡땡이쳤다. 아마 케이크 먹을 때와 다 먹고 나서의 기분이 많이 달랐던 모양이다.
혹시 화장실을 갔을지도 몰라 앉아서 기다리기 시작했던 것이 벌써 1시간 전이었다. 통통에 빠지지 않고서야 지금쯤이면 돌아왔을 시간이었다. 고의적으로 신학 수업을 건너뛰고 침실에 박혀 있지 않는다면 말이다.

그때, 일리야가 조심스럽게 엘레나에게 말을 걸어왔다.

"저어, 신관님. 오늘은 공작 전하께서 몸이 미령하시어서……."

"그러신가요?"

"죄송합니다. 오늘은 이만 신관님께서도 방으로 돌아가시는 게……."

수업을 땡땡이친 것은 리바이 공작인데 쩔쩔매며 사과하는 것은 유모인 일리야였다. 조금 열받는 것을 느끼며 엘레나는 자리에서 일어났다. 몸이 좋지 않다고 말을 하니 어쩔 수 없었다.

"괜찮습니다. 전하께서 많이 편찮으신 것은 아니어야 할 텐데요."

"예에. 그, 그저 두통이 있으신 것뿐이라서……."

"그렇습니까. 그럼 다행이네요."

정말로 리바이 공작이 아파서 수업에 참석하지 못한 거라면 더 간단한 해결 방법이 있었다. 얌전히 물러나려던 엘레나는 왠지 억울한 마음이 들어 일리야를 보며 말했다.

"두통이 심하시다면 제가 한번 봐 드릴 수도 있는데요."

그러자 일리야가 펄쩍 뛰며 두 손을 내저었다.

"아, 아닙니다! 그 정도로 심각한 것은 아니라…… 약을 드셨으니 금방 괜찮아지실 겁니다."

"……그것참 다행이네요."

거짓말을 잘하지 못하는 성격인지 얼굴이 온통 붉어진 일리야를 두고 엘레나는 응접실을 빠져나왔다. 나름 열심히 준비한 첫 수업에 학생이 나타나지 않은 게 무시당한 것 같아 불쾌했지만, 동네 꼬마도 아니고 혼을 내는 것도 불가능했다.

그러다 2층의 숙소로 올라가는 계단 위에서 잠시 멈칫하며 깨달았다.

"잠깐. 수업도 안 하고 돈 받으면 나야 좋은 거 아닌가?"

엘레나가 이곳에서 생활하면서 받는 봉급은 리바이 공작에게 신학을 가르치는 대가였다. 그런데 오늘과 같이 수업을 거부하고 참석하지 않는다면, 오늘 수업을 위해 준비했던 것을 대신 내일 써먹을 수 있는 것이다.

"오호, 달다 달아."

방에 도착한 엘레나는 침대 위에 철퍼덕 누웠다. 수업량이 많기 때문에 항상 바쁜 로잘린느와는 다르게 신학만을 맡은 엘레나는 비교적 여유로웠다.

로잘린느가 엘레나를 괴롭히려고 자잘한 심부름을 시킬 때가 있지만 그 정도는 코웃음 치면서 넘길 수 있었다. 그녀는 염전 노예보다도 무섭다는 신전 노예 경력을 가지고 있는 여자였다.

갑자기 할 일이 없어졌으니 저녁 식사 시간 전까지 뭘 하면서 시간을 보낼까 고민하던 엘레나는 문득 중얼거렸다.

"아, 내일도 그 꼬맹이가 수업에 안 들어왔으면 좋겠다."

그 말이 씨가 되었던 것일까. 다음 날, 엘레나는 또다시 응접실에 혼자 앉아 있게 되었다.

오늘은 일부러 조금 일찍 내려왔는데, 간발의 차로 공작을 놓친 듯했다. 탁자 위에는 아직 치우지 못한 공작과 로잘린느의 찻잔이 놓여 있었다. 즉, 리바이 공작이 로잘린느의 수업은 얌전하게 들었다는 것이다.

"얘가 주연이랑 조연 차별하네?"

공작이 가장 싫어하는 과목이 신학이라는 것은 익히 알고 있었으니 별로 충격은 없다. 책으로 리바이 공작의 신학 수업 시간을 읽어 본 엘레나 또한 그 마음이 이해가 가는 것도 사실이다.

수업 내내 제네비 신관은 특유의 꼬장꼬장한 말투로 리바이 공작의 부족함을 지적하기 바빴다. 아니, 그렇다기보다는 공작을 여덟 살짜리 아이가 아니라 마치 다 큰 어른을 대하듯 다그쳤다는 말이 어울렸다.

질문에 공작이 대답하지 못하면 '아직 이런 것도 모르시면 어떻게 합니까?'라며 혼냈고, 어린아이가 이해하기 어려운 고급 단어들을 사용해서 가르쳤다.

만약 이전의 교사들이 제네비 신관처럼 교육했다면 리바이 공작이 반발심을 느끼는 것도 당연했다.

제네비 신관 딴에는 공작의 품위에 맞게 가르친 것이지만, 아직 여덟 살밖에 되지 않은 어린아이지 않은가. 둥개둥개 해 주며 어르고 달래도 모자랄 판에 혼만 내니 말을 들을 턱이 있나. 책을 읽는 내내 답답하기 그지없었다.

이런저런 생각을 하며 주인 없이 텅 빈 맞은편의 자리를 보고 있던 엘레나는 미소를 지었다. 안 오면 나야 땡큐지.

그런 엘레나를 보며 또 안절부절못하던 일리야가 조심스레 말을 걸었다.

"저어, 신관님."

"공작 전하의 몸이 또 안 좋으신 건가요?"

"그, 그게……."

한 번 더 몸이 아프다고 변명을 했다간 엘레나가 당장이라도 침소로 찾아 올라갈까 봐 걱정이 되었는지, 일리야는 아무런 말을 하지 못했다.

"조금 더 앉아 있다가 올라갈게요."

지금 바로 올라가 봤자 방에선 딱히 할 일도 없었다. 그래도 수업 시간만큼은 앉아 있어야 급료를 받는 양심도 덜 찔릴 것 같았다.

"일리야 님, 차를 한잔 부탁해도 될까요?"

"그, 그러믄요."

엘레나 입장에선 그냥 앉아 있기 심심해서 한 부탁이었지만, 일리야는 조금 다르게 받아들였다.

'차 한 잔을 모두 마실 때까지 공작 전하를 기다리겠다는 의미인가?'

마지못해 차를 한잔 내어 오는 일리야의 얼굴이 울상이었다. 그 뒤 일리야는 민망함에 자리를 지키지 못하고 괜히 저녁 식사를 준비하는 주방에 들락거리고 하인들에게 일을 시키면서 줄곧 응접실을 왔다 갔다 했다.

그동안 엘레나는 오도카니 자리에 앉아 차를 마시기만 했다. 그리고 원래 정해진 수업 시간이 거의 다 지나자 조용히 자리에서 일어났다. 그 모습을 본 일리야가 헐레벌떡 다가갔다.

"앞으로도 계속 이러시겠지요?"

그래야 할 텐데. 엘레나가 물었다.

"……."

이번에도 일리야는 대답이 없었다. 무언의 긍정인 것이다.

"내일은 전하께서 오셨으면 좋겠네요."

엘레나는 입에 발린 말을 하고 방으로 올라왔다.

보송보송한 이불이 깔려 있는 침대에 몸을 던지며 엘레나가 흐뭇하게 웃었다. 이렇게 하루 더 버텼군. 오늘 밤에도 침실에 딸린 욕조에서 느긋하게 몸을 녹일 호사를 생각하니 절로 웃음이 났다.

한편, 계단을 올라가는 엘레나의 뒷모습을 본 일리야의 얼굴은 침울해졌다.

신관님에게 거짓말을 하는 것은 정말이지 고역이었다. 어쩐지 라한께서 큰 벌을 내리실 것만 같았다. 더구나 저렇게 한없이 착해 보이는 신관님에게 리바이 공작 전하께서 아프다는 말을 할 때는 목구멍 밑이 따끔거렸다.

엘레나가 방으로 들어가는 것을 확인한 일리야는 얼른 3층에 위치한 리바이 공작의 침실로 향했다.

똑똑.

"공작 전하. 일리야입니다."

문을 열고 안으로 들어가자 침대에서 뚱한 얼굴로 책을 읽고 있는 리바이 공작이 보였다. 열중하고 있는 책은 '드래곤과 용사' 시리즈였다.

"오늘도 기다리다 방으로 돌아가셨습니다."

"머리가 꽤 안 좋은가 보군."

"저어, 전하. 언제까지……."

일리야가 울상으로 물었다. 그러자 리바이 공작의 눈초리가 새초롬해지며 일리야를 노려봤다.

"난 앞으로도 신학 수업은 들어가지 않을 거다!"

"하, 하지만……."

"지루하고 따분한 성서는 앞뒤가 맞지 않는 터무니없는 말들로 가득하고, 이해를 해 보려 질문을 하면 감히 나를 한심한 얼굴로 바라보기나 하고."

리바이 공작은 어깨를 부르르 떨었다. 자신을 무시하던 여러 신관들의 얼굴이 떠오르자 리바이 공작은 흥 하고 콧방귀를 뀌었다.

"그런 것을 배운다고 앉아 있는 것은 시간 낭비다. 시간 낭비!"

한 번도 좋은 소리라고는 하는 법이 없던 족속들. 이번에 온 신관이라고 다를 리가 없었다. 이렇게 며칠 수업을 거부하면 제풀에 나가떨어지겠지. 원래 조금만 무시를 당해도 얼굴이 하얗게 질리거나 새빨갛게 달아올라 신성 모독을 운운하는 자들이니 말이다.

"아휴, 전하!"

공작의 침실에 다른 누군가가 있을 리 만무하지만, 일리야는 연신 주변을 둘러봤다.

"그래도 계속 이렇게 수업에 들어가지 않으시면 경을 치실 텐데……."

"내게? 누가?"

리바이 공작은 황세의 하나뿐인 남동생. 누가 함부로 혼을 낼 수 없었다. 그것을 잘 아는 리바이 공작은 무서운 것이 없었다.

"화, 황제 폐하께서 알게 되시면 화를 내지 않으실까요……?"

황제 폐하라는 말에 리바이 공작의 작은 어깨가 움찔했다. 하지만 그것도 잠시, 다시금 흥 하고 콧방귀를 뀐 리바이 공작이 책을 펼치며 말했다.

"형님은 바쁘시다. 아마 내가 뭘 배우는지 관심도 없으실걸."

대이페른 제국을 통치하느라 어린 아우 따위는 신경도 쓰지 않는 형님. 다시 책장으로 코를 파묻는 리바이 공작의 볼이 부풀어 올랐다.

"하지만 공작님. 폐하께선 공작님이 워낙 무서워하시니까……."

황제만 보면 덜덜 떠는 리바이 공작의 괴병怪病은 황궁 내에 모르는 사람이 없었다. 자신의 병증이 언급되자 마치 급소를 찔리기라도 한 것처럼 리바이 공작이 버럭 화를 냈다.

"배고파! 입이 심심하다고! 먹을 걸 가져와!"

"하지만 조금 있으면 저녁 식사가 올라올 터인데……."

일리야는 그렇게 항변해 보았으나 먹힐 리 없었다. 외려 더욱 매서워진 리바이 공작의 눈초리에 이크 하고 어깨를 움츠리며 얼른 공작의 방을 빠져나올 수밖에 없었다.

잔뜩 성질이 난 리바이 공작의 화를 푸는 데에는 달콤한 케이크만 한 것이 없었다. 식전에 공작 전하께 케이크를 대령했다간 새벽의 궁 주방장인 제이크에게 한 소리 들을 것은 알았지만, 힘없는 유모가 별수 있나. 잰걸음으로 궁의 주방으로 향했다.

일리야가 막 주방으로 들어가기 위해 마지막 모퉁이를 돌았을 때, 제이크 밑에서 일하는 수습 요리사들의 목소리가 들려왔다.

"리바이 전하께서 오늘도 그 신관님을 바람맞히셨다던데."

"오늘도? 어휴, 신관님도 가여우시지. 전에는 그래도 수업 시간에는 꼬박꼬박 참석하지 않으셨나?"

"아무래도 이번 신관님은 리바이 전하께 단단히 밉보인 모양이야."

역시. 소문이 빠른 황궁에서 신학 수업을 거부하는 리바이 공작이 화제가 되는 모양이었다. 일리야는 일부러 크흠 하고 헛기침 소리를 내며 주방으로 들어섰다.

"일, 일리야 님!"

대화를 나누던 하녀 둘이 겁먹은 얼굴로 일리야를 향해 고개를 숙여 보였다. 리바이 공작에게는 한없이 약한 모습을 보이는 일리야지만, 공작의 유모이니만큼 그녀의 권한은 작지 않았다.

"전하께 드릴 케이크를 한 조각 내다오."

하지만 일리야는 허리를 펴지 못하는 하녀들에게 별다른 꾸중을 하지 않았다. 크게 혼이 날 것이라고 생각하고 있던 차라 하녀들의 눈이 동그래졌다.

"무엇 하니, 어서."

"예, 예에. 일리야 님!"

갈색 머리를 단정히 땋아 내린 한 하녀가 얼른 주방 안쪽으로 뛰어 들어갔다. 그 뒷모습을 보며 일리야는 내심 한숨을 쉬었다.

하녀 아이들을 혼내지 않은 것은 평소 그 아이들의 행실이 발라 함부로 말을 옮기지 않음을 알기 때문이기도 했지만, 무엇보다 이번 만큼은 일리야 그녀도 할 말이 없었기 때문이다.

수업에는 참여하며 짜증을 부리고 신학 교사를 내쫓았던 전과 같은 경우라면 모를까. 아예 신학 수업 자체를 거부하는 지금과 같은 상황이라면 곧 이 하녀 둘뿐만이 아니라 황궁 전체가 수군거릴 것이 뻔했다.

"누굴 탓할까……."

어린 나이에 조실부모한 공작이 한없이 안쓰럽고 짠했다. 게다가 한밤중에 침입한 자객들에 의해 죽을 뻔한 뒤로는 사람을 가리는 병이 생기기도 했다.

이렇다 보니, 유모로서 때로는 엄하게 훈육해야 하는 의무가 있는 일리야도 리바이 공작에게 관대하고 무른 경향이 있었다. 게다가 황제의 단 하나뿐인 혈육이라 아무도 함부로 하지 못하는 공작의 위치가 상황을 더욱 악화시키기도 했다.

하녀에게서 케이크 한 조각을 받아 들고 리바이 공작의 침실로 향하는 일리야의 어깨는 축 처져 있었다.

"모쪼록 아무 일 없이 지나가야 할 텐데……."

4장

4장

이른 아침, 막 식사를 마치고 방으로 돌아온 엘레나는 방문을 두드린 한 신관을 얼떨떨하게 바라봤다.

"지금 뭐라고……."

"교황 성하께서 그대를 찾으신다."

"교황…… 성하요?"

황제가 다스리는 제국에서 직위에 감히 '황' 자를 넣을 수 있는 또 다른 존재. 제국의 국교이자 대륙 유일교인 라한교의 가장 지고한 존재가 바로 교황이었다.

정치에 관여하지 않지만, 대륙 전체 인구를 신도로 둔 라한교를 이끄는 교황이 가지는 의미는 말로 다 풀어놓을 수 없을 만큼 어마어마한 것이다.

"저를 왜……?"

그런데 그런 높으신 분이 나를 왜? 엘레나는 멍하니 되물었다. 그녀를 데리러 온 중급 신관은 그런 그녀가 한심해 보이면서도 이런 상황이 익숙한 듯했다.

"그분의 뜻을 어찌 헤아릴까. 성하께서 리바이 공작 전하의 신학 교사가 된 중급 신관을 찾으시니, 너는 어서 나를 따라오면 될 일이다."

꽤 고압적인 태도였지만 남자의 말이 맞았다. 교황 성하께서 찾으시면 그냥 '예.' 하고 달려가면 될 일이었다. 다만 엘레나는 교황씩이나 되는 분이 얼굴을 보자고 부르는 상황에 무척 당황해 이 상황에 대해 알고 싶을 뿐이었다.

"저, 저어 신관님. 지금 어디로 가는 건가요?"

어서어서 서두르라고 채근하는 신관의 뒤를 따라나서며 엘레나가 물었다.

"황궁 신전이다. 그곳이 아니면 어디겠느냐?"

중급 신관이 먼저 마차에 올라타며 하찮은 하루살이 대하듯 엘레나에게 대답했다.

"아, 그……렇죠. 하하하!"

황궁 신전이 어딘지 요만큼도 모르지만, 엘레나는 웃으며 맞장구를 쳤다. 남자의 태도로 보아 신관이라면 당연히 알아야 하는 상식인 듯했다.

일단 조용히 앉아 눈치를 보던 엘레나는 다시 조심스레 말을 걸었다.

"저어, 신관님."

"또 무어냐."

"혹시 교황 성하께서 저를 왜 보자고 하시는 것인지 정말 모르세요?"

"이미 모른다고 하지 않았더냐."

엘레나를 데리러 오게 된 이 상황이 매우 성가시고 불쾌한 듯, 중급 신관은 마차에 탄 뒤로 그녀를 쳐다보지도 않았다. 더 귀찮게 했다간 마차에서 쫓겨날 것 같아 엘레나는 작게 한숨을 쉬며 입을 닫았다.

"……성하께서 일개 신관을 직접 보고자 하실 때는 딱 둘 중 하나이지."

그래도 그렇게 모진 사람은 아니었나 보다. 그녀의 작은 한숨 소리를 들은 남자가 마지못해 말해 주었다.

"두, 두 가지요?"

"상을 받거나, 벌을 받거나."

상과 벌. 확률은 반반인데, 어째서 벌 쪽이 더 가깝게 들릴까.

"그 답은 네가 더 잘 알겠지. 근래에 상 받을 짓을 했는지, 벌받을 짓을 했는지는 말이다."

그리고 엘레나의 얼굴에서 서서히 핏기가 빠져나가기 시작했다.

'설마 로잘린느 걔가 일러 바쳤나? 아니면 리바이 공작이 내 수업을 거부하는 것 때문에?'

어느 쪽이든 큰일이었다. 엘레나는 문득 지금 가는 이 길이 자신의 황천길인가 싶었다.

점점 안절부절못하는 엘레나를 보며 신관이 짓궂게 덧붙였다.

"황궁에 들어온 지 얼마나 되었다고 벌써 벌을 받을 만큼 사고를 쳤을라고."

쳤어, 쳤다고.

"너무 그렇게 걱정하지 말도록. 혹시 상을 내려 주시려는 것일지도 모르잖나."

엘레나는 이 달리는 마차에서 지금이라도 뛰어내려야 하는지에 대해서 심각하게 고민을 하기 시작했다.

✦

엘레나가 탄 마차가 향하고 있는 곳, 황궁 내에 위치한 라한 신전은 언제나와 같이 차분했다. 그리고 그곳 가장 깊숙이 위치한 중심이 되는 교황 집무실에는 두 사람이 엘레나가 도착하기를 기다리고 있었다.

"굳이 직접 보실 필요는 없습니다."

그중 한 사람은 아직도 엘레나의 꿈에 간간이 나타나 악몽을 선사하는 제프리 추기경이었다. 깐깐하고 엄격해서 신관들의 두려움의 대상인 제프리 추기경은 오늘은 조금 다른 모습이었다.

"어차피 앞으로 며칠 후면 궁을 나갈 아이입니다."

언뜻 평소와 다름없는 것 같았지만 그 분위기는 사뭇 달랐다. 평소의 차갑고 날카로운 태도가 아니라, 노쇠한 아버지 앞의 장성한 아들 같았다.

"입궁한 지 얼마 되지 않았다고 하지 않았느냐."

그런 제프리 추기경을 인자한 얼굴로 바라보고 있는 것은 맞은편에 앉은 한 노인이었다. 감히 나이를 가늠해 볼 수 없을 정도로 작고 노쇠한 노인은 세월에 새하얗게 녹슬어 있었다.

"리바이 공작이 그 아이의 신학 수업을 거부하고 있다고 합니다. 지금이야 며칠 되지 않아 궁정부에서도 두고 보는 것 같지만, 곧 우리 쪽으로 언질이 오지 않겠습니까."

모두 제프리 추기경의 계획대로였다. 리바이 공작이 아예 수업을 거부하리라고는 생각지 못했지만, 그는 엘레나가 오래 버티지 못할 것이라고 처음부터 예상했다.

"평민 출신에 아발론 신전에 있을 때에도 신학에 그리 두각을 나타내지 못했던 아이입니다. 성격도 소심하고 매사에 주눅 들어 있어서 평판도 변변치 못합니다. 그런 아이가 애초에 리바이 공작의 신학 교사로서 제 몫을 해내리라고는 기대하지 않았습니다."

제국의 수도 아발론에 위치한 중앙 신전에 궁정부에서 요구한 것은 스무 명의 신학 교사. 그 할당량만 채워 주면 되는 용도였다. 그 뒤론 아레니아 지역의 신전에 그 의무가 넘어가므로 더 이상 제프리 추기경이 상관할 바가 아니었고 밀이다.

"어차피 얼마 안 가 다시 노역을 하게 될 하급 신관을 굳이 보자 하시는 성하의 의중을 저는 모르겠습니다."

"제프리."

이페른 제국에서도 손꼽히는 대귀족 가문 출신에 차기 교황으로 내정된 제프리 추기경이었지만 지금의 그에게서 평소의 날 선 모습은 찾아볼 수 없었다.

"예, 성하."

중년의 권위적인 추기경이 아니라, 말 잘 듣는 제자일 뿐이었다.

"내가 그 아이를 보지 않았으면 하는 이유가 있더냐."

"……."

나지막한 교황의 물음에 제프리 추기경은 침묵으로 대답했다.

"너답지 않구나."

교황이 인자한 미소를 지으며 추기경을 달래듯 말했다.

"네 말대로라면 그 아이는 이 황궁에서 얼마 버티지 못할 터인데, 내가 한번 그 얼굴을 본들 무슨 큰일이 있겠느냐."

"……뜻대로 하소서."

결국 한발 물러선 제프리 추기경이었지만, 교황이 엘레나를 보지 않았으면 하는 이유는 끝까지 밝히지 않았다.
"다른 뜻이 있는 것은 아니다. 그저 반가워 그러한다. 나 이외에 치유의 힘을 가진 아이를 보는 것은 실로 오랜만이지 않더냐."
"그 아이가 가진 것은 성하의 힘과 비견할 만한 것이 못 됩니다. 미약하고 비천한 것입니다."
제프리 추기경이 얼른 대답했다. 그 얼굴엔 미미하게 골이 파여 있었다. 라한의 대리자, 가장 성스러운 라한의 종. 감히 엘레나 따위와 같은 비교 선상에 오를 분이 아니었다.
"그렇더냐……."
그런 제프리 추기경의 마음을 다 헤아리기라도 한 것처럼 교황은 허허롭게 웃을 뿐이었다. 변함없이 깊고 따뜻한 눈이었다.

엘레나는 교황의 집무실 앞에 섰다. 긴장과 두려움으로 손이 덜덜 떨렸지만, 다른 선택지는 없었다. 그녀의 손이 조심스레 문을 두드렸다.
똑똑.
잠시 후, 집무실 안쪽에서 한 목소리가 들려왔다.
"들어오거라."
평소의 반절도 되지 않는 보폭으로 도살장에 끌려가는 소의 심정을 십분 이해하며 엘레나가 마침내 교황의 책상 앞으로 다가갔다. 물론 고개를 들 용기는 없었다.
로잘린느에게 평민인 것을 들킨 일 때문일까? 아니면 리바이 공작이 내 수업을 거부해서인가? 긴장으로 숨도 쉬지 못할 지경이었다.
"네가 엘레나로구나."
흠칫, 엘레나의 어깨가 떨렸다. 상상한 것과는 너무나 다른 목소리였다.
"갑자기 불러내어 많이 놀랐느냐?"
무섭고 깐깐한 추기경들과는 너무나 다른, 인자하기 그지없는 목소리였다.
"아, 아닙니다."
"고개를 들어 보거라."
엘레나가 조심스레 고개를 들었다. 그러자 책상 뒤에 앉아 있는 작은 몸집의 교황이 눈에 들어왔다.
'이, 이분이 교황 성하?'
예상했던 것과는 너무나 다른 교황의 모습에 엘레나는 당황했다. 제국의 유일 종교인 라한교의 교황이라는 자리가 워낙 대단한 것이다 보니, 그녀는 자기도 모르게 카리스마 있고 남다른 분위기를 풍기는 그런 교황을 상상하고 있었다. 그런데 막상 직접 만난 교황은 그런 비범함과는 거리가 멀었다.
 사람이라면 어떤 자리에 있는 것만으로도 응당 주변 환경과 이질감이 생기기 마련이다. 그런데 교황은 그렇지 않았다. 마치 존재하는 모든 순간 끊임없이 주변의 것들을 수용하고 그것에 동화하는 듯했다.
 교황을 바라보고 있자니, 엘레나는 조금 전까지 뻣뻣하게 긴장으로 굳어 있던 몸이 스르르 풀리는 것을 느꼈다.
"무엄하다. 성하께 인사를 올려라."
"제, 제프리 추기경님?"
날카로운 목소리에 그제야 교황 옆에 서 있는 추기경의 존재를 눈치챈 엘레나는 퍼뜩 현실로 돌아왔다.
"죄, 죄송합니다. 라한의 대리자이신 교황 성하를 뵙습니다. 저는 중급 신관 엘레나라고 합니다."

그녀가 얼른 다시 고개를 숙이며 인사를 했다. 그런데 뭔가가 이상했다. 인사를 올렸으니 조금 전처럼 '고개를 들거라.'라든가 혹은 '그래, 만나서 반갑구나.' 같은 대답이 들려와야 하는데, 교황에게선 아무 말이 없었다.

혹시 내가 뭘 잘못했나. 뜨끔한 엘레나는 어깨를 잔뜩 움츠린 채 슬쩍 고개를 들었다.

주름진 눈이 자신을 빤히 바라보고 있었다. 그 안에 질책의 기미는 없는 것으로 보아 그녀가 뭔가를 잘못하지는 않은 것 같았다. 그런데 왜 저렇게 나를 계속 보고 있는 것일까.

"성하."

결국 제프리 추기경이 나직이 교황을 불렀다.

"……그래."

교황의 목소리가 금방이라도 꺼질 것 같았다.

"치유의 힘을 가지고 있다 들었는데, 맞더냐?"

"……그렇게 대단한 힘은 아닙니다."

엘레나의 귓불이 붉어졌다. 삔 발목 하나 제대로 낫게 하지 못하는 신성력에 '치유의 힘'이란 거창한 말을 붙이니 기분이 이상했다.

"내가 부탁을 하나 해도 되겠느냐, 엘레나."

난생처음 본 사람이 불러 주는 자신의 이름이 뱃속을 간지럽히는 것 같았다.

"예, 성하. 말씀하십시오."

"내가 오늘 편지 봉투를 열다가 손을 베었지 뭐니. 이 상처를 한번 치유해 볼 수 있겠느냐?"

교황의 손바닥에 아직 붉게 성이 나 있는 상처가 보였다. 그동안 그녀가 치유해 왔던 염좌나 종이에 베인 작은 상처와는 차원이 달랐다. 엘레나가 잠시 아무런 대답을 하지 않고 가만히 있자, 제프리 추기경이 그녀를 질책했다.

"성하께서 말씀하시지 않았나!"

그 호통에 엘레나의 어깨가 움찔했다.

"제프리, 그리 다그치지 말거라."

"……예, 성하."

"너는 가시가 너무 많다. 누누이 말하지 않았더냐."

"송구합니다, 성하."

엘레나가 아는 제일 무서운 사람이었던 제프리 추기경이 마치 순한 양처럼 굴었다. 가히 충격적이기까지 한 장면이었다.

"어째서 망설였더냐."

교황이 부드러운 어조로 엘레나에게 물었다.

"제가 그 상처를 완벽하게 낫게 해 드릴 수 있을 것 같지가 않아서요. 그리고 제 손이…….'

그녀의 말에 교황이 엘레나의 손을 바라봤다. 보는 사람의 눈살이 찌푸려질 정도로 엉망으로 갈라지고 부르튼 손이었다. 입궁을 하고 나서도 로잘린느의 빨래와 청소를 하느라 손에 물 마를 날이 없었다.

"이리 주어라."

교황의 부름에 주춤주춤 다가선 엘레나가 자신의 두 손을 교황에게 맡겼다.

"우와……."

엘레나가 다른 사람을 치유할 때와는 비교도 안 될 만큼 밝은 빛이 터져 나온다 싶더니, 엉망진창이던 손이 보드라운 살결로 변했다.

"대, 대단하시네요…….'

정말 마법 같았다. 이런 신성력에는 '치유의 힘'이란 거창한 이름이 아깝지 않았다.

"자, 이제 네 차례다."

교황이 웃으며 자신의 다친 손을 내밀었다.

"어째서 상처가 그대로······."

엘레나가 작은 목소리로 중얼거렸다.

"라한의 가르침이지. 너와 마찬가지로 나도 내 상처는 돌보지 못한단다."

"아아······."

그녀는 스스로의 상처는 치유하지 못하는 이유가 줄곧 자신의 능력이 보잘것없어 그런 것이라고 생각해 왔다.

"결국은 다른 이의 도움이 필요한 인간에 불과할 뿐이라는 가르침이지. 다 낫지 않아도 괜찮다, 엘레나."

다정한 그 목소리에 엘레나는 용기가 생겼다. 한차례 심호흡을 한 뒤에 교황의 손을 잡고 눈을 감았다.

그동안 자신의 실력을 고려해 봤을 때, 저렇게 피가 났던 상처는 완벽하게 치유하지 못할 가능성이 높았다. 하지만 이 상처를 꼭 다 낫게 해 주고 싶었다. 그런 마음으로 집중하자 평소와는 달리 조금 더 밝은 빛이 엘레나의 손에서 터져 나왔다.

"호오······."

교황도 그것을 눈치챈 것인지 작게 감탄했다. 잠시 뒤 엘레나가 손을 뗀 자리엔 상처는커녕 흉터조차 보이지 않았다.

"돼, 됐다······."

스스로도 믿기지 않았다. 간절하게 생각하긴 했지만 정말로 완벽하게 치유할 줄이야. 자신의 손을 내려다보며 놀라워하는 엘레나를 보고 교황이 다정하게 일렀다.

"네가 생각하는 것보다 라한께선 더 큰 능력을 네게 주신 것 같구나."
"가, 감사합니다."
"계속 연습하거라. 고되고 아픈 이들을 측은하게 여기는 마음을 쌓고 그들을 돕다 보면 어느새 너도 네 능력이 자라 있는 것을 깨달을 게다."
"네, 그럴게요."

또록또록한 엘레나의 대답에 교황은 빙그레 웃으며 그녀의 머리를 쓰다듬었다. 마치 손녀를 예뻐하는 할아버지 같은 온기였다. 엄연히 성인 여성이고 교황은 오늘 처음 만난 할아버지일 뿐이다. 기분이 나쁠 법도 한데, 엘레나는 어쩐지 눈물이 왈칵 날 것 같은 것을 억지로 참았다.

이 세계에 와서 그녀에게 호의를 베푸는 사람이 하나도 없었기 때문에 교황의 순수한 호의를 엘레나는 의심하고 경계했었다. 하지만 어떤 호의는 정말로 아무런 가격표 없이 오로지 돕고 싶은 마음에서 일어나기도 한다.

아무 말 없이 아랫입술을 깨물고 있는 그녀를 보며 교황이 한 가지 제안을 했다.

"앞으로 가끔 내 얼굴을 보러 와 줄 수 있겠느냐?"
"어, 언제 잘릴지 모르는데요. 리바이 공작 전하께서 신학 수업이라면 질색을 하신다고 들었고……."
"너라면 리바이 전하도 조금은 달라지실 것 같은 예감이 드는구나."

교황의 세월에 바랜 갈색 눈동자가 바로 앞에 있는 그녀를 바라봤지만, 엘레나는 어쩐지 교황이 더 멀리 있는 것을 보고 있다는 생각을 했다.

"숙제가 있느니라, 엘레나. 다음에 우리가 만날 때까지 연습을 많이

해서 네 치유의 능력을 향상시켜 오거라. 그럼 네게 선물을 주마."

그동안 몇 번이고 부탁을 받아 치유를 해 왔어도 제자리걸음이던 능력이 겨우 한 달 만에 늘까 싶기도 했지만, 엘레나는 눈을 빛내며 고개를 끄덕였다.

"한번 해 볼게요, 교황 성하!"

그러자 교황은 껄껄 웃으며 다시 엘레나의 머리를 쓰다듬었다. 마음이 든든해졌다.

엘레나가 새벽의 궁으로 돌아가고 난 후, 집무실엔 다시 교황과 제프리 추기경만이 남았다. 진한 침묵이 흘렀다.

"그래서였더냐."

한참의 시간이 지난 이후 무겁게 열린 교황의 목소리엔 슬픔이 묻어 있었다.

"……그저 닮은 아이일 뿐입니다."

"진정 그리 생각하느냐."

제프리 추기경은 대답하지 못했다. 은퇴한 여신관 대신 저가 입궁하겠다 나선 엘레나를 처음 보았을 때, 덜컥하고 가슴이 내려앉았던 것은 그도 마찬가지였기 때문이다.

"고아라고 하였더냐."

"예, 성하."

"저 아이에 대해 조금 더 알아봐 주겠니."

세월의 흔적이 짙게 남은 눈이 방금 엘레나가 닫고 나간 문을 바라봤다. 그러나 제프리 추기경은 알았다. 교황 성하께서 보고 있는 것은 저 문보다 더 멀리, 아득한 과거에 있다는 것을.

"……그리하겠습니다."

제프리 추기경은 그렇게 대답할 수밖에 없었다.

벌써 일주일째였다. 리바이 공작은 일주일째 엘레나의 수업에 들어오지 않았다.

물론 이 문제에 대해서 엘레나가 취할 수 있는 조치는 많았다. 예를 들면, 만약 그녀가 로잘린느의 수업이 끝나기 전에 응접실로 내려가 죽치고 앉아 있다면 리바이 공작은 어쩔 수 없이 신학 수업을 들어야 했을 것이다. 하지만 엘레나는 그러지 않았다.

'나서서 일 만들고 그러는 거 아냐.'

가만히 있으면 일 안 하고도 돈을 받을 수 있는데 굳이 그녀가 나설 이유가 없잖은가. 하지만 일단 출근은 해야 했으므로 오늘도 엘레나는 시간에 맞춰 조용히 계단을 밟았다. 가는 길에 복도를 쓸고 있던 하녀 하나를 마주쳤다.

"고생이 많으시네요."

저렇게 허리를 숙이고 바닥을 쓸면 허리고 무릎이고 안 아픈 데가 없다. 그걸 너무나 잘 아는 엘레나는 자신을 보고 미소를 짓는 이름도 모를 하녀가 안쓰러웠다.

이맘때가 공작의 수업 시간인 것은 새벽의 궁에서 일하는 사람이라면 누구나 아는 사실이다 보니 자신을 그냥 스쳐 지나갈 줄 알았던 엘레나가 가까이 다가오자 하녀는 조금 놀란 듯했다.

"많이 힘드시죠?"

"네? 아, 아닙니다. 신관님."

"아니긴요. 이 새벽의 궁이 얼마나 넓은데. 손 좀 이리 주세요."

"예?"

"어서요."

엘레나의 채근에 어리둥절해하면서도 하녀는 자신의 손을 내밀었다. 엘레나는 그녀의 손을 잡았고 이내 치유의 빛이 머물다 사라졌다. 일종의 자양강장제를 준 셈이다.

"신관님, 어찌 저 같은 것에게……."

하녀는 감격에 겨워 말을 하지 못하는 듯했다. 물론 하녀가 고생하는 것이 안쓰러워 한 일이기도 했지만, 치유 연습 삼아 한 일이기도 했는데. 너무 고마워하니 오히려 준 쪽이 미안했다. 잠시 머리를 굴린 엘레나는 웃으며 말했다.

"이렇게라도 도움을 드릴 수 있어 기쁘네요."

양심에 찔려서 적당히 둘러댄 말이었지만 하녀는 그 말에 더욱 감동해 연신 허리를 숙여 인사했다. 등을 돌려 다시 갈 길을 가던 엘레나는 혼잣말을 했다.

"자꾸 쓰니까 금방금방 느는 것 같기도 하고."

교황 할아버지의 말대로 엘레나는 요즘 기회가 닿는 때마다 치유 연습을 했다. 일부러 엘레나를 피해 다니는 것인지 코빼기도 보이지 않는 리바이 공작이나 그녀를 사람 취급도 안 하는 로잘린느를 제외한, 방금의 하녀와 같이 새벽의 궁에서 일하는 사람들이 주된 대상이었다.

맨 처음은 자신에게 아침을 가져다주었던 하녀의 손목에서 작게 데인 상처를 발견했던 날이었다. 꽤 아파 보이는 게 신경 쓰여서 무심코 한 일이었는데, 방금 마주쳤던 하녀처럼 무척이나 감동을 하더랬다.

자신은 숙제인 치유 연습을 할 수 있어서 좋고, 다친 사람은 다 나아서 좋고. 이야말로 누이 좋고 매부 좋은 일 아니겠는가.

그 뒤로 엘레나는 주변에 아프거나 어딘가 불편한 사람이 보일 때마다 손을 뻗었다. 덕분에 새벽의 궁 내에서 그녀의 주가가 날로 높아지고 있지만 정작 본인은 자각하지 못했다.

오늘도 어김없이 수업 시간에 맞춰 텅 빈 응접실로 내려온 엘레나는 다가온 일리야에게 차를 한잔 부탁했다. 새벽의 궁에는 차 종류가 수십 가지는 되어 매일 다른 차를 마셔 보는 것도 요즘 엘레나가 푹 빠진 재미 중 하나였다.

곧 그녀의 앞에 따듯한 김이 모락보락 나는 차가 놓였다.

그때였다. 쿵쾅쿵쾅하고 성난 발걸음 소리가 들리더니 화가 난 리바이 공작이 계단을 다 내려와 씩씩거리며 엘레나 앞에 섰다. 양 주먹을 꼭 쥔 채 어깨가 들숨 날숨마다 들썩이는 것이 꽤 화가 난 듯했다.

"그대가 이렇게 고집을 부린다고 해서 내가 순순히 수업을 들을 줄 알아?!"

낭랑한 목소리가 빼액 소리를 지르니 귀가 찌잉 하고 울리는 것 같았다. 여유롭게 차나 마시면서 책이라도 읽으려고 했더니 갑자기 내려와서 역정을 낸다.

누가 뭐래?

엘레나는 천천히 눈을 깜박이며 리바이 공작을 물끄러미 봤다.

"신학 수업이 듣기 싫으시다면, 듣지 않으셔도 됩니다."

"뭐, 뭐라고?"

"공작 전하가 하기 싫으신 일을 제가 어찌 강요하겠어요."

왜냐면 공작이 싫어하는 일을 시키다가 쫓겨난 제네비 신관의 꼴이 나긴 싫거든. 괜히 리바이 공작의 심기를 거슬렀다가 다시 신전으로 돌아가게 되기는 싫었다.

예상과 다른 엘레나의 반응에 당황한 것은 오히려 리바이 공작 쪽이었다. 원래대로라면 '죄송합니다.' 하면서 싹싹 빌거나 '신학 수업을 거부하시다니, 신성 모독입니다!' 하면서 화를 내야 하는데, 눈앞의 이 신관은 화는커녕 은근히 기분이 좋아 보이기까지 했다.

"제가 응접실로 오는 것은 신경 쓰지 마세요. 제가 좋아 하는 일이니까요."

이렇게 하지 않고 수업 시간에 방에 박혀 있으면, 그거야말로 욕먹는 짓이니까 말이다.

하지만 다른 사람들에게는 그렇게 들리지 않았다. 공작의 큰소리를 듣고 어느새 멀리서나마 상황을 흘끔거리던 구경꾼들이 안쓰러워서 어쩌냐는 듯 엘레나를 바라봤다. 수업을 거부당하는데도 자신의 본분을 다하겠다는 뜻으로 들렸기 때문이다.

"이, 이익!"

그렇게 느낀 것은 리바이 공작도 마찬가지였는지, 아직 젖살이 빠지지 않은 얼굴이 빨갛게 달아오르며 더욱 화를 냈다. 아무 말도 하지 못하고 제자리에 서서 씩씩 뜨거운 콧김을 내뿜던 리바이 공작은 내려올 때보다도 더 큰 발걸음 소리를 내면서 다시 위층으로 올라갔다.

그 모습에 혼자 남은 엘레나는 공작이 어째서 화를 내는 것인지 이해가 가지 않아 고개를 갸웃했지만 말이다.

로잘린느는 소리가 나지 않게 조용히 찻잔을 받침 위에 내려놓았다. 평소보다 더욱 신경을 써서 틀어 올린 머리와 정갈한 차림새였다.

프란시스 영지에서 상경했을 때부터 로잘린느의 목표는 오직 대이페른 제국의 황제였다. 허황되고 뜬구름 잡는 소리라고 누군가는 평가할지 몰라도, 그녀는 충분히 실현 가능한 목표라고 생각했다.

왠지 몰라도 사람들은 항상 그녀를 좋아했다. 사람들에게 호감을 사는 일은 그녀에게 물 한잔 마시는 일처럼 쉬웠다.

물론 아름다운 외모도 한몫하기는 했지만, 로잘린느는 자신에게 뭔가 특별한 것이 있다는 것을 알았고 그렇기 때문에 그녀의 운명은 제국의 황후가 되어 화려한 삶을 사는 것이라고 믿어 의심치 않았다.

그리고 지금 눈앞에 있는 대상은 그녀의 원대한 계획에 첫 단추가 되어 줄 사람이었다.

방 주인의 성품을 보여 주듯 군더더기 없이 깔끔하지만 중후한 멋이 있는 실내를 티 나지 않게 둘러봤다. 첫 주의 수업 일지를 들고 방문한 이곳은 황제를 바로 곁에서 모시는 시종장 휴고의 집무실이었다.

"공작 전하께서 신학 수업을 거부하신다?"

"예. 안타깝게도 그런 상황입니다."

로잘린느는 눈꼬리를 아래로 내리며 고개를 끄덕였다. 어쩐지 자꾸만 눈에 거슬리는 그 평민 신관이 어떤 곤경을 겪게 될까 생각하면 저절로 웃음이 날 것 같았지만, 날카롭기로 유명한 시종장 앞에 선 표정을 숨기는 데에 집중해야 했다.

"흐음."

휴고가 로잘린느가 정리해 온 수업 일지를 한 장 한 장 넘기며 신중하게 읽어 내렸다.

어릴 적부터 보는 사람마다 유려한 필체라며 감탄을 마지않는 로잘린느의 손 글씨이지만, 시종장은 별 감흥이 없어 보였다. 그것에 로잘린느의 표정이 조금 흔들렸지만 다행히 일지를 읽는 데에 집중한 휴고는 그것을 눈치채지 못한 것 같았다.

"수업이 시작된 지 일주일이 지났고, 그 일주일 동안 리바이 공작 전하께서는 한 번도 신학 수업에 나타나지 않으셨단 말이오?"

"네. 유감입니다만 그렇습니다."

"그런데 프란시스 영애께서는 그것을 그냥 두고만 보셨소?"

"……예?"

휴고의 냉정한 회색 눈동자가 로잘린느를 쏘아봤다.

"일지에는 영애가 그 문제에 대해 어떤 대응을 하였는지 일체 쓰여 있지 않소만."

"그, 그건……."

그건 로잘린느가 정말 아무런 조치도 취하지 않았기 때문이다. 오히려 고소한 마음으로 돌아가는 상황을 지켜보고 방관했다. 이 일이 계속되면 엘레나가 쫓겨나는 것은 시간문제라고 생각하면서.

"신학은 라한의 신관에게 일임하였다고는 하지만 일단 공작 전하의 교육을 전담하는 것은 프란시스 영애가 아니오. 그런데 이런 일이 생겼는데도 그냥 일지만 적고 있었다? 내가 보기에 이건 업무 태만이오."

로잘린느는 차마 그 싸늘한 눈빛을 마주하지 못하고 고개를 숙였다. 자존심이 상하기는 했지만, 책망하는 휴고 앞에서 어쩐지 고개를 들 수가 없었다.

"하, 하지만 공작 전하의 의중이 너무나 확고하시어……."

"아직 나이 어린 공작 전하께서 하고 싶어 하시는 대로 그냥 내버려 두는 것이 교육이오?"

결국 로잘린느가 아랫입술을 질근 깨물었다. 천한 평민 계집 때문에 한없이 잘 보여야 하는 시종장에게 이런 망신이라니. 새벽의 궁에 돌아가면 가만두지 않겠다고 곱씹었다.

"그럼 제가 어찌하면 좋을지……."

사실 조금 막막하기도 했다. 아무리 어려도 리바이 공작이었다. 매를 들 수도 없고, 도망가지 못하도록 응접실 의자에 묶어 놓을 수도 없다. 하지만 그러는 와중에도 휴고의 로잘린느에 대한 평가는 점점 아래를 향하고 있었다.

"다른 과목은 어떻소?"

자신이 가르치고 있는 다른 과목들의 이야기가 나오자 딱딱하게 굳었던 로잘린느의 얼굴이 살아났다.

"문제없습니다. 리바이 공작 전하께서 워낙 명석하고 습득이 빠르신 터라 가르치는 사람으로서 매일 보람을 느끼고 있답니다."

"역사 과목은 어떻소. 앞선 교사들은 공작 전하께서 역사 수업에 대한 진전이 느리다고 하던데."

휴고의 질문에 로잘린느는 다소 과장되게 느껴질 정도로 활짝 웃으며 대답했다.

"전혀요. 전의 교사분들이 어째서 그런 말씀을 하셨는지 모르겠군요. 적어도 저와 함께 수업을 하실 때만큼은 공작 전하께서 얼마나 열성적으로 수업에 참여하시는지 몰라요."

"그렇군."

실컷 자랑을 늘어놨지만 휴고는 여전히 시큰둥했다. 이 상태대로라면 오늘 이곳에 온 목적을 이룰 수 없을 것 같아 로잘린느는 가지고 온 종이 몇 장을 꺼내 들었다.

"저, 휴고 님. 아무래도 전의 수업 계획에 조금 수정할 부분이 있는 것 같아 제가 한번 새 수업 계획을 짜 봤어요. 아시다시피 참된 교육은 학생뿐만이 아니라 주변의, 특히 가족의 지원이 중요하지요. 그래서 말인데……."

로잘린느는 가장 자신 있는 눈웃음을 지으며 휴고에게 종이를 건네었다.

"제가 황제 폐하를 직접 뵙고 상담을 드리면 어떨지요?"

휴고는 수업 계획서를 받아 빠르게 훑었다. 그리고 냉정하게 딱 잘라 거절했다.

"프란시스 영애께서 폐하를 직접 알현할 이유는 없소."

"그, 그래도 좀 더 효과적인 교육을 위해서……."

"지금 상황에선 신학 수업이 원활하게 이루어지는 것이 먼저일 것 같소만."

로잘린느는 얼굴이 일그러지지 않도록 안간힘을 써야 했다.

눈앞의 남자는 대대로 이페른 제국의 시종장을 지내 온 그랜트 백작 가문에서도 가장 훌륭하게 황궁을 꾸려 가고 있다고 평가받는 휴고였다. 그만큼 황제의 절대적인 신뢰를 받는 소수의 사람 중 하나였고, 측근이었다. 무조건 잘 보여야 했다.

자신이 누구나 한 번쯤 돌아보는 미모를 가지고 있다고는 하지만 그것도 황제를 직접 대면할 수 있을 때의 이야기였다. 지금처럼 황제의 애물단지 남동생의 교사 자리에 머무른다면 제 미모를 선보일 수 없었다.

"신학 수업에 대해서는 내가 폐하께 말씀을 드릴 테니, 돌아가 보시오."

계획했던 것과는 완전히 다르게 틀어져 버린 상황에 로잘린느는 낙담했다. 조용히 일어나 인사를 하고는 막 시종장 집무실의 문을 여는 로잘린느를 휴고가 불러 세웠다.

"프란시스 영애."

그럼 그렇지. 로잘린느는 남몰래 고소를 머금었다. 아무리 중년을 넘어 노년을 향해 다가가는 휴고 시종장이라지만 그녀의 미모 앞에서 허물어지는 건 다른 남자들과 마찬가지였다. 로잘린느가 웃으며 휴고를 바라봤다.

"앞으론 나를 내 이름으로 부르는 일이 없었으면 좋겠소."

결국 그녀의 얼굴이 처참하게 일그러졌다.

"……알겠습니다, 시종장님."

그러자 만족한 듯 휴고가 고개를 끄덕였다.

로잘린느가 나가고 잠시 다른 업무를 보던 휴고는 시계를 한번 바라보고는 집무실을 나섰다. 빠르지만 요란하지 않게 철저히 황궁 예법을 따르는 발걸음이 이페른 궁의 응접실에 도착하자마자, 바크란 1세와 르니에 그리고 메이나드가 막 국무회의를 마치고 돌아왔다.

"아아, 휴고. 혹시 차가운 음료가 있나?"

르니에가 휴고를 향해 손을 흔들어 인사하며 말했다.

"아이스티가 준비되어 있습니다."

"딱 좋군. 난 그걸로 부탁해."

"난 됐다."

바크란 1세는 그렇게 말하며 자리에 앉았다.

"어네스 경께서는 어떻게 하시겠습니까?"

"저도 아이스티로 한잔 부탁합니다, 시종장님."

휴고가 문간에 서 있던 시녀에게 눈짓을 하자 조용히 시녀가 음료를 가지러 주방으로 향했다. 르니에나 몇 시간 동안 계속된 회의에도 지친 기색 하나 없는 바크란 1세는 무심한 얼굴로 바깥 풍경을 바라봤다.

"폐하, 리바이 공작 전하의 수업 일지입니다."

리바이 공작이란 말에 바크란 1세가 돌아앉았다. 손을 내밀어 일지를 받아 하루하루 있었던 일을 꼼꼼히 읽어 내리는 눈에는 정감이 가득했다.
"티토가 신학 수업을 거부하고 있다고."
"네, 폐하."
막 시녀에게서 음료수를 받아 들고 크게 한 모금 마신 르니에가 피식 웃으며 말했다.
"그건 또 새롭네. 우리 사촌께서 사춘기가 빨리 온 건 아닌지 모르겠습니다."
하지만 웃음기 없는 바크란 1세의 시선은 휴고를 향했다.
"신학 교사에게 문제가 있는 것은 아닌가?"
"그건 아닌 것 같습니다. 그저 교사가 바뀔 때부터 리바이 공작 전하가 계획하신 일이 아닌가 싶습니다."
휴고의 말에 메이나드와 르니에가 픔 하고 웃음을 터뜨렸다. 신학 교사를 내쫓는 것도 모자라 이제는 수업 거부라니.
"신학 교사가 누군지 몰라도 절로 동정심이 생기는군."
르니에가 말하자 메이나드가 엘레나를 떠올리며 미소를 지었다.
"저는 만나 본 적 있습니다. 얼마 전에 도서관에서 우연히."
"오, 그래? 어때? 예뻐?"
메이나드는 애매한 표정을 지었다.
"으음. 예쁘다기보다는…… 작습니다."
"작아? 그게 무슨 말이야. 키가 작다는 거야?"
"키도 작고 몸집도 작고, 다 작아요."
엘레나는 그렇게밖에 표현을 할 수 없었다. 입고 있는 신관복도 너무나 커 보였다. 게다가.
'손도 참 작았지.'

자신의 상처를 치유하기 위해서 꼭 잡아 오던 두 손을 떠올리니 어쩐지 메이나드의 귓불이 조금 달아올랐다.

"호오……."

메이나드의 얼굴에 묘하게 번지는 미소를 보던 르니에는 호기심 가득한 표정을 지었다. 숙맥인 줄만 알았던 메이나드가 저런 얼굴이라니. 조만간 새벽의 궁을 방문해 볼까라는 생각이 슬쩍 들었다.

"일단 두고 봐라."

바크란 1세가 수업 일지를 휴고에게 돌려주며 명했다.

"예, 알겠습니다."

"티토가 계속 수업에 참석하지 않으면 새로운 교사를 들일 수밖에 없겠지."

만약 이 자리에 엘레나가 있었다면 펄쩍 뛸 말이었다. 하지만 새벽의 궁의 욕실에서 콧노래를 부르며 호화 목욕을 즐기고 있는 엘레나가 듣기엔 이페른 궁은 너무나 멀었다.

엘레나는 따뜻한 봄 햇살을 향해 고개를 들었다. 부드러운 봄바람이 살랑살랑 불어오자 저절로 노곤해지는 것 같았다. 하지만 그녀는 태평하게 낮잠을 잘 만한 상황이 아니었다.

철퍽철퍽.

힘차게 발을 구를 때마다 차가운 물이 사방으로 튀고, 발가락 사이로 거품이 퐁퐁 올라왔다. 커다란 빨래통 안에 로잘린느가 부탁한 옷들을 모두 집어넣고 시원하게 발로 밟아 세탁하는 중이었다.

"밟혀야 때가 쏙쏙 빠지지. 어휴, 너네 주인도 이렇게 팍팍 밟을 수 있으면 얼마나 좋을까. 그럼 그 더러운 성깔머리가 좀 나아질 수도 있을 텐데.”

로잘린느가 자주 입는 노란색 드레스를 아주 자근자근 밟고 있자니 속이 조금 시원해지는 것 같기도 했다. 그때, 마침 세탁거리를 들고 새벽의 궁 우물로 온 한 하녀가 엘레나를 보고 대경실색하며 다가왔다.

“어휴, 엘레나 님! 이런 건 저희한테 맡기시죠. 왜 직접 하세요!”

“아, 로제 님. 신전에 살 때도 제 빨래는 제가 해 입어서 이게 더 편해요. 신경 쓰지 마세요.”

“그래도…….”

아무리 신전 안이라 해도 귀족 출신 중급 신관이 직접 빨래를 하는 일은 없었지만, 로제라는 하녀는 엘레나의 말을 믿는 듯했다.

'아무래도 다음부턴 사람이 많이 없는 우물을 찾아서 빨래를 해야겠어.'

언제까지고 이렇게 변명을 할 수는 없었다. 일단 귀족 행세 아닌 귀족 행세를 하고 있는 상황이니 누군가는 수상하게 볼지도 몰랐다. 엘레나는 서둘러 밟고 있던 드레스를 모두 헹구고 쭉쭉 짜서 바구니에 챙겼다.

“저 먼저 들어가 볼게요. 나중에 봬요.”

또 다른 사람과 마주치기 전에 얼른 자리를 피한 엘레나는 제법 묵직한 바구니를 들고 우물가를 벗어나서 새벽의 궁 뒷문을 통해 안으로 들어갔다. 그리고 막 모퉁이를 도는데, 누군가가 엘레나를 급하게 불렀다.

“신관님! 엘레나 신관님!”

복도를 달려오고 있는 것은 전에 한번 본 적이 있는 기사였다.

"공작 전하께서…… 상태가 안 좋습니다. 빨리 좀 와 주십시오!"

결국 들고 가던 바구니를 복도 한쪽에 내려놓고 기사의 뒤를 따라 뛰어가며 엘레나는 생각했다.

'리바이 공작이 상태가 안 좋아? 아, 혹시…….'

새벽의 궁에서 나와서 근처의 숲 초입으로 달려 들어가자 사람들이 한곳에 모여 있는 것이 보였다.

"전하, 리바이 공작 전하!"

발을 동동 구르며 서 있는 사람들 너미에 무엇이 있는지 보기도 전에 일리야의 다급한 목소리가 먼저 들려왔다.

"비키시오! 엘레나 신관님을 모셔 왔소!"

다행히 앞서 달리던 기사가 사람들을 비집고 엘레나가 들어갈 수 있도록 길을 열어 주었다. 뒤로 물러선 사람들 사이로 나무 기둥에 기대어 주저앉아 있는 리바이 공작과 그런 공작을 진정시키려고 애를 쓰는 일리야, 그리고 근처에 당황한 얼굴로 서 있는 로잘린느가 보였다.

"흐읍…… 흐윽, 큭."

리바이 공작이 금방이라도 숨이 넘어갈 듯 가쁘게 쉬며 힘들어했다. 설마 했지만 엘레나가 짐작한 그 사건이 맞는 모양이었다. 소설이 끝날 때까지 로잘린느가 리바이 공작과 사이가 좋지 못하는 결정적 계기가 되는 사건.

리바이 공작이 낯선 성인 남성, 특히 황제를 무서워하고 꺼려 한다는 것을 알게 된 로잘린느가 리바이 공작을 무작정 새벽의 궁 밖으로 끌고 나왔다가 마침 몰래 리바이 공작을 지켜보려 새벽의 궁으로 오던 황제와 마주치게 되는 사건 말이다.

거기까지 생각을 마친 엘레나가 퍼뜩 고개를 들었다. 혹시 주변에 황제가 있는 건가 싶은 마음이었다. 하지만 주변에는 새벽의 궁 사람들만 보일 뿐이었다. 그녀는 이내 리바이 공작이 자신을 보고 쓰러지는 것을 목격한 황제가 그대로 다시 자신의 궁으로 돌아갔던 책 내용을 기억해 냈다.

그때 곁에 서 있던 로잘린느가 떨리는 목소리로 말했다.

"나는 그, 그냥 밖에 나오는 습관을 들이다 보면 익숙해지실 것 같아서…… 한데 갑자기 황제 폐하께서 나타나실 줄은……. 아니, 바로 앞도 아니고 그저 멀리서 본 것만으로 공작 전하께서 이리되실 줄은 몰랐는데……."

"이리 경기를 일으키시는 일은 많이 없습니다. 아무래도 낯선 공간에서 겁먹은 상태로 급작스레 일어난 일이라……. 엘레나 님, 저희 전하 좀 부탁드려요. 제발."

책 속에선 황궁 신전에서 교황을 불러오는 데 시간이 오래 걸려 리바이 공작이 며칠을 후유증으로 내리 앓는다. 하지만 근래에 엘레나에게 치유를 받았던 사람들이 아무래도 멀리 있는 교황보다는 그녀를 먼저 떠올린 듯했다.

"시, 시도는 해 볼게요."

신체에 난 작은 상처나 통증만 치료해 봤지, 지금과 같은 정신적인 증상에까지 과연 치유의 힘이 통할까. 엘레나 스스로도 확신이 없었다.

조심스레 손을 뻗어 바들바들 떨고 있는 리바이 공작의 작은 손을 잡은 엘레나가 눈을 감았다. 모두가 숨을 죽이고 지켜보는 가운데, 순간적으로 환한 빛이 공작과 엘레나를 감쌌다.

"오오, 역시!"

"다행이야, 정말!"

점점 빛이 사그라들며 하얗게 질려 있던 리바이 공작이 훨씬 편한 모습으로 엘레나의 품에서 잠든 것을 본 사람들이 일제히 안도의 한숨을 내쉬었다.

"아아, 라한이시여! 엘레나 님, 감사합니다."

일리야는 그제야 마음이 놓이는지 엘레나의 소매를 부여잡고 눈물을 쏟아 냈다.

"아니에요. 뭐 이런 걸 가지고……."

땅에 무릎을 꿇고 앉느라고 흙투성이기 된 신관복을 툭툭 털면서 자리에서 일어나던 엘레나가 순간 옆으로 휘청했다.

"저, 저런!"

"신관님!"

순간적으로 옆에 있던 사람들이 손을 뻗어서 엘레나를 부축하려고 했지만, 금방 똑바로 몸을 세운 엘레나는 웃으면서 괜찮다며 손을 흔들었다. 아무래도 리바이 공작을 치유하는 데에 생각보다 많은 힘을 쏟은 듯했다.

속이 조금 울렁거리는 것을 느끼며 엘레나는 아직 나무에 기대어 정신을 잃고 누워 있는 리바이 공작을 가리키며 말했다.

"저어, 공작 전하를 편한 곳으로 옮기는 것이 낫지 않을까요?"

봄이라곤 하지만 숲속의 땅은 아직 차가웠다. 엘레나의 말에 퍼뜩 정신을 차린 일리야는 기사에게 부탁해 리바이 공작을 침실로 옮겼다. 사람들이 그 뒤를 따라서 우르르 새벽의 궁 안으로 다시 돌아간 뒤, 로잘린느가 변명을 하기 시작했다.

"누구라도 공작 전하의 병세가 저렇게 심각하다는 것을 알려 줬다면 이렇게 하지 않았을 텐데요. 일리야 님도 바로 옆에 계셨으면서 왜 말리지 않고……."

진심으로 미안해하기는커녕 남의 탓을 하는 로잘린느를 엘레나는 빤히 바라봤다. 실제로 겪는 로잘린느는 책에서 읽은 것과는 많이 달랐다. 화려한 금발과 흰 피부, 오밀조밀하게 예쁜 얼굴은 책에서 묘사된 대로였지만 성격은 전혀 딴판이었다.

분명 책 속에선 어려운 상황에서도 흔들림 없이 굳게 마음을 먹고 버티는, 무엇보다 누구에게나 예의 바르고 상냥한 로잘린느였다. 독자로서 로잘린느의 그런 모습이 좋았는데.

책 속에 들어와 만난 로잘린느는 신분이 낮다는 이유로 누군가를 무시하고, 이렇게 자신이 잘못한 일에 대해서 남을 탓한다. 남자주인공들이 모두 넋을 잃었던 아름다운 미소는 그냥 잘 만들어진 가면 같았다. 일그러진 속마음을 감추기 위한 가면 말이다.

"프란시스 영애의 판단을 믿었던 거겠죠."

엘레나가 서늘하게 말했다. 아마 나중에 로잘린느가 앙심을 품고 힘든 심부름들을 시키기 시작하면 내가 왜 그랬지 하고 땅을 치고 후회할 수도 있을 터였다. 그래도 어린애가 자기 때문에 경기를 일으키면서 쓰러졌는데 고작 저런 말을 하는 것을 그냥 두고 볼 수는 없었다.

"뭐라고요?"

"일리야 님도, 심지어 리바이 공작 전하께서도 로잘린느 님의 판단을 믿으셨으니 따랐을 것 아니겠어요? 방금 왜 말리지 않은 거냐고 말씀하셔서 하는 말이에요."

아니나 다를까. 엘레나의 말에 아직 당황한 기색이 남아 있던 로잘린느가 표정을 싸늘하게 굳혔다.

"지금 그럼 이 일이 내 잘못이라는 건가요?"

"굳이 그런 뜻은 아니고요."

로잘린느는 아랫입술을 잘근 씹었다.

'건방진 계집.'

그 콧대 높은 시종장이 무어라 하든 리바이 공작이 계속 신학 수업을 듣지 않는다면, 곧 공작이 아닌 교사인 신관 자체가 문제가 아니냐는 말이 나오리라. 로잘린느는 원래 오늘쯤 리바이 공작을 설득해 보려던 마음을 바꿔 먹었다.

'천한 게 어디서 주제도 모르고.'

엘레나는 자신을 노려보는 로잘린느에게 무릎을 굽혀 보이고 먼저 자리를 벗어났다. 등에 로잘린느의 날카로운 눈빛이 따갑게 날아와 꽂히는 것이, 괜히 나섰나 싶어서 벌써 조금씩 후회가 됐다.

내가 이 오지랖 때문에 언젠가 큰일 치지.

사실 책 속에 떨어진 것도 오지랖 때문이다. 도둑고양이가 어디에 앉아 있든 간에 그냥 내버려 뒀으면 지금까지 멀쩡히 잘 살고 있었을 텐데.

그런 생각도 잠시, 엘레나는 급하게 오느라 내팽개쳤던 빨래 바구니가 생각이 나서 작게 한숨을 쉬며 빨리 걷기 시작했다.

"교황 성하를 모셔 와라, 당장."
"예, 폐하!"

바크란 1세의 명령을 받은 기사 하나가 황궁 신전이 있는 남쪽으로 뛰기 시작했다.

예상치 못한 일이었다. 티토가 교사와 함께 정원으로 나왔다는 말에 충동적으로 새벽의 궁으로 향했다. 언제나 그랬듯 멀리서 조용히 지켜볼 생각이었다.

하지만 채 새벽의 궁에 닿기도 전에 숲속에서 먼발치에서 걸어오는 티토를 마주쳤다. 길 반대편에 서 있는 것이 바크란 1세라는 것을 자각하기가 무섭게 티토는 그대로 자리에 주저앉았고, 발작을 시작했다.

얼른 티토의 시야에서 벗어나 나무 숲 사이로 몸을 감춘 바크란 1세는 교황을 기다리며 상황을 지켜봤다.

티토의 유모가 기사 하나를 새벽의 궁 쪽으로 보냈고 얼마 지나지 않아 신관 하나가 뛰어왔다. 거리가 있어서 얼굴은 보이지 않았지만, 멀리서 보기에 아직 어린아이인가 싶을 정도로 몸집이 매우 작고 마른 것이 눈에 띄었다.

그 신관이 티토의 옆에 다가가 상태를 살피는 듯하더니, 이내 밝은 빛이 보였다. 이따금 그가 검술 훈련을 하다가 다치면 교황이 찾아와 치유를 해 줄 때에 보았던 빛과 매우 닮은 빛이었다.

"저 신관에게도 치유의 힘이 있는 것인가?"

매우 놀라운 일이었다. 현재의 교황이 지금의 자리에 이른 것에는 그 희귀한 능력이 매우 큰 역할을 했음을 익히 알고 있는 바크란 1세는 긴 은발의 여자를 더 자세히 보기 위해 눈을 가늘게 떴다. 여자가 잠시 휘청거리자 긴 은색 머리도 함께 출렁였다.

"저어, 공작 전하를 편한 곳으로 옮기는 것이 낫지 않을까요?"

제법 낭랑한 목소리였다. 신관의 말대로 티토가 새벽의 궁 안으로 안겨 들어가고 숲속에는 그 은발의 신관과 다른 여자 하나만이 남았다.

"누구라도 공작 전하의 병세가 저렇게 심각하다는 것을 알려 줬다면 이렇게 하지 않았을 텐데요. 일리야 님도 바로 옆에 계셨으면서 왜 말리지 않고······."

누가 들어도 궁색한 변명이 아닐 수가 없었다. 티토의 병세도 제대로 알지 못하면서 단순히 어린아이의 겁으로 치부하고 무리하게 나서다 이리된 일을 티토의 유모에게 뒤집어씌우고 있었다.

바크란 1세의 짙은 눈썹이 조용히 찌푸려졌을 때, 또다시 예의 목소리가 들려왔다.

"프란시스 영애의 판단을 믿었던 거겠죠."

"뭐라고요?"

되돌아오는 말에는 날이 서 있었지만, 은발의 신관의 목소리는 차분하기만 했다.

"방금 왜 말리지 않은 거냐고 말씀하셔서 하는 말이에요."

이윽고 은발의 여자가 먼저 자리를 떠났다. 바크란 1세는 자신도 다시 중앙궁 쪽으로 발걸음을 옮기며 시종 하나를 불렀다. 감히 황제의 얼굴을 올려다볼 수 없어 깊이 허리를 숙인 시종이 곁으로 다가왔다.

"교황 성하께 서두르실 필요는 없다고 가서 전해라."

"예, 폐하."

그 은발의 신관 덕에 다행히 큰일은 없었지만, 바크란 1세의 표정은 어두웠다. 본의가 아니었다고 할지라도 자신 때문에 티토가 경기를 일으키는 모습을 목격하는 것은 꽤 씁쓸한 일이었다.

"새벽의 궁으로 사람을 보내 리바이 공작 전하의 상태를 파악해 보겠습니다."

부관 하나가 곁으로 다가와 말했다. 바크란 1세는 무겁게 고개를 끄덕였다.

티토의 얼굴을 멀리서라도 보려 충동적으로 행한 일에 결국 티토가 고통을 받았다. 괜한 짓이었다. 미리 예고도 하지 않고 불쑥 찾아가지 말았어야 했는데. 자책하는 마음이 커져 갔다.

"연무장으로 간다."

바크란 1세는 결국 한 손에 검을 움켜쥐고 연무장으로 향했다.

+·— ·✦· —·+

리바이 공작은 경기를 일으킨 것을 핑계로 벌써 이틀째 수업을 받지 않으면서 휴식을 취하는 중이었다. 전에 이와 같은 일이 있었을 때는 정말로 3일을 내리 앓았기 때문에 사람들은 그러려니 하는 듯했다.
"열도 없고, 정말 아픈 곳 없으세요?"
"아, 없다니까. 벌써 몇 번을 물어!"
"하지만 너무 멀쩡하시니까……."
일리야가 고개를 갸웃하며 말했다. 조마조마한 마음으로 계속 지켜봤지만, 리바이 공작은 정말로 아픈 곳 없이 건강했다.
"유모는 내가 정말로 아팠으면 좋겠는 거야?"
"전하, 그럴 리가요! 다만 이번에는 정도가 심했었는데, 너무 이상이 없으시니 오히려 나중에 더 크게 앓으실까 불안해서……."
하지만 리바이 공작은 누워 있던 몸을 일으키면서 말했다.
"배가 고프다. 오늘은 저녁 식사를 조금 일찍 하겠어."
평소 공작이 입이 짧아서 고민이 많았던 일리야의 얼굴이 활짝 폈다. 이상하게 요 며칠 공작의 식욕이 왕성한 것 같기도 하다는 생각을 하면서.
식당에 가기 위해서 1층까지 내려온 리바이 공작이 가던 발걸음을 멈추고 우뚝 섰다.
"아……!"
평소보다 일찍 내려오는 통에 신학 수업과 시간이 겹친 것이다.

복도를 등지고 응접실에 앉아서 차를 마시는 엘레나를 본 공작이 픽 하고 코웃음을 치며 아무렇지 않게 지나쳤다. 하지만 일리야는 그렇지 못했다.

결국 공작이 식사를 어느 정도 마치기까지 기다리던 일리야는 조심스레 입을 열었다.

"저어, 전하. 내일은 한번 신학 수업을 들어 보시는 것이……."

"뭐어?"

역시 리바이 공작은 매서운 눈으로 일리야를 째려봤다. 하지만 일리야도 이번만큼은 마음을 굳게 먹었다.

"이번에 공작님께서 쓰러지셨을 때, 치유를 해 주신 것이 엘레나 신관님입니다."

"평소처럼 교황 성하가 아니고?"

"예. 교황 성하께서는 나중에 오셨던 것이고, 숲에서는 저분이 도와주셨습니다."

리바이 공작이 거짓말하지 말라는 듯 의심스런 눈으로 일리야를 바라봤지만, 그녀는 진심을 담아서 호소했다.

"거짓이 아니에요. 엘레나 님이 안 계셨다면 정말 큰일이 날 뻔했어요. 그런데 저분을 이리 홀대하시니, 마음이 편치 않아서……."

벌써 열흘이었다. 열흘을 혼자서 오도카니 응접실을 지키고 있는 모습은 매일매일 일리야의 마음을 무겁게 짓눌렀다. 며칠 전 엘레나의 도움을 받은 뒤로는 더더욱.

일리야의 말에 리바이 공작도 느끼는 것이 있는지 눈을 아래로 내리깔며 딴청을 했다.

"아, 배부르다."

"어휴, 전하. 모르는 척하지 마시고요."

"그럼 어쩌라는 거야."

"그냥 한 번만 수업을 들어 보세요."

일리야의 말에 리바이 공작이 짧은 손가락으로 젖살이 포동포동한 얼굴을 쓰다듬다가 이내 단호하게 싫다고 대답하려는 찰나, 일리야가 한마디 보탰다.

"싫……."

"황제 폐하께도 이야기가 들어갔다고 합니다."

"뭐라고?"

스테이크와 함께 나온 삶은 야채를 포크 끄트머리로 쿡쿡 찔러 보던 리바이 공작이 화들짝 놀라며 일리야를 돌아봤다.

"얼마 전 프란시스 영애가 시종장 휴고 님께 보고를 올렸다고 하니, 폐하께서도 지금쯤 알고 계시겠지요."

"치잇……."

리바이 공작의 유일한 약점이 있다면 그건 바로 형인 바크란 1세였다. 지병 때문에 만나면 무서워서 눈을 피하고 긴장감에 몸을 굳힐지라도 하나밖에 남지 않은 혈육이고 가족이었다.

리바이 공작은 바크란 1세를 실망시키고 싶지 않아 했는데, 이것은 일리야가 최후의 방법으로 가끔 이용하는 것이기도 했다.

"게다가 사람들도 수군거리고 있어요, 전하. 매일같이 응접실에 혼자 앉아 있는 엘레나 님이 불쌍하다고 하는 궁인들이 대부분입니다."

"내가 아랫것들이 뭐라고 하든 신경이나 쓸 것 같아? 케이크나 가져와."

"하지만 전하……."

"얼른!"

바크란 1세의 이야기를 할 때는 조금 효과가 있는 것 같더니, 그것도 잠깐인 모양이었다. 고개를 팩 돌려 버리는 리바이 공작을 바라보던 일리야가 한숨을 푹 쉬며 고개를 저었다.

다음 날.
오늘도 몸이 좋지 않다는 핑계로 내내 침실에서 뒹굴거리던 리바이 공작이 흘긋 시간을 확인했다.
로잘린느에게야 오늘 수업은 없다고 통보를 미리 했지만, 매번 엘레나에게는 그런 언락도 없이 수업을 건너뛰었다. 그러니 오늘도 엘레나는 혼자 응접실을 지키고 있을 터였다.
성인 서넛이 충분히 잘 수 있을 정도로 넓고 높은 침대에서 리바이 공작이 폴짝 뛰어내렸다.
"전하? 어디 가셔요?"
리바이 공작의 곁을 지키면서 수를 놓고 있던 일리야는 놀라서 뒤를 쫓았다. 하지만 제법 근엄하게 뒷짐을 지고 앞장을 서는 뒤통수는 말이 없었다. 처음에는 그런 리바이 공작을 미심쩍게 보던 일리야도 점점 응접실에 가까워질수록 표정이 밝아졌다.
"전하! 생각 잘하셨어요! 어휴, 그럼요!"
"딱히 형님 때문에 하는 일은 아니야."
귀여운 리바이 공작의 말에 일리야는 절로 웃음이 터지려는 것을 억지로 참아 내며 연신 고개를 끄덕였다.
"네에, 네에. 엘레나 님은 오늘도 전하를 기다리고 있을…… 어라?"
마침내 응접실에 도착한 리바이 공작의 눈썹이 한차례 꿈틀거렸다. 엘레나가 늘 앉아 있던 자리는 텅 비어 있었다. 혹시 몰라 응접실 내부를 찾아보아도 인기척 하나 없이 휑한 것은 마찬가지였다.
"에, 엘레나 님이 어디 가셨지?"

당황한 일리야는 한눈에도 훤히 보이는 응접실 이곳저곳을 다니며 엘레나를 찾았다. 한편, 뒷짐을 진 채로 오도카니 서 있는 리바이 공작의 심기는 매우 불편했다.

매일같이 앉아서 기다리는 것이 가여워 한 번 와 주었더니! 리바이 공작은 역시 신학 수업 따위 오지 않는 것이 좋았다며 볼을 부풀렸다. 그때, 멀리서 어린아이들의 목소리가 들렸다.

"그다음은? 그다음은 어찌 되었어요, 엘레나 님?"

"빨리 말해 주세요!"

"너무 궁금해요!"

조잘조잘 떠드는 목소리가 즐겁게 노래하는 새의 소리와 닮아 있었다. 호기심 어린 얼굴로 목소리를 따라가자 그곳에는 리바이 공작의 또래로 보이는 아이들 여럿이 동그랗게 모여 앉아 있었다.

"그때 커다랗고 시커먼 늑대가 어둠 속에서 성큼성큼 다가왔어요."

"꺄악, 어떻게 해!"

"무서워, 무서워."

엘레나가 정말 자신이 늑대라도 된 듯이 팔로 늑대의 발걸음을 흉내 내자 아이들이 조그마한 손으로 얼굴을 가리고 귀를 막으면서도 다음 이야기를 기다렸다. 그건 리바이 공작도 마찬가지였다. 엘레나가 워낙 실감나게 구연을 하는 바람에 어느새 공작도 눈을 동그랗게 뜨고 귀를 기울였다.

"그리고 뾰족한 송곳니를 드러내면서 말했어요. 케이크 하나만 주면 안 잡아먹지!"

엘레나는 지금 오랜 보육원 생활에서 습득한 '실감 나는 구연동화' 능력을 십분 활용하는 중이었다.

오늘도 오지 않을 것이 뻔한 리바이 공작 대신에 그녀가 발견한 것은 새벽의 궁에서 일하는 어린아이들이었다.

이 아이들은 이곳의 마구간과 부엌에서 일하거나 잔심부름을 하는 등 간단한 일을 했다. 하지만 어린아이들에게 시킬 만한 일은 그리 많지 않아서 이렇게 하루 일과가 끝나갈 때쯤이면 저희들끼리 모여서 놀고는 했다.

머리가 겨우 자신의 허리춤에 올 만큼 올망졸망한 아이들을 보고 있자니, 단아였을 때에 돌봤던 보육원 동생들이 생각이 났다. 그래서 주방에 부탁해 사탕 몇 알을 가지고 밖에서 뛰어노는 아이들을 불러 모아 옛날이야기를 해 주고 있었던 것이다.

"남매의 엄마는 얼른 바구니에서 케이크 하나를 꺼내서 늑대에게 주었어요. 그리고 늑대는 그걸 날름 받아먹고는 숲속으로 사라졌답니다."

"와아, 다행이다."

"하지만 그것도 잠깐이었어요. 다시 늑대가 나타난 거예요!"

아이들은 마치 제 앞에 늑대가 나타난 것처럼 눈을 커다랗게 뜨며 무서워했다.

"늑대가 또 말했지요. 케이크 하나 주면 안 잡아먹지! 그래서 남매의 어머니는 바구니에서 케이크 한 조각을 더 꺼내 주었어요. 그렇게 세 번째, 네 번째 나타난 늑대는 계속해서 말했답니다. 케이크 하나 주면 안 잡아먹지! 그리고 어린 남매가 기다리고 있는 집까지 고개가 딱 하나 남았을 때, 늑대가 또 나타났어요. 얼른 케이크 하나를 꺼내기 위해서 바구니에 손을 집어넣었는데, 이걸 어쩌나. 바구니는 어느새 텅 비어 있었어요!"

"어떻게 해, 어떻게 해!"

아이들은 발을 동동 굴렀다. 그 모습이 너무 귀여워서 볼이라도 꼬집어 주고 싶은 생각이 절로 들었다.

"더 이상 케이크가 없다는 것을 알아챈 늑대는……."

늑대가 와앙 하고 달려드는 것을 흉내 내기 위해 양팔을 머리 위로 크게 들어 올렸던 엘레나는 무심코 옆을 바라봤다. 그리고 이야기에 너무 집중한 나머지 멍하니 서서 이야기를 듣고 있던 리바이 공작과 엘레나의 눈이 똑바로 마주치고 말았다.

"고, 공작 전하."

그와 동시에 엘레나는 자리에서 벌떡 일어났고, 옹기종기 모여 있던 아이들은 얼른 일어나서 공작에게 꾸벅 인사를 해 보이고는 금세 저 멀리로 도망을 가 버렸다.

우르르 몰려 멀찍이 달아나는 아이들의 뒷모습을 보면서 리바이 공작은 화가 난 얼굴이 되었다. 뭐가 그리 못마땅한지 엘레나에게로 자박자박 다가오는 얼굴에 불만이 가득했다.

"뭘 하고 있었지?"

방금까지 엘레나의 이야기를 듣고 있었지만, 리바이 공작은 모르는 척 말했다.

"그게…… 아이들에게 이야기를 들려주고 있었습니다."

엘레나는 아차 싶었다. 그동안 꼬박꼬박 응접실로 출근을 하다가 딱 하루 밖에서 노는 아이들이 눈에 들어와 자리를 비웠는데, 하필이면 오늘 공작이 나타날 건 또 뭔가.

"지금은 내 수업 시간이 아니던가?"

아니나 다를까, 어려도 매서운 눈초리가 엘레나를 노려보았다.

"나를 가르치려고 고용된 신학 교사가 그 시간에 이렇게 아랫것들과 섞여 노닥거리고 있다는 게 말이 된다고 생각하나?"

"하, 하지만."

네가 수업에 안 들어왔잖아요!

잘난 꼬맹이의 어깨를 잡아서 탈탈 털며 백번 그렇게 말하고 싶어도, 그저 상상일 뿐. 계속 궁에 있고 싶다면 무엇보다 리바이 공작의 심기를 거스르지 않는 것이 제일 중요했다. 그런 마당에 운도 나쁘지.

"노닥거리는 것은 아니었습니다. 아이들에게 라한의 이야기를 들려주고 있었답니다."

일단 엘레나가 얼버무리며 말했다.

"라한의 이야기?"

"네. 그, 그렇죠."

대한민국의 어린이라면 누구나 알고 있는 '해님 달님'을 여기 버전으로 각색한 것에 불과하지만, 엘레나는 그래도 뻔뻔하게 말했다.

"위기에 처한 어린 남매를 가엾게 여기신 라한께서 빛의 동아줄을 내려 주시는 감동적인 이야기랍니다. 공작님께서 들으신 건 나쁜 늑대가 남매에게 가기 전, 그 남매의 어머니를 먹어 치우는 부분이에요."

"나는 성서에서 그런 이야기를 읽어 본 적이 없는데."

당연히 있을 리가. 하지만 엘레나는 당황한 얼굴을 감췄다.

"라한교에는 책으로 엮지 않은, 구전으로만 전해져 내려오는 이야기가 꽤 있지요."

하지만 엘레나의 그런 노력에도 불구하고 리바이 공작의 표정은 좀처럼 풀릴 기미가 보이지 않았다. 방금까지 초롱초롱한 눈으로 엘레나의 이야기를 듣던 아이들과 같은 또래인데, 팔짱을 끼고 그녀를 노려보는 공작은 도저히 그 아이들과 비슷한 나이로 보이지 않았다.

꿀꺽. 엘레나가 긴장해서 침을 삼켰다. 역시 나는 이대로 잘리는 것일까.

원래 책의 내용이 리바이 공작의 신학 교사가 일찌감치 해고당하고 여자주인공인 로잘린느가 그 자리마저 대신하는 것이니, 엘레나는 말하자면 일종의 불순물이나 다름없었다. 만약 이 책의 내용대로 이야기가 흘러가려는 일종의 '흐름'이 있다면, 아무리 그동안 공작의 심기를 어지럽히지 않으려고 노력을 해 왔더라도 소용이 없을지도 몰랐다.

"방금 그런 이야기가 또 있나?"

"그, 그럼요! 라한의 이야기뿐만이 아니라 신자들에게 교훈을 주기 위한 다른 이야기들도 있어요. 진짜예요!"

엘레나는 제발이 저려 얼른 덧붙였다.

"그래?"

"네!"

"그럼 앞으로 신학 수업에서 들려주면 되겠군."

"그래요! 그럼 앞으로…… 네?"

내가 지금 잘못 들은 건가. 엘레나가 한쪽 손가락으로 귓구멍을 파며 물었다.

"그대의 신학 수업 말이다. 내게 그런 이야기들을 들려주는 시간으로 하면 되겠단 말이야."

"그건…… 공작 전하는 신학 수업을 싫어하시잖아요."

"그렇지."

"그런데 왜……?"

"그대의 신학 수업은 들을 만할 것 같아서."

고작 '들을 만하다.'는 말과 달리 리바이 공작의 눈은 기대감으로 반짝였다. 그 모습이 부담스러운 엘레나가 대답을 하지 못하자 리바이 공작이 눈썹을 확 찌푸렸다.

"싫은가?"

"……그럴 리가요."

까라면 까야지. 그녀에게 이미 선택권은 없었다.

"자, 어서 안으로 들어가서 아까 하던 이야기의 뒷부분을 해 다오."

"저, 저기 밀지는 마시고…….."

"어서, 어서."

리바이 공작의 작은 두 손이 엘레나의 등을 응접실을 향해 밀었다.

"그래서 그 늑대가 남매의 엄마를 잡아먹었다고? 그럼 남매는 어찌 되는 거지?"

"아, 그게요……."

리바이 공작에게 등 떠밀려 들어가며 엘레나는 묘한 표정을 지었다. 일단 책의 흐름에 의해 제거당하는 고비는 넘긴 것 같지만 이거 기뻐해야 해, 말아야 해?

신학 수업이라면 치를 떨던 리바이 공작이 갑자기 태도를 바꾼 게 어리둥절했다. 아무래도 매일 남이 타 주는 차를 한 잔씩 마시며 한가하게 농땡이를 피우던 시기는 이제 끝난 것 같았다.

벌써부터 귀찮았다.

5장

"우와아, 전하. 이런 것도 이미 다 알고 계시다니. 대단하시네요!"
"흐, 흥. 뭐 이런 걸 가지고."
엘레나의 다소 호들갑스런 칭찬에 리바이 공작의 뺨이 빨개졌다.
"그럼 이건…… 아니, 이것도 맞히시다니! 전하 혹시 엄청난 천재 아니에요?"
계속되는 극찬에 리바이 공작의 얼굴이 점점 풀리더니 결국 입이 귀에 걸리도록 헤벌쭉 웃었다.
"내가 원래 좀 명석하다는 말을 많이 듣지."
어깨도 으쓱으쓱했다.
"자, 그럼 이건 어떨까요? 한번 풀어 보시겠어요?"
리바이 공작이 싫어하다 못해 보기도 싫다며 구석에 던져 두었던 신학 문제집을 한 장 더 넘기며 엘레나가 말했다. 잠시 머뭇거리며 꺼려 하던 리바이 공작은 뒤이은 엘레나의 한마디에 깃펜을 들었다.
"제 생각엔 공작 전하께선 충분히 풀 수 있으실 것 같아요. 아까 그 어려운 것도 이미 다 알고 계셨는걸요."

칭찬은 고래도 춤추게 할 뿐만 아니라 리바이 공작도 신학 수업을 얌전히 받게 하는 무시무시한 것이다. 소매까지 걷어붙이고는 문제에 열중하는 리바이 공작의 모습에 새벽의 궁에서 일하는 궁인들은 눈을 비볐다.

원래 아이고 성인이고 가릴 것 없이 무엇을 가르칠 때에는 적절히 칭찬을 섞어 가며 둥개둥개 어르는 게 최고다. 자신이 잘하는 일을 하기 싫어하는 사람은 없으니까.

특히나 리바이 공작 같은 어린아이들에게는 달콤한 사탕이나 초콜릿만큼이나 잘 통하는 것이 과한 정도의 칭찬인 것이다.

엘레나는 보육원에서 어린 동생들에게 공부를 가르치며 깨달은 그 방법을 리바이 공작에게 적용했다. 사소한 것도 칭찬하고, 상대가 어린아이인 만큼 조금 과장되더라도 크게 기뻐하는 반응을 해 주니 리바이 공작은 생각보다 훨씬 더 수업을 잘 따라왔다. 오늘은 드디어 신학 문제를 풀게 하는 데에 성공했고 말이다.

그 모습은 새벽의 궁 내에서 장안의 화제였다. 지금도 시중을 드는 이들과 호위 기사들은 리바이 공작의 신학 수업 장면을 멀리서 몰래 지켜보며 저들끼리 속닥거렸다.

"역시 엘레나 신관님이야."

"신관님의 참을성과 꾸준함의 승리인 거지!"

"저 리바이 공작 전하도 결국 한결같은 엘레나 님의 모습에 감동을 하신 것 아니겠어?"

실제로 일어난 일과는 꽤 다르게 퍼지고 있는 소문이었지만, 이 일은 나름의 미담으로 자리 잡고 있었다.

수업이 끝난 뒤, 엘레나는 콧노래를 흥얼거리며 자신의 침실로 향하는 길이었다. 막 침실 앞에 도착해서 문고리에 손을 올렸을 때, 듣기 좋은 목소리가 그녀를 불렀다.

"엘레나 님, 잠시 나 좀 도와주겠어요?"

조금 떨어진 곳에서 엘레나를 부르며 생긋 웃는 것은 로잘린느였다. 이런 상황에서도 쟤는 예쁘고 난리야.

"……네."

순순히 로질린느의 방으로 따라 늘어간 엘레나의 발치에 빨랫감을 담은 바구니가 툭 떨어졌다. 그럼 그렇지. 엘레나는 내심 한숨을 푹 쉬었다.

"내일까지 해 놓겠습니다."

그렇게 말하며 바구니를 들어 올리는데 바구니가 더럽게 무거웠다. 허약하기 짝이 없는 엘레나의 몸은 이 정도 무게도 조금 버거울 정도였다.

"아뇨. 지금 부탁해요."

"네? 지금이요? 이제 저녁 식사 시간인데요."

오늘 저녁 메뉴가 소고기 스튜와 버터를 잔뜩 넣어 구운 부드러운 빵이라는 것을 알고 있는 엘레나는 하늘이 무너진 듯한 얼굴이었다.

"내가 그 옷을 곧 다가오는 연회에서 입어야 하거든요. 그러니 지금 빨아야 하지 않겠어요?"

마치 '그것도 내가 일일이 설명해 줘야 하나요?'라는 말투로 상냥한 척하는 로잘린느는 정말로 악마 같았다.

'너 옷 많잖아. 왜 굳이 안 빨은 옷을 입어야 하는 건데?!'

하지만 엘레나는 약점이 잡혀 슬픈 조연이었다. 속으론 소고기 스튜와 자신을 떼어 놓는 로잘린느를 향해 온갖 욕을 퍼붓고 있을지언정, 실제론 고분고분하게 고개를 끄덕이곤 바구니를 챙겨 나왔다.

"이거 분명히 나 골탕 먹이려고 쟁여 둔 게 분명해. 여자주인공만 아니었으면 한 대 확 때려 버리⋯⋯면 안 되는구나. 쳇."

엘레나는 바구니를 한 손에 들고 새벽의 궁을 빠져나왔다. 익숙하게 근처의 우물가로 향하던 그녀는 이내 발걸음을 돌렸다. 지난번에 왜 그녀가 직접 빨래를 하는 것인지 물어보던 하녀가 생각이 나서였다. 게다가 지금은 하루 종일 널어놓았던 빨래를 걷는 사람들로 우물가가 붐빌 시간이었다.

"에이 씨. 귀찮네, 진짜."

투덜투덜하면서 주변을 둘러보았지만 마땅히 다른 우물이 보이지 않자 엘레나는 무작정 북쪽으로 걸었다. 책 『로잘린느 황후』의 부록으로 보았던 황궁 지도에서 새벽의 궁 북쪽에 이름이 적히지 않았던 작은 별궁들이 있었던 게 기억이 났기 때문이다.

'그중 하나는 우물이 있겠지.'

새벽의 궁 주변에는 유독 큰 나무가 많았다. 띄엄띄엄 심어져 있기는 했지만 거의 숲과 같아서 예정에도 없던 삼림욕을 하는 기분이었다. 하지만 그렇게 상쾌한 기분을 즐기는 것도 잠시, 슬슬 발이 아파 오는 것을 느꼈다.

'이거 너무 멀리 온 거 아닌가?'

더 이상 가면 안 되겠다 싶어 그녀가 막 돌아가려고 할 때, 저 멀리 우물 하나가 보였다. 오랫동안 쓰이지 않았는지 주변에 물기라고는 없었지만 그래도 깨끗이 관리가 된 것 같았다.

"깨끗하든 말든 내가 또 알 게 뭐야."

눈으로 봐서는 괜찮아 보이지만 차라리 물이 안 깨끗한 거면 더 좋고.

그녀는 물을 퍼 담은 뒤, 가져온 고급 세탁제를 팍팍 뿌리고 저번처럼 발로 밟았다. 로잘린느가 봤다면 뒤로 넘어갈지도 몰랐지만, 고급 드레스를 꾹꾹 발로 있자니 쌓였던 스트레스가 조금 풀리는 것 같기도 했다.

해가 지기 전에 얼른 세탁을 마친 후 젖은 드레스를 잘 짜고 팡팡 털어 주름이 지지 않게 마무리한 엘레나는 바구니를 옆구리에 끼었다.

"근데 어느 방향이었지."

너무 빨래에 열중했던 깃일까, 엘레나는 자신이 온 방향이 어느 쪽인지 기억이 나질 않았다.

"어…… 저 나무였나? 아냐, 저 나무였나?"

나무 사이를 헤치고 온 터라 지나쳤던 나무를 기억해 내려고 했지만, 실로 그 나무가 그 나무 같았다.

"으음, 그럼 일단 대로 쪽으로 걸어가 볼까."

큰길로 나가면 누군가 만날 수 있겠지. 엘레나는 그렇게 생각하고 중앙 대로로 향할 것이라 추측되는 방향으로 걷기 시작했다.

물론 어디까지나 추측일 뿐이었다. 정작 그녀가 걷고 있는 것은 대로와는 정반대로, 황제의 침소인 태양의 궁과 지금은 황후가 없어 주인이 없는 내원 방향이었다.

그렇게 또 얼마나 걸었을까. 엘레나는 슬슬 불안해지기 시작했다.

"이, 이쪽이 아닌가?"

넓디넓은 황궁이긴 하지만 그만큼 일하는 사람도 많아서 어딜 가나 사람 한둘은 지나칠 만도 한데, 이상하게 주변의 분위기가 휑했다. 마치 오면 안 되는 곳을 들어온 듯한 기분. 그런 막연한 불안감에 엘레나의 발걸음이 점점 느려졌을 때, 멀리서 쾅쾅 하는 커다란 소리가 들려왔다.

"사람이다!"

엘레나는 반색하며 소리가 들려오는 쪽으로 달려갔다. 그러나 그녀가 달려가고 있는 곳에서 소리를 낸 이, 즉 인적이 없는 내원에 위치한 연무장에서 집채만 한 바위를 검으로 내려치고 있는 것은 다름 아닌 바크란 1세였다.

보초를 서고 있는 근위병들이나 궁에서 일하는 궁인들이 지나다니며 내부를 들여다볼 수 있는 태양의 궁 연무장과는 달리 이곳은 아무도 그를 볼 수 없다는 장점이 있었다.

바크란 1세는 손과 팔을 거쳐 온몸으로 전해지는 충격과 통증에도 아랑곳하지 않고 바위를 내려쳤다. 그도 인간인지라 분명 고통을 느끼고는 있었지만, 무표정한 얼굴은 마치 그런 것 따위는 모르는 것처럼 보였다.

지금 그를 괴롭게 하는 것은 육체적인 고통이 아니었다. 정신적인 고통이었다. 아니, 차라리 고통이라도 느껴진다면 이렇게 힘들지는 않았으리라.

'무감각하다.'

바크란 1세는 짙은 눈썹을 하늘을 향해 치켜세웠다. 팽팽하게 당겨진 근육에 힘이 들어가며 검과 바위가 부딪치는 소리가 더욱 커졌다.

그는 어린 나이에 황위에 올라 주변 3국을 정복했다. 종전한 뒤에는 열정적으로 전쟁에 피폐해진 제국의 내정을 달래며 전에 없는 태평성대를 이뤘다. 혁신적이라고 할 정도로 제국민, 특히 평민들을 위한 적극적인 정책을 펼치며 정복으로 거대해진 제국의 기초를 닦았다.

그것뿐이랴. 그는 전장의 신戰神이라고 불릴 정도로 높은 무위를 가지고 있었다.

황태자로 태어나 바라던 것은 모두 가졌는데, 어째서 이리 마음은 허전한 것일까.

어느 순간부터 찾아왔던 공허함이 점점 심해지자, 바크란 1세는 국정 일선에서 물러났다. 황권은 공고했고 유능한 인재는 많았으니 그리 어려운 일은 아니었다. 그 뒤론 줄곧 검술에 매진해 왔다. 검술을 닦고 몸을 단련할 때만이 그나마 무언가를 느낄 수 있었으니.

하지만 그마저도 얼마 전부턴 전과 같지 않았다. 처음에는 눈에 띄게 발전하던 검술이 점점 그 진전이 느려지더니 이제는 마치 커다란 벽에 부딪친 것처럼 도저히 앞으로 나아가지 않고 있었다.

쾅, 쾅.

검기를 한계치까지 끌어올리자 검이 우웅 하고 진동을 했다. 애검인 '가이아'를 두고 아무 검이나 집어 온 탓에 그의 순도 높은 검기를 버텨 내지 못하는 것이다. 하지만 자신의 검로劍路가 바위에 깊은 상흔을 내는 것만 주시하는 바크란 1세는 그런 변화를 눈치채지 못했다.

어느 순간, 굳건히 버티고 있던 바위에 쩌적 하고 금이 갔다. 동시에 그 충격을 이기지 못한 검이 두 동강 나며 부러진 조각이 저 멀리로 튕겨 나갔다.

이것마저도 마음대로 되지 않다니. 바크란 1세는 결국 검을 든 팔을 내렸다.

"까아악!"

저 뒤쪽에서 여자의 비명 소리가 터져 나온 것은 그 순간이었다. 이곳에 누가 있을 거라고는 생각하지 못했던 바크란 1세가 빠르게 공격 자세를 잡으며 뒤로 돌자, 그곳에는 한 여자가 땅바닥에 주저앉아 있었다. 여자가 들고 있던 바구니는 옆에 나뒹굴었고, 발치에는 번쩍거리는 검 조각이 땅에 박혀 있었다.

"이, 이게 뭐야아!"

사람 소리가 들려서 반갑게 뛰어오던 엘레나는 갑자기 하늘에서 뚝 떨어진 커다란 검날에 놀라 그대로 자빠졌다. 검의 조각이라고 해도 엘레나의 팔뚝보다 굵고 길었다. 그런 것이 날아와 앞에 꽂히니 뒷걸음질을 치다 다리가 풀린 것이다.

"지금 이게 뭐 하는 거예요!"

엘레나는 방금까지 무식하게 바위에 대고 검을 내려치던 한 남자에게 소리를 빽 질렀다. 언뜻 봐도 정식 기사라기엔 너무 젊고, 입고 있는 옷도 아무런 장식이 없는 무복이었다. 검은 머리를 질끈 묶은 남자는 아직도 바위 앞에 서서 그녀를 멀뚱히 바라보고만 있었다.

'사람을 죽일 뻔해 놓고는 사과도 없어?'

엘레나는 화가 나서 땅바닥에 떨어진 빨래는 안중에도 없이 남자를 향해서 씩씩대며 걸어갔다.

"미쳤어요? 그쪽 때문에 지금 죽을 뻔했잖아요!"

그 남자, 바크란 1세는 자신에게 바락바락 소리를 지르는 작은 여자를 이해할 수가 없었다.

대체 누구인지. 황후가 없어 지금은 황제의 개인 공간이나 다름없는 이곳에는 어떻게 들어온 것인지. 그리고 무엇보다 자신에게 저렇게 목에 핏대를 세우며 화를 내는 사람은 전쟁터에서 자신을 죽이겠다며 칼을 들고 달려들었던 적국의 기사들을 제외하고는 난생처음이었다.

"내 말 안 들려요? 귓구멍이 막혔냐고요!"

"……그렇게 소리를 지르는데 안 들릴 수가 있나."

입을 딱 다물고 있던 남자에게서 흘러나온 목소리에 엘레나는 흠칫 놀랐다.

'뭐, 뭐 이렇게 목소리가 좋아?'

낮고 굵지만 귀에 거슬리지 않는 감미로운 목소리였다. 그러고 보니 땀범벅에 대충 묶은 머리가 흐트러져서 잘 몰랐지만 얼굴도 목소리 못지않았다. 아니, 매우매우 잘생겼다. 예상치 못한 남자의 미모에 놀란 엘레나는 잠시 말을 더듬었지만 그래도 지지 않으려 눈을 더욱 치켜떴다.

"그럼 어서 사과해요! 지금 멀쩡한 사람 죽일 뻔해 놓고 이게 무슨 뻔뻔한 태도예요?"

"그대는 누구지?"

바크란 1세는 엘레나를 위아래로 훑으며 물었다. 자세히 보니 입고 있는 옷은 신관복인데, 직접 빨래를 했는지 물에 젖은 소매는 둘둘 말려 올라가 마른 팔이 다 보였다. 여자의 신분을 도무지 종잡을 수가 없었다.

"아니, 사과하라는데 내 이름은 왜 물어요?"

정확히 말하자면 바크란 1세가 물은 것은 엘레나의 이름이 아닌 신분과 소속이었다. 하지만 그것을 알 리 없는 엘레나는 척 팔짱을 끼며 당당하게 말했다.

"난 엘레나예요. 엘레나 신관이요."

"신관?"

입고 있는 옷을 보니 신관은 맞는가 본데. 대체로 조용하고 있는 듯 없는 듯 품행이 조심스러운 다른 신관들과 눈앞의 이 여자는 천지 차이였다.

"그래요, 신관. 그쪽은 지금 무려 신관을 죽일 뻔한 거라고요. 이제 알겠어요?"

"이곳에는 왜 왔지?"

"길을 잃어버렸어요."

"여기가 어떤 곳인지 모르나?"

"여기가 어딘 줄 알면 그게 길을 잃은 거겠어요? 여기가 어딘데요?"

여자는 이곳이 내원인지도, 그리고 그가 누구인지도 모르는 게 분명했다.

"여긴 내원이다."

"내원? 그게 뭔…… 혹시 황후랑 황족들이 사는 그 내원?!"

상당히 불경한 태도이긴 했지만 맞는 말이었기에 바크란 1세는 느리게 고개를 끄덕였다.

"크, 큰일이네. 어쩐지 사람이 없더라. 여기 이러고 있어도 돼요? 얼른 나가요."

"난……."

그가 '난 나가지 않아도 된다. 이곳의 주인이니까.'라고 말하려고 했지만, 말 많은 엘레나는 그렇게 내버려 두지 않았다.

"아, 미치겠다. 새벽의 궁 쪽인 줄 알았는데 완전 반대로 왔잖아."

"새벽의 궁?"

새벽의 궁은 그의 남동생인 티토의 처소였다.

"새벽의 궁 사람인가?"

"나요? 네. 거기 사는 가정교사예요."

가정교사? 바크란 1세는 그 말에 순간적으로 한 장면이 떠올랐다. 얼마 전에 티토가 그를 보고 쓰러졌을 때, 은발을 휘날리면서 달려와 치료를 해 주던 신관의 모습이.

"리바이 공작의 신학 교사인가?"

"어, 날 알아요?"

엘레나가 손가락으로 자신의 얼굴을 가리키며 물었다.

"대충은."
 그녀가 교황의 추천을 받아 들어온 중급 신관이며 드물게 치유의 능력을 가지고 있다는 정도는 알고 있었다.
 "역시 궁에서는 말이 빨리 도나 보네. 일단은 여기서 얼른 나가요. 혹시 누가 보고 잡아가기 전…… 그쪽, 손이 왜 이래요?"
 엘레나가 바크란 1세의 소매를 끌다가 그의 손바닥을 보고는 눈을 동그랗게 떴다.
 화가 나서 검을 미구잡이로 휘두른 덧에 그의 손바닥은 엉망으로 찢어져 피를 흘리고 있었다. 손끝까지 타고 내린 피가 흙바닥에 뚝뚝 떨어지고 있었지만, 바크란 1세는 어깨를 으쓱하며 손수건을 꺼내 대충 피를 닦아 냈다.
 그 모습에 엘레나는 잠시 고민을 했다. 그냥 못 본 척할까. 저 정도 상처라면 그녀의 치유 능력으로 완벽하게는 무리여도 어느 정도 피가 멎고 살이 아물게 하는 것은 가능했다. 하지만 오늘 처음 봤고, 새벽의 궁 사람들처럼 자주 볼 사이도 아닌데.
 꽤 상처가 깊으니 분명 치유를 하고 나면 어지럽고 기운이 없을 것이다. 새벽의 궁까지 멀리 걸어갈 것을 생각하면 그냥 넘어가는 편이 나았다. 하지만.
 이번에는 엘레나가 바크란 1세를 위아래로 훑었다. 흙이 잔뜩 묻은 신발, 찢어진 상처 말고도 굳은살이 박이고 흉터가 많은 손, 그리고 아직도 땀이 흐르고 있는 얼굴.
 누구나 무장을 해제해야 하는 궁에서 검을 들고 있으니 기사이기는 할 테지만, 입고 있는 옷이 기사단 수련복이 아닌 것을 봐서는 아직 정식 기사가 되지 못한 수습 기사인 듯했다.
 아무래도 사람이 없는 곳을 찾아서 여기까지 숨어들어 훈련을 하고 있었던 것 같은데. 바위를 쾅쾅 내려치는 것은 검술을 알지 못하는 그녀가 봐도 정상적인 수련법은 아니었다. 분명 화가 나고 답답한 것이 있었겠지.

그렇게 생각하니 눈앞의 남자가 불쌍해진 엘레나였다.

'나도 오지랖이 넓어 큰일이야.'

한숨을 푹 쉬면서 그녀는 바크란 1세를 향해 손을 내밀었다.

"그렇게 무식하게 훈련을 하니까 그렇죠. 이리 줘 봐요."

무식이라는 말이 조금 거슬리기는 했지만, 바크란 1세는 순순히 자신의 손을 내밀었다. 그녀가 하려는 행동이 짐작이 갔기 때문이다.

엘레나는 그의 손을 잡고는 눈을 감았다. 밝은 빛이 바크란 1세의 손을 감싸고, 그 빛이 모두 사라졌을 때는 상처는 씻은 듯 사라져 있었다.

살에 묻어 있는 피만이 그 자리에 상처가 있었다는 것을 증명하는 자신의 손바닥을 만져 보며 바크란 1세는 꽤 놀랐다.

"아이고, 힘들다!"

역시 꽤 큰 상처를 치유했더니 머리가 띵하게 울려 엘레나는 그 자리에 철퍽 주저앉았다.

"신관이 그렇게 아무렇게나 흙바닥에 주저앉아도 되는 건가?"

"그쪽 치유해 주느라고 기운이 없어 그럽니다. 왜요!"

큰 소리를 낼 힘도 없는지 엘레나는 고개를 절레절레 저었다.

"그럼 잠시 쉬었다 가지."

정말로 안색이 좋지 않은 엘레나를 보며 바크란 1세가 허락하듯 말했다.

"지금은 가고 싶어도 못 가요. 새벽의 궁까지 얼마나 먼데."

다시금 새벽의 궁 이야기가 나오자 바크란 1세는 문득 궁금해졌다.

"리바이 공작이 신학 수업을 안 듣는다는 이야기가 있던데."

"그게 거기까지 퍼졌어요? 진짜 소문 빠르네."

책 속이나 바깥이나 사람 사는 곳은 다 비슷하구만. 엘레나는 혀를 찼다.

"근데 그거 다 해결됐어요. 이제 내 수업 들으시거든요, 공작 전하."

"티토…… 아니, 리바이 공작이?"

습관적으로 티토라고 불렀던 바크란 1세가 얼른 말을 고쳤다. 티토가 수업을 거부한다는 보고를 받은 뒤로 휴고에게 따로 경과를 물어보지는 않았다. 여전히 고집을 부리고 있으려니 하고 생각한 것이다.

"그럼요, 내가 누군데요. 이래 봬도 애들 가르친 경력이…… 몇 년이지?"

단아로서 살았던 시간을 다 쳐야 하는지 잠시 혼란스러워진 엘레나였다.

"리바이 공작은…… 요즘 어떤가?"

뜬금없이 안부를 묻는 남자의 모습에 잠시 주춤했지만, 곧 이런 생각이 들었다. 어쨌든 수습이어도 황궁 기사단에 들어왔을 테니 별 상관없겠지.

"별다를 것 있겠어요? 아, 어제는 궁의가 다녀가면서 키가 좀 컸다고 하던데."

"키가?"

직접 티토의 얼굴을 본 지도 한참이 되어 알지 못했던 반가운 소식이었다.

"저기요."

엘레나가 부르는 소리에 상념에서 깬 바크란 1세는 고개를 들었다.

"보아하니 좀 힘든 일이 있는 것 같은데. 그렇다고 그렇게 몸을 혹사하면 안 되는 거거든요. 원래 우리처럼 제일 밑바닥에서 고생하는 사람일수록 몸 아낄 줄 알아야 하는 거예요. 몸이 재산이니까!"

그녀의 작고 하얀 주먹이 그의 눈앞에서 꽉 쥐였다.

"제일…… 밑바닥?"

바크란 1세는 엘레나가 무슨 말을 하는 건지 도무지 이해할 수가 없었다.

"에이, 딱 보아 하니 말단 수습 기사인 것 같은데. 맞죠?"

그는 긍정도 부정도 하지 않은 채 엘레나를 가만히 바라보기만 했다. 그 모습을 자존심에 인정하기 싫어하는 모습이라 오해한 그녀는 말하지 않아도 다 안다는 듯 능청스레 고개를 끄덕였다.

"아니, 뭐 유추하기 그렇게 어려운 일은 아니었어요. 황궁 안에서 검을 가지고 있는 걸 보면 기사일 테고. 하지만 높은 분들은 다들 퇴근하는 이 시간에 남아 있는 걸 보면 집에 가는 날이 드문 낮은 직책이라는 거겠죠. 얼마 전에 보니까 정식 기사들은 정복을 안 입을 때는 황실 문양이 박힌 연습복을 항상 입고 다니던데, 그쪽은 그냥 평상복 차림이잖아요. 그럼 연습복 지급도 못 받은 수습 기사라는 결론이 나오는데, 맞죠?"

엘레나의 말에 바크란 1세는 그녀의 심각한 오류를 정정할 필요성을 느꼈다.

"아니다. 나는……."

하지만 그렇게 하기엔 한 가지 아주 중요한 사실이 있었는데, 그건 바로.

'내가 황제라는 것을 증명할 게 없군.'

어찌 보면 당연한 일이었다. 이 황궁 안에서, 아니 광활한 제국 어디를 가든 그는 스스로를 증명해 보일 필요가 없었다. 바크란 1세는 그 존재만으로 다른 설명이 불필요했으니까.

하지만 이 여신관의 오해도 이해가 되었다. 소수의 선택받은 사람들을 제외하면 아무도 그의 얼굴을 함부로 올려다보지 못한다. 그 말인즉, 어지간한 고위 귀족이나 관리가 아닌 이상 그의 자세한 생김새를 모른다는 뜻이었다. 평소대로였다면 황제의 정복과 지니고 있는 검만으로도 그의 존재를 알아챘겠지만, 지금은 엘레나의 말대로 흔한 평상복 차림이었다.

그가 가만히 서서 스스로의 존재를 증명해 보일 수 있는 방법을 고심하는 동안, 엘레나는 피식 웃었다.

"뭘 또 그렇게 심각해요. 아직 젊어 보이는데, 지금 수습이라고 평생 수습이에요? 수습이라도 황실 기사단에 들어올 정도면 엄청 실력이 있다는 건데. 앞으로 잘하면 되죠! 아 참, 그 손 말이에요. 아무래도 완벽히 다 나으려면 시간이 좀 걸리긴 하겠지만 일단 보기에는 다 나은 것 같은데. 어때요?"

엘레나의 말에 바크란 1세는 상처 입었던 손을 가만히 움직여 보았다. 쥐었다 폈다 하는 움직임에 불편함이 없는 것을 보아 완벽히 치유가 된 모양이었다.

"괜찮다."

사실 조금 놀라웠다. 교황 말고도 이 정도의 치유를 할 수 있는 사람이 있다니. 눈앞에서 배시시 웃고 있는 여신관이 조금 다르게 보였다.

"뭐 나한테 할 말 없어요?"

"할 말?"

"나 지금 '별것도 아닌데요', '아니, 뭐 이런 걸 가지고.' 대충 이런 말 준비해 놓고 있거든요. 그대로 내버려 뒀으면 몇 주는 고생했을 손을 단번에 고쳐 준 사람한테 고맙다는 말 정도는 하시죠?"

그렇게 말하고는 머리카락을 귀 뒤로 넘기고 한 손을 가져다 대어 귀를 기울이는 척을 한다. 그런 능청스런 모습이 조금 어이가 없기는 했지만, 그녀가 틀린 말을 하는 것은 아니었기에 바크란 1세는 여전히 무뚝뚝한 말투로 툭 한마디를 내뱉었다.

"고맙다."

"아유, 별말씀을요. 사실 나도 연습할 상대가 좀 필요했거든요. 새벽의 궁 사람들 상대로 허리 결리고 무릎 시큰거리는 걸 고쳐 주는 건 이제 딱히 연습이 안 된다고 해야 하나. 그래서 사실 좀 곤란했는……."

순간 엘레나의 머릿속에 번쩍 빛이 스쳤다. 숙제로 받았던 치유 능력 연습은 점점 빈도가 잦아들었다. 엘레나 덕에 새벽의 궁 궁인들은 이제 아픈 곳이 별로 없어졌기 때문이다. 그래서 점점 초조해지고 막막한 참이었는데. 그녀의 옅은 갈색 눈이 빠르게 눈앞의 수습 기사를 담았다.

"저기요, 수습 기사 아저씨."

"뭐지."

자신은 수습 기사도 아저씨도 아니었지만, 바크란 1세는 일단 대답했다.

"훈련하다 보면요, 많이 다치죠?"

한때 스승이었던 하인즈 기사단장도 더 이상 그에게 이기지 못하는 지금, 그를 그 정도로 몰아붙일 수 있는 사람은 기껏해야 사촌인 르니에 한 사람뿐이었다.

"딱히."

"그, 그럼 대련은요? 그래도 칼싸움인데 뒹굴고 구르다 보면 여기저기 베이고 그렇잖아요."

검을 잡은 자가 그런 곳 하나 없이 몸이 평안하다면 그것은 퇴보하고 있다는 증거이리라. 바크란 1세는 고개를 끄덕였다. 그러자 엘레나의 표정이 확 밝아지더니 가까이로 성큼 다가섰다.

"수습 기사 아저씨, 나랑 계약 하나 할래요?"

"계약?"

"네, 계약이요. 나한테 누이 좋고 매부도 좋은, 꿩도 먹고 알도 먹는 좋은 생각이 하나 있거든요."

처음 듣는 이상한 말이었지만 왠지 모르게 그 의미가 진딜이 되있다. 바크란 1세는 호기심이 동하는 것을 느끼며 그녀의 다음 말을 기다렸다.

"내가 치유 연습을 좀 해야 하거든요. 우리 3일에 한 번 정도 여기서 만나는 거예요. 그럼 나는 아저씨를 치유하면서 연습을 하고, 아저씨는 다친 데 나아서 좋고. 어때요?"

엘레나는 전혀 흠 잡을 데가 없는 제안이라고 생각했다. 수습 기사면 한창 수련을 할 때니까 여기저기 몸 성한 곳이 없을 것이다. 그러니 이 제안을 덥석 받아들이리라고 여겼다. 하지만 바크란 1세는 고개를 저었다.

"난 그렇게 자주 다치는 편이 아니다. 그러니 굳이 번거로움을 감수하고 3일에 한 번씩 이곳에 올 이유가 없지."

게다가 그에겐 교황이 만들어 주는 포션이 있었다. 큰 부상이 아닌 이상 그것 한 병이면 웬만한 상처는 치료할 수 있었다.

"아……."

엘레나가 시무룩해하며 어깨가 눈에 띄게 처졌다. 그것을 보면서 바크란 1세는 생각했다. 그녀는 치유의 능력보다도 더 그가 원하는 것을 가지고 있었다. 하지만 이것을 어찌 말해야 수상하게 들리지 않을까.

"아쉽네요. 좋은 거래가 될 거라고 생각했는데."

주기적으로 치유 능력을 연습할 수 있는 상대가 생길 수 있었던 기회가 날아가 버렸다. 다음에 교황 할아버지를 만날 때는 훨씬 능숙해져서 깜짝 놀라게 해 드리고 싶었는데.

그때, 바크란 1세가 입을 열었다.

"나는 미래에 새벽의 궁 소속 기사가 되고 싶다."

이미 그녀는 그를 수습 기사로 오해하고 있었으니 바크란 1세는 그것을 이용하기로 마음먹었다.

"새벽의 궁 기사요?"

처음에는 놀라서 묻던 엘레나도 잠시 생각을 하더니 고개를 끄덕이며 말했다.

"하긴, 공작 전하가 밖에 다니는 것도 아니니까 따라다니면서 귀찮게 호위를 해야 하는 것도 아니고. 기사를 무서워해서 가까이 오질 못하게 하니 새벽의 궁 입구만 지키면 되기는 하죠. 뭐야, 그러고 보니 완전 꿀이네?"

"그런데 결원이 생기면 자리를 채우기 위해 기사를 뽑는 건 리바이 공작 본인이지."

"오오, 그런 식으로 뽑는 거구나."

"그러니 나는 리바이 공작 전하에 대해서 잘 알아야 할 필요가 있다. 3일에 한 번, 이곳에서 만나서 너는 나에게 치유 연습을 하고 나는 네게서 리바이 공작 전하에 대한 이야기를 듣고. 어떠냐, 좋은 거래가 될 수 있을 것 같은데."

그리 나쁜 제안은 아니었다. 본인은 아마 자존심 때문에 잘 안 다친다고 하는 것 같지만, 수습 기사가 다치지 않는다는 말은 거짓말일 게 뻔했다. 그러니 그녀는 리바이 공작에 대해서 조금 알려 주고 대신 치유 연습을 할 대상을 구하는 것이다.

"음, 좋아요. 그럼 계약 성립인 거예요?"

엘레나가 웃으며 말하자 바크란 1세도 그녀를 바라보며 끄덕였다.

"자, 앞으로 잘해 봅시다!"

그녀가 그에게 손을 내밀었다. 바크란 1세는 내밀어진 손을 내려다봤다. 전에 메이나드가 말했던가, 티토의 신학 교사는 참 작은 사람이리고. 그 말대로 유독 작아 보이는 손이있다.

"아, 어서요! 악수를 해야 계약이 성립되는 거라고요!"

엘레나가 재촉했다. 바크란 1세는 마지못해 그녀의 손을 마주 잡았다. 크고 거칠지만 꽤 따뜻한 손이 자신의 손을 잡자, 엘레나는 씨익 웃었다.

"뭐야, 해가 거의 다 졌네! 더 늦으면 정말 저녁 못 얻어먹는데!"

어느새 노을도 끝나 가는 어둑한 하늘을 본 엘레나가 아직까지 나뒹굴고 있던 바구니를 챙기며 소리쳤다.

"아저씨, 새벽의 궁으로 가려면 어느 쪽으로 가야 돼요?"

엘레나의 물음에 바크란 1세가 묵묵히 남쪽을 가리켰다.

"알았어요. 고마워요! 그럼 약속대로 3일 뒤에 여기서 만나는 거예요!"

말을 하면서도 그녀는 그가 가리킨 방향으로 걸음을 옮기고 있었다.

"알았다."

정말 무뚝뚝한 아저씨네. 엘레나는 그렇게 생각하며 등을 돌려 바삐 걸었다. 그러다가 문득 다시 돌아선 그녀가 바크란 1세에게 물었다.

"아저씨, 이름이 뭐예요?"

"이름?"

"앞으로 자주 볼 건데 언제까지 아저씨라고 부를 수는 없잖아요. 나는 엘레나예요. 그쪽은요?"

습관적으로 '바크란 1세'라는 말이 튀어나올 뻔했지만, 가까스로 삼켜 낸 그는 짧은 시간이나마 매우 망설였다.

그에게는 '바크란 1세' 혹은 '이페른 황제' 말고도 정체를 드러내지 않고 사용할 수 있는 이름이 하나 남아 있었다. 하지만 마지막으로 그 이름을 다른 이에게 가르쳐 준 것이 언제였는지 기억도 나지 않았다.

마침내 조심스레 그의 입술이 열렸다.

"아드레이. 레이라고 불러라."

자신의 이름인데도 혀에서 굴러가는 것이 영 어색했다. 하지만 엘레나는 몇 번 그의 이름을 불러 보더니 활짝 웃으며 손을 흔들었다.

"알았어요. 다음에 봐요, 레이!"

그 말만 남기고는 얼른 뛰어서 멀어지는 그녀의 뒷모습을 보면서 혼자 남겨진 아드레이는 그 자리에 가만히 서 있었다.

어디에선가 시원한 바람이 불어왔다.

# 6장

6장

 아무리 작은 별궁이라고 하지만, 명색이 황제의 하나밖에 없는 남동생이 사는 새벽의 궁이다 보니 꽤 규모가 있었다. 그리고 이 큰 궁을 유지하려면 사람 손이 많이 필요한 법이었다.
 엄격한 신분제 사회의 방식에 따라 사람들의 동선과 생활 공간도 나뉘어 있었는데 그렇다 보니 중급 신관이자 신학 교사인 엘레나는 굳이 수업 시간이 아니더라도 리바이 공작과 마주치는 일이 있었다. 지금처럼 말이다.
 "점심 식사는 무엇으로 하시겠습니까?"
 "고기로 아무거나 가져와."
 "예, 전하."
 식당에는 엘레나와 리바이 공작뿐이었다.
 "저도요."
 "네, 신관님."
 하인이 물러나자 엘레나와 리바이 공작 사이에는 가벼운 소음밖에 나질 않았다.

이 새벽의 궁에서 이렇게 식당에 앉아서 식사를 할 사람이라곤 궁의 주인인 리바이 공작과 두 명의 교사들뿐이었다. 하지만 로잘린느는 보통 식당에 내려오는 일 없이 방에서 혼자 식사를 했다.

가지런히 접혀 있던 냅킨을 펼쳐 무릎 위에 올려놓은 엘레나가 리바이 공작을 향해 고개를 돌렸다.

"리바이 공작 전하."

"왜."

"좋아하는 음식이 어떻게 되세요?"

"뭐?"

"좋아하는 음식이요. 방금 고기를 주문하셨으니 육류를 좋아하실 테고, 디저트를 자주 드시는 것을 보았으니 달콤한 음식도 좋아하시는 거 같던데요."

그동안 지켜본 결과, 리바이 공작은 달달한 것을 엄청 좋아했다. 입맛이 없다면서 밥을 거르는 일은 몇 번 봤어도, 디저트를 마다하는 일은 절대로 없었다. 눈앞에 달콤한 게 놓이면 희고 통통한 볼을 볼그족족하게 물들이면서 발을 달랑거리는 게 그럴 때만큼은 영락없는 어린아이였다.

"그 이외에 특별히 선호하는 음식이 있으신가요?"

엘레나의 말에 리바이 공작이 퉁명스럽게 되물었다.

"그런 건 알아서 뭐 하게."

"그냥, 알고 있으면 좋잖아요."

엘레나는 오늘 해질녘에 만나기로 한 그 수습 기사를 떠올리며 말했다. 그 사람이 뭘 궁금해할지는 모르지만, 미래에 모실 분의 식성은 좋은 정보일 것이다.

"그리고 궁금하기도 하구요."

명색이 가르치는 학생인데 좀 알아야 하지 않겠어. 엘레나는 단순히 그런 생각이었지만, 리바이 공작은 고개를 갸웃했다.

"내가 궁금해?"

"네. 원래 친해진다는 건 그런 거잖아요. 자주 마주치다 보면 그 사람이 궁금해지고, 그래서 이것저것 물어보다 보면 대화를 하게 되고요."

친해진다고? 리바이 공작의 작은 가슴이 쿵닥거렸다.

"매일 수업하고 이렇게 밥도 같이 먹는데. 안 친하면 엄청 불편할 것 같거든요."

대다수의 사람들에게 리바이 공작은 모셔야 할 사람이었다. 비록 어린아이이기는 했지만 나이는 중요하지 않았고, 까다로운 성격은 그들을 더욱 긴장하게 만들었다.

그렇다 보니 사람들은 리바이 공작과 얼굴을 익히기 전에 공작에 대해 모든 것을 숙지하는 것을 중요하게 생각했다. 그러니 굳이 무엇을 좋아하는지, 무엇을 싫어하는지 말할 필요가 없었다. 이미 모두 알고 있었으므로.

"내가 궁금하다고······."

리바이 공작은 인상을 찌푸렸다. 하지만 화가 난 것은 아니었다. 다만 이런 경험이 없었을 뿐이었다.

"네."

리바이 공작의 뺨에 서서히, 그러나 깊은 보조개가 파였다.

그때였다. 조금 전 식당을 나섰던 하인이 음식을 가지고 돌아왔다. 오늘의 점심 식사는 최고급 스테이크였다. 메뉴를 본 엘레나의 눈이 반짝였다. 리바이 공작만큼이나 엘레나도 고기를 좋아했다.

맛있는 거다, 맛있는 거.

엘레나의 신경이 흰 접시 위에 담겨서 다가오고 있는 스테이크에 온통 쏠렸다. 방금까지 리바이 공작과 나누던 대화는 멀리로 날아갔다.

"잘 먹겠습니다."

먹음직스러운 냄새가 코를 한껏 자극했다. 한 입 크기로 보기 좋게 잘라 입에 넣으니 씹을 것도 없이 살살 녹았다. 그리고 엘레나가 두 번째 조각을 잘라 막 입에 넣으려고 할 때, 탁자 반대편에 있던 리바이 공작이 한마디 툭 내뱉었다.

"궁금하면 물어보든가."

그렇게 말하는 리바이 공작의 양 귀가 새빨갰다.

한편 같은 시각, 황제의 집무실이 있는 중앙궁 응접실 소파에는 르니에가 길게 누워 있었다. 머리카락은 땀에 잔뜩 젖어 있었고, 붉은 상흔이 흰 얼굴 곳곳을 물들였다.

"아무리 그래도 그렇지, 사촌을 그렇게까지 몰아붙이는 게 어디 있습니까."

이윽고 휴고가 가져다준 찬 물수건을 받으려 손을 뻗은 르니에의 입에서 기어코 으윽 하는 소리가 터져 나왔다.

"지지 않으려고 계속 달려들어서 결국 무승부를 받아 낸 네가 할 소리냐."

그 반대편 소파에 앉아 있던 아드레이가 낮게 말했다.

"그사이에 검이 더욱 날카로워진 것 같던데."

"하하, 제가 항상 말하지 않습니까. 폐하의 검은 지나치게 정직하다고. 틈이 보이면 인정사정없이 파고들어야! 윽…… 으윽, 어깨야."

조금 전 대련에서 아드레이와 거세게 부딪친 어깨가 욱신거리자 르니에는 다시금 앓는 소리를 냈다.

"명하신 포션을 가져왔습니다."

시종 하나가 최고급 실크를 깐 쟁반 위에 두 개의 유리병을 공손히 받들어 다가왔다.

"오오, 어서 어서."

르니에는 포션을 보자 이제 살겠다는 듯 흙색으로 죽었던 안색을 활짝 피며 손을 뻗었다. 하지만 시종은 가만히 서서 아드레이의 명을 기다렸다.

이 포션은 오로지 황제를 위해 만들어진 것. 아무리 황제의 사촌인 르니에라도 황제의 허락 없이는 손을 댈 수 없었다. 팔걸이에 기대어 앉아 있던 아드레이가 한 번 손짓을 하자 시종은 그제야 르니에에게 쟁반을 내밀었다.

"크으, 역시 교황 성하의 포션은 다른 신관들이 만드는 것과 비교가 안 되는군."

독한 술을 마신 듯 목을 타고 내려가는 뜨거운 느낌과 함께 약효가 마른 종이에 스며드는 물처럼 번져 나갔다. 체력의 한계를 넘어설 만큼 힘을 쥐어짜 잔뜩 굳은 채로 팽팽하게 긴장해 있던 근육이 기분 좋게 풀리기 시작해 몸에 활력이 돌았다.

르니에는 손안에서 빈 포션 병을 굴려 보았다. 교황이 만든 포션은 그저 그런 신관이 기도하고 축성을 내린 포션과는 차원이 달랐다.

몇 날 며칠을 정성을 쏟아 만들었다고 해도 일반적인 포션은 감기를 낫게 하고 열을 떨어뜨리는 정도의 효과밖에는 내지 못한다. 하지만 그마저도 한 병에 평민 한 가족이 몇 달을 먹고살 수 있는 큰돈이 필요했고, 만들어 낼 수 있는 신관의 숫자도 많지 않아 구하기가 하늘의 별 따기였다.

"어서 폐하께도 건네드려라. 손을 다치셨으니."

르니에의 말에 놀란 시종이 얼른 다가서자 아드레이는 고개를 저었다.

"아니, 난 되었다."

"어째서입니까? 부상이 꽤 심하실 텐데요."

르니에가 어깨를 다쳤던 충돌에서 중심을 잃은 몸을 황급히 일으키려던 아드레이는 손을 다쳤다. 밀려난 충격의 여파와 몸의 체중이 오롯이 한 손에 쏠렸던 것이다.

"나는 좀…… 확인할 게 있다."

도무지 뜻을 이해할 수 없는 말이었지만 아드레이가 더 이상 설명을 해 줄 의향이 없어 보이자 르니에는 어깨를 으쓱했다.

"뭐, 저런 포션이 몇 개는 더 폐하를 위해 준비가 되어 있을 테니 통증이 심해지기 전에 꼭 드십시오."

"안 본 새에 잔소리가 늘었군."

아드레이가 퉁명스레 말하자 르니에는 즐겁다는 듯 작게 키킥 웃었다.

"챙겨 줄 짝도 없는 처지에 서로 챙겨야죠. 안 그렇습니까?"

물론 아드레이는 대답을 할 필요성을 느끼지 않았다. 이내 포션을 들고 왔던 시종이 사라졌다. 둘만 남겨진 응접실에 르니에가 다시 소파에 털썩 눕는 소리가 유독 크게 울렸다.

"서부의 움직임이 심상치 않더군."

아드레이가 낮은 목소리로 말했다.

"저도 들었습니다."

팔을 이마에 올린 르니에의 목소리가 공허했다.

"케인즈, 세콰이어, 베른 지역이 세금을 배로 올렸고 주변의 영지에서 곡식을 사들이고 있다고 합니다."

좋지 않은 징조였다. 아직 이른 봄이었다. 겨우내 잔뜩 얼어붙었던 땅을 한창 일구고 바쁠 때였지만, 정작 먹을 것은 곤궁한 시기. 한마디로 세금을 올리기엔 적절치 않은 시기란 말이었다. 이런 시기에 그런 움직임이라니.

"그리고 북부의 동향도 예의 주시 중입니다."

제국의 곡창 지대인 서부도 모자라 군사력이 집중되어 있는 북부에서도 집음이 들려오고 있다.

"올해는 꽤 길겠군."

아드레이는 그렇게 읊조리며 르니에를 응시했다. 그때, 휴고가 아드레이의 결재가 필요한 서류 몇 개를 가지고 응접실로 들어왔다.

"휴고, 티토의 수업 일지를 가져와라."

"예, 폐하."

얼마 지나지 않아 아드레이는 수업 일지를 손에 들고 한 장 한 장 넘겨 가며 읽었다.

"휴고."

체력 보충을 위해 영양가 높은 간식을 탁자 위에 내려놓던 휴고가 아드레이의 부름에 가까이 다가왔다.

"네가 보기에 티토의 교사들은 어떻지?"

급작스런 질문에도 휴고는 당황하는 법 없이 잠시 생각에 잠겼다가 대답했다.

"송구하오나 폐하, 두 교사들 중 직접 면담을 한 것은 프란시스 남작가의 영애뿐입니다."

"그녀에 대한 그대의 평가는 어떠한가."

휴고는 회색 눈을 들어 자신이 모시는 젊은 황제의 깊은 눈을 잠시 들여다봤다.
"명석하고 눈치가 빠르며 화려한 외모를 가졌습니다."
그리고 더도 말고 덜도 말고 딱 사실만을 전했다. 언제나 개인적인 의견보다는 정확한 사실만을 말하는 성정이 아드레이가 휴고를 신뢰하는 이유였다.
"적어도 글씨체는 그대의 말대로군."
정갈하고 유려한 필체가 일지를 가득 메웠다. 아드레이의 푸른 눈이 일지의 한 줄 한 줄을 읽어 내렸다. 그러다 한 군데에서 그의 시선이 멈춰 섰다.

이미 훌륭한 성취를 이루셨으나, 장래를 위해 교과목 시간을 늘려 주실 것을 건의드립니다. 이대로는 다른 귀족가 자제들에 비해 공작 전하의 진도가 늦어질까 염려됩니다. 또한 현재 앓고 계시는 괴이한 병증이 나아질 차도가 보이지 않으니, 이 점에 대해서도 적극적인 치료가 필요하다고 생각됩니다.

괴이한 병증이라. 아드레이의 미간이 조용히 좁아졌다. 그리고 일지의 날짜를 확인했다.
"그날이로군."
이 일지를 작성한 교사가 티토를 새벽의 궁 밖으로 데리고 나가려고 하다가 그와 마주친 날이었다.
일지를 아침에 작성할 리는 없으니 이것은 그 일이 있은 후에 쓴 것이겠지. 이 교사가 말하는 '적극적인 치료'가 무엇인지는 모르겠지만, 경기를 일으키며 쓰러지던 티토의 모습은 두 번 다시 보고 싶지 않았다.

그 뒤로 이어진 일지도 별반 다를 바가 없었다. 일지에는 온통 당일 학습한 내용에 대한 이야기가 있을 뿐이었다. 학생인 티토가 어떤 생각을 가지고 있는지 혹은 어떤 과목에 좀 더 흥미를 보이는지는 알 수 없었다.

문득 쓰러진 티토에게 달려와 치료를 하고 남작가의 여식에게 쓴소리를 하던 신관이 떠올랐다.

"오늘이던가."

창밖을 보니 아직 해는 하늘 높이 걸려 있었다.

"여기! 여기요!"

아드레이는 약속대로 해질녘에 내원에 도착했다. 약속을 한 것이니 나오기는 했지만, 사실 반신반의하는 마음이 컸다. 그날 3일에 한 번, 해질녘에 만나자 말은 했지만 어떤 간 큰 여자가 지엄한 황제의 공간인 내원에 다시 발걸음을 할까.

"딱 맞춰서 왔네요!"

아무래도 그의 짐작이 틀렸던 모양이었다. 은색 머리의 신관은 그날 만났던 모습 그대로 연무장에서 그를 기다리고 있었다.

"약속은 꼭 지키는 편이라서."

"좋아요, 좋아. 나도 신용이 확실한 사람을 좋아하거든요."

그러면서 자신이 앉아 있는 옆자리를 톡톡 두들기기까지 했다. 아드레이는 엘레나가 두드린 자리에서 조금 떨어진 곳에 앉았다.

"까칠하시네. 그렇게 멀리 떨어져 있으면 치유 못하거든요!"

그렇게 외치며 엘레나가 그의 옆으로 자리를 옮겼다.

"그래, 오늘은 어디가 아파서 오셨나요오."
"그게 무슨 말이지?"
"그냥 혼잣말이에요. 근데 정말 다친 데 없어요?"
"손을 좀."
"그래요? 그럼, 손!"
아드레이는 자신의 눈앞에 내밀어진 흰 손을 물끄러미 내려다보았다. 묘하게 기분이 나빴다. 이상할 것 없는 행동인데 왜 기분이 나쁠까. 천천히 내밀어지는 아드레이의 손을 본 엘레나가 기겁을 했다.
"아, 안 아파요?"
"그다지."
조금 거슬리기는 했지만 아프다고 느낄 정도는 아니었다. 그의 기준에서 '아프다'는 것은 검날에 등을 길게 베이거나 몸에 화살이 박혔을 때 정도였다.
"되게 아플 것같이 생겼는데. 이 시퍼런 멍 좀 봐!"
손바닥이 온통 까진 데다 손목을 중심으로 검푸른 멍이 들어 있었다.
"이거 부러진 거 아니에요?"
"부러진 것은 고치지 못하는 건가?"
그걸 내가 어떻게 알아. 엘레나는 심각한 눈으로 아드레이의 손을 이리저리 살펴봤다.
"시도는 해 볼게요."
말이 끝남과 동시에 지난번에 보았던 빛이 두 사람의 피부가 맞닿은 부분에서 시작되었다. 지난번과 다른 점은 그 빛이 지속되는 시간이 길어졌다는 것과, 부상을 입은 손 주변에 더욱 밝게 머물렀다는 것이다. 따듯한 느낌이 빛과 함께 퍼져 나갔다.
"후아아……."

엘레나가 참았던 숨을 크게 뱉어 내며 눈을 뜨자 빛도 사라졌다.
"히, 힘들어 죽는 줄 알았네."
100미터 달리기라도 한 것처럼 헉헉거리는 엘레나 옆에서 아드레이는 손목을 돌려 보았다.
"대단하군."
솔직한 감상이었다. 교황의 능력과는 비견할 것이 못 되지만 그래도 인상적이었다.
"중급 신관이리고?"
전에 휴고가 했던 보고가 생각이 난 아드레이가 물었다.
내가 중급 신관이라고 말한 적이 있던가. 엘레나는 문득 그런 생각이 들었지만, 궁에 출입하는 것은 중급 신관은 되어야 가능하니 그렇게 추측했겠지 하고 막연히 여겼다.
"네. 중급이죠."
"이런 능력이라면 능히 상급이 되었을 법도 한데?"
라한 신전의 신관들이 모두 눈먼 장님이 아닌 이상 이런 능력을 가진 자를 고작 중급 신관에 머물게 둘 리가 없었다.
"어, 그게……."
엘레나는 잠시 머뭇거렸다. 이걸 이 사람한테 말해도 되는 건가.
"저기, 레이는 귀족이죠?"
황족과 귀족은 엄연히 다른 것. 하지만 아드레이는 묵묵히 고개를 끄덕였다.
"그럼 이걸 어떻게 들을지 모르겠는데, 그래도 서로 상부상조하는 사이에 속이는 게 있으면 안 되니까 말할게요. 어디 가서 말하면 안 돼요?"
후읍, 엘레나가 크게 숨을 들이켰다.

"나, 사실 평민이에요."

말했다. 궁에 들어와서 처음으로 다른 사람에게 자신이 고귀한 귀족이 아닌 평민이란 사실을 털어놓았다. 뒷감당이 걱정이 되기는 했지만 기분은 좋았다.

"아, 후련하긴 하네."

딱히 로잘린느처럼 신분으로 사람을 나눠서 다르게 대하지는 않았지만, 그래도 자신을 귀족이라고 생각하면서 어려워하는 새벽의 궁 하인들을 볼 때마다 가슴 한구석이 따끔따끔해 오는 것은 어쩔 수 없었다. 엘레나가 슬그머니 아드레이의 눈치를 봤다.

"저기, 레이……."

덜컥 겁이 나며 뒤늦은 후회가 들었다. 혹시 로잘린느처럼 신전에다가 항의를 한다고 하거나 사람들한테 소문을 내면 어떻게 하지. 하지만 그는 화가 났다기보다는 생각에 잠긴 것처럼 보였다.

"그랬군. 그래서 이런 능력인데도 중급 신관에 머물러 있었던 거로군."

제국의 고질병과 같은 엄격한 신분 차별은 아드레이 그가 처음 황위에 올랐을 때부터 고심을 하고 있는 문제였다.

"제국이 더욱 강해지기 위해선 신분 고하를 막론하고 실력 위주로 인재를 등용해야 하지. 하지만 그게 잘되지 않는 것이 실정이고."

"그러니까요. 평민이라 당장 먹고사는 것을 걱정하기 바빠서 가지고 있는 재능을 갈고닦을 수가 없죠. 그래도 기사 쪽은 전쟁이랑 지역 무투제를 통해서 인재 발굴이 조금 되고 있는 것 같긴 하지만요."

평민으로 태어났어도 검술에 재능을 보여 지역 영주 밑에 들어가 정식 기사로 서임을 받으면 자동으로 준남작의 지위가 주어졌다. 비록 세습이 가능하지는 않지만 많은 방면에서 귀족에 준하는 대우를 받았고, 개중에 공을 세워서 남작이 되는 경우도 가끔 있었다.
"장담하는데 제대로 된 교육을 받을 수 있고 신분에 따라서가 아니라 가지고 있는 능력대로 출세할 수 있다면, 지금까지는 생각지도 못했던 천재들이 여기저기서 나타날걸요?"
"천재들?"
"네. 혹시 알아요? 최연소 서임을 받아서 검술의 천재라고 불리는 어네스 경이 식구들을 먹여 살리기 위해서 밭을 갈고 있고, 로이드 재상님만큼 엄청난 머리를 가진 사람이 글을 몰라서 평범한 농부로 살아가고 있을지?"
국민으로서 어느 정도 사람답게 살 권리와 교육받을 권리가 보장되었던 한국에 비하면 제국의 상황은 참혹하기까지 했다. 그나마 배는 곯지 않는다는 신전에서의 삶이 겨우 그 정도였으니 일반 평민들은 어떨지 상상도 하기 힘들었다.
아드레이는 마치 황제인 자신에게 들으라는 듯이 아픈 곳만 콕콕 집어내고 있는 엘레나를 바라봤다. 그저 조금 독특한 신관이라고 생각했는데, 그녀의 시각은 상당히 신선했고 새로웠다. 문득 한 가지 생각이 떠올랐다.
"이제 내가 궁금한 것을 물어볼 차례인가?"
어? 그냥 이렇게 넘어가는 건가? '나 사실은 평민이야.'라는 엄청난 비밀을 밝혔는데, 그냥 이렇게?
"아, 그래요. 이제 레이 차례예요. 궁금한 게 뭐예요?"
기출문제를 준비하는 심정으로 이것저것 알아 왔다고! 엘레나는 주먹을 불끈 쥐었다.
"그대가 본 리바이 공작은 어떤 아이지?"
"엥?"

전혀 뜻밖의 질문에 엘레나는 잠시 당황했다. 무슨 질문이 이래. 하지만 그녀의 대답을 기다리는 그의 눈은 흔들림이 없었다.

아드레이는 오전에 읽은 수업 일지를 통해 티토의 수업 내용과 근황은 알고 있었다. 하지만 문득 이 신관이 보는 티토는 다를 수도 있다는 생각이 들었다.

"으음, 참 어려운 걸 물어보시네. 리바이 공작은요……."

엘레나는 잠시 미간을 짚고 생각에 잠겼다.

"사실 나도 알고 지낸 지 얼마 되지 않아서 잘은 몰라요. 그래도 굳이 이야기를 하자면……."

실제로 만난 리바이 공작은 책에서 읽었던 것과는 조금 달랐다. 책 속에서는 워낙 로잘린느의 편파적인 시선으로 모든 것이 그려졌기 때문에 분노에 가슴을 탕탕 치게 만드는 싸가지 없고 재수 없는 꼬맹이였다.

물론 실제로 알게 된 리바이 공작도 싸가지가 없는 것은 마찬가지였지만, 그래도 이제는 그 이유가 보였다.

"참 강한 아이죠."

그래, 강한 아이. 엘레나는 리바이 공작을 그렇게 정의 내렸다.

"부모님이 아주 어릴 적에 돌아가셨으니 추억은 고사하고 얼굴도 기억이 나지 않을 테고, 피붙이라고는 형님인 황제 폐하 하나뿐이지만 관계는 영 시원찮고요. 신분이 높아서 또래 아이들처럼 친구를 사귈 수도 없고, 병 때문에 새벽의 궁을 벗어나지도 못해요. 게다가 정 붙인 사람이라고는 유모인 일리야 님뿐이고요. 그야말로 총체적 난국이잖아요?"

엘레나의 신랄한 평가에 아드레이의 얼굴이 어두워졌다. 그것은 하나뿐인 동생을 제대로 보살피지 못했다는 죄책감과 안타까움이었다.

"그렇지만 리바이 공작은 그런 상황에서도 밝고 잘 웃어요. 어린 아이한테 그게 얼마나 어려운 일인 줄 알아요? 외롭고 답답할 텐데. 울면서 떼를 쓰고 삐뚤어질 법도 한데 그렇지 않죠. 어리지만 제 사람을 챙길 줄도 알고 강단도 있어요."

리바이 공작은 자신이 식사를 할 때마다 일리야도 함께 식사를 하게 했다. 일리야가 입맛이 없어서 식사를 거를라치면 자기도 안 먹을 거라고 생짜를 부렸다. 차를 좋아하는 일리야가 하루에 한 번씩은 앉아서 여유롭게 차를 마실 수 있도록 디다임도 꼬박꼬박 챙겼다.

"곁에서 보살펴 주고 사랑을 줄 부모님이 없다는 건 사람들이 생각하는 것보다 더 외롭고 아픈 일이에요. 발밑에 땅이 없는 기분이죠. 언제든 저 밑으로 떨어질 수 있고 그곳에는 날 받쳐 줄 건 아무것도 없는 그런 기분. 하지만."

엘레나는 단호하게 말했다.

"그렇다고 기죽을 필요는 없다고 생각해요. 리바이 공작 전하는 지금도 충분히 잘하고 있거든요. 게다가 그 틱틱 거리는 말투나 고집은 반항이나 싸가지가 없는 거라기보다는 그냥 성격 같거든요."

리바이 공작의 불만스런 뾰족한 눈매가 생각이 나 엘레나가 킥킥거렸다.

"그런가."

아드레이의 목소리에 바람이 깃들었다. 그러고는 빙긋이 웃었다. 그 모습에 엘레나의 심장이 철렁 내려앉았다.

'무, 무슨 남자가 저렇게 웃어.'

처음 보는 그의 미소는 호흡을 한 번 건너뛰게 할 정도로 아름다웠다. 무뚝뚝한 성격과 똑 닮았다고 생각했던 날카로운 눈은 살짝 접혀 버드나무 가지처럼 유려한 곡선을 그렸고, 부드럽게 풀린 입매는 많은 말을 감추고 있는 듯 비밀스러워 보였다.
"그래서 지금 리바이 공작에게 필요한 건 뭐라고 생각하지?"
그의 미소에 멍하니 눈이 풀렸던 엘레나가 얼른 표정을 가다듬으며 대답했다. 표정 관리 하자, 표정 관리.
"에? 아, 필요한 거…… 어린애한테 필요한 게 뭐 따로 있겠어요. 관심과 사랑이죠."
"관심과 사랑이라."
교과목을 담당한다던 남작가의 여식과는 전혀 판이한 의견이었다.
'중요 과목의 시간을 더 늘려야 한다고 했던가.'
아드레이는 습관처럼 검 손잡이를 매만졌다. 그리고 이내 고개를 끄덕이며 자리에서 일어났다.
"그럼 3일 후에 보지. 유익한 시간이었다."
별로 말한 것도 없는데 유익한 시간이래. 훌쩍 떠나 버리는 아드레이의 뒷모습을 바라보면서 엘레나는 쩝 하고 입을 다셨다.
"거참, 다리가 길어서 그런가. 빨리도 가네."
방금까지 옆에 앉아 있던 사람이 벌써 저 멀리로 가 버렸다. 덩그러니 남겨진 엘레나도 엉덩이를 털고 자리에서 일어나 아드레이가 사라진 쪽의 반대편인 새벽의 궁 쪽으로 향했다.

내원에서 황제의 침소인 태양의 궁 사이에는 황족만이 사용할 수 있는 길이 존재했다. 바닥에는 티 하나 없는 최고급 대리석이 놓여 있었고 길게 이어진 차양에는 호화로운 문양과 그림이 가득했지만, 아드레이는 그 모든 것들에 눈길 한 번 주지 않고 태양의 궁으로 향했다.
"오셨습니까."

언제나와 같이 휴고가 그를 기다리고 있었다.

준비되어 있던 물에 목욕을 하고 간단히 식사를 한 뒤 서재에서 책 한 권을 펼쳐 든 아드레이가 휴고를 향해 한마디를 던졌다.

"티토의 신학 수업 시간을 늘려라."

황제가 명했다. 그렇다면 그 명을 따르면 될 일. 휴고는 일체의 질문도 이견도 없이 고개를 숙였다.

"예, 폐하."

7장

7장

새벽의 궁 후원.

따듯하고 화창한 오후의 햇살 아래, 엘레나와 리바이 공작이 다과를 앞에 놓고 이야기꽃을 피우고 있었다. 조금 더 자세히 들여다보면 정다운 이야기꽃과는 거리가 먼 대화였지만, 새벽의 궁 사람들 눈에 보인 모습은 어쨌든 그랬다.

"저 주세요."

"내가 왜?"

"안 가실 거잖아요."

"맞아. 그러니까 너도 가면 안 돼."

리바이 공작이 두께 있는 종이를 얼굴 근처에서 팔락거리며 말했다.

"왜 저까지요?"

"내 가정교사니까."

"전하, 어른에게는 어른의 시간이 필요하답니다."

"뭐야, 지금 나로서는 부족하다는 거야? 요즘은 수업 시간도 늘였잖아!"

"그러니까요! 수업 시간이 늘어났잖아요! 그러니 더 필요하다고요, 그런 시간이."

얼마 전, 느닷없이 황명이 내려왔다. 교과 시간은 그대로 두되, 신학 수업 시간을 늘리라는. 도대체 이유가 뭔지는 모르겠지만 덕분에 엘레나만 죽어날 지경이었다.

한 가지 다행인 것은 이제 리바이 공작도 수업 시간 내내 이야기를 해 달라 조르지는 않는다는 것이다. 오히려 지금처럼 이렇게 앉아서 시시콜콜한 이야기를 하거나 같이 맛있는 음식을 먹거나 하는 시간이 많아졌다.

이렇게 뭔가를 더 가르치지 않아도 되는 건가 싶어 일리야의 눈치를 봤지만, 일리야는 그저 리바이 공작이 밝고 활기차졌다며 좋아할 뿐이었다.

"알면 그 초대장 저 주세요."

"싫어. 이런 곳에 갈 시간 있으면 이야기나 더 해 달란 말이야."

리바이 공작이 입을 삐죽 내밀며 볼을 부풀렸다. 이 꼬맹이가 진짜. 엘레나는 통통하게 부풀어 오른 흰 볼을 꾹 눌러 주고 싶은 충동을 참으며 눈앞의 고급스런 봉투에 집중했다.

사건의 발단은 리바이 공작이 버려 둔 연회의 초대장을 응접실 휴지통에서 엘레나가 발견한 것이다. 황궁에서 열리는 귀족원 주최의 연회였는데, 어차피 참석하지 못할 리바이 공작이지만 형식상으로나마 보낸 듯했다.

"신관이 연회에 왜 가?"

"신관은 사람 아닌가요? 그거 신관 차별하는 발언이세요. 어차피 버리실 거, 제가 쓰면 좋잖아요."

엘레나에게는 그 연회에 가야 하는 매우 중대한 이유가 있었다.

"흐음, 그럼 나한테 뭘 줄 건데?"

그리고 그녀의 간절함을 읽은 듯 리바이 공작이 입꼬리를 말아 올리며 물었다.

"치사하게. 어차피 못 쓰시잖아요."

"내가 못 쓴다고 해서 공짜로 넘길 이유는 없지."

"……뭘 원하시는데요."

"수업 연장권 5회."

수업을 듣게 된 이후로 얼마나 그녀의 옛날이야기에 집착을 하는지, 졸지에 팔자에 없는 유치원 선생님이 된 것 같은 엘레나였다. 하루 1시간 남짓한 수업 시간의 대부분을 이야기 시간으로 대체하고 끄트머리에 겨우 한두 장 성서를 읽을 정도였다.

말을 많이 하게 되니 목이 칼칼해지는 것은 당연. 하지만 그렇다고 이야기를 설렁설렁 하면 곧장 시퍼런 도끼눈을 뜨는 리바이 공작 탓에 엘레나는 매일 피를 토하는 심정으로 온갖 배역을 연기해야 했다.

오늘 수업 시간에도 그렇게 목 놓아 '선녀와 나무꾼'을 여기 입맛에 맞게 '천사와 나무꾼'으로 각색해 들려주고는 따듯한 차로 목을 축이던 참이었다.

"양심이 없으시네요. 5회라니."

"싫으면 말고."

"2회요."

"내 신학 교사가 이렇게 양심이 없다니. 3회."

"으음……."

엘레나는 아랫입술을 깨물었다. 가고 싶다. 가고 싶단 말이야. 하지만 수업 연장권 3회는 분명 부담스러웠다.

탁. 결국 엘레나의 손이 초대장을 낚아챘다. 동시에 리바이 공작이 씨익 웃었다.
"그 연장권 오늘 한 번 쓸게."
"오, 오늘이요?"
"응, 오늘."
금발의 사랑스런 아기 천사 같은 미소였지만 지금 엘레나에겐 세상에서 가장 사악한 얼굴이었다. 초대장을 받았으니 할 말은 없었지만, 방금 이야기를 한 판 끝낸 뒤라 지친 상태였다.
엘레나가 대답하지 않고 우물쭈물하자 리바이 공작의 눈썹이 단번에 하늘로 치켜 올라갔다.
"뭐야, 싫어?"
"아, 아니, 싫은 건 아니고요."
"초대장 내놔, 그럼."
"치, 치사하게……."
엘레나는 초대장을 더 꼭 쥐며 울상을 지었다.
"목이 아파서 그래요."
"그래? 그럼…… 1시간 정도 쉬었다가 하든가."
리바이 공작이 선심 쓰듯 말했다.
"1시간이요? 그렇게 오래 쉴 필요는 없을 것 같은데."
"리바이 공작이 신학 교사를 마구잡이로 부린다고 소문이 나서는 안 되지. 여기 케이크도 더 가져오고 차도 새로 우려 와."
주변에 서 있던 하녀들이 공손히 움직였다.
"아니, 굳이 안 그러셔도 되는데……."
하지만 리바이 공작은 엘레나의 말을 들은 척도 하지 않았다. 차라리 일을 빨리 끝내고 방으로 돌아가 쉬고 싶은 엘레나는 1시간이라는 구체적인 쉬는 시간에 어리둥절했다.

'왜 굳이 1시간이나 쉬라는 거지?'

그런 그녀의 궁금증은 1시간이 지난 후 자연스럽게 풀렸다.

"흐응, 이래서였군요."

묘하게 꼬리가 올라간 엘레나의 말에 리바이 공작은 발끈하며 얼굴을 붉혔다.

"뭐, 뭐가?"

"서한네 굳이 1시간이나 쉬라고 말씀하셨던 이유 말이에요."

"시끄러우니까 잔말 말고 이야기나 시작해!"

"네에, 네에."

버럭 지르는 소리에 고분고분하게 대답하면서도 엘레나는 올라간 입꼬리를 감출 수 없었다. 리바이 공작 하나뿐이던 관객이 열 명 정도로 부쩍 늘어났기 때문이다.

차마 의자에 다리를 꼬고 앉아 있는 리바이 공작 옆으로 다가오지는 못하고 몇 발자국 떨어진 곳에서 말똥말똥한 눈을 빛내고 있는 것은 새벽의 궁에서 일하는 아이들이었다.

"크흠."

엘레나는 자꾸 터져 나오려는 웃음을 참으며 목을 가다듬었다. 아무래도 리바이 공작은 지난번에 다른 아이들과 함께 그녀의 이야기를 들었던 시간이 꽤 즐거웠던 모양이었다.

"자아, 그럼 이번에는 태양신 라한 님과 사람들의 사랑을 받는 라한 님을 시기한 바람의 이야기를 들려 드릴게요."

"와아! 재미있을 것 같아요!"

"나쁜 바람! 라한 님을 시기하다니!"

눈치를 보던 것도 잠시, 아이들은 열정적인 반응을 보였다.

"이봐!"

와글와글, 아이들의 목소리가 점점 커지자 리바이 공작이 뒤를 돌아보며 소리쳤다. 그러자 조금 전까지 신이 나서 조잘거리던 아이들이 일제히 합죽이가 되었다.

역시 우리들은 신관님의 이야기를 들으면 안 되는 걸까. 모두 시무룩해져 리바이 공작의 눈치만 보았다.

"모두들 조용히 해야 이야기를 시작할 것 아냐!"

멀리로 쫓아내지는 않는구나! 아이들이 너도나도 할 것 없이 자그마한 두 손으로 제 입을 가렸다.

"흥, 좀 낫군. 어서 시작해! 중간에 끊기 없는 거야!"

"네, 공작 전하."

엘레나가 웃음기를 머금고 대답했다. 그렇게 엘레나의 실감 나는 구연 신학 수업이 시작되었다. 역할에 맞게 목소리도 바꿔 가며 어찌나 익살맞게 연기하는지, 지나가던 새벽의 궁 고용인들도 가끔 발길을 멈추고 웃으며 엘레나와 옹기종기 모여 앉은 어린 관객들을 바라볼 정도였다.

"방문하신 것을 알릴까요?"

그리고 그중에는 오랜만에 새벽의 궁을 찾은 손님도 있었다.

"아니, 오늘은 잠시 구경만 하고 가지. 경은 자리로 돌아가도 좋다."

"예, 베르너 후작 각하."

화려한 금발의 남자가 자신을 안내하던 새벽의 궁 기사에게 웃으며 묵례를 했다.

기사가 돌아가고 난 후, 르니에는 그 자리에 선 채로 계속 엘레나의 수업을 지켜봤다. 꽤 거리가 있었지만 낭랑한 목소리가 생생하게 들렸다.

"바람이 있는 힘껏 숨을 들이마셨어요! 그리고, 후우우우—!"
"후우우!"
엘레나가 바람을 흉내 내는 모습을 또록또록한 눈망울의 아이들이 따라 했다. 심지어는 리바이 공작마저도.
"호오."
이야기를 듣고 있는 아이들만큼이나 호기심 가득한 르니에의 시선이 엘레나에게서 떨어질 줄을 몰랐다. 그의 입술이 조용히 미소를 지었다.
듣기로 리바이 공작을 가르치는 신학 교사는 끈기와 인내심이 대단하다고 했다. 콧대 높기로 유명한 라한교의 신관이 수업을 거부하는 리바이 공작이 오지 않아도 홀로 수업 자리를 꿋꿋이 지키며 조용히 기다린 결과, 결국 그 고집 센 리바이 공작이 수업에 제 발로 찾아왔다는 이야기는 이미 황성 밖으로도 파다하게 퍼졌다.
그래서 막연하게 말수 없이 고지식한 신관을 상상했는데.
"껄껄껄!"
"……."
엘레나가 점잖게 수염을 쓰다듬는 노인을 흉내 내며 호탕하게 웃었다.
"전혀 생각하지도 못한 전개로군."
르니에의 눈에 엘레나는 그녀가 구연하고 있는 이야기만큼이나 생소하고 신선했다. 두 팔의 소매까지 걷어붙이고 온몸을 사용해 열심히 이야기를 들려주는 통에 붉게 홍조가 떠오른 얼굴이 유독 눈에 들었다.
어느새 아이들만큼이나 푹 빠져든 르니에는 그 뒤로도 한참을 그 자리에 서서 그녀를 지켜보았다.

찰랑찰랑.

샹들리에 불빛에 반사된 빛이 차르르 소리가 날 것처럼 번쩍거리는 크리스털 잔을 손안에서 흔들어 보던 엘레나는 흐뭇하게 웃었다.

"아, 좋구만."

갸르릉 거리는 것이 진정 배부른 고양이 같은 목소리였다.

"이래서 다들 귀족, 귀족 하는 건가 봐."

그녀는 방금까지 쉴 새 없이 음식을 오물거리던 입을 닦으며 주변을 둘러봤다.

그래도 새벽의 궁에 들어온 뒤로 신전과는 차원이 다른 화려함에 나름 익숙해졌다고 생각했는데, 오늘 이 연회장에 오니 인정할 수밖에 없었다. 리바이 공작은 싹이 노오란 싸가지기는 해도 매우 검소한 편이었다는 것을.

"귀족원 주최로 열린 연회라더니."

지금 엘레나가 서 있는 곳은 이페른 제국 귀족원의 주최로 황궁 내에 위치한 대연회장에서 열린 꽃 맞이 연회였다.

이제 막 본격적인 봄으로 들어서면서 여기저기 꽃이 만발하기 시작했다. 바로 이 계절을 기념하는 연내 행사라나. 그래 봤자 여름엔 여름 맞이, 가을엔 단풍 맞이, 그리고 겨울엔 눈꽃 맞이 행사가 있을 게 뻔했지만 말이다.

"근데 '화려하다'는 묘사가 있기는 했지만, 이 정도일 줄이야."

누가 꾸몄는지는 몰라도 실내에는 연회의 주제에 충실한 각양각색의 생화가 가득했다. 이곳에 있는 것만으로도 저절로 기분이 좋아지리만치 화려하고 향기로웠다.

"심심한데 디저트나 먹어 볼까."

귀족들은 이런 곳에 오면 삼삼오오 모여서 이야기를 나누고 친목을 다지기 바쁘지만, 귀족도 아니고 그렇다고 아는 귀족도 없는 그녀는 조금 따분했다. 따로 말 거는 사람이 없어서 테이블에 산처럼 쌓여 맛있는 냄새와 먹음직스런 자태를 뽐내고 있는 고급 음식들을 마음껏 먹을 수 있다는 점이 만족스럽기도 했다.

엘레나는 마침 눈에 든 딸기 케이크를 한 조각 크게 잘라 접시에 덜었다. 그 밑을 받친 손이 묵직함을 느낄 정도로 놀랍고도 아름다운 무게감이었다.

순은으로 만들어진 날렵한 디저트용 포크를 들어 한입 가득 케이크를 무니 등에 없던 날개가 돋아 파닥거리는 것 같은 행복이 밀려들었다.

물론 평소 새벽의 궁에서 나오는 음식이 부실한 것은 아니었다. 신전 생활에 비하면 하늘과 땅 차이라고 할 수 있을 정도로 맛있는 음식이 많았다. 그 증거로 안쓰러울 정도로 비쩍 말랐던 엘레나는 보기 좋게 살이 오르고 있었고 말이다.

오늘 엘레나가 기를 쓰고 이 연회에 참석한 이유는 다른 것이었다.

"르니에를 실물로 볼 수 있는 기회잖아."

책을 읽다 보면, 특히 지금 그녀가 들어와 있는 『로잘린느 황후』같이 멋진 남자들이 대거 등장하는 책을 읽다 보면 흔히 말하는 '최애 캐', 즉 제일 애정하는 캐릭터가 생기기 마련이다.

그녀에게는 그게 바로 서브남 중 하나인 르니에 폰 베르너 후작이었다. 그리고 로잘린느가 남자주인공 중 하나인 르니에를 처음으로 만나는 것이 바로 이 연회장이었다.

입가에 묻은 생크림을 냅킨으로 닦아 내던 엘레나의 눈에 로잘린느의 뒷모습이 보였다. 항상 틀어 올렸던 머리칼을 길게 내린 그녀는 금발과 잘 어울리는 푸른색 드레스 차림이었다.

역시 여자주인공은 다르구나 싶을 정도로 아름다운 모습이었다. 지금도 그녀가 연회장 한복판을 걷는 동안 주변의 남자 귀족들이 한두 번씩 로잘린느를 돌아봤다. 하지만 엘레나는 그런 그녀를 보며 마냥 감탄만 할 수는 없었다.

"저 드레스가 얼마나 얼룩이 안 지워지는지 너네들이 아냐."

뒷부분이 땅에 끌리는 디자인이라 로잘린느의 치맛자락이 연회장 바닥을 쓸 때마다 엘레나의 턱이 딱딱 부딪쳤다.

이 연회에 저 드레스를 입은 것은 로잘린느지만, 세탁을 한 것은 엘레나였다. 우물가에서 저 드레스 자락의 얼룩을 지우려고 몇 시간을 씨름하느라 까졌던 손가락이 아직도 화끈거리는 것 같았다.

"저걸 또 다 언제 빨아."

주연은 고고하게 사람들의 시선을 받지만, 조연은 이 와중에도 빨래 걱정을 한다. 문득 자신의 처지가 불쌍해진 엘레나는 이제 비어 버린 접시 위에 아까보다 더 큰 케이크를 담았다.

"케이크를 좋아하십니까?"

"큭, 콜록콜록!"

"어, 놀라게 하려는 건 아니었는데. 죄송합니다."

엘레나는 갑자기 들려온 남자의 목소리에 놀라서 헛바람을 삼키는 바람에 연신 기침을 했다. 목구멍에서 케이크 조각이 튀어나오기 직전, 마침 눈앞에 내밀어진 손수건을 냉큼 잡아 입을 틀어막았다.

"아, 아니요. 괜찮아요. 손수건 고맙습…… 어?"

"저…… 기억하십니까?"

기억하다마다! 엘레나는 살짝 부끄러운 듯 미소를 짓고 있는 아름다운 청년을 발견하고는 눈을 크게 떴다.
"어네스 경?"
"네, 엘레나 님. 오랜만입니다."
"아, 예에……."
안 웃어도 아름다운 생명체가 눈까지 곱게 접으며 웃었다. 엘레나는 그 미모의 눈부심에 순간 진짜로 눈을 찌푸릴 뻔했다.
"여기는 어떻게……."
"저도 일단은 귀족이니까요."
그 말에 엘레나는 새삼스레 메이나드를 찬찬히 훑어보았다. 요란하지 않은 절제된 차림새였지만 머리끝부터 발끝까지 귀티가 좔좔 흘렀다. 기사답게 수수하고 단정한 메이나드도 일단은 어네스 백작의 아들이었다. 그것도 장남이자 후계자.
엘레나가 자신을 빤히 바라보자 메이나드는 흠흠 하고 작게 헛기침을 하며 얼굴을 붉혔다.
"그날 이후로는 도서관에는 오지 않으시는 것 같던데……."
"요즘은 책 심부름 말고 다른 심부름을 하느라 바빠서요."
"그러셨군요. 신학 수업 준비하기도 바쁘실 텐데 동료를 도와주시는 마음이 참 아름답습니다."
"아…… 뭐, 서로 돕고 살아야죠."
메이나드는 착한 사람이었다. 책에서도 시종일관 로잘린느를 향한 일편단심을 고수하면서도 행여 자신의 사랑이 그녀에게 누가 될까 자신의 마음을 숨기고 또 숨겼다. 주군과 행복해하는 로잘린느의 모습을 보면서 시큰한 심장을 모른 척하던 메이나드의 모습에 얼마나 울었던가.

엘레나는 문득 자신의 앞에 서 있는 메이나드가 짠하고 안쓰러웠다. 앞으로 그가 로잘린느 때문에 얼마나 마음고생을 많이 하는지 잘 알고 있어 더욱 그랬다.

"자, 여기요."

엘레나는 그녀가 먹고 있던 것과 같은 종류의 케이크를 한 조각 덜어 내어 메이나드에게 내밀었다.

"……예?"

"디저트 좋아하잖아요. 드세요."

메이나드는 흰 생크림 위에 올려져 있는 빨간 딸기를 바라보다가 물었다.

"제가 단 음식을 좋아하는 것을 어떻게 아셨습니까?"

"그거야 당연히……."

당연히 책에서 봤으니 알죠, 이렇게 대답하려 했던 엘레나는 얼른 입을 다물었다.

누구보다 남성적이어야 하는 기사임에도 달콤하고 예쁜 디저트를 좋아하는 것을 부끄럽게 여기는 메이나드에게 로잘린느가 몰래 케이크를 구워서 주는 장면이 있었다. 그래서 케이크를 좋아하지 않느냐고 말했을 뿐인데 어떻게 케이크를 좋아하는지 아냐고 물으면…….

"……그렇게 생기셨어요."

"제가…… 케이크를 좋아하게 생겼단 말씀이십니까?"

"그, 그냥 해 본 말이죠. 케이크 안 좋아하는 사람 드무니까요. 아, 팔 아파라. 안 드실 거예요?"

시치미를 뚝 뗀 엘레나의 재촉에 메이나드는 접시를 받아 들었다. 그러고는 조심스레 케이크를 한 입 떠먹었다. 입 안에 부드럽고 달콤한 맛이 가득 퍼졌지만, 정작 그의 볼우물이 깊게 파이게 하는 것은 따로 있었다.

"이런 케이크 맨날 먹으면 살찌겠죠? 정말 맛있는데."

말을 하면서도 쉴 새 없이 케이크를 우물거리는 엘레나의 귀여운 모습에 결국 메이나드는 미소를 짓고 말았다.

"오늘은 리바이 공작께서도 오신 겁니까?"

"아뇨. 새벽의 궁에선 저와 프란시스 영애만 왔어요."

엘레나는 그렇게 말하면서 슬쩍 메이나드의 눈치를 살폈다. 그가 로잘린느의 이름에 어떻게 반응하는지 보고 싶었기 때문이나. 하시만 그는 의외로 별다른 반응 없이 고개를 끄덕이고는 말했다.

"폐하께서도 참석하지 않으신다고 하셨고, 아무래도 오늘 연회는 조금 길어질 것 같네요."

"길어져요? 보통은 반대로 짧아지지 않아요? 높은 분이 없으면 다들 실망하고 일찍 돌아갈 거라고 생각했는데."

"그렇게 볼 수도 있겠네요. 하지만 어딜 가나 상사가 함께 있으면 눈치가 보여서 잘 놀지 못하는 법 아닐까요?"

아, 그런 깊은 뜻이! 엘레나는 자기도 모르게 연신 고개를 끄덕였다. 그러면서도 그녀의 눈은 계속해서 사람들이 쌍쌍으로 춤을 추고 있는 곳을 주시했다.

"누군가 기다리고 있는 사람이 계십니까?"

목을 길게 뺀 엘레나를 향해 메이나드가 물었다.

"그냥 좀 구경할 게 있어서요."

"구경이요?"

아리송한 얼굴을 하는 메이나드를 보며 엘레나가 의미심장하게 웃었다.

"오늘은 역사적인 날이거든요."

암. 역사적이고말고.

엘레나는 콩콩 뛰는 가슴을 안고 까치발을 들어 멀리 내다봤다. 음료를 가지러 가던 로잘린느는 춤을 추던 사람들에게 등이 밀려서 막 연회장에 입장하고 있던 르니에의 품으로 넘어지게 된다.

그러니 이렇게 자리를 잡고 서서 기다리다 보면 분명 르니에를 볼 수 있으리라. 엘레나는 기대감에 홍조를 띄웠다.

"도련님."

누군가가 메이나드의 어깨를 톡톡 쳤다. 아버지인 어네스 백작의 시종이었다.

"백작님께서 찾으십니다."

메이나드는 엘레나를 향해 허리를 숙여 인사를 하며 말했다.

"잠시 다녀오겠습니다. 금방…… 돌아오죠."

그는 마지막까지 그녀를 돌아보는 등 꽤 엘레나와 떨어지기 싫은 눈치였지만, 르니에를 찾는 일에 몰두한 그녀는 눈치채지 못하고 알겠다고만 대답했다.

그 순간, 저 멀리에 사람들 사이로 잠시 사라졌던 로잘린느가 다시 보였다. 때마침 정말 책에서 나온 대로 춤을 추던 남녀 한 쌍이 뱅글 돌며 로잘린느의 등을 툭 밀었고, 그 탓에 그녀는 발을 헛디뎌 휘청거렸다.

"꺅!"

그리고.

"괜찮으십니까?"

조명 밑에서 더욱 빛나는 금발을 휘날리며 한 남자가 척 하고 로잘린느의 손을 잡았다.

"대, 대박……."

상상했던 그대로였다. 아니, 그 이상이었다.

물론 이 책의 주인공들이 모두 그러했지만, 르니에의 뒤로도 후광이 번쩍거렸다. 주변의 사람들과는 차원이 다른 미모였다.

황가의 진한 피를 고스란히 물려받은 금발과 푸른 눈은 잘 그려진 한 폭의 그림 같았다. 큰 키에 흰 피부는 자칫 유약해 보일 수도 있겠지만, 르니에 특유의 고아한 분위기와 어울려 섬세한 매력을 배가했다.

"정말 미친 미모……."

르니에의 부축을 받는 로잘린느는 물론, 주변의 여자들 중 얼굴을 붉게 물들이지 않는 사람은 한 사람도 없었다. 워낙 잘생겨서 가만히 있어도 콩닥거릴 판에 생글생글 웃기까지 하니 그 미모의 파급력이 오죽할까.

엘레나는 문득 그런 르니에에게 안겨 있는 로잘린느가 미친 듯이 부러워졌지만 뭐 어쩌겠나. 주인공은 로잘린느였다.

"복받은 년……."

메이나드도 그렇고 르니에도 그렇고, 저렇게 국보급으로 잘생긴 남자 둘이 좋다고 매달리는데도 황제를 선택하다니. 도대체 황제는 어떤 남자일까 궁금증이 일었다.

로잘린느를 바로 세워 준 르니에가 미소 지으며 무슨 말을 건넸다. 아하, 자기소개를 하나 보다. 곧 로잘린느가 치맛자락을 살짝 잡으며 무릎을 굽히는 것이 보였다. 알콩달콩한 분위기가 멀리서도 느껴졌다.

"처음 만난 사이에 무슨 할 말이 저렇게 많아?"

엘레나는 마치 두 사람이 어떤 대화를 나누는지 모르는 것처럼 말했다. 하지만 그건 사실이 아니었다.

"아마 지금쯤 '달이 참 밝네요.'라고 말했겠지. 그럼 로잘린느는 '참 아름다운 밤이지요.'라고 대답했을 거고."

엘레나가 아는 로잘린느의 성격이라면 절대 어울리지 않는 대사였지만 말이다.

꽃다발 효과가 여기도 적용되는 것인지, 혼자서도 예쁘고 멋있지만 로잘린느와 함께 서 있으니 르니에의 미모가 더욱 빛을 발했다. 그만큼 잘 어울리는 것이다. 두 사람만 다른 세상에 있는 것 같달까.

여자주인공과 서브 남주가 만나는 사건이니만큼 구경도 하고 르니에를 실물로 볼 기회도 잡을 겸 참석한 연회지만, 지켜보고 있자니 배가 살살 아파 왔다.

아, 부럽다!

정말로 불공평하기 짝이 없었다. 누구는 주인공이어서 가만히 있어도 저렇게 남자가 꼬이고, 누구는 황궁에 들어와서도 매일 세탁기 신세라니. 엘레나가 그렇게 푸념을 하며 케이크를 한 입 더 입에 넣고 우물거렸다.

그때, 르니에와 대화하던 로잘린느가 주변을 한번 둘러보더니 엘레나 쪽을 손가락으로 가리켰다. 그러고는.

"방금…… 르니에랑 나랑 눈이 마주쳤던 것 같은 건 내 착각이겠지?"

아, 착각인가 보다. 그녀가 서 있는 쪽을 한 번 보는 것 같던 르니에는 다시 로잘린느와의 대화로 돌아갔다. 깜짝 놀랐네. 엘레나는 다시 르니에를 감상하며 케이크를 먹었다.

"엘레나 님."

아버지를 만나러 갔던 메이나드가 돌아왔다.

"되게 금방 오셨네요?"

"부친께 인사만 드리고 왔습니다. 저, 엘레나 님."

"네?"

메이나드는 잠시 망설이다가 말을 꺼냈다.

"오늘 연회 중간에 불꽃놀이가 마련이 되어 있다고 합니다. 혹시 괜찮으시다면……."

"여기 있었군."

바로 등 뒤에서 들려온 낮지만 달콤한 목소리에 기분 좋은 소름이 쏴악 돋아나는 느낌이었다.

"으, 으앗!"

엘레나가 화들짝 놀라며 비틀거리자 누군가의 단단한 손이 그녀의 허리를 뒤에서부터 감싸 안았다.

"이런, 조심하십시오."

"가, 감사합……!"

인사를 하려고 뒤를 돌아본 엘레나는 그대로 굳어 버렸다. 어디서 많이 본 파란 눈이 그녀를 내려다보고 있었다.

"르니에."

메이나드가 자신의 이름을 부르자 르니에는 엘레나를 아직 품에 안은 채로 씨익 웃었다.

"신관님께 무례하다."

항상 웃는 얼굴인 줄 알았던 메이나드가 드물게 인상을 찌푸리며 르니에의 품에서 엘레나를 꺼냈다.

"괜찮으십니까?"

메이나드는 마치 그녀가 맹수의 품에서 살아 돌아온 양 이리저리 살폈다. 그러고는 조금 못마땅한 얼굴로 르니에에게 물었다.

"오늘은 참석하지 않는다고 했던 것 같은데."

"그랬지. 그럴 예정이었고."

어디에선가 서둘러 연회장으로 온 듯 조금 흐트러진 매무새를 고치며 르니에가 연회장 한쪽을 바라봤다. 그 시선을 엘레나와 메이나드도 따라갔다.

연회장에서 가장 상석이라고 할 수 있는 발코니 근처의 원탁에는 고위 귀족으로 보이는 몇몇이 보였다. 그리고 르니에의 조금은 서늘한 눈빛이 상석에 앉아 있는 한 중년 남성에게로 가 닿았다.

"윈터힐 백작?"

메이나드도 놀란 기색이었다.

"북부군 문제 때문에 잠시 황도에 왔다는군."

"아, 그래서."

"황성에서 열리는 이 연회를 귀족파의 것으로 만들게 내버려 둘 수는 없지. 20년을 칩거하던 작자가 이제 와서 무슨 바람이 불어 연회에 모습을 보인 것인지는 모르겠……."

윈터힐 백작을 바라보며 심각하게 이야기를 하던 르니에가 뜨거운 시선을 느끼고 고개를 돌렸다. 얼마나 놀랐는지 두 남자를 따라 고개를 돌려 윈터힐 백작을 본 것도 잠시, 다시 입을 벌린 채로 르니에를 바라보는 엘레나가 주범이었다.

"르니에, 이쪽은……."

"알아. 리바이 공작의 신학 교사이신 엘레나 님. 반갑습니다. 르니에 폰 베르너 후작입니다."

그가 허리를 숙이자 결 좋은 금발이 함께 흘러내렸다.

"저, 저도 영광입니다. 그런데 제가 공작 전하의 신학 교사인 것은 어찌 아시고……."

엘레나가 조심스럽게 물었다.

"그건……."

르니에는 잠시 뜸을 들이다가 진한 미소와 함께 대답했다.
"방금 엘레나 신관님의 동료분을 뵀습니다. 리바이 공작의 교사라고 하시길래, 엘레나 님이 어디 계신지 혹시 아시냐 물었죠."
"그, 그럼 아까 제 쪽을 바라보신 게……."
"네. 친절하게 알려 주시더군요."
세상에. 서브 남주와 여자주인공이 처음 만나서 나눈 대화가 나에 대한 내용이었다니. 엘레나는 잠시 말을 잇지 못하고 입만 뻐끔거렸다.
"저를 대체 왜……."
"요즘 고집불통 리바이 공작을 길들인 신관의 이야기를 모르는 사람은 없죠."
아, 그래서 그렇게 하녀들이 나를 보고 소곤거렸던 건가. 엘레나는 리바이 공작의 수업을 하게 된 이후 유독 뒤통수에 꽂히는 사람들의 시선을 많이 느꼈던 것을 떠올렸다.
"그래서 한번 꼭 뵙고 싶었는데 이렇게 만나 뵙게 되다니. 오늘 제가 운이 좋은가 봅니다."
"아, 아뇨. 운은 제가 좋은 거죠……."
계를 탔는걸요. 엘레나는 뒷말을 꿀꺽 삼켰다. 연예인 구경하러 왔다가 사인에 포옹도 모자라 같이 사진까지 찍은 기분이랄까.
"제 어린 사촌 때문에 고생이 많으시다 들었습니다."
"고생은요. 저도 좋아서 하는 일인데요."
미소 지으며 대수롭지 않게 엘레나가 하는 말에 르니에는 전날 보았던 엘레나의 신학 수업 모습을 떠올렸다.
그래, 의무감에 억지로 하는 것 같지는 않아 보였다. 아이들과 눈을 맞추며 웃는 모습이 아직도 그의 눈앞에 그려졌다.
"아닙니다. 제 사촌이지만 리바이 공작의 고집은 보통이 아니지요. 엘레나 신관의 수고는 직접 보지 않아도 알겠습니다. 이렇게 여리고 아름다우신 분이……."

르니에는 일부러 더욱 진하게 웃으며 엘레나의 흰 손등에 슬며시 입을 맞췄다. 그러면서도 그녀의 얼굴에서 눈을 떼지 않는 것은 잊지 않았다.

보통 그가 이런 행동을 하면 귀족 영애들의 반응은 모두 비슷했다. 얼굴을 빨갛게 물들이면서 어쩔 줄 몰라 하거나 진득한 눈빛을 보내며 그를 유혹하거나.

이 신관은 그 둘 중 어떤 유형일까. 은연중 호기심과 흥미를 담은 채로 엘레나를 주시하던 르니에의 눈동자가 잠시 흔들렸다.

"……?"

일단 놀라는 기색은 없었다. 속눈썹을 바르르 떨지도 않았고, 그의 눈빛을 피하지도 않았으며, 수줍게 웃지도 않았다. 그렇다고 대담하게 그를 유혹하려 했느냐 하면 그건 또 아니었다. 엘레나의 반응은 오히려…….

'뭘 기대하는 거지?'

눈을 반짝이면서 그를 빤히 올려다보는 것이 마치 르니에 그가 어떻게 행동할지 지켜보며 기다리는 것 같았다. 자신이 그녀를 관찰하고 있다고 생각했는데 정작 관찰당하고 있는 것은 그였다. 그의 평정심에 실금이 갔다.

"크흠."

결국 르니에는 잡고 있던 엘레나의 손을 얌전히 내려놓았다.

그가 눈웃음을 짓는 모습이 어찌나 아찔한지 엘레나는 다리가 풀려 휘청거리려는 것을 간신히 참아 냈다.

솔직히 그동안 책 속에 들어오게 된 자신의 신세를 원망한 날이 많았는데, 오늘만큼은 아니었다. 내가 이렇게 계를 타려고 그 고생을 했구나 하고 저절로 납득이 될 지경이었다. 그만큼 르니에의 미모는 상상했던 것 그 이상이었다.

"엘레나 님?"

그녀가 말없이 르니에를 빤히 바라보자 메이나드가 걱정스레 엘레나의 이름을 불렀다.

"……네, 네에?"

"괜찮으십니까? 어디 편찮으신 데라노…….."

"아, 아뇨, 아뇨! 배, 배가 고파서 그런가? 하하하……."

미모에 홀려서 너무 대놓고 보고 말았다. 엘레나는 얼른 자신의 접시에 케이크 한 조각을 더 덜었다.

"어, 어네스 경도 한 조각 더 하실래요?"

"아뇨. 저는 이제 배가 불러서……."

메이나드는 신기한 눈으로 엘레나를 바라봤다. 저 작은 몸 어디로 저 많은 음식이 다 들어가는 걸까. 지금도 눈앞에서 케이크를 입 안 가득 넣고 우물거리는 그녀는 배부른 기색이 없었다.

"대신 제가 한 조각 받죠."

르니에는 접시를 하나 들어 엘레나를 향해 내밀었다.

"……드신다고요?"

"예. 안 됩니까?"

"아니, 그건 아닌데……."

책에서 르니에가 이렇게 한가롭게 케이크를 먹는 장면이 있던가? 르니에는 로잘린느를 본 순간부터 그녀에게 반해 껌딱지처럼 붙어 있어야 했다. 책의 내용대로라면 이렇게 중간에 메이나드와 대화를 할 짬도 없어야 했다.

"어디 안 가세요?"

엘레나의 물음에 르니에의 얼굴이 이상하게 변했다. 자신의 은근한 접촉에 아무런 감흥이 없던 것도 모자라 이제는 자신이 빨리 사라져 줬으면 하는 눈치라니. 이건 신선해도 너무 신선해서 이제는 자존심이 상하려고 할 지경이었다.

"제가 어디론가 가길 바라십니까?"

"그게, 어디 가실 데가 있지 않으신가 싶어서요."

"딱히 없습니다만."

"아뇨, 잘 생각해 보세요. 뭔가 잊고 있는 게 있으실 거예요."

그 말에 르니에는 잠시 생각에 잠겼지만 이내 고개를 저었다.

"원래 예정에 없던 연회라 따로 만든 선약도 없습니다. 제가 참석한 것을 사람들이 보았으니 더 이상 할 일도 없고요."

그렇게 말하며 들고 있는 접시를 엘레나 앞으로 더 내미는 르니에였다.

"으음……."

엘레나의 인상이 찌푸려졌다.

"혹시 지금 막 보고 싶어지는 사람이 있다든가, 여기서 저와 시간 낭비를 하는 대신에 같이 정원 산책을 하고 싶은 여인이 생각난다든가 하지는 않으세요?"

"여인 말입니까?"

설마 내가 바람둥이라고 이런 식으로 조롱하는 것인가. 르니에는 마음 한구석이 뒤틀리는 것을 느꼈다.

"지금 제 눈에 여인이라곤 엘레나 신관님밖에 보이지 않습니다만."

르니에가 그리 말하며 진하게 입꼬리를 늘였다.

"그렇게 드시고 싶으시면 드세요. 여기요."

조금 전 메이나드에게 했던 것처럼 큼지막한 케이크 조각을 그의 접시 위에 덜어 주며 엘레나가 한숨을 쉬었다. 그런 태도에 르니에는 오히려 작은 미소를 입가에 머금었다.

'재밌군.'

흥미로웠다. 자신의 환심을 사려고 하지 않는 여인은 오랜만이었다. 아직 정혼자가 없는 결혼 적령기의 젊은 후작은 어딜 가나 관심의 대상이었다. 그가 제국 제일가는 바람둥이라는 것을 모르는 이는 없었지만 그 사실은 그의 인기에 별다른 영향을 끼치지 못했다. 아니, 모든 여성들에게 친절하고 다정하지만 정작 마음은 주지 않는 그의 태도가 여성들의 소유욕에 불을 붙이고 있었다.

무엇보다 결정적으로, 그의 아름다운 외모는 남녀노소를 가리지 않고 그의 앞에 선 사람들의 평정심을 잃게 하기에 충분했다. 르니에는 그것을 누구보다도 잘 알아 자신이 원하는 것을 얻어 내는 데에 백분 활용하는 사람이기도 했다.

"그런데 저 윈터힐 백작이란 분 때문에 오셨다는 건 무슨 말이세요?"

엘레나는 궁금했다. 책에서 제대로 설명되지 않았던 르니에가 연회에 서둘러 올 수밖에 없었던 이유가 무엇인지.

"윈터힐 가문은 북부의 대영주입니다. 선대까지만 해도 대대로 귀족회의 의장을 맡아 하면서 귀족파의 중심 역할을 했죠. 하지만 현 가주는 오래전 불미스러운 일로 자신의 영지에서 칩거하면서 조용히 생활해 왔습니다. 그 덕에 영지의 내실이 단단해져 요새 영지민들이 살기 좋은 곳이라고 좋은 평가를 받고 있죠."

"그럼 베르너 후작님의 입장에서는 상당히 껄끄러운 상대겠네요."

르니에는 현 황제의 사촌으로, 은퇴해 영지로 간 선대에게서 가문을 이어받은 친황제파의 젊은 후작이었다. 조금 전 르니에가 메이나드와 나눈 대화와 방금 알게 된 정보를 합쳐서 생각을 해 보자 바로 상황을 이해할 수 있었다.

고개를 끄덕이는 엘레나를 르니에는 묘한 눈으로 바라봤다.

"왜 그렇게 보세요?"

르니에의 푸른 눈이 반짝였다. 엘레나에게 윈터힐 백작가에 대해 긍정적인 이야기를 들려줬지만 그게 전부는 아니었다.

윈터힐 백작가는 북부의 특성상 척박하지만 넓은 대지와 강인한 병사를 소유하고 있어서 언제든 몸을 일으킬 수 있는 가문이기도 해, 황제와 그의 측근들이 예의 주시하고 있는 대상이었다.

그가 몇십 년 만에 아발론으로 돌아와 연회에 참석한다는 소식에 여러 귀족파 거물들이 무거운 엉덩이를 움직인 것만 봐도 윈터힐 백작이 저쪽 진영에 어떤 의미를 가지고 있는지 여실히 알 수 있었다.

"……엘레나 님은 제가 생각했던 것보다 훨씬 매력적인 분이시군요."

극강의 미모와 바람둥이라는 조합은 여러모로 심장에 좋지 않구만. 르니에가 엘레나에 대한 재평가를 내리고 있는 동안, 그녀는 선덕거리는 가슴을 애써 진정했다.

하지만 그게 전부였다. 르니에는 저런 달콤한 대사가 입에 붙은 사람이었다. 거의 습관적으로 하는 말들에 혹하기에는 엘레나는 르니에를 너무 잘 알았다.

그때, 윈터힐 백작과 줄곧 이야기를 하던 한 중년 남성이 단상 위에 올라서서 말했다.

"오늘을 위해 특별히 준비한 불꽃놀이가 곧 시작이 됩니다. 우리 캘리드 공작가 소속 마법사의 솜씨를 보고 싶은 분들은 발코니나 연회장 정원으로 자리를 옮기시지요."

그 말을 들은 사람들이 하나둘씩 연회장을 빠져나갔다. 엘레나도 그 무리에 끼면서 두 남자를 향해서 인사를 했다.

"그럼 저는 이만. 두 분 다 즐거운 시간 보내세요."

이제 이 두 아름다운 생명체는 서로 로잘린느와 함께 불꽃놀이를 보기 위해서 경쟁을 펼치겠지. 지금도 아마 내가 너무 시간을 빼앗아서 엄청 초조해하고 있었을 거야.

책을 읽을 때 항상 남녀 주인공들의 사이를 방해하거나 귀찮게 구는 조연들을 보며 얼마나 짜증이 났던가. 비록 본의는 아니었지만 지금 자신이 그런 역할을 하고 있었던 것에 엘레나는 깊이 반성했다.

그런데 막 그녀가 돌아서려는 순간.

"엘레나 님, 저와 같이 불꽃놀이를······."

"혹시 저와 불꽃놀이를 감상하실 의향이······."

메이나드와 르니에가 그녀를 향해 동시에 외쳤다. 그리고 서로를 바라봤다. 자신의 친우도 엘레나에게 불꽃놀이를 함께 보자고 청한 것에 꽤 당황한 듯했다.

그러나 그 둘의 당황이 아무리 커 봤자 엘레나의 당황만 할까.

"하하, 순간 두 분이 저한테 같이 불꽃놀이를 보자고 하신 줄 안 거 있죠? 귀가 막혔······."

두 남자는 말이 없었다.

"아니, 잠깐. 정말로요? 왜요?"

정말로 이해가 가지 않았다. 혹시 이거 몰래카메라인가.

"두 분은 제가 아니고 프란시스 영애에게 가야죠!"

엘레나의 외침에 메이나드와 르니에의 표정이 이상하게 변했다.

"프란시스 영애가 누굽니까?"

메이나드는 고개를 갸웃거렸다.

"왜 제가 프렌치 영애에게 가야 하죠?"

르니에는 다소 불쾌한 표정까지 지었다.

"프렌치가 아니고 프란시스요! 정말…… 두 사람 다 프란시스 영애가 누군지 모르는 거예요?"

두 남자는 이제 너는 그 여자가 누군지 아냐는 듯 서로를 흘끔거렸다.

"그럼 아직 로잘린느를 만나지도 못했다는……."

무언가 잘못되어도 단단히 잘못되었다. 강하게 밀려드는 나쁜 예감에 엘레나가 휘청이자 메이나드와 르니에가 달려들어 그녀를 부축했다.

"엘레나 님!"

"엘레나 신관!"

시야에 비현실적으로 잘생긴 두 남자의 얼굴이 가득했다.

'나 때문이야.'

메이나드는 제과점에서 로잘린느를 처음 만나야 했다. 그리고 그건 르니에가 로잘린느를 만나는 이 연회보다 먼저 일어나는 일이었다.

어쩐지 프란시스 영애라는 말에 별 반응이 없더라. 그때 눈치챘어야 하는 건데. 엘레나는 금방이라도 울 것 같은 눈으로 메이나드와 르니에를 올려다봤다.

"어, 어떻게 하지."

두 사람과 엮였어야 하는 건 자신이 아닌 로잘린느였다. 그녀처럼 지나가는 조연에 불과한 신관이 아니라, 누가 봐도 반짝반짝 빛이 나고 아름다운 주인공 말이다. 그런데 그녀가 제네비 신관 대신 입궁을 했고 본의 아니게 스토리에 끼어들었다.

"안 되겠어. 의관, 의관을 불러라!"

르니에가 가까이 서 있던 시종에게 명령했다. 덕분에 연회장에 있던 사람들의 이목이 엘레나에게 쏠렸다. 순간적으로 데자뷔를 겪는 것처럼 책의 내용이 엘레나의 머리를 스쳤다.

불꽃놀이를 보러 나가는 사람들. 인파에 밀려 높은 구두를 신은 채 발을 헛디뎌 결국 발목을 삐는 로잘린느. 그리고 그녀를 바라보다가 달려오는 메이나드와 급히 의관을 부르는 르니에.

지금 이 상황마저도 본래는 로잘린느에게 일어나야 하는 일이었다.

"젠장. 망했어."

엘레나는 절망적으로 중얼거렸다.

"연회장에서 좋은 시간 보냈다며?"

리바이 공작이 자신의 앞에 놓인 핫케이크 위에 꿀을 담뿍 부으며 한쪽 입꼬리를 올렸다.

"어디서 왔는지 모를 은발 여자 하나가 어네스 경과 베르너 후작을 양손에 끼고 다녔다고 소문이 자자하던데."

푹푹, 칼로 폭신폭신한 핫케이크를 자르는 모습이 어째서 이렇게 얄미울까. 엘레나가 눈을 가늘게 뜨고 리바이 공작을 째려봤다.

"누군지 몰라도 참 대담해. 제국 여성들의 사랑을 한 몸에 받는 두 사람을 건드릴 생각을 어떻게 했을까. 그것도 둘을 한꺼번에."

"그만 즘 늘르세으."

엘레나가 이를 악물고 말하자 리바이 공작은 히죽 웃으며 가증스럽게 눈을 동그랗게 떴다.

"어어? 그게 그대였어? 세상에, 나는 몰랐지!"

저 자식을 진짜. 생각 같아선 저 작은 머리통을 한 대 꽉 쥐어박고 싶었지만, 신분이 깡패인 세계라 엘레나는 욱하고 치밀어 오르는 것을 먹고 있던 빵 조각과 함께 삼켰다.

"정말로 그런 거 아니거든요."

곤란해도 너무 곤란했다. 사실 엘레나 자신이 한 것이라고는 두 서브 남주들과 연회에서 이야기를 하다가 꼴사납게 엎어진 것밖에는 없는데. 소문은 마치 두 남자가 엘레나 그녀 하나를 두고 결투라도 벌인 것처럼 났다.

"그런 게 아니긴. 소문 쫙 났어."

이제 엘레나가 포크를 쥔 손을 부들부들 떨자 리바이 공작이 통쾌하게 웃었다.

"푸하하하! 저 얼굴 좀 봐!"

그때였다. 식당의 문이 열리더니 오늘도 완벽하게 금발을 틀어 올린 로잘린느가 들어왔다. 또각또각하는 구두 굽 소리가 천장이 높은 식당에 선명하게 울렸다.

쟤가 오늘은 웬일이래. 평소 식당에는 발걸음도 하지 않는 로잘린느를 엘레나가 새삼스런 눈으로 바라봤다.

"식사하시겠습니까?"

평민 하녀 하나가 다가와 로잘린느에게 공손하게 물었다. 로잘린느는 대답 대신 날카로운 눈초리로 하녀를 바라봤다.

"……준비하겠습니다."

날카로운 눈초리의 의미를 파악한 하녀가 진땀을 흘리며 허리를 굽실거렸다.

못된 기지배. 딱 봐도 엄마뻘인데. 아무리 평민이라지만 저렇게 싸가지 없이 대해야 하나. 엘레나는 따뜻한 수프를 퍽퍽 퍼먹었다.

"엘레나 님."

"큭, 쿨럭쿨럭! 예?"

로잘린느가 자신의 이름을 부를 줄은 몰랐던 엘레나가 막 목구멍을 넘어가던 수프가 목에 걸려 캑캑거리자 순간 로잘린느의 얼굴에 경멸의 표정이 지나갔다.

"왜, 큭, 왜요?"

"어제 연회에서 엘레나 님을 보았답니다."

"그, 그러셨어요? 저도 프란시스 영애를 본 것 같기도 하네요."

"연애도 하려고 하는 걸 보면 시간이 많은가 봐요."

"네? 연애라니. 그런 게 아니고, 저 정말 억울……."

로잘린느가 엘레나의 말허리를 툭 자르고 들어왔다.

"몸이 좋지 않으신 것 같던데. 지금은 어떤가요?"

"지금은 괜찮아요! 멀쩡합니다!"

로잘린느가 이 상황을 흥미롭게 보고 있던 리바이 공작에게 말했다.

"제가 몸이 조금 좋지 않아 오늘 하루는 수업을 쉬어야 할 것 같아요, 공작 전하."

"그러도록 해."

지긋지긋한 수업을 하지 않는다니 리바이 공작으로서는 환영할 일이었다.

"감사합니다, 전하."

로잘린느는 음식이 준비되는 동안 먼저 앞에 놓인 차를 한 모금 마셨다. 대화가 끊긴 식당 안은 평온해진 듯했지만 어쩐지 느낌이 싸했다.

'얼른 먹고 튀어야지.'

엘레나는 야금야금 먹고 있던 음식을 입에 욱여넣었다. 혀를 씹을 것도 각오하고 빠르게 식사를 마친 뒤 자리에서 일어났다.

"저, 저는 그럼 이만……."
"엘레나 님."
로잘린의 서늘한 목소리에 엘레나의 동작이 멈췄다.
"엘레나 님의 도움이 좀 필요할 것 같은데."
"그……럼요. 도와드려야죠."
"아, 다행이네요. 미리 방에 넣어 놨답니다. 돌아가 보면 알 거예요."
덕분에 상큼한 미소를 짓는 로잘린느와는 달리 엘레나는 찜찜한 기분으로 방으로 돌아왔다.
"로잘린느, 이 나쁜 년……."
딱 봐도 자기 것이 아닌 옷까지 쓸어 모은 빨래와 작은 산을 이루고 있는 책들이 그녀를 기다리고 있었다. 평소의 배는 되는 양이었다. 어디선가 '시간이 많은가 봐요.'라던 로잘린느의 목소리가 들려오는 것 같았다.

8장

8장

"신데렐라는 어려서 부모님을 잃고요…… 계모와 언니들에게 구박을…… 크흡. 샤바 샤바 아이 샤바…….'

외진 우물가에 구슬픈 노랫소리가 흘렀다. 중간중간 찰박찰박하는 물소리가 장단을 맞췄다.

이 노래가 이렇게 가슴이 미어지는 노래였다니. 엘레나는 차가운 물에 젖은 손으로 찡해 오는 코끝을 훔쳤다. 나중에 멋있는 왕자님을 만난다고 한들 신데렐라는 그렇게 고생했던 과거가 잊혔을까.

"잊힐 리가 없지. 잊힐 리가 없어. 비만 오면 삭신이 쑤실 텐데 잊힐 리가."

그래도 걔는 신발 한 짝 흘리고 나와서 님이라도 만났지. 그렇게 생각하니 빨래를 하던 손에 절로 힘이 북북 들어갔다. 그 탓에 물이 철퍽하며 얼굴로 튀어 들었다.

"로잘린느 이걸 진짜…….'

물이 얼굴을 타고 흘러내려 아래로 뚝뚝 떨어졌다.

연회에 다녀온 날부터 로잘린느는 작정한 듯 엘레나를 더욱 못살게 굴었다. 어디서 일부러 빨래를 만들어 오는 건지 건네주는 빨래의 양은 배로 늘었고, 하루에 한 번씩 방 청소도 시켰다.

그것도 모자라 도서관에 책 심부름도 틈만 나면 시켰다. 오죽하면 마부가 그녀의 얼굴만 보면 자동으로 도서관으로 마차를 몰까.

그 탓에 꽤 여유로웠던 엘레나의 일상은 눈코 뜰 새 없이 바빠졌다.

하고 있던 빨래를 대충 마무리하고 새벽의 궁으로 돌아온 엘레나는 로잘린느의 방으로 향했다. 여유롭게 차를 마시던 로잘린느는 물에 젖고 엉망이 된 엘레나를 보고 한쪽 입꼬리를 삐뚜름하게 올렸다.

저게 진짜. 엘레나는 빈 빨래 통을 일부러 소리 나게 바닥에 내려놨다.

"뭐죠?"

로잘린느의 눈매가 매서워졌다. 그런다고 내가 무서워할 줄 알아? 나도 많이 참았다고. 엘레나는 로잘린느를 향해 돌아섰다.

"더 시키실 일 없으세요?"

아무래도 아직 더 참을 수 있나 보다. 그런 엘레나의 속내가 빤히 보인다는 듯 흥 하고 코웃음을 친 로잘린느가 말했다.

"방 청소가 제대로 되지 않았더군요. 다시 하세요."

"그럴 리가! 저 청소 되게 꼼꼼하게 잘하거든요. 그리고 이 큰 방을 하루에 두 번이나 청소하라고 하는 건 좀 너무한 거 아닌가요?"

작기는 해도 침실과 욕실 그리고 거실 겸 응접실까지 갖춘 큰 방이었다. 한 번 청소하는 것도 한참 걸렸는데. 방금 전까지 빨래를 하느라 수그리고 있었던 허리가 끊어질 것처럼 결렸다. 아무리 엘레나여도 이 상태에서 멀쩡한 방 청소를 한 번 더 하는 것은 불가능했다.

"그럼 어쩔 수 없죠."

로잘린느가 찻잔을 내려놓는 소리가 달칵하고 울렸다.
"리바이 공작 전하를 가르치는 신관이 평민이란 사실에 대해 신전에 공식적으로 항의를……."
"어디 닦을까요?"
"전부 다요."
"……일단 빗자루부터 챙겨 올게요."
엘레나는 축 처진 발걸음으로 로잘린느의 방을 나왔다. 아직 다 마르지 못한 옷이 꾸덕꾸덕하고 찝찝했지만 옷을 갈아입을 시간도 없었고, 새 옷으로 갈아입어 봤자 청소를 하다 보면 금방 더러워질 게 뻔했다.
복도 반대편에 있는 청소 도구함에서 빗자루와 걸레 등 청소에 필요한 도구들을 챙긴 엘레나는 로잘린느의 방으로 돌아왔다. 그리고 문을 열었을 때, 헛웃음이 터지고 말았다.
"하, 참!"
무거운 청소 도구를 낑낑거리며 겨우 갖고 오니 정작 방 청소를 시킨 방 주인은 온데간데없었다. 부글부글 끓어오르는 속을 진정하며 차라리 감시하는 사람이 없으니 다행이라고 애써 긍정적으로 생각했다.
그러나 이왕하게 된 것, 빨리 해치워 버리자며 빗자루를 집어 들었던 엘레나는 얼마 가지 않아 그것을 내동댕이쳤다.
"이씨, 안 해!"
방금까지 로잘린느가 앉아서 차를 마시던 소파와 탁자 주변에 쿠키 조각과 부스러기가 어지럽게 떨어져 있었다.
"이건 누가 봐도 일부러 떨어뜨린 거잖아!"
엘레나는 두 손을 허리에 척 얹고 씩씩거렸다.

"이대로는 안 돼. 무슨 수를 써야겠어."

책 속에서 로잘린느는 매우 바빴다. 리바이 공작을 가르치랴, 그리고 세 남자와 연애하랴. 로잘린느의 성격을 아는 지금 생각해 보면 그것은 연애라기보단 어장에 물고기 세 마리를 놓고 어느 고기가 맛있을까 저울질했던 것일 가능성이 높았지만, 아무래도 좋았다.

"연애하느라 바쁘면 나 괴롭힐 시간도 없겠지."

이게 제일 중요하다.

"꽁냥꽁냥 연애하기 시작하면 안 먹어도 배가 부른 법이니까 저 지랄 맞은 성격도 좀 나아지겠고."

생각하면 생각할수록 묘수로다. 엘레나는 바닥을 쓸던 빗자루 끝에 턱을 기대고 씨익 웃었다.

"그래도 내가 명색이 이 책 독자인데 설마 여주랑 서브 남주들 연결 하나 못 시키겠어?"

비록 살짝 꼬이긴 했어도 주인공들이 어떤 사람들인지 뻔히 다 아는데 얼마나 어렵겠어. 엘레나는 정말로 그렇게 생각했다.

✦

제국 최대의 규모와 시설을 자랑하는 황실 기사단 연무장에 자욱하게 흙먼지가 일었다.

챙! 채앵!

수많은 기사들이 지켜보는 가운데에 연무장 한가운데서 격렬하게 부딪치고 있는 것은 황실 기사단 단장인 하인즈 단장과 제국의 주인인 바크란 1세 아드레이였다. 두 사람의 검이 부딪칠 때마다 굉음이 터져 나왔다.

도저히 인간의 것이 아닌 듯한 무력을 가진 이들의 대련에 보고 있던 기사들은 땀 찬 주먹을 꽉 쥐었다. 제국 최고, 아니 대륙 최고의 기사라고 손꼽히는 하인즈 단장과 그런 하인즈 단장을 상대로 완벽하게 우위를 점하고 있는 황제의 검로는 한 수 한 수가 절묘하고 위력적이었다.

"흐아압!"

하인즈 단장이 우렁찬 기합 소리와 함께 마지막 일격을 준비했다. 다딧. 근육으로 빈틈없이 짜인 몸에 비해 땅을 차고 오르는 소리는 가볍기 그지없었다.

"츠하아앗!"

황제가 서 있는 곳으로부터 바로 한 보 앞, 공중으로 떠올랐던 하인즈 단장의 검이 무시무시한 기세로 떨어져 내렸다.

콰앙! 검과 검이 부딪치는 소리라기보단 차라리 폭발음에 가까웠다.

"뭐야, 어떻게 된 거야?"

"하나도 보이질 않아!"

충격의 여파로 뿌옇게 공중을 메웠던 흙먼지가 서서히 가라앉았다. 그리고.

"와아!"

"역시 황제 폐하!"

연무장 위에 서 있는 것은 검은 머리칼과 옷은 먼지로 엉망이 되었을지언정, 모든 것을 내려다보듯 오시하는 눈빛이 선연한 아드레이뿐이었다.

격돌했던 장소로부터 몇 발자국 떨어진 곳에 한쪽 무릎을 꿇고 있던 하인즈 단장은 이를 악물고 자리에서 몸을 일으켰다.

"크윽, 졌습니다."

그 하인즈 단장이 지다니! 황실 기사들은 놀라움에 입을 다물지 못했지만, 정작 하인즈 단장은 이제 이런 상황이 익숙했다.

몇 달 전, 아드레이에게 처음 패배한 것을 시작으로 단장은 황제의 성취가 자신의 것을 넘어섰단 것을 인정해야 했다. 다만 분한 것은 단장 자신도 매일 뼈를 깎는 수련을 하고 있음에도 그 격차가 점점 벌어지는 것이 여실히 느껴진다는 것이다.

"일어나라."

아드레이가 하인즈 단장에게 손을 내밀었다.

"며칠 사이에 큰 진전이 있으셨나 봅니다."

온몸의 기력을 끌어올려 달려든 마지막 일격에서 주군과 부딪친 충격은 마치 거대한 바위에 몸을 부딪치는 듯한 느낌을 주었다. 황제의 몸이 서 있던 곳에서 겨우 한 발짝 밀려난 것에 비해 자신은 저 멀리로 튕겨 나가 버렸다.

아드레이는 별말이 없었다. 원체가 필요한 것 이상의 말은 하지 않는 그 성정을 잘 알기 때문에 단장은 어깨를 으쓱하고 시종이 가져온 물을 얼굴에 끼얹었다.

아드레이는 검을 쥐지 않은 손을 서서히 쥐었다 폈다. 방금 하인즈 단장의 마지막 일격을 큰 타격 없이 받아 낸 것에 그 스스로도 놀라는 중이었다.

매우 기이한 감각이었다. 만약 그가 이미 모든 힘을 소진하지 않았더라면 몰랐을 만큼 실낱같은 그것은 마나와 동조해 그의 몸을 보호하려는 것처럼 작용했다.

'그것 때문인가.'

티토의 신학 교사가 사용하는 그 흰빛. 그의 몸속에서 반사적으로 끓어오른 기운은 그 빛과 많이 닮아 있었다. 아드레이는 애검 가이

아를 시종에게 건네고 수통 하나만 든 채로 연무장을 나섰다.

"따라오지 마라."

그 한마디에 주르르 그의 뒤를 따르던 이들이 그 자리에 멈췄다. 지엄한 황제의 명은 절대적이었다.

아드레이는 그 길로 바로 내원으로 향했다. 오늘은 티토의 신학 교사와 만나기로 약속한 날이었다.

내원에서도 가장 외진 곳에 위치한 연무장에 다다르자 돌계단에 앉아 바닥에 무언가를 그리고 있는 한 뒷모습이 보였다.

"그럼 이렇게…… 아 씨, 아냐. 그렇게 하면 너무 티 나는데. 미치겠네, 어떻게 하지?"

중얼거리며 이마를 짚는 모습이 꽤 심각해 보였다.

"레이, 왔어요?"

저벅저벅 다가오던 발걸음 소리가 멎자 엘레나가 고개를 들며 말했다. 레이. 얼결에 가르쳐 주기는 했지만, 그렇게 불리지 않은 지 10년이 넘었다. 오랜만에 듣는 자신의 이름은 남의 것보다도 더 낯설었다.

"물어볼 게 있다."

아드레이는 엘레나의 근처에 자리를 잡았다.

"그대의 능력, 단순히 상처를 낫게 하는 것 이상의 힘이 있는 것인가?"

"그게 무슨 말이에요? 이상의 힘?"

"예를 들면 마나와 함께 섞여서 체내에 쌓인다든가 하는 것 말이다."

"글쎄요……."

조금 성의 없는 엘레나의 대답에 아드레이의 인상이 찌푸려졌다.

"솔직히 저도 한 사람한테 이렇게 주기적으로 치유를 해 주는 건 처음이라서. 어떤 효과나 부작용이 있을지 저도 잘……."

"부작용?"

"그, 그게 굳이 부작용이라고 할 것까지는……. 혹시 막 몸이 약해지거나 그래요?"

이러다 연습 상대 잃을라. 엘레나는 불안하게 물었다.

"그런 건 아니지만."

참 기묘한 느낌이었다. 어렸을 때부터 쌓아 온 정순한 그만의 마나에 다른 사람의 기운이 섞여 든다는 것은. 그리고 더 기묘한 것은 불쾌할 법도 한 그것이 그리 나쁘지만은 않다는 것이다.

"에이, 난 또. 그래도 혹시 몸에 이상이 생긴다거나 레이한테 좋지 않은 영향을 끼치면 바로 말해요. 기사한테는 몸이 생명이잖아요. 나 좋자고 젊은이의 창창한 앞날을 망칠 수는 없지."

엘레나가 아드레이의 어깨를 툭툭 두들겼다.

아무도 없는 내궁에서의 이 비밀스런 만남은 몇 번 되지 않았지만 엘레나는 이 수습 기사에게서 묘한 동질감 같은 것을 느꼈다. 도대체 황실 기사단은 얼마나 훈련을 시키는 것인지 만날 때마다 여기저기에 크고 작은 생채기가 가득했고, 몸이 성한 날이 없어 보였다.

"세상에, 머리카락에 먼지 낀 것 봐! 오늘은 땅에서 데굴데굴 구르는 훈련이라도 한 거예요?"

커다란 운동장같이 생긴 연무장에 수습 기사들을 수십 눕혀 놓고 '좌로 굴러, 우로 굴러!' 하는 모습을 상상한 엘레나가 혀를 끌끌 찼다.

"힘내요, 정말."

그렇게 말하며 아무렇지 않게 아드레이의 어깨에 묻은 작은 나뭇잎 하나를 떼어 내는 것이다. 스스럼없는 그 손길에 그의 시선이 머물렀다. 툭 가벼운 손길로 나뭇잎을 땅에 버린 엘레나가 그에게 손을 내밀었다.

"손 주세요."

"꼭 손을 잡아야 하는 건가?"

"왜 그래요, 새삼스럽게."

엘레나가 툴툴거렸지만 아드레이는 선뜻 손을 내밀지 못했다.

참 이상한 여자였다. 대뜸 이상한 제안을 해 올 때부터 알아봤지만, 행동에 지나치게 거침이 없었다. 어린아이도 아니고 성년이 된 여성들은 스스로 몸을 사리기 마련인데. 흰 옷이 더러워지는 것도 모르고 아무 데나 털썩털썩 앉는 것도 그렇고, 이야기를 할 때는 눈을 똑바로 마주쳐 오는 것도 그렇다.

엘레나의 큰 눈은 그의 시선을 피하는 법이 없었다. 그것은 누군가와 손을 잡는 것만큼이나 새로운 경험이었다. 제국의 하늘 아래에 그의 얼굴을 볼 수 있는 사람은 손에 꼽거니와, 그럴 수 있다고 하더라도 이렇게 가까이서 감히 눈을 바라보는 사람은 없다.

그래서인가. 아드레이는 엘레나의 눈을 마주 볼 때마다 조금 이상했다. 불편한 것 같기도 하고, 어딘가 속마음을 들키는 것 같기도 했다.

"아, 거참. 잠깐이면 되는데. 금방 끝낼게요, 금방. 뭐 결벽증이라도 있어요? 혹시 좋아하는 여자가 아니면 닿기도 싫다, 뭐 그런 거예요?"

결국 엘레나의 흰 손 위에 아드레이의 손이 올라갔다.

후우 하고 짧게 숨을 고른 엘레나가 눈을 감고 얼마 지나지 않아 하얀빛이 주변을 가득 메웠다. 그러자 대련으로 소진했던 기력이 채워지는 것이 느껴지면서 몸이 한층 편안해졌다.

빛이 사라졌을 때 그의 몸은 밤새 푹 자고 일어난 뒤의 상태로 돌아왔다.

"우와, 잠을 못 잤더니 오늘은 좀 어지럽네."

약속대로 얼른 아드레이의 손을 놓아주며 엘레나가 말했다.

"치유의 능력을 쓰면 어지러운가?"

"많이 쓰거나 내가 몸이 안 좋으면요. 이것도 힘을 쓰는 거니까요."

엘레나의 대답에 아드레이는 묵묵히 고개를 끄덕였다.

"자, 그럼 오늘은 뭘 말해 드릴까요. 공작 전하의 식성? 취향?"

엘레나가 먼저 치유의 능력을 발휘하면 그 뒤에 아드레이가 리바이 공작에 대한 질문을 한다. 그게 두 사람 사이에 생긴 이 비밀 회동의 순서였다.

"오늘 리바이 공작이 무얼 했는지 알고 싶다."

아드레이가 얼굴을 볼 수 없는 남동생에 대해서 궁금한 것은 매우 사소한 것들이었다. 요즘 읽고 있는 책의 제목이 무엇인지, 저녁 메뉴는 무엇이었는지. 작지만 리바이 공작의 일상을 알 수 있는 자잘한 질문들이었다.

"오늘요? 아, 그게…… 오늘은 잘…….''

아침에 일어나서부터 도서관 심부름, 방 청소, 빨래를 하느라고 리바이 공작이 뭘 하고 있는지 들여다볼 시간이 없었다.

"그럼 어제로."

"어, 어제도……."

엘레나의 일과는 어제도 마찬가지였다. 하루 종일 로잘린느의 심부름을 하느라고 리바이 공작의 수업 시간도 겨우 맞춰 들어간다. 기어들어 가는 엘레나의 대답에 아드레이의 한쪽 눈썹이 위로 올라갔다.

"그, 그게 제가 요즘 워낙 바빠서요."

결국 말꼬리에 땅이 꺼져라 긴 한숨이 따라왔다. 하루 종일 로잘린느에게 시달리니 밤에는 기절하듯이 까무룩 잠이 들어야 하는데,

도통 로잘린느를 남자들과 엮어 줄 방법이 생각나질 않아 잠을 설치니 배로 힘들었다.

처음에는 물론 자신만만했다. 하지만 생각만큼 쉬운 일이 아니라는 것을 깨닫기까지는 그리 오래 걸리지 않았다. 단순히 원래의 루트대로 일이 일어나도록 하면 된다는 생각이었지만, 황제라도 되지 않는 한 조정할 수 없는 변수들이 많았다. 정보도 부족했다.

예를 들어 메이나드가 제과점에 몇 시부터 몇 시에 가는지 같은.

"저기, 레이."

엘레나가 힘없이 아드레이를 불렀다.

"나 뭐 하나만 물어봐도 돼요?"

"계약 위반 아닌가."

엘레나가 그에게 치유 연습을 하는 대신 그는 리바이 공작에 대해서 질문을 한다. 그게 두 사람의 조건이었다.

"치, 치사하게……. 내가 다음번엔 꼭 공작 전하의 일과를 알아 올게요. 약속!"

그녀가 척 하고 새끼손가락을 내밀었다. 그것이 의미하는 것을 알지 못하는 아드레이가 가만히 있기만 하자 엘레나가 덥석 그의 손을 잡아끌었다.

"자, 약속! 됐죠?"

그녀는 억지로 그의 새끼손가락과 자신의 새끼손가락을 엮고 큰 소리를 탕탕 쳤다. 방금까지 엘레나의 것과 엮였던 자신의 손가락을 한번 꼼지락거린 아드레이가 물었다.

"궁금한 게 뭐지?"

"혹시 어네스 경 알아요?"

멈칫. 익숙한 이름에 아드레이의 어깨가 움찔했다.

"어네스…… 경?"

"네. 왜 갈색 머리에 키 크고 잘생긴 기사님이요."

메이나드가 키가 크고 잘생겼던가. 아드레이는 묘한 눈으로 엘레나를 바라봤다.

"몰라요?"

그의 침묵을 부정으로 받아들인 것인지 엘레나가 눈을 가늘게 떴다.

"엄청 유명할 텐데? 황제 폐하랑 친하고 집안도 빵빵하고. 정말 몰라요? 뭐야, 진짜 수습 기사 맞아요?"

"맞다."

혹시 정체를 의심받을까 봐 아드레이가 얼른 대답했다.

"그럼 모를 리가 없을 텐데?"

"……그건 그렇군."

아이같이 천진한 것 같다가도 날카로운 구석이 있는 여자였다.

"어네스…… 경에 대한 건 왜 묻지?"

"으음. 그게 설명하려면 복잡하고 참 번거로운데, 일단은 레이가 리바이 공작에 대해서 궁금해하는 것과 같은 이유라고 생각하면 돼요. 생존의 문제랄까."

만약 이대로 계속 로잘린느에게 시달리다간 제명에 못 살고 죽을지도 모르니, 분명 생존이 걸린 일인 게 맞았다.

"근데 알고 싶은 게 워낙 고급 정보라서 레이가 모를 수도 있겠네요."

"뭐라고 했지?"

엘레나 본인은 그럴 의도로 한 말이 아니었지만 아드레이는 자존심이 상했다.

"물어봐라. 만약 내가 모르면 주변에 물어봐서라도 알아다 주지."

혹인 본인에게 직접 물어도 될 일이고. 지금쯤 훈련을 마치고 기사단 훈련소에서 씻고 있을 메이나드를 떠올리며 고개를 끄덕였다.
"오오, 정말요? 그럼 정말 고맙죠! 자, 약속!"
엘레나가 다시 손가락을 내밀자 이번에는 아드레이가 스스로 손가락을 걸었다.
메이나드는 훈련이나 순찰같이 정해진 업무가 끝나면 대체로 그의 곁에 머물렀다. 요즘은 어떤 이유에서인지 도서관에 박혀 있기는 했지만, 그의 부름 한 번이면 어디든 바로 달려올 것을 알았다.
"제가 알고 싶은 게 뭐냐면요……."
엘레나가 가까이로 엉덩이를 옮겨 앉아 비밀스런 목소리로 말했다.
"어네스 경이 어떤 여자를 좋아하는지 알고 싶어요."
와락. 결국 아드레이의 잘생긴 얼굴이 구겨졌다.
"겨우 그런 하찮은 걸 가지고 그렇게……."
"하찮다뇨! 나한테는 생존이 걸린 중요한 일이라니까요?"
"어떻게 살면 겨우 그런 일에 생존이 걸릴 수가 있지?"
"거참, 뭘 모르시네! 좋아하는 여자 유형을 알아야 공략을 할 것 아니에요!"
결국 엘레나가 크게 소리쳤다. 잠시 두 사람 사이에 정적이 흘렀다.
"공략?"
순간, 전장에서 적국의 성을 공략하던 것을 떠올린 아드레이는 이내 그 말뜻을 알아듣고 고개를 절레절레 저었다.
"리바이 공작의 신학 교사 자리로는 만족을 못하는 것인가?"
"이 사람이 정말! 그런 거 아니거든요! 여튼 알아봐 준다고 분명히 말했어요! 설마 한 입으로 두말하는 건 아니죠? 아! 그리고 한 가지 더요!"
엘레나가 "잊어버리면 안 돼요! 꼭 물어봐야 해요!"라고 두 번이나

강조하며 알고 싶어 하는 두 번째 질문을 들은 아드레이의 얼굴이 더욱 딱딱하게 굳었다. 경솔하게 알아봐 주마 했던 자신이 후회스러웠지만, 이미 엎질러진 물이었다.

그는 대이페른 제국의 황제. 말 한마디 한마디는 자신의 명예와도 같았다.

"명예롭게 물어보도록 하지."

아아, 걸린 것이 명예만 아니었더라면.

메이나드는 오늘도 훈련을 끝내고 가벼운 발걸음으로 도서관으로 향했다. 매일 출근 도장을 찍다시피 오는 메이나드를 도서관 정문을 지키고 있던 여성 사서가 반갑게 맞았다.

"오늘도 오셨네요!"

"아, 예. 안녕하세요."

"그런데 어쩌죠. 오늘 그 신관님은 오전에 왔다 가셨는데……."

인사를 하고 지나치려던 메이나드의 걸음이 우뚝 멈췄다. 커다래진 초록색의 선명한 눈이 사서를 돌아봤다. 그리고 눈앞에서 사과가 익어 가는 것처럼 그의 얼굴이 새빨갛게 물들어 갔다.

"어, 어, 어, 어떻게……."

"호호, 다 방법이 있지요. 제가 사서 경력만 얼만데요. 척 보면 척이랍니다."

황실 도서관은 젊은 귀족들의 사랑이 싹트는 중심지라고 불릴 정도로 유명한 곳이었다. 이곳에서 사랑이 싹트고, 자라나고, 또 시드는 것을 지켜본 것만 몇 년이던가. 사서는 그동안 제국 여성들의 사랑을 받고 있는 어네스 백작가의 장남을 주의 깊게 바라봤다.

"그렇게…… 티가 났습니까?"

빨개진 얼굴을 감추지도 못하고 못 박힌 듯 가만히 서 있던 메이나드가 마침내 입을 열었다.

"멀리서 말도 걸지 못하고 계속 보고만 있는데, 사실 눈치채지 못하기도 힘들죠."

"아……."

메이나드는 결국 쓴웃음을 지었다. 그녀를 도서관에서 처음 본 뒤부터 메이나드는 틈만 나면 도서관으로 발걸음을 옮겼다.

한 신관이 무거운 책을 나르는 것을 보고 도와줬다. 사람들을 도와주는 것을 좋아하는 그에게는 그리 특별한 일이 아니었다.

그런데 자꾸만 생각이 났다. 아침에 일어나 아침 식사를 하는데 문득, 그리고 훈련이 끝나고 연무장 바닥에 앉아 땀을 식히는데 문득. 그래서 자꾸만 도서관 안을 맴돌았다. 혹시나 다시 볼 수 있을까 싶어서.

거의 매일 하루 일과가 끝나면 습관처럼 들르던 단골 디저트 가게도 덕분에 발길을 끊었다. 디저트보다는 그녀를 바라보는 것이 더욱 기분이 좋아졌다. 마치 한입 가득 달콤한 것을 머금은 기분이었으니까.

몇 번은 운 좋게도 그녀를 다시 볼 수 있었다. 차마 말을 걸지는 못했지만. 언젠가는 꼭 말을 걸겠다고 집으로 돌아가는 마차 안에서 몇 번이나 다짐했다.

그리고 마침내 연회에서 우연히 마주친 그녀에게 성공적으로 말을 걸었을 때만 하더라도 세상을 다 가진 것만 같았다. 하지만.

'분명 관심이 있는 듯했지.'

지난 연회에서 눈을 빛내며 엘레나를 보던 르니에의 얼굴이 떠오르자 메이나드의 안색이 굳었다.

 오래 알고 지낸 사이지만, 르니에의 그런 모습은 처음이었다. 습관처럼 짓는 미소가 아닌, 오랜만에 마주한 르니에의 진짜 웃음소리가 메이나드에게는 요란한 경종으로 들렸다.

 그래서 오늘 보게 된다면 꼭 데이트 신청을 해야지 하고 다짐했는데.

 "오늘은…… 일찍 다녀가셨습니까?"

 잘생긴 청년의 붉어진 얼굴은 참으로 아름답다고 생각하며 사서가 웃으며 고개를 끄덕였다.

 "고맙습니다. 그럼 오늘은 일찍 집으로…….''

 "어네스 경."

 메이나드가 아쉬워하며 머리를 긁적이는데 누군가가 뒤에서 그를 불렀다.

 "폐하께서 찾으십니다."

 바크란 1세의 집무실이 있는 중앙궁의 경비를 서는 기사로, 메이나드에게는 익숙한 얼굴이었다.

 "폐하께서?"

 순간 메이나드의 얼굴이 굳었다. 바크란 1세는 웬만해서는 직접 그를 부르는 일이 없었다. 무슨 일이 생긴 건가.

 메이나드는 사서에게 묵례를 해 보이고 바로 기사를 따라나섰다. 도서관 앞에는 마차 대신 말이 한 필 준비되어 있었다.

 "가자!"

 고삐를 단단히 말아 쥔 메이나드가 소리쳤고, 그를 태운 말이 황성의 도로 위를 내달렸다. 잠시 뒤, 중앙궁에 도착한 메이나드는 뛰듯 말에서 내려 집무실로 빠르게 걸어갔다.

 "메이나드입니다."

집무실 앞에 서서 말하자 소리 없이 문이 열렸다.

"폐하?"

자신을 따로 호출할 만큼의 상황이었기에 하인즈 단장이나 재상인 로이드 공작 등의 중신들이 이미 도착해 있을 거라는 예상과는 달리, 집무실 안은 여느 때와 같이 평온했다.

"왔나."

집무실 책상 앞에 앉아 결재 서류를 읽고 있던 아드레이가 메이나느를 보지도 않고 말했다.

"저어, 부르셨다는 말씀을 듣고 달려왔는데…….."

그럼에도 아드레이는 메이나드를 바라보지 않았다. 대신 집무실 한쪽에 서 있던 시종장 휴고가 조용히 다가와 물을 뿐이었다.

"앉으십시오. 차 드시겠습니까?"

차? 급한 일인 줄 알았는데, 차?

메이나드는 도무지 영문을 모르겠는 와중에도 일단 고개를 끄덕였다. 엉거주춤 아드레이의 집무 책상 건너편에 있는 소파에 앉은 그는 큰 눈으로 주변을 살폈다.

조용한 와중에 서류가 한 장 한 장 넘어가는 팔락이는 소리, 그리고 한쪽에서 차를 준비하는 달그락거리는 소리가 들렸다. 이제는 자신을 데리러 왔던 기사가 폐하의 명을 잘못 들은 게 아닐까 하는 생각까지 들었다.

"메이나드."

황제 폐하의 부름에 메이나드는 긴장하며 몸을 바로 했다.

"넌 좋아하는 여자 타입이 어떻게 되지?"

덜그럭. 등 뒤에서 휴고가 찻잔을 놓치는 듯한 소리가 들렸다. 무릎을 쓸던 메이나드의 손이 멈췄다.

"예?"

메이나드는 자신의 귀를 의심했다.

"네 이상형을 물었다."

줄곧 서류에서 눈을 떼지 않던 아드레이가 푸른 눈을 들어 메이나드를 바라봤다. 그의 입꼬리가 잔뜩 굳어 한차례 움찔 경련을 일으켰다.

이런 질문 따위 하고 싶지 않다. 하지만 약속은 약속, 얼결에 손가락까지 걸었으니. 금방이라도 일그러지려는 얼굴을 쭉쭉 눌러 펴는 심정으로 아드레이는 이를 악물었다.

"제…… 이상형 말씀이십니까?"

"크흠."

멍한 메이나드의 말소리와 휴고의 헛기침 소리가 나직하게 울렸다. 만약 이 상황을 보고 있는 다른 누군가가 있다면 그 사람도 메이나드와 휴고의 당황을 이해했을 터였다.

"그건 왜……."

"……."

아드레이는 이유를 설명하지 않았다. 그저 무표정한 얼굴로 메이나드를 볼 뿐. 천 마디 말보다도 효과 있는 그 눈빛은 그가 자초지종을 설명할 생각이 눈곱만큼도 없다는 사실을 여실히 보여 줬다.

메이나드는 혹시나 싶어 휴고를 흘끔 바라보았지만, 휴고도 놀란 것은 마찬가지였는지 차를 우려내는 순서가 엉망진창이었다. 메이나드는 결국 더듬더듬 말을 이었다.

"그…… 저는 요리를 잘하는 여성을……."

"또?"

당황한 메이나드는 한참 뒤에 한 가지를 더 생각해 냈다.

"책을 가까이하는 여인이면 좋겠다는 생각을 가끔 하기는 합니다."
"그리고?"
그리고라니. 거의 울 것 같은 얼굴의 메이나드였지만, 아드레이는 물러날 생각이 없어 보였다.
"그, 그리고 저와 말이 잘 통하는 게 중요…… 크흠, 폐하 정말 괜찮으신 겁니까?"
걷고 말할 수 있을 때부터 황가와 황제에 대한 충성을 그 무엇보다 우선히도록 교육받았다. 전징에서는 인제라도 널아오는 화살을 대신 몸을 날려 막을 수 있도록 그 곁을 지켰고, 기꺼이 뜨거운 피를 흘렸다. 그러니 메이나드에게 아드레이는 세상을 의미했다.
하지만 그런 아드레이라 할지라도 당황스러운 것은 당황스러운 것이다. 대뜸 무슨 일이 있는 것처럼 부르시더니 갑자기 이상형이 뭐냐고 물어보시는 심중을 알 수가 없었다.
게다가 폐하는 모두가 후사에 대해서 걱정할 정도로 여자에게 관심이라고는 밀알만큼도 없던 분이었다. 그런데 뜬금없이 제가 좋아하는 여성을 물으시니 이제는 신하된 자로서 걱정이 차올랐다.
"……아무 일도 없다."
아무 일도 없으신 게 아닌 것 같은데. 메이나드는 차마 말하지 못하고 의문을 삼켰지만 여전히 아드레이를 걱정스레 바라봤다.
"전하, 혹 무슨 일이 있으신 거라면……."
"없다고 하지 않았나."
이제는 딱딱한 말투에서 미미한 짜증이 묻어났다. 메이나드의 충격은 한층 더 심각해졌다.
짜증이라니, 짜증이라니! 우리 폐하께서 짜증이라니!
매사에 무감정해 가뭄에 쩍쩍 말라 가는 논바닥 같던 아드레이의 짜증에 메이나드와 휴고는 이것을 반겨야 할지, 걱정을 해야 할지 몰라 돌처럼 굳어 갔다.

"아, 그리고 한 가지 더."

엘레나가 알아 오라던 것이 하나 더 남았다. 아드레이는 마침내 손에서 서류와 깃펜을 내려놓고 메이나드를 직시했다. 자유로워진 아드레이의 두 손이 짙은 마호가니 책상 위에서 단단히 깍지를 꼈다. 그리고 그가 위엄이 잔뜩 묻어나는 낮은 목소리로 물었다.

"네가 좋아하는 아발론 중심가의 디저트 가게에 들르는 것이 보통 언제쯤이지?"

삐이 하는 이명이 들릴 만큼 무겁고 진한 정적이 집무실을 채웠다.

일말의 웃음기도 없는, 진지함의 순수 결정체 같은 아드레이의 얼굴을 이리저리 살피던 메이나드가 문득 살포시 웃었다. 그러고는 웃는 얼굴 그대로 몸을 돌려 뒤쪽에 서 있는 휴고를 바라보며 말했다.

"아무래도 의관이나 교황 성하를 모셔 오는 게 좋을 것 같네요."

"오랜만이에요, 레이!"

큰 소리로 이름을 부르며 그를 보고 반갑게 손을 흔드는 엘레나를 보며 아드레이는 작게 한숨을 쉬었다.

"그래서, 알아봤어요? 네?"

호박색에 가까운 밝은 갈색 눈이 반짝거리며 그를 올려다보는 모습에 털이 복슬복슬한 강아지가 떠올랐다. 그녀의 뒤로 꼬리라도 살랑거린다면 참 잘 어울릴 것 같다는 생각이 문득 들었다.

"왜 말이 없어요! 알아봤냐고요."

"그래, 알아봤다."

아드레이가 쓰게 대답했다.

"어때요? 뭐래요? 아, 뜸 들이지 말고 얘기 좀 해 봐요!"

발을 동동 구르며 조바심을 내다가 마지막에는 짜증까지 내는 그녀를 보고 아드레이는 울컥한 속을 달랬다. 내가 이까짓 정보를 얻겠다고 어떤 망신을 당했는지 알지도 못하면서.

아무래도 그가 아픈 것 같다는 결론을 내린 메이나드는 아무리 아드레이가 괜찮다고 말해도 믿으려 들지 않았다. 결국 메이나드는 의관을 불러서 그의 신체에는 아무런 이상이 없다는 소견을 듣고 나서야 퇴궁을 하고 집으로 돌아갔다.

"어네스 경의 이상형은 첫째, 요리를 잘하는 여성."

"요리……."

엘레나는 미리 준비해 온 작은 수첩에 정성껏 '요리'라는 단어를 적어 넣었다.

"둘째로 책을 가까이 하는 여성……."

"오오, 책. 음, 이건 가능하겠다."

"그리고 세 번째로, 말이 잘 통하는 여성이라고 하더군."

"아, 이건…… 흐음, 뭐 만나 봐야 아는 거고."

아주 구체적이고 세부적으로 메이나드를 '공략'할 계획을 세우는 엘레나를 바라보는 아드레이의 표정이 묘했다.

"근데, 이거 믿을 만한 정보 맞아요?"

"뭐라고?"

"수습 기사인 레이가 이렇게 쉽게 알아 올 수 있는 정보라는 게 영 의심스러워서."

"하!"

결국 아드레이가 크게 헛웃음을 터뜨렸다. 이 끓어오르는 분노와 허탈함을 어찌해야 할지. 실로 오랜만에 느껴 보는 감정에 어이없는 실소가 자꾸만 흘러나왔다.
"아, 아니. 그렇다고 레이가 하는 말을 못 믿겠다는 건 아니고요."
점점 짙어지는 아드레이의 눈빛에 위험을 감지한 엘레나가 얼른 꼬리를 내렸다.
"그, 그래요. 기사단 사람들한테 물어봤으면 확실한 거겠지. 그쵸?"
당사자에게 물어보는 것보다 더 확실한 게 있을까. 아드레이는 느긋한 얼굴로 천천히 고개를 끄덕였다.
"아! 그리고 그 두 번째 질문이요."
"디저트 가게에 가는 시간 말인가."
"네! 그거요. 사실 그게 더 중요한 질문이거든요. 이상형이야 부가적인 거고."
아무래도 시간에 맞춰서 디저트 가게에서 마주치는 상황을 만들려는 생각이로군. 아드레이는 한쪽 입꼬리를 올렸다. 그가 병자 취급을 받으면서도 꿋꿋이 받아 낸 메이나드의 답변을 듣고 엘레나가 지을 표정을 생각하니 어쩐지 조금 통쾌했다.
"요즘엔 그 제과점엔 가질 않는다던데."
"……네?"
역시. 그의 예상대로 엘레나의 하얀 얼굴이 당황에 물들어 갔다.
"황도 중앙 시가지에 있는 벨벳 제과점."
"네! 그, 그거요! 거기 안 간대요?"
로잘린느와 메이나드가 처음 마주쳤던 제과점은 그곳이 맞았다. 메이나드는 퇴궁을 하는 길에 그곳에 자주 들러서 어머니와 동생들 그리고 자신을 위한 달콤한 케이크를 사 가고는 했다. 그러다 마찬가지로 디저트를 사러 들렀던 로잘린느에게 몇 가지를 추천하면서 자연스레 대화를 하게 되는 것이다.
"그렇다더군."
"아니, 왜! 왜 안 간대요!"
엘레나가 은색 머리칼을 쥐어뜯으며 절망적으로 외쳤다. 그게 유일한 가능성이었는데! 대체 왜!
그런 그녀의 비극에 이상하게 기분이 좋아지는 것을 느끼며 아드레이는 어깨를 으쓱했다.
"그것까진 나도 잘."
"아아, 안 되는데……. 완전 끝났네, 끝났어."
남자가 셋이나 되지만, 엘레나가 어찌해 볼 수 있는 것은 메이나드가 유일했다. 르니에와의 첫 만남이야 이미 자신이 연회장에서 시원하게 말아먹었으니 제외. 그리고 메이나드와 르니에를 제외한 나머지 한 사람은.
"거긴 접근 불가고……."
무려 황제님 되시겠다.
"하아……."
엘레나의 깊은 한숨이 땅 끝까지 파고들 듯이 이어졌다. 난 끝났어. 이대로 신데렐라처럼 로잘린느의 구박을 받으면서 그냥 계속 샤바 샤바 하고 울어야 하는 건가.
"……대신 매일 도서관에 간다는 말이 있던데."
"도서관이요? 아! 도서관!"
그러고 보니 엘레나가 메이나드와 우연히 마주쳤던 곳도 도서관이었다.
"정말 매일 간대요?"

"퇴궁하기 전에 항상 도서관에 먼저 들렀다가 간다고 했다."

하긴, 두 번째 조건이 책을 많이 읽는 여자라고 했지. 다시 숨구멍을 찾은 엘레나의 머리가 맹렬하게 돌아가기 시작했다.

"도서관, 도서관이라면 조금 해 볼 만할지도 몰라요!"

방금까지는 세상에 종말이 온 것처럼 어두운 얼굴로 한숨이나 푹푹 쉬더니, 1초 만에 얼굴에서 빛이 나는 이 여자는 도무지 종잡을 수가 없었다.

"그럴 정성으로 조금 더 열심히 살아 보지 그래."

"지금 레이가 제 사정을 몰라서 그러는데, 저 지금 엄청 열심히 살고 있는 거거든요."

호랑이 굴에 잡혀 들어가도 정신만 똑바로 차리면 된다고 했다. 엘레나는 이 호랑이 굴에서 꼭 살아남으리라 다짐했다.

오늘도 새벽의 궁은 평소와 다름없이 평안한 오후를 맞았다. 로잘린느의 수업을 마친 리바이 공작이 점심 식사를 하는 동안, 리바이 공작의 유모 일리야는 엘레나의 옆에서 한가로이 뜨개질을 했다.

보통은 바로 옆에서 리바이 공작의 식사를 챙기는 일리야지만, 오늘은 하던 뜨개질을 마저 하려 응접실에서 리바이 공작이 돌아오기를 기다리고 있었다.

"엘레나 님, 잠시만요."

일리야의 부름에 해가 잘 드는 창가에 앉아서 게으른 고양이처럼 햇빛을 즐기고 있던 엘레나가 눈을 떴다.

"아, 다행이네요. 잘 어울릴 것 같아요."

일리야가 만들고 있던 미색의 무언가를 엘레나의 얼굴 바로 아래에 가져다 대어 보더니 만족스레 고개를 끄덕였다.
"그거…… 제 거예요?"
"예. 봄과 가을에 가볍게 걸치실 만한 숄을 만들어 보고 있어요. 그리 훌륭한 솜씨는 아니지만 마음에 드셨으면 좋겠네요."
그렇게 말하며 다시금 손가락을 바쁘게 움직이는 일리야를 엘레나는 멍하니 바라봤다. 문득 엘레나가 이상하다는 것을 느낀 일리야가 다시 손을 멈추고 물었다.
"엘레나 님? 어찌…… 혹 색이 마음에 들지 않으시는 거라면……."
"아, 아뇨. 그런 게 아니고…… 그렇게 정성이 들어간 물건을 제가 받아도 되나 싶어서요."
엘레나가 된 이후의 삶은 물론이고, 단아로 살 때에도 이렇게 누군가가 직접 만든 선물을 받아 본 적은 없었다. 아니, 애초에 선물이라는 것이 많이 낯설었다. 항상 돈이 부족한 보육원은 수십 명이 되는 아이들의 입을 것과 먹을 것을 챙기기에도 버거웠다.
아예 부모를 모르는 아이들이 위탁되는 시설이었기에 자신의 진짜 생일을 알고 있는 아이들도 드물어서 매달 한 번씩 맛있는 과자를 먹는 날이 이 달에 있을지 모를 생일을 챙기는 방법의 전부였다. 그렇다 보니 누군가가 선물을 준비하는 것을, 그것도 이렇게 바로 앞에서 자신을 위해 바쁘게 뜨개질을 하는 모습을 보니 큰 빚을 진 것 같은 느낌이 들었다.
"우리 공작님을 구해 주신 분인걸요. 엘레나 님이 오신 이후로 공작님이 얼마나 밝아지셨는데요. 웃기도 잘 웃으시고. 제가 해 드릴 수 있는 것이 이런 것뿐이라 죄송하지요."
"아, 그런……."

도대체 뭐라고 말을 해야 할까. 감사하다고 해야 하나. 그러면 너무 넙죽 받는 것처럼 보이지는 않을까.

"사실 처음 오셨을 때 너무 안색이 안 좋으시고 마르셔서 조금 걱정했어요. 빡빡한 궁 생활을 잘 버티실 수 있을까 하고요. 그런데 요즘은 살도 오르시고 얼굴도 뽀얘지셔서, 제가 다 마음이 뿌듯한 거 있죠."

"제가 그래요?"

요즘 너무 많이 먹었나. 살쪘다는 걸 돌려 말하는 건가 싶어 엘레나가 머쓱하게 자신의 얼굴을 쓸었다. 하지만 상냥하게 웃고 있는 일리야의 미소를 봤을 때, 딱히 뼈가 있는 말 같지는 않았다.

"네. 요즘 엘레나 님, 부쩍 예뻐지셨답니다."

"예, 예뻐져요?"

그게 무슨 말도 안 되는 소리야. 엘레나는 아직 한 손으로 쥐고도 남는 마른 팔뚝을 쓸며 고개를 갸웃했다.

"어머, 모르셨어요? 안 그래도 우리 새벽의 궁 기사님들 중에 몇이······."

일리야가 이모티콘 같은 눈웃음을 지으며 막 소곤거리기 시작했을 때, 새로운 목소리가 대화에 끼어들었다.

"엘레나 님, 지난번에 대신 반납해 주시기로 했던 도서관 책이 아직 그대로 있네요?"

상냥하지만 동시에 싸늘한 미소를 짓고 있는 로잘린느였다.

"아, 그게······."

드디어 올 것이 왔구나. 어제 책을 반납하라는 로잘린느의 말을 의도적으로 무시했다. 가져가라는 책이 아직까지 자신의 책상 위에 있는 것을 본 로잘린느가 열이 받아 여기까지 내려온 것이 분명했다.

그녀 속에 있는 소시민의 DNA가 '어서 알았다고 해!'라고 소리치는 것이 귀에 쟁쟁했지만, 엘레나는 꾹 참았다. 대신 보이지 않는 소매 속에서 주먹을 꽉 쥐고 말했다.

"싫어요."

엘레나는 로잘린느의 얼굴이 싸늘하게 굳어 가는 것을 차마 보지 못하겠어서 고개를 옆으로 돌렸다.

"뭐라고요?"

"시, 싫다고요."

젠장. 저절로 욕이 나올 것 같았다. 하지만 이 고비를 넘어야 사신이 산다는 일념하에 아랫입술을 꾹 깨물었다.

"엘레나 님."

소파에 앉아 있는 엘레나를 내려다보는 로잘린느의 눈에서 금방이라도 레이저가 나올 것 같았다.

"지금 제가 뭘 잘못 들은 것 같은데······."

"그, 그게 아니라 제가 몸이 좀 안 좋아서요! 코, 콜록, 콜록!"

압박을 이기지 못한 엘레나가 결국 핑계를 둘러댔다.

"아프다고요?"

"네. 어젯밤부터 몸이 으슬으슬 춥고, 열도 좀 나는 것 같고······."

방금까지 멀쩡해 보이던 사람이 갑자기 아프다고 하는 것을 로잘린느가 믿을 리 없었다. 하는 짓을 보면 겁을 먹은 것이 분명한데, 도대체 뭘 믿고 거부를 하는 거지. 로잘린느는 눈을 가늘게 뜨고 엘레나를 위아래로 훑었다.

"어머, 엘레나 님! 몸이 안 좋으셔요?"

하지만 곁에서 두 사람의 대화를 듣던 일리야는 다가와 걱정스레 물었다.

"네······ 좀 그러네요."

양심이 조금 찔리기는 했지만, 로잘린느가 서릿발을 세우고 째려보고 있는데 이제 와 멀쩡하다고 할 수는 없었다. 옆에 일리야가 있어 평소처럼 진짜 성격을 보이지 못하는 로잘린느가 억지로 웃는 얼굴을 하며 재차 말했다.

"이 책은 당장 오늘까지 반납을 해야……."

"본인이 직접 하지 그래? 아프다는 사람한테 부탁하지 말고."

그에 간식을 배불리 먹고 통통해진 배를 두드리며 응접실로 들어오는 리바이 공작이 답했다.

"전하, 이건 제가 시키는 것이 아니라……."

"시키는 게 아니면? 아프다는 사람한테 꼭 부탁을 해야 할 정도로 시간이 없는 것도 아닐 텐데."

로잘린느는 더 이상 뭐라고 변명을 하지 못하고 입을 꾹 다물었다. 평소와 다름없는 것 같기도 하고 화가 난 것 같기도 한 얼굴로 로잘린느를 보던 리바이 공작이 진땀을 흘리며 상황을 지켜보던 엘레나에게 물었다.

"많이 아파?"

"예? 아, 마, 많이는 아니고……."

어린아이 특유의 맑고 깨끗한 눈에 양심이 백만 볼트에 감전되기라도 한 것처럼 따끔거리다 못해 찌릿했다.

"그럼 오늘은 그만 올라가서 쉬어."

애가 오늘따라 왜 이러지. 리바이 공작이라면 '앉아서 숨 쉬고 말하는 거 보면 멀쩡하네.' 같은 말로 사람 약을 살살 올려야 하는데. 누그러진 말투와 파란 눈에 걱정이 비치는 것 같기도 했다.

로잘린느는 그 모습을 바라보며 속이 꼬이는 것 같았다. 이걸 믿고 그렇게 뻗대었던 거로군. 언제 무슨 수를 썼는지는 모르겠지만,

이 꼬마 공작과 그의 유모는 이미 주제를 모르는 평민 신관에게 푹 빠진 듯했다.

입을 다물어 주는 대가로 귀찮은 일을 시키며 부려 먹으려 했더니, 하는 짓이 눈에 거슬린다.

"그래요, 엘레나 님. 주방에 말해 식사는 방으로 올리라고 할 테니 가서 쉬세요."

곁에서 일리야까지 거들자 이제 엘레나는 정말 얌전히 방으로 올라갈 수밖에 없었다. 세 사람의 눈치를 보며 엉거주춤 일어난 엘레나는 힘없는 얼굴로 기침을 하며 인사를 하고 방으로 올라갔다.

이제 슬슬 메이나드의 퇴궁 시간이 다가오고 있었다. 저대로 로잘린느가 도서관에 간다면 두 사람은 마주치겠지. 원래 맺어질 두 사람이었으니 만나기만 한다면 나머지는 자연스레 이뤄질 거야.

아픈 척 연기를 해야 하는 상황만 아니었다면 층계를 밟는 엘레나의 발걸음은 가볍다 못해 훨훨 날아가고 있을지도 몰랐다.

조용한 방 안에서 침대 위의 무언가가 한차례 꿈틀거렸다.

"우웅……."

어딘가에 막혀 눌린 듯한 소리가 나더니 베개에 얼굴을 묻었던 엘레나가 고개를 번쩍 들었다.

"심심해!"

어제저녁, 아프다고 거짓말을 한 뒤로 꼬박 세 끼를 방에서 먹었다. 지금쯤 로잘린느도 메이나드를 만났을 테니 아픈 척을 그만해도 될 텐데. 하지만 방금 점심 식사와 함께 등장한 리바이 공작이 심각한 얼굴로 뱉은 한마디가 엘레나를 방구석에 묶어 놓았다.

―내일까지 꼼짝 말고 방에서 쉬어.

쪼그만 게 눈을 부라리면서 하는 말이 얼마나 무서운지. 적어도 새벽의 궁 안에서는 리바이 공작의 말이 곧 법이었다. 또한 그게 아니더라도 아프다고 수업까지 안 한 사람이 다음 날 바로 멀쩡하게 돌아다니면 좀 이상하게 볼 것 아닌가.

그래서 어제 저녁부터 아침, 점심을 침대에서 받아먹고 할 일이 없어서 간식까지 먹었는데도 심심했다. 잠이라도 자 볼까 싶었지만, 원체 늦잠이나 낮잠과는 관계가 없는 삶을 살아온지라 눈이 말똥말똥하고 온몸이 근질거렸다.

"더 이상은 못 참아!"

일할래! 차라리 일을 시켜! 엘레나가 누웠던 자리에서 벌떡 일어나자 그녀의 은색 머리칼이 함께 춤을 췄다.

"후아, 일단 나가야겠어."

엘레나는 쿵쿵거리는 발걸음으로 옷장 문을 열었다. 똑같이 생긴 신관복 여러 벌이 주르륵 매달려 그녀를 기다리고 있었다.

"저녁 식사를 하러 오라고 하셨지만, 조금 일찍 가서 기다리지 뭐."

며칠 전 미리 약속했던 교황 성하와의 저녁 식사가 그녀를 살리는 것 같았다. 만약 나가는 길에 리바이 공작한테 들키더라도 할 말은 있었다.

'자그마치 성하께서 부르시는데 조금 아프다고 신관 된 바, 안 갈 수는 없잖아?'

얼른 신관복에 머리와 팔을 꿰어 넣은 엘레나는 만족스런 얼굴로 씨익 웃었다.

"신성력이 좀 늘은 것 같은데 칭찬해 주시려나?"

숙제를 열심히 한 어린아이처럼 가슴이 두근거렸다. 잘 알지도 못하는 할아버지가 어째서 이렇게 가깝게 느껴지고 피붙이가 생긴 것처럼 정이 가는지, 그 이유는 그녀도 몰랐다. 하지만 교황 성하는 떠올리면 한없이 편안하고 따뜻해지는 존재였다.

다행히, 그러나 조금 허무하게도 엘레나는 아무도 만나지 않고 새벽의 궁을 빠져나올 수 있었다. 첩보 영화를 방불케 하는 움직임으로 두근거리는 심장을 부여잡고 위험 지대를 벗어나자 그녀의 얼굴에 즐거움이 만개했다.

"흐음흠흠흠—."

기분도 좋고 날씨도 좋으니 콧노래기 절로 나왔다. 타박타박하는 경쾌한 발걸음으로 산책하듯 걸은 엘레나는 얼마 뒤, 황궁 내에 있는 라한 신전에 도착할 수 있었다. 때마침, 산책을 나온 듯한 교황 성하가 멀리 보였다.

"성하."

엘레나가 부르는 소리에 돌아본 교황이 인자한 미소를 보였다.

"엘레나 왔구나."

할아버지에게 달려가는 손녀가 된 느낌이었다. 한 번도 그런 경험은 없었지만, 왠지 그랬다.

엘레나가 가까이 다가가자 교황의 까슬한 손이 말없이 엘레나의 손을 잡아 왔다. 전해지는 온기에 얼굴이 붉어지는 것 같아 그녀는 일부러 더 아무렇지 않은 척 밝게 말했다.

"저 숙제 열심히 했어요, 성하."

그러자 교황이 그녀를 보며 다정하게 웃었다.

"치유력의 성취가 있었나 보구나."

"많이는 아니지만요. 성하 말씀대로 꾸준히 연습하니까 확실히 조금씩 늘기는 하는 것 같아요."

교황의 주름진 눈가가 찬찬히 엘레나를 응시했다. 아무래도 본인은 모르고 있는 것 같았지만 그녀의 성취는 놀라웠다. 겨우 몇 주 만에 이뤄 낼 수 있는 경지는 분명 아니었다.

선천적으로 몸에 지니고 태어난 신성력이 많지 않다면 이런 성과는 불가능했다. 아마 그동안 잠자고 있던 신성력이 치유 능력을 자주 사용하면서 빠른 속도로 깨어나고 있는 것일 테지.

젊고 활기 넘쳤던 신체가 이렇게 노쇠한 몸뚱이가 될 때까지 오랜 기간 모셔 온 주신 라한의 계획은 감히 인간의 짧은 식견으로는 어림짐작할 수 없는 것이다. 그분이 이 아이에게 부여한 미래가 부디 평안한 것이기를. 교황은 속으로 담담히 읊조렸다.

"네가 리바이 공작 전하를 가르치느라 수고가 많다는 소문은 나도 들었다."

"고, 고생은요. 신전에서 하던 노역에 비하면 아무것도 아닌데요, 뭐."

"상처가 많은 분이시다, 그분은. 네가 잘 보듬어 드리거라."

"네, 그럼요."

엘레나가 얼른 고개를 끄덕였다. 그녀를 기특하게 바라보던 교황이 엘레나의 등 뒤를 향해 말했다.

"제프리, 왔느냐."

제프리? 익숙하지만 경종을 울리는 이름에 엘레나가 얼른 뒤를 돌아봤다. 로잘린느에게 괴롭힘을 당하느라 잠시 잊고 있었던 깐깐한 제프리 추기경이 교황을 향해 공손히 인사를 올렸다.

"죄송합니다. 회의가 길어져 늦었습니다, 성하."

"아니다. 덕분에 오랜만에 정원도 걸어 보았지. 자, 다 같이 차나 한잔한 뒤에 식사를 함께하자꾸나."

오랜만에 교황 할아버지 얼굴도 보고 손녀딸같이 오순도순 이야기나 나누려고 왔다가 똥 밟았다. 이만 일어날까 싶어서 말을 꺼내려는

데 부드러운 교황 성하의 눈을 보니 차마 그런 말이 나오질 않았다. 결국 웃는 얼굴 뒤에 한숨을 감춘 엘레나가 고개를 끄덕이며 대답했다.
"영광입니다."
교황 성하와 제프리 추기경과 함께 한 시간은 의외로 나쁘지 않았다. 추기경이 이따금 말없이 째려보기는 했지만, 교황 성하의 앞이라 그런지 전처럼 빼딱하게 굴지도 않았고 호통을 치지도 않았다.
교황의 식사라고 하기엔 생각보다 너무나 간소한 식사가 마무리되었을 때, 교황이 먼저 자리에서 일어났다.
"저녁 기도를 하러 나는 이만 들어가 보아야겠다. 제프리, 엘레나를 새벽의 궁까지 데려다주지 않으련."
아, 망했다.
"그렇게 하겠습니다, 성하."
거절을 할 틈도 없이 엘레나는 정신을 차려 보니 제프리 추기경과 함께 단둘이 마차에 타고 있었다. 덜그럭거리는 바퀴 소리만 요란한 마차 안에서 엘레나는 죽어라 창밖만 내다봤다.
"수업은 어찌하고 성하를 알현하고 있는 것이었지?"
그럼 그렇지. 그 깐깐한 성격이 어디 가나. 엘레나는 아무렇지 않게 웃으며 대답했다.
"리바이 공작 전하께서 몸이 미령하시어 수업을 쉬는 날이거든요."
입에 침도 바르지 않은 거짓말이었지만, 그녀를 1년 동안이나 지옥에 살게 했던 제프리 추기경에게 하는 거짓말은 딱히 양심에 가책을 주지 않았다.
그녀를 못마땅하게 바라보기는 했으나, 리바이 공작이 몸이 약한 편이고 이런저런 일로 수업을 건너뛰는 경우가 많다는 것을 알고 있는 제프리 추기경은 별다른 말을 하지는 않았다.

마침내 마차가 새벽의 궁 앞에 섰다. 마차에서 막 내리려는 엘레나에게 제프리 추기경이 충고하듯 말했다.

"황궁에 들여보내기 전에도 말했다만, 설마 중급 신관인 네가 평민이라고 의심하는 사람은 없을 거다. 네 입으로 스스로 약점을 떠벌리고 다니지 않는 한은."

문고리를 잡은 엘레나의 움직임이 우뚝 멈췄다.

"너도 완전히 바보가 아닌 이상 그런 멍청한 일은 하지 않았으리라고 믿는다. 이 황궁이 얼마나 냉정하고 두려워해야 하는 게 많은 곳인지, 지금쯤이면 알고 있겠지."

네, 여기 멍청이에 바보 하나 추가요.

엘레나의 머릿속에 자기 마음 편하자고 덥석 비밀을 털어놨던 수습 기사 레이의 얼굴이 제일 먼저 떠올랐다. 그리고 자신의 신분을 약점으로 쥐고 있는 로잘린느도.

"네가 귀족이 아닌 평민이라는 것을 사람들이 알게 되면 피곤해지는 건 나다. 이 사람 저 사람을 만나며 네 역성을 들어 주어야겠지. 그리고 난 고작 너 같은 것 때문에 피곤해질 생각이 전혀 없다는 것을 알아 둬라."

제프리 신관이 낮은 목소리로 말했다.

평민이 감히 일반 귀족도 아닌 황제 폐하의 단 하나뿐인 남동생인 리바이 공작을 가르친다는 것을 알게 되면 길길이 날뛸 귀족은 로잘린느만이 아닐 것이고, 문제가 생기면 제프리 추기경은 그녀의 편을 들어주지 않을 거란 말이었다. 엘레나는 두 눈을 질끈 감았다.

"네, 알겠습니다. 절대로 그런 일은 없어야겠죠."

그 말을 남긴 엘레나는 도망치듯 마차에서 내려 새벽의 궁으로 들어갔다. 그 뒷모습을 바라보던 제프리 추기경은 얼마 전 교황 성하께서 내리신 명을 떠올려 보았다.

―엘레나의 출생에 대해서 알아보거라.

고아 출신인 평민 신관에 대해 알아보기 위해 추기경이 직접 움직인다는 것은 전대미문의 일이었지만, 제프리 추기경 스스로도 그 필요성을 느꼈다.

라한교의 수많은 신관들 중에서도 특별한 힘을 가진 자들은 매우 극소수였다. 대체로 어렸을 때 발현하게 되는 능력은 더 이상 커지지도 작아지지도 않은 채로 평생을 가는 것이 일반적이었다. 드물지만 능력이 사라지는 경우도 있었다.

"저렇게 급속도로 성장하는 경우는 더욱 드물지."

정화 의식에서 사고를 치기 전까지만 해도 치유의 능력이라고 부르기 민망할 정도로 미약했던 능력이 어느 순간부터 상처를 완전히 낫게 하고 새살이 돋아나게 했다. 엘레나가 교황 성하의 손에 난 꽤 깊은 상처를 치유하는 것을 목격했을 때는 제프리 자신도 두 눈을 믿을 수가 없었다.

한데 엘레나가 입궁을 한 후 들려오는 소식은 더욱 어처구니가 없었다. 새벽의 궁 사람들을 상대로 하루에도 몇 번이고 치유의 능력을 펼쳤다는 것이다. 그 힘이 점점 커지고 있다는 것이 명확하게 드러났다.

"누구냐, 너는."

이미 엘레나가 사라진 어둑한 길을 한참 동안 바라보던 제프리 추기경은 긴 시간이 흐른 후에야 마차를 출발시켰다.

"하아. 미쳤지, 내가. 어쩌자고……."

이 입을 확 꿰매 버릴까. 엘레나는 애꿎은 입술을 찰싹찰싹 때렸다. 하지만 시간을 돌릴 수 있는 것도 아니었다. 이제 와서 후회해 무엇 하나. 계단을 올라가는 그녀의 어깨가 축 처졌다.
그런데 그 순간, 별안간 호통 소리가 들렸다.
"이렇게 단순한 일도 제대로 못하다니. 도대체가!"
이게 무슨 일이지. 언제나 고요한 새벽의 궁에서 유래 없이 큰 목소리가 났다. 게다가 그 목소리는 꽤 귀에 익은 목소리였다.
엘레나가 서둘러 위층으로 향했다. 자신의 침실이 있는 복도 반대편에 위치한 로잘린느의 방문이 조금 열려 있는 것이 보였다.
"죄, 죄송합니다. 분명 그 책이라고 하시었는데……."
엘레나가 열린 문틈으로 빼꼼히 고개를 넣어 들여다보니 로잘린느가 표정을 감출 생각도 없이 한 하녀를 향해 서릿발같이 화를 내고 있었다.
"딱 보면 몰라? 제목이 다르잖아, 제목이!"
"그, 그게 제가 까막눈이라……. 죄송합니다, 프란시스 영애."
뭘 그렇게 잘못했는지 로잘린느보다 열 살은 많은 듯한 하녀는 푹 수그린 고개를 들 줄 몰랐다.
"글을 몰라? 무식하게…… 하찮은 평민들이란!"
글을 모른다는 부끄러움인지, 아니면 나이 어린 로잘린느에게 면박을 당한다는 수치스러움 때문인지 하녀의 얼굴이 새빨갛게 달아올랐다.
"버러지 같은……."
명백히 인격적인 모독을 당하고 있음에도 하녀는 아무런 반론도, 스스로를 위한 변론도 하지 못했다. 다만 눈에 눈물이 차오를 뿐이었다.

"말씀이 좀 심하신 것 아닌가요."

엘레나는 머리가 뜨거워지는 것을 느끼며 두 사람 사이에 끼어들었다. 로잘린느는 이건 또 뭐야 하는 표정으로 그녀를 내려다봤다. 이럴 때 키라도 좀 컸으면 똑같은 높이에서 노려봐 줄 수 있었을 텐데.

"무슨 상황인지는 모르겠지만 그만하시죠."

"에, 엘레나 님."

곤욕을 치르고 있던 하녀는 엘레나의 얼굴을 보자 반갑게 울먹였다. 내가 이 사람을 알았던가. 엘레나는 잠시 그녀의 얼굴을 자세히 봤다.

"올리비아 님."

그녀는 새벽의 궁에서 청소와 빨래를 주로 하는 하녀로 엘레나가 허리를 자주 치유해 줬던 사람 중 하나였다. 올리비아는 자신의 이름이 불리자 마침내 굵은 눈물 한 방울을 떨궜다.

"왜 여기서 이러고 계세요."

"프, 프란시스 영애께서 도서관에서 책을 빌려 오라고 하셨는데 제가 글을 몰라 도서관 사서님께 부탁을 드렸어요. 그런데 아무래도 잘못된 책을 빌려 온 것 같아요. 그래서……."

순간 어이가 없어서 헛웃음이 나려고 했다. 겨우 그런 일 때문에 사람에게 하찮다, 버러지 같다 따위의 말을 하다니. 엘레나는 속이 뒤집어지는 것 같았다.

"프란시스 영애, 겨우 책입니다. 책을 잘못 빌려 왔다고 해서 이런 식으로 말씀하시다니, 지나친 처사이신 것 같은데요."

"엘레나 님, 저는 괜찮아요. 제가 얼른 다시 가서 맞는 책으로 빌려 올……."

"아뇨."

자신이 정말 죽을죄라도 지은 것처럼 숙인 허리를 펴지도 못하는 모습에 속에서 무언가가 치밀었다.

"프란시스 영애, 앞으론 본인이 읽을 책은 영애가 직접 빌려 오고 반납하시는 게 어떨까요."

"뭐라고요?"

"그편이 훨씬 덜 번거로울 것 같은데요. 이렇게 다른 사람을 시키는 것보다는요."

"하 참, 아이가 없어서."

진짜 아이가 없는 게 누군데 지금. 엘레나는 깔끔하게 틀어 올린 로잘린느의 머리채를 잡고 싶어 근질거리는 손을 꽉 쥐었다. 그동안은 하는 짓이 얄미워서 못됐다고 했지만, 너 정말로 못된 애였구나.

"자기 일은 자기가 하는 게 맞는 거잖아요."

중간중간 쌍자음과 된소리로 점철된 단어를 마구 집어넣으면 속이 시원하겠지만, 보는 눈이 있어 차마 그렇게는 하지 못했다. 하지만 로잘린느는 엘레나의 보편타당한 말에도 전혀 느끼는 점이 없는지 오히려 피식 웃었다.

"자기 일은 자기가? 애초에 귀족의 시간과 평민의 시간이 가치가 같을 거라고 생각하는 것 자체가 오산이죠. 그렇다면 귀족들이 돈을 줘 가면서 하인들을 고용하는 의미가 없잖아요? 사용인들은 고귀한 귀족들이 하찮은 일에서 일분일초라도 더 자유로울 수 있기 위한 도구에 불과하답니다."

그렇게 말하는 로잘린느는 정말 한 치의 의심도 없이 그렇게 생각하는 것 같았다.

"리바이 공작 전하께선 그리 생각하지 않으시던데요."

"리바이 공작 전하께선 아직 어리시고 새벽의 궁 안에서만 자라 귀족적인 사고방식이 제대로 잡혀 있지 않으실 뿐. 좀 더 배우고 자라면 달라지시겠지요. 그리고 그게 공작 전하의 선생님으로서 나의 몫이기도 하고요."
"그럼 어제 공작 전하 앞에서도 그렇게 말을 해 보시죠. 왜."
"그, 그건……."
여태껏 의기양양하던 로잘린느가 말을 더듬으며 이렇다 할 반박을 하지 못했다. 굳이 로잘린느가 대답을 하지 않아도 엘레나는 그 이유를 알았다.
강한 자 앞에선 약하고, 약한 자 앞에선 강한 사람. 엘레나는 그런 부류의 사람을 잘 알았다.
그녀가 단아였을 때, 사회의 제일 밑바닥에서 살아남으려, 세상에서 제자리를 찾아보려 발버둥을 치는 단아는 약자였고, 보육원 밖의 세상은 저런 사람들로 가득했으니까.
엘레나는 더 이상 이곳에 서서 논쟁을 할 이유를 느끼지 못했다. 진심으로 저렇게 생각하는 사람에게 무슨 말이 통할까. 로잘린느와 더 입씨름을 하는 대신 엘레나는 올리비아를 보며 이야기했다.
"올리비아 님, 이만 가 보세요. 어서요."
"하, 하지만."
올리비아는 엘레나를 로잘린느 앞에 남겨 두고 가는 게 걱정이 되는지 쉽게 발을 떼지 못했다.
"괜찮아요. 가서 저녁 식사 하셔야죠."
"그럼 제가 책만 다시 빌려 오고……."
"아니."
올리비아의 손에 들려 있던 책을 로잘린느가 탁 소리가 나도록 빼앗았다.

"엘레나 님이 다녀와 주세요."

"프, 프란시스 영애! 어찌…….."

올리비아는 발을 동동 굴렀다. 저 때문에 신관님이 곤욕을 치르시는구나 싶어 온통 울상이 되었다. 로잘린느가 쐐기를 박았다.

"그래 줄 거죠?"

잠시 침묵이 흘렀다. 그와 대비해 엘레나의 머릿속은 요란하게 시끄러웠다. 로잘린느의 푸른 눈동자를 보며 그녀는 가슴을 들썩이며 숨을 몰아쉬었다.

마음 같아선 로잘린느가 보는 앞에서 저 책을 한 장 한 장 찢고 싶었지만, 그럴 수 없었다. 여기서 그녀가 한마디라도 더 쏘아붙였다간 로잘린느는 엘레나가 평민이라는 것을 까발릴 것이다. 웃음기 가득한 로잘린느의 눈이 그렇게 말하고 있었다.

―그리고 난 고작 너 같은 것 때문에 피곤해질 생각이 전혀 없다는 것을 알아 둬라.

엘레나의 머릿속에 제프리 신관의 말이 메아리쳤다. 로잘린느의 붉은 입술이 꼬리를 치켜들고 웃음을 머금었다.

후읍, 폐부 가득히 숨을 들이켠 엘레나는 로잘린느의 손에서 책을 낚아챘다.

"그래요. 반납해 드리죠."

내가 자존심 때문에 못할 줄 알았나 본데, 이까짓 일은 얼마든지 할 수 있었다. 정말 열받고, 신분제 따위의 계급장 떼고 붙자고 소리를 지르고 싶었지만 엘레나는 참았다. 겨우 이 정도 일로 내가 방방 뛸 줄 알았다면 날 물로 본 거라고.

엘레나는 그 길로 로잘린느의 방을 나와 도서관으로 향했다. 퇴궁 시간이 가까운 것인지 주변에 마차가 꽤 보였다. 노을이 지려고 하는 하늘을 보면서 뒤늦게 한 가지를 깨달았다.

"잠깐만, 그럼 쟤는 아직도 메이나드를 못 만난 거네?"

둘이 만날 수 있도록 판을 깔았지만 정작 본인이 발로 걷어찬 격이었다.

"이래서 사람이 마음을 곱게 써야 하는 건가 봐."

마차를 이끄는 말발굽 소리가 경쾌할 만도 하지만, 기분은 울적했다. 로잘린느가 못되게 군 게 처음도 아닌데 마음이 왜 이럴까.

점점 생각이 길어지고 있었다. 쓸데없는 생각이다. 얼른 책 사져다주고 잠이나 자야겠다. 엘레나는 그렇게 생각하며 도서관에 다다른 마차에서 내렸다. 그리고.

"어라?"

"어?"

도서관 정문을 향해 올라가는 너른 계단 위에서 내려오던 메이나드와 마주쳤다.

"엘레나 님!"

"……어네스 경."

그 순간 드는 생각은 메이나드가 잘생겼다는 것과 로잘린느는 오늘 참 엄청난 것을 놓쳤구나 하는 것이었다.

"오랜만입니다, 엘레나 님."

메이나드가 해사하게 웃었다.

"그러네요, 어네스 경. 퇴궁하는 길이신가 봐요."

"네. 막 집으로 가려던 길…… 엘레나 님, 무슨 일 있으십니까?"

메이나드가 더 가까이로 내려오면서 물었다.

"네? 저요?"

"예. 안색이 좋지 않으신데요……."

따듯한 갈색 눈이 걱정스레 엘레나의 얼굴을 보듬었다. 생글생글 웃는 얼굴이 머릿속에 남을 정도로 밝던 엘레나가 오늘은 조금 달라 보였다.

"아…… 이상하다. 왜 그럴까요. 저는 아무렇지도 않은데."

메이나드에게 '오늘 너하고 만나게 해 주려던 여자주인공 기지배가 신분으로 사람 무시하고 협박해서 오늘은 기분이 좀 구려요.'라고 할 수는 없다. 엘레나는 어깨를 으쓱하며 도서관 쪽으로 발걸음을 떼었다.

"만나 뵙게 되어서 반가웠습니다, 어네스 경. 제가 도서관이 닫기 전에 이 책을 반납해야 해서요. 조심히 들어가세요."

도서관 안에 있었던 사람들이 하나둘 나오는 것을 보고 엘레나가 메이나드에게 꾸벅 인사를 했다.

"아! 저, 엘레나 님!"

책을 들고 있지 않은 그녀의 오른손을 메이나드의 큰 손이 다급하게 잡아 왔다.

"……."

엘레나가 잡힌 손을 빤히 내려다보자 자신이 방금 무슨 짓을 했는지 깨달은 메이나드는 얼른 손을 놓았다.

"저, 그, 그게……."

메이나드는 자신의 얼굴이 붉어지고 있다는 것을 느낄 수 있었다. 가슴이 떨리고 잔뜩 긴장이 되면서 귀가 홧홧했지만 용기를 냈다.

"저랑 어디 좀 가 주시겠습니까?"

드디어 말했다. 상상 속에서만 수백 번을 했던 말이 드디어 그녀에게 전해졌다. 심장이 금방이라도 가슴 밖으로 튀어나올 것 같았다.

"……저 지금 체포되는 거예요?"

"예?"

"저 지금 잡아가시는 거 아니죠?"

잠시 엘레나의 말이 이해가 되지 않아 갈색 눈동자를 굴리던 메이나드는 몇 초 뒤 두 손을 크게 내저었다.

"아닙니다! 절대! 그런 거 아닙니다!"

"휴, 난 또. 너무 심각한 얼굴로 말씀하셔서 저 체포당하는 줄 알았잖아요."

"지, 죄송합니다!"

"죄송할 것까지야. 그런데 어디를요?"

"시간…… 괜찮으십니까?"

얼른 책을 반납하고 방으로 돌아가 쉴 생각이었지만, 딱히 하고 싶은 일이 있어서는 아니었다. 이런 기분에 혼자 방에 있으면 더 우울해질 것 같기도 하고.

엘레나는 잠시 생각을 하다가 메이나드에게 고개를 끄덕여 보였다.

"네. 이 책만 반납하면요."

"그럼, 제가 빨리 다녀오겠습니다!"

"어? 잠시만요!"

엘레나가 뭐라고 잡을 새도 없이 메이나드가 그녀의 품에 있던 책을 가지고 성큼성큼 계단을 뛰어 올라가 버렸다. 기사라 그런지, 다리가 길어서 그런지 펄쩍펄쩍 가볍게 뛰는 것처럼 몇 계단씩을 한 번에 올라가더니 엘레나의 당황이 채 가시기도 전에 웃는 얼굴로 돌아왔다.

"책은 잘 반납했습니다! 가시죠!"

그렇게 뛰어갔다 왔는데도 숨찬 기색 없이 해맑게 웃는 메이나드였다. 그가 이끄는 대로 어네스가의 문장이 고급스럽게 새겨진 마차에 올라타며 엘레나는 생각했다.

'남자가 이렇게 예쁘면 반칙 아닌가.'

✦

"여, 여기는……."

엘레나는 차마 말을 잇지 못했다. 마차에서 내린 자리 그대로 입만 벙긋벙긋하며 서 있었다.

"엘레나 님과 꼭 한번 와 보고 싶었습니다."

"베, 벨벳 제과점……."

말을 듣지 않는 목 근육을 억지로 움직여 엘레나가 메이나드를 바라봤다.

"네. 제 단골 가게입니다."

'아, 여기가 말로만 듣던 그 유명한 제과점…….'이라고 할 줄 알았냐. 여기를 왜 나랑 온 거야.

엘레나는 지금도 사람들이 바쁘게 드나들고 있는 커다란 디저트 가게를 바라봤다. 로잘린느가 메이나드를 만나는 곳. 이럴 줄 알았으면 너 대신 도서관에 안 간다고 그 짓을 할 게 아니라 바로 여기로 보낼 걸 그랬나. 그런 허무한 마음도 들었다.

엘레나가 아무 말 없이 물끄러미 가게를 바라보기만 하자 메이나드의 표정이 어두워졌다.

"……역시 이상합니까?"

"네? 뭐가요?"

"제가 디저트 가게 단골이라는 게…….'

엘레나는 그제야 아차 싶었다. 아무래도 시대가 시대이고 직업이 기사다 보니 보통 여자들이 좋아하는 달콤한 디저트를 좋아한다는 것에 콤플렉스를 가지고 있는 메이나드였다. 용기를 내서 그녀를 이곳에 데려온 것일 텐데, 자신의 반응이 좋지 않으니 신경이 쓰일 수밖에.

"아뇨. 그냥 이런 곳이 있다는 게 좀 신기해서요."

디저트 가게는 한국의 카페나 제과점만큼이나 크고 천장이 높았다. 길가에 바로 출입구가 있는 것이 아니라 안쪽으로 쑥 들어가야 있었는데, 그 긴 처마 아래에는 다른 노점상들도 옹기종기 모여 있는 것이 보였다.

"정말 예쁘네요."

이곳에 오는 사람들이 볼 수 있도록 커다란 창문 바로 앞에 각양각색의 디저트들이 놓여 있었다. 알록달록한 크림을 얹은 컵케이크도 보였고, 과일이 올라가 있는 케이크들과 여러 종류의 쿠키도 보였다. 그리고 그보다 더 중요한 것은.

"어어. 저거 다 나갔다! 이것도 몇 개 안 남았어요!"

사람들이 진열대 위의 디저트를 하나씩 사 가는 것이 한눈에 보인다는 것이다. 점점 드러나는 쟁반 바닥은 구매 욕구를 절로 자극했다.

"빨리 들어가요, 우리! 다 팔리기 전에!"

엘레나가 메이나드의 팔을 잡아 가게 안쪽으로 끌었다.

"앗! 자, 잠시만……."

작은 몸에서 어떻게 그런 힘이 나오는지 의문하는 것도 잠시, 제과점 안으로 끌려 들어가는 메이나드의 얼굴이 달아올랐다. 엘레나는 열심히 앞으로 걸어가고 있었지만, 그의 신경은 온통 그녀가 잡고 있는 자신의 팔에 쏠렸다. 그녀의 손에 이끌려서 제과점 문을 밀고 들어가는 동안 심장이 터질 것만 같았다.

그러다가 문득 고개를 들었을 때, 메이나드의 얼굴은 더욱 빨개졌다.

"저, 저기 엘레나 님……."

"저것도 맛있겠다! 네? 왜요?"

까치발을 들면서 목을 길게 빼고 케이크를 구경하던 엘레나가 고개를 갸웃했다.

"저어…… 다들 쳐다봅니다. 이 손 좀……."

메이나드의 말에 엘레나는 주변을 둘러보았다. 아니나 다를까, 가게에 가득 들어찬 여자들이 두 사람을 호기심 섞인 눈으로 바라보고 있었다. 아마 메이나드의 미모가 시선을 끌었을 테고, 그런 메이나드의 팔을 잡고 있는 엘레나의 정체가 궁금했을 것이다.

"아, 죄송해요. 성격이 급해서. 그런데 평소에도 이렇죠? 어딜 가나 사람들이 쳐다보고."

"뭐, 가끔은……."

"무슨 연예인이랑 같이 다니는 것 같네."

"네? 연예…… 그게 뭡니까?"

"아무것도 아니에요. 혼잣말이니까 신경 쓰지 마시고, 얼른 디저트 골라요."

"크흠, 그러죠."

메이나드는 고개를 끄덕이며 대답했다.

잠시 뒤, 고른 디저트들을 앞에 두고 앉은 엘레나는 등을 털썩 의자에 기대며 한숨을 쉬었다.

"아, 정말 힘들었어. 고르는 거 너무 힘들었어."

"풉."

정말 지친 얼굴로 중얼거리는 엘레나를 보며 메이나드는 작게 웃었다.

"왜요?"

"귀여우셔서요."

"그렇게 아부하셔도 케이크 위에 올라간 딸기는 안 드릴 거예요."

엘레나가 잔뜩 경계하며 말하자 메이나드가 푸핫 하고 웃음을 터뜨렸다.

"드세요. 다 드릴게요. 이 초콜릿도 드릴까요?"

메이나드가 자신이 고른 케이크 위에 올라가 있는 초콜릿을 가리키며 말하자 잠시 진지하게 고민하던 엘레나는 결국 고개를 저었다.

"아뇨. 남의 것까지 달라고 하는 그런 염치없는 사람 아니에요, 서."

그러면서도 눈을 초콜릿에서 떼지 못하는 그녀의 모습에 메이나드는 웃음을 억누르지 못했다.

"푸흡. 드세요, 이거."

"에헤이, 아니라니까요."

두 사람은 그렇게 한참을 작은 초콜릿 조각을 가지고 실랑이를 했다. 그 실랑이는 결국 엘레나의 입 안으로 그 초콜릿이 들어가면서 마무리되었다. 그것을 입 안에서 우물거리면서 그녀가 말했다.

"고마워요."

볼 때는 작아 보였는데 입 안에 넣고 보니 꽤 큼직한 조각이라 엘레나의 한쪽 볼이 볼록했다.

"초콜릿 한 개 가지고 몇 번을 고맙다고 하시는 거예요."

맞은편에 앉은 메이나드가 자신도 케이크를 입 안에서 우물거리며 말했다.

"아뇨. 그거 말고 오늘 여기 데려와 줘서 고맙다고요. 사실 기분이 별로였거든요."

엘레나는 그렇게 말하면서 웃었다.

원래 오지랖이 좀 넓은 편이긴 했지만 그렇다고 해서 정의감에 불

타는 성격은 아니었다. 불의를 봐도 잘 참았다. 다른 사람의 곤경 앞에서 주먹을 쥐고 뛰어들기보단 괜히 참견하는 게 아닐까, 나에게 피해가 오지는 않을까 겁내는 평범한 사람이었다.

로잘린느에게 혼이 나고 있는 올리비아를 그냥 지나치지 못한 것은 어찌 보면 그녀답지 않은 일이었다. 차라리 못 본 척 방으로 들어가는 게 어쩌면 그녀다운 행동이었으리라.

하지만 올리비아의 얼굴을 본 순간, 그럴 수 없었다. 글을 못 배운 것이 올리비아의 잘못은 아닐 텐데. 그런 생각이 들었다. 마치 고아로 태어난 것이 자신의 잘못이 아니었던 것처럼.

"그럼 이제 기분이 조금 나아지셨습니까?"

메이나드가 엘레나 앞에 놓인 빈 찻잔에 따뜻한 차를 채워 넣어 주며 물었다.

"네. 많이 나아졌어요!"

엘레나가 그렇게 말하며 생글 웃었다.

아, 이거다.

메이나드는 찻주전자의 손잡이를 쥔 손을 자기도 모르게 꽉 쥐었다. 그녀의 이 웃는 얼굴이 보고 싶었다.

일상생활의 중간중간 뜬금없이 떠올랐던 그녀는 마차 안에서 창밖을 바라보는 살랑이는 머리칼이기도 했고, 종이에 베인 자신의 손을 잡아 오던 작은 손의 온기이기도 했으며, 명랑한 목소리이기도 했지만, 무엇보다 이 미소였다.

그는 엘레나와 함께 웃었다.

"와아, 어네스 경! 그렇게 웃으니까 정말 멋있어요! 아니, 평소에도 멋있지만요."

"그렇……습니까?"

말 중간의 여운이 길게 늘어졌다. 마음을 놓고 방심하고 있는 와중에 엘레나에게서 들은 '멋있다'는 말이 마치 급소를 찔린 것처럼 그의 호흡을 앗아 간 탓이었다. 꼴사납게 캑캑거리지 않으려 안간힘을 썼지만, 얼굴이 또다시 붉어졌다.

"고맙습니다."

"에이, 고맙긴요. 저는 사실을 말한 것뿐인데요. 메이나드, 아니 어네스 경 멋있는 거야 원래부터 유명하잖아요."

아 씨, 깜짝이야. 책을 읽던 습관으로 그를 메이나느라고 부를 뻔한 엘레나는 얼른 말을 고쳤다.

"게다가 오늘 이런 데에도 데려와 주시고. 덕분에 맛있는 디저트도 먹었고요."

한 입 한 입 먹다 보니 어느새 생크림만 남은 접시를 싹싹 긁으며 엘레나가 말했다.

"저, 엘레나 님. 정말 그렇게 고마우시면 제 부탁 하나 들어주실 수 있겠습니까?"

"네? 부탁이요?"

"그리 어려운 부탁은 아니길…… 바라고 있습니다."

아니길 바라고 있다니, 그건 또 무슨 말이래. 어감이 묘한 메이나드의 말에 엘레나는 어깨를 으쓱했다.

"네, 알았어요. 뭔데요."

"저를 이름으로 불러 주시지 않겠습니까?"

조금 무리한 부탁일지도 몰랐다. 귀족 사회에서 성이나 직책이 아닌 이름으로 불린다는 것은 꽤 많은 것을 의미했다. 높은 사람이 아랫사람을 이름으로 부르는 것은 그들의 상하 관계를 나타내는 것이었고, 일반적으론 두 사람의 친밀함을 나타내는 표시이기도 했다.

"이름이라면…… 메이나드 경?"

엘레나의 입에서 자신의 이름이 나오자 메이나드는 활짝 웃었다. 그는 밝은 초록의 눈동자가 긴 속눈썹에 다 가려질 만큼 기뻐했다.

누군가가 자신의 이름을 불러 주는 것이 이렇게 기쁠 줄이야. 어쩌면 매우 단순하고도 별것 아닌 것이 이렇게나 특별하게 느껴졌다.

"네, 엘레나 님."

메이나드는 자신의 목소리가 미세하게 떨리는 것을 느낄 수 있었다. 그러다 문득 엘레나 앞의 접시가 깨끗하게 비워진 것을 눈치채고 대신 자신의 접시를 내밀었다.

"괜찮다면 이것도 드십시오. 저는 배가 불러서."

"배가 불러요? 한 입밖에 안 드셔 놓고선."

"네. 왠지 그러네요."

스스로의 입에 집어넣는 것보단 그녀가 먹는 것을 보고 있는 것이 더 배가 불렀다. 어느새 자신이 비운 접시와 자리가 바뀐 메이나드의 접시를 보던 엘레나는 고개를 끄덕였다.

"음식 버리면 안 되니까요. 정말 안 드세요?"

"네. 엘레나 님 드십시오."

"고마워요, 메이나드 경."

아아, 계속 이렇게 그녀가 부르는 내 이름을 들을 수만 있다면 세상의 모든 케이크를 가져다 바칠 수도 있으리라. 메이나드는 뿌듯한 얼굴로 엘레나가 큼지막한 케이크 조각을 한 입씩 허물어 버리는 것을 지켜봤다.

9장

9장

로잘린느는 응접실이 있는 1층으로 가기 위해 계단을 내려갔다. 사뿐사뿐, 발걸음 소리는 나지 않았다. 걸음걸음마다 옷감 스치는 소리만 들릴 듯 말 듯 했다.

'완벽해.'

로잘린느의 입에 만족스런 미소가 걸렸다. 이런 자신을 보고 그 누가 변방 시골 남작의 딸이라고 생각할 수 있을까.

아주 어렸을 적부터 그녀는 달랐다. 닭장이나 다름없는 조그마한 시골 영지 안의 닭들 중 한 마리의 백조처럼 돋보였다. 그것은 누구보다도 로잘린느 자신이 제일 잘 알았다.

그래서 견딜 수가 없었다. 평민의 것이나 다름없이 허름한 집과 옷도, 가뭄이 들자 귀족세를 감당하지 못해서 신분을 포기하려던 유약한 부모님도.

"영지민들에게 세금을 더 걷으면 될 것을."

로잘린느가 웃으며 자신이 입고 있는 드레스의 부드러운 옷감을 쓸었다. 황도로 오기 직전, 영지민들에게 추가로 받아 낸 세금은 이렇게 유용하게 쓰였다.

"안녕하십니까, 프란시스 영애."

산더미 같은 빨래를 안고 가던 하녀 하나가 그녀를 알아보고는 멈춰 서서 인사를 했다. 로잘린느는 우아하게 고개를 끄덕해 보였다.

그녀가 완전히 앞을 지나갈 때까지 그 자리에 멈춰 서 있어야 하는 하녀의 곁을 지나가자니, 힘들어서 '끄응' 하는 소리가 들려왔다.

"풋."

거친 노동을 해야 하는 삶이 가엾고도 우스웠다. 로잘린느는 등 뒤에서 자신을 바라보는 하녀의 시선을 느낄 수 있었다.

부럽겠지, 그리고 비참하겠지. 하지만 어쩌겠나. 이게 모두 태생의 차이인 것을.

문득 자신에게는 어울리지 않았던 시골 영지를 벗어나던 날이 생각이 난 로잘린느는 미소를 감출 수가 없었다. 그 지긋지긋한 곳을 벗어나는 데에 성공했으니, 이제 그녀를 황도 사교계에 안착시켜 줄 남자를 찾는 일만 남았다. 그런 면에서 지금 그녀가 하고 있는 일은 완벽하다고 할 수 있었다.

로잘린느는 잠시 서서 머리 모양새를 가다듬은 뒤, 응접실로 들어섰다.

"좋은 아침입니다, 공작 전하."

유모인 일리야와 무언가 대화를 나누던 리바이 공작이 말을 멈추고 그녀를 돌아봤다. 미소 짓고 서 있는 로잘린느를 본 리바이 공작은 고개만 한 번 까딱할 뿐이었다.

다른 귀족 남성들처럼 앉아 있던 자리에서 일어나며 에스코트를 하는 것은 바라지도 않았지만, 마주 인사를 하는 예의도 보이지 않는 태도에 순간 로잘린느의 얼굴이 굳었다. 하지만 그것도 잠시, 로잘린느의 얼굴은 금세 화사한 미소로 돌아왔다.

"오늘은 전에 말씀드렸던 다과회 때문에 수업을 하지 못할 것 같습니다. 아시다시피 후작 부인께서 초청해 주신 자리라……."

"아아. 난 신경 쓰지 말고 다녀오도록."

로잘린느가 웃으며 조심스레 하는 말을 리바이 공작이 툭 끊어 내며 손을 내저었다.

"덕분에 수업 안 하고 나야 좋으니."

"고, 공작 전하!"

곁에서 일리야가 깜짝 놀라 리바이 공작을 말렸지만, 정작 말을 한 당사자는 도리어 그런 일리야를 째려볼 뿐이었다.

"그럼 다녀와서 뵙겠습니다."

로잘린느는 자리에서 벌떡 일어났다. 일리야는 어쩔 줄 모르고 그녀의 눈치를 보았지만, 리바이 공작은 이제 아예 책을 펼쳐 들었다.

귀족다운 품위라고는 눈을 씻고 봐도 보이지 않는 행동에 로잘린느는 그대로 돌아섰다. 화가 난다고 얼굴을 붉히고 소리를 지르는 것은 귀족답지 못한 일이었다. 귀족은 언제나 여유를 잃지 않아야 했다.

막 로잘린느가 복도로 나왔을 때, 응접실의 다른 쪽 입구로 엘레나가 들어서는 것이 그녀의 눈에 띄었다. 로잘린느는 가던 걸음을 멈추고 복도에 아무도 없는 것을 확인한 뒤 응접실 입구 근처의 벽에 가만히 붙어 섰다.

"왜 이제야 내려왔어!"

제일 먼저 리바이 공작의 큰 목소리가 들려왔다.

"일어나자마자 씻고 내려온 건데요."

"그래도! 나를 기다리게 하다니."

아무도 다니지 않는 텅 빈 복도에서 로잘린느는 조용히 인상을 찌푸렸다.

공작이 제아무리 제대로 교육을 받지 못하고 방치되다시피 자랐다고는 하나, 그 정도가 심했다. 순간 리바이 공작의 교사로 들어온 자신의 선택이 잘못된 것인가 하는 생각이 들었다.

이 자리를 따내기 위해 얼마나 고생을 했었던가. 촌수를 쉽게 세어 볼 수도 없는 희미한 혈연을 핑계로 블룸버그 백작가에 의탁을 했다. 사교계에 끼어들 수 있는 방법을 물색하던 도중, 리바이 공작의 교사를 구한다는 소식을 듣고 백작 부인에게 추천서를 부탁했지만 거절당했다.

하지만 포기할 수는 없었다. 아무것도 아닌, 시골 촌뜨기에 불과한 그녀가 중앙 사교계에 발이라도 디뎌 볼 수 있는 방법은 리바이 공작의 교사가 되는 것뿐이었으므로.

결국 로잘린느는 어렸을 적 조모에게서 물려받았던 값비싼 골동품 브로치를 백작 부인에게 선물로 주고 나서야 겨우 궁내부 면접관의 얼굴을 볼 수 있었다.

하지만 그렇게까지 해서 가르치게 된 리바이 공작은 권력과는 정치가 멀었다. 오히려 이 새벽의 궁에 유폐된 것은 아닌가 싶기도 했다.

"저 배고픈데."

말하는 본새하고는. 로잘린느는 그렇게 생각하며 응접실 안쪽을 바라봤다. 그녀를 보고는 꼼짝도 하지 않았던 리바이 공작이 일어나서 엘레나의 근처에 서 있었다.

두 사람 사이의 거리는 한 팔 거리도 되지 않아 보였다. 공작은 흡사 나이 차이 많이 나는 누나나 엄마의 치맛자락을 잡고 칭얼거리는 어린아이 같은 모습이었다.

"나도 여태껏 먹지 않고 기다리고 있었다고!"
"왜 그러셨어요, 쓸데없이."
"뭐? 기껏 기다려 줬더니!"

버럭버럭 소리는 지르지만 리바이 공작은 여전히 웃고 있었다. 조금 전에 자신을 보지도 않고 관심 없이 뚱한 표정을 지었던 동일 인물이라고는 생각하기 어려웠다. 로잘린느가 아랫입술을 깨물었다.

"흥, 이 조그만 궁에 틀어박혀 사는 어린애와 천한 평민의 조합이라니. 볼만하네."

로잘린느는 다시 자신의 방을 향해 걸음을 옮겼다. 연회를 주최하길 하나, 유력한 남성 귀족이 드나들길 하나. 자신에게 아무런 도움도 되지 못하는 리바이 공작은 어찌 되든 상관없었다.

아직도 도란도란 이야기 소리가 들려오는 응접실을 흘겨본 그녀는 후작 부인의 티 파티를 생각하면서 빨간 입술을 말아 올렸다.

일리야는 배가 고프다고 툴툴거리는 리바이 공작과 엘레나를 새벽의 궁 후원으로 데리고 나왔다.

하늘은 높고 맑았고, 기분 좋은 볕이 눈부시게 빛났다. 좋은 날씨와 티 없이 하얀 찻잔에 담긴 붉은 찻물의 조합이란. 엘레나는 이곳에 와서 처음 누려 보는 호강에 저절로 기분 좋은 기지개가 나올 것 같았다.

"배부르니까 좋아?"

그럼 안 좋겠어? 엘레나는 물으나 마나 한 질문을 하는 리바이 공작을 쳐다보았다.

"그대는 밥 먹기 전과 후의 표정이 너무 달라."

리바이 공작은 고개를 절레절레 저었다.

"공작 전하도 한번 밥 굶어 보세요. 언제든 배부르게 먹을 수 있다는 게 얼마나 큰 행복인……."

해가 구름을 벗어나면서 더욱 따뜻해지는 햇살을 즐기던 엘레나는 자신의 옆얼굴을 따갑게 하는 시선에 말을 멈추고 리바이 공작을 돌아봤다.

"밥…… 못 먹었어?"

"……네?"

"밥 굶었어? 배가 고파도 못 먹었던 거야?"

어, 이게 아닌데. 리바이 공작의 눈썹이 점점 아래로 내려갔다.

"아, 그게 있죠……."

"라한 신전은 신관들의 밥도 굶기나? 한 해에 황실에서 신전에 기부하는 돈과 식량만 하더라도 얼만데!"

뭔가 크게 오해를 하고 있다. 엘레나는 더 이상 사태가 심각해지기 전에 상황을 정리할 필요성을 느끼고 한쪽 손을 척 들어 보였다.

"잠깐만요! 오해하지 마시고요. 저 밥 굶은 적 없어요! 적어도 먹을 게 없지는 않았다고요!"

"거짓말하긴. 이제 와서 하는 말이지만, 처음 새벽의 궁에 왔을 때 내가 얼마나 놀랐는지 알아? 키도 작으면서 깡말라서, 나는 내가 하도 사고를 쳐서 길거리에서 못 먹고사는 평민 여자 하나를 주워 왔구나 했다고."

흠칫. 엘레나는 살짝 움찔했다. 은근 날카로운 구석이 있단 말이야. 그녀는 찔린 표정을 감추려 일부러 더 화난 얼굴을 했다.

"지금 그거 되게 실례 되는 말씀이신 거 아시죠?"

"그, 그게 아니고……. 하여튼 밥을 굶은 적이 없다면, 방금 그 말은 뭐야?"

사실 엘레나는 단아로서의 삶을 이야기한 것이었다. 매끼 식사는 나오지만 다른 사람의 몫도 생각해야 하니 풍족하게 배불리 먹지는 못했던 생활.

조금씩 커 가면서 간식 같은 것은 더 어린 동생들에게 양보해야 했다. 그러니 맛있는 음식을 먹을 수 있을 만큼 마음껏 먹는 지금의 이 여유가 얼마나 소중하고 어떤 이들에게는 얼마나 얻기 힘든 것인지 잘 알았다.

"부모에게 버려지거나 병이나 전쟁으로 부모를 잃고 길거리에서 자라는 아이들이 얼마나 많은 줄 아세요?"

비록 3년의 짧은 시간이었지만 분명 전쟁이 있었고, 분쟁에 따른 피해도 여전히 존재했다. 그에 제일 피해를 받는 것은 어린아이나 여성들로, 자연스레 부모 없는 아이들이 늘어났다.

운이 좋으면 친척이 거둬들이겠지만 대부분은 길거리를 전전하거나 비슷한 사정의 아이들끼리 무리를 지어 살았다. 이게 엘레나가 여기저기서 주워들은 제국의 현실이었다.

"비록 전에 없던 태평성대라고는 하지만, 여전히 우리 주변에 불우한 이웃이 너무나 많으니까요. 그러니 이런 행복을 감사히 생각하고 그런 사람들을 돕기 위해 내가 할 수 있는 일은 없을까 생각해 보는 것이 옳은 일이 아닐까요?"

리바이 공작은 아무 말이 없이 잠시 빤히 엘레나를 바라보다가 말했다.

"방금 처음으로 신관 같았어."

"그게 다예요?"

"그럼 어쩌겠어. 그게 제국의 현실인걸."

리바이 공작은 엘레나의 말을 대수롭지 않게 생각하는 듯했다.

"공작 전하, 전하 같은 분들이 바로 제국의 현실을 '만드는' 분들이거든요."

이 세계는 귀족들과 황족들의 결정과 선택에 따라서 굴러간다. 그들의 필요에 의해 전쟁이 나고, 그들의 말 한마디에 때로는 다수의 일자리가 왔다 갔다 했다. 비록 나이는 어리지만 리바이 공작은 엘레나 그녀나 다른 평민들에 비해 상상도 할 수 없을 만큼 많은 힘과 영향력을 가진 사람이었다.

"그런 분이 그렇게 말씀을 하시면 안 되죠."

"으음……"

그녀의 송곳 같은 말에 리바이 공작은 고개를 끄덕이며 생각에 잠겼다. 엘레나는 잠시 리바이 공작이 생각하도록 두다가 한마디 보탰다.

"너무 거창하게 생각하지 마시고 일단은 공작 전하가 가진 것에 대해 깊이 감사하는 마음을 가져 보는 걸로 시작해 보세요. 그렇게 하면 자연스레 없는 이의 고충을 헤아릴 수 있으실 테니까요."

두 사람의 대화를 옆에서 지켜보던 일리야는 조용히 미소 지었다. 장담컨대, 엘레나는 여태껏 리바이 공작이 가졌던 교사들 중 가장 바람직한 영향을 끼치고 있었다. 그 방식이 조금 독특하고 남들과는 달랐지만, 적어도 리바이 공작은 그것을 잘 받아들이고 있었다.

"그런데 조금 전 프란시스 영애께는 어찌 그러셨어요?"

일리야가 리바이 공작에게 물었다. 로잘린느랑 뭐 어쨌다는 거지? 엘레나는 귀를 쫑긋했다.

"영애가 많이 속상했을 거예요. 그렇게 말씀하시다니."

로잘린느의 이야기가 나오자 리바이 공작의 얼굴이 다시 시큰둥해졌다.

"나는 사실을 말한 것뿐이라고."

"무슨 말씀을 하셨는데요?"

"후작 부인이 초청한 다과회라 빠질 수 없어서 수업을 못하게 되어 미안하다고 하길래 나도 수업 안 듣고 좋다고 했지."

리바이 공작 입장에서야 정말 솔직하게 이야기한 것뿐이겠지만, 로잘린느의 성격을 생각해 보면 그렇게 받아들이지는 않았을 것이다. 리바이 공작이 로잘린느보다 높은 위치라서 다행이었나.

일리야는 리바이 공작의 대답에 아휴 하고 작은 한숨을 쉬었다.

"프란시스 영애에게는 왜 그리 차갑게 하셔요. 엘레나 님만큼은 아니더라도 조금 더 따뜻하게 대해 주시면 좋을 것 같은데."

"싫어."

리바이 공작의 작은 입술이 삐죽이 나왔다.

"꺼림칙하단 말이야."

"꺼림칙하다고요? 그리 예의 바르고 상냥한 분이 꺼림칙할 게 뭐가 있어요."

"일리야는 모르면 가만히 있어. 설명할 수는 없지만, 느낌이 꼭…… 꼭 그분 같단 말이야."

"그분이요?"

리바이 공작이 의미하는 게 누구일까. 엘레나는 궁금했다. 원래 책에서도 리바이 공작은 로잘린느와 사이가 좋지 않았다. 하지만 다른 이유가 있는 것일까?

"그분이라면……."

일리야는 무언가 집히는 것이 있는지 더 말을 하려고 했지만, 리바이 공작이 얼른 말을 끊었다.

"일리야, 어서 그걸 줘야지!"

"아 참! 어머, 내 정신 좀 봐."

입을 가리고 작게 호호 웃은 일리야가 한쪽에서 무언가를 꺼냈다.

"어, 그거……."

전에 일리야가 보여 준 적이 있었던 숄이었다.

"드디어 완성되었답니다."

정말이었다. 전에 봤을 때는 겨우 팔 하나 정도의 길이에 지나지 않았던 숄은 엘레나의 온몸을 둘둘 감고도 남을 만큼의 크기가 되어 있었다. 일리야는 얼굴만 봐서는 선물을 주는 사람인지 받는 사람인지 헷갈릴 정도로 행복해 보였다.

"가, 감사합니다."

잠시 머뭇거리던 엘레나가 일리야에게서 숄을 받아 들었다. 깜짝 놀랄 정도로 부드러운 감촉이었다. 털실보다는 조금 얇은 실로 짠 숄은 빠듯한 짜임새임에도 불구하고 유연했다. 그리고 무엇보다.

"아름다워요."

상아색의 표면은 햇빛을 받아서 그 색이 한층 선연했다. 멀리서 불어오는 바람에 엘레나의 두 손 위에 가볍게 앉아 있던 숄이 한차례 펄럭였다. 일리야의 손끝이 닿았을 그 결마다 햇빛이 숨어들었다.

"이렇게 예쁜 걸……."

내가 가져도 될까. 그녀는 망설였다.

"어서 둘러보세요!"

그런 마음을 아는지 모르는지 일리야는 다가서서 엘레나의 어깨에 숄을 둘러 주었다.

"아아, 역시!"

일리야가 가슴 앞에 두 손을 끌어모으고 뿌듯한 눈으로 엘레나를 바라봤다. 얼른 선물을 주고 싶은 마음에 서둘러 만들어 내느라 조금 고되긴 했지만, 지금 엘레나의 모습은 그런 고생을 싹 지워 주었다.

"엘레나 님의 눈동자 색과 너무나 잘 어울리네요. 이 색으로 하길 잘했어요."

옆에서 리바이 공작도 고개를 끄덕끄덕했다. 흰 피부, 은색 머리칼 그리고 옅은 갈색 눈. 전체적으로 색이 연한 엘레나에게 밝은 상아색의 숄은 마치 원래 그녀의 물건인 것처럼 녹아들었다. 게다가 선물을 받은 기쁨에 엘레나의 얼굴에 분홍색 홍조가 깃들어, 보는 사람이 절로 흐뭇해졌다.

"숄이 너무 예뻐요. 제가 하기는 조금 아깝다는 생각이 드는 걸 어쩌죠."

엘레나는 진심으로 그렇게 이야기했다. 어차피 항상 입는 옷은 뻔한 신관복인 데다 얼굴을 예쁘게 화장할 손재주도 없었다. 하지만 일리야는 단호하게 고개를 저었다.

"숄이 제 주인을 찾아간걸요."

손수 만들어 준 사람이 그렇게 말해 주는데 받는 사람이 더 이상 무슨 말을 하랴. 엘레나는 기쁘게 웃었다.

어른들이 쓰는 '곱다'라는 말이 한 번도 와 닿은 적이 없었는데, 이 숄을 보니 이제 알 것 같았다. 이런 걸 보고 곱다고 하는 거구나.

그때, 일리야가 작게 흠흠 하고 헛기침을 했다.

"일리야 님?"

"제가 전에 말씀드린 적 있었죠? 부쩍 미모가 피어나셨다고."

"하하……."

이런 식의 칭찬에는 익숙하지 않아 숄을 잡고 있는 손가락이 오그라들 것 같았다.

"저기 좀 보세요."

엘레나는 일리야가 가리키는 방향으로 무심코 고개를 돌렸다. 그곳에는 근처를 지키고 있던 기사 하나가 멍하니 엘레나를 보고 있다가 화들짝 놀라 얼굴을 붉히며 황급히 고개를 돌렸다.

"제 말 맞죠?"

말끝에 후후 하고 웃음을 덧붙인 일리야였다.

"숄이 예뻐서 보신 거겠죠."

이거 엄청 예쁘다고요. 만약 자신이 길을 가다가 누가 이 숄을 두르고 있는 걸 보면 '예쁘다.' 하고 멍하니 서서 보지 않을 거란 자신이 없었다.

다른 사람의 눈에는 그저 조금 고급스런 숄일 수 있겠지만, 적어도 엘레나의 눈엔 너무나 값지고 아름다웠다. 그녀를 생각하며 만들어 준 일리야의 정성이 고스란히 들어가 있는 선물이었으니까.

"맞아. 숄을 본 게 뻔하지."

리바이 공작은 그렇게 말하면서 엘레나를 보고 있던 기사를 노려봤다.

"키도 작고 희멀건 신관이 뭐가 볼 게 있다고."

이 꼬맹이가. 엘레나는 리바이 공작을 향해 눈을 가늘게 떴다.

"제가 그래도 공작 전하보다는 크거든요."

"그래, 여덟 살짜리보다 커서 참 좋겠네."

"흐, 흥……."

말싸움에서 진 엘레나가 반박은 하지 못하고 코 평수만 넓히고 있자 리바이 공작은 호기롭게 웃었다.

"일리야. 자꾸 그렇게 빈말로 칭찬을 하면 진짜인 줄 안다고. 그러면 안 돼."

"어머, 공작 전하. 진심이라니까요? 당장 제가 들은 소문만 해도 벌써 몇……."

"어허, 일리야. 그런 걸 바로 희망 고문이라고 하는 거야, 희망 고문. 일리야도 은근 잔인한 데가 있다니깐."

"아이참, 정말인데……."

일리야는 답답해서 발을 동동 굴렀지만, 리바이 공작은 새콤한 주스를 한 모금 들이켜며 유리잔 너머로 주변의 기사들을 쓱 훑었다. 아니나 다를까, 평소보다 너 허리를 곧추세우고 바짝 긴장을 하고 있는 이들이 몇 보였다.

'흥, 감히 누굴 넘봐.'

이페른 황족의 특성 중 하나는 바로 어마어마한 독점욕이었다. 그래서 이페른의 황제들은 대대로 자신의 황후, 황비들의 발이 땅에 닿지 않도록 애지중지하기로 매우 유명했다. 황제인 아드레이에겐 아직 황후가 없고, 리바이 공작은 어려 잠시 사람들의 머릿속에서 잊히기는 했지만 말이다.

그렇게 시간을 보내던 중, 궁 입구 쪽에서 기사가 다가와 알렸다.

"손님이 찾아왔습니다."

내가 지금 잘못 들은 건가?

순간 같은 생각이 세 사람의 머릿속에 동시에 스쳤다. 새벽의 궁에는 찾아오는 사람이 없다. 그건 아침이면 새가 울고 비가 올 때는 따듯한 차를 마시는 것처럼 당연하고 변하지 않는 일이었다.

멍하니 말을 전하러 온 기사만 바라보던 리바이 공작이 굳어 버린 혀를 억지로 움직여 물었다.

"손님이라니. 누구?"

"르니에 폰 베르너 후작 각하십니다."

르니에라는 이름을 듣고 엘레나는 무릎을 탁 쳤다. 아, 오늘이 그 날이었던가?

로잘린느와 르니에가 연회에서 처음 만난 후, 르니에가 새벽의 궁으로 로잘린느를 찾아오는 에피소드가 있다. 그렇다면 혹시 이 둘에게 아직 기회가 있는 건 아닐까.

원래 로잘린느를 사랑하게 될 운명의 르니에였으니 혹시 연회장에서 첫 번째 만남이 성사되지 않았더라도 이런 식으로 원래의 자리로 돌아오는 것이라면? 거기까지 생각을 마친 엘레나의 얼굴이 확 밝아졌다.

이윽고 말을 전하러 왔던 기사와 함께 르니에가 후원으로 들어왔다.

'브라보.'

엘레나는 앉아 있던 자리에서 일어나며 기립 박수라도 치고 싶었다. 주변에 보는 눈이 없었다면 정말 그렇게 했을지도 몰랐다.

윤이 나는 긴 금발이 바람에 살랑이고 푸른 눈이 보석처럼 빛났다. 무결점의 흰 피부는 장인이 정성 들여 구워 낸 고운 백자 같았다. 날카로운 콧날과 끝이 조금 올라간 눈매는 그런 예술품에 독특한 매력을 더했다.

'정말 예쁘다.'

황궁에 온 뒤로 아름답고 예쁜 사람들을 많이 봤지만, 르니에는 그중 단연 압권이었다. 이목구비도 남들보다 월등했지만, 그를 더욱 특별하게 하는 것은 머리끝부터 발끝까지 흐르는 고귀함이었다. 누구보다 귀하게 태어나 극상의 것들만 보고 듣고 사용해 온 이의 압도감.

화려한 르니에의 미모는 밝은 태양 아래에서 더욱 눈이 부셨으며, 조명 따위 없이도 자체적으로 번쩍번쩍 발광 중이었다. 그는 한마디로 '화려하게 세공된 보석'이었다.

"여어, 사촌."

르니에가 리바이 공작을 향해 한 손을 까딱 흔들었다.

"오랜만이야, 룬 형."

어라? 황제를 무서워하는 것처럼 르니에를 보고도 껄끄러워할 것이라는 엘레나의 예상을 깨고 리바이 공작과 르니에는 꽤 친해 보였다. 적어도 르니에를 그의 애칭으로 부를 정도로.

"그사이 하나도 안 컸군."

"그러는 형은 그사이 더 요사스러워졌어."

"푸핫. 그 말버릇이 여전한 걸 보니 건강한 것 같아 안심이다."

르니에의 큰 손이 리바이 공작의 머리칼을 잔뜩 헝클었다. 리바이 공작은 나름 그 손아귀에서 벗어나려 애를 썼지만, 역부족인 듯했다.

친형제처럼 장난을 치는 두 사람의 모습은 꽤 닮아 있었다. 바크란 1세가 어떻게 생겼는지는 모르겠지만, 적어도 르니에와 리바이 공작의 금발과 푸른 눈은 두 사람 모두 황가의 혈통을 진하게 물려받았음을 증명했다.

"후작 각하를 뵙습니다."

일리야가 먼저 치맛자락을 잡고 인사를 했고, 엘레나도 뒤로 물러서서 조용히 무릎을 굽혔다.

"내 사촌 때문에 고생이 이만저만이 아닐 텐데 오늘도 아름다우십니다, 자작 부인."

오래전, 결혼한 지 1년도 되지 않아 사고로 남편인 녹스 자작을 잃은 일리야는 주변의 재혼 권유를 마다하고 계속 녹스 자작 부인으로 살다가 리바이 공작의 유모로 들어왔다. 오랜만에 듣는 호칭이 어색한 일리야는 힘없이 웃기만 했다.

우아한 몸짓으로 일리야의 손등에 입을 맞춘 르니에가 이번에는 엘레나를 향해 다가왔다.

"엘레나 신관님."

일반적으로 여성 신관에겐 손등에 키스를 하지 않는다. 그것은 제국의 오래된 관습이었다. 하지만 르니에는 아직 치맛자락을 잡고 있는 엘레나의 왼손을 손수 끌어당겼다.

"드디어 뵙게 되는군요."

의미를 알 수 없는 말을 하는 르니에의 미소는 눈빛만큼이나 깊었다. 연회장에서 봤을 때와는 다르게 맑은 하늘의 색을 닮은 르니에의 눈동자가 그의 입술이 그녀의 손등에 닿았다가 떨어질 때까지 엘레나의 얼굴을 주시했다.

"……영광입니다, 베르너 후작 각하."

가서 로잘린느에게나 이렇게 치명적으로 인사할 것이지 왜 나한테까지 이러지, 하는 생각에 엘레나는 그의 시선을 피했다. 더군다나 일리야의 손은 인사가 끝나고 바로 놓아주었던 것과는 달리 자신의 손은 놓아주지 않는 것도 마음에 걸렸다.

"저, 베르너 후작 각하. 손을 좀……."

"정말 섭섭합니다."

아니, 손 놔 달라는데 뭐가 섭섭해. 하지만 처연하게 내리깔린 르니에의 긴 속눈썹에 엘레나는 순간 내가 뭘 잘못했나 보네, 하고 납득하는 자신을 발견했다.

"제가 보낸 편지에 아무런 답장도 없으셔서 혹 몸이 안 좋으신 건가 걱정이 되어 와 보았더니, 이렇게 아름다우시다니."

뭔가 조금 앞뒤가 맞지 않는 말이었지만 엘레나는 문장의 앞쪽에 집중했다.

"편지요?"

"예. 더 정확하게는 세 통의 초대장과 한 통의 개인적인 편지였지요."

 그녀는 아무런 우편물을 받은 기억이 없었다. 엘레나가 아무런 말도 없이 가만히 서 있자 르니에가 특유의 상큼한 미소를 지으며 말했다.

 "그것참 이상하군요. 제가 이용한 인편에 문제가 있었거나, 혹은 정상적으로 배달은 되었으나 새벽의 궁에 도착한 뒤 누군가가 중간에서 빼돌린 것이겠군요."

 말을 하는 동시에 그의 시선이 일리야 옆에 서 있는 리바이 공작에게 향했다.

 "왜 나를 쳐다봐?"

 "할 말 없나, 사촌?"

 "지금 날 의심하는 거야?"

 "아니라면 다행이지만. 사실 내가 엘레나 님께 보낸 편지 중에 퍼킨스 상단에서 발행한 고액 수표가 실수로 쓸려 들어가서 말이지. 내가 사용한 인편은 새벽의 궁에 제대로 편지를 전달했다고 라한의 앞에서 맹세를 하니, 아무래도 새벽의 궁에 있는 누군가가 그 돈을 가로챈 것 같아. 그러니 이건 새벽의 궁의 주인인 네가 책임을 져야 할 것 같……."

 "거짓말! 봉투 안에 그런 건 없었어! 그저 시시콜콜한 날씨 얘기에 형네 가문에서 여는 연회에 대한 이야기였……!"

 리바이 공작의 얼굴이 새빨갛게 물들었다.

 "혹시 공작 전하께 온 걸로 착각하신 거예요?"

 엘레나가 생각할 수 있는 가장 논리적이고 그럴 법한 이유였다. 순간 리바이 공작의 얼굴이 확 밝아졌다.

 "그, 그래! 바로 그……."

"죄송합니다, 엘레나 님. 봉투마다 큼직하게 쓰여 있는 엘레나 님의 성함을 아무리 제 사촌이 멍청하다 하더라도 읽지 못할 리는 없죠. 안타까운 이페른 제국 황족의 슬픈 운명이라고 이해해 주십시오."

"슬픈 운명이요?"

"그런 게 있답니다. 어서 내 편지를 내놔."

르니에의 말에 리바이는 시종에게 힘없이 손짓을 했다. 시종이 공작의 침실에 다녀오는 잠시 동안, 리바이 공작은 한쪽 다리를 꼬고 불만스런 얼굴로 주스를 벌컥벌컥 들이켰다.

르니에가 말한 대로 그녀에게 온 우편물은 총 네 개였다.

"공작 전하, 왜 그러셨어요?"

소리를 치고 난리가 날 거라고 생각했던 엘레나가 의외로 차분히 물으니 리바이 공작은 도리어 더욱 고개를 수그렸다.

"그, 그게……."

조금 가라앉았던 얼굴이 다시 목 밑에서부터 귀 끝까지 서서히 올라가며 빨개지는 것이 보였다.

"뭐, 이해가 가지 않는 것은 아닙니다. 엘레나 님처럼 아름다운 분이 곁에 계시다면 저도 이런 짓을 하지 않을 거란 장담은 못……."

"난 다 엘레나를 위해서 한 일이란 말이야! 룬 형의 저 매끄러운 말이랑 외모에 속으면 안 된다고!"

리바이 공작이 엘레나의 옷소매를 잡으며 버럭 소리를 질렀다.

"에, 엘레나는 아직 잘 모르겠지만, 룬 형은 바람둥이야! 제국 제일가는 바람둥이라고! 저런 번지르르한 말에 넘어가면 안 돼, 엘레나!"

이건 또 무슨 소리래. 얘 바람둥이인 거 여기서 내가 제일 잘 알고 있거든.

리바이 공작은 뭐가 그렇게 서러운지 아랫입술을 꾹 다물었다. 그

옆의 일리야는 입을 막고 웃지 않으려 안간힘을 쓰고 있었다. 그리고 르니에는.
"아니라고 부정하지는 못하겠군요."
의외로 깔끔하게 이 상황을 받아들이는 것처럼 보였다.
"하지만 제 과거의 행동들이 저의 진심을 왜곡할 수는 없는 법. 부디 제 마음을 오해하지는 말아 주십시오, 엘레나 님."
"아니, 오해하고 말고를 떠나서. 도대체 진심이 뭐고 마음이 뭔지……."
주변 상황이 그녀를 빼놓고 바쁘게 돌아갔다. 리바이 공작은 아직도 죽일 듯 르니에를 째려보고 있었고, 르니에는 여전히 여유로운 미소를 잃지 않은 채 홍차 광고에 나올 듯한 모습으로 차를 홀짝이고 있었다.
엘레나는 탁자 위에 놓인 서신들을 다시 들여다봤다. 혹시 로잘린느에게 보낸 서신들이 아니었을까 싶어서. 하지만 붉은색 봉투와 고급스런 편지지에 엄청 예술적인 글씨체로 쓰여 있는 것은 분명 '엘레나'라는 이름이었다.
"이 초대장의 연회는 이미 지나가 버렸고 제가 보낸 서신은 나중에 제 생각이 나실 때 읽어 보시면 됩니다."
엘레나가 서신 봉투의 입구를 봉하고 있는 베르너 후작가의 문양을 손끝으로 만지는 것을 보고 르니에가 상냥하게 말했다.
'아, 혹시!'
한 가지 생각이 든 엘레나가 르니에에게 물었다.
"베르너 후작 각하, 혹시 저와 친해지고 싶으신 건가요?"
순간 르니에의 얼굴에 당혹감이 스쳤다. 친해지고 싶냐니. 그렇게 묻는다면 그리 대답할 수도 있었다. 르니에 그는 엘레나란 사람이 궁금했고 알고 싶었으니.

르니에가 고개를 한 번 끄덕하자 엘레나는 '그럼 그렇지!' 하며 만족스럽게 웃었다.

"그래요. 그럼 친하게 지내요."

아마 르니에는 그날 잠시 마주쳤던 로잘린느가 자꾸 생각나고 그녀와 잘해 보고 싶지만, 도저히 다가갈 만한 핑계가 떠오르지 않아 나와 친하게 지내보려고 하는 것이겠지. 원래 관심 있는 사람이 생기면 그 주변 인물부터 공략하는 게 제일이었다. 그런 면에선 확실히 연애의 고수답다고 해야 하나.

솔직히 엘레나는 이게 웬 떡이냐 싶었다. 로잘린느와 메이나드를 이어 주는 것이 실패로 끝난 뒤 반쯤 포기한 참이었다. 그녀에겐 큐피드 뺨치는 방법으로 로잘린느와 다른 남자주인공들을 엮을 능력이 없었으므로.

그런데 르니에가 제 발로 이렇게 찾아와 주다니. 사람이 죽으라는 법은 없나 보다. 엘레나는 르니에를 향해 그 마음 다 안다는 의미로 윙크를 날렸다.

"앞으로 열심히 할게요. 베르너 후작 각하."

"……저도 잘 부탁……드립니다."

그런 동상이몽이 이어지는 가운데, 엘레나와 르니에를 옆에서 바라보는 리바이 공작만 속이 터졌다.

"수업! 신학 수업을 들어야 하니까 룬 형은 이만 가."

"원래 제 수업은 오후……."

"오늘은 오전에 한다! 불만 있어?"

"아니, 뭐. 불만까지야……."

리바이 공작이 의자에서 풀쩍 내려와 엘레나의 손을 잡고 끌었다. 엘레나가 르니에와 사이 좋아 보이는 것이 어지간히도 싫은 모양이었다.

하지만 르니에는 리바이 공작이 엘레나를 데려가도록 놔둘 생각이 전혀 없었다. 가운데서 편지를 홀랑 가로챘던 것도 모자라 이제 대놓고 방해를 하려고 들어?

그가 품에서 푸른색 봉투 하나를 꺼냈다. 그러자 그것이 또 다른 연회 초대장이라고 생각한 리바이 공작은 르니에를 향해 으르렁거렸다.

"그런 기 엘레나에게 주지 마!"
"이게 뭔 줄 알고?"
"보나마나 또 연회 초대장이나 서신이겠지!"

르니에는 봉투를 손가락 사이에 끼고 까딱거리며 리바이 공작을 조금 놀려 보기로 마음먹었다. 봉투를 바로 주기엔 하는 짓이 조금 괘씸하지 않나.

"엘레나 님의 일에 대체 무슨 자격으로 그렇게 참견을 하는 거야?"
"내 신학 교사니까!"
"흐음, 겨우 그것뿐이면서?"
"그, 그리고 우리는, 우리는……."

리바이 공작이 양 주먹을 꼭 쥐고 양 볼을 빨갛게 물들였다.

"엘레나는 나한테 특별한 사람이란 말이야!"
"글쎄. 그리 보이지는 않는데……."

르니에가 말끝을 일부러 늘이며 말했다.

"나한테는…… 누나 같은 사람이라고!"

결국 리바이 공작은 소리치듯 그렇게 말했고 자리에 있던 이들은 모두 놀랐다.

그렇게 남에게 곁을 내주지 않고 정 주는 법이 없던 리바이 공작이 엘레나를 '누나 같은 사람'이라고 했다. 유모인 일리야 말고는 누구도 어찌 되든 상관없어했던 얼마 전까지와는 완전히 다른 태도였다.

르니에는 새삼 엘레나를 바라봤다. 뭔가 달라도 다른 것일 테다. 그러니 자기 생각밖에 할 줄 모르던 이 아이가 이렇게 변했고, 나도 자꾸만 이 여자가 궁금한 것이겠지.

"그러니까 룬 형은 아니야! 다른 여자들처럼 엘레나를 울리고 말 거라고!"

감정이 북받쳐 오르는지 리바이 공작의 큰 눈에 눈물이 고였다. 엘레나는 르니에를 한번 째려봤다. 그가 리바이 공작을 자극하기 위해 슬슬 신경을 긁고 있다는 것을 눈치챘을 때 말렸어야 했는데. 왜 애를 울리고 난리야.

엘레나의 뾰족한 시선을 받은 르니에는 곤란하다는 듯 웃었다. 그리고 자신의 무릎에 올려져 있던 하얀 냅킨을 한 손에 들고 자리에서 일어나 리바이 공작에게 다가갔다.

키가 큰 르니에라 여덟 살의 리바이 공작은 아직 그의 허리에도 미치지 않았다. 어른인 척, 다 큰 척해도 아직은 어린아이였다. 비록 본의 아니게 악역이 된 듯했지만, 르니에는 오랜만에 보는 리바이 공작의 이런 모습이 반갑기까지 했다.

"이렇게 되면 내가 좀 미안해지는데."

"안 울었어."

리바이 공작이 그렇게 말하며 르니에의 손을 툭 밀어냈지만, 르니에는 개의치 않고 냅킨으로 눈물을 닦아 줬다.

"미안하다, 티토."

진심 어린 르니에의 사과에 리바이 공작은 아직 조금 젖은 자신의 눈을 아무렇게나 쓱쓱 문질렀다.

"그리고 이건 엘레나 님이 아니라 네게 온 것이다."

르니에가 푸른 봉투를 리바이 공작에게 건네었다.

"폐하께서 널 보고 싶어 하신다."

리바이 공작은 가만히 봉투를 받아 들었다. 작은 두 손에 그 봉투는 너무나 커 보였다.

"공작 전하……."

일리야가 가만히 다가서서 리바이 공작의 어깨를 가만히 쓸어 줬다. 한동안 고개를 푹 숙인 채 그 봉두만 보고 있던 리바이 공작이 작은 소리로 말했다.

"나, 나는 먼저 올라가 볼게."

그 말만 남기고 리바이 공작은 바로 뒤돌아 새벽의 궁으로 들어가 버렸다. 손에는 서신을 꼭 쥔 채로.

일리야도 걱정이 담뿍 담긴 얼굴로 리바이 공작의 뒤를 따라 들어가 버렸고, 경호할 대상이 사라지자 주변을 경계하던 기사들도 각자의 자리로 돌아갔다. 그렇게 후원에는 순식간에 엘레나와 르니에만이 남겨졌다.

"리바이 공작은 아주 어렸을 때부터 성인 남자를 무서워하는 병이 있어서……."

르니에가 엘레나에게 리바이 공작의 병증을 설명하려 했다.

"저도 알아요."

"알고 계셨습니까."

엘레나는 고개를 끄덕였다.

"한 가지 물어봐도 될까요?"

"예, 그러십시오."

"어째서 베르너 후작 각하께서는 아무렇지 않은 거죠?"

조금 전의 리바이 공작은 평소와 다름이 없었다. 긴장하는 기색도 없었고, 오히려 장난도 치면서 르니에를 스스럼없이 대했다. 성인 남성이라면 다 질색하는 줄 알았던 엘레나는 그 점이 궁금했다.

"아. 물론 처음에는 저도 많이 불편해했습니다. 그 일이 있었던 게 5년 전, 그러니까 티토가 세 살 때였죠. 저는 영지를 돌보고 있었고, 제 부친이 전장에 계시던 황제 폐하를 대신해서 황도에서 내정을 보고 계실 때였으니까요. 그 일이 있은 직후 폐하가 귀국하시고, 저는 후작 위를 물려받아 황도로 올라왔습니다. 그리고 바로 이곳 새벽의 궁으로 인사를 하러 왔었는데…… 조그만 녀석이 저를 보고 얼마나 울어 댔는지 그대로 경기를 일으켰죠."

과거에는 아마 지금보다 증상이 더욱 심했으리라. 르니에는 그때의 기억이 떠오르는 것인지 쓰게 웃었다.

"당시는 제국이 안팎으로 워낙 시끄러울 때라 폐하께선 어린 동생을 돌볼 시간이 없으셨어요. 그래서 제가 대신 왔습니다. 하루건너 한 번씩, 어린 사촌이 울지 않을 만큼만 조금씩 가까이. 쉽지 않은 일이었지만 시간을 들이니 분명히 나아지더군요."

"리바이 공작 전하를, 사촌 동생을 매우 아끼시나 봐요."

젊은 후작으로서 본인의 일도 바빴을 텐데 그렇게 리바이 공작에게 공을 들이는 것이 쉽지만은 않았으리라. 엘레나는 르니에가 조금 다르게 보였다. 하긴, 르니에는 자신을 어려워하는 로잘린느에게도 물심양면으로 꾸준히 노력을 아끼지 않기도 했었으니까.

"……아끼는 마음이라기보다는 책임감이었죠."

엘레나는 르니에의 미소가 어쩐지 무겁게 느껴졌다.

"아무래도 저 아이가 엘레나 님을 많이 의지하는 것 같으니, 오늘 잘 부탁드리겠습니다. 마음이 좀 복잡할 겁니다."

"폐하의 초대장은 거절할 수 없는 건가요?"

혹시 옛날 조선 시대처럼 황명은 거역할 수 없는 걸까. 거역하면 반역죄로 다스려지거나 그런 건 아닐까. 그래서 리바이 공작의 표정이 어두웠던 걸까.

"보통은 그렇지만 그 초대장은 조금 다릅니다. 보내는 사람도 반환되어 돌아올 것을 알고 보내는 것이니까요."

"반환될 걸 알고 보낸다고요?"

"폐하는 몇 개월에 한 번씩 이렇게 점심 식사를 같이하자며 초대장을 보내십니다. 하지만 지금까지 그 초대장이 받아들여진 적은 없죠. 암살 시도가 있은 후로 폐하는 한 번도 리바이 공작을 보신 적이 없습니다."

"하, 한 번도요?"

"네. 뭐, 폐하께선 리바이 공작이 오늘처럼 후원에 나왔다는 소식을 들으면 이따금 몰래 보러 오시는 것 같기는 합니다만."

아, 그때 그래서. 엘레나는 전에 로잘린느가 리바이 공작을 억지로 새벽의 궁 밖으로 끌고 나오려다가 마침 이곳으로 오고 있던 바크란 1세와 마주쳤던 일을 기억했다.

그런데 잠깐. 오늘처럼이라고?

엘레나는 르니에가 바라보고 있는 쪽을 향해 고개를 휙 돌렸다. 하지만 그곳에는 울창하게 녹음이 우거진 숲만 있을 뿐, 다른 것은 잘 보이지 않았다.

"초대장을 돌려보내면 폐하께서 아무 말 없이 자리를 무르실 것을 저 아이도 알고 있습니다. 하지만 바로 돌려보내지 못하고 저렇게 고민을 하는 것은 아마 폐하를 실망시키는 것이 싫어서겠지요."

"아……."

엘레나는 리바이 공작이 들어간 문을 안타깝게 바라봤다. **쪼끄만 게 맘고생이 많구나.** 여덟 살이라면 방학 일기가 인생 최대의 고민이어야 할 나이인데.

"그때 리바이 공작 전하를 해하려고 했던 사람은 아직 잡히지 않은 건가요?"

책에선 리바이 공작이 한밤중에 암살자에게 공격을 받은 뒤로 저렇게 되었다는 설명밖에는 없었다. 애초에 모든 이야기가 여자주인공인 로잘린느의 위주로 흘러가느라 그녀가 그리 궁금해하지 않는 리바이 공작의 사정은 생략되었던 것이다.

"예, 아직은."

범인이 잡혀 더 이상 자신을 해칠 수 없다는 것을 알게 되었다면 조금은 달랐을까. 부모님을 잃고, 남은 단 한 명의 피붙이인 형님마저 트라우마로 인해서 만나지 못하는 상황은 어린아이에겐 너무나 가혹했다.

워낙 당찬 성격이라 잊고 있었지만, 리바이 공작은 분명 상처가 많은 아이였다.

엘레나는 그런 공작이 안쓰러웠다. 동정은 아니었다. 오히려 동변상련에 가까운 감정이었다. 한창 아름다운 것만 보고 자라야 하는 나이에 너무 일찍 무서운 것들을 알아 버린 어린아이에 대한 공감이었다.

내가 뭔가 해 줄 수 있는 것이 없을까.

"혹시 리바이 공작 전하가 좋아하는 음식이나 제가 선물할 수 있을 만한 걸 아세요?"

엘레나가 르니에게 물었다.

"선물할 수 있을 만한 거라……."

르니에는 잠시 생각에 잠기는 듯했다. 엘레나는 그의 옆에서 잠자

코 기다렸다. 그러다 르니에와 눈이 마주쳤다. 금방 다른 곳을 바라볼 것이라는 예상과는 다르게, 르니에는 계속해서 엘레나를 바라봤다.

'누, 눈싸움하자는 거야, 뭐야.'

이제 와서 시선을 피하기도 뭐하고. 엘레나는 지하철 맞은편에 앉은 외국인과 눈이 마주쳤던 기억이 새록새록 되살아나는 것을 느끼며 눈을 몇 번 깜박였다. 자, 됐지? 내가 졌다고.

과연 잠시 후, 르니에가 입꼬리를 길게 올리며 말했다.

"저 아이에게 최고의 선물이리면 아마 무사히 폐하와 점심 식사를 하는 것이겠지요."

"하지만 그건……."

"불가능하죠, 단둘이선."

르니에는 한 가지 투자를 해 보기로 했다. 평소의 그라면 절대 하지 않았을 수익이 불확실한 투자를. 한데 왜 이리 마음이 즐거운 것인가.

"아까 보셨다시피 리바이 공작은 저와 함께 있거나 식사를 하는 것엔 아무런 문제가 없습니다. 그러니 제가 폐하와의 식사에 동행해 볼 수는 있겠죠."

"아……."

싱긋싱긋 웃는 얼굴이 너무 잘생겨서 좀 얄밉기는 했지만, 분명 르니에가 하는 말에는 일리가 있었다. 바크란 1세와의 독대는 트라우마가 있는 어린아이가 아니더라도 누구에게나 무섭고 두려운 일이었다. 하지만 그 자리에 친하고 편한 사람인 르니에가 동석해 준다면 조금은 도움이 되지 않을까.

리바이 공작이 가서 애피타이저에 후식까지 멀쩡히 다 챙겨 먹고 나오는 것을 기대하는 것은 아니었다. 다만, 바크란 1세와 조금이라도 시간을 보낼 수 있다면.

르니에도 방금 말하지 않았던가. 시간을 들여 천천히 다가가니 분명 나아지더라고. 어쩌면 이 기회가 리바이 공작이 바크란 1세와 가까워지는 그 시작이 될 수도 있었다.

"대가로 뭘 원하시는 거죠?"

하지만 대가가 부재한 거래는 없는 법이었다. 게다가 르니에는 절대 손해 보는 일을 할 사람이 아니었다.

"하하하! 들켰습니까?"

르니에는 뭐가 그렇게 즐거운지 크게 웃다가 장난스럽게 말했다. 그럼 그렇지. 엘레나는 이미 예상한 일이었기 때문에 어깨를 한번 으쓱해 보였다. 이래 봬도 사회생활 몇 년차인데.

어디 한번 조건을 말해 보라는 듯 그를 여유롭게 바라보는 눈앞의 여자가 르니에는 너무나 재미있었다. 정말로 너무나 흥미로웠다.

"흐음, 사실 그리 어려운 일은 아닙니다. 뭐 당장 폐하께서 초대하신 점심 식사가 불과 며칠 뒤이니 만나기로 했던 상단주들에게 못 만나겠다 연통을 보내고, 로이드 공작 각하와의 점심 식사 약속을 취소하고……."

점점 엘레나의 얼굴이 구겨졌다. 상단주들은 그렇다고 하더라도 로이드 공작이라면 이 나라 재상 아냐. 도대체 대가로 뭘 말하려고 저렇게 뜸을 들이는 거지.

"그 모든 일들의 대가로 제가 엘레나 님께 바라는 건 딱 한 가지. 나중에 제 부탁을 하나 들어주십사 하는 겁니다."

"부탁……이요?"

엘레나의 의심은 한층 더 깊어졌다. 대체 그 부탁이 뭐가 될 줄 알고. 원래 공수표가 제일 무서운 법이었다.

한편 르니에는 절레절레 고개를 흔들었다. 재밌다, 지나치게 재밌다.

속마음은 저 밑에 숨겨 두고 예법, 미소 같은 허물을 몇 겹은 두른 채로 대화하는 귀족들과 달리, 이 여자는 생각하는 것이 고스란히 얼굴에 드러났다. 더욱 그를 흥미롭게 하는 것은 그 드러난 마음이 전혀 추악하지 않다는 것이다.

"엘레나 님께 해가 되는 부탁은 하지 않겠습니다. 몇 년을 묵혀 두었다가 어느 날 갑자기 사용하지도 않을 거고요. 어차피 저도 그리 오래 기다릴 수는 없을 것 같기든요."

르니에는 그렇게 말하고 한 발짝 물러나 기다렸다. 겉으로는 다리를 꼬고 앉아 한껏 여유로운 듯 보였으나, 그의 발끝이 초조함을 드러내며 쉴 새 없이 까딱이고 있는 것을 엘레나는 보지 못했다. 머릿속으로 책에서 보았던 르니에를 재고 따져 보느라 바빴기 때문이다.

"그래요, 그렇게 하죠."

됐다! 르니에는 애써 마음속의 기쁨을 숨긴 채 자리에서 일어났다.

"그럼 저는 이만 리바이 공작을 설득하러 가 보죠."

왜지. 왜 뭔가 속은 느낌이 드는 거지. 엘레나는 마음이 찜찜해져서 르니에를 불러 보려고 했지만, 그는 이미 저 멀리로 가 있었다.

"설마 별일 있겠어."

하지만 여전히 찜찜한 건 어쩔 수 없었다.

리바이 공작은 르니에의 제안을 받아들였다. 일리야에 의하면 굉장히 기뻐했다고. 르니에가 방에 들어와 '네가 원하면 내가 동행해 주겠다.'고 했고, 잠시 생각을 하던 리바이 공작은 오래 지나지 않아

고개를 끄덕였다고 했다.
 일리야가 어찌나 기뻐하던지. 그녀에게서 이야기를 전해 듣는 엘레나한테 그 미소가 전염될 정도였다.
 그리고 그 대답은 즉시 바크란 1세에게로 전해졌다. 초대장을 받아들였다는 소식을 듣고 바크란 1세가 기뻐했는지 어쨌는지는 모를 일이었다. 하지만 일단 시종장 휴고가 직접 새벽의 궁으로 찾아와 리바이 공작에게 원하는 메뉴가 있냐고 묻는 등 준비는 차곡차곡 진행되었다.
 점심때가 지나가고 사람들 사이에 소문이 퍼지면서 새벽의 궁에도 긴장과 기대의 분위기가 함께 조성되었다. 바크란 1세가 새벽의 궁으로 오는 것도 아니었으니 따로 준비할 것도, 바쁠 이유도 없는데 모두들 한층 들떠 있었다.
 그런 묘한 분위기의 새벽의 궁에서 나와 엘레나는 언제나와 같이 내원으로 향했다. 만남의 장소인 연무장에 도착해 조금 기다리고 있자니 저 멀리에 익숙한 모습의 기사 하나가 오는 것이 보였다.
 "무슨 일 있어요?"
 그런데 아드레이의 얼굴이 유독 잔뜩 굳어 있었다. 원래 표정이 많은 사람은 아니었지만 그렇다고 이렇게 딱딱한 분위기는 아니었는데. 얼굴이 어두워진 것 하나만으로도 어쩐지 옆에 서 있는 사람이 긴장될 정도로 무시무시한 분위기가 조성되었다.
 "얼굴이 왜 그래요? 말 좀 해 봐요, 레이."
 엘레나의 목소리에 아드레이가 천천히 그녀를 봤다. 그리고 천천히 그의 입술이 열렸다.
 "오랜만에…… 동생을 만나게 됐다."
 "동생이요? 잘됐네요! 얼마 만에 만나는 건데요?"

"……아주 오랜만에. 몇 년쯤."

엘레나는 짝 하고 손뼉을 쳤다. 요새 여기저기서 이산가족이 상봉하는구나!

"우와, 진짜 좋겠다. 근데 표정이 왜 그래요?"

정말 기쁜 일이 아닌가. 자신이라면 신이 나서 방방 뛸 것 같은 상황인데 어째서 그는 이렇게 침울한지 엘레나는 이해할 수 없었다.

"……만나서 도대체 무슨 이야기를 해야 할지 모르겠어."

아드레이는 심각했다. 습관적으로 초대장을 보내기는 했지만, 티토가 그 초대장을 받아들인 후의 상황은 생각하지 못했던 것이다.

거의 티토가 태어나자마자 양친이 돌아가셨고, 그는 어린 황제가 되었다. 티토를 마지막으로 보았던 건 이제 겨우 목을 가누는 갓난아이일 때다.

그 뒤로 그는 전장에서 살았고, 마침내 전쟁이 마무리될 때쯤 티토가 암살을 당할 뻔했다. 그 사실을 알게 된 후 바로 전쟁을 종결하고 황도로 올라왔다.

하지만 티토는 이미 아드레이를 제대로 보지 못했다. 성인 남자를 무서워한다는 아이는 다른 사람보다도 제 형을 더욱 무서워했고, 자라며 조금씩 그 병증이 완화되는 와중에도 유독 그만은 못 견뎌 했다.

티토가 여섯 살이 되던 생일에 아무런 예고 없이 새벽의 궁을 찾은 적이 있었다. 그날, 가서 직접 선물만 전해 주고 오려던 아드레이는 새벽의 궁 사람들과 파티를 하며 즐겁게 웃고 있던 티토가 자신을 보고 하얗게 질려 가는 것을 목격해야만 했다.

선물만큼은 직접 전해 주고 싶었건만.

아드레이는 자신을 보고 하얗게 질린 티토가 바들바들 떨리는 다리를 끌며 억지로 다가오는 것을 멈추게 했다. 어린 동생이 사지가 떨릴 정도로 힘들어하는 모습을 볼 수가 없었다. 대신 티토의 유모를 불러 선물을 가져가게 하고 그 길로 돌아섰다.

그 뒤론 가끔 티토가 후원에서 노는 모습을 멀리서 지켜본 게 전부였다. 교사들의 수업 일지를 통해서 티토가 무엇을 배우는지 간접적으로 읽었고, 가끔 일리야를 불러 이야기를 들었지만 모두 간접적인 것들뿐이었다.

그나마 요즘은 엘레나를 통해 좀 더 생생한 이야기를 들어 즐거웠지만, 그건 어디까지나 남에게 전해 들은 티토였다.

"난…… 어린아이와 시간을 많이 보내 본 적이 없어서."

"동생이랑 나이 차이가 많이 나나 봐요?"

아드레이가 고개를 끄덕였다.

"부모님이 안 계신다. 그렇다고 내가 직접 키울 수는 없어서 남의 손에 맡겨 놨었지."

"아, 그래서……."

누가 들으면 참 기구하다고 할 만한 이야기였지만, 전쟁이 흔한 이 세계에서는 그리 드문 일도 아니었으며 무엇보다 엘레나는 역경을 딛고 일어난 사람을 멋대로 동정할 생각은 없었다.

그녀가 생각하기에 그는 들어오기 힘들다는 황실 수습 기사였고, 그러자면 많은 노력이 필요했을 것이다. 그럼에도 불구하고 큰일을 해낸 사람의 과거를 동정하는 것은 그 사람의 성취에 대한 모욕이라고 생각했다.

"남동생? 여동생?"

"남동생이다."

"에이, 난 또. 여동생이면 좀 어렵겠지만 남동생이면 차라리 낫지 않아요?"

엘레나가 아무렇지 않게 하는 말에 아드레이의 얼굴이 한층 더 어두워졌다. 결국 엘레나는 팔을 걷어붙였다.

"지금 그 남동생이랑 이야기할 게 없을까 봐 그러는 거죠? 어색할까 봐."

아드레이는 또다시 고개를 끄덕였다. 사실 더 걱정이 되는 것은 티토의 그 병증이었으나, 이번에는 다행히 교황 성하의 도움을 받을 수 있을 듯했다.

몇 년 만에 형제간의 자리가 성사될 것 같다는 이야기를 전해 들은 교황이 근처에서 있다가 혹 티토가 경기를 일으키거나 더 이상 버티지 못할 시에는 와서 도움을 주겠다고 약속을 한 차였다.

"레이는 남동생 나이대에 뭐 했어요? 그때 관심 있었던 게 있을 거 아니에요."

엘레나의 질문에 아드레이는 기억을 되짚었다. 그가 여덟 살 때…… 오래전이라 희미했다.

"잘 기억은 안 나지만…… 난 검술에 관심이 있었다."

"검술? 레이 동생은 검술 좋아해요?"

"아니. 몸이 약해서 그런 건 못한다고 들었다."

"그럼…… 취미는? 취미는 뭐였어요?"

아드레이가 다시 턱을 짚고 생각하다 대답했다.

"검술 훈련."

아 놔. 엘레나는 저절로 목 뒤를 잡으려는 손을 억지로 내리며 참았다.

"그거 말고는요?"

"……책?"

"거참, 재미없는 양반이네."

자기도 모르게 속마음을 중얼거린 엘레나는 인상을 찌푸린 아드레이가 뭐라고 말을 하기 전에 얼른 주제를 바꿨다.
"그럼 여자! 동생 여자 친구 없대요?"
"아직 어리다. 그러기엔."
아드레이의 말에 엘레나는 그를 향해 손가락을 까딱거렸다.
"뭘 모르시네. 요즘 애들이 얼마나 빠른데요! 몇 살이라고 했죠?"
"여덟 살이다."
"그 정도 나이면 무조건 좋아하는 여자애 하나쯤은 있다! 나랑 내기할까요? 돈 걸래요?"
엘레나의 호언장담에 아드레이는 고개를 저었다.
"돈 없는 신관의 주머닛돈을 딸 바에야 적군의 시체를 터는 게 났지."
뭔가 굉장히 무시무시한 비유였지만, 엘레나는 쩝 하고 입을 다셨다. 돈 좀 벌어 보려고 했더니.
"무튼, 무조건 좋아하는 여자애는 있을 거예요. 한번 물어봐요. 그럼 그때부터 만사형통! 대화가 쫙 풀릴 테니까."
"……그런가."
"그렇다니까요! 내 말만 믿어요!"
엘레나가 가슴을 탕탕 쳤다. 그 모습에 지하 장롱 밑 방바닥처럼 어둡던 아드레이의 얼굴에 희미한 미소가 피었다.
두근.
엘레나의 심장이 작게 요동을 친 것도 바로 그 순간이었다.
'어, 얼래?'
그녀는 당혹스러웠다. 지금까지 아드레이를 만나면서 한 번도 딱딱 떨어지는 박자를 놓친 적이 없던 그녀의 가슴이 순간 엇박자로 비껴 나 빠르게 뛰었다.

'왜 이러지?'

엘레나가 가슴을 지그시 눌렀다. 그리고 조심스레 눈을 들어 아드레이를 바라봤다. 이제 그는 고개를 들어 내원의 숲 저 멀리를 보고 있었다. 아까의 그 옅은 미소는 이미 흔적도 없이 사라진 채였다.

"미, 미쳤나 봐……."

엘레나가 바람에 묻힐 만큼 작은 목소리로 중얼거렸다.

물론 아드레이는 잘생겼다. 처음부터 그렇게 생각했다. 햇빛을 받으면 살짝 푸른색이 감도는 검은 머리칼, 짙은 눈썹, 남자답고 오똑한 콧날. 기사라 그런지 키도 크고 어깨도 태평양 같았다.

표정이 많이 없는 게 흠이라면 흠이었지만, 그것조차도 차가운 매력으로 보일 만큼 잘생겼다. 그리고 무엇보다.

"눈……."

꼭꼭 숨긴 듯한 감정이 언뜻언뜻 들여다보이는 그의 남색 눈은 정말로 아름다웠다.

"뭐라고 했지?"

아, 마지막 말은 조금 컸나 보다. 아드레이가 엘레나를 바라보며 물었다.

"아, 아뇨. 누, 눈에 뭐가 들어갔는지 아프다고요."

엘레나는 멀쩡한 눈을 비비며 얼굴을 감췄다. 그러고 있자니 다행히 두근거리던 박동은 잦아들었다. 다시 고개를 들어 아드레이를 봤을 때도 아무렇지 않았다. 그제야 엘레나는 안도의 한숨을 내쉬었다.

원래 무뚝뚝한 사람이 한 번 웃으면 그 효과가 더 큰 건가. 하긴 워낙 잘생긴 사람이니 뭔들. 그녀는 서둘러 아까의 두근거림을 합리화했다.

"고맙다."

가까이서 들려오는 그의 목소리에 엘레나는 그를 바라봤다. 왠지 이제 조금 그를 알 것 같았다. 여러 마디의 말보다 단 한 마디로 진심을 전하는 사람. 아직 알고 지낸 지 얼마 되지는 않았지만, 엘레나는 아드레이가 그런 사람인 것을 느낄 수 있었다.
"언제든지요."
엘레나는 가볍게 웃었다.
"조금 돌아가더라도 다시 가족을 만날 수 있다는 게 얼마나 행복한 일인데요. 나는 레이가 너무 부러워요."
"가족이…… 한 명도 없나?"
아드레이의 조심스러운 물음에 엘레나는 쓰게 웃으며 고개를 끄덕였다.
"정말로 태어나자마자 버려졌대요. 흔한 편지도 없이. 보통은 아이가 입을 옷이나 쓰던 물건 같은 건 같이 두거든요. 아마 내 부모는 그만큼 아이를 원하지 않았던 거겠죠."
단아는 달도 뜨지 않은 까만 밤에 보육원 앞에 놓여 있었다고 했다. 참 얄궂었다. 단아로서의 인생과 엘레나의 인생은 이런 면에서 참 많이 닮아 있었다.
신전에서 주워들은 말로는, 엘레나도 태어나자마자 고아원에 맡겨졌다고 했다. 그리고 조금 더 자란 뒤에는 갈 곳이 없어 신전에 위탁된 것이고.
엘레나는 그래서 내가 이 몸으로 들어오게 된 것이 아닐까 하는 생각을 했다.
"부모 없이 자라는 애들은 그래요. 난 다른 애들과는 달라. 내 부모님은 날 찾으러 올 거야. 우리 엄마 아빠는 어떤 분들이실까. 뭐, 그러면서 온갖 상상을 다 하죠. 나 혹시 엄청 부잣집 딸은 아닐까.

내일 자고 일어나면 멋진 옷을 입은 사람들이 내 엄마 아빠라고 나타나서 나를 멋진 성 같은 집으로 데려가지 않을까. 그런 생각이요."

생각해 보면 그녀의 어린 시절은 온통 그런 상상들로 가득했었던 것 같다. 매일 밤 그런 상상이 현실이 되는 꿈을 꾸었고, 더 이상 꿈에 그런 일이 나타나지 않을 때쯤 아마 받아들였던 것 같다. 부모 없는 고아가 자신의 현실이라고.

"그렇다고 얼굴도 모르는 부모를 원망할 생각은 없어요. 사실 그럴 여유도 없었고. 도와줄 사람이 없으면 혼자 잘하면 되죠."

남들보다 빨리 홀로 서야 했기 때문에 일을 할 수 있는 나이가 되자마자 일을 시작했고, 무사히 자립했다. 그리고 그런 자신이 자랑스러웠다.

"하지만 한 가지는 확실해요."

엘레나는 한 자 한 자 힘주어 말했다.

"지지대가 있는 나무는 더 튼튼하고 곧게 자라는 법이에요."

내가 아직 홀로 서지 못하고 큰 바람이 불어서 휘청일 때, 잠시 기댈 수 있는, 언제나 내 편인 사람이 있는 것이 얼마나 큰 힘을 주는지.

"동생도 아마 형이 보고 싶을 거예요. 레이가 동생을 보고 싶어 하는 만큼이요. 그러니까 동생에게 지지대가 되어 주세요."

엘레나는 그에게 힘내라는 뜻으로 웃어 주었다.

"혹시 알아요? 동생하고 재회하는 자리가 생각보다 잘 흘러갈지?"

다 큰 어른이, 손바닥이 찢어지도록 거칠게 자신을 내몰며 검술 수련을 하는 남자가, 겨우 동생을 오랜만에 만난다는 이유로 이렇게 긴장하는 것은 그만큼 그 애정이 깊다는 뜻이 아닐까. 엘레나는 눈앞의 덩치만 큰 남자가 무사히 동생과 상봉했으면 하고 바랐다.

리바이 공작과 바크란 1세의 점심 식사 전야前夜였다.

유난히 달도 밝고 고요한 밤, 엘레나는 로잘린느가 시킨 일을 하고 있었다. 인쇄 기술이 많이 발달하지 않은 이곳은 중요한 문서나 비싼 돈을 주고 사는 주간 신문 같은 것은 마법사들의 힘을 빌려 찍어 냈지만, 그 이외의 자잘한 문서들은 모두 필사를 요구했다.

"아, 손목아."

학교 다닐 때 노트 필기를 한 번이라도 해 본 사람은 알겠지만, 이 필사라는 것이 여간 힘든 일이 아니었다. 게다가 깃펜과 만년필의 중간쯤 되는 이곳의 필기도구는 사용하기가 쉽지 않았다. 그런 일을 로잘린느가 직접 할 리가 있을까.

요즘 여기저기 연회고 다과회고 바쁘게 불려 다니느라 수업만 겨우 하는 로잘린느는 이런 자잘한 필사 업무는 모두 엘레나에게 넘겼다.

"그래도 자기가 해야 할 일은 다 하고 놀러 다녀야 할 것 아냐."

엘레나는 혀를 찼다. 밤이 늦어지자 목도 결리고 눈도 뻑뻑해져 왔다. 그녀는 자리에서 일어나 창가에 다가가 섰다.

"달은 참 밝다."

공해가 없어서 그런가. 엘레나가 그렇게 생각하며 막 창문을 열려던 때, 문밖에서 작은 발소리가 들렸다.

"이 시간에 누구지?"

사람들이 모두 잠들었을 깊은 밤이었다. 엘레나는 호기심에 문을 열고 빼꼼히 밖을 내다봤다.

"리바이 공작?"

조용히 새벽의 궁 복도를 걷고 있는 건 리바이 공작이었다. 뭔가 이상하다고 생각한 엘레나는 조심히 그 뒤를 따라나섰다. 리바이 공작은 딱히 살금살금 발소리를 죽이고 걷지는 않았다. 다만 어깨가 축 늘어진 것이 밝은 달을 즐기러 나온 것 같지는 않아 보였다.

소년은 엘레나의 방이 있는 2층에서 3층으로 올라섰다. 아, 다시 방으로 가려나 보네. 엘레나는 그렇게 생각했지만 리바이 공작은 자신의 침실로 들어서지 않았다. 그 앞에서 잠깐 머뭇거리다가 다시 달빛이 드는 복도를 설 뿐이었다. 이대로는 안 되겠다 싶어 엘레나가 가까이 다가갔다.

"리바이 공작 전하?"

그녀의 부름에 리바이가 큰 눈으로 돌아봤다.

"아, 안 잤어?"

"제가 드리고 싶은 질문인데요. 이 시간에 뭐 하세요?"

"어? 그, 그냥……."

"일리야 님은 어디 계세요? 전하 혼자 밖에 나와 계시면……."

일리야를 찾는 엘레나의 목소리가 커지자 리바이 공작은 작은 손가락을 자신의 입 앞에 가져다 대었다.

"쉬, 쉿! 일리야 깨우면 안 돼. 방금에서야 잠들었거든."

소곤소곤하는 어린아이의 목소리에 귀가 간지러웠다. 엘레나는 흐음 하며 리바이 공작을 내려다봤다.

"나, 나도 물론 조금 있다가 자러 갈 거고."

그러면서도 리바이 공작은 엘레나를 바로 보지 못했다. 엘레나는 리바이 공작에게 물었다.

"따듯한 우유라도 한잔하러 가실래요?"

아무도 없이 텅 빈 주방은 궁내의 다른 곳보다도 훨씬 조용했다. 그곳에 희미하게 불이 켜지더니 작게 달그락거리는 소리가 들렸다.

"자, 여기요."

엘레나가 따끈하게 데운 우유를 담은 컵을 리바이 공작에게 건넸다.

"우유가 어디 있는지는 어떻게 알았어?"

"제가 주방에 좀 자주 들락거리거든요."

엘레나는 주방에서 환영받는 존재였다. 먹성이 좋아서 무슨 음식이든지 맛있게 먹었고, 식사 시간 이외에 들러서 먹을 것을 받아 갈 때면 꼭 한두 명씩 주방에서 일하는 사용인들의 아픈 곳을 치유해 줬기 때문이다.

"잠이 안 올 땐 따듯한 우유가 도움이 되죠."

"호오."

"아니면 제가 재워 드릴 수도 있고요. 그런 건 아직 한 번도 해 본 적 없는데. 될 것 같지 않아요?"

엘레나가 자신의 손을 들어 보이며 장난스럽게 말했다.

"치이, 그게 기절이지 잠이야?"

"정 필요하시면요."

리바이 공작은 밉지 않게 엘레나를 한번 째려보고는 후우 하고 우유를 식히는 데에 열중했다. 병아리처럼 작은 입이 열심히 숨을 불어 내는 모습이 꽤 귀여웠다.

한 모금, 두 모금. 꾸준히 컵을 비워 내던 리바이 공작이 문득 말했다.

"일리야가 어제도 잠을 못 잤어. 나보다 더 긴장해선. 오늘도 한참 뒤척이다가 잠들었다고."

"공작 전하는요?"

"난, 난 그냥······."

리바이 공작은 대답 대신 우유만 삼켰다.

"하긴 저라도 긴장할 것 같아요. 이페른 제국의 황제 폐하라니. 저 예전에 잠깐 뵌 적이 있거든요. 아주 멀리서 잠깐이요. 근데 와······ 그 분위기가 정말!"

아차차. 엘레나는 어두워진 리바이 공작의 얼굴을 보고 얼른 입을 다물었다. 공작의 작은 손가락이 컵 손잡이 주변을 어지럽게 매만지고 있는 것이 보였다.

"제 말은요, 저 같은 어른한테도 황제 폐하를 뵙는 건 어려운 일이라는 뜻이에요. 절대로 쉬운 일이 아니라고요. 그러니까 지금 공작 전하가 긴장하는 것도, 잠이 오지 않는 것도 다 당연한 일인 거예요."

엘레나의 말에 리바이 공작이 어둡게 비치는 파란 눈을 들어 그녀를 올려다봤다.

"저, 정말······?"

혼자서 얼마나 무섭고 떨렸을까. 울고 만나러 가기 싫다고 생떼를 부렸으면 차라리 나을 텐데.

엘레나는 문득 자신이 괜한 일을 했나 싶은 마음이 들었다. 그냥 가만히 있었으면 리바이 공작은 바크란 1세를 만나러 가지 않았을 테고, 그럼 이 애가 이렇게 마음고생할 일은 없었을 텐데. 기운 없고 초조해하는 리바이 공작의 모습을 보니 죄책감이 들었다.

"저기, 공작 전하······."

"나 너무 긴장돼."

리바이 공작이 말했다.

"이번에는 꼭 잘해 내고 싶은데. 그렇지 못할까 봐 무서워."

엘레나는 섣불리 무어라 말을 할 수 없었다. 리바이 공작의 긴 속눈썹 아래에 가려진 눈을 통해 지금 이 말이 얼마나 깊은 곳에서부터 나오는 것인지 보였기 때문이다.
"사실은 초대장은 받았지만, 금방 돌려보낼 생각이었어. 여태껏 그래 왔으니까. 근데 룬 형이 같이 가 주겠다고 하니까 일리야의 얼굴이 너무 밝아지는 게 보이는 거야. 내가 초대장을 받을 때마다 내 걱정 때문에 엄청 어두웠었거든."
일리야는 항상 그랬다. 기억도 나기 전부터 항상 리바이 공작의 곁에 있었고, 누구보다도 아껴 주었다.
"그래서 가겠다고 했어."
"아……."
엘레나는 일리야가 했던 말을 기억하고 고개를 끄덕였다.
"혹시 가고 싶지 않은 거라면 이제라도……."
"아니, 가고 싶어. 예전부터 형님을 뵙고 싶었어. 내 생일에 형님이 오신 적이 있는데, 선물을 들고 오셨는데 나는 감사하다는 말씀 한마디도 드리지 못했거든."
어린 나이였지만 리바이 공작은 또렷이 기억했다. 상처받은 듯했던 그 남색 눈을.
"룬 형이 그랬어. 형님은 나를 보고 싶어 하신다고. 그래서 되돌아올 것을 알면서도 자꾸 손수 초대장을 쓰신다고."
리바이 공작이 품속에서 예의 푸른색 초대장을 보여 줬다. 그곳에는 정갈하고 절제된 필체가 쓰여 있었다.

함께 식사를 하자. 3일 후, 해가 좋은 정오에 너를 기다리마.

리바이 공작은 그 초대장을 꼭 쥐었다.

"형님 얼굴을 보고 그날 죄송했다고 말씀드리고 싶어."

밥 따위 먹지 못해도 좋았다. 다른 말은 입 밖에 나오지 않더라도 그 말만큼은 꼭 하고 싶었다.

"그런데 형님께 가까이 가는 걸 생각만 해도 몸이 얼어붙는 것 같아. 나 만약에 또 형님 앞에서 그렇게 꼴사납게 굴면 어떻게 하지? 날 보고 한심하다고 생각하지는 않으실까? 아니면 또 상처받으시면 어떻게 하지?"

리바이 공작의 목소리에 울음이 섞였다. 엘레나는 작게 한숨을 쉬고 작은 손에서 우유가 담긴 컵을 빼낸 뒤 그 손을 꼭 잡아 주었다.

"저 좀 보세요."

엘레나가 조용히 일렀다. 리바이 공작의 물기 젖은 눈이 그녀를 바라봤다.

"제 치유의 힘을 나눠 드릴게요. 평소하고는 비교도 안 되게 어마어마하게 많이요."

그렇게 말한 그녀가 눈을 감고 온 정신을 집중했다. 사실 배운 적도 없고 어떻게 해야 할지도 몰랐다. 단지 치유를 할 때마다 나오는 빛이 동그랗게 모여 리바이 공작에게 옮겨 가는 것을 상상했다.

감고 있는 눈꺼풀 밖이 밝아졌다. 그것을 보니 아마 전해지고 있구나 싶었다.

이내 빛이 사라졌다. 엘레나는 눈을 떠서 바로 앞에 있는 리바이 공작을 바라보며 말했다.

"이 힘이 전하가 폐하의 눈을 바라볼 수 있도록 도와줄 거예요."

"……정말?"

의심의 말이 아니었다. 놀라움과 기쁨이었다. 엘레나는 고개를 끄덕였다.

사실 그녀도 확실치는 않았다. 하지만 나이에 비해 너무나 겁도 많고 걱정도 많은 이 애가 이렇게 해서라도 마음이 편해졌으면 좋겠다는 생각이었다.

"그럼요. 하지만 꼭 기억하셔야 할 게 있어요."

"뭔데?"

"공작 전하가 원하시면 언제든 이 새벽의 궁으로 돌아오실 수 있다는 거요. 그리고."

"그리고?"

"공작 전하가 돌아오시더라도 폐하께선 변함없이 전하를 깊이 아끼실 거라는 것도요."

마주 잡은 리바이 공작의 손에 힘이 들어가는 것이 느껴졌다. 정말로 치유의 힘 덕분에 마음이 안정된 것인지 안색이 훨씬 밝아져 있었다.

"이제 어서 들어가서 주무세요."

"응, 알았어."

리바이 공작은 고개를 끄덕이고 돌아섰다. 이대로 내버려 두면 내일 아침에 출근한 하녀들이 속상해하겠지. 엘레나는 우유를 데운 냄비와 컵을 치울 생각으로 팔을 걷어 올렸다.

그때, 이미 주방을 나간 줄 알았던 리바이 공작의 목소리가 들려왔다.

"엘레나."

"네?"

주방 문고리를 잡고 서 있는 리바이 공작이 보였다.

"앞으론…… 날 티토라고 불러."

"티토…… 님이요?"

얼마 전 르니에가 리바이 공작을 그렇게 부르는 것을 들은 적이 있었다. 어린 시절 아명이나 별명 같은 것이라 생각했는데.
"응. 그게 내 이름이야."
엘레나는 빙그레 웃었다. 리바이 공작의 이름은 이미 알고 있었다. 제레미야 폰 리바이. 하지만 그녀는 티토라는 이름이 아마 가까운 사람이 부르는 별명 같은 것이리라 가볍게 생각하고 흔쾌히 고개를 끄덕였다. 조금이라도 친해졌다는 증거였으니까.
"네, 티토 님. 어서 가서 주무세요. 일리야 님께 걸리면 혼나요."
티토는 빤히 엘레나를 보다가 주방문을 닫았다.
"근데 달 진짜 밝네."
엘레나가 주방의 작은 쪽문으로 비쳐 드는 달빛을 보며 혼자 말했다.
"내일도 하늘이 저렇게 맑았으면 좋겠다."
바크란 1세가 보낸 초대장에 그렇게 적혀 있었으니까.

해가 좋은 정오에 너를 기다리마.

엘레나는 거울 앞에 섰다.
"흐음…… 아무래도 변한 것 같단 말이야."
아니, 분명히 변했다. 눈동자 색깔이.
"좀…… 밝아졌지?"
처음 이 책 속 세상에 떨어졌을 때 그녀의, 엘레나의 눈은 분명 갈색이었다. 색소가 옅기는 했지만 그다지 특색이 없는 갈색.
하지만 지금 거울 속의 여자는 갈색이라기보다는 황금색에 가까운 눈을 가지고 있었다.

엘레나는 손가락으로 눈꺼풀을 뒤집어 까 보기도 하고 눈알을 이리저리 굴려 보기도 했다. 단아였을 때는 다른 오천만 한국인들과 마찬가지로 검은 머리에 검은 눈동자를 가지고 있었다. 그런데 엘레나가 되어 색소가 옅어진 것도 모자라 이제 눈알 색깔이 변하기까지 하다니.

"도무지 사람 눈같이 느껴지지가 않는단 말이야."

아무리 움직여 보아도 눈 색은 전처럼 갈색으로 돌아올 기미가 보이지 않았다.

"외국 사람들은 기분이나 날씨 따라서 변한다고 들었던 것 같기도 한데…… 얘도 그런 건가?"

엘레나는 눈을 몇 번 더 굴려 보다가 어깨를 으쓱하며 거울에서 한 발 물러났다.

"뭐, 안 보이는 거 아니고 눈에 병 있는 거 아니니까 상관없겠지."

그리고 아래층으로 내려가기 전 마지막으로 옷매무새를 다듬었다. 습관적으로 머리카락을 쓸어내리던 그녀의 손끝에 뭔가가 걸렸다.

"어, 이게 뭐…… 아, 맞다. 목걸이가 있었지."

붉은색 보석이 박혀 있고 일반적인 목걸이보다는 줄이 조금 긴 이 목걸이는 처음 엘레나로서 눈을 떴을 때부터 착용하고 있던 것이다. 허름한 방에 머무는 구박데기인 데다 되게 가난하게 생긴 애가 유일하게 몸에 지니고 있는 값져 보이는 물건이라 함부로 벗지 못했다.

혹시 엘레나의 출생과 관련된 물건이 아닐까라는 생각이 잠시 스쳤지만, 그것도 확실치 않았다. 우연히 어디선가 주웠는데 예뻐서 몸에 하고 있었을 수도 있고. 아니면 그동안 받은 봉급을 다 털어서 산 목걸이일 수도 있었다.

어찌 되었든 예쁘니까, 그리고 값져 보이니 언젠가 팔아서 비상금이라도 마련할 수 있지 않을까 하는 생각이었다.

엘레나는 목걸이를 다시 옷 속으로 집어넣고 중얼거렸다.

"이제 내려가 볼까."

후읍 하고 크게 숨을 들이마신 엘레나는 문을 열고 아래층으로 향했다. 거울을 보느라 조금 늦장을 부려 그런지 이미 새벽의 궁 문 앞에 사람들이 서 있는 것이 보였다.

"엘레니!"

티토가 계단을 내려오는 엘레나를 보고 반색을 했다. 그 옆에는 금발을 하나로 묶은 르니에도 보였다.

"공작 전하, 후작 각하."

주변에 보는 눈이 많은 것을 의식해서 엘레나는 무릎을 굽히며 정식으로 인사를 했다.

오늘은 티토, 즉 리바이 공작이 황제와 마침내 대면을 하고 식사를 하기로 한 날이었다. 티토는 물론이고 이곳에 모인 사람들 사이에 긴장감이 느껴졌다.

"엘레나. 나, 나 있잖아……."

이런 분위기에서는 당연 부담감이 생기기 마련이었다. 안 그래도 밤잠을 설치면서 긴장하던 티토는 손끝이 차가웠다.

"공작 전하, 제가 어제 드렸던 말씀 생각나시죠?"

티토가 엘레나의 물음에 고개를 끄덕였다.

"언제든 그만두실 수 있어요."

잠시 아무 말 없이 숨만 색색 쉬며 생각을 하던 티토는 이내 고개를 저었다.

"아냐. 그만두지 않을 거야."

꼭 형님께 죄송했다고 말씀을 드릴 거야. 엘레나에게는 그 말이 그리 들렸다.

"이번에는 꼭…….."

하지만 그렇게 말하는 티토는 금방이라도 주저앉을 것처럼 보였다. 도와주고 싶은데 뭔가 방법이 없을까. 조금 더 확실하게 안정을 줄 수 없을까. 그때, 엘레나의 머릿속에 한 가지 방법이 떠올랐다.

"아, 잠시만요."

엘레나는 목걸이를 꺼내 들었다. 주변에 있던 사람들이 그녀의 행동을 보는 것이 느껴졌다.

이 방법이 정말로 통할 거라는 확신은 그녀에게도 없었다. 하지만 플라세보 효과라는 것이 있지 않나. 당사자인 티토가 효과가 있을 것이라고 믿는 것이 중요했다.

목걸이를 풀어서 메달을 손에 쥔 엘레나가 그것에 힘을 불어넣었다. 사람을 치유할 때와 마찬가지로 시도해 봤는데 다행히 빛이 생겨났다. 잠시 뒤, 그 목걸이를 티토의 목에 걸어 주며 엘레나가 말했다.

"어제와 마찬가지로 이번에는 이 목걸이에 제 힘을 넣었어요. 긴장이 될 때, 견디지 못하실 것 같으면 이 목걸이를 손에 쥐어 보세요."

'수리수리 마수리' 같은 말이었다. 하지만 적어도 티토의 얼굴에선 그늘이 많이 걷혔다.

"고마워."

"드리는 거 아니에요. 무사히 폐하 뵙고 오셔서 돌려주세요."

엘레나의 말에 티토가 웃었다.

"갔다 올게."

그 말을 한 티토는 마차에 올라탔다. 그 뒤를 따르던 일리야가 엘레나를 돌아보곤 웃으며 묵례를 했다. 한 일이라곤 어린애한테 허풍떤 것밖에 없는데 감사 인사를 받자니 멋쩍어 어색하게 웃는데, 르니에가 곁으로 다가왔다.
"잊지 마십시오. 이제 제게 빚이 있으신 겁니다."
그렇게 말하며 웃는 얼굴이 어쩐지 좀 얄밉다. 엘레나는 애써 담담한 척, 쿨한 척 말했다.
"제가 원래 남한테 빚지는 거 싫어하는 성격이라서요. 얼른얼른 털어 주기나 하세요."
기껏 해 봐야 뭐 로살린느랑 자리 좀 마련해 달라, 이런 거 아니겠어. 그렇게 대수롭지 않게 생각했다. 엘레나는 주변을 휘휘 둘러보았다. 티토를 배웅하러 나온 많은 사람들 사이에서 로잘린느의 모습은 보이지 않았다.
"얼굴이라도 한번 보려 새벽의 궁까지 직접 오셨을 텐데. 후작님께서는 운이 안 좋으시네요."
로잘린느는 어제 연회에 늦게까지 있다가 새벽녘이 되어서야 들어왔으니 아직 한밤중일 테다. 엘레나가 하는 말에 영문을 몰라 르니에는 인상을 찌푸렸지만, 그녀는 그게 단순한 아쉬움의 표현이라고 착각했다.
"그럼 다녀오겠습니다."
르니에가 그렇게 말하며 엘레나의 손등에 키스를 했다. 참 불필요한 인사치레였지만 그렇다고 손을 뿌리칠 수도 없는 일이었다.
르니에도 마차에 올라타자 이내 마부의 낮은 신호와 함께 말이 천천히 움직이기 시작했다.
"세상에! 내 두 눈으로 리바이 공작 전하가 자기 발로 새벽의 궁을 떠나는 것을 보게 될 줄이야."
"그러게. 유폐라도 당한 것처럼 콕 박혀서 사시더니."

뒤쪽에 서 있던 시녀들이 저들끼리 수군거리는 목소리가 들려왔다. 유폐라는 말이 듣기 좋은 것은 아니었지만, 그렇다고 틀린 말도 아니었다. 그동안 어린 공작은 누군가가 억지로 이곳에 자신을 가둔 것처럼 살았으니까.

어쩌면 세상의 무서운 것들로부터 자신을 보호하려는 본능이었을지도 몰랐다. 이제는 티토가 스스로를 그만 풀어 주길 바라면서 엘레나는 그 자리에 한동안 서 있었다.

"폐하, 리바이 공작과 베르너 후작이 탄 마차가 도착했습니다."

시종장 휴고가 뒤쪽에서 알렸다. 아드레이는 미동도 없이 창밖을 응시했다. 티토가 도착했다는 것은 이미 그도 알고 있었다. 직접 두 눈으로 보고 있었으니까.

중앙궁 정문에 세워진 마차에서 르니에가 내렸다. 그리고 티토의 유모인 녹스 자작 부인이 내렸고, 이윽고 작은 남자아이가 유모의 도움을 받아 마차에서 내렸다.

"티토."

아드레이가 목울대를 울리며 어린 남동생의 이름을 불렀다. 그는 이제라도 국사를 핑계 대고 점심 식사를 무를까 하는 나약한 생각이 자꾸만 고개를 드는 것을 느꼈다. 괜한 욕심에 저 아이를 힘들게 하는 것 같았다.

하지만 멀찍이 보이는 티토의 모습은 그의 예상과는 달리 괜찮아 보였다. 고개를 꼿꼿이 들고 계단을 오르는 모습에서 망설임이나 거부감은 보이지 않았다. 그리고 그런 모습이 아드레이의 마음에 위안을 주었다.

티토의 뒤에서 계단을 오르고 있던 르니에가 아드레이가 서 있는 창가를 향해 고개를 돌렸다. 르니에는 뛰어난 검사였다. 예민한 감각은 이쪽을 주시하는 시선을 놓치지 않았다.

하지만 르니에는 미소를 지어 보이거나 하지는 않았다. 시선의 주인이 아드레이라는 것을 확인하고는 다시 고개를 돌려 계단을 오를 뿐이었다.

"가자."

아드레이의 한 마디에 기사들에 의해 집무실 문이 활짝 열렸다. 중앙궁 복도에 아드레이의 발걸음 소리가 유독 크게 울렸다.

식당까지는 그리 먼 거리가 아니었다. 고작 집무실이 있는 2층에서 한 층 아래로 내려가 응접실을 거치는 짧은 길이었다. 그런데도 유독 길게만 느껴졌다.

"폐하, 이미 식당에 도착해 있다고 합니다."

휴고가 하는 말에 아드레이는 고개를 한번 끄덕해 보였다. 과연 식당 문 안쪽에서 도란도란하는 목소리가 들려왔다.

"전하, 괜찮으세요? 너무 많이 긴장이 되시면……."

"아냐. 괜찮아."

티토의 목소리였다. 아드레이는 문을 열어 주려는 기사를 물렸다. 그의 손이 직접 문고리에 닿았다.

"괜찮을 거라고 했어."

다시금 티토의 목소리가 들려오는 순간, 그는 조심스레 문고리를 밀었다. 그의 의지에 따라 문이 밀려나며 식당 내부가 눈에 들어왔다.

"폐하를 뵙습니다."

"폐하를 뵙습니다."

르니에와 일리야가 그를 향해 인사했다. 아드레이는 일부러 바로 안으로 들어가지 않았다. 아직 문간에 서 있는 그대로였다. 티토에게 거리와 시간을 주고 싶었기 때문이다.

르니에와 일리야 사이에 티토가 서 있었다. 햇빛을 닮은 금발과 파란 눈이 그를 올려다봤다.

아드레이는 문고리를 쥔 손을 놓고 뒷짐을 졌다. 그리고 기다렸다. 티토가 조금이라도 자신을 무서워하는 기색이 보이면 바로 뒤로 물러나기 위해서. 하지만 그의 허리춤에도 오지 않는 티토는 용케 목소리를 내었다.

"……폐, 폐하를 뵙습니다."

작고 떨리는 목소리에는 용기가 담겨 있었다.

"고맙다."

자신의 낮은 목소리에 티토의 작은 어깨가 옴찔하고 떨리는 것이 보였다. 문득 그는 티토가 자신의 목소리를 듣는 것이 처음이나 마찬가지라는 것을 깨달았다. 그는 멀리서나마 티토의 말소리를 들을 수 있었지만 자신의 목소리를 전할 수는 없었으니 말이다.

"이렇게 보니 좋구나."

"저, 저도……."

황궁 예법에 어긋나도 한참 어긋난 대답이었다. 일반적인 귀족 자제였다면 이미 어설프게나마 예법을 익혔을 나이였으니.

지금 티토의 대답을 들은 어떤 이들은 눈살을 찌푸릴지도 몰랐다. 대이페른 제국의 황제의 하나뿐인 남동생이자 공작 위를 가진 자가 어찌 이렇게 모자란 모습인가 하고.

하지만 아드레이는 조용히 입매를 늘였다. 그것을 본 휴고와 일리야의 얼굴에 파장이 일었지만 정작 티토는 그런 것을 눈치채기엔 너무나 긴장한 상태였다.

"앉자. 휴고가 네가 좋아하는 음식을 준비했다고 하더구나."

웃지도 않고 말수도 많지 않았지만 평소 아드레이의 모습을 아는 사람들에겐 퍽 다정한 말투였다.

식사가 시작될 기미가 보이자 일리야는 인사를 하고 물러났다. 초대를 받은 것은 티토와 동행해 준 르니에뿐이었기 때문이다.

티토를 혼자 두고 가려니 발이 떨어지지 않는지 뒤를 돌아보던 일리야였지만, 우연히 눈이 마주친 르니에가 싱긋 웃어 보이자 어렵사리 발을 뗴었다. 걱정 말란 의미의 미소였다.

세 사람이 자리에 앉지 비로 애피타이저가 준비되었다. 눈치 빠른 휴고의 판단이었다. 원활한 대화를 위해 착석 후 첫 음식인 애피타이저가 앞에 놓이기 전까지 여유롭게 시간을 가지는 게 일반적이었으나, 이런 상황에서는 자칫 어색함만 더할 뿐이었다.

"훈제육을 감은 피요 줄기입니다."

티토가 제일 좋아하는 식전 음식이었다. 전에 엘레나에게서 그것을 전해 들은 적이 있는 아드레이는 만족스레 고개를 끄덕였다. 하지만 티토는 기계적으로 포크를 손에 쥐었을 뿐, 손을 댈 기미를 보이지 않았다.

아드레이는 그것을 알아챘지만 아무런 말도 하지 않았다. 다행히 전처럼 경기를 일으키거나 하지는 않아도, 이 자리가 티토에게 얼마나 엄청난 자리인지 익히 알기 때문이었다. 그런 티토에게 왜 음식을 먹지 않느냐며 추궁해 불편하게 할 생각은 없었다.

한편, 티토는 눈앞에 놓인 것이 음식인지 아닌지도 잘 인식이 되지 않는 상태였다. 엘레나의 힘이 효과가 있는 것인지 꼴사납게 쓰러지거나 하지는 않았지만, 그래도 여전히 심장이 쿵쾅거렸다. 도망치고 싶은 생각도 간절했다.

지금 그냥 이 자리에서 일어나서 새벽의 궁으로 돌아가면 편안해지겠지. 하지만…….
 두근거리는 심장을 진정하기 위해 가슴팍에 올린 티토의 손이 엘레나의 목걸이에 닿았다.
 그런데 놀라운 일이 벌어졌다. 불안함을 해소하려 목걸이 끝을 손가락으로 만지작만지작하고 있자니 놀랍게도 정말 마음이 편해지는 것 같았다.
 목걸이가 닿아 있는 가슴팍이 따뜻해지면서 긴장으로 미세하게 떨리던 몸도 잔잔해졌다. 변화가 생기니 용기도 함께 생겨났다.
 '일단 눈을 보는 거야!'
 티토는 그렇게 생각했다. 엘레나의 목걸이를 꼭 쥐고 조심스레 눈을 들었다. 맞은편에 앉아 있는 아드레이의 손이 보였다. 은식기를 잡고 있는 손은 크고 강인해 보였다.
 하필이면 그때 나이프가 빛에 반짝였다. 그리고 티토는 발끝부터 몸이 굳어 가는 것을 느꼈다. 공포심이었다.
 무슨 일이 있었는지 정확한 기억은 없었다. 달도 없이 껌껌했던 하늘이 그대로 그날 밤의 기억을 덮어 버린 것처럼 아무것도 보이지 않았다. 그래서 더 무서웠다.
 티토는 결국 눈을 질끈 감았다. 눈앞이 깜깜해졌다. 그때였다.
 "너를 기다리고 있었다, 티토."
 낮지만 어쩐지 익숙한 목소리가 들려왔다. 누군가가 흔들어 잠에서 깨운 것처럼 티토의 눈이 화들짝 뜨였다. 그리고 얼결에 티토의 눈과 아드레이의 눈이 마주쳤다. 자신과 닮은 듯 다른 남색 눈이 보였다.
 조금 놀랐는지 순간 크게 뜨였던 그 눈은 이내 다정한 빛을 담았다. 한눈에 보이도록 확연한 것은 아니었지만 분명 미소를 짓는 것 같았다. 티토는 엘레나가 했던 말을 떠올렸다.

―폐하께선 변함없이 전하를 깊이 아끼실 거라는 것도요.

여전히 티토에게 형님은 무서운 존재였다. 하지만 저 눈을 보는 순간, 확실히 알 수 있었다. 보고 싶었다는 말과 깊이 아낀다는 말이 참말이라는 것을. 그리고 자신이 용기를 내고 있는 만큼 형님 또한 마찬가지라는 것을.

티토는 엘레나의 목걸이를 더욱 꼭 쥐며 그 눈을 피하지 않았다.

그 모습을 지켜보던 르니에는 우아하게 냅킨으로 입을 닦았다. 그리고 조용히 입을 열었다.

"아까 엘레나 신관이 그 목걸이를 주던데. 맞지?"

어색한 정적이 깨지며 아드레이와 티토가 모두 르니에를 바라봤다.

"으, 으응."

하지만 여전히 말을 하는 것은 어렵다. 티토는 그래서 대신 목이 뻐근해질 정도로 고개를 세게 끄덕였다.

"폐하, 혹시 티토의 교사 중에 엘레나라는 신관에 대해 들어 보셨습니까?"

들어만 봤을까. 아드레이는 모른 척 물 한 모금으로 입을 축이며 말했다.

"대충은. 휴고에게 전해 들은 적이 있는 것 같기도 하다."

"티토가 그 신관과 아주 사이가 좋습니다. 누가 보면 친누나라고 해도 믿을 정도죠."

르니에의 말에 아드레이가 티토를 바라보자 동생의 흰 뺨이 붉어졌다.

"그 정도인 줄은 몰랐다만."

아드레이는 진심으로 놀랐다. 만날 때마다 엘레나가 티토에 대해 이것저것 늘어놓기는 했어도 여기저기서 전해 들은 것이라고 막연하게 생각해 왔다.
"그, 그게……."
티토는 목걸이를 잡고 있던 손을 놓고 크흠 하고 목을 가다듬었다.
"에, 엘레나는, 아니 엘레나 신관은 다른 사람들과는 다르게 솔, 솔직하고 믿을 수 있어서……."
엘레나가 봤더라면 뒤로 넘어갔을 만큼 고분고분한 티토였다.
"윽박지르지 않고 재미있어서 신학…… 수업도 이제 잘 들어요."
결국 르니에의 입에서 푸핫 하고 웃음이 터졌다. 전에 티토가 엘레나의 수업을 거부하던 것이 떠올랐기 때문이다.
"르니에, 너무 놀리지 마라."
"폐하께서도 그 엘레나라는 신관을 한번 만나 보시면 제가 왜 웃는지 알게 되실 겁니다."
르니에가 큭큭 거리며 말했다.
"체구가 작아 톡 밀면 쓰러질 것처럼 생겨서 성격은 얼마나 특이한지. 그런 여자는 처음입니다. 무엇보다 저를 보고 얼굴을 붉히지 않는 여자는 정말로 난생처음이지요. 자존심까지 상할 정도라면 믿으시겠습니까."
그렇게 르니에가 운을 띄우자 티토도 한마디 거들었다.
"머, 먹는 것도 엄청 많이 먹어요. 일리야도 매번 그 작은 몸에 그 많은 음식이 다 어디로 들어가는지 모르겠다고……."
아드레이의 눈을 보는 것도 성공했고 대화도 했겠다. 마음이 부쩍 편안해진 티토의 목소리가 점점 밝아졌다.
"게다가 한마디도 안 지죠. 보통 여성들이라면 품위고 교양이라며 몰라도 아는 척, 기분이 나빠도 괜찮은 척하기 마련인데 전혀 그런

게 없습니다. 그런데도 그게 눈살이 찌푸려지거나 하지 않는 걸 보면 참 신기하단 말이죠."
"엘레나가 전에 그랬어요. 모르는 건…… 부끄러운 게 아니라고. 모르는 걸 모르는 채로 두는 게 부끄러운 거라고."
"여러모로 특이하고, 또 만나면 기분이 좋은 여인입니다."
르니에가 막 휴고가 따라 준 식전주를 한 모금 마시며 말했다.
"그 신관이 그런 면이 있기는 하지."
아드레이도 보기 드문 미소를 머금으며 말했다. 그리고 그다음 순간, 자신이 무슨 말을 했는지 깨달았다. 사람들은 그가 엘레나와 아는 사이인 것을 모르는 상황이었다.
아니나 다를까, 르니에는 이미 조금 이상한 눈으로 그를 바라보고 있었다.
"으흠."
큰일이었다. 아드레이는 급하게 머리를 굴렸다. 이럴 때 괜히 변명을 했다간 더 의심을 받을지도 몰랐다. 결국 말을 돌리자는 결론을 내렸다.
무슨 말로 주제를 돌려야 할까. 그러다 머릿속에 한 가지 주제가 떠올랐다.
"……티토, 좋아하는 여자는 있나."
달그락.
소리의 진원지는 막 본식 메뉴를 점검하던 휴고였다. 경력 30년의 노련한 시종장답게 그런 실수 따위 절대 일어나지 않은 것처럼 굳어 석고상 같은 표정에는 전혀 티가 나지 않았지만, 매우 놀란 건 사실이었다.
지난번에 어네스 경을 불러 '좋아하는 이상형이 무엇인가?' 같은 질문을 하시더니, 이번에는 어린 리바이 공작의 연애가 궁금하시다니. 아무래도 폐하의 심중에 큰 변화가 있는 것이구나 짐작하게 되는 것이다.

엉뚱한 질문이었지만 다행히 효과가 있어, 미심쩍게 아드레이를 바라보던 르니에도 관심을 보였다. 갑자기 자신에게 시선이 쏠리자 티토는 얼른 포크를 들고 앞에 놓인 피요 줄기를 쿡 찍어 입으로 가져다 대었다.

"저, 저는 아직……."

아무렇지 않은 것처럼 하려는 듯했으나, 티토의 얼굴은 이미 붉어질 대로 붉어져 있었다.

"오, 누군가 있나 본데?"

르니에가 티토가 앉아 있는 쪽으로 몸을 기울이며 짓궂게 물었다.

"아, 아냐. 그런 거 없어……."

"누구지? 누굴까? 흐음…… 새벽의 궁에서 일하는 네 또래의 여자아이려나?"

하지만 티토의 얼굴은 변화가 없었다.

"그러면…… 아, 그래. 프란시스 영애라든가?"

엘레나에 대해 알아보며 자연스레 로잘린느에 대해서도 알게 된 르니에였다. 프란시스 영애는 사교계에서 유명한 블룸버그 백작 부인을 후견인으로 두고 귀족들이 여는 연회나 다과회에 자주 얼굴을 비치면서 조금씩 입소문을 타고 있는 듯 보였다.

하지만 이번에도 티토는 피요 줄기를 우물우물 씹을 뿐, 별 반응을 보이지 않았다. 시선을 피하는 것을 보니 분명 누군가 있는 것 같은데. 어린 사촌을 즐거이 바라보던 르니에가 마지막으로 툭 던져 보았다.

"설마 엘레나 신관은 아니겠지?"

"윽."

놀라서 혀를 씹은 모양인지 얼굴을 잔뜩 구기면서도 티토의 얼굴이 확 달아올랐다.

"푸핫, 정말이야?"

"뭐, 뭐가 어때서!"

르니에가 믿을 수 없다는 듯이 웃자 티토는 얼굴을 붉히면서도 그런 르니에를 향해 씩씩거렸다.

"에, 엘레나가 10년만 기다려 주면 청혼할 거라고!"

"푸하하하하!"

이제 르니에는 눈에서 눈물까지 훔쳐 냈다.

"룬 형 나빠!"

그 뒤로도 한참 동안 중앙궁 식당은 르니에의 커다란 웃음소리와 티토의 씩씩거리는 소리로 가득 찼다.

그렇게 점심 식사가 끝나고, 아드레이는 중앙궁 정문에서 티토를 배웅했다. 비록 티토와 직접 대화를 나눈 것보단 르니에와 티토의 대화를 곁에서 듣는 시간이 더 많았지만 그것만으로도 충분히 의미 있는 시간이었다. 이제 같은 공간에 있을 수 있게 되었으니까.

아드레이는 르니에에게 말했다.

"르니에, 고맙다."

아마 그와 티토 단둘뿐이었다면 이 자리가 이렇게 좋게 끝나지는 않았으리라는 것을 잘 알고 있었다. 티토는 줄곧 얼어붙어 있었을 테고, 말주변이 없는 자신은 그런 티토를 더욱 불편하게 했을 것이다.

르니에는 언제나처럼 여유로운 미소를 지으며 대답했다.

"뭘요. 저도 공짜로 하는 일은 아니라서."

"공짜?"

"그런 게 있습니다, 폐하. 아무래도 빨리 움직여야 할 것 같기도 하고요. 10년, 큭, 10년이라니…….."

또다시 그 말을 할 때의 티토의 얼굴이 생각나 웃음이 나려는 것을 겨우 멈춘 르니에는 먼저 마차에 올라탔다.

"저, 저기…….."

뒤쪽에서 티토의 목소리가 들려왔다.

"형……님."

처음이었다. 티토가 그를 형님이라 불러 주는 것은. 아드레이는 순간 손을 뻗어 티토의 머리칼을 쓰다듬어 주고 싶은 충동에 뒷짐을 진 손을 꽉 쥐었다. 그리고 티토가 다음 말을 할 때까지 기다려 주었다.

머뭇거림은 길었다. 하지만 결국 티토는 힘을 내 말했다.

"제 생일날…… 주신 선물 감사했어요. 잘…… 읽고 있어요. 요, 용사 시리즈 이야기…….."

하도 읽어서 책장이 닳았지만 여전히 그 책들은 티토가 가장 아끼는 것이다.

"그, 그때는 너무 어려서 못 읽었고, 지금은 읽어요…… 이제 잘 읽어요."

아드레이는 아차 싶었다. 하긴, 여섯 살 아이에게 글자가 꽤 많은 영웅담 모음집은 조금 이른 선물이기는 했다.

"그리고…… 그리고 그날은 죄송했어요."

계속 마음에 담아 두고 있던 말이었다.

"제가 형님을 보고 너무 울어서…….."

쌓아 온 마음이 느껴지는 티토의 모습에 아드레이는 한쪽 무릎을 굽혀서 티토와 눈높이를 맞췄다. 비록 두 팔도 넘는 거리를 사이에 두었지만 서로의 모습은 분명하게 보였다.

"무모하게 다가섰던 내 탓이지. 네 마음을 헤아리지 못했던 거니까. 이 못난 형님이 미안했다."

"하, 하지만……."

"그리고 그날, 나는 네 얼굴을 볼 수 있어서 좋았다. 미안해할 것 없어."

티토가 아랫입술을 꾹 물었다. 눈물이 날 것 같았지만 형님 앞에서 어린아이처럼 우는 모습을 보이기는 싫었다.

"태양의 궁에는 역대 황제와 황후의 초상화가 걸려 있는 기념관이 있다."

태양의 궁은 온전한 황제의 영역. 그의 초대가 없으면 누구도 들어오지 못하는 곳이었다.

"그리고 그곳에선 아버지와 어머니의 모습도 볼 수 있지."

"아, 아버지, 어머니……."

"언제 한번 보러 오지 않겠니."

"아……."

이윽고 눈물이 고여 있던 눈이 기쁨으로 반짝였다.

"네! 갈게요!"

티토의 힘찬 대답과 함께 아드레이도 입매를 늘였다. 그 모습을 보던 휴고는 조용히 고개를 끄덕였다. 전장의 신이라고 불리는 바크란 1세와 겁이 많은 어린 리바이 공작. 너무나 달라 보였던 형제가 서로 마주 보며 웃는 지금, 형제는 서로를 꼭 빼닮아 있었다.

엘레나는 아드레이를 빤히 바라보았다.

"오늘 되게 기분이 좋아 보이네요?"

사실 전과 다른 것은 별로 없었다. 여전히 무표정에 가까웠고, 여전히 말수는 가뭄에 나는 콩 새싹 같았다. 하지만 뭔가가 평소와는 달랐다.

"그런가?"

저것 봐, 저것 봐. 엘레나는 부드럽게 풀린 아드레이의 목소리에 주목했다.

"좋은 일 있어요?"

"……딱히."

이 남자는 수줍음이 많은 건지 아니면 숨기는 게 많은 건지. 엘레나는 모른 척해 주자 생각하며 물었다.

"그때 동생 만나기로 한 일은 잘됐어요?"

"음. 다음번에는 내가 사는 곳으로 초대하기로 했다."

"진짜요? 와, 잘됐네요. 사실 나도 오늘 좀 기분 좋거든요. 그렇게 보이지 않아요?"

"그런 것 같기도 하고."

평소라면 '무신경한 남자!'라고 타박을 줄 만도 한데, 엘레나는 정말로 기분이 좋은지 여전히 생긋생긋 웃었다.

"요즘 새벽의 궁 분위기가 정말 좋거든요. 고용주의 기분에 따라서 좌우지되는 피고용인의 삶이라니 조금 서글프기도 하지만. 그래도 좋은 게 좋은 거 아니겠어요? 일리야 님이 그러는데 리바이 공작 전하가 요즘 야채를 잘 먹는다고 하더라고요. 편식도 많이 사라졌고요."

고기와 달콤한 것들만 찾던 식성이 어디 갈 리는 없었지만, 억지로라도 씩씩하게 먹는다는 점이 중요했다.

"폐하처럼 멋있는 남성이 될 거라나. 그러더니 오늘은 알아서 숙제도 해 온 거 있죠? 폐하처럼 똑똑한 사람이 될 거라고도 했대요. 아무튼 내일 해가 서쪽에서 뜨려나 봐요."

아드레이는 뿌듯하고 기특했다. 어린 동생이 자신처럼 되겠다며 싫어하던 야채를 먹고 숙제를 해 온다는데 기분 나빠 할 형은 없을 것이다. 황제가 되었던 날보다도, 주변국을 점령했던 날보다도 어깨에 힘이 들어갔다.

"엘레나 신관."

"네?"

"어째서 그렇게 신경을 쓰지?"

"내가 신경을 써요?"

"리바이 공작 말이다. 물론 신학 교사라고는 하지만, 그대가 하는 걸 보면 그 이상으로 마음을 쓰는 것 같아서 묻는 거야."

"아아······."

엘레나는 답지 않게 멋쩍어하면서 손가락으로 볼을 긁었다. 그건 본인도 느끼고 있었다.

책 속의 인물, 궁에서 살아남기 위해서 가르쳐야 하는 어린 공작. 시작은 분명 그랬지만 이 궁을 떠나야 하는 날이 온다면 단순히 책을 덮듯 아무렇지 않게 끊어 낼 수 있는 인연은 아니게 되었다는 것을.

"정이죠, 뭐. 사람이 매일 얼굴 보고 같이 밥도 먹고 하는데 당연히 정이 붙죠."

"의외로 부끄러움을 많이 타는군."

"시, 시끄러워요."

엘레나는 빨개진 얼굴로 아드레이에게 으르렁거렸다.

"그리고 리바이 공작 전하 본 적 있어요? 없죠? 그 얼굴이 보통 얼굴이 아니란 말이에요."

"신관들이 관상도 보는 줄은 몰랐는데."

"관상이요? 아니, 그런 게 아니라."

엘레나가 후후 소리를 내며 의미심장하게 웃었다.

"장차 자라서 이 제국을 빛낼 꽃미남이 될 얼굴이란 말이죠."

순간 아드레이의 얼굴이 와락 일그러졌다. 도대체가 이 신관은 생각하는 것이 항상 이런 식이었다. 차게 식어 가는 아드레이의 얼굴에 엘레나는 울컥해서 소리 질렀다.

"꽃미남이 얼마나 중요한 국가의 재산인지 레이가 알아요?"

"별고 알고 싶지도 않다. 대체 그대의 그 미모에 대한 집착은."

"하 참! 지금 자기 잘생겼다고 유세 떠는 거예요? 가지지 못한 자의 마음을 레이 같은 사람은 모른다고요!"

원래 날 때부터 돈이 많은 사람은 돈의 소중함을 모르고, 날 때부터 날씬한 자들은 평생 다이어트를 해야 하는 사람들의 고충을 모르는 법. 엘레나는 그렇게 꿍얼거렸다.

"내가 잘생겼다고?"

"어우, 뭐야. 지금 모르는 척하는 거예요? 자기가 잘생긴 거 자각 못하는 모태 미남 컨셉, 뭐 그런 거?"

"모태 미남? 컨셉?"

처음 듣는 생소한 어휘에 아드레이가 고개를 갸웃했다.

"물론 너무 자기 잘난 거 알아도 눈꼴 시리지만, 너무 모르는 척해도 별로거든요? 레이도 눈이 있으니 매일 거울 볼 거 아니에요. '고놈, 참 잘생겼구나.' 할 거 아니냐고요. 솔직히 말해 봐요."

하지만 여전히 아드레이는 영문을 모르겠다는 얼굴이었다.

"설마…… 지금까지 잘생겼다는 소리 한 번도 못 들어 봤어요?"

끄덕.
"정말? 한번도?"
"그렇다."
"아닌데. 그럴 리가 없는데……."
원래 잘생기고 예쁜 사람들은 어렸을 때부터 그런 말을 밥 먹듯이 듣고 자라기 마련이다. 그러면서 스스로도 자기가 잘났다는 자각을 하게 되는 것이고. 솔직히 엘레나 자신도 저렇게 생긴 아들을 낳았다면 하루 종일 물고 빨지 않을 거란 자신이 없었다.
"그다지 결격 사유가 없는 얼굴이란 건 알지만. 그런 말을 들어 본 적은 없다."
아드레이는 진심이었다. 단 한 번도 그는 누군가에게 '잘생겼다'는 말을 들어 본 적이 없었다.
하지만 엘레나는 모르고 아드레이는 간과하고 있는 사실은, 그가 황제라는 것이었다.
누가 감히 황제에게 '잘생기셨습니다.'라는 말을 할까. 만약 누군가가 그렇게 말한다면 그것은 그를 볼 거라곤 외모밖에 없는 무능한 황제라 조롱하는 것이거나, 죽어도 좋으니 목을 걸고 그의 외모를 칭송하는 말이리라. 둘 다 그리 정상인이 할 짓은 아니었고, 여태껏 그런 사람도 나오지 않았다.
아드레이를 바라보는 엘레나의 눈이 한층 측은해졌다. 저런 외모를 타고났는데 아직까지 그런 말 한번 해 주는 사람이 없었다니. 아아, 불쌍한 사람.
"레이, 잘생겼어요. 그것도 엄청."
진지했다. 그리고 그 진지한 얼굴에 결국 아드레이는 웃음이 났다. 피식, 소리 없이 웃는 모습에 엘레나가 뿔이 나서 진짜라며 방방 뛰기는 했지만, 그는 기분이 좋아졌다.

르니에가 그랬던가. 같이 있으면 기분이 좋아지는 여자라고. 그 말에 전적으로 동의할 수 있었다.

앞으로는 잘생겼다는 말을 자주 해 줘야겠다고 생각하며 엘레나는 자리에서 일어나 엉덩이를 털었다. 이제 새벽의 궁으로 돌아가야 할 시간이었다.

"아 참. 나 다음번에는 못 와요."

막 돌아가려던 엘레나가 발걸음을 멈추고 말했다.

"못 온다고?"

처음 이 비밀 회동이 시작된 이후로 한 번도 건너뛴 적은 없었다. 3일에 한 번씩은 꼭 이 장소에서 같은 시간에 만나 온 두 사람이었다.

"하필이면 그날 어디에 초대를 받았거든요. 무슨 마상창 시합馬上槍試合에 같이 가 달래요."

티토를 새벽의 궁으로 데리고 온 르니에의 조건이었다. 조만간 열리는 귀족들의 마상창 대회에서 자신의 파트너가 되어 달라는 것. 책에는 나와 있지 않던 사건이라 호기심이 동하기는 했지만, 역시 조금 귀찮았다.

아드레이는 매년 이맘때쯤 황도 근처의 목초지에서 열리는 유명한 마상창 대회를 떠올렸다. 비록 한 번도 참가한 적은 없지만, 익히 알고 있는 것이다. 그것은 베르너 후작가의 주최로 열리는 행사였다.

"마상창 대회라니. 귀족들은 그렇게 할 일이 없어요?"

이해가 안 간다는 듯 중얼거리는 엘레나였지만, 아드레이는 그 말이 귀에 들어오지 않았다.

"초대라면…… 파트너 말인가?"

"네. 어차피 가 봤자 그냥 멀뚱히 구경만 할 텐데. 하루 종일 지루하게 생겼어요."

 큰 행사였지만 소수만 모이는 행사이기도 했다. 귀족들 사이에선 그 행사에 초대를 받느냐 못 받느냐가 소위 말하는 '중앙 귀족'으로 인정을 받느냐 못 받느냐의 기준이 될 정도로 중요한 행사기도 했다. 그런 큰 행사에 파트너로 함께 가자는 제안은 가벼이 들을 말이 아니었다. 적어도 엘레나를 초대한 그 귀족에게는 말이다.
 "누구지?"
 자기도 모르게 그의 목소리가 스산해졌지만, 스스로는 깨닫지 못했다. 의도했든 의도하지 않았든, 그가 체내에 쌓아 온 강력한 마나는 주변의 공기까지 무겁게 만들었다.
 방금까지만 해도 자신은 그녀 덕분에 매우 오랜만에 기분 좋게 웃을 수 있었다. 그런데 어찌 이렇게 기분이 나쁜 것일까.
 "같이 가 달라 한 자가 누구지."
 이페른 황족의 핏줄에 진하게 흐르는 그것. 스스로도 깨닫지 못할 만큼 본능적으로 발동된 그것은 바로 독점욕이었다.

10장

10장

"마상창 대회에 같이 가 달라고 한 자가 누구지?"
"르니에, 아니 베르너 후작님이요."

엘레나는 습관처럼 르니에를 이름으로 부를 뻔하다가 겨우 후작으로 고쳐 말했다. 하지만 이미 아드레이는 모두 들은 뒤였다.

그녀가 르니에를 이름으로 부를 만큼 가까운 사이라고 오해한 그는 속이 매우 불편해지는 것을 깨달았다. 처음에는 근육 뭉침에서 오는 답답함인가 싶었던 그것은 단순한 신체적 문제라 보기에는 더욱 깊고 불쾌했다. 문득 '서둘러 움직여야겠다.'며 웃던 르니에의 얼굴이 떠올랐다.

"베르너 후작과 가까운 사이인가?"
"가까운 사이는…… 아는 사이죠."

지금까지 엘레나는 르니에에 대해서 한 번도 언급한 적이 없었다. 지난번에 생존할 방법을 도모하겠다며 그를 시켜 메이나드에게 이상한 질문을 하게 한 것이 생각난 아드레이는 혹시나 싶어 물었다.

"설마 베르너 후작도 그 생존을 위해서 공략하는 그런 존재인 건가."
"그런 거라고 볼 수 있죠. 사실 베르너 후작님은 제가 의도한 건 아니고요. 어쩌다 보니 운이 따랐어요. 포기하고 있었는데 말이죠. 사실 생존이란 게 뭐냐면요……."
엘레나가 설명을 하려 했지만, 아드레이는 흙먼지를 일으키며 자리에서 벌떡 일어났다.
"더 늦기 전에 어서 새벽의 궁으로 돌아가라. 그럼 3일 후, 아니 6일 후가 되겠군. 그때 보지."
얼음장 같은 기운이 뚝뚝 떨어지는 말만 남긴 뒤, 그는 먼저 연무장을 떠났다. 마음이 복잡했다. 아니, 이상했다.
곧장 태양의 궁으로 돌아온 아드레이는 옷도 갈아입지 않고 그대로 침실로 들어왔다. 연무장의 흙먼지가 스며든 것 같은 마음은 도무지 가라앉을 생각을 하지 않았다. 여전히 속이 뒤틀리는 것 같다. 아드레이는 휴고를 불렀다.
"메첸을 가져와라."
한동안 독한 술은 더 이상 찾지 않았던 아드레이였다. 휴고는 잠시 그의 안색을 살폈다. 근래 들어 폐하의 얼굴에서 근심이 조금 사라진 것 같아 안심하고 있었는데, 오늘 밤은 그 어둠이 다시 찾아와 있었다.
명대로 유리잔에 메첸을 담아 아드레이의 앞에 놓으며 휴고는 입을 열었다.
"무슨 일 있으십니까, 폐하."
먼저 질문을 하는 것은 매우 휴고답지 않은 행동이었다. 아드레이는 대답하지 않고 깊이 생각에 잠겼다. 아, 내가 괜히 나섰구나. 휴고가 순간의 충동을 이기지 못하고 무례를 범한 스스로를 질책했다.
"……그럼 쉬십시오."

그렇게 말한 휴고가 막 침실을 벗어나려는 때에 아드레이의 낮은 목소리가 들려왔다.

"휴고."

"예, 폐하."

"메이나드와 르니에는 잘생겼나?"

"예……?"

자기도 모르게 어벙한 얼굴이 된 휴고는 이제 귀를 의심했다.

"메이나드와 르니에 두 사람은 네가 보기에 잘생겼냐고 물었다."

"잘……생겼다는 것의 정의는…….."

"물론 여인이 보기에 매력적으로 느끼겠냐는 것이다."

아뿔싸. 설마 싶었는데 정말 아뿔싸였다. 휴고는 내심 '잘생겼다'는 말에 자신은 미처 모르는 심오한 의미가 내포되어 있을 것이라고 생각하고 말았다.

"……어니스 경과 베르너 후작은 매년 귀족가가 선호하는 사윗감 중 한 손에 꼽힙니다, 폐하."

짤그락.

아드레이의 손안에 들려 있는 술잔에서 얼음이 소리를 내며 미끄러졌다. 잠시 침묵이 흘렀다.

"그럼 난 어떻지?"

"……그저 우스갯소리로 도는 말입니다. 감히 어찌 황제 폐하를 입방아에 올리고 순위를 매기겠습니까."

벌떡. 소파에 기대듯 길게 앉아 있던 아드레이가 급하게 상체를 일으켰다.

"그럼 내가 그들보다 못하단 말인가?"

"그, 그것이 아니옵고…… 폐하는 감히 거론을 할 수 없는 분이시라 귀족들의 사윗감으로 고려 대상이 되실 수가……."

하지만 휴고가 설명을 하면 할수록 아드레이의 얼굴은 어두워져만 갔다.

"그럼 난 잘생겼나?"

"……폐하."

휴고는 이제 거의 울 듯했다.

"생각해 보니 한 번도 누군가에게 잘생겼다는 말을 들어 본 적이 없더군, 오늘 이전에는."

"누, 누가 감히 폐하께……."

"대답해 봐라, 휴고. 명령이다. 내가 잘생겼나?"

휴고는 엄중한 아드레이의 목소리에 눈을 질끈 감고 대답했다.

"아뢰기 황공하지만, 폐하. 객관적인 눈으로 보기에도 폐하께선 잘생기셨습니다."

"정말인가?"

"어찌 거짓을 말씀드리겠습니까."

하지만 여전히 아드레이의 표정은 풀리지 않았다.

"만약 정말로 내가 잘생겼다면, 어째서 나는 이 날까지 그런 말을 들어 본 적이 없지?"

합리적인 의심이었다. 휴고는 자신이 아무리 '황제 폐하는 폐하서서 그럽니다.'라고 말해 봤자 주군이 믿지 않을 것이라는 걸 알고 고심했다. 그러고는 더욱 허리를 깊이 숙이고 말했다.

"항간에는 이런 말이 있습니다. 제국의 3대 보물은 제국의 보금자리인 황궁, 황제의 상징인 태양의 검, 그리고 교황이 가진 라한의 지팡이다. 하지만 제국의 진짜 보물은 베르너 후작, 어네스 경, 그리고 바크란 1세다."

유능한 정보 요원들을 부리는 아드레이도 처음 듣는 말이었다.

"그 말이 유명한가?"

"그렇습니다, 폐하."

"그렇단 말이지."

그렇게 말하는 주군의 얼굴은 흡족하게 웃는 것인지 아니면 인상을 찡그리는 것인지 구분하기 힘들었다. 휴고는 그런 아드레이가 조심스러웠다. 대뜸 본인이 잘생겼느냐 물으시더니, 그렇다고 말씀을 드려도 그리 기뻐하는 기색이 없으시니 말이다.

잠시 그렇게 우두커니 서 있던 휴고는 조용히 침실을 빠져나갔다. 아드레이는 계속 생각에 몰두했다.

"알 수가 없다, 알 수가 없어."

어째서 이렇게 마음이 혼탁한지 알 수가 없었다. 아드레이는 결국 메첸을 들고 자리에서 일어나 창문을 열어젖혔다.

해가 져 막 차가워지기 시작하는 바람이 후욱 얼굴로 몰려들었다. 너른 평지에 위치한 이페른 제국의 황궁 전체가 한눈에 보이는 곳에 서서, 그의 눈은 자연스레 새벽의 궁을 찾았다.

"르니에와 마상창 대회를 간다고……."

혼자 중얼거렸을 뿐인데 또 욱하고 뭔가가 속에서 올라왔다. 독한 메첸을 한입에 털어 넣으며 목을 타고 내려가는 화끈함에 아드레이는 눈살을 찌푸렸다.

3일 후, 아침.

엘레나는 침대 위에 놓인 커다란 상자를 묘한 눈으로 내려다봤다.

뚜껑을 진작 열어서 내용물을 확인한 상태였지만, 그 안에 놓인 것에 함부로 손을 댈 수 없다는 게 솔직한 심정이었다.

똑똑.

작게 문을 노크하는 소리가 들리고, 이내 일리야가 들어왔다.

"엘레나 님, 준비는 다 되셨…… 어머나, 그게 뭐예요?"

순간적으로 일리야의 목소리가 밝아졌다.

그녀는 오늘 엘레나가 르니에의 초대를 받아 그 유명한 마상창 대회에 간다는 것을 알고 있었기에 혹시나 싶어 들른 차였다. 지나치게 검소해 모처럼 피어난 외모가 아까울 정도로 잘 꾸미지 않는 엘레나였기에, 그녀가 이페른 제국의 내로라하는 귀족들만 모이는 마상창 대회에 갈 준비를 잘하고 있을까 하는 노파심 때문이었다.

"어머나, 이 섬세한 세공 좀 봐! 이 특유의 바느질은 브리가 의상실 작품 같은데요? 역시 베르너 후작님이셔."

엘레나가 계속 바라보고 있었던 그것은 르니에가 보낸 드레스였다. 진한 버터색의 긴 드레스는 그것보다 조금 옅은 색의 구두와 함께 상자 안에서 그 자태를 뽐냈다.

"이 옷…… 예쁘죠, 일리야 님."

"그럼요! 이 옷감 좀 봐!"

일리야는 그렇게 말하면서 드레스에서 손을 떼지 못했다.

"이렇게 예쁜 옷을 왜 저에게 보내셨을까요."

사실 뭘 입고 갈지 고민 중이긴 했다. 학생에겐 교복이 정장이라고, 신관이니 신관복을 입고 가야 하나 하는 생각까지 오가는 중이었는데. 물론 고민이 해결되었으니 좋기는 하지만, 너무 비싼 물건을 덥석 받기도 찝찝했다.

"그야 당연히 파트너가 되어 달라는 청을 수락한 레이디를 위한 배려지요! 아아, 정말 다행이요. 엘레나 님이 혹시 신관복을 입고 가시려고 하면 어쩌나 걱정했는데…….”

엘레나는 조용히 일리야의 시선을 피했다.

"서, 설마 정말로 신관복을 입고 가실 생각이셨어요?!"

"……신관복도 옷감이 참 고급이랍니다."

엘레나의 말에 큰 숨을 들이켠 일리야가 고개를 절레절레 저으며 말했다.

"엘레나 님, 베르너 후작님이 별말씀은 안 하셨겠지만, 베르너 후작가에서 매년 주최하는 마상창 대회는 귀족들에게 아주 중요한 행사랍니다. 그 이유가 뭘까요?"

"으음…… 글쎄요."

"바로 매년 딱 100명에게만 발부하는 초대장과 그것을 가지고 있지 않은 자는 발도 들여놓을 수 없는 엄격한 규칙 때문이지요."

"호오."

한마디로 VIP만 들어올 수 있는 프라이빗 파티Private party라는 건가? 그렇게 생각하니 이해가 빨랐다.

"그러니 그곳에 오는 귀족들은 모두 만반의 준비를 하고 온다고요. 설마 아무것도 모르고 초대에 응하신 거예요?"

"그냥 마상창 대회라고 해서 말 타고 노는 사람들 구경하는 건가 했어요."

"큰일 나실 뻔했네. 그래도 다행이에요. 베르너 후작께서 이렇게 신경을 써 주셔서. 이 옷에 맞춰서 머리와 화장만 하시면 되겠네요."

"그러게요. 머리랑 화장이 남았네요……."

혼잣말 같은 속삭임이었다. 하지만 일리야는 그것을 놓치지 않고 엘레나를 향해 물었다.

"화장 도구는 있으시죠?"

"……한 번만 빌려 주시면 안 될까요?"

엘레나는 조심스레 물었다. 그 마상창 대회라는 게 그렇게 신경 써야 하는 곳인지는 몰랐단 말이야. 그런 곳인 줄 알았다면 미리미리 준비 좀 해 놓을걸. 일리야 보기가 민망해서 시선을 어디다 둬야 할지 몰랐다.

"잠시만 기다려 보세요."

사태의 심각성을 알아차린 일리야는 급하게 어디론가 사라졌다. 거울 앞에선 엘레나는 르니에가 보내 준 드레스를 몸에 가져다 대고 그 안에 비친 자신을 뚫어져라 바라봤다.

"예쁘기는 하다."

단아일 때나 지금이나 예쁜 옷에 대한 관심이 적은 편이었다. 예전에야 워낙 먹고살기 바빴으니 옷을 살 돈이 있으면 맛있는 음식을 먹거나 재밌는 책을 보는 데에 투자를 했다. 물론 TV를 보다가 연예인들이 예쁜 옷을 입고 나오면 '아, 참 예쁘다.' 하고 느끼기는 했지만 굳이 그것을 자신이 입고 싶다는 욕망은 없었다.

엘레나가 되고 나서도 마찬가지였다. 교복이나 다름없이 매일 입어야 하는 신관복이 있었고, 첫 1년은 노동에 치여서 생존하기 바빴다. 황궁으로 들어오면서는 하급 신관복에 비해 고급스런 중급 신관복을 받았고 그래서 그것에 만족했다.

"나한테 어울릴까, 근데."

엘레나는 그게 걱정스러웠다. 르니에가 보내 준 드레스는 딱 봐도 고급스럽고 아름다웠다. 그런데 이렇게 좋은 드레스를 자신이 입어서 괜히 싸구려처럼 보이게 하지는 않을까 싶은 것이다.

고민을 거듭하던 그때, 문이 벌컥 열렸다.

"자, 엘레나 님. 이제 시작해 볼까요?"

소매도 걷어붙이고 눈에서 빛이 나오는 게 어쩐지 나갈 때와는 전혀 다른 사람이 되어 돌아온 일리야였다.

그 뒤를 이어서 들어오는 하녀가 둘. 모두들 손에 커다란 바구니를 하나씩 들고 있었다. 일리야에게서 언질이 있었는지 이제 얼굴이 익숙한 하녀들의 기세도 일리야 못지않았다.

"이제 걱정 마시고 저희에게 맡겨 주세요. 이래 봬도 궁에 들어오기 전에는 어릴 적부터 의상실에서 일했답니다."

"딸 부잣집 첫째의 명예를 걸고 가장 아름다운 머리를 만들어 드리겠어요!"

이글이글 타오르는 그녀들의 시선을 받으며 엘레나는 한마디를 남겼다.

"……살려만 주세요."

잠시 뒤, 엘레나는 그토록 걱정했던 상황에 직면했다.

"정말로 꼭 이렇게까지 해야 하나요?"

"참으세요. 다 엘레나 님을 위한 일이에요."

"아, 안 돼요. 그, 그것만은!"

"반항하셔도 소용없어요. 금방 끝내 드릴게요."

"그래도…… 아, 안 돼!"

엘레나는 몸을 훑는 손길들이 느껴져 눈을 질끈 감았다. 익숙한 듯 노련한 손들이 입고 있던 일상복의 매듭들을 풀어내고 벗겨 냈다. 얇은 슬립만 남겨 둔 살결에 공기가 닿자 몸이 파르르 떨려 왔다. 심히 부끄러웠다.

워낙 얇은 슬립이라 안이 훤히 비칠 텐데. 그런 그녀의 마음을 아는지 모르는지 큰 소리가 여기저기서 터져 나왔다.

"어머! 엘레나 님! 보기보다 글래머세요!"

"꺄아, 어쩜 이렇게 피부가 희고 고우신 거예요?"

"아니, 이런 몸을 왜 그런 포대 같은 신관복 안에 감추고 계셨던 거예요?"

"신관이라서 신관복을 입었던 것뿐인데……."

일리야는 울상 지은 얼굴을 가로저으며 비극적으로 말했다.

"정말 잔인해요. 이렇게 아름다운 몸을 가지고도 감추고 사셔야 하다니……."

"딱히 감추고 산 건 아닌…… 일리야 님, 죄송한데 옷 좀 입을 수 있을까요. 너무 추운데요."

"어머, 내 정신 좀 봐. 그럼요!"

곁에 서 있던 하녀들이 느슨하게 푼 드레스를 엘레나의 머리 위로 끼워 줬다.

"그런데 이렇게 파인 옷을 입어도 괜찮을까요?"

그냥 걸어 놓고 봤을 때와는 달리, 직접 입어 본 드레스는 가슴 부분이 쇄골 저 밑까지 파여 있었다. 물론 한국에서는 여름이 되면 이 정도야 종갓집 며느리 수준이지만, 엘레나는 신관이 이런 노출 있는 옷을 입어도 괜찮을까 고민했다.

"저번 연회에서 보지 않으셨어요? 이 정도는 아무것도 아니랍니다."

그렇긴 했지. 엘레나는 눈 둘 곳을 찾기 힘들었던 연회를 떠올리고 고개를 주억거렸다. 다 같이 홀딱 벗고 다니는 대중목욕탕보다 보일 듯 말 듯 아슬아슬하게 가린 드레스들이 더 야해 보였던 건 확실했다.

엘레나는 거울 앞에 서서 역시나 쭉 파인 등 쪽을 보며 길고 레이스가 풍성한 소매 자락을 이리저리 움직여 봤다. 내가 진짜로 이런 옷을 입어 보는 날이 오다니. 마치 TV에서 봤던 시상식장에 온 연예인이 된 것 같은 기분이었다.

"자, 그럼 시작해 볼까요?"

의상실에서 일했다던 하녀 리아는 커다란 상자를 가져오며 말했다. 메이크업 박스 뺨치는 상자였다.

그 곁에 서 있던 딸 부잣집 첫째 레이첼은 빗과 향유같이 보이는 것들을 앞에 하나씩 정리해서 내려놓았다.

"피부가 워낙 좋으셔서 별나른 것은 필요 없으실 것 같습니다. 목이 길고 곧으시니 이 드레스와 잘 어울리실 것 같아요. 게다가 머릿결이 좋아 머리는 반만 위로 올려도 예쁠 것 같기도 하네요. 엘레나 님이 가지고 계신 장점을 최대한 돋보이게 하는 쪽으로 갈게요."

일리야가 그렇게 말하자 리아와 레이첼도 동의하듯 고개를 끄덕였다.

곧 그녀들의 손이 곧 바쁘게 움직였다. 별로 할 게 없다더니 눈을 감으랬다가 뜨랬다가 주문도 많았다. 그 뒤에는 입술에 붉은색이 도는 액체를 찍어 바른 뒤 머리를 올리기 시작했다.

이리저리 당겨지는 두피가 불편하고 아프다고 느껴질 때쯤, 레이첼이 자포자기 상태로 눈을 감고 있던 엘레나를 불렀다.

"엘레나 님, 다 끝났습니다. 눈 뜨세요."

아, 막 잠들려고 했었는데. 화장 때문인지 조금 무겁게 느껴지는 눈꺼풀을 밀어 올리니 눈이 휘둥그레진 세 여자가 보였다. 이윽고 거울에 비친 자신의 모습을 확인한 엘레나가 더듬거리며 말했다.

"여러분, 저한테 무슨 짓을 하신 거예요."

너무 예쁘잖아요. 여자 얼굴은 가꾸기 나름이라더니.

솔직히 엘레나의 얼굴은 그다지 모난 구석은 없지만 눈에 띄는 특징이 있는 편도 아니었다. 그런데 세 여자의 마법으로 말갛기만 했던 얼굴에 강약이 생겼다.

눈매가 진해져서 눈이 또렷하게 더 커 보였고, 코도 더 오뚝해 보였다. 다행히 입술에 찍어 바른 게 그리 진한 색이 아니었는지 적당히 붉어진 입술이 봉긋하고 도톰해 보였다.

엘레나의 감탄에 드레스에 묻어 있던 작은 티끌 같은 것들을 떼어 내던 일리야가 말했다.

"본판 불변의 법칙이라는 것이 있지요. 엘레나 님께서 원래 이런 모습을 가지고 있으셨던 것을 저는 겉으로 드러낸 것뿐이랍니다."

순간 일리야 뒤로 후광이 보였다.

"아, 정말 오랜만에 보람이 느껴지는 일이었어요."

"머리를 해 드리고 있으니 예전에 여동생들 머리카락 빗어 주던 생각도 나고. 좋았어요, 엘레나 님."

고마워해야 할 것은 엘레나였는데 레이첼과 리아는 외려 본인들이 고마워했다.

"오늘 마상창 대회에서 엘레나 님의 미모를 이길 수 있는 사람은 없을 거예요!"

리아가 두 주먹을 불끈 쥐고 말했다. 그때 똑똑 하는 소리가 났다.

"베르너 후작가에서 보낸 마차가 기다리고 있습니다."

기가 막힌 타이밍이었다. 엘레나는 얼른 구두에 발을 꿰어 넣었다.

"자, 이 부채도 가져가세요. 양산이 있으면 더 좋았겠지만 지금 당장은 이것뿐이라서."

"정말 감사해요, 일리야 님. 곱게 쓰고 돌려 드릴게요."

일리야가 내민 것은 적당한 크기의 레이스가 달린 부채였다. 구두 색과 비슷한 미색이라 다행히 드레스와도 잘 어울렸다.

"공작 전하께는 말씀 안 드렸어요. 베르너 후작의 초청을 받으신 것을 알면 난리가 날 것 같아서. 솔직히 저도 염려가 되기는 하지만 엘레나 님은 특별한 분이시니까요."

그렇게 말하며 일리야는 엘레나의 어깨를 다정하게 다독였다.

"다, 다녀올게요."

어쩐지 부끄러워진 엘레나는 그렇게 말하고 마차가 기다리는 1층으로 내려갔다. 종종 멀어지는 엘레나의 뒷모습을 보면서 일리야는 뿌듯하게 미소 지었다.

기사단 연무장의 검은 문이 기이익 하는 소리와 함께 걸어 잠겼다. 평소 사람들의 왕래가 자유로운 편인 이곳의 문이 닫히는 것은 바크란 1세, 아드레이가 친히 방문했을 때뿐이었다. 신분상 그의 얼굴을 볼 수 없는 수습 기사나 종자들은 다 황궁 외부에 있는 제2연무장으로 나가, 이곳에 남은 것은 정식 서임을 받은 황궁 기사단원들밖에 없었다.

"어째 오늘은 평소보다 더 격렬하신 것 같지?"

"그, 그러게. 살벌하다."

"대련에선 검기도 쓰지 않으시니 순수한 체력 싸움이라는 건데……."

꿀꺽. 그렇게 대화를 나누던 기사가 마른침을 삼켰다.

배우는 입장이니 최대한 가까이서 지켜보는 게 좋겠지만, 아드레이와 하인즈 단장의 대련은 그렇게 가까이서 보기에는 지나치게 위험했다. 그래서 이렇게 다들 멀찍이 떨어져 나와 있었다. 하지만 거리가 무의미하도록 치열한 열기는 고스란히 전해졌다.

"대단하시군……."

"역시 전장의 신!"

어떤 기사들은 주먹을 불끈 쥐며 애국심을 불태웠다.

보통 황제 혹은 왕이라고 하면 배불뚝이에 술과 여자만 밝히는 인물을 상상하기 마련이었다. 하지만 대이페른 제국의 황제는 달랐다. 스스로가 뛰어난 기사였고 강력한 무인이었다.

함께 전쟁에 참전했던 고참 기사들의 말을 들어 보면 선봉에 서서 가장 먼저 적들에게 달려가는 것도 바크란 1세였고, 가장 많은 적들을 베는 것도 그들의 주군이었다. 또 적의 칼날에 죽을 뻔했지만 달려와 구해 준 바크란 1세 덕분에 목숨을 구한 선배들도 적지 않았다.

전쟁이, 피 웅덩이 고이는 전장이 얼마나 치열하고 참혹한지 잘 아는 황제. 어찌 목숨을 바쳐 충성을 다하여 지키지 않을 수 있을까!

"크윽!"

그때였다. 끊임없이 아드레이와 검을 주고받던 하인즈 단장의 오른발이 뒤로 밀려난 것은.

체력적인 한계였다. 그것을 놓치지 않겠다는 듯 무서운 속도로 파고든 아드레이는 검을 크게 휘둘러 단장의 검을 쳐올렸다.

이미 몸의 중심이 흐트러진 단장은 순간적으로 손에 힘을 줬지만 이미 그의 검은 저 멀리로 날아간 뒤였다. 그리고 자신의 손아귀가 텅 비었다는 사실을 알게 된 때엔 이미 아드레이의 검날이 목 근처에서 하얗게 빛나고 있었다.

"졌습니다."

깔끔하게 패배를 시인한 하인즈 단장은 아드레이가 내민 손을 잡고 연무장 바닥에 기대고 있던 몸을 일으켰다.

"하아, 이제는 폐하께 완전히 적수가 되지 못…….."

"한 번 더."

아드레이의 냉랭한 말에 하인즈 단장의 몸이 굳었다.

"폐하, 방금이 세 번째 대련이었습니다."
"아직 모자라다. 한 번 더 하지."
그렇게 말하는 아드레이는 드물게 땀에 흠뻑 젖은 모습이었다. 체력적으로는 주군도 점점 한계에 가까워지는 게 분명했지만, 눈빛만은 아직 형형히 살아 있었다.
오늘 대체 왜 이러실까. 하인즈 단장은 온몸이 비명을 지르는 것 같아 내심 한숨을 쉬었다.
"그럼 조금 쉬었다가 하시는 것은 어떻겠습니까. 더 하다가는 폐하의 몸이 상하실까 두렵습니다."
"아직 멀었다."
'이 정도 대련으로 내 몸이 상하려면 아직 멀었다.'라는 뜻이었다.
"혹시 무슨 고민이라도 있으십니까?"
"그런 것 없다. 단지 몸을 움직이고 싶을 뿐."
하인즈 단장은 남몰래 '젠장' 소리를 삼켰다. 아무래도 오늘 황제 폐하께서는 영 기분이 안 좋으신 듯했다.
가끔 고민이 있으시거나 할 때에 수련을 더욱 격하게 하신다는 것은 익히 알고 있었지만, 이렇게 무지막지하게 밀어붙이는 것은 처음이었다. 마음 같아선 폐하의 마음을 어지럽힌 머저리를 찾아서 책임지라고 고래고래 소리라도 지르고 싶었지만, 그의 머릿속은 다른 대안을 찾아 맹렬히 돌아갔다.
이제는 정말로 체력적인 한계에 다다랐다. 그 증거로 마지막 대련에선 꼴사납게 다리가 풀려서 검을 빼앗기는 치욕적인 모습까지 부하들에게 보이지 않았나. 더 이상 했다가는 정말로 땅바닥을 구르게 될지도 모르는 일이었다.
그때, 하인즈 단장의 눈에 대련이 끝나자 슬금슬금 가까이로 다가

오는 무리들이 보였다. 순간 주름진 입가에 미소가 지어졌다.
 크흠 하고 헛기침을 한 하인즈 단장이 아드레이에게 진중한 목소리로 물었다.
 "폐하, 그러시다면 이 기회에 우리 제국 기사단의 성취를 보시는 것은 어떻겠습니까?"
 "기사단?"
 물을 한 모금 먹던 아드레이는 땀이 맺힌 검은 머리칼을 뒤로 쓸어 넘기며 구경하고 있는 기사들을 바라봤다.
 "그럴까."
 강제성이 없는 자율 훈련 시간. 지금 이곳에 있는 기사들은 대부분 신입이거나 서임을 받은 지 몇 년 지나지 않은 젊은 기사들이었다. 상황을 모르는 그들은 순진무구했다.
 아드레이의 동의에 하인즈 단장의 얼굴이 크게 밝아졌다. 물론 그들이 좋은 가르침을 받을 것이라는 기대감도 있었지만 근본적인 것은 '이제 살았다'는 안도감이었다. 하인즈 단장은 아직 아무것도 모르고 말똥말똥 이곳을 보고 있는 기사들에게 다가갔다.
 "제군들, 오늘 황제 폐하께서 친히 그대들에게 가르침을 내려 주신다 하신다."
 생뚱맞은 하인즈 단장의 선언에 기사들은 어리둥절한 얼굴이 되어 아드레이를 바라봤다. 대련 후 아직 정리되지 않은 숨을 후우 후우 몰아쉬며 기사들을 마주 보는 눈빛이 진하고 날카로웠다. 가까이 갈수록 그 기세는 사람이라기보단 흉포한 짐승에 가깝게 느껴졌다.
 상황을 알아챈 기사들이 망연한 눈으로 하인즈 단장을 바라봤다.
 "다, 단장님."
 "살려 주십시오."

제발 우리를 버리지 마십시오. 하지만 하인즈 단장은 매정했다. 나도 살아야 할 것이 아닌가.

그때 아드레이가 낮은 목소리로 말했다.

"둘씩 덤벼라."

그렇게 말하고는 검을 크게 한 번 떨치며 연무장 한복판으로 걸어 들어갔다. 하인즈 단장은 한쪽 무릎을 땅에 박고 부러 더 큰 소리로 외쳤다.

"영광입니다, 폐하!"

제국 기사단의 단장이 그렇게 인사를 올리는데 평기사에 불과한 단원들이 그것을 거부할 수 있을 리 없었다. 어쩔 수 없이 그 뒤로 서 있던 기사들이 하인즈 단장과 똑같이 한쪽 무릎을 꿇으며 한목소리로 외쳤다.

"영광입니다, 폐하!"

하인즈 단장은 자리에서 일어나 단원들을 돌아보며 말했다.

"지금 이 순간이 너희들 인생에 가장 큰 기연일지도 모른다. 대이페른 제국의 황제 폐하와 검을 부딪쳐 볼 수 있는 이 순간을 너희들은 라한께 감사하고 뇌리에 심어라. 알겠나?"

"예, 알겠습니다!"

"그럼 너, 그리고 거기 너. 폐하께서 기다리고 계신다."

요즘 가장 두각을 나타내고 있는, 연차가 조금 쌓인 기사 두 명을 지목한 하인즈 단장이었다. 손가락이 자신을 가리키는 것을 깨달은 기사 둘이 죽상으로 앞으로 걸어 나갔다. 자신이 첫 번째가 아니라는 것에 안도한 몇몇 기사들이 소곤거렸다.

"서, 설마 우리까지 차례가 오지는 않겠지?"

"그럼, 폐하께서도 사람인데. 금방 지치실 거야."

"이미 하인즈 단장님과 몇 번을 대련하셨는데. 저렇게 몇 쌍 하다가 말……."

쿵.

주춤주춤 연무장 가운데로 나아갔던 기사 둘이 큰 소리를 내며 땅에 처박혔다. 그들의 몸이 붕 떴다가 떨어진 묵직한 충격이 대기자들에게까지 전해졌다.

"다음."

사람이 죽을 때 데리러 온다는 죽음의 사자가 내는 목소리가 저렇게 무서울까. 기사들은 등 뒤로 흐르는 땀을 느끼면서 중얼거렸다.

"망했다."

＊

"도착했습니다."

베르너 후작, 르니에가 보내온 친철한 마부의 목소리와 함께 황궁을 떠난 뒤로 한참을 멈추지 않던 마차가 멈춰 섰다. 엘레나는 조심스레 발받침을 밟고 마차에서 내렸다.

"사진기 가지고 오고 싶다."

솔직한 마음이었다. 공해가 없어서 자연이 맑고 깨끗하다는 것은 잘 알았지만 그래도 사람들이 북적이는 황도를 벗어나 외곽으로 나오자 나무가 우거지고 푸른 초원이 이어진 목초지의 광경이 눈을 즐겁게 했다.

게다가 자연뿐만이 아니었다. 마상창 대회라 그런지 여기저기 말들도 많이 보였고 초대된 사람들이 타고 온 것으로 보이는 마차도 많았다.

입구 앞의 너른 공터에 마부나 시중을 들러 따라온 하인들이 모여 있어 분위기가 꽤 시끌벅적했고 음식도 간간이 보이는 것이 축제에 온 것 같았다. 안쪽의 마상창 대회장에서 흘러나오는 음악 소리도 한데 어우러져서 더욱 흥이 났다.

"재밌겠다."

이미 술을 몇 잔 한 것처럼 보이는 사람들도 있었고, 싸 가지고 온 음식을 나눠 먹거나 불을 피워 놓고 고기를 굽는 사람들도 보였다. 마상창 대회는 귀족들뿐만이 아니라 그 하인들에게도 큰 행사인 것이 틀림없었다.

마차에서 내린 엘레나가 멀뚱히 서 있자 마부는 조심스럽게 다가와 숲길 안쪽을 가리키며 말했다.

"영애, 저 안쪽으로 들어가시면 됩니다."

아무래도 엘레나가 귀족이라고 생각했는지 그녀를 '영애'라고 불렀다.

"예? 아, 태워다 주셔서 감사해요."

"감사는요. 조심히 들어가십쇼."

엘레나가 인사를 하자 깜짝 놀라 허리를 반으로 접은 마부가 순박하게 웃었다. 땅에 끌리는 치맛자락을 살짝 들어 잡고 한 발 한 발 조심스럽게 옮기던 엘레나는 갑자기 큰 웃음이 터져 나오는 공터를 바라보며 아쉽게 입맛을 다셨다.

"여기가 더 재미있을 것 같은데."

하지만 초대를 받았고 이렇게 옷을 차려입었으니 일단 마상창 대회 구경을 하기 위해 발을 옮겼다.

긴 드레스 자락과 높은 구두, 그리고 울퉁불퉁한 길은 최악의 조합이었다. 하지만 다행히도 비가 왔는지 조금 진 땅 위에는 두꺼운

천이 카펫처럼 깔려 있었다. 그렇지 않았다면 돌멩이와 진흙을 헤치고 걷느라 고생을 많이 했을지도 몰랐다.

엘레나가 그렇게 넘어지지 않는 것에 집중하며 걸음을 옮기고 있을 때쯤, 그녀는 의식하지 못하는 새에 사람들의 이목을 끌고 있었다. 엘레나와 비슷한 시간에 도착해서 숲길을 걸어 들어가고 있는 다른 귀족 여성들이었다.

"저 드레스, 브리가 의상실 것 같은데요?"

"이번 시즌에 저런 드레스가 있었나요?"

그렇게 시작된 술렁임은 금세 퍼져 나갔다. 그리고 한 젊은 여성이 손뼉을 치며 말했다.

"저 드레스 본 적이 있어요! 작품이라면서 전시만 해 놓고 아무에게도 팔지 않는다고 했는데."

"소문의 그 드레스 말씀이세요? 어머나!"

"세상에. 처음 보는 얼굴인데 대체 어느 댁 영애일까요?"

브리가 의상실은 남녀 가리지 않고 머리끝부터 발끝까지 완벽한 차림새를 꾸며 주는 것으로 유명했고 철마다 새로운 디자인으로 제국의 유행을 선도했다.

하지만 자신들의 상품을 가려 파는 것으로도 이름이 높았다. 고객이 되려면 그들의 깐깐한 자격 심사를 거쳐야 했고 매년 어마어마한 금액을 회원비로 지급해야 했다. 게다가 매 시즌마다 미리 주문을 받은 드레스만 만들어 내기 때문에 브리가 의상실의 옷을 사려면 기본적으로 몇 달은 기다려야 했다.

그리고 마침내 브리가 의상실의 회원이 된 사람들이 살롱을 다녀온 후, 하나같이 입을 모아서 칭찬을 하는 드레스가 하나 있었다. 살롱 한복판에 떡하니 전시되어 있지만 아무에게도 팔지 않는 그 드레스는 그곳에 드나드는 귀족들뿐만이 아니라 소문을 전해 들은 모든 이들의 선망의 대상이었다.

엘레나의 신분을 의심하는 사람은 없었다. 이미 브리가 의상실의 '그 드레스'를 입고 있다는 것만으로도 엄청난 가문의 사람이라는 것이 증명된 것이나 마찬가지였다. 하지만 한 번도 연회에서 본 적이 없는 것 같은 얼굴이니 혹시 다른 나라의 왕족이 아닐까 하는 수군거림이 퍼져 나갔다.

자신에 대해서 그런 이야기기 생겨나고 있는 줄 까맣게 모르는 엘레나는 마냥 좋았다. 삼림욕을 하러 온 것 같기도 했고, 새벽의 궁을 벗어나 이런저런 다채로운 것들을 구경하는 것도 좋았다. 음악 소리가 점점 가까워지면서 가슴도 두근거렸다.

하지만 그런 즐거움을 순식간에 종식시키는 존재가 눈앞에 나타났다.

"대체…… 이곳에는 어떻게 온 거죠?"

아끼는 푸른색 드레스를 입은 로잘린느였다. 언제나와 같이 머리끝부터 발끝까지 완벽한 모습의 그녀는 자신의 눈을 믿을 수가 없다는 듯 말했다.

"여기가 대체 어딘 줄 알고…….."

모델 뺨치는 걸음으로 자신에게 다가오는 로잘린느를 보며 엘레나는 혀를 깨물었다. 얘가 여기 와 있을 줄이야. 초대받은 몇 명만 올 수 있다는 소리에 방심했다.

"초대를 받았어요."

엘레나는 일부러 더욱 당당하게 말했다.

"초대? 하, 말도 안 되는 소리."

팔짱을 낀 로잘린느는 코웃음을 쳤다. 그 유명한 베르너 후작가에서 주최하는 마상창 대회였다. 베르너 후작가의 인장이 박힌 이 마상창 대회의 초대장을 받느냐 못 받느냐가 황도에 사는 중앙 귀족들 사이에서도 큰 화두였다. 초대장에는 그 가문에서 올 수 있는 사람의 숫자가 쓰여 있었는데, 이 또한 가문의 위세마다 다르게 측정이 되어 많은 이들이 민감하게 받아들였다.

그녀가 이곳에 오기 위해 얼마나 고생을 했던가. 시골 출신이라고 깔보는 귀족들 사이에서 자신의 화려한 외모와 언변을 내세워 티 파티와 연회마다 참가했다.

그래도 초대는커녕 그곳에 참가하는 고위 귀족은 얼굴도 보지 못하던 와중에 블룸버그 백작 부인이 발목을 삐었다는 소리에 당장에 달려가 며칠을 간호를 했다. 그리고 그 딸인 데이지의 시녀의 밥에 약을 타서 배탈이 나게 한 뒤에야 데이지의 편의를 봐 주는 조건으로 올 수 있었다.

말이 좋아 편의지, 한마디로 시녀가 하던 일을 하게 된 것이다.

그래도 상관없었다. 일단 이곳에 오기만 하면 그녀의 외모를 본 명문 귀족가 자제들이 벌 떼처럼 달려들 테니까.

정말로 시녀 취급을 하며 이것저것 시키는 데이지가 짜증 나기는 했지만 안 그래도 그녀를 흘끔거리기 시작하는 시선들을 즐기고 있던 터였다. 그런데 이곳에 절대 있을 수 없는 한 얼굴을 발견한 것이다.

"주제를 알아야지. 비밀을 지켜 줬더니 정말로 자기가 귀족인 줄 알······."

한쪽 입꼬리를 말아 올리며 엘레나를 비꼬던 로잘린느는 엘레나가 입고 있는 드레스를 보고 말문이 막혔다.

그녀의 옷차림을 보고 혀를 차고 비웃을 생각이었다. 그런데 엘레나가 입고 있는 드레스는 흠을 잡을 곳이 없었다. 아니, 무척이나 아름다웠다.

데이지의 준비를 도우면서 그녀의 옷 방을 구경할 수 있었는데, 그곳에 있던 어떤 드레스도 지금 엘레나가 입은 것보다 아름답지 않았다.

허리에서부터 치맛자락으로 이어지는 완벽한 선은 입은 사람의 허리를 더욱 가늘어 보이게 했고, 요란하지 않고 절제미 있게 부풀린 치맛단은 걸음걸음마다 자연스럽게 하늘거렸다. 무엇보다 시선을 끈 것은 손을 완전히 덮은 긴 길이의 소매 끝에 달린 레이스였다. 솜씨 있는 장인이 한 땀 한 땀 뜨개질을 해서 만들어 내는 레이스는 매우 비싼 재료였다. 그래서 소맷단이나 치맛자락 끝에 비교적 싼 흰색 레이스를 가늘게 붙이는 것이 보통이었고, 그것마저도 고가의 드레스에나 가능한 디자인이었다.

그런데 지금 엘레나가 입고 있는 옷엔 폭이 한 뼘이 넘는 레이스가 구불구불한 소맷단을 따라 날렵하게 붙어 있었다. 게다가 색이 드레스와 완벽히 닮은 것을 보아 아예 이 드레스를 위해 만들어진 레이스라는 것을 알 수 있었다.

"그, 그 드레스는······."

너무 놀란 로잘린느의 눈꺼풀이 파르르 떨렸다.

"그 드레스는 어디서 훔쳤지?"

"뭐라고요?"

결국 엘레나가 어이가 없어 날카롭게 외쳤다.

"그렇지 않고서야 네 주제에 그런 드레스를 어디서 구할 수 있다는 거야!"

이제 로잘린느는 존댓말이고 고상한 말투고 모두 날려 버린 채 쏘아붙였다.

"선물받은 건데요. 초대해 주신 분한테. 그렇게 다짜고짜 도둑 취급은 하지 말아 주시겠어요?"

하지만 엘레나의 말이 로잘린느에게 들릴 리 만무했다.

"드레스를 훔친 게 아니면 돈을 훔친 건가? 혹시 내 방을 뒤졌어? 아니면 리바이 공작 전하의 물건이라도 훔쳐다 팔았나 보지?"

점점 가관이었다. 표독스럽게 일그러진 로잘린느의 얼굴은 이제 꿈에 나올까 무서울 정도였다. 엘레나가 아니라고 말했지만 이미 로잘린느의 머릿속에서 그녀는 자신의 방을 뒤져서 돈을 훔쳐다가 고가의 드레스를 산 도둑이었다.

"이 드레스는 선물로 받은 거라니까요."

"거짓말. 그렇다면 마상창 대회 초대장을 보여 봐. 그럼 믿어 주지."

아직 로잘린느도 실제로 본 적이 없는 초대장이었다. 데이지가 얼마나 애지중지하며 손에 쥐고 놓지 않는지. 그녀는 로잘린느의 보여 달라는 말도 거절했다. 손가방에서 꺼냈다가 찢어질 수도 있다고. 그런 귀한 것을 엘레나가 가지고 있을 리 없었다.

"그, 그건……."

엘레나는 말을 더듬을 수밖에 없었다. 애초에 초대장 같은 건 받지 않았다. 르니에가 직접 초대를 했고, 그가 대회장 밖으로 마중을 나올 거라고 약속을 했기 때문에 필요성도 느끼지 못했던 것이다. 엘레나가 우물쭈물하자 로잘린느는 더욱 입꼬리를 끌어 올렸다.

"경비병을 불러야겠어. 너 따위가 감히……."

막 로잘린느가 엘레나의 팔을 붙들었을 때였다. 대회장 안쪽에서부터 웅성거림이 느껴졌다. 저 멀리서 초대장을 검사하던 베르너 후작가의 사람도, 그리고 경비를 서던 후작가의 사병도 갑자기 벌떡 일어났다.

바닥에 깔린 카펫을 걸어 들어가던 사람들이 홍해가 갈라지듯이 쭉 갈라졌다. 그리고 그 사이로 르니에가 보였다.

흰색과 상아색이 적절히 배합된 턱시도와 닮은 옷에 엘레나의 드레스와 같은 원단인 크라바트로 목에 매듭을 묶은 그는 아름답기 그지없었다. 어깨까지 오는 금발을 살짝 아래로 내려 묶은 그는 여유로운 미소를 띠고 걸어오고 있었다.

"베르너 후작님 좀 봐……."

"어미, 오늘도 니무나 멋시셔!"

"꺄악, 이쪽을 보셨어요!"

아이돌 팬들 저리가라 할 열정적인 반응이었다. 르니에의 시선이 닿는 곳마다 남자들은 호의를 사려 웃거나 허리를 숙여 보였고, 여자들은 얼굴을 붉혔다.

그것은 로잘린느도 마찬가지였다. 보는 것만으로 아찔해질 만큼의 미모를 가진 베르너 후작을 이렇게 가까이서 보다니, 행운이었다. 그러다 르니에의 푸른 눈과 마주치자 로잘린느는 회심의 미소를 지었다.

분명 지난번 연회에서 말을 나눴던 것을 기억하고 있는 것이리라. 짧은 순간이긴 했지만, 베르너 후작님의 품에도 안겼던 자신이 아닌가.

게다가 지금은 몰래 마상창 대회에 숨어 들어가려고 했던 신관 나부랭이도 잡아 놓았으니 이보다 베르너 후작의 환심을 사기 위한 더 좋은 기회가 있을 수 없었다. 르니에가 다가올수록 로잘린느의 미소는 점점 짙어졌다.

그리고 마침내 그가 바로 앞으로 다가왔다. 이곳에 있는 모든 사람들의 이목이 집중되고 있는 것을 느낄 수가 있었다.

"베르너 후작님을 뵙……."

"엘레나 님, 와 주셨군요."

로잘린느의 입이 벌어지며 소리 없는 비명이 나왔다. 그녀의 푸른 눈은 경악으로 부릅 떴였다. 르니에가 언제나와 마찬가지로 엘레나의 손등에 키스를 하자 사람들은 저마다 수군거렸다.

"르니에 님."

느껴지는 수십 개의 시선에 당황한 엘레나는 자기도 모르게 '베르너 후작님'이란 호칭 대신, 속으로 부르던 애칭을 불러 버렸다. 뒤늦게 자신의 실수를 깨닫고 흠칫 놀랐지만, 르니에는 도리어 눈을 곱게 접으며 즐거워했다.

"누군가가 제 이름을 불러 주는 것이 이리 달콤한 건 처음입니다."

"죄송해요. 제가 실수로……."

"아뇨. 앞으로는 꼭 이렇게 르니에라고 불러 주십시오."

르니에는 진심으로 기뻤다. 엘레나가 자신을 이름으로 불러 주자 두 사람 사이의 거리가 확 좁혀진 듯한 기분이 들었기 때문이다.

"혹 오지 않으실까 걱정했습니다."

"약속드렸잖아요, 오기로. 제가 한 말은 지키거든요."

"아아, 역시 엘레나 님. 드레스는 마음에 드십니까?"

"네, 예뻐요. 저한테는 지나치게 예쁜 것 같기도 하고요."

"아뇨. 제 눈에는 그 드레스가 엘레나 님의 덕을 보는 것 같습니다만."

그렇게 말한 르니에는 하하, 큰 소리로 웃었다.

그 광경을 바라보던 로잘린느는 몸이 부들부들 떨렸다. 지금 눈앞에서 벌어지고 있는 광경을 믿을 수가 없었다. 도대체 이 평민 신관 따위가 어떻게. 베르너 후작이 하는 말과 행동을 보니 보통 사이가 아닌 듯했다.

"그럼 안으로 모시겠습니다."

르니에가 엘레나에게 손을 내밀었다. 엘레나는 그 에스코트를 받아들이기 위해 손을 내밀려고 했지만, 그녀의 오른팔은 아직 로잘린느에게 잡힌 채였다. 르니에가 차갑게 로잘린느를 바라봤다.

"무슨 일입니까."

방금까지 엘레나에게 미소 짓던 사람이라곤 할 수 없을 만큼 차가운 목소리였다. 놀란 로잘린느는 얼른 손을 떼고 고개를 숙였다.

"무슨 일이 있으신 겁니까, 엘레나 님."

르니에가 엘레나에게 물었다. 로살린느가 아랫입술을 씹는 것이 숙인 얼굴 아래로 적나라하게 보였다. 잠시 고민하던 엘레나는 고개를 저었다.

"아뇨. 이쪽은 저와 함께 리바이 공작 전하를 가르치고 있는 프란시스 남작 영애예요. 우연히 마주쳤어요. 두 분은 저번 연회에서 만나신 적 있죠?"

아마 이것이 르니에가 엘레나를 이곳으로 초대한 이유일 것이다. 로잘린느와 다시 안면을 트기 위해서. 엘레나는 르니에와 엮어 주는 것처럼 로잘린느에게 좋은 일은 죽어도 하기 싫었지만 어쩔 수 없었다.

그 짧은 시간에 다시 얼굴 표정을 가다듬은 로잘린느는 해맑게 웃으며 살짝 무릎을 굽혀 인사했다.

"베르너 후작님을 뵈어요. 이와 같이 멋진 자리를 만들어 주신 베르너 후작가의 안목에 감탄을 금치 못하고 있습니다."

같은 여자가 들어도 옥 굴러가는 목소리에 매력이 넘치는 말투였다. 엘레나는 방금 자신을 도둑 취급하던 여자와 전혀 다른 사람 같은 모습에 우웩 하고 속에서 뭔가가 넘어올 것 같았지만 겨우 참아 냈다. 하지만 얼굴이 똥 씹은 표정이 되는 것을 막을 수는 없었다.

"아, 그때. 다시 만나게 되어서 반갑습니다. 엘레나 님께 이야기

많이 들었습니다."

엘레나는 순간 '내가 언제?!'라고 소리칠 뻔했다.

"좋은 교사의 표본이라고 항상 칭찬을 하시더군요."

엘레나는 하늘에 맹세코 그런 말을 르니에에게 한 적이 없었다. 벼락을 맞지 않고서야 그녀가 로잘린느를 '좋은 교사'라고 말을 할 리가.

"그럼 대회를 즐기시길 바라겠습니다."

군더더기 없었다. 완벽히 예의 바른 미소와 예의 바른 말투. 하지만 그게 끝이었다.

로잘린느에게 친절하게 인사말을 날린 르니에는 엘레나의 손을 잡아 에스코트했다. 엄격한 얼굴의 경비병도, 깐깐하게 초대장의 진위 여부를 살피던 베르너 후작가의 가신도 허리를 깊이 숙이며 르니에와 엘레나가 지나갈 수 있도록 비켜섰다.

"저 영애는 대체 누굴까요?"

"지금까지 베르너 후작이 이런 자리에 여성 파트너를 대동한 적이 있던가?"

"사촌 여동생의 사교계 데뷔 파티 이후로는 처음일걸요."

사람들이 웅성거렸다. 그러면서 호기심 섞인 눈으로 혼자 남겨진 로잘린느를 바라봤다. 셋이서 이야기를 했으니 혹 아는 사람이 아닌가 하는 것이다. 철저하게 들러리가 된 듯한 기분에 로잘린느는 으드득 이를 갈았다.

한편, 르니에의 손을 잡고 야트막한 언덕을 걸어 올라가던 엘레나는 작은 목소리로 물었다.

"제가 언제 프란시스 영애에 대해서 '좋은 교사'라고 했어요."

"하하, 그런 적은 없었지만 일단은 엘레나 님의 상사 아닙니까. 엘레나 님을 잘 봐 주십사 하는 말이었죠."

엘레나가 고개를 젓자 르니에는 재밌다는 듯 고소를 머금었다.

"혹 제가 엘레나 님을 곤란하게 한 겁니까?"

"하아, 아뇨. 그런 건 아니고요."

그녀는 지금 르니에의 행동이 밀당이라고 생각했다. 좋아하는 여자에게 바로 관심을 보이고 애정을 구걸하지 않고, 멀리서 조금씩 자극을 하면서 그쪽이 먼저 달려오게 만드는. 답답하기는 했으나, 로잘린느의 성격과 책에서 르니에가 넌서 로살린느에게 쑥 빠졌을 때의 결말이 어떤 것이었는지를 생각해 보면 꽤 좋은 방법일 수도 있었다.

가진 자의 자신감인가. 엘레나는 입술을 비죽거렸다. 갑자기 한숨을 쉬더니 입술을 내미는 모습이 귀엽고 웃겨서 르니에는 조용히 웃었다.

"와아."

언덕을 올라서자 엘레나의 입에서 큰 탄성이 터져 나왔다. 장관이었다.

"이걸 다 베르너 후작가에서 준비한 거라고요?"

"네. 그렇습니다."

"그것도 매년? 이렇게 큰 행사를요?"

엘레나는 입을 다물 수가 없었다. 언덕으로 둘러싸인 너른 초지는 한눈에 들어오지 않을 만큼 넓었다.

한쪽에는 지붕 없는 마구간같이 생긴 구역이 있어 말들이 널찍하게 각자 방을 하나씩 가졌다. 그 옆으로는 마상창 경기장이 보였다. 그리고 한쪽은 사람들이 바쁘게 돌아다니고 연기가 피어오르는 것으로 보아 음식을 만드는 곳인 듯했다.

"올해는 평소보다 규모가 조금 더 큽니다. 조금 중요한 경기가 있어서요."

"중요한 경기요?"

"사실 마상창 대회는 3일에 걸쳐서 열립니다. 오늘은 가장 중요한 경기가 있는 두 번째 날이죠. 작년 우승자와 올해의 도전자가 싸우는 경기가 열리는 날입니다."

오오, 그러니까 챔피언과 도전자라는 거구나. 엘레나는 열심히 고개를 끄덕였다.

"작년 우승자는 근 4년간 쭉 같은 사람입니다만, 도전자가 조금 특별하다 보니 이렇게 규모를 키울 수밖에 없었습니다."

엘레나는 그 우승자와 도전자가 대체 누구냐 물어보고 싶었지만, 르니에가 말을 아끼는 것이 마치 기다려 보라는 듯해 조르지 않았다. 재미있는 영화를 보러 와서 미리 스포일러를 당하고 싶지는 않았으니까.

초원을 가로질러서 경기장에 도착한 엘레나는 또 한 번 놀랐다. 중세를 배경으로 한 영화 속에 들어온 기분이라 가슴이 콩닥거렸는데, 눈앞에 있는 마상창 경기장은 사람을 절로 두근거리게 만드는 무언가가 있었다.

한쪽에서 열심히 땀을 흘리면서 몸을 풀고 있는 기사들과, 제 주인의 마음을 읽은 것인지 저도 흥분을 감추지 못하고 뜨거운 콧김을 뿜으며 투레질을 하는 커다란 말들. 밖에서는 작게만 들리던 음악 소리는 이제 바로 앞에서 연주되고 있었다.

긴 경기장 한쪽에 마련된 연회 탁자 근처에는 편하게 이야기를 나누며 음식을 먹는 사람들이 보였다. 그리고 그 맞은편에 따로 마련된 단상이 있었는데, 그곳에는 좀 더 소수의 사람들만 출입할 수 있는 듯했다.

엘레나는 이 모든 게 너무나 신기하고 또 즐거웠다.

"단상 위로 가시죠."

르니에가 말했다. 멀리서 베르너가의 주인이 다가오는 것이 보이자 사병들이 단상 입구를 지키고 있던 문을 열었다. 이래서 다들 VIP를 외치는 거구나. 어쩐지 목에 힘이 들어가는 것을 느끼며 엘레나는 단상 위로 올라섰다.

"아, 베르너 후작. 어딜 갔나 했더니 이리 아름다운 레이디를 모셔왔군!"

입구 근처에서 무리 지어서 이야기를 나누던 어떤 남자가 반갑게 알은체하며 르니에를 불렀다.

"로이드 공작 전하. 이분은 리바이 공작 전하의 신학 교사이신 엘레나 신관님이십니다."

로이드 공작? 익숙한 이름에 엘레나의 눈이 동그래졌다. 로이드 공작이라면 분명 이 나라의 재상인 사람이었다. 이건 마치 한 나라의 총리를 소개받은 상황과 같았다.

"호오? 이분이 그 소문의? 반갑소, 나는 퀄른 폰 로이드요."

기분 좋게 술이 올라 있는 로이드 공작은 껄껄 웃으며 엘레나에게 먼저 인사했다. 밖에서 만났다면 함부로 얼굴도 보기 힘든 위치의 로이드 공작이었지만, 왠지 지금은 머리가 조금씩 벗겨지기 시작하는 인상 좋은 아저씨처럼 느껴졌다.

"라한의 종, 중급 신관 엘레나입니다."

엘레나가 치맛자락을 잡고 인사하자 흡족하게 고개를 끄덕이며 그녀를 보던 로이드 공작은 이내 자신과 함께 이야기를 나누고 있던 사람들을 직접 한 명 한 명 소개해 줬다.

친황제파의 대표 주자인 로이드 공작답게 그곳에 있는 사람들은 모두 황제파의 사람들인 듯했다. 그래서 바크란 1세의 남동생인 리바이 공작을 가르치는 엘레나에 대해 더욱 호감을 보였다.

"그 고집불통 리바이 공작을 단숨에 휘어잡았다 하여 놀랐지 않소. 하하하!"

로이드 공작의 왼편에 서 있는 풀먼 후작이 호탕하게 웃으며 말하자 모두들 와하하 웃음을 터뜨렸다.

"그래, 직접 겪은 리바이 공작 전하는 좀 어떻소? 우리는 모두 소문만 무성히 들어서 말이지. 어때, 나중에 자라면 좋은 공작이 될 것 같소?"

"네? 아, 심성이 곧은 분이시죠, 리바이 공작 전하는."

"흐음. 그래요? 내가 딱 고 나이대인 손녀 하나가 있는데……."

"거, 풀먼 후작! 또 시작이군, 시작이야!"

고위 귀족들이 모인 자리라 굉장히 심각하고 심오한 이야기가 오갈 것 같았는데. 나누는 대화는 여느 동네 잔칫집과 다를 게 없었다.

그렇게 몇 무리의 고위 귀족들과 만나 인사를 나누고 나니 혼이 다 빠지는 것 같고 정신이 없었다. 그런 그녀의 상태를 눈치챈 르니에가 조용히 그녀를 데리고 마지막 무리를 빠져나와 음식이 있는 긴 탁자로 에스코트했다.

"잠시 가서 마실 것을 가져오겠습니다."

안 그래도 목이 말랐던 엘레나는 열렬히 고개를 끄덕였다. 평소라면 기다리기보단 두 발로 걸어가서 마실 테지만, 굽이 높은 구두 때문에 그럴 수도 없었다.

"아이고, 아이고."

의자에 앉자니 저절로 곡소리가 나왔다. 너무 오랜만에 구두를 신어서 그런가, 발가락, 발목, 무릎 할 것 없이 다리 전체가 다 아파 왔다.

어디 화장실이나 휴게소가 없을까 싶어 주변을 두리번거리던 엘레나는 한 무리의 젊은 여자들과 눈이 마주쳤다.

이제 겨우 십 대 후반 혹은 이십 대 초중반으로 보이는 여자들은 자기들끼리 소곤거리며 계속 엘레나를 지켜보고 있던 모양이었다. 그러다 엘레나와 우연히 눈이 마주치자 용기를 내어 조심스레 가까이로 다가왔다.

"저어, 엘레나 신관님."

"네?"

막 과일 한 조각을 베어 문 엘레나가 갑자기 자신을 부르는 목소리에 놀라서 튕기듯 자리에서 일어났다.

"메르디스 폰 로이드입니다."

"샬롯 폰 골드만입니다, 신관님."

"에이라 폰 풀먼입니다."

아하. 엘레나는 익숙한 성에 고개를 끄덕이며 자신도 인사를 했다.

"중급 신관 엘레나입니다. 만나 뵙게 되어 기쁩니다, 영애들."

엘레나가 마주 인사를 해 주자 뭐가 그렇게 기쁜지 여자들이 꺄악거리며 볼에 웃음꽃을 피웠다.

"쉬고 계시는데 죄송합니다, 신관님."

"그 전에 인사를 드리고 싶었는데 후작님이 계속 같이 계셔서……"

"두 분의 시간을 방해할까 두려웠습니다."

다른 사람들 눈에는 그렇게 비칠 수도 있겠구나. 엘레나는 웃으며 고개를 저었다.

"아니에요. 이곳에 아무도 아는 분이 없어서 르니에, 아니 베르너 후작님께서 고생해 주시는 것뿐이라서요."

"저어, 엘레나 신관님. 실례가 되지 않다면 입고 계신 드레스가 어느 의상실의 작품인지 여쭤 봐도 될까요?"

골드만 백작가의 샬롯이 작은 목소리로 물었다. 그에 자신이 입고 있는 드레스를 내려다본 엘레나는 눈을 굴렸다.

"어, 이게 그러니까…… 제가 선물을 받은 거라서요. 아! 혹시 이 뒤에 태그 같은 게 있나 한번 보실래요? 그러면 알 수 있을 텐데."

이것도 파는 옷이니 거기에 상표 이름이 적혀 있지 않을까 싶은 엘레나는 덥석 뒤로 돌아 자신의 등을 세 여자들에게 보여 줬다. 그러나 도리어 당황한 것은 세 영애들이었다.

"에, 엘레나 님……."

"태그가 뭘까요?"

그녀들을 혼돈의 회오리에서 구해 준 것은 음료를 두 잔 들고 나타난 르니에였다.

"그 드레스는 브리가 의상실에서 구입했습니다."

"후작님!"

"아, 역시!"

저 드레스가 소문의 그것이 아닐까 짐작했던 세 영애는 탄성을 질렀다. 게다가 말을 듣자 하니 베르너 후작이 직접 사서 눈앞의 신관에게 선물로 준 게 분명했다. 한층 더 로맨틱하지 않은가.

"그, 그럼 저희는 이만……."

"실례를 했습니다."

두 사람의 시간을 방해하지 않으려 세 영애가 자리를 뜨려고 하자 르니에가 웃으며 말했다.

"혹시 괜찮으시다면 엘레나 신관님의 말동무를 해 주지 않으시겠습니까, 영애들."

르니에의 다정한 말에 세 여자는 발그레하게 엘레나를 바라보았다.

"로이드 공작 전하께서 부르시니 자리를 비워야 할 것 같아서요. 그런데 엘레나 신관님을 혼자 두게 된다면 마음이 영 무거울 것 같아 말입니다."

"저 걱정하지 말고 다녀오세요."

엘레나가 말하자 르니에는 하인에게 손짓했다. 곧 엘레나와 세 여자가 앉아 있는 탁자에 먹음직스러운 음식과 음료가 차려졌다. 마침 배가 등에 붙는 것 같았던 차에 앞에 맛있는 음식이 놓이자 엘레나는 비로소 식사를 하기 시작했다.

"엘레나 님은 베르너 후작님과 어떻게 만나셨나요?"

로이드 공작가의 메르디스가 초록색 눈을 반짝이며 물었다. 르니에의 것보다 색이 진한 금발에 초록색 눈동자를 가진 그녀는 인형 같았다. 티 없이 맑은 피부와 사랑스런 홍조가 더욱 그런 분위기를 만들었다.

"으음, 우연히 뵈었지요. 황궁에서 열린 연회에서요. 제가 아는 다른 분을 찾아오셨다가 처음 만났어요."

"다른 분이요?"

"아, 어네스 경이라고 혹시 아시……."

엘레나의 말이 다 끝나기도 전에 세 여자에게서 꺄악 하는 작은 소리가 나왔다.

"어네스 경!"

"어네스 경과도 아는 사이이신가요?"

"이, 일단은……. 세 영애께서도 친분이 있지 않으세요?"

같은 황제파 귀족 가문이 아닌가. 좁은 바닥에서 어려서부터 연회다 뭐다 얼굴 볼 일이 자주 있었을 것 같은데.

"친분이라뇨! 그저 얼굴만 몇 번 뵈었을 뿐이랍니다."

"그분에게 다가가서 먼저 말을 걸 수 있는 강심장을 가진 여인이 몇이나 되겠어요!"

"그 짙은 녹색 눈을 보면 할 말을 잊고 말아요."

참 소녀 팬다운 말들이었지만, 엘레나는 그 마음이 십분 이해됐다.

"그쵸. 사람이 잘생겨도 정도가 있지. 베르너 후작님도 그렇지만 어네스 경도 만만치 않죠."

"그럼요! 두 분은 뭐랄까. 폭신폭신한 흰 생크림 케이크와 달고 씁쓸한 초콜릿의 차이랄까요?"

그것 참 절묘한 비유일세. 엘레나가 무릎을 탁 쳤다.

"맞아요! 어네스 경은 흠집 하나 없이 말끔하게 흰 생크림이 발린 것 같아서 감히 손을 대서 먹어 볼 엄두가 나지 않고, 베르너 후작님은 한 번 먹었다간 멈추지 못하고 계속 먹을 것 같아서 손을 대지 못하는 그런 느낌이죠."

엘레나가 하는 말에 세 영애는 격하게 고개를 끄덕였다.

"어머나!"

"저도 딱 그 생각을 하고 있었어요!"

네 여자의 수다는 끊이지 않고 이어졌다.

"우리 이페른 제국의 3대 보물이 아니겠어요!"

에이라가 한 말에 다들 끄덕였지만 엘레나는 고개를 갸웃했다.

"3대 보물이요?"

"네! 첫째는 바크란 1세 황제 폐하, 둘째는 베르너 후작님, 그리고 셋째는 어네스 경이지요."

"세간에서 그 세 분을 두고 이페른 제국의 3대 보물이라고 한답니다. 우리 모두가 지켜야 할 그런 보물이요!"

그럴듯한 말이었다. 르니에와 메이나드의 외모는 국보급이었으니까.

"하지만 폐하의 얼굴을 직접 본 사람들이 적어서……."
"저도 아주 어릴 적에 딱 한 번 뵈었던 것뿐이라……."
"그래요? 하긴 어렸을 때면 잘 기억이 안 나겠네요."
엘레나가 위로하듯 말했다. 하지만 메르디스의 대답은 사뭇 달랐다.
"아뇨! 똑똑히 기억해요! 아무리 어렸더라도 심미안은 남달랐답니다. 그 정도의 미모는 뇌리에 박히는 것이어요!"
문득 엘레나는 호기심이 생겼다.
"그럼 황제 폐하는 이떻게 생기셨어요?"
"아, 일단 머리칼이 검은색이셔요. 황가의 상징인 금발은 아니셨지만 제가 알기로 선황후께서 검은색 머리칼을 가지고 계셨거든요. 제국에선 흔치 않은 색이지요."
하긴, 갈색은 흔하게 볼 수 있어도 검은색은 꽤 드물었다. 순간 자신이 아는 다른 검은색 머리를 가진 남자가 떠오른 엘레나였다.
"그리고…… 사실 즉위식 때 일이라 멀리서 보아서 확실치는 않지만 파란색 눈을 가지고 계세요. 아닌가? 조금 더 어두웠던가?"
"뇌리에 박힌다면서요, 메르디스?"
"그때가 언제인 줄 알아요? 내가 딱 열 살 때였다고요!"
메르디스와 샬롯이 티격태격하는 사이 첫 경기가 시작이 되었다. 르니에가 말한 가장 중요한 경기가 아니라 일반 기사 둘이 경쟁하는 경기였지만 그 긴장감은 대단했다. 아직 아웅다웅하는 샬롯과 메르디스의 목소리는 저 멀리로 사라질 정도로 엘레나는 박진감 넘치는 경기에 집중했다.
말을 탄 두 기사가 경기장의 양 끝에서 서로를 향해 달려갔다. 울타리를 가운데에 두고 반대 방향에서 달려오던 두 기사가 어느 정도 서로 간의 거리가 가까워지면, 각자가 옆구리에 끼고 있던 긴 나무창을 아래로 내렸다가 불시에 쳐올렸다. 그렇게 말 위에서 창으로 상대방의 왼쪽 어깨에 놓인 방패 겸 표적을 맞히는 경기였다.

주먹을 꽉 쥐고 경기를 관람하던 엘레나는 문득 한 가지 생각이 머리를 스쳤다.

'그러고 보니 레이도 검은 머리칼에 남색 눈이지?'

흔치 않은 조합인데. 엘레나는 그렇게 생각하며 어깨를 으쓱했다. 하지만 그녀의 생각은 이어지지 못했다. 결국 한 기사의 창이 정확하게 상대편의 표적을 찔러 그게 화려하게 산산조각이 났기 때문이다. 엘레나는 이제 자신이 어디에 있는지도 잊은 채 경기에 온 정신을 빼앗겼다.

"아아, 좋겠다."

블룸버그 백작의 딸 데이지가 입을 한껏 내밀고 불평했다.

"우리 아빠도 좀 더 열심히 했으면 나도 저 위 단상으로 올라가고 좀 좋아?"

기껏 마상창 대회에 와서도 단상 위에서 웃고 떠드는 사람들을 보자 부럽고 질투가 나서 모처럼의 나들이를 즐길 수가 없었다.

"데이지, 저 여자 도대체 누굴 것 같아?"

"누구?"

"베르너 후작님의 파트너 말이야!"

데이지의 단짝 친구인 벨라가 호기심 섞인 눈으로 단상 위를 올려다보며 말했다. 의문에 쌓인 그 여자는 로이드 공작가, 풀먼 후작가 그리고 골드만 백작가의 영애들과 한 탁자에 앉아서 경기를 관람했다.

"그러게. 저 드레스, 브리가 의상실의 것 같은데……."

"아, 맞대! 여기 포레스트 남작 영애가 브리가 의상실 회원이신데, 저 드레스가 맞는다고 하셨어!"
"어머, 정말?"
데이지가 깜짝 놀라서 묻자 근처에 있던 포레스트 영애가 고개를 끄덕였다.
"하아, 도대체 누구길래 저런 드레스를 입고 베르너 후작님의 파트너가 되었을까."
"저 여자, 평민이에요."
바로 옆에서 터져 나온 목소리에 이야기를 나누던 세 여자가 깜짝 놀라 돌아봤다. 로잘린느가 이를 악문 채 말한 듯했다.
"그게 무슨 소리야?"
"저 여자, 나랑 같이 리바이 공작을 가르치는 신관이라고요."
"아, 그래서 아까 같이 이야기를 했던 거구나?"
세 쌍의 눈동자가 제대로 된 이야기를 들을 수 있겠다는 생각에 눈을 반짝였다. 사교계 소문을 얻는 것은 언제나 즐거운 일이었다.
"근데 그게 무슨 말이야, 평민이라니?"
"내가 알아봤어요. 저 여자 평민이라고요."
이미 엘레나와 한 거래 따위는 르니에와 사라지는 그녀를 본 순간 머릿속에서 싹 사라진 로잘린느였다.
속이 뒤집히는 것 같았다. 주제를 모르는 것도 정도가 있지. 단상 위에서 고위 귀족가의 영애들과 즐겁게 이야기를 나누는 엘레나를 올려다보자니 분노가 치밀었다.
"뭐어? 아하하하!"
"호호호, 말도 안 돼!"
"하하하하, 눈물이 다 나려고 하네!"

이를 가는 로잘린느였지만 그녀의 말을 들은 세 여자는 배를 잡고 웃었다.

"정말이라고요! 저 여자 평민이라고요!"

"로잘린느!"

데이지가 제법 목소리를 깔고 로잘린느를 꾸중하듯이 불렀다.

"너 지금 네가 하는 말이 얼마나 위험한 말인 줄 알고 하는 거니?"

"맞아. 멀쩡한 귀족을 평민이라고 폄하하는 것이 얼마나 무서운 죄인데. 우리는 입이 무거운 사람들이니 다행이라고 생각해!"

로잘린느는 속이 터질 것 같았다. 하지만 로잘린느의 그런 반응에 데이지는 알 만하다는 듯 혀를 찰 뿐이었다.

"지금 저분이 입고 있는 드레스가 얼마짜린지 알기나 해?"

로잘린느는 결국 아무 말도 하지 못했다. 포레스트 남작 영애가 꿈 깨라는 듯이 덧붙였다.

"저건 브리가 의상실에서 아무에게도 팔지 않던 드레스야. 내가 2만 골드를 내겠다고 했을 때도 코웃음을 치던 드레스라고."

"시골 남작가 출신이 뭘 알겠어?"

곁에서 대화를 엿듣고 있던 사람들까지 쿡 하고 웃기 시작했다.

사실 그들에게 로잘린느는 입 안의 가시 같은 존재였다. 어느 날 갑자기 나타난, 이름도 들어 본 적 없는 시골 남작가 출신의 로잘린느는 아름다운 외모로 주목을 받았다. 그러니 자연스레 다른 여인들에겐 눈엣가시 같은 존재가 되었고, 지금 꼬투리를 잡힌 격이었다.

"게다가 파트너로 데리고 온 분은 베르너 후작님이야. 한 번도 공식 석상에 가족이 아닌 여자를 데리고 나온 적이 없는 분이라고. 그런 분이 파트너로 삼았다면 두 사람의 관계가 어떤지 너도 상상이 되지 않니?"

"하하, 평민이라니!"

"가만히 있으면 중간이라도 갈 텐데 말이야."

그렇게 말한 데이지는 아예 로잘린느에게서 등을 돌려 앉았다. 그녀를 대화에 끼어 주지 않겠다는 태도였다. 로잘린느가 모멸감에 몸을 부르르 떨었다.

"가만두지 않아."

로잘린느가 꽉 문 잇새로 중얼거렸다. 그러나 분노로 이글거리는 시선의 끝에 낳아 있는 것은 조금 전 그녀를 조롱했던 귀족 영애들이 아니었다.

"감히 평민 주제에……."

로잘린느의 분노는 단상 위에서 경기를 관람하며 웃고 있는 엘레나에게 튀었다.

참을 수 없었다. 감히 저따위 평민 때문에 자신이 이런 수모를 겪는다는 것이.

자신을 무시하고 경시한 것은 바로 데이지와 다른 귀족 영애들이었다. 그러나 로잘린느의 분노는 그들을 비껴갔다. 마치 화려한 드레스와 가문의 이름이 그들을 지켜 주는 갑옷이라도 되는 것처럼.

"두고 봐……."

주먹을 꽉 쥔 로잘린느의 손등 위로 흰 뼈마디가 선연했다.

정신없이 떠들고 마시는 사람들 속에서 르니에는 엘레나를 지켜봤다. 보통 사람들이라면 간이 떨려서 제대로 고개도 못 들 만큼 지위와 신분이 높은 귀족들 사이에서 그녀가 어떻게 반응하는지를.

잔뜩 긴장해서 내 곁에 붙어 있으려 할까? 아니면 목에 힘을 주고 자신이 그의 파트너인 것을 뽐내려 할까? 엘레나를 초대하며 르니에는 여러 가능성을 열어 두었다.

로이드 공작가, 풀먼 후작, 그리고 골드만 백작. 모두 이페른 제국 권력의 중심을 이루고 있는 황제파 가문들이었다.

그 가문의 세 여식은 비슷한 나이 또래로 어렸을 때부터 친하게 자라 어딜 가든 셋이서 똘똘 뭉쳐 다녔다. 가문의 위세가 센 만큼 비슷한 나이대의 영애들이 쉽게 다가가지 못하기도 했고, 어울릴 사람을 고르는 세 사람의 눈도 그만큼 높았다.

오늘 이 마상창 대회에서도 마찬가지였다. 단상 위로 따로 초대를 받을 정도면 손에 꼽히는 가문이라 증명한 셈인데도 세 여자는 저들끼리 뭉쳐 있었다.

적대적이거나 예의 바르지 못한 성격도 아니었다. 세력가의 여식답게 언제나 예법을 지키고 웃는 얼굴을 잃지 않았지만 다른 사람들과의 사이에 보이지 않는 벽이라도 있는 듯한 모습이었다. 그런데.

"엘레나 신관님, 저 기사님은 말이에요······."

"다음번에 우리 집에서 여는 다과회에 와 볼래요?"

벌써 어느 정도 말도 편하게 놓는 사이가 된 듯 세 영애는 엘레나의 곁에 딱 붙어 있었다. 그러면서도 경쟁이라도 붙은 것처럼 먼저 엘레나에게 말을 걸고 관심을 끌려 안달이 난 모습을 보였다.

"이건 예상 못했군."

르니에는 어떤 상황이건 간에 엘레나가 이곳에 적응을 하느냐 마느냐의 차이라고 생각했다. 그녀가 이곳에 잘 섞여 들까, 아니면 물 위의 기름처럼 어울리지 못하고 맴돌기만 할까.

하지만 뚜껑을 열어 보니 상황은 반대였다. 아버지나 남편을 따라 대회에 참석한 여성들은 엘레나와 세 여자가 앉아 있는 탁자를 주목하고 있었다.

"그런 매력이 있는 여자지."

아직 본인은 모르고 있는 것 같지만. 르니에는 그렇게 생각하며 웃었다.

예쁘기는 했지만 온 정신을 빼앗길 정도는 아니었고, 언변이 뛰어난 것도 아니었으며, 그렇다고 이성을 잃을 정도의 색기를 뿜어내는 깃은 더더욱 아니었다. 하시만 그녀에게는 사람을 끌어당기는 힘이 있었다.

함께 대화를 나누던 사람들에게 양해를 구한 뒤, 르니에는 천천히 엘레나가 앉아 있는 탁자로 걸어갔다.

"자, 이제 슬슬 꼭 봐야 할 시합이 시작될 때로군요."

다정한 미소를 띤 르니에가 그렇게 말하며 엘레나의 어깨에 손을 대자, 그녀의 곁에서 조잘거리던 말소리가 멈췄다.

"아, 벌써요? 몇 경기 안 본 것 같은데."

"엘레나 님께서 마창 시합의 매력에 푹 빠지셨나 봅니다."

"그런가 봐요. 시간 가는 줄 모르고 봤네."

해가 저만큼 기운 것을 보고 엘레나는 고개를 끄덕였다. 감히 다른 사람이 끼어들지 못할 것 같은 두 사람만의 분위기에 얼굴을 붉게 물들인 세 영애들은 황급히 자리에서 일어나 말했다.

"저, 저희는 그럼 이만 가족들에게로 돌아가 볼게요."

"엘레나 님, 다음에 서신을 보낼게요."

"실례가 많았습니다."

미처 인사를 할 겨를도 없이 후다닥 멀어지는 뒷모습을 엘레나는 아쉽게 바라봤다.

"많이 친해지셨습니까?"
"저랑 관심사가 비슷하시더라고요. 말이 잘 통했어요."
"호오, 그렇습니까? 관심사라면……."
"아…… 그건 말씀드릴 수가 없네요. 개인 정보라서."
 자신이 꽃미남을 좋아하는 거야 얼마든 말할 수 있었지만, 귀족들은 그런 것을 어떻게 볼지 확실치 않았다. 괜히 말했다가 세 영애에게 안 좋은 소문이라도 나면 어떻게 해. 엘레나는 비밀스럽게 웃었다.
"그렇게 말씀하시니 더 알고 싶어지는데요."
"여자는 원래 비밀스러울수록 매력적인 법이죠."
 엘레나가 농담처럼 하는 말에 르니에의 미소는 더욱 짙어졌다.
"네. 그런 것 같습니다."
 점점 엘레나에 대해 궁금해지고 알고 싶어지는 르니에였다. 그때, 주변을 한번 쓱 둘러본 엘레나가 물었다.
"그런데 정말 이러셔도 괜찮아요? 이러다 잘못 소문이라도 나면 곤란하실 텐데요."
"뭐가 말입니까?"
"또 모르는 척하시네요. 르니에 님이 지금 열심히 튕기고 계시다는 걸 아니까 일단 장단을 맞춰 드리긴 하지만, 그러다가 정말 튕겨 나가는 수가 있어요. 조심하세요."
 엘레나는 저 밑 일반 관중석 어딘가에 있을 로잘린느가 자꾸만 신경이 쓰였다. 로잘린느 성격상 이 정도로 물러나진 않겠지만, 자신이 두 사람의 사랑싸움에 낀 새우가 된 것 같아 기분이 그다지 좋지 못했다.
 어쨌든 이 정도면 할 만큼 한 거지, 나도. 엘레나는 좋게 생각하기로 했다. 티토의 일로 르니에에게 빚이 생긴 건 사실이니 이 기회에

다 털어 버릴 수 있다는 것에 의의를 두었다.

두 사람이 어디까지 진도를 나갔는지 알 수는 없었지만, 이렇게 멍석을 깔아 줬으니 이제 나머지는 당사자들의 몫이었다. 르니에가 어서서 로잘린느와 잘되어서 로잘린느가 자신 따위는 신경 쓸 시간도 없으면 소원이 없겠다 싶을 뿐이었다.

주연들을 이어 주기 위해서 이렇게까지 해야 하나. 역시 조연은 고달픈 것이라고 생각하며 엘레나는 주변을 둘러봤다.

"근데 정말로 중요한 경기이긴 한가 봐요. 분위기가 달라졌네요."

조금 전까지만 해도 자유롭게 섞여 웃고 떠들고 하는 분위기였는데, 지금은 사뭇 달랐다. 사람들은 왠지 모르게 좌우로 갈려 웃음이 잦아든 얼굴로 경기장을 흘끔거렸다.

"아아, 조금 전 제가 말씀드린 오늘 참전하는 선수들의 특이 사항 때문이지요."

"맞다, 그거! 이제 조금 이야기해 주시는 게 어때요? 그 도전자가 특이하다는 게 무슨 뜻이세요?"

"사실 이번 도전자는 20년 전에 마창 대회 10년 연속 우승이라는 기록을 세운 적이 있습니다. 열일곱 살 때부터 우승을 해 온 사람이기도 하고요."

"네에? 열일곱 살이요?"

가만있어 보자. 열일곱 살이면 고등학교 1학년 아냐? 엘레나는 도저히 상상이 가지 않았다.

"네. 마창의 천재라고 불리기도 했죠. 가문의 무술인 창술 실력이 워낙 뛰어나 제국 내에서 이길 자가 없었다고도 합니다. 비록 20년 전의 비극적인 가족사 때문에 칩거 생활에 들어가는 바람에 그의 연승 행진은 끝이 났지만요."

그럼 주목할 만한 승부이기는 하겠다. 열 번이나 연속으로 우승을 하다가 개인적인 일 때문에 모든 걸 접고 사라진 불운의 천재. 사람들의 구미가 당길 만했다. 하지만…….

엘레나는 여전히 시원찮은 표정으로 말했다.

"흐음…… 그것만은 아닌 것 같은데."

호기심이 동했다. 만약 정말로 4년 연속 우승했던 챔피언과 오래전 무시무시한 기록을 가졌던 돌아온 챔피언의 경기일 뿐이라면, 지금과 같은 술렁임이 아니라 경기에 대한 기대감과 흥분이 차오르는 게 자연스러웠다. 엘레나가 잠시 눈을 데굴 굴리며 생각하다 말했다.

"두 선수가 서로 반대 진영인가 봐요?"

전과 같지 않은 긴장감과 이 오묘한 분위기를 설명하는 답은 그것밖에는 없었다.

"한 선수는 황제파, 다른 선수는 귀족파. 맞죠?"

동시에 르니에가 웃었다.

"어째서 그리 생각하시죠?"

"지금 왼쪽은 황제파, 오른쪽은 귀족파로 사람들이 나뉘기 시작했으니까요."

한눈에 띌 만큼 적나라한 이동은 아니었지만 분명 그랬다.

"만약 우리 편이 이긴다면 상대편을 응원하는 사람들 사이에 있고 싶지는 않을 테고요. 아니, 그 반대인가?"

르니에는 어느새 웃고 있었다. 스스로도 이상하다고 생각할 만큼 절제가 되지 않아 자꾸만 웃음이 흘러나왔다. 엘레나의 이런 행간을 읽는 능력은 정말이지 매력적이었다.

"역시. 제 눈은 틀리지 않았군요."

지금까지 단 한 번도 본적이 없는 보석을 본 것처럼 그의 눈에 강한 소유욕이 일었다.

"다른 여성들과는 달라요."

나직한 웃음이 섞인 말이었다.

"이번 경기에 참가하는 두 선수에게 고마워해야겠군요. 어찌 보면 그들 덕분에 이렇게 엘레나 님을 이 자리에 모실 수 있었던 것이니까요."

엘레나는 은은하게 미소 짓는 르니에를 빤히 바라보다가 말했다.

"르니에 님은 제가 생각했던 것보다 굉장히 겸손하신 분이네요."

"그게 무슨 말씀이시죠?"

"지금 이 상황, 다 르니에 님이 계획하신 거잖아요?"

순간 르니에의 웃는 얼굴이 멈춰 버렸다.

"이 마상창 대회, 베르너 후작가에서 여는 거라고 하셨잖아요. 그럼 매년 도전자를 고르는 것도 베르너 후작가, 그러니까 르니에 님 아닌가요? 어마어마한 숫자는 아니겠지만 매년 한 명 이상의 도전자들 중에서 그때그때 가장 적절한 사람을 고르는 작업을 하실 테죠. 그런데 올해는 작년 우승자와 반대되는 진영에서, 그것도 무시무시한 전력을 가지고 있는 도전자를 받아들이셨으니."

르니에는 웃어야 할지 기분 나빠 해야 할지 혼란에 휩싸였다. 이렇게 면전에서 속을 다 읽혀 버린 적은 처음이었다. 긴 속눈썹이 유려하게 뻗은 푸른 눈이 엘레나를 태울 듯이 응시했다.

어느 날 갑자기 나타난 이 여인의 정체는 도대체 뭘까. 대체 누구이기에 이토록 흥미로운가.

그런 르니에의 속마음을 알 리 없는 엘레나는 그저 호기심에 못 견뎌 하고 있었다. 그래서 더 참지 못하고 르니에에게 다그치듯 물었다.

"이렇게 판을 키워서 베르너 후작가가 얻는 게 도대체 뭐예요? 여기서 도박이라도 주최하시는 거예요?"

엘레나는 어디 돈을 거는 사람들이 있나 싶어 주변을 둘러보았지만 모두들 자리에 앉아 경기장을 주목하고 있을 뿐, 그런 움직임은 보이지 않았다.

"……도박은 하지 않습니다. 제가 판을 키운 이유는 딱 한 가지죠."

르니에의 얼굴에 더 이상 가식 섞인 미소는 없었다. 다만 엘레나의 옆모습을 바라보는 강렬한 눈빛만 남아 있었다. 두 사람이 대화를 하는 도중에도 단상 위의 사람들은 물론이고 애초에 황제파와 귀족파로 나뉘어 앉아 있던 단상 밑의 사람들 사이에서도 점점 긴장감이 팽배해졌다.

"황제파 대표의 승리가 더욱 빛이 나게 하기 위해서입니다."

그게 또 무슨 말이지? 엘레나가 막 르니에에게 질문을 하려는 순간, 경기장 한쪽에 있는 큰 북이 쿵 하고 크게 울렸다. 가슴뼈가 지르르 진동을 할 정도로 웅장한 울림이었다.

쿵, 쿵, 쿠웅.

북이 몇 번 더 울렸다. 그리고 마지막 북소리의 여운이 가시기 전에 가로로 긴 경기장 양쪽에서 천막이 열리더니 양 선수가 동시에 경기장으로 입장했다.

"흐랏!"

"헛!"

굵직한 신호음에 두 기사가 탄 말이 무서운 속도로 경기장 안으로 진입했다.

흑마와 갈색 말은 한눈에 보기에도 이전에 다른 기사들이 타고 나왔던 말과는 달라 보였다. 월등히 큰 몸체와 높은 체고體高, 그리고 빛을 두른 것처럼 윤기가 나는 근육이 움직임마다 요동을 쳤다.
 서로를 향해서 달려가던 두 말이 어느 순간 궤도를 바꿔서 경기장 둘레를 질주하기 시작했다. 말이 땅을 박차는 자국마다 일어난 흙먼지가 금세 공기를 뿌옇게 만들었다.
 단상 위에서 경기장을 내려다보고 있던 귀족들 중 몇이 흥분을 이기지 못하고 자리에서 벌떡 일어나는 것이 보였다.
 머리끝부터 발끝까지 보기에도 매우 무겁고 단단해 보이는 갑옷을 갖춰 입은 두 기사는 둥근 경기장 벽을 따라 달리면서도 서로를 끊임없이 견제했다.
 쓰고 있는 투구와 페이스 가드 때문에 얼굴을 볼 수는 없었지만 그들의 기세를 판단하기 위해 표정이나 시선은 필요하지 않았다. 서로를 향해서 숨기지 않는 투지는 멀찍이 있는 관중석까지도 고스란히 전해지고 있었기 때문이다.
 그때였다. 막 단상 앞을 지나가고 있던 흑마의 기사가 쓰고 있던 투구를 벗었다.
 "어? 저 사람은……."
 왠지 눈에 익은 얼굴에 엘레나가 말했다.
 "네. 윈터힐 백작입니다."
 색이 바래 군데군데 잿빛이 되어 버린 은색 머리와 입가에 자리 잡은 주름은 세월을 거스를 수 없었지만, 투지로 잔뜩 달아오른 눈빛은 모든 것을 압도하며 자신이 돌아왔음을 알리고 있었다.
 말의 고삐를 당기거나 따로 구호를 보내지 않았음에도 말은 주인의 마음을 읽는 것처럼 슬쩍 속도를 줄였다. 마치 윈터힐 백작이 이 순간을 즐길 수 있도록 배려라도 하는 듯이.
 "참 안타깝죠. 그때 그 일만 아니었더라도 어쩌면 지금까지도 이 마상창 대회를 재패하는 것은 윈터힐 백작이었을 수도 있었을 텐데요."

"그 일이요?"

엘레나는 윈터힐 백작의 이야기만 나오면 언급이 되는 '20년 전의 일', '그때 그 일'이 도대체 뭔지 알고 싶었다. 르니에는 조금 목소리를 낮추고 설명했다.

"전대 윈터힐 백작은 가문의 이익에 따라서 자신의 아들을 약혼시켰습니다. 하지만 얼마 지나지 않아서 현 윈터힐 백작은 다른 여성과 사랑에 빠졌고, 정혼자가 아닌 그 여성을 부인으로 들였죠. 소문에 매우 아름답고 신비로운 여인이었다고 합니다만, 그렇다 보니 일방적으로 파혼당한 정혼녀의 눈에 좋게 보일 리 없었습니다. 결국 질투심에 차오른 정혼녀가 백작 부인을 죽이게 되는 참극이 벌어졌습니다."

"세상에……."

"사고로 위장을 하긴 했지만요. 절벽 아래로 떨어진 마차 때문에 백작 부인의 시신도 수습하지 못했다고 하더군요. 오래전 일이라 저도 들은 이야기이긴 하지만, 당시에 백작 부인이 임신을 한 상태였다는 말도 있습니다."

이게 무슨 막장 드라마 같은 소리야. 엘레나는 입이 떡 벌어질 만큼 경악스럽기도 하지만 동시에 굉장히 귀에 익은 이야기에 고개를 절레절레 저어야 했다. 어딜 가나 남자들이 문제였다.

"뭐, 정혼녀는 사고였다고 끝까지 잡아뗐지만요. 결국 윈터힐 백작은 바로 칩거에 들어가 자신의 영지에서 두문불출했습니다. 지금까지는요."

그렇다면 지금 윈터힐 백작령의 문을 열게 한 것은 무엇이었을까? 엘레나는 르니에에게 재차 질문을 하려 고개를 돌리다 한 쌍의 갈색 눈동자와 눈이 마주쳤다. 윈터힐 백작이었다.

엘레나가 앉아 있는 단상 앞을 지나가던 윈터힐 백작과 시선이 얽힌 시간은 불과 1초 정도. 겨우 눈 한 번 깜박할 시간이었지만 누군가 필름을 늘여 놓은 것처럼 그녀에게는 길게 느껴졌다.

분명 방금까지는 경기에 대한 기대감과 투지로 가득 차 있다고 생각했던 윈터힐 백작의 눈동자는 텅 비어 있었다. 감정이라고는 한 톨도 남지 않은 것처럼.

광활히지만 춥고 눈이 많이 내린나는 윈터힐령을 담은 것일까. 평소보다 따듯한 기온임에도 엘레나는 그 눈빛이 매우 춥다고 느껴졌다.

"자, 이제 우리 차례군요."

르니에가 옆에서 건넨 말에 한없이 천천히 흐르던 시간이 제자리로 돌아왔다. 조금 멍한 정신을 다잡으며 엘레나는 다시 경기장으로 시선을 돌렸다.

흑마의 기사가 윈터힐 백작이었으니 갈색 말을 탄 기사는 대체 누구일까. 그런 기대감에 엘레나는 엉덩이를 들썩였다.

다그닥, 다그닥.

몇 번 더 말을 놀리던 갈색 말의 기사가 조금씩 속도를 줄였다. 두 손에서 말의 고삐를 놓은 기사의 손이 이윽고 투구를 벗었다.

"대, 대박!"

엘레나는 다른 귀족들처럼 결국 자리에서 벌떡 일어났다.

"메이나드?!"

높은 말 위에 앉아 땀에 젖은 갈색 머리칼을 뒤로 쓸어 넘기는 것은 분명 메이나드였다.

"이페른 황가의 절대적 충신이자 제국의 검, 친황제파 진영의 대표는 어네스 경입니다."

이제 엘레나는 단상 끄트머리에 있는 난간에 바짝 붙었다. 안 그래도 잘생긴 메이나드가 저렇게 경기장에 있으니 더욱 빛이 나는 것 같았다. 그런데 분위기는 평소와 퍽 달랐다.

엘레나가 아는 메이나드는 언제나 방긋방긋 웃는 꽃 청년이었다. 기사라는 것은, 그것도 매우 강한 기사라는 것은 익히 알고 있었지만, 엘레나는 오히려 메이나드가 검을 들고 있는 것을 상상하기 어려웠다.

우락부락한 근육이 없어서인지, 아니면 그 하얀 피부 때문인지 기사라기보단 젊은 꽃집 청년이라는 인상이었는데.

지금 두꺼운 갑옷을 입고 능숙하게 말을 다루는 메이나드가 낯설었다. 수백 명의 사람들의 시선 속에서도 아랑곳하지 않고 무표정한 얼굴을 고수하는 것은 마치 메이나드가 아닌 다른 사람 같았다. 그의 초록색 눈은 마치 사냥감을 좇는 맹수의 그것처럼 윈터힐 백작에게서 떨어지지 않았다.

"아아, 어네스 경!"

"어쩜 저리 그림같이 생기셨을까!"

황제파, 귀족파를 가릴 것이 없었다. 여자라면, 그리고 멀리 있는 메이나드의 미모를 볼 수 있을 정도의 시력의 소유자라면 너 나 할 것 없이 모두 메이나드앓이를 하는 중이었다. 엘레나는 어쩐지 자기 어깨가 다 으쓱했다.

'내 친구가 좀 잘나긴 했지!'

메이나드도 그녀를 친구라고 생각해 줄지는 미지수였지만, 일단 엘레나는 그랬다. 지난번 함께 디저트 카페를 갔을 때 참 마음이 편했고 응원을 받은 듯한 느낌이었다. 메이나드도 앞으로는 편하게 이름을 불러 달라고 했고 말이지. 엘레나는 당장 이곳에 있는 사람들에게 '저기 저 건실한 청년이 내 친구예요!'라고 자랑하고 싶었다.

그리고 막 메이나드가 투구를 다시 쓰려고 할 때였다. 비록 상당히 거리가 있기는 했지만 엘레나는 순간 자신의 눈이 메이나드와 마주쳤다고 생각했다. 하지만 워낙 거리가 멀어서 자신의 착각이려니 생각하는 그때, 줄곧 무표정을 고수하던 메이나드가 활짝 웃었다.

"꺄악!"

"아아……."

여기저기서 앓는 소리가 터져 나왔다. 그래, 저 얼굴이지!

엘레나는 마주 웃어 주며 주먹을 쥐고 작게 파이팅을 외쳤다. 메이나드가 이게 무슨 뜻인지 알아들을지는 모르지만, 큰 경기를 앞둔 친구에게 이렇게라도 힘이 되어 주고 싶었다. 고개를 갸웃하던 메이나드는 이내 한 번 더 씨익 웃으며 화답했다.

"어떻게 해! 방금 나를 보고 웃어 주셨어!"

"저기 렌달 영애, 저를 보고 웃어 주신 거거든요?"

저러다 싸움 나겠다. 고상한 척하는 귀족 영애들도 좋아하는 오빠 앞에서는 다 똑같구나. 금방 머리채라도 잡을 듯이 서로를 향해 으르렁거리는 여자들을 보며 엘레나는 생각했다.

"엘레나 님, 그러다 다치십니다."

르니에가 다가와 엘레나에게 부드럽게 말했다.

"이 단상이 보기보다 높아 제 마음이 다 조마조마합니다. 의자를 가져왔으니 난간에서 한 발짝만 물러나 주세요."

내가 너무 붙어 있었나. 엘레나는 민망한 마음에 얼굴을 붉히며 얌전히 에스코트하는 르니에의 손을 따랐다.

그녀가 자리에 앉아서 입고 있는 드레스를 잘 정리하는 동안, 르니에는 먼 곳에서 아직 이쪽을 바라보고 있는 메이나드를 보며 미소 지었다. 오랫동안 친구였던 메이나드가 지금 어떤 마음일지, 누구보다 르니에 그가 잘 알았다.

아니나 다를까. 지지 않고 르니에를 응시하던 메이나드는 투구를 쓴 뒤, 페이스 가드마저 툭 하고 내려 버렸다.

둥, 두웅.

메이나드와 윈터힐 백작이 울타리 옆으로 섰다. 심판도 자신의 자리로 갔다. 두 사람의 종자로 보이는 남자들이 긴 창을 가지고 다가와 그것을 건네었다.

별도의 출발 신호는 없었다. 준비를 마친 두 선수가 울타리 끝을 빙 돌아 자신이 달리게 될 방향으로 말 머리를 돌리는 순간 경기는 시작되었다.

"흐압!"

"핫!"

말의 배를 차는 소리와 함께 두 말이 빠른 속도로 서로를 향해 질주했다.

투둑, 투둑.

마차를 타면 들을 수 있는 경쾌한 말발굽 소리가 아니었다. 훨씬 묵직하고 무거웠다.

점점 두 사람의 거리가 좁아 들어가면서 위로 높이 솟아 있던 나무창도 아래로 향했다. 저 멀리서 나를 겨누고 다가오는 뾰족한 창끝을 보는 심정은 도대체 어떤 것일까. 엘레나는 그렇게 생각하며 충돌의 순간에 집중했다.

"탕! 타앙!"

커다란 소리가 경기장을 울렸다. 두 개의 나무창이 폭발하듯 산산조각 나며 공중에 흩어졌다.

"이게…… 이렇게 위험한 경기였나?"

엘레나가 떨리는 목소리로 중얼거렸다. 조금 전 일반 기사들의 경기는 이렇지 않았다. 창끝은 상대방의 어깨에 달린 과녁을 놓치기 일쑤였고, 맞히더라도 나무창은 두 동강이 날 뿐이었다.

"저렇게 창이 완전히 부서지는 것은 정확한 각도로, 정확한 시기에 표적의 정중앙을 맞혔다는 뜻입니다."

"저러다가 다치면 어떻게 해요?"

"마창 시합은 방어기 없는 경기입니다. 상대방의 창이 나를 가격할 것을 알고 오로지 공격만을 위해서 달려가는 경기죠. 어느 정도의 부상은 각오하고 출전합니다."

"어느 정도의 부상이라면……."

"가장 흔한 부상은 어깨 탈구, 늑골 골절, 낙마 시에는 목숨이 위험한 경우도 많습니다."

"나, 낙마요?"

"방금과 같이 상대방의 공격이 제대로 들어가면서 창이 산산조각이 날 정도의 충격이 가해진 경우, 그 힘을 이기지 못하고 낙마하는 경우도 종종 있는 편이죠."

엘레나는 얼른 메이나드를 확인했다. 다행히 별다른 이상이 없어 보이는 메이나드는 이제 손잡이밖에 남지 않은 나무창을 툭 던져 버리고 시종에게서 새 창을 받아 들었다.

"하, 하지만 방금은 두 사람 다……."

"충돌을 몸의 힘으로 버텨 낸 거죠."

엘레나는 기사들이 차려입은 판금 갑옷을 보며 좀 과한 것 아닌가 했던 마음을 얼른 고쳐먹었다. 저 정도 충격이라면 제아무리 갑옷을 두르고 있다고 한들 맨몸이나 마찬가지라고 느껴졌다. 게다가 무슨 폭탄이라도 건드린 듯 사방으로 날아오는 날카로운 나무 조각이라니. 이제는 저 갑옷도 부족해 보일 지경이었다.

한편 메이나드는 윈터힐 백작을 주시하며 가격당한 어깨를 풀어냈다. 일반적으로 마창 시합에서 승부를 보는 것은 5회, 승부가 나지 않으면 11회까지도 갔다. 그리고 메이나드는 본능적으로 이 경기가 쉽게 승부가 나지 않을 것이라는 것을 느꼈다.

얼굴을 보호하기 위해 쓴 투구 때문에 시야는 무척이나 제한될 수밖에 없었다. 여전히 윈터힐 백작 쪽으로 얼굴을 고정한 채로, 메이나드는 엘레나가 서 있는 단상 쪽을 흘끔 바라봤다.

오늘 이 경기는 절대 질 수 없었다. 무슨 일이 있어도 이겨야만 했다.

윈터힐 백작과의 시합이 사람들에게 무엇을 의미하는지는 메이나드도 잘 알고 있었다. 어네스가의 장남인 자신이 황가의 위상을 드높일 수 있는 기회. 충신으로서 목숨을 걸어서라도 쟁취해야 할 명예였다.

하지만 오늘 그에겐 그보다 더 중요한 게 있었다. 메이나드는 다시 한번 창을 고쳐 잡으며 길게 호흡을 골랐다. 흥분한 말이 투레질을 하는 것을 진정시키며 정면의 윈터힐 백작을 향해 다시 투지를 끌어올렸다.

두 번째, 세 번째…… 그렇게 메이나드와 윈터힐 백작의 경합은 치열한 양상으로 계속되었다.

"지금이 몇 번째였죠?"

"이제 열한 번째입니다. 이번에도 승부가 나지 않으면 이 경기는 무승부가 되죠."

"상황이 많이 안 좋은 거죠?"

이번에는 르니에도 대답을 아꼈다. 몇 번이고 부딪치면서도 윈터힐 백작은 끄떡없어 보였다. 입고 있는 판금 갑옷은 그가 받은 충격을 보여 주었지만 적어도 백작 스스로는 처음 격돌을 할 때와 크게 다른 바가 없어 보였다.

하지만 메이나드는 조금 달랐다. 세 번째로 윈터힐 백작과 크게 부딪쳤을 때, 메이나드는 말 위에서 금방이라도 떨어질 듯 휘청하는 모습을 보였다. 그 이후로도 백작과 비등한 경기를 펼쳤지만, 어쩐지 정신력으로 버티고 있다는 불안감을 떨칠 수가 없었다.

"크게 다치는 사람 없이 끝나야 힐 덴데……."

"메이나드가, 어네스 경이 걱정되십니까?"

"그럼요. 생판 모르는 윈터힐 백작님도 걱정이 다 될 지경인데요."

마창 대회는 그녀가 생각한 것보다 훨씬 잔인하고 과격했다. 처음에는 황제파니 귀족파니 하는 것들이 흥미로웠지만 지금은 이 경기가 얼른 끝나기만을 바랐다.

마침내 메이나드와 윈터힐 백작이 다시 울타리 끝에 섰다. 그리고 동시에 서로를 향해 마지막 질주를 시작했다.

투둑, 투둑.

말발굽 소리와 함께 기다란 창이 서서히 각도를 기울였고 그 날카로운 창끝이 달려오는 상대방을 향했다.

탕!

그동안 이어진 경합과는 달랐다. 터엉 하는 소리와 함께 오직 하나의 나무창만이 부서져 공중에 잔해를 흩뿌렸다.

"와아!"

"우하하하!"

"멋지군!"

사람들이 일제히 환호를 터뜨렸다. 차마 보지 못하고 눈을 질끈 감았던 엘레나는 사람들의 커다란 함성에 눈을 떴다. 가장 먼저 눈에 들어온 것은 어느새 투구를 벗어 던지고 손잡이만 남은 창을 번쩍 치켜드는 메이나드였다.

"어네스 경!"

"꺄악!"

윈터힐 백작은 말에서 떨어져 있었다. 백작의 시종이 얼른 다가서서 말을 진정시키자 무사히 바닥에 안착한 백작은 앉은 채 스스로 몸을 추스르고 있었다.

겉으로 내색하지는 않았지만 메이나드 못지않은 충격을 받아 온 윈터힐 백작은 마지막 순간에 표적을 놓쳤던 것이다. 그와 달리 끝까지 집중력을 잃지 않았던 메이나드는 백작의 어깨에 위치한 목표점의 중앙에 창을 찔러 넣었고, 자신의 실수에 당황해 순간적으로 중심을 잃은 백작은 그대로 낙마하고 말았다.

"후우아아……."

엘레나는 순간 긴장이 풀리며 꽉 쥐고 있던 손이 무척이나 아프다는 것을 깨달았다. 너무 긴장한 나머지 손톱이 손바닥을 파고들도록 아무것도 느끼지 못하고 있었던 모양이었다.

뻐근한 손을 몇 번씩 쥐었다 폈다 하며 그녀는 비로소 메이나드의 이름을 연호하는 사람들과 함께 기뻐했다.

잠시 창을 들어 올린 채로 승리를 만끽하던 메이나드는 그대로 말 머리를 돌려 윈터힐 백작에게로 향했다.

그가 뭘 하려는 걸까, 사람들의 이목이 집중됐다. 아직 바닥에 앉은 채로 떨어질 때 땅에 부딪친 머리를 털어 내던 윈터힐 백작도 메이나드가 다가오는 것을 보고 고개를 들었다.

말의 속도를 줄인 메이나드는 백작의 가까이로 다가가 그에게 손을 내밀었다. 사람들은 숨죽였다. 윈터힐 백작이 어떻게 반응할 것인가.

이윽고 백작이 메이나드의 손을 잡고 자리에서 일어나자 사람들은 더욱 크게 환호했다.

열한 번의 격렬한 경합 동안 두 사람은 승리를 향해 치열하게 싸웠다. 그리고 매번 모든 것을 걸고 덤볐다. 무승부로 가는가 싶던 경기는 결국 승패를 가려냈고, 그 경기의 승자는 패자를 배려했으며 패자는 겸허히 자신의 패배를 받아들였다.

"지게 비로소 진정한 기사도지!"

누군가가 큰 목소리로 외쳤다.

"다행이네요. 르니에 님의 계획대로 메이나드 님이 이겼으니까요."

엘레나는 심판이 메이나드의 목에 커다란 화환을 거는 것을 보며 말했다.

"아마 올해도 어네스 백작 부인께 드리겠지?"

"매년 그래 왔고, 정혼자가 없는 어네스 경이니 그렇겠지!"

왼편에서 단상 난간에 바짝 붙어 있는 여자들의 말소리가 들렸다.

"아아, 나도 저 화환을 한번 받아 봤으면!"

"어머. 제국 여성들의 공적이 되고 싶은 거니?"

"하긴 애먼 여자가 저걸 받는 것보단 차라리 어네스 백작 부인이 받으시는 게 낫겠다."

아아, 영화에서 본 것 같기도 하고. 중세를 배경으로 한 영화에서 결투나 경기에서 이긴 기사가 자신의 레이디에게 무언가를 바치는 그런 장면이 떠올라 엘레나는 고개를 끄덕였다.

"메이나드 님의 부모님은 어디 계세요?"

"바로 저기 저분들입니다."

르니에가 근처의 한 가족을 가리키며 말했다. 메이나드가 나이가 들면 저런 모습일까 싶을 정도로 닮은 아버지, 나이가 들었음에도 고운 미모를 잃지 않은 어머니, 그리고 메이나드의 남동생으로 보이는 십 대 후반의 쌍둥이. 모두들 메이나드를 바라보며 기쁘게 웃고 있었다.

"정말 보기 좋네요. 부러워요."

"어네스가의 화목함은 아무나 흉내 낼 수 없는 것이긴 하죠."

그렇게 말하는 르니에의 말에 쓸쓸함이 담겨 있는 듯했다. 엘레나는 문득 르니에의 가족사는 메이나드의 것과는 많이 달랐을 거란 예감이 들었다.

"모든 가정이 다 행복한 건 아니니까요."

그렇게 말하며 엘레나는 난간을 잡고 있는 르니에의 손을 토닥였다.

"이쪽으로 오신다!"

"어쩜, 멋있어!"

새 창을 받아 그 끝에 자신의 화환을 건 메이나드가 말을 단상 쪽으로 몰았다. 다그닥 다그닥 하는 말발굽 소리도 아까와는 다르게 한결 가볍게 들렸다. 말 위에서 한 번씩 몸이 튀어 오를 때마다 그의 젖은 갈색 머리칼이 공중에 너울거렸다.

단상 뒤쪽에 서 있던 메이나드의 모친이 난간 쪽으로 한 걸음 나오는 것이 보였다. 흰색 드레스를 입고 있는 터라 메이나드가 들고 있는 화환과 아주 잘 어울릴 것 같았다. 엘레나는 그렇게 생각하면서 사람들과 함께 박수를 쳤다.

마침내 메이나드가 단상 가까이로 다가와 완전히 말을 멈췄다.

"어어?"

비단 엘레나의 입에서만 나온 소리가 아니었다. 메이나드의 어머니가 화환을 받는 것을 보기 위해 가까이로 다가왔던 사람들 모두가 한소리를 냈다.

메이나드는 엘레나에게 화환을 바쳤다.

"이, 이게……."

그녀는 '왜 나한테?'라는 말을 잇지 않았다. 놀라서 메이나드를 바라본 순간, 그의 진지한 녹색 눈을 본 순간, 이유를 알 수 있었다.

"하지만……."

엘레나의 머릿속에는 온통 '이러면 안 되는데.'라는 생각뿐이었다. 메이나드는 여자주인공인 로잘린느와 사랑에 빠져야 했다. 비록 엘레나 자신 때문에 일이 조금 꼬인 것 같기는 했지만, 두 사람이 만날 수 있도록 멍석만 깔아 주면 운명대로 그렇게 될 것이라고 믿어 의심치 않았다.

책 속에서 메이나드라는 인물은 가장 먼저 로잘린느를 사랑하게 되어 끝까지 자신의 사랑을 지켜 가는 인물이었다.

'제 첫사랑이십니다.'라는 말로 수줍은 고백을 한 남자. 로잘린느가 바크란 1세를 선택한 뒤에도 그녀의 행복을 위해서, 그녀를 웃으면서 보내 주기 위해서 자신의 슬픔을 끝까지 속으로 감췄던 남자였다. 『로잘린느 황후』에는 실려 있지 않은 외전에 메이나드가 누군가를 찾아서 다시 행복해지는 모습이 있었으면 좋겠다고 생각했다.

메이나드뿐만이 아니었다. 결국 자신의 마음을 제대로 표현하지 못하고 쓰게 웃으며 로잘린느를 보냈던 르니에도 마찬가지였다.

하지만 그건 그들이 로잘린느를 사랑했기 때문이다. 그러니까, 그들은 로잘린느를 사랑해야 하는 사람들이었다.

엘레나는 문득 주변 사람들의 시선을 느꼈다. 메이나드의 체면도 있으니 일단은 화환을 받고 나중에 둘이서 잘 이야기를 해 봐야겠다는 생각이 들어 손을 움직인 순간, 그 손을 잡아 오는 누군가의 온기가 있었다.

"엘레나 님."

르니에였다. 엘레나는 순간 멍해졌다. 르니에가 왜 이런 표정을 하고 있는 거지?

"받지 마십시오, 엘레나 님."

그렇게 말하는 르니에는 분해하는 것 같기도 하고 불안해하는 것 같기도 했다. 순간 엄청난 가정이 엘레나의 머리를 스쳤다. 하지만 바로 '설마' 하는 스스로의 목소리가 들려왔다.

맞아, 있을 수 없는 일이다. 심지어 르니에는 로잘린느와 밀당을 하기 위해 자신을 이 자리에 파트너로 초청까지 하지 않았던가.

'하지만 그런 이유가 아니었다면?'

엘레나는 머리가 터질 것 같았다. 쉴 새 없이 오가는 생각, 그리고 주변 사람들의 침묵과 뜨거운 시선에 금방이라도 세상이 펑 하고 터질 것만 같았다.

"꺄아아악!"

그 순간 갑자기 커다란 비명 소리가 멀리서 울리며 사람들의 시선이 온통 그곳으로 쏠렸다. 푸하, 그제야 잊었던 호흡을 들이켠 엘레나도 그곳을 바라보았다.

"위, 윈터힐 백작?"

한 여자가 악몽이라도 꾸고 있는 듯한 표정으로 가리키고 있는 것은 땅에 쓰러진 윈터힐 백작이었다.

그 곁에 선 그의 시종이 새파랗게 질린 얼굴로 어떻게든 말을 진정시키려고 하고 있었다. 혼신의 힘을 다해서 백작의 곁에서 말을 떼어 내려 했지만, 백작은 이미 말의 뒷발굽에 머리를 크게 다친 뒤였다. 붉은 피가 경기장 바닥을 적셨다.

"어머, 어머. 어떻게 해."

"크게 다친 것 같은데?"

사람들은 저마다 웅성거리면서 걱정했지만 선뜻 백작에게로 뛰어가는 사람은 없었다. 단 한 명, 엘레나만 빼고.

"엘레나 님!"

뒤에서 르니에가 부르는 소리가 들렸지만, 엘레나는 돌아보지 않았다. 높은 굽이 오랜만이라 분명히 걸음걸음마다 불안했던 그녀였지만, 지금은 그런 것도 모두 잊은 채 드레스 자락을 움켜쥐고 경기장 한복판으로 뛰어니갔다.

"말 저리로 치워 주세요!"

백작이 염려된 시종은 말의 고삐를 바투 잡은 채로 가까이 가지도, 멀리 가지도 못하고 근처에서 발을 동동 구르고 있었다. 엘레나는 꽤 먼 거리를 달려와 턱 끝까지 차오르는 숨을 삼키며 백작을 살폈다.

"이봐요, 아저씨! 백작 아저씨!"

엘레나가 몇 번을 불렀지만 윈터힐 백작은 반응하지 않았다.

"엘레나 님!"

르니에와 몇몇 사람들이 엘레나의 뒤를 따라 백작의 곁으로 달려왔다. 그중에는 메이나드와 그의 아버지, 그리고 귀족파 고위 귀족들도 포함되어 있었다.

"르니에 님, 혹시 포션 없어요?"

르니에가 엘레나의 물음에 근처에서 대기하고 있던 의원을 바라봤지만, 의원은 침통한 얼굴로 고개를 저었다.

"일반적인 포션으로 치유할 수 있는 상황이 아닙니다."

"아, 어떻게 하지."

엘레나는 잠시 망설였다. 자신의 치유 능력을 잊은 것은 아니었다. 다만 섣불리 덤비기엔 백작의 상태가 너무나 위중해 보였다. 다행히 비껴 맞은 것인지 백작의 이마는 움푹 파인 자국은 없이 길게 찢어진 상태였지만, 출혈이 심했고 의식도 없었다.
"저기요, 저기요! 윈터힐 백작님!"
머리나 목을 다친 사람을 마구 흔들 수는 없어서 대신 엘레나는 백작의 온몸 여기저기를 꼬집어 봤지만 소용이 없었다. 결국 이 수밖에 없다. 엘레나는 잠시 아랫입술을 깨물다가 곁에 서 있는 의원을 향해 물었다.
"응급 처치만 해 드리면 살릴 수 있죠?"
"예, 예에?"
"피만 멈추게 해 드리면, 이분 살릴 수 있으시냐고요!"
"이, 일단 출혈이 멈추면 어떻게든…… 하지만 상처가 너무 깊고 하필이면 머리 쪽이라……."
의원은 이미 백작을 죽은 사람으로 치는 듯했다. 그렇다고 의원을 탓할 생각은 없었다. 이곳 사람들은 병이나 부상에 취약했고, 일반적으로 사람을 낫게 하기 위해선 약초나 미약한 신성력이 담긴 포션을 구해 복용하는 것 말고는 뾰족한 방법이 없는 게 현실이었으니까.
솔직히 말하자면 엘레나도 자신이 없었다. 기껏해야 손바닥에 난 상처 정도만 치유해 온 그녀였다. 신성력을 모두 퍼붓는다고 해도 이렇게 큰 부상을, 그것도 목숨이 오락가락하는 사람을 치료할 수 있을 것이라고 장담은 할 수 없었다.
"그래도 해 봐야지."
엘레나는 그렇게 말하며 소매를 걷었다. 죽어 가는 사람을 눈앞에 두고 두 손 놓고 있을 수는 없는 일이었으니까.
"르니에 님, 저 새벽의 궁으로 책임지고 귀가시켜 주세요."
엘레나는 그렇게 말하고 윈터힐 백작의 이마에 난 상처 주변에 두 손을 조심스럽게 올려놨다. 손을 잡았다가는 안 그래도 모자란 신성력이 상처로 전해지지 않을 것 같다는 걱정 때문이었다.

"아저씨, 좀만 버텨 봐요."

그렇게 말하며 엘레나가 눈을 감았다. 이윽고 지켜보던 귀족들의 눈이 멀 것같이 밝은 빛이 엘레나의 두 손에서 터져 나왔다. 전과 비교할 수 없이 밝은 빛은 엘레나의 의도대로 상처 근처에 밀도 높게 머물렀다.

눈을 감은 엘레나의 머리칼이 빛의 기운에 작게 흩날렸고, 너무나 밝은 빛에 주변에는 그림자마저 일렁였다.

신비로운 빛 속에서 상처는 빠르게 아물어 갔다. 울컥울컥 몸을 빠져나오던 붉은 피는 더 이상 흐르지 않았고, 흰 뼈를 보인 채 쩍 벌어져 있던 살점은 다시 오그라들었다.

"으으음……."

이미 죽은 사람처럼 파리한 얼굴로 의식이 없던 윈터힐 백작의 입에서 낮은 신음이 흘러나왔다. 정신이 드니 온몸에서 통증이 느껴지는 모양이었다.

"아아!"

"살아났어!"

그것이 사람들의 눈에는 진실로 죽어 있던 사람이 다시 살아나는 것으로 보였음은 두말할 것도 없었다.

그리고 백작의 상처가 가는 실 같은 자국만 남기고 모두 치유된 순간, 빛이 사라지면서 엘레나의 몸이 힘없이 허물어졌다.

"엘레나 님!"

"엘레나 님!"

곁에서 조마조마하게 지켜보던 르니에와 메이나드가 동시에 달려

들어 그녀의 몸을 지탱했다.

"무, 무지…… 힘드네요……."

이제는 도리어 자신이 윈터힐 백작만큼 핏기가 하나도 없는 얼굴이 된 엘레나가 힘없이 웃었다. 머리가 위잉 위잉 울렸고, 술을 진창 마신 것처럼 세상이 쉴 새 없이 울렁이는 느낌이었다.

"시, 실…… 아……."

겨우 눈을 뜬 윈터힐 백작이 그런 엘레나를 올려다보며 날숨같이 작은 소리를 내었지만 애석하게도 아무도 그것을 듣지 못했다.

"어서! 신관님과 백작님을 모셔라!"

이제 까무룩 정신을 놓으려고 하는 엘레나의 상태에 르니에는 큰 목소리로 외쳤다. 이렇게 긴급한 상황을 대비한 것은 아니었지만 다행히 베르너 후작가에서 의원 몇을 마상창 대회를 위해 고용해 놓았던 게 천만다행이었다.

"젠장. 괜찮으십니까? 엘레나 님!"

르니에는 속이 타들어 가는 것 같았다. 이러려고 그녀를 이곳에 초청한 것이 아니었다. 차라리 의원들이 백작을 방치하도록 내버려 둘 것을. 르니에는 파리한 엘레나의 안색에 이를 악물었다.

"엘레나 님, 정신 차리세요!"

엘레나의 손을 잡는 메이나드의 두 눈에는 물기까지 번져 있었다. 그녀를 막았어야 했다. 다친 윈터힐 백작을 보는 순간 그녀가 치유하려 할 것을 알았다. 이렇게 그녀가 쓰러질 줄 알았다면 절대 못하게 했었을 텐데.

"아아, 괜찮아요. 그냥 좀…… 어지러운 것뿐……. 우와, 세상이 도네."

다행히 정신을 잃지 않은 엘레나였다. 다만 매우 피곤하고 머리가 심하게 멍할 뿐이었다. 이틀 밤을 새고 공부를 한 뒤에 몇 시간에 걸쳐서 시험을 보고 친구들과 밤새도록 술을 마신 느낌이랄까.

엘레나는 문득 자신이 왜 이렇고 있는지에 대해 강한 회의감을 느꼈다. 나는 분명 로잘린느랑 이것들을 엮어 주러 왔던 건데. 어째서 난 이렇게 누워 있는가.

들것에 실려 나가면서 올려다본 하늘은 매우 맑았다. 밝은 햇빛에 머리가 지잉 하고 울리도록.

"하늘 참 더럽게…… 파랗네."

윈터힐 백작가의 황도 저택.

휴식을 위해 반쯤 커튼을 내린 방 안은 어두웠다. 중앙에 커다란 침대가 놓인 침실엔 약 냄새가 가득했다.

"으, 으윽."

죽은 듯 누워 있던 윈터힐 백작이 신음 소리와 함께 눈을 떴다.

"백작님, 정신이 드십니까?"

창가에 기대어 의원들이 하는 양을 지켜보고 있던 백작의 부관, 그레이 경이 얼른 다가와 물었다.

"여기가…… 어디지?"

"백작가 황도 저택의 침실입니다. 마상창 시합에서 부상을 입으시고 이쪽으로 모셨습니다."

"내가 어떻게 살아 있는 거지?"

백작은 사고의 순간을 모두 기억했다. 다시 말을 타고 경기장 한쪽으로 나오는 도중 무언가에 놀란 말이 그를 떨어뜨렸다. 위에서 떨어져 내리는 말발굽을 피해 보려 했지만 이미 부상당한 몸인지라 완전히 피할 수 없었다. 머리에 강한 충격을 받고 의식이 멀어지면서 이렇게 죽는 건가 생각했던 그였다. 그런데 어떻게.

"마침 그 자리에 참석해 있던 한 신관이 치유의 능력을 가지고 있었습니다. 의원들의 말로는 그 신관의 도움이 아니었다면 출혈과 뇌에 가해진 충격 때문에 손쓸 틈도 없이 돌아가셨을 거라고……."

"신관?"

이상했다. 잠시 눈을 떴을 때 보였던 파란 하늘과 경기장의 모습, 그 외의 다른 것들은 모두 또렷이 기억이 나는데 그 신관만은 기억이 잘 나지 않았다.

아니, 누군가의 모습은 선명히 뇌리에 남았다. 하지만 그건 그 신관이 아니었다. 너무나 그립고 가슴에 사무치는 다른 사람의 모습이었다.

"그레이."

윈터힐 백작이 어렵사리 몸을 반쯤 일으키며 부관인 그레이를 불렀다.

"예, 주군."

"나를 고쳤다는 그 신관, 머리색과 눈동자 색을 기억하나?"

"그, 그건……."

자신이 없는 그레이의 말에 윈터힐 백작은 체념하듯 눈을 감았다. 머리를 다쳤다고 하니 아마 환영을 본 것이겠지. 그녀에 대한 지나친 그리움에.

하지만 이어지는 그레이의 말에 백작은 눈을 번쩍 떴다.

"눈동자 색은 잘 기억이 나지 않지만, 분명 긴 은발을 가진 신관이었습니다."

"은발 그리고 황금색 눈……."

밝은 빛 사이로 자신을 내려다보던 한 쌍의 눈이 백작의 기억 속에서 떠올랐다. 잔뜩 찡그린 얼굴의 황금색 눈동자.

백작이 생각에 잠긴 사이, 황성 저택의 집사가 침실을 방문했다. 그레이가 집사에게 명했다.

"아무래도 영지로 돌아가는 계획은 일주일 정도 미룬다. 그때쯤이면 어느 정도 회복하신다고 했으니. 또한 싸 두었던 짐은 풀지 말고 대기하라고 해라. 백작님의 경과를 봐서 더 일찍 출발할 수도 있…….''

"짐을 풀으라."

명령을 내리던 그레이와 그것을 받아 적던 집사 모두 놀라 윈터힐 백작을 바라봤다. 대회 직전까지만 해도 대회가 끝나는 대로 말을 몰아 영지로 돌아가겠다고 말하던 백작이었다.

"주군?"

"황도에 더 머문다."

이대로 영지로 돌아갈 수 없었다. 윈터힐 백작은 굳은 얼굴로 말했다.

"알아볼 것이 생겼다."

어쩌면. 윈터힐 백작의 지끈거리는 머리를 가득 채운 것은 단 한 단어였다.

얼마 전, 명을 달리한 정혼녀가 죽기 직전 남긴 유서에서 시작된 모든 것은 백작이 스스로 영지 문을 열고 나와 이곳 황도까지 오게 했다. 스스로도 미친 짓이라고 생각했지만, 밝은 빛 너머로 보인 그것은 그의 가슴에 '어쩌면'이란 단어 하나를 심어 버렸다.

11장

11장

"으으윽……."

채 잠에서 깨어났다는 자각이 들기도 전에 깨달은 것은 마치 물 먹은 솜이 되어 버린 듯한 피로감이었다.

자고 일어났는데 피곤하다니, 이건 또 처음이네. 엘레나는 그렇게 투덜거리면서 눈을 떴다. 그녀가 누워 있는 곳은 새벽의 궁에 있는 자신의 침실이었다.

"아이고, 그래도 어떻게 집에는 제대로 왔나 보네."

그녀의 마지막 기억은 들것에 실려서 올려다봤던 파란 하늘이었다. 굳게 닫힌 커튼 사이로 밝은 빛이 새어 들어오는 것을 보니 낮인 듯했다. 뻐근하게 아파 오는 허리나 타는 듯한 갈증을 미루어 보아 하루를 꼬박 누워 있었겠구나 하는 추측이 가능했다.

그때 어디선가 작게 타닥거리는 소리가 들려왔다. 침대에서 몸을 반쯤 일으킨 엘레나는 소리가 난 쪽을 바라보았다. 방 한쪽에 불을 켜는 방법을 몰라서 사용하지 않았던 벽난로가 조용히 온기를 내뿜고 있었다.

"어쩐지 유독 따듯하다고 했더니."

벽난로를 사용하지 않아도 되는 계절이었지만 아직 밤과 새벽에는 쌀쌀한 감이 없잖아 있었는데, 타닥타닥 소리를 내며 타는 장작 덕에 방 안에 훈기가 가득했다.

"그런데 누가 불을 피운 거지?"

술을 잔뜩 먹고 필름이 끊긴 것처럼 아무런 기억도 없는 자신이 불을 피웠을 리는 만무했다.

어리둥절해하며 주변을 둘러본 엘레나는 침대 주변에서 자신의 것이 아닌 다른 사람의 흔적을 찾을 수 있었다. 밤새 누군가가 앉아 있었던 듯 두꺼운 담요가 놓인 안락의자나 바닥에 찻잎이 가라앉은 식은 찻잔 같은 것 말이다. 그리고 한 가지가 더 있었다.

"축축해."

그녀가 누워 있던 머리맡에 떨어진 물수건은 꽤 척척하게 젖어 있었다. 누군가의 이마에 놓이기엔 지나치게 물기가 많이 남아 있어 손에 들자 묵직했다. 하지만 엘레나의 입가엔 도리어 미소가 걸렸다.

"고마워라."

처음 이곳에 떨어져서 눈을 떴을 때와는 너무나 다른 상황이었다. 냉기만 가득했던 썰렁한 방은 누군가가 피워 준 불로 따듯한 방으로 바뀌었고, 며칠이 지나도록 혼자서 앓던 그녀는 밤새 간호를 받았다. 이것만으로도 부자가 된 기분이었다.

"어머, 일어나셨네요."

침실 문이 열리더니 익숙한 목소리가 들려왔다. 마상창 대회를 위해서 얼굴에 화장을 해 주었던 새벽의 궁 소속 하녀, 리아였다.

"리아 님, 고마워요. 괜히 저 때문에 고생하셨네요."

엘레나의 말에 하품을 하던 리아는 웃으며 양손을 저었다.
"고생은요! 평소보다 조금 일찍 일어났을 뿐인데요, 뭐."
"그래도요. 쓰지 않던 벽난로라서 불 피우기 쉽지 않으셨을 텐데."
"불이요? 아! 저건 제가 아니라, 마크 씨가 피워 주셨어요."

마크는 엘레나가 도서관으로 심부름을 갈 때마다 마차를 몰아 주는 마부의 이름이었다. 처음 그녀가 그곳에 갔을 때, 엘레나를 혼자 도서관에 두고 떠나 버린 바로 그 마부였다.

툴툴거리기 좋아하고 친절과는 거리가 먼 성격이시만, 나중에 그날은 로잘린느가 급하게 마차를 써야 한다고 호출을 하는 바람에 어쩔 수 없었다며 제대로 사과를 하기도 했다. 벽난로에 불을 떼면서 투덜거렸을 마크의 모습을 생각하니 엘레나는 웃음이 났다.

"다들 걱정 많이 했어요. 엘레나 님의 간호도 레이첼 언니, 일리야 님, 올리비아 아줌마 다들 돌아가면서 했고요. 교황 성하께서도 들러서 엘레나 님을 치유해 주고 가셨어요."

"교황 성하께서요?"

엘레나는 놀라 물었다.

"네. 어떻게 아셨는지 엘레나 님이 새벽의 궁으로 실려 오고 나서 바로 오셨더라고요. 신성력을 무리하게 써서 그런 거라고, 괜찮을 거라고 말씀하셨어요."

"아…… 어떻게 하지. 여러분들한테 폐를 끼쳤네요."

"페라뇨. 평소에 엘레나 님께서 저희를 얼마나 도와주셨는데요. 그 귀한 신성력으로 저희 허리며 무릎 따위를 고쳐 주셨잖아요. 그거에 비하면……. 이번에도 마상창 대회장에서 다친 분을 치유하셨다가 쓰러지신 거라고 들었어요."

리아의 열렬한 칭찬에 엘레나는 얼굴이 붉어졌다.

"그렇게 훌륭한 일을 하시는 엘레나 님과 아는 사이라는 게 얼마나 자랑스러웠는지 몰라요."

"그, 그냥 주제넘게 나선 거죠. 그 바람에 꼴사납게 쓰러지기도 했잖아요."

자신에 대한 칭찬을 유독 민망해하는 엘레나의 성격을 아는 리아는 작게 웃었다. 화제를 돌릴 거리를 찾던 엘레나의 눈에 침대 시트를 적시고 있는 물수건이 다시 들어왔다.

"제가 열이 났었어요?"

엘레나의 물음에 자신이 마신 찻잔을 정리하던 리아가 수건을 보더니 풋 하고 웃었다.

"으음, 조금 미열이 있기는 하셨는데. 그렇게 많이 났던 건 아니었어요."

"그런데 물수건은 왜……."

"글쎄요."

리아는 아무래도 '글쎄요'라고 말을 하기엔 좀 더 알고 있는 듯했지만, 말을 해 주지 않았다. 웃는 것을 보니 뭔가가 있는 것 같은데. 엘레나는 그렇게 생각하면서 돌덩이 같은 어깨를 주물렀다.

물 한잔만 마셨으면 좋겠다. 입술이 서로 달라붙을 정도로 마른입을 다시면서 엘레나가 주변을 둘러보았다. 침대에서 조금 떨어진 탁자 위에 놓인 물병과 잔이 보였다.

리아는 바빴다. 자신이 사용한 물건들을 정리한 이후에는 커튼을 걷고 창문을 열어 환기를 하고 있었다. 게다가 자신은 아직 조금 피곤하기는 했지만, 그것만 빼면 아무렇지도 않았다. 큰 중병에 걸린 것도 아니고 밤새 간호를 해 주었던 리아에게 물까지 가져다 달라고 하기엔, 염치가 있는 사람이었다.

엘레나는 침대에서 내려와 땅에 두 발을 디뎌 보았다. 평소보다 훨씬 조심스러운 행동이었다.

'멀쩡하네.'

그녀는 그렇게 생각하며 고개를 끄덕였다.

사실 조금 궁금하기는 했다. 정신을 잃고 쓰러진다는 게 어떤 느낌일지. 워낙 타고난 건강 체질이라 아르바이트 두세 개를 동시에 뛰어도 피곤하기만 할 뿐, 쓰러져 본 적이 없었다. 그래서 쓰러지는 건 큰 병에 걸린 환자나 드라마에 나오는 연약한 여자주인공들뿐이라고 생각했다.

그런데 막상 본인이 쓰러져 보고 나니 '별거 아니네.'라는 생각이 드는 것이다.

어지러운 것도 없었고, 특별히 아픈 구석도 없었다. 한마디로 멀쩡했다. 역시 나라고 생각하며 엘레나가 물병이 놓인 탁자를 향해서 한걸음을 뗀 순간이었다.

"으앗!"

하늘이 돌았다. 아니, 땅이 일어난 건가? 분명히 일어날 때까지는 아무렇지도 않았던 몸이 갑자기 온갖 이상 신호를 보냈다. 현기증 때문에 누군가가 머릿속을 마구 휘젓고 있는 듯했고, 갑자기 다리는 엿가락이 된 것 같았다. 속도 울렁거리고 메스꺼웠다.

그렇게 갑작스레 일어난 상황에 당황하던 중, 엘레나는 자신의 몸이 앞으로 기울고 있다는 것을 깨달았다.

'이대로 넘어지면 100퍼센트 코 깬다!'

부러진 코를 재건할 수 있는 성형 수술도 없는 이곳에서는 절대로 안 될 일이었다. 그녀가 본능적으로 손을 뻗었다. 다급한 손끝에 침대의 기둥이 잡혔다. 엘레나는 하늘에서 내려온 동아줄을 잡는 심정으로 그것을 꽉 움켜쥐었다.

쿵.

얼굴로 바닥에 다이빙을 하는 신세는 면했지만, 결국 엘레나의 한쪽 무릎이 침실 바닥을 찧었다. 소리에 놀란 리아가 커튼을 정리하다 돌아본 순간, 침실의 문이 열렸다. 들어온 것은 식사가 담긴 쟁반을 들고 있는 일리야와 티토였다.

"엘레나!"

한쪽 손으론 침대의 기둥을 부여잡고 다른 쪽 손으론 바닥을 짚고 있는 엘레나를 본 티토는 빠르게 그녀에게로 달려왔다.

"지금 뭐 하는 거야!"

"아하하, 물 좀 마시려고요."

"그럼 사람을 불렀어야지!"

"어떻게 그래요. 손발이 다 멀쩡한데."

티토는 안간힘을 쓰며 엘레나를 부축하려고 했지만, 아직 작디작은 여덟 살짜리에게는 역부족이었다. 서둘러 쟁반을 내려놓은 일리야와 놀라서 달려온 리아가 대신 엘레나를 일으켜 세웠다.

"멀쩡하긴 뭐가! 이틀이나 누워 있었던 사람이 갑자기 그렇게 일어나면 쓰러지는 게 당연한 거 아냐?"

"이틀이요? 제가 이틀이나 누워 있었다고요?"

너무 놀라서 혀를 깨물 뻔한 엘레나가 되물었다. 이틀이라니. 그저 하룻밤 푹 잤다고 생각했는데 그게 아닌 모양이었다.

"그래. 그저께 마상창 대회에 갔다가 오늘까지 쭉 눈 한번 안 뜨고 죽은 것처럼 누워 있었다고!"

티토가 씩씩거렸다.

"에이, 말도 안 돼요. 저같이 건강한 사람이 그렇…… 우왓!"

티토가 장난을 치는 것이라고 생각한 엘레나는 웃으며 고개를 젓다가 또다시 휘청했다.

"누워!"

잔뜩 화가 난 티토 공작 전하의 명이었다. 마찬가지로 표정이 안 좋아진 일리야와 리아가 서둘러 엘레나를 침대에 다시 눕혔다.

"물 여기 있어요, 엘레나 님."

물을 마시려고 일어섰다는 엘레나의 말을 기억한 리아가 서둘러 물을 한 잔 써나 줬나. 그 물을 모두 마시고, 한 잔을 더 부탁해서 두 번째 잔까지 비운 엘레나는 그제야 조금 살겠다는 표정으로 큰 한숨을 내쉬었다.

"아, 목말라서 죽을 뻔했네."

"죽을 뻔한 건 알아?"

여전히 까칠한 티토였다.

"무슨 일 있으세요? 오늘따라 더 기분이 안 좋아 보이시네."

엘레나의 말에 무언가 할 말이 있는 듯했던 티토는 그 대신 일리야가 가져온 쟁반을 가리키며 말했다.

"아침 식사야, 먹어."

"아, 지금이 아침이구나. 마침 배고팠는데. 감사해요, 전하."

식사라는 말에 반색을 하는 엘레나를 보며 티토가 한마디를 툭 덧붙였다.

"티토."

전하라는 말 대신 티토라는 이름을 부르라는 것이다.

"아! 감사해요, 티토 님."

일리야가 건네는 쟁반에는 평소 엘레나가 좋아하는 아침 식사 메뉴가 가득했다. 부들부들한 빵과 따뜻한 스프, 그리고 군침이 절로

도는 고소한 향의 스크램블 에그. 한쪽에는 후식으로 보이는 신선한 과일도 잔뜩 있었다.

"좀…… 양이 많은데요?"

"많은 척하지 마. 평소에 나보다 많이 먹잖아."

"아니, 그렇기는 한데."

"게다가 어제 아침 식사분까지 합쳐서 가지고 온 거라고."

한 끼를 놓쳤으니 그만큼을 더 먹어야 된다는 말이었다. 조금 이상한 논리였지만 그래도 엘레나를 생각하는 마음이 듬뿍 든 잔소리였다.

"그리고 이것도."

리바이가 주머니에서 작은 유리병 하나를 꺼내 조심스레 쟁반 위에 올려놓으며 말했다.

"이게 뭐예요?"

"형님께서 오늘 보내오신 포션이다."

"포션이요?"

겨우 검지 하나 정도의 얇고 작은 병은 황금을 녹인 것 같은 신기한 색을 띠고 있었다.

"교황 성하께서 만드신 포션이야. 오로지 형님을 위해서만 만드시는 거지. 내 신학 교사가 사람을 구하다가 쓰러졌다는 소식을 들으시고 친히 너를 위해서 한 병 내려 주신 거다."

"오오……."

그렇게 귀한 거라니. 엘레나는 작은 유리병을 조심스레 손안에서 굴렸다.

"일단 그것부터 마셔."

먹기는 아까운데. 엘레나는 대대손손 가보로 물려줘야만 할 것 같은 포션을 아쉽게 바라보았다. 하지만 티토가 도끼눈을 뜨고 감시를 하고 있는 상황이라 어쩔 수 없이 유리병의 뚜껑을 열었다.

아무런 향도 나지 않았다. 잠시 킁킁대며 냄새를 맡은 엘레나는 홀짝 포션을 들이켰다.

포션은 부드럽게 목을 타고 내려갔다. 그리고 아무것도 없이 텅 비어 공허했던 몸에 활력이 돌기 시작했다. 신성력도 아주 조금이지만 차오르는 것이 느껴졌다. 메마른 땅에 물이 더욱 잘 스며들듯 변화는 아주 빨랐다.

"어때? 좀 나아?"

"네. 정말 신기하네요."

무려 교황 성하의 신성력을 담은 포션은 다른 사람들이 보기에도 효과적이었다. 엘레나의 얼굴에 한층 혈색이 돌고 힘이 없던 목소리에도 활력이 생겼다.

"약은 먹었으니까 밥 다 먹고 검사받아."

티토가 엘레나의 손에 포크를 쥐여 주면서 말했다. 그러고는 어디 갈 생각이 없다는 것을 보여 주려는 듯 팔짱을 딱 끼고 엘레나의 침대에 걸터앉았다. 그 모습이 너무나 귀여워 엘레나는 티토의 머리에 손을 뻗었다.

만질만질하고 결이 좋은 황금색 머리칼을 쓰다듬고 있자니 기분이 절로 좋아졌다. 동네에 살던 동구라는 이름을 가진 골든 리트리버의 머리를 만지고 있자면 딱 느낌이 이랬다. 그리고 깨달았다. 자신이 지금 누구의 머리를 쓰다듬고 있는지.

"앗."

엘레나는 티토의 머리를 만지고 있던 손을 위로 번쩍 들어 올렸다. 곁에서 두 사람을 지켜보던 일리야와 리아도 놀라 헉하고 숨을 들이켜는 소리가 들려왔다.

"티토 님."

고개를 숙인 티토는 대답이 없었다. 아, 큰일 났다. 엘레나는 조심스럽고 다소 비굴한 목소리로 말했다.

"제, 제가 지금 아픈 거 아시죠. 아파서 이래요. 환자예요."

"……."

여전히 티토는 말이 없었다.

"그, 그…… 저 짐 쌀까요?"

공작이나 되는 사람의 머리를 동네 개처럼 쓰다듬었으니 얌전히 쫓겨나기만 해도 다행이었다. 그때 티토에게서 작은 목소리가 흘러나왔다.

"……없어."

"네? 뭐라구요? 없애 버리시겠다고요?"

"상관없다고!"

숙였던 고개를 번쩍 든 티토는 후식으로 가져온 사과보다도 빨간 얼굴로 외쳤다.

"네? 뭐가요?"

"딱히 내 머리 쓰다듬어도 상관없다고!"

도대체가 화를 내는 건지, 아니면 정말로 괜찮다는 건지. 듣는 사람을 심히 헷갈리게 하는 말투가 아닐 수 없었다. 잠시 눈을 깜박이며 머릿속에서 방금 자신이 들은 말을 처리하던 엘레나는 의심스럽게 물었다.

"정말로요? 저 감옥 안 가요?"

"감옥은 또 무슨 소리야?"

"공작 전하 모욕죄 같은 걸로 감옥 가는 거 아니었나요?"

"……그런 일 없어!"

티토는 여전히 빨간 얼굴로 엘레나의 앞에 놓인 빵 하나를 집어서 그녀의 얼굴 앞에 불쑥 내밀며 말했다.

"이거나 먹어!"

욕하는 건가? 순간 그런 생각이 든 엘레나였지만 순순히 티토가 건네는 빵을 입으로 덥석 물었다. 감옥 안 간다는 게 어디야.

별생각이 없었지만 막상 음식이 입에 들어가니 배고픔이 우르르 몰려오는 기분이었다. 엘레나는 빵을 뜯어서 열심히 우물거리며 중간중간 주스로 목을 축였다.

"그런데 정말로 티토 님 머리 쓰다듬어도 돼요?"

그녀가 그렇게 묻자 순했던 동구의 눈과는 전혀 다른 매서운 티토의 눈이 그녀를 바라봤다.

"누가 된다고 했어? 상관없다고 했지."

"그 말이 그 말이잖아요."

"다른 말이야."

"그럼 쓰다듬어도 상관없어요?"

"……허락 맡으면."

"네, 꼭 먼저 여쭤보고 쓰다듬을게요."

"그럼 됐어."

티토가 그렇게 말하며 엘레나의 아침상에서 사과 한 조각을 가져다가 입에 물었다. 엘레나와 티토의 어딘가 조금 엇나간 대화를 듣던 일리야와 리아는 그제야 풋 하고 웃음을 터뜨렸다.

"그거 다 먹으라는 말 진짜야. 다 먹고 검사받아."

"네에, 네에."

안 그래도 다 먹을 생각이었던 엘레나는 걱정 말라는 듯 웃으며 고개를 끄덕였다. 그녀가 열심히 밥을 먹는 동안, 티토는 침대 맞은편에 놓인 소파에 앉아 책을 하나 펴 들었다.
"못 보던 책이네요?"
어린아이의 애착 인형처럼 티토가 항상 가지고 다니는 책이 있는데, 바로 용사 시리즈였다. 질리지도 않는지 다섯 권 정도 되는 시리즈를 읽고 또 읽는 모습을 여러 번 본 적이 있었다.
"새로 사 주신 거야."
"누가요?"
"혀, 형님이……."
티토의 형님이라면 황제인 바크란 1세를 말하는 것이리라.
"전에 읽던 용사 시리즈도 형님이 사 주신 거였어. 저번 식사 때 내가 그 책을 자주 읽고 있다고 하니까 이번에는 마법사 시리즈를 보내 주신 거지."
티토의 우상은 형님이었다. 그런 형님이 새로운 선물을 보내 주었으니 자랑을 하고 싶은 마음이 드는 게 당연했다.
"멋진 형님이시네요. 그 책은 무슨 내용이에요?"
"이건 말이지, 용사 시리즈에 잠깐 나온 적이 있던 대마법사의 이야기인데……."
그 뒤로 티토는 한참을 떠들었다. 총 여섯 권인 시리즈 중 앞의 세 권밖에 읽지 못했음에도 불구하고 아이는 할 이야기가 많았다. 줄거리는 물론이고, 자신이 생각하는 앞으로 일어날 이야기와 작가가 심어 놓은 것 같은 복선인, 소위 말하는 '떡밥 풀이'까지.
얼마를 떠들었을까. 중간중간 '그래요?', '와아, 흥미롭네!' 같은 리액션을 던져 주던 엘레나가 조용한 것을 깨달은 티토는 말을 멈추고 엘레나를 봤다.

"잠 드셨어요."

빵 한 조각을 입에 문 채로 잠이 든 엘레나를 보며 일리야가 조용조용한 목소리로 말했다.

"결국 반도 안 먹었네."

"아직 많이 피곤하실 테니까요. 그래도 음식을 드셨으니 다음에 일어나실 때는 훨씬 힘이 돌아와 있으실 거예요."

일리야는 작은 어깨를 토닥였다. 그제 엘레나가 정신을 잃은 채로 새벽의 궁으로 실려 왔을 때, 티도는 큰 충격을 받았다. 굳은 얼굴의 메이나드가 축 늘어진 엘레나를 안고 마차에서 내리는 것을 본 티도의 얼굴에 떠오른 표정을, 일리야는 평생 잊지 못할 것 같았다.

큰 눈에 금방 눈물이 고이더니 메이나드의 뒤를 따라 엘레나의 침실로 오는 동안 결국 동그란 볼을 타고 뚝뚝 흘러내렸다. 일리야는 이런 장면을 보게 하면 안 되는 것이 아닐까 싶었지만, 이제 와 티도를 다른 곳으로 가게 한다면 오히려 상황만 나빠질 것 같았다.

잠시 후, 새벽의 궁을 찾은 교황 성하께서 손수 치유력을 사용하여 엘레나를 돌본 뒤 울고 있는 티토에게 '푹 쉬면 괜찮아 질 겁니다.'라는 말을 한 뒤에야 눈물은 멈췄다. 그리고 방 한쪽을 묵묵히 지키고 있던 르니에에게 마구 화를 냈다.

─룬 형 미워! 룬 형 때문이야!

착잡한 얼굴의 르니에는 티토에게 아무런 대답도 하지 않았지만 말이다.

엘레나가 계속 잠들어 있던 이틀 동안 누구보다도 이 방을 자주 들락거린 것이 티토였다. 그 좋아하는 디저트에 손도 대지 않고 침울해했다. 보다 못한 일리야가 '엘레나 님이 깨어나시면 드실 수 있도록 식사를 준비해 올까요?'라는 말을 하기 전까진 몸을 동그랗게 옹크리고 꼼짝도 하지 않았다.
"나는 엘레나가 정말로 죽는 줄 알았어."
"전하……."
"일리야의 눈에도 이제 조금 괜찮아 보이지?"
"그럼요. 금방 평소처럼 돌아오실 거예요."
잠든 엘레나를 바라보는 얼굴은 여전히 불안한 기색이 역력했지만, 티토는 작게 고개를 끄덕였다. 그리고 잠시 생각하더니 의미심장하게 중얼거렸다.
"점심은 고기를 먹여야겠어."
새벽의 궁 주방장인 제이크를 찾아 특별 주문을 할 예정이었다. 물론 어제 저녁을 건너뛴 엘레나였으니 2인분으로 말이다.

─ ✦ ─

같은 시각, 새벽의 궁 전담 마부인 마크는 영 찜찜한 표정으로 황성 내의 라한 신전 앞에 마차를 세웠다.
"도착했습니다."
하지만 마차 안의 인물은 미동도 없었다. 고작 말 두 마리가 끄는 작고 낮은 마차라 따로 발받침이 필요 없지만, 지금 마크가 태운 승객은 언제나 본인이 직접 문을 열고 내리는 법이 없었다.
작게 한숨을 쉰 마크는 마부석에서 내려 마차의 문을 열었다. 곧 흰 장갑을 낀 손이 에스코트를 바라며 내밀어졌다.
"여기서 기다려요."
마차에서 내린 것은 로잘린느였다. 오늘 날씨는 참 화창하고 맑았다. 마치 그녀의 기분처럼 말이다.

마상창 대회에서는 생각지도 못한 일에 많이 당황해서 침착함을 잃었지만, 돌아와 곰곰이 생각해 보니 자신에게는 방법이 있었다. 그 눈엣가시 같은 평민 신관을 치워 버릴 방법 말이다.

아니, 치워 버릴 뿐인가. 자신이 당했던 수모를 갚아 줄 수 있을 만큼 통쾌한 복수가 될 것이다.

라한 신전 안으로 들어선 로잘린느는 주변을 두리번거렸다. 태어나 신전에 와 본 것은 손에 꼽을 수 있을 정도로 적었다. 어디로 가야 할지 몰라서 머뭇거리는 그녀를 본 한 신관이 나가와 웃으며 친절하게 물었다.

"안녕하십니까, 영애."

그 목소리에 로잘린느는 반갑게 웃으며 인사를 했다.

"아, 신관님. 좋은 아침입니다."

"혹 기도를 드리러 오신 거면 기도실은 저 왼쪽 복도 제일 안쪽에……."

"아뇨, 제 용건은 그게 아닙니다."

"아! 그러시다면 혹시 축성문이 필요하셔서……."

"이곳의 책임자를 뵙고 싶은데요."

얌전하게 생긴데 비해 말이 많은 신관 때문에 짜증이 난 로잘린느는 여전히 웃는 얼굴로 말을 잘랐다.

"……어떤 용무이신지요?"

"상급 신관이신가요?"

"아닙니다. 저는 중급 신관으로……."

"상급 신관님을 뵙고 싶은데요."

순간 미소 짓고 있는 신관의 머릿속에 '진상'이라는 단어가 스쳤다. 하지만 신관은 웃는 얼굴을 잃지 않고 여전히 친절한 목소리로 말했다.

"어떤 용무인지 말씀해 주신다면 제가 도움을 드릴 수도 있지 않을까요?"

"아뇨. 말씀은 감사하지만 저는 적어도 상급 신관님 정도는 되어야 말을 할 수 있을 것 같네요."

로잘린느의 말에 신관은 그녀를 빠르게 살폈다. 이렇게 찾아와 당당히 고위 신관을 만나고 싶다고 할 만큼 높은 신분인데 자신이 모르는 것인가 싶었기 때문이다. 하지만 아무리 봐도 눈앞의 영애는 그렇게 보이지 않았다.

"성함이 어찌 되십니까?"

"로잘린느 폰 프란시스입니다. 프란시스 남작의 여식이죠."

프란시스 남작. 한 번도 들어 본 적이 없는 귀족이었다. 신관은 상급 신관에게 말을 올려 볼까 하다가 이내 고개를 저었다. 요즘 단식까지 하면서 기도 수행을 하고 있는 상사에게 꾸중을 들을 짓을 하고 싶지는 않았다.

"프란시스 남작 영애, 죄송하지만 오늘 당장은 어렵겠습니다. 혹 급한 용무시라면 황성 서쪽에 있는 아발론 분관으로 가 보시는 것은 어떠신지요?"

"어째서 여기서는 안 되죠?"

"영애, 이곳은 황성 내에 위치한 신전입니다. 황제 폐하와 이페른 제국을 위한 기도식을 주관하는 곳이지요. 때문에 교황 성하와 성하를 측근에서 모시는 몇몇 신관들만이 머무는 곳입니다. 조용히 기도를 하러 오시는 분들을 위해 기도실이 마련되어 있기는 하지만 그런 용무가 아니라면 적절한 장소가 아닙니다."

로잘린느는 불쾌함에 눈초리가 샐쭉해졌다.

"알겠습니다. 원래는 신전에 알려서 조용히 처리하려 했던 일인데, 차라리 귀족원에 찾아가는 것이 낫겠군요."

"라한의 축복이 있으시길."

결국 축객령까지 들은 로잘린느의 얼굴이 보기 좋게 일그러졌다. 쌩 소리가 나도록 빠르게 신전을 빠져나온 로잘린느는 내리쬐는 햇빛을 피해 신전 계단에 쪼그려 앉아 있던 마크를 향해 소리쳤다.

"빨리 귀족원으로! 어서 문 열지 못해요!"

화들짝 놀란 마크는 허둥지둥 문을 열고 로잘린느를 에스코트했다. 이 시간에 귀족원까지 나녀오자면 근무 시간을 훨씬 넘길 것이 분명했다.

젠장, 똥 밟았군. 그것도 이 귀족 티 내기 좋아하는 남작 영애와 초과 근무라니. 마크는 어젯밤 꿈자리가 사나웠던 것을 떠올리고는 혀를 끌끌 차며 말을 몰았다.

한참 뒤, 해가 하늘 높이 뜬 한낮이 되어서야 귀족원에 도착한 마크는 몇 시간 사이에 10년은 늙은 듯한 기분이었다. 은퇴 시기가 가까워진 군마로 운영되는 황궁 내 마차를 끌고 먼 귀족원까지 왔으니, 말들이 지쳐서 자꾸만 속도가 떨어지는 게 당연했다. 그런데 뒤에 탄 로잘린느는 자꾸만 서둘러 가라며 재촉을 했다.

겨우겨우 귀족원 앞에 마차를 세웠지만, 로잘린느에게서 들은 말은 수고했다는 말도 고맙다는 말도 아니었다.

"차라리 걸어오는 게 빠를 지경이네."

'그럼 걸어오든가!'라는 말이 목구멍 바로 밑까지 올라왔지만 마크는 집에 있는 세 아이와 아내의 얼굴을 떠올리며 참았다.

로잘린느는 서둘러 귀족원 안으로 들어섰다. 사실 로잘린느의 심장은 조금 전부터 콩닥거리고 있었다. 그녀도 황도에 있는 귀족원에 온 것이 처음이었다.

과거 귀족의 나라라고 불렸던 이페른 제국답게 귀족원은 황성만큼이나 크고 화려했다. 마차를 타고 들어오면서 본 정원은 완벽하게 관리되어 귀족원의 품위를 높였고, 건물 안쪽에는 화려한 미술품들이 전시되어 있었다.

중앙의 홀에 한 발자국을 디디니 그녀의 발자국 소리가 돔 모양의 천장을 따라 사방으로 울렸다. 동시에 로잘린느의 입꼬리도 천장을 향했다.

만족스러웠다. 이곳은 철저히 귀족의, 귀족을 위한 장소였다. 귀족이 아닌 자는 이곳에서 환영받지 못했다. 하지만 그녀는 타고나기를 귀족으로 태어났고, 그녀의 혈관에는 귀족의 피가 흘렀다. 그러니 무지렁이 평민들과는 근본부터 다를 수밖에 없었다.

중앙 홀의 가장 안쪽에는 두 명의 사무원이 앉아 있었다. 방문자들의 용무를 묻고 안쪽으로 들어가게 해 주거나 약속을 잡아 주는 사람들로 보였다. 그녀 앞에는 총 다섯 명의 사람들이 서 있었다.

이 정도 기다림쯤이야. 로잘린느는 더욱 허리를 꼿꼿이 세우고 자세를 다잡았다.

하지만 시간이 지날수록 그녀의 표정은 어두워져 갔다. 한참을 기다린 것 같은데 아직도 앞에는 세 명이 남아 있었다.

"그러니까, 내 조부가 남긴 이 유서와 족보에 의하면 나는 엄연히 귀족이란 말이오!"

"족보의 진위 여부를 가려 줄 수 있는 전문가를 고용하라고 안내를 했잖소."

"내 지금은 형편이 어려우니 귀족원에서 그 돈을 좀 빌려 달라고 찾아온 것 아니오."

조금 전부터 똑같은 이야기가 반복되었다. 점점 그녀의 인내심이 바닥을 보이고 있었다. 계속 바른 자세로 서 있으려니 여간 힘든 것이 아니었다.

그러다 정말로 그녀가 못 버티겠다 싶었을 때, 마침내 그녀의 차례가 되었다. 매우 지쳐 보이는 얼굴을 한 사무원이 그녀에게 높낮이 없는 건조한 말투로 물었다.

"어떻게 오셨습니까."

그런데 로잘린느가 미소를 지으며 대답을 하려던 때, 갑자기 사무인들이 벌떡 일어났다. 덕분에 대화는 끊겼지만, 로잘린느는 호기심 섞인 눈으로 홀에서 이어지는 복도 안쪽을 바라봤다. 무서운 얼굴로 복도 안쪽으로 외부인이 들어가지 못하게 막고 있던 경비들도 경례를 올리는 모습이 보였다.

긴 복도를 걸어 나오는 사람은 놀랍게도 한 신관이었다. 하지만 입고 있는 신관복이 로잘린느가 매일 봐 왔던 엘레나의 중급 신관복과 조금 다른 것이 더 높은 사람으로 보였다.

하긴 엘레나가 특이한 것이지, 중급 이상의 신관들은 모두가 귀족 출신이었다. 그러니 저 신관이 귀족원에서 나오는 것도 이해는 갔다. 게다가 저렇게 따로 수행원이 붙고 사무원이 앉아 있던 자리에서 일어나는 것을 보면 확실히 세력이 있는 귀족이었다.

무표정한 얼굴로 걸어 나온 신관은 사무원들에게 눈길 한 번 주지 않고 계속 출입구 쪽으로 걸어갔다. 그제야 로잘린느를 상대하던 사무원은 다시 그녀에게 물었다.

"무슨 일 때문에 오셨다고요?"

"라한 신전을 상대로 귀족원의 이름을 빌려 정식으로 항의할 것이 있어서 왔습니다."

멀어져 가던 그 신관의 발자국 소리가 멈춘 것은 그 순간이었다.

그것을 눈치챈 로잘린느가 뒤로 돌자 출입구 바로 앞에서 걸음을 멈춘 신관이 그녀를 보고 있는 것이 보였다.

로잘린느는 남몰래 미소를 지었다. 이게 바로 그녀가 의도한 것이었으니까.

보아하니 그녀의 청원은 이 피곤에 찌든 사무관의 선에서 제지되거나 오늘 당장에 결판을 내기가 힘들 것이 분명했다. 하지만 만약 귀족원 내부에서 나올 정도로 높은 신분을 가진 귀족이자 고위 신관이 직접 이야기를 듣는다면? 상황은 많이 달라질 것이다.

뚜벅, 뚜벅.

로잘린느와 눈을 그대로 맞춘 신관이 그녀에게 걸어왔다. 동시에 로잘린느 뒤쪽의 사무관이 바짝 긴장하는 것이 느껴졌다. 도대체 어떤 신분을 가진 사람이기에 저렇게 두려워하는 것일까. 로잘린느는 이제 기대마저 되었다.

신관의 귀족적이고 오만한 눈이 자신을 위아래로 훑는 것을 느낀 그녀는 더욱 자신 있는 미소를 지었다. 마침내 신관의 입이 열렸다.

"라한 신전을 상대로 항의를 할 것이 있으시다고?"

"애석하지만 그렇습니다, 신관님."

"흐음."

중년의 남자 신관은 다시 한번 로잘린느를 훑어보다가 고개를 끄덕였다.

"그럼 나에게 말해 보시겠소?"

"실례지만 제가 가진 사안이 워낙 중대하고 또 나아가 라한교 전체의 명성에도 해가 될 수 있는 문제라…… 말씀하시는 분의 성함을 여쭤봐도 되겠습니까?"

한마디로 내가 할 항의를 감당할 수 있을 만큼의 직위냐는 말이었다. 지극히 귀족다운 그녀의 말을 제대로 알아들은 신관은 한쪽 입꼬리를 비스듬히 말아 올렸다.
"나는 라한교 추기경, 제프리 폰 타른이요."
귀에 익은 가문의 이름이 가장 먼저 로잘린느를 놀라게 했다. 타른 후작가! 이페른 제국의 전신인 이페른 왕국 때부터 상업으로 부를 쌓아 온 명망 높은 귀족파의 가문으로, 제국의 예술인들을 후원하고 육성하기로 유명한 가문이기도 했다.
게다가 추기경이라니. 교황을 바로 곁에서 보좌하거나 제국을 동서남북으로 나눈 커다란 교획을 총괄하는 높은 직위라는 것은 로잘린느도 알고 있었다.
"이봐, 회의실 하나만 사용하지."
제프리 추기경의 말 한마디에 중앙 홀 근처에 있는 작은 회의실 하나가 마련이 되었다. 자신은 한참을 기다려서야 사무관과 말 한마디 나눌 수 있었는데. 로잘린느는 새삼 권력의 힘을 만끽했다.
"그래서, 용건이 무엇이오?"
탁자 하나를 사이에 두고 마주 앉은 제프리 추기경은 멀리서 볼 때보다 훨씬 컸다. 어쩌면 그것은 단순히 신체의 크기가 아니라 그가 가진 권력과 기품에서 나오는 압박감일 수도 있었다. 하지만 로잘린느는 자신이 쥔 카드도 결코 나쁘지 않다고 생각하며 입가에 미소를 그려 넣었다.
"제 이름은 로잘린느 폰 프란시스, 제국 서남쪽에 위치한 프란시스 남작가의 장녀입니다."
보통은 '남작 영애이시군.' 혹은 하다못해 '그런 곳이 있었나?' 같은 반응을 하기 마련인데, 제프리 추기경은 여전히 그녀를 바라보고만 있었다. 붕 뜬 침묵을 자신이 메워 넣어야 한다는 조바심이 든 로잘린느는 말을 이었다.

"그리고 저는 현재 이 제국의 주인이신 바크란 1세 황제 폐하의 남동생 되시는 리바이 공작 전하의 가정교사로 일을 하고 있기도 합니다."

과연. 그녀가 무슨 일을 하고 있는지 들은 제프리 추기경의 얼굴에서 미묘한 변화를 읽은 로잘린느는 다시 자신감을 되찾았다. 제아무리 타른가 출신의 추기경이어도 리바이 공작의 이름값을 무시하진 못하는 게 분명했다.

실제로 제프리 추기경이 인상을 찌푸린 이유는 따로 있었지만, 로잘린느는 그의 속까지 읽진 못했다.

"한데?"

"그런데 제가 얼마 전 우연히 어떤 사실을 알게 되었습니다. 저와 함께 근무하는, 공작 전하의 신학 교육을 담당하는 신관이 세상에…… 평민이라는 사실이었습니다."

로잘린느는 다시 떠올려도 끔찍하다는 듯 한숨을 쉬어 주는 것을 잊지 않았다.

"저 또한 라한의 독실한 종이라 처음에는 이 일을 크게 만들지 않고자 황성 내부에 있는 신전을 찾아 갔습니다만. 제 가문이 남작가에 불과하다고 하여 문전 박대를 당하고 결국 이렇게 귀족원에 찾아오게 되었습니다."

로잘린느에게 황도 내에 있는 신전을 찾아가 보라고 친절히 안내했던 신관은 남작가 주제에 어딜 얼씬거리느냐며 그녀를 쫓아낸 악독한 신관이 되어 있었다.

"정말로 애석한 일입니다. 리바이 공작 전하를 가르치는 중무를 맡은 신관은 자신의 신분에 대해 거짓말을 하고, 그것을 알리기 위해 찾아간 신전의 신관은 제가 남작가의 여식에 불과하다며 내치다니요."

로잘린느는 금방이라도 손수건으로 눈물을 찍어 낼 듯 구슬픈 목소리로 말했다.

"혹 그것이 아니라면…… 설마 그 신관이 평민인 것을 알면서도 라한교에서 그녀를 리바이 공작 전하의 교사로 추천하지는 않으셨겠죠. 저는 이 일이 당장 우리 라한교의 위상을 망가뜨리고, 더 나아가 교황 성하께 해가 되지 않을까 두렵습니다. 그런 일은 없겠지요?"

그녀의 파란 눈이 언뜻 순진한 듯 깜박거리며 제프리 추기경을 바라봤다.

명백한 협박이었다. 자신의 이야기를 제대로 들어 주지 않으면 일을 크게 만들 수도 있다는. 제프리 추기경은 이제 감추지 않고 자신의 불쾌한 기분을 드러냈다.

'결국 들켰군.'

엘레나를 궁에 들이기는 했으나 그녀가 리바이 공작의 신학 교사로 오래 머물 수 있을 거란 생각은 하지 않았다.

하지만 의외로 엘레나가 아예 새벽의 궁에 뿌리를 내려 버리면서 언젠가는 이런 날이 올지도 모른다고 예상은 했다. 그래도 이렇게 빨리, 그것도 같이 일하는 귀족에게 들킬 줄이야. 상당히 골치 아픈 일이었다.

하지만 처음 엘레나가 공작의 교사로 들어갔을 때와 지금은 달라진 것이 크게 세 가지가 있었다.

그중 하나는 바로 엘레나의 신성력이었다. 며칠 전 화제가 되었던 마상창 대회에서의 일은 제프리 추기경의 귀에도 어김없이 들려왔다.

두 번째는 지금 엘레나가 귀족들 사이에서 큰 화젯거리라는 것이다. 물론 마상창 대회에서의 활약이 그 이유였다.

20년 만에 아발론으로 화려하게 복귀한 윈터힐 백작이 치열한 경기 끝에 황제파의 어네스 가문의 장남에게 진 것만으로도 사교계가 족히 한 달은 떠들 거리가 되었을 것이다. 그런데 윈터힐 백작이 불의의 사고를 당했고 그것을 마침 행사에 참여했던 여신관이 거짓말처럼 치유해 냈다.

게다가 그날 그녀가 베르너 후작의 파트너였고, 어네스 경이 화환을 바친 대상이기도 했다는 사실이 함께 전해지면서 엘레나에 대한 호기심은 날로 높아지고 있었다.

마지막으로 신경 쓰이는 것은 엘레나의 신분이었다. 본래 엘레나는 평민으로 치부되었다. 그게 신전 앞에 버려진 아기들의 운명이었다.

하지만 제프리 추기경은 엘레나의 출생에 대해 조사하고 있는 중이었다. 신성력은 수련이나 신실함의 여부보단 태생에 의해 크게 좌우되는 것이기 때문이다.

벌써 엘레나의 나이가 올해 스무 살. 이름도 없이 버려진 한 아이의 흔적을 20년이 흐른 뒤에 추적하는 것은 여간 어려운 일이 아니었다.

조사는 아직까지 이렇다 할 성과를 보이지 않았으나, 제프리 추기경은 몇 가지의 희미한 실마리를 쫓다 보면 엘레나의 신성력에 대한 해답이 그 끝에 있을 것이라고 확신했다. 저 정도 신성력을 가진 평민은 제프리 추기경이 라한교에 몸담은 수십 년 동안 단 한 명밖에 보지 못했을 정도로 흔치 않은 것이었으니.

이러한 이유로 엘레나는 처음 입궁할 당시의 '아무도 신경 쓰지 않는 순번 때우기용 평민 신관'과는 꽤 다른 사람이 되어 있었다. 라한교는 이제 그녀를 그저 모른 척할 수 없다.

그리고 지금, 그런 엘레나의 일을 가지고 감히 라한교에 정식으로 항의하겠다 찾아온 젊은 영애는 제프리 추기경의 신경을 긁기에 충분했다. 도대체 프란시스 남작가가 어디에 붙어 있는 영지인 줄은 모르겠으나, 여자는 스스로가 쥔 칼자루를 지나치게 즐기고 있었다.
상대가 누구인 줄도 모르고 설치는 꼴이라니. 무엇보다 그녀는 교황 성하를 언급하면 안 되었다. 이것은 그가 아직 젊은 신관이었을 시절에 그를 '타른가에서 온 소악마'라고 불리게 했던 어두운 구석에 부싯돌을 가져다 대는 언동이었다.

"저도 그 여신관에게 기회를 주지 않았던 것은 아닙니다. 타른 신관님께선 잘 모르시겠지만, 그녀는 워낙 예의와 윗사람에 대한 예우를 모르는 사람입니다. 그런 그녀의 오만방자한 배노가 섬섬 도를 넘……."

"엘레나 신관의 일에 대해서라면 알고 있는 바이오."

로잘린느는 제프리 추기경의 입에서 엘레나라는 이름이 나온 것에 귀를 의심했다. 대화하는 내내 그녀는 엘레나의 이름을 언급한 적이 없었다.

"……예?"

"엘레나 신관이 평민이라는 것은 우리 라한교에서 이미 숙지하고 있는 사실이고, 그녀는 그것에 대해서 한 번도 거짓을 한 적이 없소."

"그, 그렇다면……."

"평민인 엘레나 신관이 공작 전하의 신학 교사로서 추천된 것은 라한교의 뜻이고, 그러므로 아무런 문제가 없다는 말이지."

이건 말도 안 돼. 로잘린느의 속이 부글부글 끓었다.

"어째서 아무런 문제가 없을 수 있습니까? 평민입니다! 고작 평민이 감히 공작 전하에게 무언가를 가르친다는 것이 말이나 됩니까?"

"이보시오, 남작 영애."

제프리 추기경이 낮은 목소리로 로잘린느를 불렀다. 분에 못 이겨 바들바들 떠는 로잘린느의 모습을 바라보는 그 눈빛이 제법 즐거워 보였다.

"신관에게 신분이란…… 예를 들면 속옷 같은 것이지."

"속옷이라니, 도대체 무슨 말씀을 하시는 거죠!"

로잘린느가 얼굴을 찌푸렸다. 이런 대화에서 속옷이란 단어를 사용한 것에 대한 불쾌감이었다.

"신관들은 신관복을 입소. 신관이 되는 순간 그것이 우리의 신분이오. 태생에 의한 신분은 그 신관복 밑에 입는 속옷 같은 것이란 말이오. 나는 아주 좋은 속옷을 입은 셈이지. 하지만 그것이 내가 추기경의 옷을 입을 수 있었던 이유는 아니오. 속옷은 속옷일 뿐이니까."

제프리 추기경의 말은 맞지만 틀렸다. 엄연히 현실과 이상은 다른 법이었다.

"어쨌든 그것이 우리 라한교가 나아가고 있는 방향이오. 황제 폐하의 방향이기도 하고. 신분보다는 개인이 가진 능력이 중시되는 제국 말이오."

로잘린느는 흥 하고 코웃음을 쳤다. 어떻게 월등한 존재로서의 유수한 역사와 혈통보다 알량한 일신상의 능력이 더 우선시될 수 있단 말인가. 생각만 해도 소름이 끼치는 상상이었다.

"엘레나 신관이야말로 그에 가장 적합한 인물이지. 혹 교황 성하가 지금의 자리에 올라갈 수 있었던 이유를 아시오?"

로잘린느가 그것을 알 리가 없었다. 지금의 교황은 아주 나이가 많은 인물이었고, 평소 신학에는 조금도 관심을 두지 않았던 그녀는 현 교황의 이름도 알지 못했다.

"바로 치유력이오. 라한의 축복을 받은 치유력."

로잘린느는 마상창 대회 경기장의 진흙 바닥에 처참하게 누워 있던 윈터힐 백작을 감쌌던 흰빛을 떠올리고 조용히 아랫입술을 깨물었다.

"우리 라한교는 그런 엘레나 신관의 신성력을 높이 사 리바이 공작 전하의 교사로 추천하였소. 이를테면…… 그래, 모범적인 본보기 같은 것이지. 한데 그런 엘레나 신관의 일로 항의를 하겠다?"

제프리 추기경은 뒷말 대신 결코 친절하지 않은 미소를 지었다.

"솔직히 말해 보시오. 남작 영애가 참을 수 없는 건 평민이 리바이 공작을 가르친다는 것이오, 아니면 평민이 감히 남작 영애와 같은 직위를 가지고 있는 것이오?"

"이, 이이……!"

화가 나서 어깨를 바르르 떠는 로잘린느를 재밌다는 듯 지켜보던 제프리 추기경이 자리에서 일어났다. 그때 로잘린느가 새된 목소리로 말했다.

"귀족원을 통해서 라한교에 정식으로 항의를 할 겁니다! 그때 가서 두고 보시죠!"

제아무리 라한교가 그 평민 신관의 뒤를 봐주고 있다 하더라도, 이런 상황에 함께 분노할 귀족은 얼마든지 있을 터였다. 그렇다면 귀족원이 라한교에 정식으로 항의하도록 분위기를 잡을 수 있을 것이다.

로잘린느는 이를 악물고 주먹을 꽉 쥐었다. 얼마나 화가 치밀어 올랐는지 여유를 잃지 않아야 한다는 생각으로 유지한 평소의 귀족적인 행동은 모두 증발해 버린 뒤였다. 수행원이 열어 주는 문으로 막 회의실을 나서려던 추기경이 그런 로잘린느를 딱하다는 듯 바라봤다.

"귀족원이 입을 모아 어떤 의견을 내려면 꼭 귀족 장로 회의에서 동의를 얻어야 하지. 그리고 내가 기억하기론……."

설마. 로잘린느의 눈동자가 불안감으로 흔들렸다.

"귀족원에 대한 기부금의 비율에 따라 타른 후작가는 이번 해 장로 회의의 의장이었지. 지난 10년간 그래 왔듯이 말이오."

"그, 그런……."

"오, 만약 그래도 청원을 넣게 된다면 연통을 주시오. 그 청원이 장로 회의까지 오게 되는 데에 얼마나 걸릴지는 꼭 알아봐 드리지. 만약 오늘 당장 청원을 넣는다면…… 음, 운이 좋다면 내년 이맘때쯤엔 장로 회의에서 언급이 될 차례가 돌아올지도 모르겠군."

1년이라니! 저 주제를 모르는 눈엣가시 같은 평민을 치워 버리고 싶은 마음이 굴뚝같은데, 꼬박 1년을 기다려야 한다는 것은 끔찍했다. 그녀는 엘레나를 지금 당장 없애고 싶었다. 지금 당장 엉엉 울며 쫓겨나는 모습을 보고 싶은 것이다.

그때, 무언가가 그녀의 어깨를 지그시 눌러 왔다. 그리고 그것에 채 반응할 시간도 없이 오른쪽 귓가에서 웃음기 섞인 낮은 목소리가 경고했다.

"한 가지 더. 이 일로 신전의 명예가 사람들의 입에 오르내리면 영애는 타른가를 비롯한 많은 가문들을 화나게 할 텐데. 정말 감당할 수 있겠소?"

소스라치게 놀란 로잘린느가 자신의 어깨를 잡은 손을 떨궈 내려고 했지만, 그 손아귀의 힘은 너무도 강했다. 그녀를 너무나도 쉽게 압박하고 있는 손은, 그 손의 주인이 마음만 먹으면 어떤 일을 할 수 있을지 떠올리게 했다.

세상이 무너진 얼굴을 하는 로잘린느를 홀로 회의실에 두고 제프리 추기경은 만족스러운 얼굴로 귀족원 건물을 나섰다. 안 그래도 엘레나의 문제로 며칠 안에 황궁에 들어가 보려 했던 참이었다. 엘레나의 태생에 대해 조사를 맡긴 조사원이 조만간 보고서를 올린다고 했으니 말이다.

"참 공교로운 시기군."

제 주제를 모르고 건방지게 구는 어린 영애에게 본때를 보여 준 뒤 비릿한 미소가 남아 있던 추기경의 얼굴은 금방 싸늘하게 식어 버렸다. 오늘 자신이 로잘린느를 마주치지 않았더라면 문제가 한층 골치 아파질 수도 있었다는 것을 되새기며.

다시 까무룩 잠이 들었던 다음 날, 엘레나는 마침내 자리를 털고 평소의 모습으로 돌아왔다. 오전에는 그동안 로잘린느가 엘레나를 위해 산더미처럼 쌓아 놓은 필사를 어느 정도 해결하기까지 했다.

그렇게 불편한 성취감을 느끼며 점심 식사를 하러 식당으로 내려온 엘레나였다. 하지만 일상으로 돌아온 것은 그녀뿐인지, 분위기가 조금 이상했다. 엘레나는 조용히 티토의 눈치를 봤다. 오늘따라 유난히 조용한 식당 안에는 식기 부딪치는 소리만 났다.

"저어, 티토 님. 무슨 일 있으세요?"

"아니."

"그럼 제 디저트도 드실래요?"

"아니."

대화는 이런 식이었다. 평소 마음에 들지 않는 것이 있으면 재깍재깍 화를 내고 떼를 쓰는 티토는 이제 익숙했지만, 이렇게 조용하고 차분한 모습은 처음이었다. 엘레나는 당황스러워 일리야를 바라봤지만, 일리야도 영문을 모르는 건 마찬가지인 듯했다.

"엘레나 신관님."

"네?"

그렇게 엘레나가 점심밥이 코로 들어가는지 입으로 들어가는지 모르는 상태로 식사를 하고 있는 와중에 누군가가 그녀에게 말을 걸었다. 새벽의 궁의 살림을 담당하는 한 시종이었다.

"신관님 앞으로 온 서신들입니다."

"저요?"

시종이 내민 것은 한 뭉텅이의 편지들이었다. 각양각색의 고급스런 봉투들이 손에 잡히는 감촉이 묵직했다.

"이게 다 뭐지?"

엘레나는 호기심 섞인 눈으로 봉투 하나를 열어 보았다.

"초대장?"

구구절절이 요즘 날씨부터 마상창 대회에서의 일까지 언급하는 글이 편지지를 가득 채웠지만, 서신의 요지는 그것 같았다. 다음 주 자신의 저택에서 열리는 연회에 와 달라는 것. 다음에 열어 본 봉투도 내용은 마찬가지였다.

"갑자기 이게 무슨……."

전에 황궁에서 열렸던 연회를 제외하고는 한 번도 그런 자리에 나간 적이 없는 엘레나였다. 그런데 뜬금없이 쏟아지는 초대장이라니. 그때, 티토가 입을 닦고 자리에서 일어났다.

"난 다 먹었어. 오늘은 수업 없는 날이지? 나중에 봐."

그런 말만 남기고 쌩하니 방으로 올라가 버렸다. 티토가 식당을 나가자마자 엘레나는 얼른 일리야에게 물었다.

"일리야 님, 티토 님 무슨 일 있었어요?"

"그, 글쎄요…… 저도 잘."

당황스럽기는 일리야도 마찬가지였다.

"이상하네요. 오늘 아침만 해도 기분이 좋으셨는데 갑자기 저러셔요. 엘레나 님이 걱정되어서 그러시는 걸까요?"
"저요? 저 이제 멀쩡한데요?"
"공작 전하께서 엘레나 님을 많이 걱정하셨거든요. 울기도 많이 우시고."
"우, 울어요?"
"그렇게 많이 우시는 건 어렸을 적 이후로 처음 보았어요. 밤에도 잠도 못 주무시고 신관님 머리에 물수건도 올려 주셨는걸요."
엘레나는 그제야 침대 위에 놓여 있던 축축한 물수건을 떠올렸다. 아직 손아귀에 힘이 없는 어린 티토라면 그렇게 묵직하도록 물기가 남아 있던 것이 이해가 갔다.
"사실 유모로서 공작 전하가 그런 일을 하시도록 두면 안 되는 것이지만, 그래도 소중한 사람이 아플 때는 뭐라도 하는 게 훨씬 마음이 편한 법이니까요. 지금보다 더 어렸을 적에 전하께서 열이 나시면 제가 밤새 물수건을 올려 드리곤 했었는데 아마 그걸 기억하신 모양이에요."
엘레나는 뭐라고 말할 수가 없었다. 묘한 느낌이었다. 살면서 한 번도 느껴 보지 못했던 것을 아직 작은 아이에게서 받게 되다니. 가슴이 턱 막히는 것 같기도 하고 코끝도 찡했다.
"저 일리야 님, 제가 혹시 먼저 올라가 봐도 될까요? 티토 님과 이야기를 좀 해 보고 싶은데."
"그럼요. 공작 전하도 좋아하실 거예요."
3층에 위치한 티토의 침실 앞에 도착한 엘레나는 조심스레 문을 두드렸다.
똑똑.

"티토 님, 전데요. 들어가도 돼요?"

"안 돼."

"저 들어가요?"

문을 열자 창가에 앉아서 밖을 내다보고 있는 티토의 뒷모습이 보였다.

"안 된다고 해도 들어올 걸 왜 물어봐?"

"형식상이죠."

다행히 쫓겨나지는 않겠다. 방금 전 식당에서의 분위기 때문에 혹시 문전 박대를 당하지는 않을까 걱정했던 엘레나는 한 발 한 발 티토에게 다가갔다.

"티토 님."

"왜."

"저 걱정 많이 하셨어요?"

엘레나의 물음에 티토는 그녀를 돌아보며 한심하다는 듯 인상을 찌푸렸다.

"저 다 들었어요, 후후."

"그 웃음소리 되게 한심해 보이는 거 알아?"

"알아요, 후후."

"도대체가 무슨 신관이……."

언제나 애늙은이 같은 티토의 말투에는 묘한 중독성이 있었다. 지금도 혀를 쯧쯧 차며 고개를 절레절레 젓는 것이 꽤 귀여웠고 말이다.

"그 치유의 힘이라는 거, 자기 아픈 곳은 고칠 수 없는 거야?"

"네. 아쉽게도요."

"그럼, 다른 사람 고칠 때마다 그렇게 쓰러지는 거야? 저번에 나 치유하고서도 그렇게 쓰러졌어?"

이는 계속 티토의 마음속에 걸려 있던 덩어리였다. 지난번에 엘레나가 발작을 일으킨 자신을 치유해 주었다는 사실이 기억나자 혹 자신을 고쳤을 때도 저렇게 아팠던 건가 하는 걱정이었다.

"아뇨. 사실 그렇게 쓰러진 건 이번이 처음이었어요. 치유의 능력이라는 게 따로 설명서가 없어서요. 저도 짐작하는 것뿐이지만 아마도 큰 상처를 치유하면 그렇게 되지 않나 싶어요."

"교황 성하께선 신성력이 고갈되어서 그렇다 하셨어."

"아, 그러셨구나. 그럼 그런가 보죠."

엘레나의 태평한 대답에 티토는 눈을 샐쭉하고 좁혔다.

"윈터힐 백작과는 원래 아는 사이인 거야?"

"아뇨. 그날 처음, 아니구나. 전에 연회에서 한 번 얼굴을 본 적이 있어요. 하지만 인사를 한 것도 아니라 그쪽은 저를 처음 봤을걸요?"

"그런데 어째서 그렇게까지 한 거야?"

사실 엘레나 스스로도 그게 궁금했다. 내가 왜 윈터힐 백작을 살리려고 그렇게까지 했던 것일까.

침대에 누워 요양하는 동안 그 질문은 그녀의 머릿속을 떠나지 않았다. 하지만 결국 생각해 낼 수 있었던 답은 하나였다.

"그럼 그냥 죽게 돼요? 어쩌면 내 능력으로 살게 할 수 있는데?"

죽게 내버려 둘 수는 없었다. 그게 엘레나가 찾은 해답이었다. 그녀는 생면부지의 남을 목숨을 걸어 가면서까지 살릴 정도로 착한 사람은 아니었다. 만약 윈터힐 백작을 치유함으로써 그렇게 며칠을 고생할 걸 알았다면 조금 더 망설였을 것이다.

하지만 그렇다고 해서 눈앞에서 피를 흘리고 죽어 가는 사람을 두고 자기 자신만을 생각할 정도로 이기적인 사람도 아니었다. 그래서 스스로 할 수 있는 일을 했을 뿐이었다.

"다음부터는 중간에 끊으려고요. 진짜 내가 골로 갈 뻔했잖아."
"엘레나는 너무 착해서 탈이야."
"저 안 착해요."
하지만 티토는 제법 단호했다.
"그러니까 룬 형은 안 돼."
이야기가 왜 또 그리로 튀어. 나오지 않았으면 했던 화제가 티토의 입에서 나오자 엘레나는 쩝 하고 입을 다셨다.
"룬 형의 파트너로 마상창 대회에 간다는 걸 왜 말하지 않았어?"
"오해하실까 봐서요."
"룬 형은 안 돼."
"이것 봐요. 오해하시잖아요."
"차라리 메이 형을 택해."
"메이나드 경이요?"
엘레나는 갑자기 메이나드의 이름이 나오자 눈을 동그랗게 떴다.
"내가 모를 줄 알아? 마상창 대회에서 룬 형이랑 메이 형이 널 두고 싸웠다며."
"싸우긴. 그런 거 아니거든요."
"거짓말."
양심이 찔리긴 했다. 두 사람이 그녀를 두고 칼싸움을 한 건 아니지만 분명 둘 사이에는 묘한 긴장감이 흘렀으니. 그런 것도 눈치채지 못할 정도로 자신이 바보는 아니었다.
"메이 형이 나아. 룬 형은 엘레나를 슬프게 할 거야. 울게 할 거라고."
"걱정해 주시는 건 감사한데……."
"룬 형은 엘레나 말고 다른 여자들한테도 관심이 많아! 형의 그 눈웃음을 미소라고 착각하면 안 돼!"

"다 헛소문이라니까요."

그래도 일단은 오리발이다. 엘레나는 끝까지 시치미를 떼며 말했다.

"거짓말쟁이. 흥, 뭐 상관없어. 어차피 곧 궁을 나갈 사람, 내가 걱정해서 뭐 해."

"누가요? 제가요?"

이건 또 무슨 소리야. 엘레나는 심장이 덜컥 내려앉는 듯한 기분이었다. 그날 노려보던 로잘린느의 눈이 심상치 않더라니. 혹시 내가 누워 있는 사이에 다 까발린 건가? 내가 평민이라고?

그렇다면 앞뒤가 맞았다. 어제 아침까지만 해도 식사도 챙겨 주고 살가웠던 티토가 갑자기 저렇게 태도를 바꾼 이유가 자신이 귀족이 아닌 사실을 알게 되어서일까. 가슴이 조마조마한 와중에도 엘레나는 정말 그런 거라면 조금 슬플 것 같다는 생각을 했다.

"궁 나갈 거잖아."

티토가 그렇게 말하며 다시 몸을 동그랗게 말았다. 그녀에게 얼굴을 보여 주지 않으려는 듯 고개도 다시 창가로 돌려 버렸다.

"제가…… 왜요?"

"다들 그렇게 말하고 있다고. 엘레나는 이제 룬 형이나 메이 형 둘 중에 하나를 택해서 결혼하기 위해 궁을 나갈 거라고."

그렇게 말하는 티토의 목소리가 쓸쓸했다.

"그러면 리바이 공작은 또 혼자가 된다고."

하, 참! 엘레나는 어이가 없어서 도리어 웃음이 나올 것 같았다.

"누가 그래요?"

"그냥, 들었어. 하인들끼리 이야기하는 거."

원래 없는 자리에선 나라님도 욕한다지만. 섭섭한 마음이 드는 것은 어쩔 수 없었다.

"첫 번째로, 제가 없어도 티토 님은 혼자가 아니거든요? 형님 폐하도 계시고 일리야 님도 계시고요! 그런 말, 그분들이 들으면 섭섭해하죠! 그리고 참 큰일 날 사람들이네. 마음대로 남의 혼삿길을. 저는 르니에 님이나 메이나드 경이나 둘 다 관심 없거든요?"
 순간 우울하게 창밖을 바라보고 있던 티토의 작은 머리통이 홱 돌아왔다.
 "관심이 없어? 룬 형도, 메이 형도?"
 "네! 그래요. 솔직히 말하자면 마상창 대회에서 좀 그런 일이 있었던 건 사실이에요. 나도 눈치가 있는데. 하지만 그분들이 언제부터 저한테 그런 마음을 먹었는지는 몰라도, 쌍방은 아니거든요!"
 "왜? 어째서?"
 방금까지 침울해하던 애와 동일 인물이 맞나 싶을 정도로 티토의 얼굴에는 환하게 불이 들어와 있었다.
 "룬 형은, 룬 형은 잘생겼는데? 온 제국 여자들이 목을 매는 남잔데?"
 "바람둥이잖아요."
 "그럼 메이 형은? 잘생기고 착한데? 게다가 장남이라 조금 있으면 백작이 될 거야. 검술도 엄청 잘해!"
 "너무 어려요."
 물론 엘레나가 스무 살인 것을 감안했을 때, 스물네 살인 메이나드는 연상이 분명했지만 말이다.
 "저는 좀 더 무게감 있고 남자다운 사람이 이상형이거든요. 과묵하고 말수는 없어도 적은 말에 진심을 담는 그런 사람요. 무뚝뚝하지만 웃을 때는 또 그림 같은 미소가 멋있는."
 어라. 말을 하다 보니 머릿속에 자연스레 떠오르는 사람이 하나 있었다. 하지만 엘레나는 머리를 붕붕 흔들어 그런 생각을 떨쳐 내고는 말을 이었다.

"아무튼, 그런 것 때문에 우울하셨던 거라면 이만 케이크 먹으러 내려가시죠? 저 어디 안 가니까."

"정말? 정말 궁 안 나갈 거야?"

"네. 저 지금 돈 벌어야 하거든요."

엘레나가 창가에서 티토를 안아 내려 주며 말했다.

"돈은 왜? 급료가 모자라?"

그렇다는 말 한마디면 금화라도 우르르 내줄 기세였다.

"제가 목표가 하나가 생겼어요. 사실 전부터 생각하고 있던 거긴 한데. 이번 마상창 대회를 다녀오고 나서 한층 절실해졌달까요."

"그게 뭔데?"

"내 집 마련이요."

아아, 얼마나 달콤하면서도 또 잔인한 말인가. 이곳에 오기 전에도 그 목표 하나만을 위해 악착같이 달렸던 그녀였다. 그 꿈을 다시 한번 꾸게 될 줄이야.

"사실 저도 생각해 본 적 있거든요. 멋진 귀족이랑 결혼해서 호강하면서 사는 거. 근데 저는 그렇게는 못 살 것 같아요. 불편한 드레스에 예법에……. 그냥 돈 열심히 벌어서 황도 변두리에 집 한 채 마련해서 자유롭게 살 거예요."

"흐음, 그게 그렇게 싫어?"

"네, 불편해요. 그러니까 걱정하지 마세요. 황궁에서 좋은 음식 먹으면서 돈 버는 일자리가 또 어디 있다고 제가 여길 나가요. 티토 님이 쫓아내시거나 다 커서 이제 신학 수업 안 들으실 때까지 딱 붙어 있을 테니까요."

엘레나의 말에 티토의 동그란 뺨에 깊이 보조개가 파였다. 그게 너무 귀여워서 엘레나는 손가락으로 폭 파인 곳을 쿡 찌르고 싶었다.
"그래, 알았어. 아까 딸기 케이크 아직 남았겠지? 누가 먹어 버리진 않았겠지?"
그렇게 말한 티토는 빠른 걸음으로 먼저 식당을 향해 출발했다. 오도도 멀어지는 뒷모습을 보면서 엘레나는 작게 한숨을 쉬었다.
"소문이 그렇게 났단 말이지?"
물론 보는 눈이 많았으니 어느 정도 예상했던 일이지만, 이곳 새벽의 궁까지 빨리 퍼질 줄은 몰랐다.
"일단 조용히 있어야지."
조용히 궁에 박혀서 살다 보면 소문도 금방 사그라들 것이다. 엘레나는 그렇게 마음을 먹고 티토의 뒤를 따라 식당으로 내려갔다.

✦

벌써 3일째였다.
3일이란 시간은 누군가에겐 눈 깜빡할 사이에 지나가는 시간일 수도 있었고, 누군가에겐 꿈이 이뤄지는 시간일 수도 있었다.
그리고 대이페른 제국 기사단의 하인즈 단장에게 3일은 '참으로 지옥을 보았다.'라고 말할 수 있는 끔찍한 시간이기도 했다. 3일간 단장은 집에도 돌아가지 못하고 황궁에서 살았다.
"그만! 폐하! 차라리 말씀을 해 주십시오! 누굽니까!"
황제의 침소인 태양의 궁 연무장에서 아드레이의 검을 받아 내던 하인즈 단장이 결국 악에 받쳐 소리를 질렀다. 오랜 수련으로 건장한 풍채를 자랑하던 모습은 어디로 가고 방금 전장에서 기어 돌아온 것처럼 피폐한 몰골이었다. 이 지경이 되도록 지독하게 그를 몰아세운 것은 물론 제국의 태양, 아드레이였다.

"폐하의 심기를 어지럽힌 극악무도한 자의 이름만 알려 주시면 이 하인즈가 당장 가서 그놈의 목을 베어 오겠습니다! 그러니 이제 제발 그만해 주십시오!"

씩씩거리는 거친 하인즈 단장의 숨소리에도 아드레이는 제자리에 서서 자신의 애검인 가이아를 붕붕 휘두를 뿐이었다.

하인즈 단장은 자신의 말이 너무 심했나 하고 순간 겁을 먹었지만, 그래도 할 말은 해야 했다. 폐하께서 그놈의 이름만, 아니 신상착의만 말해 주신다면 당장이라도 검을 집고 달려 나갈 생각이었다. 고생은 엄청 하겠지만, 그래도 차라리 그게 나았다.

"하인즈 단장."

"예, 폐하."

드디어. 기꺼이 한쪽 무릎을 꿇으며 하인즈 단장은 끝도 없던 지옥의 출구를 본 것 같아 미소를 지었다.

"그대의 부인, 레베카 폰 하인즈 백작 부인을 처음 만났을 때를 기억하나?"

"예?"

저벅저벅 다가오는 발걸음 소리와 함께 단장은 고개를 들었다. 검을 내려 두고 물통 두 개를 들고 다가온 아드레이는 그중 하나를 단장에게 내민 채 서 있었다.

"가, 감사합니다……."

폐하께서 내리시는 물통을 황공하게 받아 든 하인즈 단장은 당황한 와중에도 꿀꺽꿀꺽 물을 넘겼다.

털썩. 단장에게 물통을 건네 준 아드레이도 연무장 흙바닥에 앉아 물을 마셨다.

"그때가 샴 왕국의 국경선을 막 넘었을 때였던가."

아드레이는 벌써 5년이나 지난 과거를 되새기며 말했다.

"제일 먼저 정복했던 산크레스트 왕국과의 국경선에 있는 작은 마을이었지, 아마."

"그, 그것까지 기억하십니까?"

"거센 비로 일어난 산사태 때문에 길이 막혀서 예상치 못하게 거치게 된 곳이었다."

"네, 그랬습니다."

참 힘들었다. 하지만 동시에 지금도 눈을 감으면 떠오를 만큼 기억이 생생한 때이기도 했다. 갓 스물이 된 젊은, 아니 어린 황제 폐하를 모시고 전장을 누비던 때. 하인즈 단장의 생에 가장 혹독했던 날들이자 가장 기뻤던 날이기도 했다.

"그리고 거기서 레베카를 만났습니다."

하인즈 단장은 연이은 강행군에 매우 지쳐 있었다. 엎친 데 덮친 격으로 마을에 입성하던 날에는 해가 높이 솟아 쨍쨍한 햇빛에 살이 익을 만큼 더웠다.

"목이 너무 말라서 뜨거운 태양에 몸 안쪽부터 말라 가는 게 이런 거구나 싶었습니다. 그러다 그 작은 마을에 도착했고 우물가에서 레베카를 처음 보았지요."

검밖에 모를 것 같았던 하인즈 단장의 얼굴에 미소가 스몄다. 나이 차이 많이 나는 어린 부인을 둔 단장은 제국 제일가는 팔불출이기도 했다.

"레베카가 물을 푸던 바가지를 제게 내밀었습니다. 분명히 우물 안에 있는 물을 모두 마실 수 있을 것 같을 만큼 목이 타던 저였는데, 그 순간은 그런 것도 모두 잊어버리고 말았습니다."

아드레이는 과거를 떠올리는 하인즈 단장을 물끄러미 바라보았다. 아드레이도 기억했다. 수십 년간 검만 잡아 온, 아니 그 스스로가 시퍼렇게 날을 세운 검이었던 하인즈 단장이 순식간에 그저 사랑에 빠진 사내가 되었던 때를 말이다.

"그게 다인가?"

"예?"

"부인을 처음 봤을 때의 느낌이 그게 다였냐고 물었다."

"으음…… 하늘이 새로 열리고 머리 위로 빛이 쏟아지는 느낌…… 이었다고 레베카에게 말을 하긴 합니다만."

아마 이 말을 하인즈 단장을 잘 아는 기사단원들이 들었다면 배를 잡고 폭소하며 땅바닥을 뒹굴거나 우욱 하고 입을 틀어막을 거라고 아드레이는 생각했다.

"그냥 무척이나 보고 싶었던 것 같습니다. 이미 마을을 뒤로하고 떠나온 지 며칠이 지났고 귀 옆으로 적군의 화살이 날아가는데도 계속 보고 싶었습니다. 그런 적은 처음이라 당황하기도 했고 말입니다."

"그래서 말을 돌려서 마을로 갔던 건가?"

"예. 내가 도대체 왜 이러는지 딱 한 번만 다시 보면 알 것 같았습니다. 그래서 계속 말을 달렸습니다."

"그랬지. 한밤중에. 그것도 서신 한 장 남겨 놓고 말이지."

아드레이의 말에 하인즈 단장은 슬슬 시선을 피했다.

지금이야 웃으면서 하는 말이지만, 당시 단장의 행동은 탈영으로 간주할 수 있을 만한 사안이었다. 그를 신임한 아드레이가 서신에 적힌 대로 3일이란 시간을 기다려 주지 않았더라면, 군법에 따라 목이 잘려 창에 꽂혀도 할 말이 없었을 것이다.

"그, 그때는 그게 폐하를, 제국을 위한 일이라고 생각했습니다. 명색이 단장이란 자가 전쟁 중에 이렇게 나사가 빠진 듯 굴어서는 안 된다는 그런 판단이었습니다."

"그랬겠지."

들판에 천막을 세워 야영을 하고 아침에 눈을 뜨니 기사단의 단장이 보이지 않았을 때의 그 당혹감이란. 아드레이는 일생에서 단연코 그렇게 당황했던 적이 없었다.

"단장, 질문이 한 가지 더 있다."

"하문하십시오, 폐하."

"부인의 손을 처음 잡았을 때는 어땠지?"

"손 말입니까?"

잠시 생각을 하던 하인즈 단장은 대수롭지 않게 말했다.

"별다른 건 없었습니다."

"별것 없었다?"

"예. 그냥 심장이 터지는 줄 알았습니다. 원래 좋아하는 여인과 손을 잡으면 그런 것 아니겠습니까?"

아드레이는 아무 말도 하지 않았다. 그저 군청색 눈으로 단장을 빤히 바라보다가, 물통의 바닥이 하늘을 보도록 물을 모두 마셨다. 그러고는 자리에서 훌쩍 일어났다.

"어디 가십니까?"

애검 가이아를 검집에 넣어서 한쪽에 세워 둔 후 연습용 철검을 허리에 매는 아드레이를 보고 하인즈 단장이 물었다. 그러자 아드레이는 검지를 들어 해가 완전히 기운 하늘을 가리켰다.

"시간이 다 되었다."

"그, 그럼 전……."

"이만 돌아가도 좋다. 부인에게 내가 미안해한다고 전하라."

마침내 퇴궁 명령이 떨어지자 단장이 함박웃음을 지었다. 그는 여기저기 널려 있던 자신의 짐을 손수 챙기기 시작했다.

"폐하."

엘레나를 만나기 위해서 내원으로 막 향하려던 아드레이를 하인즈 단장이 불렀다.

"뭐지."

"대이페른 제국의 주인이십니다. 당당하게 행동하십시오. 여인들은 모쪼록 자신감 있는 남성에게 끌리는 법입니다."

"쓸데없는 소리."

언뜻 차갑게 들릴 수 있는 말이었지만, 하인즈 단장은 빙그레 웃었다.

"아, 그리고 단장. 부탁 한 가지만 더 하지."

"말씀하십시오, 폐하. 내일 다시 입궁하라는 명만 아니면 됩니다."

"기사단의 수습 기사들이 입는 연습복을 하나 구해서 보내도록."

"수습 기사들의 연습복…… 말씀이십니까?"

"싫은가?"

"시, 싫을 리가요. 바로 시행하겠습니다."

도대체 폐하께서 연습복은 어디다 쓰시려고. 그런 궁금증이 든 하인즈 단장이었지만 얼른 마음을 접고 짐을 챙겼다.

혹 폐하께서 마음이라도 바꿔 하루 더 머무르라고 하시면 큰일이었다. 연통을 보내기는 했지만 3일이나 집에 들어가지 않았으니 단단히 화가 났을 레베카의 마음을 풀어 줄 꽃이라도 한 다발 사려면 바쁘게 움직여야 했다.

단장의 사정이야 어떻든, 언제나와 같이 혼자서 검 한 자루를 들고 내원 연무장으로 향하는 아드레이는 생각에 잠겨 있었다. 몸은 지쳤지만 정신은 어느 때보다도 명료했다.

엘레나가 르니에의 파트너로 마상창 대회에 간다는 말을 들었을 때, 그는 혼란스러웠다. 속에서 치밀어 오르는 것은 스스로도 놀랄 만큼 강한 감정이었다.

그래서 스스로에게 물어봤다. 어째서 나는 화를 내고 있는가. 하지만 답을 찾을 수가 없었다.

독한 술을 마셔 봐도, 온몸이 비명을 지를 정도로 육체를 혹사시켜 봐도 그 답답함은 나아지지 않았다. 그리고 그 느낌은 원래 엘레나를 만나는 날이었던 마상창 대회 때 절정에 도달했다.

하인즈 단장을 몇 시간이나 몰아붙이고 기사단을 상대로 대련을 해도 가슴에 단단히 자리 잡은 매듭은 풀릴 생각을 하지 않았다. 결국 육체적인 한계에 다다라 손아귀에서 검이 흘러나와 땅에 떨어질 때까지 그는 멈추지 못했다.

지금쯤 엘레나가 르니에와 함께 시간을 보내고 있을 거라 생각하니, 하루가 그렇게 길 수가 없었다. 결국 예정에도 없던 국방 회의를 소집해 제국 각지에서 수집된 정보와 동향을 보고받았다. 하지만 그 와중에도 속눈썹 위에 내려앉은 눈송이처럼, 엘레나는 그의 눈앞에서 계속해서 아른거렸다.

마상창 대회에서 일어난 일을 급하게 전해 들은 것도 그때 즈음이었다.

─마상창 대회에서 사고가 있었다고 하옵니다! 윈터힐 백작이 낙마하였고 머리에 큰 부상을 입었지만 경기를 관람하고 있던 한 신관이 신성력을 사용해 치유했다고 합니다.

─신성력으로 치유를 했다고? 그 신관의 이름이 뭐지?

서부 지역을 담당하는 연락관이 물었다.

―그게…… 리바이 공작 전하의 신학 교사인 엘레나라는 중급 신관이라고 합니다.

메이나드가 윈터힐 백작을 훌륭히 꺾고 승리했다는 소식을 기다리던 아드레이였으나 그 소식은 들리지도 않았다. 다른 사람의 입에서 전해 듣는 엘레나의 이름은 천둥소리보다도 컸다.

―그래서 윈터힐 백작은 무사하다고 하더냐?

회의에 참석한 신료 중 하나가 물었다.

―예. 머리에 부상이 심각했고 출혈도 컸지만, 신관의 치유력이 상당하여 안정적인 상태라고 합니다.

―허, 참! 겨우 중급 신관이 그 정도의 신성력을 가졌다라. 참으로 놀랍지 않습니까, 폐하.

좌중은 신성력으로 그런 중한 부상을 치유했다는 것에 놀랐지만, 아드레이의 귀에 그런 것은 들어오지 않았다.

―그 신관은, 신관은 어찌 되었지?

윈터힐 백작이야 어찌 되어도 좋았다. 제국의 북부를 책임지는 백작의 안위를 걱정하는 것은 제국의 황제로서 당연한 일이었지만, 그 순간 아드레이는 황제가 아니었다.

―아, 그것이.

신관의 신성력은 공짜가 아니다. 주신 라한의 강력한 힘을 인간의 몸으로 구현하는 것은 결코 쉬운 일이 아니었다.

엘레나도 분명 그리 말했다. 신성력을 사용하고 나면 힘이 들고 어지럽다고.

―신관은 정신을 잃고 쓰러져 현재 새벽의 궁으로 이동 중이라고 합니다. 하지만 정확한 상태는 아직…….

쾅. 아드레이가 벌떡 자리에서 일어나며 그가 앉아 있던 의자가 큰 소리를 내며 바닥으로 쓰러졌다.

―폐하?

아드레이는 자기도 모르게 회의실 문을 열었다. 당장 마상창 대회장으로 달려가 엘레나의 상태를 두 눈으로 확인하고 싶었다. 휴고에게 교황의 신성력이 담긴 포션을 있는 대로 전부 챙기라고 할 생각이었다.

―어디 가십니까, 폐하.

하지만 그럴 수 없었다. 마상창 대회는 온전한 귀족들의 행사, 무작정 말을 몰아서 쳐들어갈 수는 없으니. 아드레이 그는 황제였다.

―잠시 휴회하도록 하지. 금방 돌아오겠다.

그 길로 아드레이는 교황에게 연통을 넣었다. 리바이 공작의 교사가 신성력을 사용하고 쓰러졌다고 하니 가서 휘하의 신관을 보살펴주는 것이 어떻겠냐는, 권유의 탈을 쓴 황제의 간곡한 부탁이었다.

그때를 떠올리니 아드레이는 며칠 전으로 돌아간 것처럼 다시 속이 탔다. 서둘러 교황에게 연통을 보내고 조용한 집무실에서 아드레이는 깨달았다.

처음에는 단순히 티토의 소식을 듣고 싶고, 또 티토에 대해 알고 싶어 시작했던 만남이 쌓일수록 티토보다는 그녀에 대해 알고 싶은 것들이 쌓여 갔던 이유를.

치유를 위해 그녀가 자신의 손을 잡으면 눈을 꼭 감은 그녀의 얼굴을 빤히 바라보지 않기 위해 먼 하늘을 봐야 했던, 자꾸만 노을을 기다리는 자신의 심장이 그토록 잘게 떨렸던 이유를.

또한 그녀를 만나는 날이 아닌 것을 잘 알면서도 자꾸만 발이 내원의 연무장을 찾았던 이유를, 그는 마침내 깨달았다.

오랫동안 가만히 고개 숙인 눈앞에 까만 개미가 땅바닥을 기어가는 게 보인 것과 동시에 아드레이는 회상을 끝내고 현재로 돌아왔다. 폭풍이 휘몰아치는 듯한 그의 마음속과는 다르게, 내원의 연무장은 고요했다.

황후의 공간인 내원에는 아직 주인이 없었다. 궁내부에서 주기적으로 관리를 하기는 하지만, 인적이 드문 이곳은 화려한 장식마저 쓸쓸해 보였다.

이곳에는 아무런 일도 없었다. 비가 오면 비가 오는 대로, 또 햇빛이 좋으면 좋은 대로 아무 일도 일어나지 않았다. 주인이 없는 곳엔 무거운 정적이 대신 자리 잡았다.

차라리 바람 소리가 반가웠다. 하지만 그게 전부였다. 어제가 된 오늘도, 매일이. 내일도 마찬가지일 거라고 생각했다.

자박자박.

고개를 숙인 채 언제나처럼 계단에 앉아 있는 아드레이의 귀에 가벼운 발걸음 소리가 들리기 시작했다.

두근두근, 두근.

동시에 그것에 맞춰 그의 심장도 기지개를 켰다.

"어? 레이! 오늘은 일찍 왔네요?"

그녀의 경쾌한 목소리가 들려왔다. 그리운 줄도 몰랐던 것을 나는 그리고 있었구나. 아드레이가 천천히 고개를 들었다.

"맨날 내가 기다렸는데, 오늘은 레이가 기다리고 있었구나!"

긴 은발이 바람에 살랑였다. 무언가를 한 짐 손에 든 채 웃으며 걸어오는 모습이 시야에 가득 들었다.

아드레이는 마침내 기쁘게 미소 지었다.

"레이가 기다리는 줄 알았으면 좀 더 일찍 오는 건데."

엘레나가 아드레이의 곁에 앉으며 말했다.

"앞으론 만나는 시간을 조금 당겨도 좋을 것 같다."

"그럴까요? 하긴 노을 지는 시간은 너무 늦어요. 새벽의 궁으로 돌아갈 때 조금 무섭기도 하고."

이곳 내원에서 새벽의 궁으로 돌아가는 길은 나무가 많이 우거진 숲길이었다. 아드레이를 만나고 그 길을 혼자 걸을 때면 어쩐지 으스스하고 자꾸만 뒤를 돌아보게 되는 엘레나였다.

"그런데 뭘 가져온 거지?"

"아, 이거요?"

엘레나는 들고 온 바구니의 위를 덮고 있던 천을 젖혔다. 아래엔 샌드위치와 병에 담긴 주스가 들어 있었다.

"내가 왜 진작 이런 생각을 못했나 몰라요. 레이를 만나고 가면 새벽의 궁 저녁 시간이 끝나 있거든요. 그래서 저녁을 거를 때도 많았는데. 주방에 부탁하니 흔쾌히 싸 주셨어요."

"저녁을 거를 때가 많았나?"

아드레이는 그것까지는 미처 생각하지 못했다. 황제인 그야 말 한마디면 한새벽에도 풀코스 정찬을 먹을 수 있었다. 아니, 부탁을 할 필요도 없었다. 유능한 시종장인 휴고는 아드레이가 식사를 거르면 언제나 요기할 수 있는 음식을 준비해 놓는 사람이었고, 밤늦게 업무를 볼 때도 때가 되면 당연한 일처럼 야참이 들어왔으니 말이다.

"가끔요. 다들 쉬러 방으로 돌아갔는데 다시 음식을 부탁하기도 미안하고요. 그냥 빵이랑 우유로 때울 때가 많았죠. 아, 맛있겠다."

엘레나는 바구니에서 접시와 주스 병 두 개를 꺼내어 두 사람이 앉아 있는 계단 바닥에 늘어놓았다.

"어서 레이도 먹어요!"

"내 것도 있나?"

"에이, 그럼 내가 나 혼자 먹을 것만 싸 왔을까 봐요? 당연히 레이 것도 있죠!"

엘레나가 몇 개의 샌드위치 중 하나를 집어 아드레이에게 내밀었다.

"원래 사람은 같이 밥 먹으면서 친해지는 거잖아요. 자요."

"고맙다."

아드레이는 보일 듯 말 듯 미소를 지으며 엘레나에게서 샌드위치를 받아 들었다. 아무 특색도 없는 흔하디흔한 햄 샌드위치였다. 조금 다른 게 있다면 중간에 얇게 저민 사과가 들어 있다는 것 정도.

엘레나는 이미 한입 크게 베어 물고 오물오물 맛있게도 먹었다. 맛있다면서 발을 동동 구르는 모습에 아드레이는 또 웃음이 나왔다.

"그런데 이거 아무리 봐도 양이 너무 적은데. 평소에 이 정도밖에 먹지 않는 건가?"

"그래요? 오늘은 레이 때문에 훨씬 넉넉하게 싸 온 건데."

아드레이가 샌드위치 몇 개를 보며 심각하게 인상을 썼다. 그의 손바닥 안에 다 들어오는 샌드위치는 터무니없이 작을 뿐만 아니라 내용물도 부실했다. 겨우 빵 조각 몇 개 되지 않는 이것이 한 끼 식사라니. 아드레이의 눈이 엘레나에게 향했다.

"이렇게 조금밖에 먹지 않으니 몸이 그것밖에 자라지 않은 것 아닌가. 많이 먹어라. 내 것도 먹어."

"이제 와서 더 먹어 봤자 살만 찌고 더 안 크거든요."

안 그래도 키 작은 게 콤플렉스인데 이 남자가 정말. 엘레나는 입술을 삐죽 내밀었다.

"잘 먹으면 클 수 있어."

"저기 레이, 나 스무 살이거든요? 여자는 스무 살이면 이미 성장이 끝나는 나이예요. 나는 앞으로 평생 이 키라고요."

"이게…… 다 자란 거라고?"

꽤 충격이었다. 엘레나는 너무나 작았다. 키도 큰 편이 아니었지만 마른 몸 때문에 더욱 작아 보였다.

"그럼 곤란한데…….."

"응? 뭐가요?"

"아니다, 아무것도."

아드레이 그가 힘을 조금만 줘도 툭 부러질 것만 같이 가늘고 약하게 생겼다. 유독 피부가 하얀 것도 그런 분위기에 한몫 톡톡히 했다. 갑자기 심각해진 아드레이의 모습에 엘레나는 흥 하고 콧방귀를 뀌더니 물었다.

"그럼 레이는 한 끼에 얼마나 먹는데요?"

"내가 많이 먹는 편이라는 이야기는 들었지만, 일반적인 성인 남성만큼 먹는다."

"일반적이라니. 이 샌드위치로 치면요?"

엘레나의 질문에 아드레이는 조용히 손가락 두 개를 들어 보였다.

"에이, 겨우 두 개? 나도 배고프면 세 개는 먹을 수 있……."

"스무 개 정도."

"그래요, 스무…… 스무 개요?!"

순식간에 엘레나의 눈빛이 마치 괴물을 보는 듯한 눈빛으로 변했다.

"그게 어떻게 일반적인 성인 남성이 먹는 만큼이에요!"

샌드위치 스무 개라니. 사람이 아니야. 눈앞에 샌드위치 스무 개를 그려 보던 엘레나는 고개를 저었다. 하지만 그보다 더 경이로운 것은 그럼에도 불구하고 완벽한 그의 몸매였다.

"사기야, 사기! 정말 그렇게 먹는데 몸이 이렇게 좋다고요?"

엘레나가 돌처럼 단단한 아드레이의 팔뚝을 주무르며 말했다.

"이, 이러면……."

급작스런 접촉에 당황한 아드레이가 몸을 뒤로 뺐지만 이미 그의 몸은 엘레나의 손길에 점령당한 뒤였다.

"대박! 이 몸 단단한 것 좀 봐. 군살이라고는 들어 본 적도 없을 몸이네 이거. 우와, 레이 몸이 좋을 것 같다고 생각은 했지만 직접 만져 보니까 확실히 다르네요!"

그녀는 거침이 없었다. 단단한 팔뚝에서 시작한 손이 어깨를 지나서 그의 가슴팍까지 쿡쿡 찔러 보는 지경에 이르렀다.

"여기 돌 들어 있는 거 아니에요? 어쩜 사람 몸이 이렇지? 몸 좋은 남자들 보기만 많이 봤지, 이렇게 만져 보는 건 처음이거든요. 진짜 신기하네."

검을 다루는 사람은 다 이런가? 수습 기사라더니. 그럼 정식 기사들은 얼마나 몸이 좋다는 거야. 엘레나는 큰 눈을 동그랗게 뜨고 아드레이를 신기하게 올려다봤다.

"어? 레이 얼굴 빨개졌다."

엘레나가 그렇게 말하자 아드레이는 급히 얼굴을 감췄다. 그녀의 손이 닿은 곳마다 화상이라도 입은 것처럼 뜨겁고 심장이 두근거렸다.

"레이한테 이렇게 귀여운 매력이 있었다니. 미안해요, 레이. 내가 잠시 이성을 잃었어요."

엘레나가 웃으며 장난스럽게 사과하니 아드레이는 도리어 버럭 화가 났다.

"어째서 그렇게 거침이 없는 거지? 평소에 다른 남자들도 이렇게 만지고 다니나?"

"에이, 그럴 리가요. 방금 말했잖아요. 보기만 많이 봤지 실제로 만져 보는 건 처음이라고."

하지만 그런 설명은 하나도 도움이 되지 않았다. 아드레이는 엘레나가 몸이 좋은 사내들을 많이 봤다는 것만으로도 가슴속에서 빠직빠직 질투의 불꽃이 튀었다.

"그런! 도대체가 그대는!"

"말이 나와서 물어보는 건데, 나중에 기사단에 놀러 가도 돼요?"

티 없이 순수하고 맑은 얼굴로 물어보는 엘레나였지만, 아드레이는 의심이 가득한 눈으로 엘레나를 견제했다.

"이유가 뭐지?"

"수습 기사인 레이가 이렇게 몸이 좋으면, 정식 기사들은 도대체 얼마나 좋다는 거예요. 나 딱 한 번만 가서 구경······."

"안 돼. 오지 마라."

"칫, 치사해."

좋은 기회였는데.

기사단이라니. 중세나 판타지를 배경으로 한 로맨스 소설의 꽃이 아닌가. 무척이나 호기심이 일었지만 그런 곳에 몰래 숨어들었다가 잘못되면 어디서 검이 날아올지 모르기 때문에 그의 핑계를 대고 한번 구경이나 해 보려던 것이었는데.

비록 무참히 거절당했지만 절대로 포기하지 않을 거라고 그녀는 생각했다.

"그런데요, 레이."

아쉽게 입맛을 다시며 다시 식사를 시작한 엘레나는 금방 샌드위치 하나를 해치웠다.

"뭔가."

아드레이가 엘레나 쪽으로 샌드위치가 담긴 접시를 슬쩍 밀어 주며 대답했다.

"어디 아파요? 왠지 전에 만났을 때보다 얼굴이 좀 수척해진 것 같은데."

"그럴지도."

엘레나의 말에 아드레이가 자신의 뺨을 손으로 쓸어 보며 고개를 끄덕였다. 그날 이후로 답답한 마음을 풀어낸답시고 쉬지 않고 검만 휘둘러 댔다. 아무리 아드레이라도 인간인 이상 몸이 상할 수밖에 없었다.

"잠깐만. 조금이 아닌 것 같은네?"

엘레나가 두 사람 사이에 놓여 있던 바구니와 음식을 옆으로 밀어 내고 훌쩍 그에게로 가까이 다가서서 앉았다.

황금색이 돌아 호박색에 가까워진 그녀의 눈이 가까이서 자신을 바라보자 아드레이의 심장이 다시 요동쳤다. 얼굴로 열이 몰리는 것이 적나라하게 느껴졌다.

하지만 이번에는 조금 전과는 달랐다. 그는 그녀를 피하지 않았다. 엘레나가 걱정스런 눈길로 자신의 얼굴을 살피는 동안, 그도 그녀를 바라봤다.

"얼굴에 잔상처도 많이 난 것 같……."

두 사람의 눈이 마주쳤다. 아드레이는 순간 그녀의 눈 속에 빨려 들어갈 것 같다는 생각을 했다. 긴 속눈썹 아래에 감춰진 보석이 그녀가 눈을 깜박일 때마다 감춰졌다 드러나는 것을 반복했고, 동시에 그의 마음도 들썩였다.

쿵쾅, 쿵쾅.

거세게 뛰는 심장이 단단한 가슴뼈를 두드렸지만, 그는 자각하지 못한 채 엘레나의 모습에 푹 빠져 있었다. 언뜻 보기에 무표정한 것 같았지만 그렇지 않았다. 부드럽게 풀린 그의 입매는 낮은 산등성이 같은 곡선을 그렸고, 진하고 날카로운 눈매에는 봄이 와 있었다.

"흠, 으흠!"

홀린 듯 아드레이의 그림 같은 미소를 바라보던 엘레나는 황급히 정신을 차리고 몸을 뒤로 뺐다. 주스를 괜히 한 모금 넘긴 후에도 얼굴이 홧홧했다.

"아, 아무튼! 뭘 했길래 그렇게 얼굴이 상해요?"

"6일 동안 손에서 검을 놓은 시간이 얼마 되지 않는다."

"세상에, 6일이요? 무슨 훈련을 그렇게 인정사정도 없이 시켜요, 기사단은? 어디 다친 데 있어요?"

엘레나가 멀어지자 동시에 사라진 그녀의 체온과 은은한 체향을 아쉬워하던 그가 고개를 저었다.

"그럼 다행이고요. 치유해 줄게요."

"벌써 신성력을 써도 괜찮은가?"

아드레이가 걱정스레 물었다. 신성력을 고갈해서 쓰러졌던 엘레나였다. 마음 같아선 가지고 있던 포션을 모두 보내고 싶었지만, 사람들의 시선 때문에 고작 하나밖에 보낼 수 없었다.

"아, 레이도 마상창 대회에서의 일을 들었나 보네요."

"대충은……. 그냥 전해 들은 것뿐이다."

아드레이가 얼른 얼버무렸지만 다행히 엘레나는 아무런 이상한 낌새도 눈치채지 못한 것 같았다.

"하긴 그렇게 소문이 파다하게 났다는데. 괜찮아요. 완전히는 아니어도 대부분 돌아온 것 같아요."

"다행이군."

"성하께서도 직접 오셔서 치유를 해 주시기도 했고. 아, 맞다! 저 폐하께서 내려 주신 포션도 먹었어요! 그런 것도 다 마셔 보고. 출세

한 거 있죠?"

너무나 기뻐하는 엘레나의 모습에 아드레이는 당장 태양의 궁으로 달려가 가지고 있는 포션을 모두 가져오고 싶은 강한 충동이 들었다.

한 병 가지고 저렇게 좋아하는데, 아예 상자째로 가져다주면 더 좋아하지 않겠는가. 그녀가 기쁘게 웃는 모습을 볼 수 있다면 포션 따위 뭐가 아까울 것인가.

하지만 아드레이는 긴 날숨으로 마음을 다 잡았다. 그녀는 자신을 황제가 아닌 수습 기사로 알고 있다. 그 사실을 속으로 조용히 되뇌면서.

그녀에게 모든 것을 털어놓을까 하는 생각이 강하게 들었지만 그것은 충동에 그쳤다. 아직은 그녀 앞에 이페른 제국의 황제이기보단 그저 아드레이라는 수습 기사이고 싶었다. 자신이 바크란 1세라는 것을 알게 되는 순간, 활기를 담뿍 담은 그녀의 눈동자를 더 이상 볼 수 없게 될지도 모른다는 막연한 두려움이 일었다.

그래서 아드레이는 포션 대신 자신의 손을 내밀었다.

"이 손 뭐예요?"

"치유를 할 것 아닌가? 그럼 손을 잡아야지."

"그렇긴 한데……."

매번 자신이 훔치듯 그의 손을 잡았던 상황에 익숙해져 있던 엘레나는 고개를 갸웃했다.

"오늘 뭔가 이상하네요, 레이."

"내가?"

"네. 평소랑은 달라요. 그것도 많이."

자신을 향해 넓게 펼쳐진 아드레이의 손을 보며 엘레나는 어깨를 한번 으쓱했다.

곧이어 엘레나의 손에서 시작된 밝은 빛이 그의 몸속으로 퍼져 나갔다. 몇 초 되지 않는 시간이었다. 그 잠시 동안 아드레이는 눈을 감은 엘레나의 얼굴을 놓치지 않고 바라봤다.

"후아, 이것도 힘드네. 아직 회복이 덜 됐나?"

심하지는 않지만 갑자기 자리에서 일어난 것처럼 가벼운 현기증을 느끼며 엘레나가 눈을 떴다. 아드레이는 그 모습을 걱정스레 바라봤다.

"……레이, 오늘 진짜 이상해요. 어디 아파요?"

정말 이상했다. 오늘따라 유독 기분이 좋아 보인다고는 생각했는데, 이제는 도대체 무슨 좋은 일이 있는 건가 궁금해질 지경이었다.

눈에 띄게 웃는 얼굴은 아니었지만 그의 분위기는 마지막으로 보았을 때와 매우 달랐다. 그때는 오히려 그녀한테 화가 난 건가 싶을 정도로 매몰찼다면, 지금은 그 특유의 날카로운 느낌이 사라지고 훈풍이 불고 있는 듯했다.

"누가 보면 연애라도 하는 줄 알겠네. 그래도 지금 모습이 훨씬 보기 좋아요. 음, 미모도 한층 더 돋보이는 것 같고."

"여, 연애라니."

날카로운 엘레나의 말에 아드레이는 드물게 말까지 더듬었다.

"이 반응은 뭐지? 설마 정말로 연애해요?!"

엘레나가 양손으로 입을 가리며 물었다.

"그런 것 아니다."

"아니긴! 귓불 빨개지는 것 봐. 레이 되게 표정 관리 못하는 사람인 거 알아요? 다 티 나요!"

아드레이는 얼른 자신의 귀를 가리며 불만스럽게 그녀를 바라봤다.

단언컨대 이 제국의 하늘 아래에서 그에게 '표정 관리 못한다.'고 말할 수 있는 사람은 엘레나 그녀 하나뿐일 것이다. 그 어떤 상황에서도 흔들림 없이 굳건한 황제의 기품을 잃지 않았던 그가, 그녀 앞에서는 정말 아무것도 아닌, 약점 많은 남자가 되어 버리는 것이다.

"자아, 말해 봐요. 누구예요?"

"연애……는 아니다. 아직."

"말도 안 돼. 그럼 짝사랑?"

엘레나는 눈앞의 목석같은 남자가 누군가를 좋아하는 것이 잘 상상이 가지 않았다. 물론 레이는 잘생겼다. 키도 크고 몸도 좋다. 그리고 특유의 분위기가 그 모든 것을 더욱 돋보이게 하는 사람이었다. 그러니 어떤 여자와 함께 서 있더라도 그는 모자람이 없을 것이다.

"아아, 부럽다. 좋겠다."

나도 연애하고 싶다고. 엘레나는 한숨을 푹 쉬면서 무릎을 안았다.

"좋아하는 사람 생기니까 좋죠? 막 세상이 갑자기 아름답게 보이고, 밥 안 먹어도 배부르고."

아드레이는 한번 자신의 배를 쓱 쓸어 보고는 고개를 끄덕였다.

"부러워요, 레이."

차라리 레이가 걸어가다가 금화 열 개를 주웠다는 게 덜 부러울 것 같았다.

툭 튀어나온 오리 입을 하고 침울해진 엘레나를 보며 아드레이는 자꾸만 바보처럼 풀어지려는 입매에 단단히 힘을 주었다. 큰일이었다. 그녀의 행동 하나하나가 마치 가슴팍을 파고드는 듯하다니.

"그대도 그럼 좋아하는 사람을 만들어 보면 되지 않나. 혹시 아나, 그대를 좋아하는 사람이 주변에 있을지."

그렇게 말하는 그의 말투에는 은근한 기대감이 서려 있었다.

"날 좋아하는 사람이요?"

엘레나가 큰 눈을 굴리며 생각했다.

"일리야 님은 새벽의 궁 기사들 중에 저를 눈여겨보고 있는 사람이 몇 있다고 하셨지만."

"기사들?"

"네. 제 생각에는 그런 경이나 파던 경인 것 같아요. 요즘 부쩍 말도 많이 걸고 저만 보면 웃거든요."

"그런 것 다 믿지 마라. 그렇게 가벼운 행동은 인성을 드러내는 법이다."

"그런가? 에휴. 하긴, 저 지금 연애 같은 거 못해요. 조용히 살아야 되거든요."

엘레나가 후식으로 가져온 과일 한 조각을 베어 물며 힘없이 말했다.

"연애를 못한다고? 왜지?"

그에게는 청천벽력 같은 소리였다. 엘레나가 연애를 하지 못하면 곤란했다.

"레이도 마상창 대회에서 있었던 일 소문으로 들었으니 알 것 아니에요. 사람들 다 보는 앞에서 두 남자랑 그런 식으로 일이 있었는데, 내가 다른 사람이랑 대뜸 연애하면 다들 뭐라고 수군거리겠어요."

적어도 이 소문이 잦아들기까진 엘레나의 연애 사업은 전면 중지된 거나 마찬가지였다. 그렇다고 딱히 좋아하는 사람이 있는 것도 아니고 잘되어 가던 사람이 있는 것도 아니었으니 잃는 건 없었지만 그래도 손해를 보는 것 같은 이상한 기분이었다.

"아, 두 남자라면 그들을 말하는 건가."

조금 전까지 엘레나와 도란도란 이야기를 나누던 아드레이의 목소리가 매우 낮아졌다.

"베르너 후작님이랑 어네스 경이요. 아, 정말 사람 곤란하게."
"메이나드와 르니에가 뭘 했지?"
이미 존칭 따위 모두 날려 버린 아드레이었다. 하지만 나름의 고민에 빠진 엘레나는 눈치채지 못했다.
"뭐야. 그 소문은 못 들은 거였어요? 에이, 난 또."
"말해 봐라. 그 둘이 뭘 했는지."
"정말 몰라서 물어요?"
엘레나의 질문에 아드레이는 대답이 없있다. 묘하게 가라앉은 눈빛이 정말로 궁금해서 묻는 것 같지는 않은데. 엘레나는 고개를 갸웃하며 말했다.
"그게…… 내가 베르너 후작님의 파트너로 갔던 거잖아요. 사실 나는 내가 다리 역할을 하러 가는 줄 알았어요. 공작 전하의 다른 교사인 프란시스 영애랑 베르너 후작님을 이어 주는 징검다리요. 같이 대회에 가 달라는 말이 그런 의미인 줄 알았는데, 아닌가 봐요."
바보같이. 르니에가 로잘린느를 혼자 두고 자신만 챙겨서 경기장으로 들어갔을 때 눈치를 챘었어야 했다. 그때를 떠올린 엘레나는 자기 머리를 한 대 꽁 쥐어박았다.
"그가 고백을 한 모양이군."
"고백을 한 건 아니고요. 약간 애매한 건데. 메이나드 경이 윈터힐 백작과의 경기에서 이겼잖아요. 그래서 받은 화환을 나한테 건네더라고요. 그 많은 사람들 앞에서."
"그리고?"
이미 몇 차례 보고를 받아 알고 있던 사실이었지만, 엘레나의 입을 통해 들으니 욱하고 치밀어 올랐다. 아드레이는 주먹을 꽉 쥐었다.
르니에가 엘레나에게 관심이 있는 건 미리 알고 있었지만 그저 흥미에 가까운 것이라고 치부했다. 명백히 자신의 실책이었다.

게다가 메이나드까지 엘레나를 마음에 두고 있었다니. 매년 자신의 모친에게 화환을 바치던 메이나드였다. 아드레이가 아는 메이나드는 결코 가벼운 마음으로 그런 행동을 할 사내가 아니었다.

"일단 보는 사람들이 많으니까 그 화환을 받으려고 했는데."

아드레이는 자기도 모르게 주먹을 더욱 꽉 쥐었다. 엘레나를 향해 화환을 내미는 메이나드의 모습이 눈앞에 그려지는 것 같았다.

"베르너 후작님이 내 팔을 잡잖아요. 받지 말라고."

엘레나가 메이나드의 화환을 받지 않았다는 것에 안도해야 하는지, 아니면 르니에가 자신의 마음을 엘레나에게 보인 것에 한숨을 쉬어야 하는지.

그와 동시에 조급증이 일었다. 메이나드와 르니에가 그렇게 적극적으로 마음을 표현하는데, 자신이 이렇게 가만히 있어서는 안 될 것 같았다.

그런데 그때 엘레나가 한마디를 덧붙였다.

"난 솔직히 첫눈에 반하고 그런 건 안 믿거든요. 서로에 대해서 아무것도 모르는데 어떻게 좋아하는 마음이 생겨요."

첫눈에 반한다는 말은 그냥 상대방의 외모가 자신의 이상형과 가까워 순간적인 호감이 생기는 것뿐인 게 아닐까. 그렇게 생긴 일시적인 감정이 정말로 좋아하는 마음이라고 할 수 있을까.

"서로 잘 아는 사이에서 생기는 감정이 진짜가 아닐까요. 하긴 뭐, 나도 제대로 연애를 해 본 적이 없는 사람이라 잘 모르지만요."

먹고살기 바빠서, 홀로서기를 하느라 연애는 해외여행과 같이 언젠가 꼭 해 보고 싶은 일, 즉 일종의 목표 같은 것이었다.

"아무튼 그래서 당분간은 연애 못해요. 했다가 무슨 소리를 들으려고. 그리고 베르너 후작님과 어네스 경에 대해서도 예의가 아니잖아요."

아드레이는 생각에 잠겼다. 그 뒤로 다른 이야기로 주제를 돌린 엘레나가 한참을 떠들었지만 그의 귀에는 잘 들어오지 않았다. 가져온 샌드위치가 모두 동이 날 때까지 조잘거리던 엘레나는 마지막으로 주스를 모두 비우고 자리에서 일어났다.

"평소보다 일찍 만났는데도 결국 이 시간이네요."

어느새 어둑어둑해진 하늘을 가리키며 그녀가 말했다. 그러자 아드레이도 자리에서 일어났다.

"데려다주지."

"엥? 아, 괜찮아요. 완전히 어두워진 것도 아니고."

하지만 아드레이는 먼저 새벽의 궁 쪽으로 출발했다. 조금 미안하긴 했지만 확실히 이 시간에 숲길을 혼자 걷는 것은 조금 무서웠던 엘레나는 얼른 그 뒤를 쫓았다.

하늘을 반으로 가른 것처럼 한쪽 끝에선 어둠이 하늘을 검게 물들였고, 다른 한쪽은 태양이 마지막으로 내뿜는 색이 불길처럼 번졌다.

혼자 걸을 땐 그렇게 길고 무섭게만 느껴졌던 길이 유독 짧게만 느껴졌다. 엘레나는 자신의 보폭에 맞춰서 천천히 걸어 주는 아드레이를 올려다보며 말했다.

"레이."

"음?"

생각에 잠겨 있던 아드레이는 자신을 부르는 그녀의 목소리에 상념에서 깨어났다.

"내가 응원할게요. 그 여자분이랑 잘되라고. 레이는 정말 좋은 사람 같거든요."

순간 아드레이의 얼굴에 뭐라고 한마디로 형용할 수 없는 표정이 떠올랐다. 그가 마음에 품은 여자가 자기란 것도 모르면서. 그를 좋은 사람이라고 말해 주는 엘레나를 어찌해야 좋을까.
아드레이는 손을 뻗어 그녀의 머리 위에 가볍게 얹었다.
"고맙다."
"아, 진짜. 내가 애예요?"
그가 자신의 머리를 쓰다듬은 것에 버럭 소리를 지른 엘레나였지만 이상하게 기분은 그리 나쁘지 않았다.
"머리 다 헝클어졌잖아요."
괜히 그렇게 핑계를 대며 그의 손이 닿았던 머리를 쓸어 넘겼다. 그렇게 두 사람은 어느새 새벽의 궁 지척에 도착했다. 숲길이 끝나는 곳에서 아드레이는 멈췄다. 엘레나도 웃으며 아드레이에게 손을 흔들었다.
"고마워요, 레이. 그럼 다음에 봐요."
뒷짐을 지고 서 있던 아드레이는 내내 마음에 담고 있던 것을 꺼냈다.
"엘레나."
"네?"
"나와 친구 하지 않겠나."
"친구요?"
그가 고개를 끄덕이자 노을에 길어진 그의 그림자도 함께 고개를 끄덕였다.
"으음…… 친구…….”
엘레나의 고민은 길지 않았다. 안 될 것 없잖아?
"그래요! 해요, 친구."

그가 만족스럽게 웃었다. 그녀는 잘 아는 사이에서 시작하는 감정을 더 신뢰하는 듯했다. 아드레이는 지금 당장이라도 자신의 마음을 보여 주고 싶은 생각이 굴뚝같았지만, 한발 물러섰다. 친구부터 시작하기로. 자신의 마음이 저 앞에 있다고 해서 그녀를 재촉하고 닦달할 순 없었다.

"그러면요, 친구."

좋은 생각이 엘레나의 머리에 떠올랐다. 장난스런 개구쟁이 같은 미소가 그녀의 얼굴에 가득했다.

"나랑 좋은데 안 갈래요?"

12장

12장

 참 어감이 묘한 말이었다. '좋은 데'라니.
 "나요, 한 번도 제대로 밖에 나가서 놀아 본 적이 없거든요."
 이 세계에 온 이후로 줄곧 신전에 갇혀서 노동만 하다가 입궁한 엘레나였다. 지난번 메이나드가 제과점에 데려다주었을 때, 마차 밖으로 지나가는 풍경을 본 적은 있었지만 그걸로 만족이 되지는 않았다. 이곳의 사람들과 섞여서, 이곳의 땅을 밟고 걸어 보고 싶었다.
 "듣자 하니까 이번에 큰 축제가 있다더라고요?"
 "타이달 섬 축제를 말하는 건가?"
 "네, 거기요! 얼마나 신기해요. 다른 때는 물이 차올라서 작은 섬이지만 봄에는 호수 물이 빠져서 큰 섬이 된다는 게!"
 황도에서 남쪽으로 쭉 내려가다 보면 커다란 페르니티 호수가 나온다. 너무나 커서 옛 사람들은 그 호수가 바다인 줄 알았다는 구설이 전승될 정도로 거대한 호수였다.
 그 한가운데에 떠 있는 섬이 바로 타이달 섬이었다. 타이달 섬은

봄과 겨울에 그 크기가 달랐다. 겨울에는 고작 수십의 주민들이 사는 작은 섬에 불과했지만, 봄에는 호수의 수면이 낮아져 섬의 가장자리에 꽃으로 가득 찬 너른 들판이 생겨난다. 그리고 봄꽃이 가장 만발한 시기에 일주일 동안 열리는 것이 바로 그 유명한 타이달 섬 축제였다.

"거길 가고 싶다는 건가?"

"너무 가고 싶은데 그렇다고 그런 곳에 혼자 가긴 좀 쓸쓸하잖아요. 밖에 다녀 본 적도 없고. 그래서 포기하고 있었거든요. 근데 레이가 같이 가 준다면 되게 든든할 것 같은데. 모레 시간 돼요?"

내가 있으면 든든하다. 아드레이는 이미 엘레나의 그 말 한마디에도 기뻤다. 그녀와 함께 있을 수 있다는 것과 그녀를 보기 위해 3일 후까지 기다리지 않아도 되는 것도 그랬다. 겨우 3일에 한 번 노을이 지는 시간은, 너무나 짧았다.

"그러지. 친구 사이에 그 정도는 해 줄 수 있다."

"우와! 고마워요, 레이! 그럼 모레 아침에 황궁 정문 앞에서 볼까요?"

듣기로 밤늦게까지 축제가 계속되고 야시장도 열린다고 했으니, 아침에 출발하면 실컷 놀 수 있을 거란 계산이었다. 아드레이가 고개를 끄덕이자 엘레나는 뛸 듯이 기뻐했다.

"내가 가서 맛있는 거 많이 사 줄게요! 그럼 그때 봐요, 레이!"

엘레나는 손을 크게 흔들고 멀어졌다. 그녀가 무사히 궁 안으로 들어가는 것까지 그 자리에 선 채로 확인한 아드레이는 그제야 걸음을 옮겼다.

이미 해가 완전히 넘어가 어두워진 숲길이었지만 그의 발걸음은 거침이 없었다. 타박타박하는 소리가 묘하게 가볍고 빨랐다. 이대로 몇 시간을 걸어도 발이 아플 것 같지 않았다.

그렇게 태양의 궁으로 돌아가는 내내 그의 머릿속에는 한 가지 생각뿐이었다.

빨리 내일이 지나고 모레가 왔으면.

"흠, 으흐흐흠."

엘레나에게서 콧노래가 흘러나왔다. 아침에 날이 흐리고 비가 조금 오더니 점심때가 넘어가면서부터는 하늘이 개고 해가 화창하게 떴다. 시원하게 한바탕 쏟아졌으니 아마 내일까지는 맑은 하늘이 계속되지 않을까.

하지만 왕창 내리는 것만 아니라면 비가 와도 재밌을 것 같았다. 비 오는 날의 여행은 여러모로 추억이 많이 남는 법이니까.

엘레나가 그렇게 생각하며 꽃병의 꽃을 톡톡 두드렸다. 새벽의 궁의 평화로운 오후였다. 저녁 메뉴가 뭔지 몰라도 궁 안에는 온통 맛있는 냄새가 진동했고, 일리야는 옆에서 차를 마시고 있었다. 모두가 기분이 좋고 느슨한 시간이었다.

"뭐가 그렇게 좋아?"

한 사람만 빼고. 오늘 로잘린느에게 배운 내용을 복습하고 숙제를 해야 하는 티토는 죽상을 하고 책을 들여다보고 있었다. 그런데 엘레나가 곁에서 콧노래를 부르니 신경에 많이 거슬린 모양이었다.

"앗, 죄송해요. 제가 너무 기분이 좋아서."

정말 미안하다는 건지 티토를 더욱 놀리려는 건지 알 수 없는 엘레나의 말에 티토는 입을 더욱 쭈욱 내밀었다.

"무슨 좋은 일 있으세요, 엘레나 님?"

"내일 저 놀러 가거든요. 타이달 섬 축제에 같이 가 줄 사람을 구했어요!"

"어머나, 잘되었네요. 저도 젊을 적에는 참 자주 갔었죠."

"가면 뭐가 있나요, 일리야 님?"

"음, 공연을 하는 악단이 아주 많았던 게 기억나네요. 맛있는 음식도 많았고요. 그리고 가장 기억에 남는 건……."

"좀 조용히 좀 하지!"

티토가 바락 화를 냈다. 엘레나는 시험 기간인 동생을 놀려 먹는 듯한 기분에 킥킥거렸다.

"에이, 정말. 이건 도대체 뭐라고 쓴 거야?!"

들고 읽고 있던 책을 보고 티토가 눈을 찌푸리며 화를 냈다.

"어디 보자. 아, 그건 '여유'라고 쓴 거예요. 손 글씨가 좀 지저분하긴 하……."

로잘린느가 시켜서 엘레나 자신이 필사한 책이었다. 티토가 잘 읽지 못하는 부분을 해석해 준 엘레나는 아차 싶어 입을 다물었다.

티토는 자신이 로잘린느가 시키는 일을 모두 하는 것을 몰랐다. 그것을 알게 되면 당연 그렇게 하는 이유를 물을 것이고, 그럼 엘레나는 자신이 평민이라는 것을 말할 수밖에 없을 것이다.

"이게 어딜 봐서 '여유'야? '야유'라고 쓰여 있고만."

"그, 그러게요……."

티토가 이상한 것을 눈치채고 더 추궁을 할까 엘레나의 등에 땀이 한 방울 흘렀다. 하지만 다행인지 책을 읽는 것에 집중한 티토는 별말을 하지 않았고, 일리야의 질문으로 대화는 다른 방향으로 흐르게 되었다.

"내일 축제에는 누구와 함께 가세요?"

"친구요! 친구랑 같이 가기로 했어요."

"옷은 뭘 입고 가실 생각이세요? 설마 신관복을……."

"에이, 아니죠. 저 분홍색 원피스 있어요. 그거 입으려고요."

설마 축제에까지 내가 신관복을 입고 갈까. 엘레나는 양손을 내저으며 웃었다. 실로 만반의 준비를 한 그녀였다. 신관복을 입지 않으니 따로 궁에 드나들려면 신분을 증명할 수 있는 것이 필요해 오늘 아침 일찍 궁내 신전에 들러 중급 신관용 신분증을 빌려 오기까지 했다.

"그럼 다행이고요. 설마 저번처럼 아무런 준비 없이 기시려는 줄 알고……."

일리야는 가슴을 쓸어내리며 웃었다.

"요즘 날이 따듯하긴 하지만 밤에는 쌀쌀할 수도 있으니 꼭 로브를 챙기셔요."

"로브요? 으음, 그럼 그때 일리야 님이 주신 숄을…… 헉."

말을 하다 말고 엘레나가 자리에서 벌떡 일어났다. 만반의 준비를 다 했다고 생각했는데, 까먹고 있던 게 기억이 난 것이다. 엘레나는 서둘러 자신의 침실로 돌아왔다.

"설마, 설마……."

왜 슬픈 예감은 틀린 적이 없을까. 옷장을 열어서 신관복 사이사이를 뒤져 본 엘레나는 절망적으로 빨래 통을 바라봤다. 그곳에는 내일 입고 가려고 했던 분홍색 원피스와 일리야가 만들어 준 숄이 잔뜩 구겨진 채로 들어 있었다.

"야, 이 바보 멍청아……."

당연히 옷장 어딘가에 걸려 있을 거라 막연히 생각한 게 잘못이었다. 엘레나는 머리를 쥐어뜯으며 며칠 전 잘 안 입는 옷을 다 꺼내서 한번 빨아야겠다고 모조리 빨래통에 집어넣었던 자신을 저주했다.

"이거 아니면 입을 옷도 없는데!"

서둘러 원피스와 숄을 손에 쥔 엘레나는 빨래터로 향했다. 많이 더러운 옷이 아니었으니 주름이 가실 정도로만 빨아서 넌다면 승산이 있지 않을까.

반쯤 뛰어서 우물가에 도착한 엘레나는 서둘러 원피스와 숄을 물에 적셨다. 손으로 대충 비벼서 대충 빤 뒤에 있는 힘껏 물을 짜내어 탁탁 털어 빨랫줄에 널었다. 하지만 하늘은 엘레나의 편이 아니었다.

"아니, 왜 하늘은 또 흐려지는 건데!"

방금까지도 구름 한 점 없었던 하늘에 뭉게뭉게 구름이 끼더니 한바탕 비가 쏟아질 것 같았다. 게다가 설상가상으로 노을이 지고 있었다. 이 상태로는 밤새 널어놔도 내일 아침까지 원피스가 다 마를 리 없을 것 같았다.

"입고 갈 옷이 없으면 어떻게 하냐고!"

그렇다고 레이와 놀러 가는데 신관복을 입고 싶지는 않았다. 그렇게 엘레나가 빨랫줄 앞에 쪼그려 앉아서 자신의 머리를 쥐어뜯는데, 그 모습을 바라보는 한 사람이 있었다.

"엘레나 님, 괜찮으세요?"

지난번에 책을 잘못 빌려 오는 바람에 로잘린느에게 글을 모른다고 모욕을 당했던 올리비아였다.

다 마른 빨래를 걷으러 왔던 올리비아는 엘레나가 걱정되었다. 그때 엘레나가 자신을 도와주고 변호해 줬던 것을 잊지 않았다. 잊을 수 없었다. 글을 모르는 무지한 자신 때문에 엘레나가 로잘린느에게 곤욕을 치른 것이 아닌가 내내 마음이 쓰였던 것이다.

"아, 올리비아 님. 별일…… 아니에요."

"올리비아라고 편하게 부르시라니까요, 엘레나 님. 저희 같은 것들에게 존대하시면 다른 귀족분들에게 얕보이셔요."

새벽의 궁에서 일하는 평민 하인과 하녀들은 꼬박꼬박 존대를 하는 엘레나가 신기하면서도 부담스러워 그렇게 말했지만, 아직 신분보다는 상대방의 나이에 맞춰서 말하고 행동하는 것이 익숙한 엘레나에게는 그게 더 불편했다.

"아니에요. 저는 이게 더 편해요."

그렇게 말하는 엘레나는 절망적인 눈으로 빨랫줄에 걸려 있는 자신의 원피스를 바라보았다.

"혹 입어야 할 옷이 아직 마르지 않아 그러시는 것이셔요?"

"그게…… 내일 입으려고 한 옷이 빨래 통에 들어가 있는 걸 깜박했지 뭐예요. 이제야 빨기는 했는데 아무래도 내일 아침까지는 마르지 않을 것 같아요……."

"아유, 그걸 어째……. 다른 옷은 없으셔요?"

"제가 신관복 말고는 저 옷이 전부거든요. 일단은 밖에서 최대한 말릴 수 있는 데까지 말려 보고, 해 지면 방으로 들어가서 말려 봐야죠. 어쩌면 벽난로 앞에 두면 다 마를 수도 있잖아요."

엘레나는 아직 희망을 잃기엔 이르다며 주먹을 불끈 쥐었다.

"엘레나 님, 어쩌면 제가 도울 수도 있을 것 같은데……."

"올리비아 님이요? 아! 혹시 저한테 맞을 만한 옷이 있으세요?"

엘레나의 눈이 반짝였다.

"그런 건 아닌데…… 잠시 절 따라오셔요."

올리비아는 걷은 빨래들을 한쪽에 잘 갈무리해 놓은 뒤 앞장섰다. 새벽의 궁 영역을 벗어나 중앙 대로를 건너 또 한참을 샛길을 따라 들어가는 올리비아의 얼굴에는 비장함마저 서려 있었다.

"내일 혹여 타이달 축제를 가시는 건가요, 엘레나 님."

"어떻게 아셨어요! 네, 맞아요!"

"그렇다면 그 원피스 말고 더 예쁜 것을 입으셔요, 엘레나 님. 평민과 귀족이 한데 어울려서 즐기는 축제라고는 하지만 다들 자기가 가진 것 중 제일 좋은 옷을 입고 나온답니다. 엘레나 님도 예쁜 옷을 입으셔야죠."

"아, 그렇구나. 그런데 지금 우리 어디 가는 거예요, 올리비아 님?"

하인들만 다니는 샛길을 이리저리 돌아가다 보니 이곳이 황궁의 어디인지 감이 안 잡힐 지경이었다. 주변을 두리번거리는 엘레나에게 올리비아가 말했다.

"태양의 궁으로 가고 있어요."

"태양의 궁…… 황제 폐하의 침소 말이에요?"

"예. 제 여동생이 그곳에서 일하고 있는데 어릴 적부터 옷을 새것처럼 수선하고 예쁜 자수를 수놓는 솜씨가 좋았답니다. 그래서 지금은 폐하의 의복을 보관하는 별관에서 일하고 있고요."

일이 힘들기는 하지만 숙식이 제공되고 급료도 좋으니 황궁 일은 평민들 사이에선 최고로 손꼽히는 일자리 중 하나였다. 그러니 먼저 자리를 잡은 사람이 형제자매, 가끔은 아들과 딸까지도 황궁의 다른 일자리로 소개해 주는 경우가 흔히 있었다.

"한데 그곳이 그리 일이 많은 곳이 아니라 남는 시간에는 그 솜씨로 옷을 만들어서 같은 하녀들에게 팔곤 하지요."

"우와, 대단하시네요."

어떻게 보면 참 똑똑한 방법이었다. 남는 시간을 활용해서 옷을 만들어 판다는 것은.

게다가 황제의 옷 방을 관리하는 사람이니 얼마나 고급 옷들을 많이 접할까. 그런 곳에서 보고 배운 것이 직접 옷을 만드는 것에 도움이 많이 될 것은 당연했다.

"이제 갓 스물하나가 된 막냇동생입니다. 어릴 적부터 얼마나 똘똘하고 손이 야무졌는지. 저희 집 자랑이었지요."

막둥이 동생의 이야기를 하는 올리비아의 얼굴이 밝았다. 그렇게 이야기를 나누며 어느새 태양의 궁 별관에 도착한 두 사람은 어렵지 않게 올리비아의 여동생을 찾을 수 있었다.

"리디아!"

"언니! 여기는 어쩐 일……."

올리비아를 발견하고 반갑게 뛰어오던 리디아가 엘레나를 발견하고는 걸음을 멈췄다. 궁내에서 신관복을 입고 있는 사람들은 꽤 높은 신분의 귀족이라는 것을 이제 궁에서 생활한 지 3년이 되어 가는 리디아는 잘 알고 있었다.

"안녕하세요, 중급 신관 엘레나라고 해요."

예의 바르게 인사하는 엘레나의 모습에 리디아는 우물쭈물하며 올리비아를 바라봤다.

"리바이 공작 전하를 가르치는 신관님이셔. 한데 내일 당장 입을 옷이 없으시다지 뭐야. 리디아, 네가 만든 옷 중에서 몇 개 좀 내어 와 봐."

"언니! 하지만……."

리디아는 펄쩍 뛰었다. 제 솜씨가 아무리 좋다고 해 보았자 그것은 다른 평민을 상대로 하는 일이었다. 귀족들이 드나드는 고급 의상실에 비할 바가 못 됐다. 보아하니 고생이라고는 모르고 자란 듯이 곱고 예쁜 중급 신관님 앞에 들이밀 것이 아니란 말이었다.

"리디아, 네가 만든 옷이 예쁘고 튼튼하다는 것은 우리 동네 사람, 아니 이 황궁에서 일하는 하녀들은 모두 아는 일이잖아. 오늘 별관 당직이 너라고 하였으니 안에 아무도 없지? 어서 들어가자. 시간 없어!"

해가 완전히 지면 아무리 궁에서 일하는 하녀여도 출입이 제한되는 곳이 많았다. 물론 황제의 침소인 태양의 궁은 그중 단연 첫 번째였고 말이다.

리디아는 언니의 재촉에 잠시 망설이다가 어쩔 수 없이 올리비아와 엘레나 두 사람을 별관 구석에 있는 자신의 방으로 들였다. 하녀들의 방이 으레 그렇듯 작기는 했지만, 방의 주인인 리디아의 꼼꼼하고 꾸미기 좋아하는 성격이 그대로 드러나는 방이기도 했다.

"저, 엘레나 님. 저희 언니가 뭐라고 말씀을 드렸는지는 모르겠지만, 제가 만든 옷들은 평소에 입으시는 옷과는 비교되지 못할 만큼 하품일 것이고…… 그리고 평민들이 주로 입는 옷이에요. 그 점을 미리 말씀드려야 할 것 같아……."

리디아는 무척이나 조심스러웠다. 언니인 올리비아가 이 엘레나라는 신관님에 대해 자주 이야기했지만 리디아가 궁에 들어와 배운 것이 딱 하나 있다면, 아무리 착해도 귀족은 귀족이라는 것이다.

"제가 가진 옷이 신관복밖에 없어서요, 리디아 님. 한 번만 도와주시면 안 될까요?"

엘레나는 리디아가 자신에게 옷을 보여 주기가 싫어서 그러는 줄 알고 간곡하게 부탁했다. 그런 엘레나의 모습을 잠시 보던 리디아는 작게 한숨을 쉬더니 방 제일 안쪽에 있는 큰 상자를 열어 옷가지 몇 개를 뒤적였다.

"피부가 흰 편이시고 은발이시니…… 이거랑 이거, 으음…… 이거 정도면 될 것 같은데……."

한참을 망설이던 리디아가 꺼낸 것은 세 개의 드레스였다. 원피스라고 하기엔 좀 더 복잡한 디자인이었지만 그렇다고 완전히 드레스라고 하기엔 그보다 편하고 활동적으로 보이는 것들이었다.

"전에는 못 보던 것들이네?"

올리비아가 묻자 리디아는 긴장된 얼굴로 고개만 끄덕였다.

"와아……."

엘레나는 입을 다물 수가 없었다. 기계나 공작이 없는 이곳에서는 사람들이 옷을 모두 손으로 만드는 게 당연했지만, 옷이 매우 정교하고 고급스러워 그 사실이 믿기지 않았다.

"예뻐요!"

무엇보다도 가볍고 부담 없는 디자인이 마음에 들었다. 엘레나는 그중에서도 가장 편해 보이는 하늘색 원피스를 들어 보이며 물었다.

"언니, 저 이거 입어 봐도 돼요?"

물론 스무 살인 엘레나보다 리디아가 언니인 것이 사실이었지만, 졸지에 중급 신관님에게 언니라고 불린 리디아는 당황하며 얼른 엘레나가 입을 수 있도록 원피스의 끈을 풀었다.

"잘 어울리세요. 그렇지, 리디아?"

"으, 으응……."

리디아는 얼떨떨하게 고개를 끄덕였다.

언젠가 누구나 예쁘고 편하게, 가격에 대한 부담 없이 사 입을 수 있는 옷 가게를 열고 싶다는 생각에 한 벌 두 벌 혼자 만들었던 드레스였다. 그렇기 때문에 평소에 리디아가 다른 하녀들에게 팔았던 옷과는 많이 달랐다.

이 옷이 이렇게 빨리 누군가에게 입혀질 줄은 몰랐는데. 마치 엘레나를 위해서 만든 것처럼 색부터 옷의 사이즈까지 완벽하게 맞아 신기했다.

"저 이걸로 할래요!"

엘레나는 거울 속에 비친 자신의 모습을 보면서 외쳤다. 키가 작은 편인 엘레나의 발등을 알맞게 덮는 길이의 드레스는 입기 전의 예상처럼 너무나 예뻤다. 쇄골이 보일 정도로 동그랗게 파진 목선과 오밀조밀하게 주름을 잡아 박은 소매도 너무나 마음에 들었다.

게다가 전체적으로 딱 붙는 곳 없이 펑퍼짐한 드레스인데도 굴곡이 드러났다. 명치 부근부터 골반 바로 위까지 단단하게 묶는 코르셋 모양의 가죽 허리띠가 허리선을 잡아 주니 허리는 가늘어 보이고 입기엔 편했다.

"다른 것은 안 입어 보셔도 되겠어요?"

올리비아가 물었지만 엘레나는 단호하게 고개를 저었다. 더 입어 볼 필요도 없었다. 그때 올리비아가 다시 한번 상자를 열더니 묵직한 무언가를 가져왔다.

"호, 혹시 따로 생각해 두신 로브가 없으시면…… 이 드레스와 세트로 만든 로브예요……."

무릎 밑까지 내려오는 길이의 붉은색 로브였다.

"와아! 안 그래도 춥다고 해서 걱정했는데. 이거면 딱 될 것 같아요. 아, 다행이다."

엘레나는 로브를 걸친 자신의 모습을 연신 거울에 비춰 보며 웃었다.

"거봐, 내가 엘레나 님은 다른 분들과는 다르다고 했지?"

올리비아가 멍하니 엘레나를 바라보는 리디아에게 웃으며 속닥거렸다.

"내가 정말 언니 때문에……."

리디아는 말도 없이 대뜸 엘레나를 데려온 올리비아에게 눈을 흘겼지만, 마음속으론 그녀의 말에 동의를 했다.

처음 로잘린느와 엘레나에 대해 이야기를 전해 들었을 때 리디아는 화가 나서 어쩔 줄을 몰랐다. 아무리 글을 모른다고 해도 그렇게 면

전에서 구박하고 막말을 했다는 그 남작가의 영애가 미워서 그랬다.

지나가던 신관님이 끼어들어 올리비아를 구해 주었다고 말을 들었을 때도 그저 비슷한 족속의 값싼 동정이려니 그리 생각했다.

하지만 그 뒤로도 속속 들려오는 엘레나에 대한 소문과 올리비아의 찬양은 그런 생각을 조금씩 바꾸기에 충분했다. 특히 마상창 대회에서 부상을 당한 사람을 치유하고 본인이 탈진하여 죽을 고비를 넘겼다는 소문을 건너 건너 들었을 때는 더더욱.

엘레니가 들있다면 죽을 고비를 넘긴 건 아니라고 펄쩍 뛰었겠지만, 그게 궁에 퍼진 이야기였다.

"그럼 얼마 드리면 될까요?"

거울에 비친 자신의 모습을 흐뭇하게 보던 엘레나가 물었다. 하지만 리디아는 바로 대답하지 못했다. 누군가에게 얼마를 받고 팔아야겠다는 생각을 해 본 적이 없는 드레스였다.

"도, 동화 스무 개만 주시면……."

동화 스무 개라. 엘레나는 문득 자신이 이곳의 물가를 잘 모른다는 것을 깨달았다. 동화 서른 개가 은화 한 개이고 은화 서른 개가 금화 한 개라는 것만 알 뿐, 실제로 동화 하나면 어떤 물건을 살 수 있는지는 깜깜했다.

"으음…… 보통 식당에서 한 끼 식사가 얼마 정도 할까요?"

엘레나가 생각하기에 물가를 판단할 때 가장 손쉬운 방법은 한 끼 식사를 기준으로 하는 것이었다.

"어떤 식당이냐에 따라 다르지 않을까요? 잘은 모르지만 귀족분들이 가시는 식당이라면 족히 은화 한 개는 훌쩍 넘을 겁니다."

올리비아가 조심스레 대답했다.

"아뇨. 그런 곳 말고 그냥 흔히 가는 식당이요."

"저희 같은 평민들이 가는 곳에서는 동화 세 개에서 네 개 정도를 받습니다."

엘레나는 솔직히 놀랐다. 평민과 귀족의 물가가 다르다는 것은 알았지만, 이 정도일 줄이야. 그렇다면 이 옷의 값인 동화 스무 개는 귀족들의 한 끼 식사 값도 안 된다는 말이었다.

엘레나는 잠시 거울을 보면서 드레스를 손으로 쓸었다. 겨우 그런 값을 치기엔 너무 예쁜 드레스였다. 게다가 로브까지 함께 사는데.

리바이 공작을 가르치며 받는 월급이 은화 스무 개였다. 잠시 자신의 수입을 생각하던 엘레나는 리디아를 보면서 말했다.

"은화 한 개 드릴게요."

"시, 신관님! 그건 너무 많은……."

"원래 팔려고 하던 옷이 아니었던 거죠, 이 옷?"

엘레나의 질문에 리디아는 입을 꾹 다물었다.

"그런 옷을 제게 팔라고 부탁드리는 건데 옷돈은 없어 드려야죠. 게다가 이런 옷이 로브까지 합쳐서 동화 스무 개밖에 안 된다는 건 말이 안 돼요. 그리고 제가 그냥 돈 더 드리겠다는 거 아니에요. 한 가지 부탁드릴 게 있거든요."

"그, 그게 뭔가요?"

리디아는 꿀꺽 침을 삼켰다. 도대체 무슨 부탁을 하려고 그러는 걸까. 갑자기 얼굴을 붉히면서 우물쭈물하는 엘레나의 모습에 긴장감은 더더욱 커져 갔다. 엘레나가 크흠 하고 헛기침을 하며 말했다.

"저기…… 외상 안 될까요? 제가 돈을 안 가져와서……."

"새벽의 궁으로 돌아가는 즉시 올리비아 님께 대신 드릴게요!"라고 얼른 덧붙이는 엘레나였다.

하늘에서 밝은 빛이 가시고 서서히 어둠이 내리기 시작하는 시각, 마차 한 대가 이페른 황궁 내에 위치한 라한 신전 앞에 섰다.

"도착했습니다, 추기경 예하."

마차를 몰던 마부가 그렇게 말하자 한 인영이 마차 문을 열고 내렸다.

"수고했네."

제프리 추기경이었다. 익숙한 듯 신전 내부의 복도를 걸어온 발걸음이 한 방문 앞에 멈춰 섰다.

크지도, 그렇다고 화려하지도 않은 조촐한 나무문이었다. 라한의 신도들의 가장 정점에 선 자의 집무실이라고 하기엔 너무나 초라하고 보잘것없는 방이었다.

"성하, 들어가겠습니다."

제프리 추기경이 문을 밀고 안으로 들어섰다.

"왔느냐."

불이 거의 꺼진 벽난로 앞에서 성서를 읽고 있던 교황이 제프리를 바라보며 웃었다.

"성하……."

제프리 추기경은 눈썹을 모으며 소매를 걷어붙였다. 그러고는 벽난로 옆에 놓인 나무 장작을 직접 불씨 위로 밀어 넣었다.

"방이라도 따듯하게 하고 계시지 않고요."

"이제 겨우 다들 일을 마치고 방에 돌아가 쉬고 있는데 이 늙은이가 벽난로에 불을 붙여 달라 다시 귀찮게 할 수는 없잖니."

이제 노쇠해 스스로 장작을 들고 나를 힘이 없는 교황의 자상함이 담긴 답에 제프리 추기경은 상한 속을 감추려 부러 장작을 더욱 거칠게 밀어 넣었다.

"아아, 발끝이 차가웠는데. 고맙구나, 제프리."

이제 중년의 나이가 되었고 밖에선 차기 교황으로 유력하게 손꼽히는 제프리 추기경이었지만 성하의 눈에는 아직 처음으로 신관복을 입었던 열다섯 살 어린아이로 보일 뿐인 듯했다.

"주무시다가 또 불이 꺼지기라도 하면 지난번처럼 고생하십니다, 성하."

지난겨울, 한밤중에 벽난로의 불이 꺼졌지만 고단한 신관들을 고생시키기 싫다며 아침까지 싸늘한 방에서 잠을 잔 교황이 단단히 감기가 걸렸던 일이 있었다. 단순한 감기일 뿐이었지만 워낙 고령이라 몸이 약한 교황이 며칠을 내리 앓았기 때문에 당시 라한교에는 비상이 걸렸었다.

"제발 고집 좀 부리지 마십시오. 건강을 생각하셔야 하지 않으십니까."

"허허허……."

제프리 추기경의 간절한 말에도 불구하고 교황은 그저 허허롭게 웃을 뿐이었다.

"그 아이, 엘레나의 조사를 맡겼던 조사원이 보고서를 보내왔습니다."

"그랬구나."

주름진 눈으로 타오르는 불을 바라보고 있는 성하였지만, 순간적으로 목소리에 든 긴장감을 제프리 추기경은 알 수 있었다.

"일단 그 아이가 황도 신전으로 오기 전에 있었던 곳은 오르테가 자작령이었습니다. 약 20년 전에는 그곳에 은퇴한 신관이 운영하는 작은 고아원이 있었던 모양입니다. 하지만 그 신관이 노환으로 죽자 고아원에 있던 아이들은 뿔뿔이 흩어져 다른 지역의 신전으로 옮겨진 듯합니다."

"가엾은 아이들이로고."

"왕국들 간의 전쟁이 빈번하던 시기에 신전에 위탁되어 목숨을 건졌다면 도리어 운이 좋은 쪽이라고 해야겠지요."

제프리 추기경의 말은 다소 냉정하게 들릴 수 있었지만 부정할 수 없는 사실이었다.

약 20년 전, 아직 대륙은 환난에 빠진 상태였고 제국 주변의 왕국들은 저마다 덩치를 키우려 무분별한 전쟁을 일삼았다. 그때는 '전쟁고아'라는 말이 무색할 정도로 제 이름도 모르고 떠도는 아이들이 길거리에 넘쳐 났다.

"그 고아원이 있던 건물은 아직 남아 있고, 다행히 그 고아원을 기억하는 주민들이 많아 조금 더 수소문을 해 보겠다는 보고였습니다."

"이 늙은이의 괜한 호기심 때문에 여럿이 고생하는구나."

"그리고…… 윈터힐 백작이 아발론에 와 있습니다."

윈터힐. 라한이 버린 땅이란 별명이 있을 정도로 척박하고 1년 중 털옷을 입지 않는 날이 손에 꼽을 정도로 험한 북녘의 땅이었다.

"지난번, 엘레나가 실신하면서 치유했던 자가 바로 그자라고 합니다."

제국의 백작을 지나가는 장사치를 부르듯 '그자'라고 지칭한 제프리 추기경의 잇새가 꽉 물렸다.

"성하, 한 가지 여쭤도 되겠습니까."

제프리 추기경이 교황이 앉아 있는 안락의자의 맞은편에 앉으며 말했다.

"혹 그 아이를 염두에 두시고 조사를 하라 명하신 겁니까?"

'그 아이'라는 말에 결국 교황에게서 깊은 한숨이 터져 나왔다.

"엘레나가 그 아이와 많이 닮았다는 생각을 떨쳐 버릴 수가 없구나."

"하지만 성하. 그 아이는, 실비아는……."

"나도 잘 알고 있다. 실비아의 아이일 리가 없겠지…….."

그러면서도 장작을 삼켜 버리는 불길을 보는 교황의 눈에는 다 감출 수 없는 희망의 끈이 단단히 자리 잡고 있었다.

"참 맑은 아이였다, 실비아는. 그렇지 않느냐."

이미 20년도 전에 사랑하는 남자를 따라 제 가족 같던 신전을 버리고 떠난 제자의 이름을 부르는 교황의 얼굴에 그리운 미소가 번졌다.

"그 아이를 마지막으로 본 지 벌써 23년이 지났습니다. 이제 얼굴 따위는 기억도 나지 않습니다."

아직 살아 있었다면 자신과 마찬가지로 중년의 나이가 되었을 친구 혹은 누이를 떠올리는 제프리 추기경의 목소리엔 아직 짙은 원망이 묻어났다.

피는 섞이지 않았어도 친남매만큼이나 그를 따랐던 실비아는 떠나지 말라 잡는 형제들을 뿌리치고 기어코 신전을 떠났다. 그리고 채 3년도 되지 않아 사고로 목숨을 달리했다.

"그래도 그리 죽을 아이는 아니었습니다. 우리 형제들 중 가장 라한의 사랑을 많이 받던 아이였어요. 질투에 눈먼 여인의 손에 그리 비명횡사할 아이는 아니었……."

제프리 추기경은 주먹을 불끈 쥐었다. 몇십 년이 지나도 속에서 불길이 치밀어 올랐다. 마지막 보았던 날, 사랑하는 사람을 찾아 행복하다며 웃던 실비아의 미소가 얼마나 눈부셨던가. 그 미소가 눈앞에 그려질 듯 떠오르기 때문일 것이다.

"계속 찾아보라고 하겠습니다. 하지만 너무 큰 기대는 하지 마십시오."

그 말을 남기고 제프리 추기경은 도망치듯 방을 나가 버렸다. 유난히 가까웠던 의남매 사이를 잘 아는 교황은 안타까운 눈으로 쿵

하고 무겁게 닫히는 문을 바라보았다.

"라한이시여……."

교황은 신음하듯 신을 찾았다. 다시금 성서를 펼쳐 들었지만, 교황의 머릿속에는 떨쳐 버릴 수 없는 사실이 하나 떠돌았다. 그것은 바로 오르테가 자작령이 윈터힐 백작령의 남쪽에 맞닿아 있는 영지라는 사실이었다.

드디어 대망의 날이 밝았다. 어젯밤 잠을 설친 아드레이는 일찌감치 일어나 동이 트는 것을 보며 검술 연습을 하고 개운하게 목욕을 했다.

휴고가 가져온 아침 식사를 간단하게 한 그는 침대 위에 준비된 옷을 보고 고민에 빠졌다.

휴고는 아드레이의 취향을 잘 알았다. 그의 주인은 화려한 것, 거추장스러운 것은 질색하고 꺼려 하기 때문에 황제이지만 일반 귀족들보다도 수수한 옷을 준비해 놓았다.

하지만 아무리 그래도 황제가 입는 옷이었다. 옷감의 질부터가 정말 수수한 옷과는 달랐다. 그러니 이걸 입고 밖으로 나가도 될까 싶은 것이다.

"휴고."

"예, 폐하."

아드레이의 옆에서 조용히 대기하고 있던 휴고가 대답했다.

"내가 가지고 있는 옷을 모두 가져와 봐라."

"……예?"

요즘 들어 당황할 일이 많은 휴고였다.

"안 되나?"

"그것은 아니지만…… 시간을 조금 주셔야 합니다."

"시간? 얼마면 되나?"

"약…… 반나절 정도는."

그것도 태양의 궁의 하인들을 모두 동원했을 때였다.

"폐하의 의전은 이곳 태양의 궁 별관에 따로 보관 중입니다. 그러니 그것을 모두 이곳으로 가져오려면 황공하옵게도 시간이 필요합니다."

"별관이 따로 있나?"

아드레이는 몰랐다. 아침에 휴고가 가져오는 옷만 입었으니. 어딘가에 보관이 되어 있겠지 생각만 했을 뿐, 따로 별관이 있었을 줄은 몰랐다.

"내가 그렇게 옷이 많은가?"

"예식에 필요한 의복과 각지에서 올라오는 진상품, 그리고 매달 궁내부에서 따로 구입하는 의전을 보관하려다 보니……. 하나 폐하께선 사치를 금하라 하셨기에 옷을 보관하는 별관 세 개 중 하나만을 사용 중입니다."

한마디로 역대 다른 황제들보다는 검소한 편이라는 것이다. 아드레이는 쓴웃음을 짓다가 휴고를 따라 별관으로 향했다.

"제국의 태양을 뵙습니다."

별관을 담당하는 시종과 하인들이 아드레이의 급작스런 방문에 놀라며 인사를 올렸다. 즉시 별관 가장 넓은 곳에 커다란 거울과 자리를 마련한 휴고는 아드레이에게 물었다.

"찾으시는 의전을 말씀해 주십시오."

"타이달 축제에서 입을 만한 옷을 다오."

휴고는 조용히 허리를 숙였다. 시종장인 휴고만큼은 오늘 폐하께서 홀로 성 밖 나들이를 하려 하시는 것을 이미 알고 있었다. 그 때문에 가짜 출입증까지 공수해 드렸다.

사실 오늘 아침 침대에 올려놓은 의복도 최대한 수수하고 튀지 않는 옷으로 준비했던 것인데, 자신의 노력이 부족했다는 생각이 들었다.

"준비했습니다, 폐하."

잠시 뒤, 차를 마시던 아드레이 앞으로 열 벌 정도의 옷이 대령되었다.

"흐음……."

하지만 화려한 치장은 없을지언정 하나같이 '나 최고급이요.'라고 말하는 듯한, 아드레이의 의도와는 완전히 반대되는 옷들이었다.

"이것보다 더 평범한 것은 없나?"

"평범한 것이라 하심은……."

별관의 책임자가 영 감이 안 잡혀 물었다. 지금 내어 온 것들도 시종장 휴고가 귀띔해 준 대로 밖에 입고 나가도 될 만큼 수수한, 좀 더 직설적으로 말하자면 폐하께는 허름한 옷들이었다.

"으음, 이십 대 중반의 조금 가난한 귀족가 출신의 수습 기사가 입어도 이상치 않을 옷이면 될 것 같다."

매우 구체적이면서도 이상한 요구였다. 별관의 시종들은 결국 퀴퀴하게 먼지가 쌓인 옷 방까지도 모조리 뒤져서 세 벌의 옷을 구해 왔다. 모두 제대로 된 귀족가의 사람이라면 입지 않을, 하지만 돈이 조금 많은 평민이라면 입을 법한 옷들이었다.

"그래, 이거면 좋겠군."

그중에서 아드레이가 고른 것은 지극히 단순한 디자인의 옷이었다. 평소 아드레이의 취향대로 심플하면서도 미모와 기품을 살릴 수 있는 옷을 고르는 데에 심혈을 기울여 왔던 책임자는 차마 볼 수 없다는 듯 고개를 가로저었다.

아드레이는 바로 입고 있던 옷을 벗고 아무런 장식도 없는 검은색 바지와 흰색의 셔츠로 갈아입은 뒤, 무릎까지 올라오는 평범한 부츠를 신었다.

"이거 가죽이 너무 고급 아닌가? 다른 건 없나?"

"없습니다!"

시종이 얼른 대답했다. 이러다가 해지고 닳은 부츠까지 구해 오라고 하실까 봐 겁이 났다. 셔츠 위에는 검은색에 가까운 짙은 남색의 두툼한 더블릿넉넉한 품에 비해 허리가 잘록한 남성용 상의이 입혀졌고 간단히 검을 소지할 수 있게 하는 가죽 허리띠가 마지막으로 더해졌다.

"리디아, 검은색 로브를 하나 가져오거라!"

책임자가 방 밖을 향해 외치자 잠시 후 문이 빼꼼히 열리고 곱게 접힌 검은색 로브가 쑥 들어왔다. 평민은 황제 폐하의 존안을 볼 수 없기 때문에 조금 우스꽝스럽지만 어쩔 수 없었다. 워낙 이른 시간이라 이곳에는 밤새 당직을 선 리디아와 일찍 출근을 한 책임자뿐이었으니.

로브를 건네준 리디아는 계속 방 밖에서 대기를 했다. 안쪽에서 두런두런 말소리가 들려왔는데 그게 무려 호랑이 시종장인 휴고 님과 황제 폐하의 성음이라 다리가 후들거리고 손발에 땀이 찼다.

"좀 너무 두꺼운 것 아닌가."

"폐하, 타이달 섬은 해가 지면 금방 기온이 떨어지는 곳입니다. 부디 체온을 보호할 수 있는 의전을 허락해 주십시오."

"그러한가."

타이달 섬? 리디아의 귀가 쫑긋했다. 설마 폐하께서 오늘 타이달 섬에 행차하시는 것인가?

리디아는 눈이 동그래졌다. 만약 시종과 수행원들을 대동하고 타이달 섬으로 행차를 하시는 것이었으면 지금쯤 그 준비로 궁이 발칵 뒤집어졌었어야 하는데, 그런 일 없이 조용한 것을 보면 분명 몰래 잠행을 하시는 것이 분명했다.

그리고 오늘 타이달 섬에 간다던 다른 한 사람이 떠올랐다.

'혹시 엘레나 신관님과 폐하가 거기서 우연히 마주치시는 것은 아닐까?'

로맨스 소설에서 한 번쯤은 읽어 본 듯한 상상이 머릿속에서 펼쳐졌다. 자신이 황제인 것을 감추는 남자와 사랑에 빠지는 여자라니.

해맑게 웃는 엘레나의 얼굴을 떠올리며 황제 폐하께서 아름답고 선량한 신관님과 이어졌으면 하는 발칙한 상상도 해 보았다.

"화폐와 휴대용 주머니를 가져왔습니다."

휴고가 웬만한 보석함보다 큰 상자와 작은 천 주머니가 놓인 쟁반을 내려놓으며 말했다. 딸깍 소리와 함께 열린 상자 안에는 동화, 은화, 금화, 그리고 제국에서 제일가는 상단인 타른 상단이 발행한 수표 몇 장이 들어 있었다.

"그런데 휴고."

"하명하십시오, 폐하."

"돈은…… 얼마나 가져가야 하지?"

별관 안에 잠시간 정적이 흘렀다. 아드레이는 무언가를 사 본 적이 없었다. 황제인 그에게 필요한 것은 모두 구비가 되어 있었다.

황도를 벗어나 다른 영지에 방문하거나 전장에 있는 경우에도 무언가 필요한 것이 있으면 진상품의 형태로 바쳐지거나 나중에 궁내부에서 대가를 지불하는 형식이었다. 이따금 잠행을 나갈 때에도 항상 메이나드나 궁내부의 누군가가 그를 수행했다. 그러니 아드레이는 손아귀에 반짝반짝 빛나는 금화와 은화를 쥐어 보는 것도 어색한 지경이었다.

"실례지만 폐하, 타이달 축제는 평민과 귀족의 구분 없이 자유롭게 즐기는 축제라고 알고 있습니다."

휴고는 고민 끝에 대답했다.

"그러니 그곳의 물가가 그리 높게 형성되지는 않았을 것으로 사료됩니다."

"그렇겠지."

귀족의 씀씀이에 맞춰진다면 그곳에서 정말로 축제를 즐길 수 있는 평민은 몇 되지 않을 것이다.

"그러니…… 은화 다섯 개와 금화 하나 정도면 충분하지 않겠습니까?"

문밖에서 기다리던 리디아가 별관 시종의 심부름으로 자리를 비우지 않았다면 저도 모르게 쿨럭하고 기침을 했을 말이었다. 은화 하나가 동화 서른 개인 현실에서 축제에 가는데 금화를 들고 간다니. 현금으로 사용할 수 없는 예쁜 보석을 들고 가는 셈이었다.

하지만 아드레이는 휴고의 조언을 받아들여 허리띠에 매는 주머니에 은화 다섯 개와 금화 하나를 챙겼다. 그때, 아드레이의 눈에 동화가 들어왔다.

"동화는…… 가지고 가지 않아도 되는 건가?"

아드레이가 동화 무더기를 가리키며 묻자 휴고는 담담히 고개를 저었다.

"제 경험상 한 번도 동화를 사용해 본 적이 없습니다. 혹 거스름돈으로 동화가 생긴다면 수고한 식당의 직원을 위해 팁으로 남겨 주고는 합니다."

"아, 그렇군."

하지만 여기서 꼼꼼한 휴고조차 간과한 것이 있었으니 바로 휴고의 신분이었다.

휴고는 대대로 황궁의 시종장을 맡아 하는 그랜트 백작가의 사람이었다. 성인이 되기도 전에 황궁에 들어와 황족의 시종이 되었고, 뛰어난 실력 덕분에 엄청난 속도로 승진에 승진을 거듭해 최연소 시종징이 되었다. 또한 아느레이를 포함한 세 명의 황제를 보좌해 온 엘리트였다.

황궁 전체의 살림을 관리하며 주로 금화, 때때로는 금화 수천 개 가치의 수표를 주로 이용하는 휴고의 물가 감각은 조금 떨어질 수밖에 없었다. 게다가 스스로도 대귀족으로 나고 자란지라 평민들이 주로 드나드는 동화 몇 개짜리 식당은 아발론 어디에 존재하는지도 잘 몰랐다.

"혹 모자라지는 않겠지?"

"만약을 대비해 타른 상단의 수표책을 한 권 가져가는 것은 어떠신지요. 그 자리에서 바로 지불할 금액을 적어서 사용하시면 됩니다."

"그게 좋겠군."

아드레이는 역시 휴고라고 생각하며 돈이 든 주머니를 허리띠에 단단히 매었다. 비록 그녀는 자신을 말단 수습 기사라고 여겼지만, 적어도 좋아하는 여자 앞에서 주머니 사정이 곤궁하다는 오해를 받고 싶지는 않은 그였다.

잠시 뒤, 아드레이는 당당하게 황성 중앙 대로를 걸었다. 물론 그는 황성을 거닐며 단 한 번도 몸을 숨긴 적이 없었지만 오늘은 조금 달랐다.

아드레이 폰 로만. 그에게 새로 생긴 신분으로는 첫 움직임이었던 것이다.

휴고의 출신 가문인 그랜트 백작가의 가신 중 하나인 로만 남작가의 이름을 빌린 신분이었다. 아드레이는 이것이 꽤 마음에 들었다.

황궁 제일 안쪽에 위치한 태양의 궁에서 정문까지의 길이 이렇게나 짧았나 싶을 정도로 단숨에 아드레이는 목적지에 도착했다. 엘레나와 만나기로 한 곳이었다.

"날씨가 좋군."

밤에 추적추적 비가 내려 더 잠 못 들게 하더니 아침은 맑고 화창했다. 아드레이는 만족스런 얼굴로 고개를 끄덕였다.

엘레나와 함께 축제에 간다는 것만으로 어떤 날씨든 상관은 없었지만, 그래도 비가 내리거나 하면 그녀가 고생을 할지도 모르는 일이었다.

아드레이는 그 자리에서 하늘을 올려다보며 구름 구경을 하거나, 황궁의 정문으로 드나드는 사람들 구경을 하며 시간을 보냈다.

"레이!"

그때, 그의 귀로 익숙한 목소리가 들렸다. 저 멀리서 손을 흔들며 뛰어오는 엘레나가 보였다.

"넘어진다. 뛰지 마라."

하지만 그의 말이 들리지 않는 것처럼 엘레나는 총총 뛰어서 다가왔다.

"아이고, 옆구리야. 오래 기다렸어요?"

오랜만에 뛰었더니 숨이 차고 옆구리가 땅겼다. 그래도 사람이 기다리는데 느긋하게 걸어올 수는 없지. 엘레나는 아드레이를 보고 웃었다.

"아니, 나도 방금 왔다."

사실 아드레이도 잘 몰랐다. 오늘따라 시간에 대한 감각이 평소와는 완전히 다른 것 같았다. 기다리는 시간이 지루하지도 않고 도리어 설레기만 했으니 말이다.

"레이, 오늘따라 더 멋있네요! 매일 그 수련복만 보다가 이렇게 입은 걸 보니까 좀 달라 보여요!"

"크흠."

엘레나의 칭찬 세례에 아느레이의 귀 끝이 조금 붉어졌다. 사실 그의 심장은 훨씬 전부터 요란하게 뛰고 있었다.

신관복을 입은 모습도 아름다웠지만, 하늘색 드레스와 붉은 망토를 두른 그녀는 이대로 황명을 내려 아무도 보지 못하게 하고 혼자만 독점하고 싶은 생각이 절로 들게 했다.

"그대도…… 아름답다."

고양이 하품 소리만큼 작은 목소리였다.

"네? 뭐라고요?"

"……어서 가자고 했다."

황궁에 오가는 사람들은 모두 경비를 서는 병사에게 황궁 출입증을 엄격하게 검사를 받아야 했다. 다행히 붐비는 시간이 아니라 줄은 길지 않았다. 조금 기다리자 금방 엘레나와 아드레이의 차례가 되었다.

"출입증."

높낮이 없고 차가운 경비병의 말에 아드레이는 휴고가 마련해 준 출입증을 내밀었다.

"로만 남작가?"

경비병이 확인하듯 물었다.

"그렇다."

아드레이가 태연히 대답했지만, 경비병의 한쪽 눈썹이 위로 휙 올라갔다. 신분증에 박힌 '수습 기사'라는 단어가 눈에 든 것이다.

황궁 경비대와 기사단의 관계는 묘했다. 황궁 경비대는 주로 평민으로 이뤄졌지만 그 숫자가 많고 황도 아발론 경비대의 자매기관으로서 보편적인 치안을 담당했다. 반면에 기사단은 전쟁 혹은 유사시를 대비해서 육성하는 무력 기관으로, 황제의 직속 산하 기관이었다. 한마디로 오로지 황제의 명만 따르는 단체였다.

부딪칠 것이 없어 보이는 이 두 단체의 사이에 묘한 알력이 생긴 것은 바로 전쟁이 끝난 뒤였다. 아드레이를 따라 국외로 돌던 기사단이 잔뜩 덩치가 커진 채로 황도로 돌아온 것이다.

평화의 시대에 틀어박혀 계속 훈련만 할 수는 없는 기사단은 부업 삼아 황도 경비대, 황궁 경비대와 함께 치안을 담당하기 시작했다. 처음에는 황성문의 경비 업무와 같은 작은 것에서부터 시작했지만, 무력이 높은 기사단의 효율성으로 인해 이제는 흉악 범죄에 대한 수사와 체포 업무도 병행했다. 그렇다 보니 이제는 관할권이나 사건 해결 시 그 공을 누가 가져가는지 따위로 여러 마찰이 빈번하게 일어났다.

그러니 황궁의 경비병인 자신이 모를 만큼 가문의 이름이 알려지지 않은 보잘것없는 남작가 출신인 데다가 정식 기사도 아닌, 아직 수습 기사의 신분증을 가진 아드레이는 딱 좋은 먹잇감이었다.

"그렇다아?"

경비병이 묘하게 말꼬리를 늘이며 언짢다는 듯 혀를 찼다.

"아주 그냥 귀족 나으리 납시셨구만. 황명에 따라서 군적에 몸을 둔 자는 일신의 신분보다 계급이 우선시되는 거 모르나? 이봐, 수습 기사. 난 십인대장이야."

한마디로 자기가 상급자라는 말이었다. 아드레이는 그런 경비병을 빤히 바라봤다.

"참 나, 요즘 기사단은 병아리 훈련을 이따위로 시키나 보지?"

병아리. 결국 아드레이의 표정도 잔뜩 굳었다. 물론 지금 자신이 수습 기사의 신분인 것도 맞고 경비병이 말하는 대로 군 계급이 우선시되는 것도 맞았다. 하지만 이런 식으로 모욕을 줄 필요는 없었다.

그때, 안쪽 초소에서 한 남자가 걸어왔다.

"무슨 일이지?"

제국 제3기사단 소속의 한 평기사였다. 젠장. 아드레이는 황급히 고개를 숙여 얼굴을 가렸다. 그는 모르는 얼굴이었지만, 정식 기사라면 자신의 얼굴을 한 번쯤 본 기억이 있을지도 몰랐다.

"신경 쓰지 마시고 가서 서류나 뒤적이시죠, 기사 나으리."

기사는 익숙한지 경비병의 잔뜩 비꼰 말에도 별 반응을 하지 않았다. 대신 경비병의 손에서 아드레이의 출입증을 빼앗아 들고 직접 확인했다.

"아드레이 폰 로만?"

"예."

"수습 기사인가? 어디 소속이지?"

"……제1기사단입니다."

아드레이는 총 다섯 개 사단으로 나눠져 있는 곳 중 대충 하나를 골라 대답했다.

"그래? 처음 들어 보는 이름인데."

하지만 수습 기사는 매년 수백 명이 들어왔다가 나가기 마련이니 일개 수습 기사의 이름을, 그것도 다른 기사단이 모두 알지는 못하는 게 당연했다. 한번 어깨를 으쓱한 기사는 다시 출입증을 아드레이에게 돌려주며 말했다.

"일찍일찍 다녀라, 알겠나?"

"예, 알겠습니다."

아드레이는 그렇게 대답하고 얼른 출입증을 품속에 갈무리했다. 그런데 이미 통과해서 저 앞에서 기다리는 엘레나에게로 그가 걸어가려는 때, 다시 아드레이를 부르는 소리가 들렸다.

"잠깐, 거기 서."

아드레이는 아랫입술을 깨물었다.

"흐음, 너 묘하게 얼굴이 눈에 익단 말야?"

분명 연무장에 들렀던 아드레이를 본 적이 있는 기사인 게 분명했다.

"어이, 너 고개 들어 봐."

아드레이는 어쩔 수 없이 천천히 고개를 들었다.

"너, 나 본 적 있나?"

"없습니다."

기사의 질문이 끝나기가 무섭게 아드레이가 대답했다.

"그래?"

기사는 아드레이의 얼굴을 찬찬히 살폈다. 분명 아드레이 폰 로만이라는 이름은 처음 들었다. 귀에 익지도 않았고 로만 남작가가 어디에 있는 줄도 몰랐으니 말이다. 하지만 저 검은 머리와 파란 눈이 묘하게 눈에 익었다.

"……알겠다. 가 봐."

기사의 말이 떨어지기가 무섭게 아드레이는 도망치듯 뒤돌아 황궁 정문을 통과했다.

"거참, 얼굴이 눈에 익단 말이야?"

하지만 이내 오가다 몇 번 얼굴을 본 적이 있으려니 생각한 기사는 초소로 돌아갔다.

"아씨, 갑자기 어깨가 이렇게 아프지?"

기사는 이제 회복 중이던 어깨가 갑자기 쑤시자 고개를 갸우뚱했다. 얼마 전에 기사단을 찾았던 황제 폐하께 가르침을 받던 중 칼등으로 세게 얻어맞았던 어깨였다.

※

항시 마차와 마부를 고용할 정도의 여유가 없거나 일시적으로 마차가 필요한 경우가 있어 아발론에는 그때그때 손님을 태우는 마차들이 있었다. 이들은 대부분 시장이나 번화가 한쪽에 모여서 손님을 기다렸는데, 황궁에서 가장 가까운 곳은 중앙 대로를 따라 쭉 내려가다가 크로우가에서 왼쪽으로 돌아 들어가면 찾을 수 있었다.

"진짜 있네? 다시 봤어요, 레이."

"내가 있다고 하지 않았나."

아드레이는 크흠 하고 헛기침을 하며 태연한 얼굴로 말했다. 모두 휴고가 말해 준 대로였다. 그 사실을 알 리 없는 엘레나는 아드레이만 믿고 지루한 얼굴로 마차 옆에 서 있는 마부에게 다가갔다.

"안녕하세요. 타이달 섬에 가려고 하는데요."

"타이달 섬? 그래, 타쇼."

마부는 바로 마부석에 올라타며 말했다.

"돈은 얼마나 드리면 돼요?"

마부의 말에 얌전히 마차 문을 열었던 아드레이는 우뚝 몸을 멈췄다. 이건 황궁 마차가 아니니 돈을 지불해야 하는 것을 또 깜박했던 것이다.

"동화 스무 개만 주쇼."

동화 스무 개라니! 엘레나는 놀란 표정을 숨기려고 애를 썼다. 아무리 외곽이어도 그렇지 동화 스무 개라는 금액은 바가지가 분명했다. 게다가 일리야는 마차 대금은 왕복 은화 한 개 정도로 생각하면 된다고 했다. 엘레나는 고개를 단호하게 저었다.

"동화 열 개요."

그러자 마부는 인상을 팍 쓰면서 험상궂은 얼굴을 했다.

"말이 되는 소리를 해야지! 여기서 타이달 섬까지가 얼마나 먼데 그걸 동화 열 개로 해 달라고 해? 이보쇼, 형씨. 보아하니 데이트를 하러 가는 것 같은데 남자가 돈 좀 쓰지?"

그 말에 아드레이가 반사적으로 자신의 돈주머니를 열려고 했지만, 엘레나는 그런 아드레이의 손을 붙잡았다.

"돈은 제가 내거든요? 아무튼 동화 스무 개는 너무 비싸요!"

"에잉, 그럼 동화 열여덟 개로 하던가. 타이달 섬에서 여기까지 오는 길도 생각해야 한다고."

"아저씨, 이제 축제 끝물이라 거기서 오는 사람도 많을 텐데. 한번 가면 황도로 돌아오는 사람도 쉽게 구할 수 있잖아요. 동화 열두 개 드릴게요."

마부는 너무 싸다고 투덜거리면서도 말고삐를 손에서 놓지는 않는 것으로 보아 타이달 섬으로 갈 의향은 분명 있는 듯했다.

"거참, 젊은 처자가! 동화 열여섯 개! 더는 못 빼 줘!"

"아저씨 정말. 그냥 열다섯 개로 해요, 열다섯 개."

"타이달 섬까지 가면 거기서 출발하기 전에 말들 밥이랑 물을 먹여야 한다고! 그게 얼마나 비싼 줄 알아? 축제에 비싸지는 건 사람 음식만이 아니라고!"

마부가 커다란 눈망울을 껌뻑거리는 말들을 가리키며 말했다. 분명 더 깎을 생각이었지만 그 까만 눈을 보는 순간 마음이 약해진 엘레나는 쩝 하고 입맛을 다셨다.

"에이, 참. 알았어요. 동화 열여섯 개 드릴 테니까, 얘들 맛있는 거 사 주셔야 돼요?"

"내 밥줄인데 내가 어련히 잘 모실까. 얼른 타기나 해, 젊은 아가씨!"

흥정을 할 때에 눈썹을 모으고 인상을 쓰던 미부는 어디로 갔는지, 아무렇지도 않게 말하는 그의 목소리는 쾌활하기까지 했다.

먼저 마차에 올라탄 엘레나의 뒤를 따라 엉거주춤 자리에 앉은 아드레이는 묘한 눈으로 엘레나를 바라봤다.

"왜 그렇게 봐요?"

마차가 출발하는 것인지 내부가 한 번 크게 출렁였다.

"그렇게 흥정하는 건 어디서 배웠나?"

"이런 걸 어디서 배워요? 다 살면서 그냥 알게 되는 거죠."

별소리를 다 듣겠다는 듯 한번 웃은 엘레나는 그대로 마차의 창문을 크게 열고 바깥 구경을 시작했다. 하지만 아드레이는 그렇지 못했다. 방금 엘레나의 흥정은 과거 전후 협상 때 본 장면만큼이나 치열했다.

터무니없이 높은 조건을 부르는 상대방에게 그것의 반밖에 되지 않는 가격을 단호하게 제시하고, 아드레이를 이용해 자신의 요구 조건을 관철시키려던 마부의 두 번째 시도도 훌륭하게 막아 냈다. 그래도 여전히 높은 가격을 부르는 마부에게 돌아오는 길에도 손님을 태울 수 있다는 것을 짚어 내는 점은 또 어떤가.

그러나 무엇보다 아드레이가 감탄한 것은 협상의 마지막에 엘레나가 보였던 그 양보의 자세였다. 고생할 말들을 위해서 자신이 손에 쥐었던 이익을 포기하는 모습에 그는 그녀의 참된 마음씨를 보았다고 생각했다.

그렇게 아드레이가 콩깍지가 제대로 쓰인 눈으로 엘레나를 바라보고 있을 때, 엘레나는 정신없이 마차 밖의 풍경을 감상했다. 매일 이곳의 사람들과 부대끼며 살아가고 있었지만 번화가를 오가는 사람들을 보고 있자니 영화나 그림 속에 들어온 듯한 기분을 떨칠 수가 없었다.

"다음번에는 그냥 아발론 번화가에서 놀아 봐야지. 어때요, 레이?"

그것도 재미있겠다. 그냥 시장에 들러 신선한 과일을 사도 좋을 것 같았다.

지난번 메이나드와 같이 갔던 제과점에 들러서 맛있는 디저트를 이만큼 사서 궁으로 돌아가 티토와 나눠 먹어 볼까. 엘레나는 그런 생각을 하면서 창밖으로 지나가는 사람들의 모습을 구경했다.

마차가 아발론의 성문을 통과하는 것 같더니 곧 숨이 탁 트일 만큼 드넓은 농작지가 시야를 가득 메웠다. 비록 길이 험해져서 마차가 덜그럭거릴 때마다 엉덩이가 들썩였지만 멀미도 나지 않을 정도로 엘레나는 들떠 있었다.

얼마 뒤, 마차의 속도가 점점 느려지더니 거의 서서 느릿느릿하게 움직이는 지경에까지 이르렀다. 엘레나가 창문으로 목을 빼고 밖을 내다보니 앞으로 마차가 길게 늘어서 있는 것이 보였다. 손님들을 내려 주는 마차의 행렬인 듯했다.

"다 왔으니 내리쇼!"

조금 기다리다 보니 엘레나 일행의 순서가 돌아왔다. 엘레나는 얼른 마차에서 내려 주머니에서 동화 열여섯 개를 꺼내서 마부에게 내밀었다.

"안전 운전 감사해요, 아저씨!"

마부도 웃는 얼굴로 마주 손을 흔들어 주었다.

뒷사람을 위해 서둘러 도로에서 벗어난 엘레나와 아드레이는 복작복작한 사람들 틈에서 쓸려 내려가지 않도록 정신을 바짝 차렸다.

"아! 저기서 돈을 내고 바로 배에 타는 건가 봐요!"

그랬다. 타이달 섬이라는 말이 주는 느낌대로 축제는 호수 한가운데에 있는 섬에서 열리고 있었다. 그러니 낭연히 배를 타고 들어가야 할 텐데, 엘레나는 무심코 다리가 있을 것이라고 생각했던 자신이 우스웠다. 이곳은 폭이 수백 미터 되는 강 위에도 철근과 시멘트로 큰 다리를 척척 만들어 내는 기술이 있는 세계가 아니었다.

"한 사람당 동화 두 개요."

"여기 두 사람이요."

이미 많은 사람들이 승선한 배 위에서 두 사람은 운 좋게 배의 난간 자리를 차지할 수 있었다. 느리고 천천히 움직이기 시작하는 배 위에서 엘레나는 강바람을 맞으며 큰 숨을 들이켜 봤다.

아드레이는 눈을 감고 바람을 느끼는 엘레나를 보며 자신의 허리띠에 매여 있는 주머니를 슬쩍 열어 봤다.

지금 그는 남몰래 고민이 깊었다. 엘레나는 자신이 축제 구경을 하자고 제안했으니 이동 경비를 자신이 내는 것이 맞다며 마차 삯과 뱃삯을 모두 냈다. 틀린 말은 아니었지만 그래도 아쉬웠다.

이제 섬에 도착한 뒤에는 모두 자신이 지불하리라. 비장하게 마음을 먹은 아드레이는 그제야 시원한 강바람을 즐겼다.

짧아서 아쉬웠던 여행이 끝나고 두 사람은 마침내 타이달 섬에 발을 디뎠다.

"우와."

축제의 전경을 본 엘레나가 뱉은 첫마디였다.

"미쳤다, 미쳤어."

정말 그 말밖에 할 수 없었다. 축제 거리를 빼곡하게 매운 사람들은 하나같이 웃고 떠들며 행복해 보였다. 과장이 아니라 이곳은 그동안 엘레나가 많은 판타지 로맨스를 읽으며 상상했던 '축제'의 모든 것을 옮겨 놓은 것 같았다.

오감으로 전해지는 축제의 즐거움은 상상 이상이었다. 군중의 왁자지껄한 말소리와 함께 어디선가 들려오는 요란한 음악 소리가 이제 막 선착장에 도착했을 뿐인데도 축제 속으로 첨벙 뛰어들고 싶게 했다.

눈이 즐거운 요소도 적지 않았다. 사람들의 머리 위에 동동 매달려 있는 색색의 등이 다채로웠고, 길 양쪽에는 온갖 노점상들이 즐비한 것이 보였다. 함박 미소와 웃음이 가득한 사람들의 얼굴이 축제의 즐거움을 고스란히 보여 주었다.

그리고 가장 참을 수 없는 것이 코를 통해 들어오는 자극이었다.

"아, 맛있는 냄새!"

엘레나가 흥분을 참지 못하고 신이 나서 외쳤다. 하나하나 무엇인지 꼽지 못할 정도로 많은 종류의 음식 냄새가 가득했는데, 그것이 전혀 불쾌하지 않고 오히려 식욕을 자극했다.

길에 다니는 사람들 손에는 맛있는 음식이 들려 있었는데, 마침 바로 앞을 지나간 꼬마가 들고 있는 꼬치의 냄새가 코 속으로 들어오자 입 안에 자동으로 침이 고였다. 이제 입을 만족시킬 차례였다.

"레이! 우리 저 꼬치 먹으러 가요!"

엘레나가 소리쳤다. 아드레이는 엘레나가 가리키는 것을 보더니 주변을 둘러봤다. 남들보다 머리 하나는 큰 키를 활용해 바글바글한 사람들의 위로 꼬치를 파는 가게를 탐색하는 것이었다.

"저쪽인 것 같다."

아드레이가 선착장에서 오른쪽으로 쑥 들어가는 골목을 가리키며 말했다. 가게가 직접 보이지는 않았지만, 그 골목에서 나오는 사람들의 손마다 꼬치가 들려 있는 것으로 유추했다.

"가요, 가! 출발!"

신이 난 엘레나가 크게 웃으며 말했다. 두 사람은 열심히 사람들의 틈바구니를 걸었다. 무작정 사람들 사이를 가르고 지나갈 수도 없어서 흐름에 맞춰서 느릿하게 걷다 보니 자연스레 구경도 할 수 있었다.

아이들의 장난감을 파는 곳도 있었고, 아기자기한 액세서리를 파는 곳도, 그리고 흐드러지게 핀 꽃을 파는 가게도 있었다.

특히 액세서리 가게에는 연인으로 보이는 사람들이 가득 차 있었다. 아드레이는 그것을 보고 잠시 걸음을 멈췄지만 배가 고프다고 외치는 엘레나에 의해 도로 끌려 나와야 했다.

"아, 여긴가 보다!"

그렇게 처음 아드레이가 가리킨 곳을 향해서 걷고 또 걷던 엘레나는 한 노점상을 가리키며 말했다.

"그런데 줄이……."

"끝이 없군."

엘레나와 같은 생각을 한 사람들이 한둘이 아닌지 꼬치 가게의 앞에 길게 늘어선 줄은 끝이 보이질 않았다. 순간 그냥 갈까 하는 생각이 들었지만, 막상 가게 앞에 와서 지글지글 익고 있는 꼬치를 보고 뿌연 연기에 섞인 냄새를 맡으니 더더욱 참을 수 없어졌다.

"레이…… 기다려서 먹는 건 별로예요?"

수습 기사이긴 해도 귀족인 그였다. 이렇게 사람 틈바구니에 껴서 이리 치이고 저리 치이는 상황에서 짜증을 내지 않은 것만 해도 많이 참은 것일지도 몰랐다. 그런데 이제는 길고 긴 줄을 기다려서 고작 꼬치 하나를 먹자고 하려니 엘레나는 제안이 조심스러워졌다.

"상관없다."

아드레이는 먼저 줄의 끝을 찾아 걸어가며 대답했다.

사실 그는 이 모든 게 처음이었다. 전쟁터가 아니고서는 이렇게 한 장소에 사람들이 바글바글한 것도 처음이었고, 그 속을 헤치며 걸어가는 경험도 물론 처음이었다.

정신이 없었다. 여기저기서 들려오는 말소리며, 의지와 상관없이 툭툭 부딪치는 어깨며. 하지만 기분은 그리 나쁘지 않았다. 그가 다스리는 제국의 사람들과 이렇게 섞여 축제를 즐기는 것은 황제로서 매우 의미 있고 기분이 고양되는 경험이었다.

그러니 이제 와 무엇을 못하랴. 아드레이는 줄의 맨 끝에 섰다.

"아, 진짜 맛있겠다."

그가 긴 줄을 개의치 않고 기다리겠다고 한 이유에는 엘레나도 한 몫 톡톡히 했다. 참지 못하겠는지 연신 발뒤꿈치를 총총 들고 줄이 얼마나 남았는지 보는 모습에 아드레이의 얼굴에 미소가 걸렸다.

그녀가 저렇게 기대하고 있는데 까짓것 기다리지 못할 게 또 뭔가.

다행히 미동도 없는 것 같았던 줄은 점점 줄어들었다.

"아주머니, 꼬치 세…… 아니, 네 개 주세요!"

드디어 지글지글 익고 있는 꼬치 앞에 선 엘레나가 호기롭게 외쳤다. 그러자 꼬치 가게 주인은 그런 엘레나가 귀여운지 씨익 웃으며 물었다.

"젊은 아가씨가 그걸 다 먹을 수 있겠어?"
"그럼요! 먹어 보고 맛있으면 집에 돌아가는 길에 한 번 더 올게요!"
"아이구, 그래!"
처음 본 가게 주인과 마치 몇 년은 단골인 것처럼 친근하게 대화를 하는 엘레나였다.
"이번에는 내가 내지."
꼬치 네 개가 종이봉투에 담기자마자 아드레이는 기다렸다는 듯 나서며 말했다.
"동화 여덟 개요."
자연스레 돈주머니로 가던 아드레이의 손이 멈칫했다. 또 동화! 아드레이는 아랫입술을 꾹 다물었다. 하지만 아무리 자신의 주머니를 들춰 봐도 그 안에 동화는 없었다.
"아주머니, 여기요."
결국 아드레이가 은화 하나를 꺼내려 하는 것을 본 엘레나가 얼른 자신이 대신 값을 치렀다.
"맛있게 먹어, 아가씨!"
엘레나는 서둘러 사람이 조금 적은 곳으로 발을 옮겼다. 손에 묵직하게 들린 꼬치를 얼른 먹어 보고 싶었기 때문이다.
조금 돌아다니다가 사람의 발길이 적은 한적한 풀밭을 찾은 그녀는 바로 자리를 잡고 앉았다.
"아휴, 다리 아파라. 레이, 여기 하나 받아요!"
엘레나는 아드레이에게 기다란 꼬치 하나를 건네고 얼른 자신도 하나를 꺼내 윤기가 흐르는 고기 한 점을 입에 답삭 물었다.
"마, 맛있다!"
달콤한 소스와 살짝 탄 고기에서 나는 불 맛이 어마어마했다. 이

집 잘하는 집이네. 네 개 사기 잘했다는 생각을 하며 엘레나는 두 번째 고깃덩어리를 입에 가득 넣고 우물거렸다.

"레이, 괜찮아요?"

그런데 문득 옆을 바라보자 레이가 시무룩해진 게 보였다. 그의 머리 위에 먹구름이 잔뜩 낀 검은 구름이 동동 떠 있는 듯했다.

"왜 하필 다 동화지?"

이상했다. 휴고는 분명 동화는 필요가 없다고 했는데. 그의 짙은 눈썹이 혼란으로 잔뜩 찌푸려져 있었다.

"누가 내든 무슨 상관이에요. 꼬치가 이렇게 맛있는데."

엘레나는 다시 한번 크게 입을 벌려 꼬치에서 고기 한 점을 떼어내며 말했다. 그때 퍼뜩 뭔가를 깨달은 아드레이가 엘레나의 어깨를 잡고 다급하게 말했다.

"돈이 없는 게 아니다."

그녀가 오해를 하면 어떻게 하지. 아드레이는 지금 옆 나라가 쳐들어오는 것보다 그게 더 무서웠다.

"알아요. 잔돈이 없는 거."

이번에는 꼬치에서 고기 사이의 야채를 뜯어 먹던 엘레나는 여전히 침울한 모습의 아드레이를 흘끔 보며 말했다.

"그냥 오늘은 내 돈으로 놀고요, 다음번에 놀 때는 레이가 사요. 그럼 되잖아요. 그때는 꼭 동화도 챙겨 나오고요."

"다음번?"

아드레이의 귀가 쫑긋했다.

"다음에 황도 번화가에서 놀기로 했잖아요. 안 놀 거예요, 우리?"

그는 그제야 깨달았다. 이제 그와 그녀는 친구 사이였다. 그것도 이렇게 멀리까지 나와서 같이 놀 만큼 가까운 친구 사이. 그러니 당연히 다음번이 있고, 또 그다음 번이 있을 터였다. 흐렸던 아드레이의 얼굴이 서서히 밝아졌다.
"그러니까 식기 전에 얼른 먹어요! 진짜 맛있다니까요?"
엘레나는 아드레이가 들고만 있던 꼬치를 가리키며 말했다.
걱정거리가 사라지자 알맞게 구워진 고기의 먹음직스런 냄새가 그제야 느껴지고 배가 고파 왔다. 그는 먹성 좋은 대식가답게 고기 두 점을 크게 물어 입에 담았다.
"어때요, 어때요?"
엘레나는 아드레이의 얼굴을 자세히 관찰하며 웃었다.
"생각보다…… 맛있군."
그는 정말로 놀라서 말했다. 길에서 파는 음식에 대해 별다른 기대를 하고 있지 않았던 그의 눈이 크게 뜨였다. 눈 깜짝할 사이에 아드레이가 꼬치 하나를 다 먹어 버리자 엘레나는 기다렸다는 듯 하나를 더 꺼내서 그의 손에 쥐어 주었다.
"아까 지나다니다 보니까 여기 다른 음식들도 많은 것 같은데. 우리 하나씩 먹어 볼래요?"
엘레나의 눈이 즐거움으로 반짝반짝 빛났다. 역시 축제의 꽃은 음식이다.
커다란 꼬치 두 개씩을 뚝딱 해치운 엘레나와 아드레이는 한마음 한뜻으로 축제 거리를 활보했다. 사람이 많아서 천천히 걸으며 축제 구경을 하다가 맛있는 것이 보이면 발을 멈추고 사 먹었다.
저물녘, 갓 구운 빵을 산 두 사람은 근처의 악단이 흥겹게 연주하는 노래를 들으며 여유를 즐겼다.
"우움, 좀 더 단 게 먹고 싶은데."
엘레나가 아쉬워하며 말했다.

"나보고 많이 먹는다고 하더니. 엘레나 그대도 만만치 않은 것 같은데."

지난번에 샌드위치를 가지고 그를 놀렸던 그녀였다. 정곡이 찔렸는지 얼굴을 붉히던 엘레나는 이내 턱을 치켜들고 당당하게 말했다.

"평소에는 조절하는 거고요, 살찔까 봐. 이런 날은 정신 줄 놓고 먹어야죠!"

"살?"

"어쩔 수 없잖아요. 안 그래도 펑퍼짐해서 더 부해 보이는 신관복을 매일 입는데."

다행히 엘레나는 그렇게 쉽게 살이 찌는 체질은 아닌 듯했지만 항상 신경이 쓰였다.

"그대는 좀 더 쪄도 된다. 너무 말랐어."

아드레이는 그렇게 말하며 자신이 먹던 빵 한쪽을 크게 떼어 주었다. 그는 진심이었다. 엘레나는 너무나 작았다. 원래 키가 작아 더 체구가 작아 보이는 것도 있었지만, 평소 잘 먹지 못하는 것은 아닌가 걱정이 될 정도였다.

"신전에서 고생하면서 좀 마르기는 했지만 다시 찌기도 많이 쪘고, 그 정도는 아니거든요?"

그렇게 퉁명스레 말하면서도 슬슬 입꼬리가 하늘로 올라가는 것은 왜일까. 엘레나는 아드레이가 건네준 폭신폭신한 빵 한 덩어리를 왕 입에 물었다.

그때였다.

"우와!"

오물오물 빵을 씹던 엘레나가 크게 탄성을 터뜨렸다. 날이 조금씩 어두워진다 싶더니 길 위에 조롱박처럼 매달려 있던 색등에 밝게 불이 들어온 것이다. 그 색색의 빛 아래에서 구경하는 축제는 그것만으로도 운치 있는 광경이었다.

"레이, 우리 조금 걸을까요?"

엘레나가 엉덩이를 털고 일어나며 말했다.

"그럴까."

안드레이도 흔쾌히 찬성하며 일어났다. 언제 다시 올 수 있을지 모르는 이 축제를 조금 더 즐기고 싶었기 때문이다.

길을 걷기 시작한 두 사람이 동시에 깨달은 것은 북적이던 인파가 조금 줄어들었다는 것이다. 그렇다 보니 걸음은 산책이라도 나온 것처럼 더욱 여유로워졌다. 뿐만 아니라 호수의 물결을 타고 온 시원한 밤바람이 살랑거렸다.

"오길 잘했다."

그녀는 '이 세계에'라는 말은 하지 않았다. 하지만 이렇게 행복해도 되나 싶을 정도로 그녀는 엘레나로서의 삶에 만족하고 있었다.

도대체 자신이 왜 이 책 속 세상에 떨어진 것인지, 그렇다면 원래의 엘레나는 어떻게 된 것인지 모르는 것투성이였지만 스스로에게 그런 질문을 하며 밤잠을 설치는 것은 이제 하지 않았다.

어차피 아무리 고민해 봤자 자신은 답을 내릴 수 없는 질문들이었고, 또 어떤 일들은 그저 '일어난다'는 것을 많은 것이 결핍되었던 단아의 삶을 살았던 그녀는 잘 알고 있었다.

20년을 넘게 살았던 원래 세상에는 그 시간이 무색할 정도로 두고 온 것이 없었다. 그녀를 찾는 가족도 없었고, 항상 돈과 아르바이트에 쫓겨 살았기 때문에 마음을 나눈 친구도 없었다.

만약 원래 세상에서 그녀가 정말 죽었다고 하더라도 그녀를 그리워하고 슬퍼해 줄 사람도 없다는 것을 이미 알았다.

하지만 이제 겨우 2년이 되어 가는 이곳에선 그녀를 아껴 주는 사람들이 많았다.

이유는 모르겠지만 항상 다정한 눈으로 그녀를 봐 주는 교황 성하도, 건방지고 툭툭대지만 누구보다도 그녀를 생각하는 티토도, 이모처럼 챙겨 주는 일리야도 있었다. 그리고 자신이 아프면 돌아가며 밤을 새워 간호를 해 주는 많은 새벽의 궁 사람들도 말이다.

문득 머리 위를 올려다본 엘레나의 눈에 붉은색과 초록색의 등이 들어왔다. 그 색을 보자 르니에와 메이나드도 떠올랐다. 도대체 자신에게서 무엇을 본 것인지는 모르겠지만 두 사람도 그녀를 좋아해 주고 있었다. 그리고.

"레이."

엘레나의 부름에 그녀의 시선을 따라 색색의 등을 올려다보던 아드레이가 눈을 내려 그녀를 바라봤다.

"갑자기 나를 못 보게 되면, 서운해해 줄 거예요?"

궁상맞은 질문이었지만, 엘레나는 궁금했다. 어떻게 이곳에 오게 되었는지 모르는 만큼 언제 다시 원래 세상으로 돌아갈지 모른다는 불안감이 항상 있었다. 그래서 유치하지만 한번 물어보고 싶었다.

"그래도 가끔은 나 생각해 줄 거예요?"

아드레이의 발이 우뚝 멈췄다. 길 한복판이라는 생각이 들어 엘레나는 당황했지만, 그의 짙은 푸른 눈은 한 치의 흔들림조차도 없었다.

"아니."

"에이, 섭섭하다. 그렇게 단호하게 말하면……."

"찾을 거다."

그가 담담히 하지만 우직한 목소리로 말했다.

"그대를 찾아서 모든 곳을 뒤지겠지. 그대가 다시 나타날 때까지.

그리고 그래도 그대를 찾을 수 없다면, 기다릴 거다."

"기다린다고요?"

"그대가 다시 나타날 때까지 계속."

아아, 맞다, 그랬지. 엘레나는 결국 피식 웃어 버렸다. 말수는 적지만, 적은 말 한마디 한마디에 진심을 담는 남자.

"큰일 났네."

그리고 먼저 다시 길을 따라 걷기 시작했다.

"뭐가 큰일이 났단 말이지?"

"있어요, 그런 게. 알면 다쳐."

엘레나는 빨개졌을지도 모를 자신의 얼굴을 감추려 성큼성큼 앞으로 걸어 나갔다. 하지만 그녀보다 훨쩍 큰 아드레이는 너무나 쉽게 그 거리를 따라잡았다. 그리고 막 그녀의 얼굴을 살피려는 순간, 길 저 안쪽에서 '와아!' 하는 사람들의 탄성이 들려왔다.

"저기서 뭐 하나 봐요."

엘레나는 소리가 난 쪽으로 종종 뛰어갔다. 사람들이 모여 있는 곳은 한 가게의 앞이었다.

"진짜 아깝다!"

"너 한번 해 볼래? 내가 돈 내줄게!"

"아우, 싫어! 사람들 앞에서는 간 떨려서 못해."

막 친구로 보이는 남자 둘이 무리에서 돌아 나오며 대화를 나누는 것이 들렸다. 엘레나는 호기심 어린 눈으로 사람들 사이를 요리조리 파고들어 제일 앞에 도착했다.

"호오, 사격장 같은 건가?"

놀이공원의 사격장을 떠올리게 하는 가게에는 총 대신 다트가 있었다. 이렇게 멀어도 맞힐 수 있나 싶을 정도로 멀리 떨어진 곳에 색과 크기가 가지각색인 다트 판이 여기저기 세워져 있었다.

"자자, 열 번에 동화 두 개! 열 번 던지는 데에 단돈 동화 두 개!"

가게 주인으로 보이는 남자가 큰 목소리로 외치며 손님을 끌었다. 마침 엘레나의 바로 옆에서는 조금 전 들려왔던 그 탄성의 주인공인 듯 얼굴이 붉어진 남자가 씩씩거렸다.

"여기 동화 두 개 더!"

"오오, 그럼 그럼. 형씨, 잘 좀 던져 봐! 좀 만 더 잘하면 되겠고만!"

"얼른 다트나 달라고!"

주인은 희희낙락하며 다트 열 개를 남자에게 건네주었다. 후우 하고 심호흡을 한 남자는 저 멀리에 놓인 다트 판을 향해 팔을 힘껏 휘둘렀다.

"아아!"

"아깝다!"

여기저기서 소리를 질렀다. 다트 판들 중에서 가장 높은 곳에 있으며 면적이 제일 작은 곳, 즉 최상위 점수의 표적을 향해 날아가던 남자의 다트가 표적을 아슬아슬하게 비껴갔기 때문이다.

차라리 다른 점수대가 옹기종기 모여 있는 곳의 다트 판을 노렸다면 비껴갔다 해도 낮은 점수라도 받았을 텐데. 혼자 덩그러니 놓인 가장 높은 점수의 과녁은 남자의 노력이 무색하게 끼익 끼익 소리를 내며 흔들리고 있었다.

"에이, 젠장!"

결국 열 개의 다트를 모두 쓸 때까지 표적을 맞히지 못한 남자는 붉으락푸르락한 얼굴로 성질을 내며 돌아가야 했다.

"형씨, 이거라도 하나 받아 가지?"

가게 주인이 선심 쓰듯 설탕을 입힌 막대 과일을 하나 내밀었지만, 오히려 사내의 화만 돋울 뿐이었다.
"다음 도전자 없습니까? 다음 도전자?"
애초에 결과가 이렇게 될 것을 알았다는 듯 가게 주인은 매우 기분이 좋아 보였다.
호승심이 강한 남자들이 낮은 점수의 표적에 만족하는 일은 별로 없었다. 다들 자존심에 가장 어려운 과녁만 노리며 다트를 낭비해 대니, 상품으로 걸린 물건들은 잃지 않고 동화만 챙겨 수입이 쏠쏠했다.
"와, 저 인형 큰 것 좀 봐. 침대에 두면 딱이겠다."
엘레나는 상품으로 걸린 커다란 토끼 인형을 보고 무의식적으로 중얼거렸다. 그걸 그녀의 뒤에 서 있던 아드레이가 들을 거라곤 생각도 하지 못한 채.
딱히 가지고 싶다는 말은 아니었다. 다만 침대에 놓고 쓰면 안고 자기 좋을 거란 생각이 들긴 했다.
아드레이의 눈이 전의에 활활 불타올랐다. 그녀가 인형을 손가락으로 가리킨 순간부터 그의 머릿속에 그 커다란 솜뭉치는 '꼭 가져와야 하는 것'으로 각인이 되어 버렸다.
축제 덕분에 엘레나와 함께 시간을 보내게 된 것까지는 좋았다. 하지만 하루 종일 그는 엘레나의 도움만 받았다. 호기롭게 축제 구경을 시켜 주마 한 것은 자신인데, 엘레나가 나서서 흥정을 하고 엘레나가 돈을 냈다. 아드레이는 저 인형이라도 엘레나에게 주고 싶었다.
"엘레나, 동화 두 개만 빌려줄 수 있나?"
"응? 동화요? 갑자기 왜요?"
엘레나는 동전을 꺼내 아드레이에게 주며 물었다.
"여기, 다트 열 개 주지."
"어어? 레이, 정말 하려고요?"

주인에게 동화를 내미는 아드레이를 보고 엘레나의 눈이 동그래졌다. 호기심에 와 보긴 했지만 그가 나서서 다트 게임을 할 거라곤 상상도 하지 못했다.

엘레나는 주변을 둘러보았다. 조금 전 시선을 모았던 남자가 화를 내면서 가 버리고 난 뒤에 시큰둥해졌던 사람들의 시선이 아드레이에게로 몰리고 있었다. 그의 곁에 서 있는 자신이 느끼기에도 시선이 따가운데, 그는 그런 것이 느껴지지도 않는지 손안에서 다트를 굴려 보고 툭툭 던져 보기도 하며 이미 집중하고 있었다.

"생각보다 꽤 무겁군."

아드레이가 중얼거렸다.

"설마, 레이. 한 번도 다트 해 본 적 없어요?"

엘레나의 물음에 그가 고개를 끄덕였다.

가장 좋아하고 두각을 나타낸 것이 검술이기는 했지만 그는 기본적으로 모든 무기류를 잘 다뤘다. 창, 궁, 단검, 그리고 맨손으로 싸우는 각투角鬪까지. 스스로를 믿고 자존심을 건 남자는 더욱 신경을 가다듬었다.

"긴장하지 말고요."

그렇게 말하는 엘레나의 얼굴이 아드레이의 얼굴보다 백배는 더 긴장한 듯 보였다. 아드레이는 여전히 무표정한 얼굴로 그녀를 한번 보고는 다트를 던질 과녁을 골랐다.

"준비됐소?"

멀찍이서 가게 주인이 부러 큰 소리로 물었다. 사람들의 시선을 모으려는 의도였다. 그러면서 사람을 끌어모으는 효과도 있었고, 다트를 던지려고 선 사람을 더욱 긴장시킬 수도 있었다.

하지만 아드레이는 별 반응 없이 다트 하나를 오른손에 들었다.

목표는 비교적 가까이에 놓인 반 점짜리 표적이었다.
 "휙."
 다트가 그의 손을 떠남과 동시에 사람들의 시선도 다트의 꼬리를 따라 빠르게 움직였다.
 "오오."
 "꽤 하는 사람 같은데?"
 아드레이가 던진 다트가 표적 중앙에 맞아 들자 사람들이 즐거워하며 말했다.
 "에이, 그래 봤자 반 점짜리에 맞힌 거 가지고 너무 좋아하지 마쇼."
 주인은 작정하고 아드레이를 놀렸다. 하지만 아드레이는 그런 말들이 들리지도 않는지 다트를 다시 한번 툭툭 던져 보며 혼잣말을 했다.
 "대충 알겠군."
 그리고 그가 다시 다트를 던지려 팔을 들었을 때였다.
 "이봐요, 사내가 쩨쩨하게 반 점짜리에 눈독 들이지 말고, 화끈하게 저 3점짜리……."
 가게 주인이 아드레이에게 가장 어려운 표적을 맞혀 보라고 도발을 했을 때였다. 아드레이가 손목을 살짝 튕기며 던진 다트가 멀리서 끊임없이 흔들리고 있던 최상위 과녁의 정중앙에 정확히 꽂혔다.
 "우와!"
 "방금 엄청 빠르지 않았어?"
 "난 날아가는 거 보지도 못했다고! 대단한데!"
 사람들의 웅성거림이 점점 커졌다. 조금 전의 남자가 열 개가 넘는 동화를 들이고도 겨우 한 번 스친 게 다였던 것을 알고 있어 흥분은 더했다.

"저거 의외로 맞히기 쉬운 거 아냐?"
"아까 그 남자가 엄청 못 던졌던 건가?"
그렇게 말하며 '이다음에는 나도 한번 해 볼까?' 하는 사람들도 늘 었다.
한편 가게 주인은 여전히 한쪽 입꼬리만 올린, 대수롭지 않은 듯한 얼굴이었다. 운이 좋아 한 번 맞힌 것뿐이겠지 하는 모양이었다. 하지만 그 여유로움은 얼마 가지 못했다.
휙, 휙, 휙.
아드레이가 가벼운 움직임으로 다트를 던질 때마다 경쾌한 소리가 들렸다. 멀리에 매달린 가장 어려운 과녁이 마치 그가 던진 다트를 쏙쏙 빨아들이는 듯한 착각을 줄 정도였다.
"우와와! 저 사람 선수인가 봐!"
"거 주인장 된통 당했군!"
"저렇게 흔들리는데도 튕겨 나가지도 않다니."
"다음에는 내가 한번 해 보겠소!"
뜨거운 반응이었다. 결국 아드레이는 열 발 중 처음 연습용으로 던진 첫 번째 다트를 제외하고 모든 다트를 가장 어려운 3점짜리 과녁에 명중시켰다. 결과는 27점하고도 반 점. 1등 상품인 은화 한 개를 타고도 남을 만큼 높은 점수였다.
"쳇, 여기 있수다."
가게 주인은 똥 씹은 얼굴로 아드레이에게 은화 한 개를 내밀었다. 어디서 이런 꾼이 굴러들어 와 가지고는. 장사 공쳤다고 생각하는 주인에게 아드레이는 고개를 저었다.
"저 인형, 저걸로 대신하지."
"으, 으잉? 저 토끼 인형 말이오?"

은화 한 개로 세 개는 살 수 있는 토끼 인형을 그가 가리키자 주인이 얼떨떨한 얼굴로 되물었다.

지금 아드레이가 필요한 것은 은화가 아니었다. 그것이라면 그의 주머니에도 차고 넘쳤다. 그가 원하는 것은 엘레나가 가리켰던 바로 그 토끼 인형이었다.

"여기 있소!"

얼굴이 활짝 핀 주인이 아드레이의 마음이 바뀌기 전에 얼른 토끼 인형을 걸이에서 내려서 건네주었다. 얼마나 덩치가 큰지 남들보다 훌쩍 크고 건장한 아드레이가 들기에도 부담스러울 정도였다. 결국 그는 인형을 옆구리에 끼어 들었다.

"그리고 저 표적, 위에 지탱하고 있는 고리가 지나치게 작고 헐거워서 문제가 있는 것 같더군."

아드레이가 주인에게 말했다.

'일부러 그래 놓은 거라고!'

주인은 잘난 사내에게 그리 소리치고 싶었지만, 웃으며 고개를 끄덕였다. 괜한 소리를 했다가 다트를 더 던져서 자신을 골탕 먹이지 않을까 무서웠던 것이다.

상품을 챙긴 아드레이는 뒤쪽에 멀찍이 물러나서 자신을 기다리는 엘레나를 향해 걸어갔다. 주인과 잠시 대화를 하더니 커다란 토끼 인형을 옆구리에 끼고 걸어오는 그의 모습에 엘레나는 결국 웃음을 터뜨렸다.

"푸하하하, 인형 들고 있는 게 어쩜 그렇게 안 어울려요!"

그가 걸을 때마다 짐짝처럼 들린 토끼 인형의 귀가 함께 달랑거렸다.

"여기 있다, 엘레나."

그녀의 웃음소리에 살짝 얼굴이 붉어진 아드레이가 엘레나에게 인형을 내밀었다.

"응? 나 주는 거예요?"

엘레나는 인형을 받아 들며 놀라 물었다. 얼마나 큰지 인형을 안자 앞이 잘 안 보였다.

"가지고 싶어 하지 않았나."

"레, 레이한테 따 달라는 말은 아니었는데. 고마워요, 진짜."

폭신폭신한 인형의 털이 얼굴을 간지럽혔다. 엘레나는 그 털 안에 얼굴을 비벼 보았다.

이걸 안고 누워 있으면 잠이 저절로 솔솔 들 것 같았다. 그리고 무엇보다 아무 생각 없이 한 혼잣말을 듣고 그가 자신을 위해서 다트까지 던져 가며 인형을 따다 주었다는 게 더 기뻤다.

"그렇게 들고 있으니, 둘이 닮았군."

팔짱을 끼고 지그시 엘레나를 보던 아드레이가 툭 던지듯 말했다.

"피부가 흰 것도 그렇고, 눈만 동그라니 커다란 것도 그렇고. 키가 작은 것까지도 비슷하다. 그대가 귀만 달면 구분하기 어려울 정도겠는데."

그의 입에 짓궂은 웃음이 늘어졌다.

"농담도 할 줄 아네요."

엘레나가 눈을 생긋이 접으며 말했다.

"농담 아니어도 농담이라고 하는 게 좋을 거예요."

그렇게 말하고는 먼저 쌩하니 돌아서 걸어가 버렸다. 자기만 한 커다란 인형을 들고 뒤뚱뒤뚱 걷는 모습에 아드레이는 고개를 저으며 피식 웃었다. 지금 그의 눈에는 저런 봉제 인형보다 그녀가 백배는 귀여웠다.

시간은 어느새 훌쩍 흘러 달이 완연하게 모습을 드러냈다.

"이제 슬슬 갈까요?"

더 늦었다간 황궁의 통금 시간에 걸릴지도 몰랐다. 엘레나와 아드레이는 아쉬운 발걸음을 옮겨서 처음 이곳에 도착했던 선착장으로 향했다.

"응? 왜 이렇게 사람이 없지?"

축제를 즐길 만큼 즐긴 사람들로 붐빌 거라고 예상했던 선착장에는 사람이 하나도 보이질 않았다.

이상했다. 낮에 사람들이 주르륵 서 있던 대기 열은 텅 비어 있었고, 심지어 배를 타러 나가는 부두에는 사람이 들어가지 못하도록 줄까지 쳐져 있었다.

멍하니 빈 선착장을 바라보는 두 사람의 근처로 마침 직원이 하나 지나갔다. 축제에서 술을 몇 잔 했는지 얼굴이 붉은 중년의 남자였다.

"아, 저기요! 저희 배 타고 나가야 하는데, 배 없어요?"

엘레나가 말하자 직원은 별 이상한 사람 다 보겠다는 듯이 그녀를 봤다.

"배 끊긴 지가 언젠데. 몰랐수?"

이게 무슨 황당하면서도 익숙한 상황이지.

"아, 아직 시간도 얼마 안 됐는데……."

"해가 지면 배도 끊기지. 밤까지 축제를 즐기는 사람들은 다들 하룻밤 묵어 갈 작정을 하고 온 사람들이우."

아, 그래서 노을이 질 때 그렇게 사람들이 우르르 빠져나갔던 거구나. 엘레나는 망연자실했다.

"어떻게 하지……."

설마 배가 끊길 거라곤 상상도 못한 그녀는 머리가 텅 비는 것 같았다. 그때 직원이 뒤쪽에서 마찬가지로 당황해하고 있는 아드레이를 흘끔 보더니 낄낄 웃었다.

"클클, 다들 처음에는 그렇게 시작하지. 암."

"뭐라고요?"

"아니, 별말 아니우. 저 안쪽으로 들어가면 여관이 여러 개 모여 있으니 한번 가 보슈. 운이 좋으면 방이 남아 있을지도 모르니."

직원은 아드레이를 향해 한쪽 눈을 찡긋해 보이더니 사라졌다.

"이, 일단 저쪽으로 가 보죠. 노숙을 할 수는 없잖아요."

하지만 섬에 놀러 와서 배가 끊겼다는 이 익숙하면서도 황당한 상황은 그게 끝이 아니었다.

"방이 하나밖에 없다고요?!"

"하나라도 남아 있는 게 다행인 줄 알아. 축제 끝물이라 그나마도 있는 거야."

여관 주인이 하품을 쩍 하며 말했다. 설마 하며 주변의 다른 여관을 둘러보았지만, 다른 곳들은 모두 만실이었다. 결국 다시 처음에 들렀던 여관으로 돌아온 두 사람을 보고 여관 주인이 씨익 웃었다.

"다른 데 가 봐도 없지?"

이 말도 안 되는 상황에 자포자기한 심정이 된 엘레나는 여관 주인에게 물었다.

"방, 하룻밤에 얼마예요?"

"은화 한 개."

"어떻게 겨우 하룻밤에 은화 한 개를……."

엘레나가 말도 안 되는 바가지에 막 따지려 들던 참에, 동화와는 비교도 되지 않게 빛나는 무언가가 여관 카운터 위에 딸깍 소리를 내며 놓였다.

"은화, 여기 있다."

묘하게 기뻐 보이는 아드레이였다.

열쇠를 받아 든 아드레이가 앞장서서 올라가고 엘레나가 그 뒤를 따랐다. 두 사람은 2층의 제일 안쪽에 있는 방으로 향했다.

끼익.

나무끼리 부딪치는 작은 마찰음과 함께 문이 열렸다. 방은 아담하지만 다행히 청결해 보였다. 엘레나의 눈이 절망적으로 안쪽에 놓인 침대를 향했다.

"역시 2인용 침대 하나네."

그럴 거라고 생각은 했지만, 막상 눈으로 확인하니 더욱 막막했다. 이제 와서 뭘 어쩌랴. 반쯤 포기한 그녀는 아직도 들어오지 않고 문간에 서 있는 아드레이를 돌아보며 말했다.

"나 먼저 간단하게 씻을게요."

갈아입을 옷이 없어서 개운하게 목욕을 하지는 못해도 적어도 하루 종일 돌아다니며 흙먼지가 낀 얼굴과 손발 정도는 닦아야 할 것 같았다. 문고리를 잡고 서 있는 아드레이가 대답을 하기도 전에 그녀는 욕실로 들어가 문을 닫았다.

"크흠."

계속 문지기처럼 문간에 서 있을 수도 없어 아드레이는 헛기침을 한 번 한 후 결국 방 안으로 들어섰다.

방 안의 구조는 단순했다. 전면으론 큰 창이 있었고, 그 앞에 두 사람이 함께 쓰는 침대가 놓여 있었다. 그 이외에는 작은 옷걸이와 욕실로 가는 문, 그리고 침대 옆에 놓인 1인용 소파 하나가 전부였다.

잘 정리된 침구가 구겨지지 않도록 조심스레 침대에 엉덩이를 대고 앉아 본 아드레이가 의외로 나쁘지 않은 쿠션감에 고개를 끄덕일 때였다. 닫힌 욕실 문 너머에서 찰박찰박하는 물소리가 들려왔다.

벌떡.

아드레이는 벼락이라도 맞은 사람처럼 침대에서 순식간에 일어나 방 안을 서성였다. 그러다가 괜히 로브를 벗어 옷걸이에 걸었다.

"젠장."

나지막이 거친 소리를 뱉은 그의 손에 창문이 벌컥 소리를 내며 열렸다. 동시에 바깥의 찬 공기가 훅 하고 끼쳐 들자 아드레이는 있는 힘껏 큰 숨을 들이켰다. 간간이 물소리만 들려오는 조용한 방 안에 그의 큰 한숨 소리가 더해졌다.

이토록 어색하고 긴장되고 또 심장이 터질 것 같은 기분은 뭐란 말인가. 아드레이는 난생처음 겪는 감정에 앞으로 흘러내린 머리를 쓸어 넘겼다.

무슨 일이 있을 것이라고 생각하는 것은 아니었고, 뭔가를 바라는 것은 더더욱 아니었다. 그런데도 숨이 턱턱 막혀 오고 몸을 가만두지 못하겠어서, 그는 결국 벗어 두었던 로브를 다시 손에 챙겨 들었다.

이 방에서 잠을 잤다간 이페른 제국은 젊은 황제를 심장 마비로 잃게 될 것이다. 차라리 노숙을 하거나 공터에서 검술 연습이나 하는 게 훨씬 나을지도 모른다는 생각이 강하게 들었다. 지금 몸에 들끓는 열기와 힘이라면 밤새 검을 휘둘러도 지치지 않을 것 같기도 했고 말이다.

그런데 그가 막 방문을 열고 도주 아닌 도주를 감행하려던 순간, 닫혀 있던 욕실 문이 열렸다.

"지금 어디 가요?"

아드레이의 커다란 몸이 움찔했다.

"잠깐…… 밖에."

"설마 지금 밖에서 자려는 건 아니겠죠?"

그녀의 목소리가 조금 뾰족하게 들린 것은 그의 착각이었을까. 아드레이는 차마 엘레나의 얼굴을 보지도 못하고 문 앞에 못 박힌 듯 아무 말 없이 서 있었다.

"은화를 한 개나 그대로 줬는데, 레이가 왜 밖에서 자요?"

그녀는 아직도 방값 흥정을 하지 못한 것이 꽤 분했다.

"쓸데없는 소리 말고 얼른 누워요. 아니면 씻든가."

엘레나의 말이 끝나자마자 아드레이는 문고리를 놓고 싱금성큼 걸어와 침대 한쪽 끄트머리에 다소곳이 누웠다. 상당히 기계적이고 부자연스런 움직임이었다.

"왜 그렇게 누워 있어요?"

톡 치면 침대 밑으로 쿵 하고 떨어질 듯한 아드레이의 모습을 보고 엘레나가 뚱하게 물었다.

"난 이거면 충분하다."

충분하긴. 남들보다 키도 크고 몸도 좋은 남자가 침대 모서리에 겨우 몸만 걸치고 하는 말에 엘레나는 흥 하고 콧방귀를 뀌었다.

"안 덮쳐요, 안 덮쳐! 정 불안하면!"

엘레나가 주변을 두리번두리번하다가 이내 아드레이 머리 밑 베개 두 개 중 하나를 빼냈다. 그리고 자신 쪽에서도 하나를 뺐다. 그러고는 그것들을 가지고 두 사람 사이에 희고 폭신폭신한 벽을 하나 만들어 냈다.

"됐죠? 이거 안 넘으면 되잖아요!"

최대한 엘레나와 멀리 누우려 몸을 반쯤 접고 있던 아드레이는 많은 감정이 담긴 눈으로 두 사람 사이에 생겨난 벽을 바라보았다.

"하루 종일 돌아다녀서 피곤해 죽겠어요. 얼른 자고 일어나야 내일 아침 일찍 첫 배 타고 돌아가죠. 레이도 얼른 자라고요."

어느새 누워서 눈을 감고 그렇게 말하는 그녀의 목소리에는 잠이 주렁주렁 달려 있었다.

길고 긴 하루였다. 오늘 아침에 눈을 뜨고 축제에 갈 준비를 할 때만 해도 밤에 새벽의 궁이 아닌 다른 곳에서 머리를 누일 거라곤 생각도 못했다. 잠시 나들이하듯 놀러 갔다 올 거란 생각만 했을 뿐이었다.

하지만 달리 생각해 보니 이런 것도 나쁘지 않았다. 재밌었다. 하루 종일 축제를 즐기고, 실컷 웃고 떠들고. 그리고 밤에는 전혀 생각지도 못한 낯선 여관방에서 몸을 누이다니.

아른아른한 잠기운에 푹 빠져들며 엘레나는 피식 웃었다.

"뭐가 그리 즐겁지."

바로 곁에서 아드레이의 목소리가 들려왔다. 평소에도 낮고 듣기 좋은 목소리라고 생각했는데, 이렇게 바로 옆에서 들으니 잠이 절로 오게 하는 편안한 목소리였다.

"그냥요. 레이랑 한 방에서 자다니. 웃기잖아요."

"내가 허튼짓이라도 하지 않을까 걱정이 되지도 않나?"

불만이 어린 것 같은 목소리였다.

"허튼짓은 잠결에…… 내가 하지 않을까 걱정이죠. 하암…… 레이는 그럴 사람 아니란 거…… 아니까……."

그녀의 말이 점점 느려지고 작아지더니 결국 색색거리는 숨소리만 남았다.

규칙적으로 들려오는 작은 들숨과 날숨소리에 아드레이는 자신의 숨소리마저 죽였다. 아직도 쿵쾅거리는 자신의 심장 소리가 그녀에게 들키지 않을까 걱정했지만, 피곤하다던 엘레나는 이미 세상모르고 잠이 든 듯했다.

멍하니 천장을 올려다보던 아드레이는 조심스레 두 사람을 갈라 놓은 벽을 손끝으로 슬쩍 들췄다. 푹신한 베개는 그의 손가락 힘에 한없이 구겨지며 잠든 엘레나의 옆모습을 내주었다. 벽으로서의 역할은 하나도 하지 못하는 순 엉터리였다.

큰 창으로 들어온 달빛이 그녀의 잠든 얼굴 위로 고스란히 쏟아져 내렸다.

엘레나이 흰 피부는 달빛을 머금고 유려하고 은은하게 빛났다. 긴 속눈썹 아래에는 구름 한 점 없는 밤하늘 대신 달그림자가 숨어 있었고, 하루 종일 맑은 목소리를 쏟아 내던 입술 사이에선 작은 숨소리만 새어 나왔다.

아드레이는 한참 동안 넋을 놓고 그 광경을 바라보았다. 달이 조금 기우는 것 말고는 시간의 흐름마저 잊고 그녀의 잠든 얼굴을 보던 그는 문득 억울한 마음이 들었다. 잠결에 뒤척거리며 베개로 만든 선을 넘어온 그녀의 은빛 머리칼 때문이다.

"그런 말을 하면 선을 넘을 수가 없잖나."

'아드레이는 그럴 사람이 아니다.'라고 그녀가 잠들기 전 겨우 내뱉은 그 말 한마디가 그의 마음을 온통 들쑤셔 놓았다.

그 말 한마디에 자꾸만 잠든 그녀의 얼굴을 도둑놈처럼 훔쳐보고 있었고, 심장은 아플 만큼 두근거렸으며, 지나치게 아름다운 그녀의 모습에 무언가가 울컥하고 치밀어 올랐다가, 또 그녀가 자신을 그렇게 신뢰하고 있단 사실에 실없는 웃음이 났다. 아드레이는 그 모든 것을 괜히 그녀의 말 한마디 때문이라 탓했다.

그렇게 한참 동안 행복한 고통을 맛보며 누워 있던 그가 조심스레 침대에서 일어났다. 꿈나라에서는 필요가 없어진 것인지 그녀가 멀찍이 차 낸 이불을 다시 곱게 덮어 주고는 소리 없이 방문을 열고 밖으로 향했다.

밤새 축제를 즐기는 소수의 사람들이 부르는 노랫소리가 멀리서 들려왔다. 아무도 없는 공터를 찾은 아드레이는 달빛이 가장 잘 드는 바위에 걸터앉았다.

허리춤에 매고 있던 검을 꺼내 날에 달을 비춰 보던 그가 입을 열었다.

"오늘밤은 이곳에서 보낸다."

누구에게 건넨 말일까. 오가는 이 없는 공터에서 그의 말은 받아 주는 이 없이 그대로 흩어질 듯했다.

"예, 폐하."

하지만 곧 아드레이가 앉아 있던 바위 뒤편에서 한 사람이 걸어 나왔다. 머리끝부터 발끝까지 검은색 일색인 남자였다. 언제부터 그곳에 있었는지 알 수 없었다. 아드레이가 황제가 된 순간부터 그의 곁을 지키는 자들이었다.

"휴고에게도 그리 전하라."

"명을 받들겠습니다."

"그리고."

아드레이는 꺼냈던 검을 다시 검집으로 집어넣으며 말했다.

"오늘 밤은 다들 후방으로 물러나 있도록."

한쪽 무릎을 꿇고 있는 남자가 조금 당황하는 것이 느껴졌지만, 아드레이는 개의치 않았다. 엘레나의 잠든 모습을 남에게 보여 주고 싶지 않은 조금 유치하고 고집스런 마음이었다.

아드레이가 바위에서 다시 일어서자, 남자는 달 그늘에 스며들듯 사라져 버렸다. 공터에는 아드레이의 발걸음 소리만 남았다. 이윽고 여관 앞에 도착해 엘레나가 잠들어 있는 방의 창문을 올려다보는 그의 얼굴은 피곤이 짙었다.

"잠은 다 잤군."

달은 이미 기울었지만, 그는 앞에 놓인 나머지의 밤이 길고 긴 것이 되리라 의심치 않았다.

밝은 아침 햇살이 눈꺼풀 사이를 비집고 들어오는 것을 느끼며 엘레나는 잠에서 깨어났다.

"하암, 잘 잤다."

개운하게 기지개를 펴니 절로 소리가 나왔다.

눈을 떴을 때, 익숙지 않은 천장에 잠시 여기가 어디지 하는 생각을 했지만, 이내 어젯밤의 일을 기억해 내곤 주변을 두리번거렸다. 옆자리에 있어야 할 사람이 없었기 때문이다. 아직 무사하게 맡은 역할을 훌륭히 해내고 있던 베개 벽 건너편을 더듬어 봤지만 사람의 온기라곤 없었다.

한 가지 안심이 되는 것은 침대 옆 소파에 어제 아드레이가 입었던 더블릿이 걸려 있고, 그 옆에는 검과 부츠가 놓여 있다는 것이다.

달칵.

엘레나가 막 아드레이를 찾아 침대에서 벗어나려고 할 때, 욕실의 문이 열리며 아드레이가 걸어 나왔다.

"아, 레이! 좋은 아침이에요! 잘 잤……."

엘레나는 할 말을 잊고 아드레이를 바라봤다. 입이 벌어졌는데도 목소리는 틀어막힌 듯 흘러나오지 않았다. 모든 것은 그의 탓이었다.

방금 씻은 것인지 아직 물기가 뚝뚝 흐르는 검은 머리칼과 그 사이로 보이는 푸른 눈에 흡 하고 호흡을 빼앗긴 것 같았다. 그도 벌써 엘레나가 일어났을 거란 생각을 하지 못했는지 눈을 크게 떴다.

그때, 머리칼 끝에 위태롭게 매달려 있던 물방울 하나가 뚝 하고 아드레이의 가슴 위로 떨어졌다. 느슨하게 풀린 셔츠의 옷깃 사이로 저게 진짜인가 싶도록 완벽하고 탄탄한 가슴팍이 비쳤다. 머리카락에서 떨어진 물방울이 그 살결을 따라서 아래로, 아래로 향하고 있었다.

"흐흠."

엘레나는 물방울에서 간신히 눈을 떼고 이성을 되찾았다. 동시에 아드레이도 다급하게 단추를 잠그고 자신의 더블릿이 걸려 있는 소파로 성큼성큼 걸어갔다. 아직 젖은 그의 발을 따라서 나무 바닥 위에 진한 발자국이 남았다.

"자, 잘 잤다! 어제 정말 피곤했었나 봐요. 완전히 곯아떨어졌었네. 침대가 생각보다 굉장히 편안했죠?"

그녀가 과도하게 밝은 목소리로 아드레이에게 물었다. 하지만 그는 대답이 없었다. 일방적으로 사람의 말을 무시할 사람은 아닌데. 엘레나는 고개를 갸웃하며 그를 바라봤다.

의자에 걸터앉은 그는 발을 부츠에 끼워 넣고 끈을 단단히 조이는 중이었다.

"레이, 왜 대답이 없…… 얼굴이 왜 그래요?!"

엘레나가 후다닥 침대를 기어 넘어 그에게로 다가가며 물었다.

"별로…… 아무렇지도 않다."

"거짓말! 완전 눈 밑이 시꺼먼데요!"

어젯밤까지만 해도 멀쩡하다 못해 빛이 났던 그의 눈 밑에 확연한 그늘이 생겨 있었다.

"아니, 멀쩡하게 잤는데 왜 얼굴에 이런 게 생겨요!"

엘레나는 이해할 수 없었다.

"잤다……고?"

그의 목소리가 스산해진 것도 그 즈음이었다. 묵묵히 부츠 끈을 매던 그가 고개를 들었다.

"못 잤어요?"

그녀가 설마 싶어 물었다. 그 질문에 아드레이는 잠시 무어라 대답을 하려는 것처럼 입술을 달싹이다가 이내 후우 하고 한숨을 쉬더니 다시 부츠 끈을 묶었다. 다만 쓱쓱 줄을 잡아당기는 그 힘이 조금 전보다 배는 더 세진 듯했다.

"저기 레이…… 혹시……."

엘레나는 안절부절못했다. 눈치가 없는 편도 아니고, 짐작 가는 이유가 있었기 때문이다. 잠시 이불을 뜯으며 그의 눈치를 보던 그녀가 조심스레 물었다.

"혹시…… 나 코 골았어요?"

가끔 피곤하면 자신이 코 고는 소리에 깨어난 경험이 있는 엘레나였다.

"코…….'

아드레이가 매우 지친 얼굴로 침대 위에 앉아 있는 그녀의 얼굴을 빤히 바라보았다. 저 말간 얼굴 때문에 밤새 자신이 얼마나 괴로웠는지. 정말 조금도 모르고 숙면을 취해서 피부마저 매끈매끈한 엘레나가 얄미웠다.

"그래. 코를 곤 것으로 해 두지."

부츠의 마지막 매듭을 지은 아드레이는 자리에서 벌떡 일어나 로브를 손에 들며 말했다.

"그런 게 어디 있어요! 곧 것으로 하다니!"

"어서 일어나야 하지 않나? 황궁으로 일찍 돌아가야 한다고 했던 것 같은데."

"아, 맞다! 지금 몇 시예요? 빨리 씻고 나올게요!"

엘레나가 긴 은발을 휘날리며 욕실로 뛰어 들어갔다.

"후우……."

방금까지 덤덤한 척하던 아드레이가 허리를 접으며 다시 한번 길게 한숨을 내쉬었다.

지난밤은 맹세코 그의 인생에서 가장 길고도, 가장 험난했던 밤이었다. 낯선 곳에 잠든 엘레나를 혼자 두고 갈 수는 없어서 참고 또 참았지만, 결국 아드레이는 그림자들에게 엘레나의 호위를 명한 뒤 검을 들고 달밤에 춤을 춰야 했다.

하지만 이 사실을 그녀는 절대 모르리라. 아니, 그가 밤새 괴롭게 울부짖었다는 것은 절대 몰라야 했다.

첫 배는 아니었지만 일찍감치 배를 타고 타이달 섬을 빠져나온 엘레나와 아드레이는 무사히 이페른 황궁에 도착할 수 있었다. 다행히 출입문에서 아드레이에게 까다롭게 구는 경비병도 없었고 그야말로 무사 평탄한 귀갓길이었다.

"이제 들어가 볼게요. 레이, 너무 고마웠어요."

새벽의 궁 근처에 도착한 엘레나가 아드레이에게 말했다.

"나랑 놀아 주느라고 힘들었죠. 얼른 가서 쉬어요."

아드레이는 검의 손잡이 끝 부분을 만지작거렸다. 아쉬웠다. 엘레나와 보내는 시간은 언제나 이리 화살처럼 빠르게 그를 스쳐 지나갔다. 한 순간 한 순간이 참을 수 없이 즐겁지만, 어느새 깨닫고 나면 그는 혼자인 것이다.

"그러지. 그대도 조심히 들어가라."

"그럼 다음에 봐요!"

엘레나는 아드레이에게 크게 손을 흔들고 새벽의 궁으로 발을 재촉했다.

티토가 일어나기 전에 빨리 돌아오려고 했지만 조금 늦잠을 자는 바람에 생각보다 귀가가 늦어졌다. 바쁜 하루 일과를 시작한 궁인들이 여기저기에 보였다.

엘레나는 어서 방으로 돌아가 개운하게 목욕을 하고 옷을 갈아입고 싶었다. 그렇게 그녀가 막 새벽의 궁 현관을 들어서는데, 뒤에서 별안간 누군가의 목소리가 들려왔다.

"엘레나 님."

"으악, 깜짝이야!"

엘레나는 덜컥 내려앉은 가슴을 부여잡고 반쯤 주저앉아 버렸다.

"아, 죄송합니다. 놀라게 해 드리려는 생각은 아니었는데."

엘레나만큼이나 자신도 당황했는지 진땀을 흘리고 있는 것은 메이나드였다.

"메, 메이나드 경. 이렇게 이른 시간에 여기까지 무슨 일이세요."

"잠시 엘레나 님을 만날 수 있을까 해서……. 어디 다녀오시던 길이었습니까?"

메이나드가 로브를 들고 신관복이 아닌 옷차림인 그녀를 보며 물었다.

"네. 잠시 좀……. 저를 보러 오셨다고요?"

"예. 그날 그 일에 대해 엘레나 님과 대화를 하고 싶습니다."

우직한 돌직구였다. 엘레나는 잠시 망설이다가 고개를 끄덕였다. 시간이 더 흐르기 전에 확실히 이야기를 나눠 보는 게 나을 것 같았다.

"바쁘지 않으시면 제가 먼저 씻고 옷을 갈아입은 후에 대화를 해도 될까요?"

"아, 예! 저는 오늘 비번이라 괜찮습니다."

메이나드가 서 있는 곳은 현관으로 가는 길에 있는 정원이었다. 하지만 기다리는 동안 메이나드를 이렇게 밖에 세워 둘 수는 없었다. 엘레나는 그를 잠시 응접실에 데려다 놓을 생각으로 앞장섰다.

그녀가 현관문을 밀고 들어섰을 때였다. 메이나드가 아닌 다른 목소리가 그녀를 불러 세웠다.

"엘레나 님! 이제 오셨군요!"

평소보다 유난히 그녀를 반기는 일리야였다.

"네, 일리야 님. 어제는 배를 놓치는 바람에……."

엘레나는 자초지종을 설명하려 했지만 일리야의 손길이 덥석 그녀를 잡아 등을 미는 바람에 말을 마칠 수 없었다.

"엘레나 님을 기다리는 분들이 계셔요."

"네, 메이나드 경은 밖에서 만났…….."

"어머나, 어네스 경도 오셨군요! 이를 어쩌지…….."

일리야는 꽤 당황한 듯 어쩔 줄 모르다가 메이나드도 함께 응접실로 안내했다. 현관에서 멀지 않은 응접실에 도착한 엘레나는 일리야가 당황한 이유를 너무 잘 알 것 같았다.

"이것 참…….."

밖에서 엘레나를 만나서 들어온 메이나드 말고도 그녀를 기다리고 있는 방문자는 두 명이 더 있었다.

"엘레나 님, 기다리고 있었습니다."

아침부터 찬란한 미모를 뽐내고 있는 르니에와,

"처음 뵙겠소, 엘레나 신관. 체이서 폰 윈터힐이오."

은색 머리칼을 말끔하게 뒤로 빗어 넘긴 윈터힐 백작이었다.

-2권에서 계속-

영원한 조연은 없다

영원한 조연은 없다

BLACK LABEL CLUB 034
영원한 조연은 없다 1

초판 인쇄 2018년 7월 23일
초판 발행 2018년 7월 30일

지은이 김로아
펴낸이 신현호
편집부장 예숙영
편집 김수민
편집디자인 한방울
영업·관리 김민원 이주형 조인희
물류 이순우 최준혁 박찬수

펴낸곳 ㈜디앤씨미디어
출판등록 2002년 5월 1일 제117-90-51792호
주소 서울시 구로구 디지털로 26길 111 JnK디지털타워 503호
대표전화 (02)333-2513 팩스 (02)333-2514
전자우편 dncbooks@dncmedia.co.kr
디앤씨북스 블로그 http://blog.naver.com/dncbooks

ISBN 979-11-264-4373-4 (04810)
　　　979-11-264-4372-7 (SET)